esa horrible fortaleza

LIBRO 3

de la trilogía cósmica

esa horrible fortaleza

GRUPO NELSON
Desde 1798

Publicado en Nashville, Tennessee, Estados Unidos de América.
Grupo Nelson es una marca registrada de Thomas Nelson.
www.gruponelson.com
Thomas Nelson es una marca registrada de HarperCollins Christian Publishing, Inc.

Este título también está disponible en formato electrónico.

Título en inglés: *That Hideous Strength*
Publicado por HarperCollins Publishers 2003
Edición de Colección del 75 Aniversario
77 – 85 Fulham Palace Road,
Hammersmith, Londres W6 8JB

Primera edición publicada en Gran Bretaña en 1945
por John Lane (The Bodley Head) Ltd.

Editora en Jefe: *Graciela Lelli*
Traducción: *Elvio E. Gandolfo*
Adaptación del diseño al español: *Setelee*

ISBN: 978-1-40023-222-2
eBook: 978-1-40023-223-9

22 23 24 25 26 LSC 9 8 7 6 5 4 3 2 1

CONTENIDO

a
J. MCNEILL

La Sombra de esa horrible fortaleza
tiene seis millas y aun más de largo

SIR DAVID LINDSAY,
en *Ane Dialog*
(descripción de la Torre de Babel)

Prefacio

He llamado a esto un cuento de hadas con la esperanza de que a quienes les disguste la fantasía no sean llevados por los dos primeros capítulos a leer más adelante y luego se quejen de su desilusión. Si me preguntan por qué, pretendiendo escribir sobre magos, demonios, animales gesticulantes y ángeles planetarios, comienzo sin embargo con personajes y escenas tan ordinarios, contesto que sigo el procedimiento del cuento de hadas tradicional. No siempre advertimos su método, debido a que las cabañas, los castillos, los leñadores y los reyes mezquinos con los que se abre un cuento de hadas se han convertido para nosotros en algo tan remoto como las brujas y los ogros con los que sigue. Pero no eran remotos en absoluto para los hombres que hicieron y disfrutaron por primera vez de tales historias. Realmente, eran más reales y comunes para ellos que el *college*[*] Bracton para mí, porque muchos campesinos alemanes se encontraron realmente con madrastras crueles, mientras que yo en ninguna universidad me he cruzado con un *college* como Bracton.

Este es un «cuento» sobre demonología, aunque oculta una tesis seria, que he intentado desarrollar en *La abolici6n del hombre*. En el relato debía mostrar la cara externa de esa demonología, influyendo en la vida de alguna profesión común y respetable. Elegí mi propia profesión, no, desde luego, porque piense que los integrantes de los *colleges* pueden ser corrompidos de ese modo más que cualquier otra persona, sino porque, como es natural, mi propia profesión es la que mejor conozco. He imaginado una universidad muy pequeña porque eso presenta ciertas conveniencias para la ficción. Salvo su pequeñez, Edgestow no guarda ningún parecido con Durham, una universidad con la que siempre me he relacionado gratamente.

---

* Un *college* es un tipo de institución de educación superior británica sin un equivalente en el sistema educativo de nuestro país. En Gran Bretaña las universidades se dividen en *colleges*, encargados de tareas docentes y de investigación. (*N. del t.*).

Creo que una de las ideas centrales de esta historia se me ocurrió a partir de unas conversaciones que tuve con un colega científico, poco antes de encontrar una sugerencia bastante similar en la obra del señor Olaf Stapledon. Si no estoy equivocado, la imaginación del señor Stapledon es tan rica que bien puede permitirse conceder algo en préstamo, y admiro tanto su inventiva (aunque no su filosofía) que no me sentiría avergonzado de aceptar ese préstamo.

Los que quieran saber más sobre Numinor y el Verdadero Oeste deberán (¡ay!) esperar a la publicación de mucho de lo que todavía se encuentra solo en los manuscritos de mi amigo, el profesor J. R. R. Tolkien.*

El marco temporal de la historia es vagamente «después de la guerra». Concluye la trilogía de la que *Más allá del planeta silencioso* era la primera parte y *Perelandra* la segunda, pero puede leerse aislada.

C. S. LEWIS
Magdalen College, Oxford

---

* En la obra de Tolkien (*El Señor de los anillos*), Numinor se trocó en Númenor. (*N. del t.*).

1

VENTA DE PROPIEDADES DEL *COLLEGE*

—En tercer lugar, el matrimonio fue ordenado —se dijo Jane Studdock— para la mutua compañía, ayuda y consuelo que el uno debe brindarle al otro.

No había ido a la iglesia desde los días de escuela hasta seis meses antes de casarse, y las palabras de la misa se le habían quedado grabadas.

A través de la puerta abierta podía ver la diminuta cocina del apartamento y oír el tic tac fuerte, desconsiderado, del reloj. Acababa de salir de la cocina y sabía lo ordenada que estaba. Las cosas del desayuno, lavadas, los paños colgando sobre el fogón, y el suelo, fregado. Las camas estaban hechas y los cuartos, «arreglados». Acababa de hacer la única compra que necesitaba del día y aún faltaba un minuto para las once. Aparte de su propio almuerzo y el té, no había nada por hacer hasta las seis, suponiendo que Mark fuera a cenar realmente en casa. Pero ese día había reunión en el *college*. Casi con seguridad, Mark la llamaría a la hora del té para decirle que la reunión le llevaría más tiempo del que había esperado y que se quedaría a cenar allí. Las horas se tendían ante ella tan vacías como el apartamento. El sol brillaba y el reloj hacía tic tac.

—Mutua compañía, ayuda y consuelo —dijo Jane con amargura.

En realidad, el matrimonio había demostrado ser la puerta de salida de un mundo de trabajo, camaradería, risas y cosas innumerables por hacer hacia algo que se parecía al confinamiento solitario. Durante algunos años antes del matrimonio nunca había visto tan poco a Mark como en los últimos seis meses. Incluso cuando estaba en casa apenas hablaba. Siempre estaba somnoliento o mentalmente preocupado. Mientras habían sido amigos y, más tarde, cuando fueron amantes, la vida había parecido demasiado breve para todo lo que tenían por decirse el uno al otro. Pero ahora... ¿Por qué se había casado con ella? ¿Aún estaba enamorado? Si así era, «estar enamorado» debía de significar cosas completamente distintas para los hombres y las mujeres. ¿Acaso la cruda verdad residía en que todas las conversaciones interminables que a ella le habían parecido, antes de estar casados, la salsa del amor, no habían sido para él más que un preliminar?

—Aquí estoy, empezando a desperdiciar otra mañana, tonteando —se dijo Jane con aspereza—. Debo trabajar un poco.

Por trabajar se refería a la tesis de doctorado sobre Donne. Siempre había tenido la intención de continuar estudiando su propia carrera después de casarse: ese era uno de los motivos por los que no iban a tener niños, en cualquier caso, durante un buen tiempo. Tal vez Jane no fuese una pensadora original y su planteamiento había sido darle mucha importancia a la «triunfal vindicación del cuerpo» en Donne. Aún creía que si sacaba todos sus cuadernos de notas y apuntes y se ponía realmente manos a la obra, podía recuperar el entusiasmo por el tema. Pero, antes de hacerlo —tal vez con el propósito de demorar el momento de empezar—, le dio vuelta al periódico que descansaba sobre la mesa y le echó un vistazo a una fotografía de la última página.

En cuanto vio la foto recordó el sueño. No solo recordó el sueño, sino el tiempo sin medida que siguió al momento en que se deslizó fuera de la cama y se sentó a esperar el primer indicio del amanecer, temerosa de encender la luz por miedo a que Mark se despertara y se enfadara, aunque sintiéndose ofendida por el sonido de su respiración regular. Mark dormía muy bien. Solo una cosa parecía capaz de mantenerlo despierto después de acostarse y hasta eso no lo lograba durante mucho tiempo.

El terror de ese sueño, como el terror de la mayoría de los sueños, se esfuma cuando se cuenta, pero debe ser apuntado en beneficio de lo que vendrá más tarde.

Había empezado por soñar simplemente con un rostro. Era un rostro de aspecto extranjero, barbado y bastante amarillo, de nariz ganchuda. La expresión asustaba porque estaba asustado. La boca colgaba abierta y los ojos miraban con la misma fijeza que ella había visto en los ojos de otros hombres durante uno o dos segundos por una conmoción repentina. Pero esa cara parecía enfrentarse a una turbación que duraba horas.

Después, poco a poco, Jane fue tomando conciencia de más cosas. El rostro pertenecía a un hombre que estaba sentado con la espalda encorvada en un rincón de una pequeña habitación cuadrada de paredes blanqueadas, «esperando —pensó ella— que los que lo tenían en su poder entraran y le hicieran algo horrible». Finalmente, la puerta se abrió y un hombre bastante guapo de barba gris y puntiaguda entró. El prisionero pareció reconocerlo como a un viejo conocido, se sentaron juntos y empezaron a hablar. En todos los sueños que Jane había tenido hasta entonces, comprendía lo que la gente del sueño decía o de lo contrario no lo oía. Pero en este sueño —y eso contribuía a provocar su extraordinario realismo— la conversación se desarrollaba en francés y Jane entendía fragmentos de ella, pero no toda, como habría ocurrido en la vida real. El visitante le estaba diciendo al prisionero algo que al parecer le hubiera gustado que este tomara como buenas noticias. Y el prisionero al principio levantó la cabeza con un fulgor de esperanza en los ojos y dijo: «*Tiens... Ah... ça marche*», pero después vaciló y cambió de idea. El recién llegado seguía insistiendo en sus argumentos con voz grave, fluida. En su propio estilo frío era un hombre apuesto, pero usaba quevedos, que atrapaban la luz de tal modo que hacían invisibles los ojos. Eso, combinado con la perfección casi anormal de los dientes, por algún motivo producía en Jane una impresión desagradable, que se veía aumentada por la angustia creciente y el terror del prisionero. Jane no podía descifrar lo que el visitante le estaba proponiendo, pero descubrió que el otro estaba sentenciado a muerte. Sea lo que fuere lo que el recién llegado le estaba ofreciendo, era algo que lo asustaba más que eso. A [illegible] dejaba de lado toda pretensión de realismo y se convertía en una pesadilla común. El visitante, ajustándose las gafas y mostrando aún su fría sonrisa, tomaba la cabeza del prisionero con las dos manos. La hacía girar con violencia... como Jane había visto hacer con el casco de un buzo. El visitante desenroscaba la cabeza del prisionero y se la llevaba. Entonces todo se volvió confuso. La cabeza seguía siendo el centro del sueño, pero ahora era una cabeza completamente distinta, una cabeza de barba blanco rojiza toda cubierta de tierra. Pertenecía a un anciano a quien estaban desenterrando en una especie de cementerio parroquial: un tipo de hombre druídico, de antiguo britano, con un largo manto. A Jane eso no le importó mucho al principio porque creía que era un cadáver. Después notó de pronto que aquel ser antiguo volvía a la vida. «¡Cuidado! —gritó en el sueño—. Está vivo. ¡Deténganse, deténganse! Lo están despertando».

Pero no se detuvieron. El hombre anciano, enterrado, se sentó y empezó a hablar en algo que sonaba vagamente a español. Y, por algún motivo, eso asustó tanto a Jane que se despertó.

Ese era el sueño; no peor, aunque tampoco mejor, que muchas pesadillas. Pero no era el simple recuerdo de una pesadilla lo que hizo oscilar la sala del apartamento ante los ojos de Jane y la hizo sentarse con rapidez por temor a caerse. El problema estaba en otro sitio. Allí, en la última página del periódico, estaba la cabeza que había visto en la pesadilla: la primera cabeza (si es que había habido dos en la pesadilla)... la cabeza del prisionero. Con una resistencia extrema levantó el periódico. «Ejecutan a Alcasan —decía el titular, y debajo—: Barba Azul científico a la guillotina». Recordó haber seguido vagamente el caso. Alcasan era un distinguido radiólogo de un país vecino —de origen árabe, según decían— que había acabado con su carrera, por lo demás brillante, al envenenar a su esposa. Así que ese era el origen del sueño. Debía de haber mirado la foto del periódico —por cierto, el hombre tenía una cara muy desagradable— antes de acostarse. Pero no, no podía ser. Se trataba del periódico de esa mañana. Aunque, desde luego, debía de haber alguna imagen anterior que había visto y olvidado; probablemente semanas atrás, cuando empezó el proceso. Era una tontería dejar que la alterara de esa forma. Y ahora pasemos a Donne. Veamos, ¿dónde estábamos? El pasaje ambiguo al final de *Alquimia del amor*.

No esperes inteligencia en las mujeres; como máximo, dulzura
y agudeza; ellas solo son propiedad de la Gran Madre.

«No esperes inteligencia en las mujeres». ¿Algún hombre deseaba realmente inteligencia en las mujeres? Pero ese no era el punto.

—Debo recobrar mi capacidad de concentración —dijo Jane y luego—: ¿Hubo una fotografía anterior de Alcasan? Suponiendo...

Cinco minutos más tarde barrió con todos los libros, se dirigió al espejo, se puso el sombrero y salió. No estaba muy segura de adónde iba. A cualquier lugar, con tal de salir de la habitación, del apartamento, de la casa entera.

• • •

Mark, entretanto, caminaba hacia el *college* Bracton pensando en algo muy distinto. No advertía en absoluto la belleza matutina de la callecita que lo llevaba desde el arenoso suburbio de la colina donde él y Jane vivían hacia la parte céntrica y académica de Edgestow.

Aunque me eduqué en Oxford y me encanta Cambridge, creo que Edgestow es más bonita que cualquiera de las dos. Para empezar, es muy pequeña. Ningún fabricante de automóviles, salchichas o mermelada ha llegado aún para industrializar los alrededores de la ciudad donde está la universidad, y la misma universidad es pequeña. Aparte de Bracton y de un *college* de señoritas del siglo XIX al otro lado de las vías del tren, hay solo dos colegios: Northumberland, que se encuentra más abajo de Bracton, sobre el río Wynd, y el Duke's, frente a la abadía. Bracton no acepta miembros no graduados. Fue fundado en 1300, con diez hombres doctos cuyos deberes eran rogar por el alma de Henry de Bracton y estudiar las leyes de Inglaterra. El número de miembros ha ido aumentando poco a poco hasta llegar a cuarenta, de los cuales solo seis (aparte del especialista en Bacon) estudian leyes y tal vez ninguno ruegue por el alma de Bracton. Mark Studdock era sociólogo y le habían concedido una beca de investigación hacía cinco años. Estaba empezando a hacerse un sitio. Si hubiese sentido alguna duda al respecto (lo que no ocurría), se habría disipado al encontrarse con Curry en la entrada de correos y ver lo natural que le resultaba a Curry que caminaran juntos hacia el *college* y discutieran los temas de la reunión. Curry era el vicerrector de Bracton.

—Sí —dijo Curry—. Será larguísima. Es probable que siga después de la cena. Vamos a tener a los obstruccionistas derrochando todo el tiempo que puedan. Pero por fortuna es lo peor que pueden llegar a hacer.

A juzgar por el tono de la respuesta de Studdock, no se habría adivinado el intenso placer que le producía el uso que había hecho Curry de ese *vamos* en plural. Hasta hacía bien poco había sido un extraño, que observaba el modo de actuar de lo que entonces llamaba «Curry y su pandilla» con temor reverencial, comprendiendo poco y haciendo intervenciones breves y nerviosas en las reuniones del *college* que nunca influían en el curso de los acontecimientos. Ahora había entrado y «Curry y su pandilla» se habían transformado en «nosotros» o en «el elemento progresista del *college*». Todo había ocurrido de pronto y seguía teniendo un dulce sabor.

—¿Crees entonces que será así? —dijo Studdock.

—Desde luego —dijo Curry—. Tenemos con nosotros al rector y al tesorero y a toda la gente de química y bioquímica, para empezar. He abordado a Pelham y a Ted y podemos confiar en ellos. Le he hecho creer a Sancho que entiende el asunto y que está a favor. Es probable que Bill el Tormentas haga algo bastante destructor, pero está comprometido a ponerse de nuestro lado en el momento de los votos. Además, aún no te lo había dicho, Dick va a estar presente. Apareció a cenar anoche y se puso en acción de inmediato.

La mente de Studdock se lanzó de un lado a otro en busca de algún método seguro de ocultar que no sabía quién era Dick. En el último momento recordó un oscuro colega cuyo nombre de pila era Richard.

—¿Telford? —dijo Studdock con perplejidad.

Sabía muy bien que Telford no podía ser el Dick al que se refería Curry y en consecuencia le dio un leve matiz juguetón e irónico a la pregunta.

—¡Por Dios! ¡Telford! —dijo Curry riéndose—. No. Me refiero a *lord* Feverstone... Dick Devine le llamaban antes.

—Me desorientaba un poco la idea de Telford —dijo Studdock, uniéndose a la risa—. Me alegro de que venga Feverstone. No lo conozco, ¿sabes?

—Oh, deberías hacerlo —dijo Curry—. Mira, ven y cena conmigo esta noche. Lo he invitado.

—Me gustaría mucho —dijo Studdock con franqueza. Y después de una pausa agregó—: Entre paréntesis, ¿la posición de Feverstone es segura?

—¿Qué quieres decir? —preguntó Curry.

—Bueno, tal vez recuerdes que hubo cierta discusión sobre si alguien que estaba tanto tiempo alejado podía seguir gozando de una beca de investigación.

—Oh, te refieres a Glossop y todo ese escándalo. No hay nada de que preocuparse por ese lado. ¿No lo tomaste como algo sin sentido?

—Entre nosotros, sí. Pero confieso que si me viera en la posición de explicar en público exactamente por qué un hombre que casi siempre está en Londres debe seguir siendo un miembro de Bracton, no me resultaría tan fácil hacerlo. Los verdaderos motivos son del tipo que Watson llamaría imponderables.

—No estoy de acuerdo. Yo no tendría el menor inconveniente en explicar los verdaderos motivos en público. ¿Acaso no es importante para un *college* como este tener contactos influyentes con el mundo externo? No es en absoluto imposible que Dick integre el próximo Consejo. Incluso hasta ahora Dick ha sido condenadamente más útil para el *college* en Londres de lo que lo han sido Glossop y media docena más de los de su calaña quedándose aquí sentados toda la vida.

—Sí. Claro que eso es verdad, ¡aunque sería un poco difícil expresarlo de esa manera en una reunión del *college*!

—Hay algo que tal vez deberías saber sobre Dick —dijo Curry en un tono ligeramente menos íntimo.

—¿De qué se trata?

—Él te consiguió la beca de investigación.

Mark se quedó en silencio. No le gustaban las cosas que le recordaban no solo que él había estado una vez fuera del elemento progresista, sino incluso fuera del *college*. Tampoco le gustaba Curry siempre. El placer que sentía en su compañía no era ese tipo de placer.

—Sí —dijo Curry—. Denniston era tu rival más importante. Entre nosotros, mucha gente consideraba sus trabajos mejores que los tuyos. Fue Dick quien insistió sin cesar en que tú eras el tipo de hombre que nosotros realmente necesitábamos. Anduvo dando vueltas en el Duke's y averiguó todo sobre ti. Decidió que lo único que había que considerar era el tipo de hombre que nos hacía falta y reírnos de las calificaciones obtenidas por medio de ensayos y disertaciones. Y debo reconocer que demostró estar en lo cierto.

—Gracias —dijo Studdock con una leve reverencia burlona.

Estaba sorprendido por el giro que había tomado la conversación. Era una antigua regla de Bracton, y probablemente de la mayoría de los *colleges*, no mencionar nunca en presencia de un hombre las circunstancias de su propia elección, y Studdock no había advertido hasta ese momento que esa tradición formaba parte de las que el Elemento Progresista estaba dispuesto a derogar. Tampoco se le había ocurrido nunca que su elección hubiese dependido de algo que no fuera la excelencia de su trabajo en el examen para la beca de investigación y menos aún que se tratara de algo tan mezquino. Para entonces se había acostumbrado tanto a su posición que experimentó el curioso sentimiento que tiene un hombre cuando descubre que su padre una vez estuvo muy cerca de casarse con otra mujer.

—Sí —continuó Curry siguiendo otra cadena de pensamientos—. Ahora uno comprende que Denniston nunca habría servido. Decididamente no. Un hombre brillante en aquella época, ya lo creo, pero parece haberse descarrilado bastante desde entonces, con todo su distributivismo y demás. Me han dicho que es probable que acabe en un monasterio.

—De todos modos no es ningún tonto —repuso Studdock.

—Me alegra que vayas a conocer a Dick —dijo Curry—. Ahora no hay tiempo, pero me gustaría discutir contigo algo sobre él.

Studdock lo miró inquisitivamente.

—James, yo y uno o dos más —dijo Curry en voz un poco más baja— hemos estado pensando que debería ser el nuevo rector. Caramba, hemos llegado.

—Aún no son las doce —dijo Studdock—. ¿Qué te parece entrar un momento al Bristol a tomar un trago?

Estuvieron de acuerdo en entrar al Bristol. No habría sido fácil conservar la atmósfera en la que operaba el Elemento Progresista sin una buena cantidad de esas pequeñas cortesías. Resultaban más onerosas para Studdock que para Curry, que no estaba casado y gozaba de una retribución de vicerrector. Pero el Bristol era un lugar muy agradable. Studdock pagó un *whisky* doble para su acompañante y media pinta de cerveza para él.

• • •

La única ocasión en que fui invitado a Bracton convencí a mi anfitrión para que me condujera al bosque y me dejara allí a solas durante una hora. Me pidió disculpas por encerrarme en él.

A muy pocas personas se les permitía entrar al bosque Bragdon. El portón era de Inigo Jones* y constituía la única entrada: un alto muro encerraba el bosque, que era tal vez de unos cuatrocientos metros de ancho por un kilómetro y medio de este a oeste. Si entrabas desde la calle y atravesabas el *college* para llegar a

* Arquitecto y diseñador inglés (1573-1652). (*N. del t.*).

él, el sentimiento de penetrar gradualmente dentro de un lugar o una serie de lugares sagrados era muy intenso. Primero cruzabas el patio Newton, que es muy seco y cubierto de grava. Abigarrados, pero hermosos, lo rodean edificios de estilo georgiano. Después se entra a un fresco pasillo semejante a un túnel, casi oscuro a mediodía a menos que esté abierta la puerta que da a la sala a la derecha o la puerta de la despensa a la izquierda, que brinda un atisbo de luz diurna interior que cae sobre paneles y una bocanada de olor a pan fresco. Cuando uno salía de ese túnel se encontraba en el colegio medieval, en el claustro del patio mucho menor llamado República. La hierba se ve ahí muy verde después de la aridez del Newton y hasta la piedra de los contrafuertes que se alzan de ella da la impresión de ser suave y viviente. La capilla no está lejos: el ruido ronco, pesado, de los engranajes de un reloj enorme y antiguo se oye desde algún sitio alto. Se sigue a lo largo de este claustro, pasando losas, urnas y bustos que conmemoran a los bractonianos fallecidos y después se bajan unos pequeños escalones, hasta el patio Lady Alice, a plena luz del día. Los edificios a derecha e izquierda son del siglo XVII: humildes, casi domésticos, con ventanas verticales, cubiertas de musgo y tejas de color gris.

Estaba así en un mundo suave, protestante. Tal vez se descubriera pensando en Bunyan o en las *Vidas* de Walton. Sobre el cuarto lado del Lady Alice, ubicado en línea recta, no había edificios, solo una hilera de olmos y un muro. Ahí uno tomaba conciencia por primera vez del sonido de una corriente de agua y del arrullo de las palomas silvestres. Ahora la calle había quedado tan atrás que no había más ruidos. En el muro se abría una puerta que llevaba a una galería cubierta con ventanas estrechas a cada lado. Mirando por ellas se descubría que se trataba de un puente y que el Wynd, marrón oscuro, borboteaba debajo. Ahora la meta estaba muy cerca. Una pequeña puerta en el extremo opuesto del puente llevaba al prado para bolos de los miembros del *college*. Al otro lado, se divisaba el alto muro del bosque y a través del portón de Inigo Jones se captaba un atisbo de verde iluminado por el sol y sombras profundas.

Supongo que el mero hecho de estar cercado le daba al bosque parte de su cualidad especial, porque, cuando algo está encerrado, a la mente le cuesta considerarlo común. Mientras avanzaba sobre la hierba silenciosa tuve la sensación de ser recibido. Los árboles se apartaban justo para que se viera un follaje ininterrumpido en la distancia, pero cuando uno se detenía siempre parecía estar en un claro y, rodeado por un mundo de sombras, caminaba bajo la agradable luz del sol. Excepto las ovejas cuyo mordisqueo mantenía tan corta la hierba y que a veces levantaban las caras, largas y tontas para mirarme, estaba totalmente solo. Sentía más la soledad de una habitación muy amplia en una casa desierta que la sensación más común de estar solo al aire libre. Recuerdo haber pensado: «Este es el tipo de lugar al que uno, de niño, o le tiene mucho miedo o le gusta bastante». Un momento más tarde pensé: «Pero al estar a solas, realmente a solas, todos somos niños, ¿o no?». La juventud y la edad solo tocan la superficie de la vida.

Ochocientos metros es una caminata corta. Sin embargo pareció transcurrir mucho tiempo antes de llegar al centro del bosque. Supe que era el centro porque allí estaba lo que había ido a ver especialmente. Era un pozo, un pozo con escalones que bajaban dentro de él, y los restos de un empedrado antiguo a su alrededor. Ahora estaba muy deteriorado. No lo pisé, me tendí en cambio en la hierba y lo toqué con los dedos. Porque ese era el corazón de Bragdon o del bosque Bragdon. De allí habían provenido todas las leyendas y de ese sitio, sospechaba, había dependido originalmente la propia existencia del *college*. Los arqueólogos estaban de acuerdo en que la mampostería era del período británico romano muy tardío, realizado justo antes de la invasión anglosajona. De qué modo estaba conectado el bosque Bragdon con Bracton el abogado era un misterio, pero se me ocurrió que la familia Bracton había aprovechado la similitud accidental de los nombres para creer, o hacer creer, que tenían algo que ver con él. Por cierto, si todo lo que se decía era cierto, o al menos la mitad, el bosque era más antiguo que los Bracton. Supongo que ahora nadie le atribuiría mucha importancia al *Balachton* de Estrabón, aunque le había llevado a afirmar a un rector del *college* del siglo XVI que «no conocemos informe más antiguo de una Gran Bretaña sin Bragdon». Pero la canción medieval nos hace retroceder al siglo XIV:

In Bragdon bricht this ende dai

Herde ich Merlin ther he lai
*Singende woo and welawai.**

Es una evidencia bastante sólida de que el pozo con el empedrado británico romano ya era el Pozo de Merlín, aunque el nombre no aparece hasta la época de la reina Elizabeth, cuando el buen rector Shovel rodeó el bosque con un muro «para apartar todas las supersticiones profanas y paganas y disuadir al vulgo de todo tipo de fiestas nocturnas, juegos de mayo, danzas, mascaradas y el horneo del pan de Morgana, que solían celebrarse hasta ahora alrededor de la fuente llamada vanamente Pozo de Merlín, y a lo que se debe renunciar y abominar como de una mezcla de papismo, gentilismo, lascivia y estúpida locura». No es que con esta acción el *college* renunciara a su propio interés por el lugar. Es difícil que el viejo doctor Shovel, que llegó a vivir casi cien años, haya permanecido indiferente en la tumba cuando uno de los mariscales de campo de Cromwell, calculando que era asunto suyo destruir «las arboledas y los lugares altos», envió a unos pocos soldados de la caballería a reclutar a los campesinos para semejante tarea piadosa. A la larga, el proyecto terminó en nada, pero se había producido una reyerta entre el *college* y los soldados en el corazón de Bragdon, y el fabuloso doctor y santo Richard Crowe había muerto por una bala de mosquete en los mismos escalones del pozo. Valiente tendría que ser el hombre que lo acusara de papismo o «gentilismo»; sin embargo, dice la historia que sus últimas palabras fueron: «A fe mía, señores, que si Merlín, que era el hijo del Diablo, fue digno hombre del rey, si alguna vez lo hubo, ¿no es una vergüenza que ustedes, no siendo más que hijos de puta, necesiten ser rebeldes y regicidas?». Y siempre, a través de todos los cambios, todo rector de Bracton, en el día de su elección, había bebido un trago ceremonial de agua del Pozo de Merlín en la gran copa, que, tanto por su antigüedad como por su belleza, constituía el mayor de los tesoros de Bracton.

---

* Inglés medieval. La reconstrucción sería: *In Bragdon bridge the end of its day / I heard that Merlin was laid there / With song of woe and flowing ters*. (En el Puente de Bragdon al morir el día / Oí decir que Merlín yacía allí / entre lágrimas y letanías). (*N. del t.*).

En todo esto pensaba, tendido junto al Pozo de Merlín, junto al pozo que, por cierto, debía de remontarse a la época de Merlín si es que había existido un verdadero Merlín; tendido donde *sir* Kenelm Digby había descansado durante toda una noche de verano y visto cierta aparición extraña; donde había descansado Collins el poeta y donde había llorado Jorge III; donde el brillante y apreciado Nathaniel Fox había compuesto el famoso poema tres semanas antes de que lo mataran en Francia. El aire estaba tan inmóvil y el follaje tan denso sobre mí que me dormí. Me desperté con la voz de mi amigo gritándome desde mucha distancia.

•••

El asunto más espinoso que tenía por delante la asamblea del *college* era la cuestión de vender el bosque Bragdon. El comprador era el NICE,* el Instituto Nacional de Experimentos Coordinados. Necesitaba un lugar para un edificio digno de esta destacada organización. El NICE era el fruto original de la constructiva unión entre el Estado y la investigación de laboratorio, sobre la que tanta gente de ideas funda sus esperanzas en un mundo mejor. Tal organización iba a verse libre de todas las tediosas limitaciones —*papeleo* era la palabra que empleaban sus partidarios— que habían estorbado hasta entonces la investigación en este país. También estaba libre con holgura de limitaciones económicas, porque, según se argumentaba, una nación que puede gastar tantos millones al día en una guerra con seguridad puede permitirse unos pocos millones al mes en la investigación productiva en tiempos de paz. El edificio propuesto para el instituto habría constituido un añadido notable al perfil arquitectónico de Nueva York, ya que iba a tener una cantidad de personal enorme y unos salarios principescos. La insistente presión y la diplomacia interminable por parte de la Junta Directiva de Edgestow habían apartado al nuevo instituto de Oxford, de Cambridge y de Londres. En él se había pensado en todos esos lugares sucesivamente como

---

* En inglés *nice* significa bonito, simpático, agradable. Dada la connotación irónica que ese doble significado comporta, hemos mantenido las siglas NICE en su versión inglesa, aunque en castellano sería INEC, Instituto Nacional de Experimentos Coordinados. (*N. del t.*).

posible escenario de sus tareas. En ocasiones, el Elemento Progresista de Edgestow había llegado casi a desesperar. Pero ahora el éxito era casi seguro. Si el NICE podía conseguir el terreno necesario, vendría a Edgestow. Y, cuando viniera, entonces, según lo veían todos, las cosas empezarían por fin a moverse. Curry había llegado a expresar incluso la duda de que, con el tiempo, Oxford y Cambridge pudiesen sobrevivir como universidades importantes en algún sentido.

Tres años atrás, si Mark Studdock hubiese acudido a una reunión del *college* en la que fuera a decidirse una cuestión semejante, habría esperado oír las reivindicaciones del sentimiento contra el progreso y de la belleza contra la utilidad, abiertamente debatidas. Ese día, cuando ocupó su sitial en el Soler, el largo salón superior al sur del Lady Alice, no esperaba tal cosa. Ahora sabía que no es así como se hacen las cosas.

En realidad, el Elemento Progresista mancjaba muy bien sus asuntos. Cuando entraron en el Soler, la mayor parte de los miembros no sabía que se presentaba la cuestión de vender el bosque. Por supuesto, vieron en el orden del día de los temas a tratar que el punto 15 cra «Vcnta de terrenos del *college*», pero, como eso aparecía en casi todas las reuniones del *college*, no les interesó demasiado. Por otro lado, vieron que el punto 1 era «Cuestiones sobre el bosque Bragdon». Estas no estaban relacionadas con la venta propuesta. Curry, que en su calidad de vicerrector se puso en pie para presentarlas, tenía algunas cartas que leer al *college*. La primera era de una sociedad preocupada por la conservación de los monumentos antiguos. En mi opinión, esa sociedad había estado desacertada al hacer dos quejas en una sola carta. Habría sido más sensato que se hubiesen limitado a atraer la atención del *college* sobre el mal estado del muro que rodeaba el bosque. Al seguir y plantear la conveniencia de proteger el propio pozo e incluso señalar que ya lo habían planteado antes, el *college* empezó a impacientarse. Y cuando, como una especie de idea de último momento, expresaban el deseo de que el *college* fuese un poco más servicial con los estudiosos de las antigüedades importantes que quisieran examinar el pozo, el *college* se puso decididamente en contra. No me gustaría acusar a un hombre en la posición de Curry de leer mal una carta, pero, por cierto, la lectura de la carta no contribuía a aligerar ninguno de los defectos del tono de la composición original. Antes de que se sentara, casi todos los que estaban en el salón tenían el intenso deseo de hacerle comprender al mundo externo que el bosque Bragdon era propiedad privada del *college* Bracton, y que harían mejor en meterse en sus propios asuntos. Después volvió a ponerse en pie para leer otra carta. Era de una sociedad de espiritistas que solicitaban permiso para investigar los «fenómenos registrados» en el bosque... Una carta «conectada», según dijo Curry, «con la próxima, que, con el permiso del rector, voy a leerles ahora». Esta era de una firma que se había enterado de la propuesta de los espiritistas y pedía permiso para rodar una película, no exactamente sobre los fenómenos, sino sobre los espiritistas en busca de los fenómenos. Se le dieron instrucciones a Curry para que escribiera tres breves notas de rechazo a las tres cartas.

Entonces intervino una voz desde una zona completamente distinta del Soler. Lord Feverstone se había puesto en pie. Estaba de acuerdo en todo con la decisión que el *college* había tomado respecto a las cartas impertinentes de esos entrometidos. Pero, después de todo, ¿no era un hecho que el muro del bosque estaba en condiciones muy poco satisfactorias? Unos cuantos miembros —Studdock entre ellos— imaginaron estar presenciando una rebelión por parte de Feverstone contra «Curry y su pandilla» y se interesaron vivamente. Casi de inmediato, el tesorero, James Busby, se puso en pie. Agradecía la pregunta de lord Feverstone. En calidad de tesorero había solicitado hacía poco tiempo el consejo de expertos sobre el muro del bosque.

Temía que las palabras «poco satisfactorias» fueran demasiado suaves para describir su estado. Nada que no fuera un muro nuevo entero podría solucionar el asunto. Con gran dificultad calcularon el costo probable y, cuando el *college* oyó la cifra, respingó. Lord Feverstone preguntó en tono helado si el tesorero proponía seriamente que el *college* debía hacerse cargo de semejante gasto. Busby (un exclérigo muy robusto, de espesa barba negra) replicó con cierto malhumor que él no había propuesto nada: si fuera a hacer una sugerencia sería la de que la cuestión no podía ser tratada aparte de algunas importantes consideraciones financieras que era su deber exponerles más adelante, ese mismo día. Ante tal ominosa declaración hubo una pausa, hasta que poco a poco, uno por uno, los «extraños» y los «obstruccionistas», los hombres no incluidos en el Elemento Progresista, empezaron a entrar en el debate. A la mayoría le resultaba difícil creer que nada que no fuera un muro completamente nuevo pudiese servir. El Elemento Progresista los dejó hablar durante casi diez minutos. Después pareció una vez más como si lord Feverstone estuviese en realidad liderando a los extraños. Deseaba saber si era posible que el tesorero y el Comité de Conservación no pudiesen encontrar una alternativa entre construir un nuevo muro y permitir que el bosque Bragdon degenerara en un terreno baldío. Insistió en una respuesta. Algunos de los extraños empezaron a sentir incluso que estaba siendo demasiado violento con el tesorero. Por último, este contestó en voz baja que tenía, de modo puramente teórico, algunas alternativas posibles. Una cerca de alambre de espino... pero el resto de la frase quedó sepultado en un rugido de desaprobación, durante el que pudo oírse al viejo Canon Jewel afirmando que antes prefería tumbar cada árbol del bosque que verlo enjaulado en alambre de espino. Finalmente la cuestión fue postergada para la próxima reunión.

El siguiente punto fue uno de esos que la mayoría de los miembros no podía entender. Implicó la recapitulación (por parte de Curry) de una larga correspondencia entre el *college* y la Junta Directiva de la universidad sobre la incorporación propuesta del NICE a la Universidad de Edgestow. Las palabras «comprometidos a» insistieron en repetirse en el debate que siguió.

—Al parecer hemos prometido, como *college*, dar el apoyo más amplio posible al nuevo instituto —dijo Watson.

—Al parecer nos hemos atado de pies y manos y le hemos dado a la universidad *carte blanche* —dijo Feverstone.

En qué se concretaba en realidad todo eso nunca se aclaró para ninguno de los extraños. Recordaban haber combatido con fiereza en una reunión anterior contra el NICE y todas sus obras, y haber sido derrotados. Todo esfuerzo por averiguar qué había significado esa derrota, aunque contestado con gran lucidez por Curry, solo servía para enredarlos aún más en los laberintos impenetrables de la constitución de la universidad y en el misterio aún más oscuro de las relaciones entre la universidad y el *college*. El resultado de la discusión fue dejarlos bajo la impresión de que ahora el honor del *college* estaba involucrado en el establecimiento del NICE en Edgestow.

A esas alturas, los pensamientos de más de un miembro estaban concentrados en el almuerzo y la atención se había dispersado. Pero, cuando Curry se puso en pie a la una menos cinco para presentar el punto 3, el interés se renovó bruscamente. Se titulaba «Rectificación de una anomalía en las retribuciones de los miembros recientes». No me gustaría decir cuánto estaban ganando la mayoría de los miembros jóvenes en esa época, pero creo que apenas si cubría los gastos de residencia en el *college*, que era obligatoria. Studdock, que había salido de esa situación hacía poco, sintió mucha simpatía por ellos. Entendía la expresión de sus rostros. La rectificación, si se aprobaba, significaría ropa de vestir, vacaciones y carne en la comida y una oportunidad de comprar la mitad, en vez de la quinta parte, de los libros que necesitaban. Todos los ojos se clavaron en el tesorero cuando se irguió para contestar a la propuesta de Curry. Esperaba que nadie imaginara que él aprobaba la anomalía que, en 1910, había excluido a las clases más bajas de los miembros de las nuevas cláusulas en el párrafo dieciocho del Estatuto 17. Estaba seguro de que todos los presentes desearían que fuera rectificada, pero era su deber, en cuanto tesorero, señalar que era la segunda propuesta que implicaba un desembolso muy gravoso presentada esa mañana. Solo podía decir, como lo había dicho respecto a la propuesta anterior, que no se la podía aislar del problema total de la posición financiera actual del *college*, que pensaba exponer ante ellos en el curso de la tarde. Se dijeron muchas cosas más, pero no se contestó al tesorero, la cuestión fue postergada, y cuando, a las dos menos cuarto, los miembros irrumpieron fuera del Soler para almorzar, hambrientos, con dolor de cabeza y ansiosos por fumar, los jóvenes tenían clavado en la mente que un nuevo muro para el bosque y un aumento de su retribución eran alternativas estrictamente excluyentes.

—Ese condenado bosque se nos ha cruzado en el camino toda la mañana —dijo uno.

—No nos libramos de él —dijo otro.

Todos regresaron con ese estado de ánimo al Soler después del almuerzo, para considerar las finanzas.

Como es natural, Busby, el tesorero, fue el principal orador. En las tardes de verano hace mucho calor en el Soler; el suave fluir de la exposición del tesorero e incluso el relampaguear de los dientes parejos, blancos por encima de su barba (tenía dientes notablemente bien conservados), poseían una especie de poder hipnótico. A los miembros de los *colleges* no siempre les resulta fácil entender las cuestiones de dinero: si así fuera es probable que no fueran el tipo de hombres que se hace miembro de un *college*. Captaban que la situación era mala, muy mala en realidad. Algunos de los más jóvenes y menos experimentados dejaron de interrogarse sobre si habría un nuevo muro o un aumento de las retribuciones y empezaron a preguntarse, en cambio, si el *college* seguiría funcionando en algún sentido. Tal como el tesorero decía con tanta certeza, los tiempos eran extraordinariamente difíciles. Los miembros más antiguos habían oído hablar de esos tiempos a docenas de tesoreros anteriores y se sentían menos perturbados. No quiero sugerir ni por un momento que el tesorero de Bracton estuviese tergiversando la situación. Muy rara vez los asuntos de una sociedad amplia, entregada indefinidamente al avance del conocimiento, pueden describirse como satisfactorios en un sentido inequívoco. Su discurso fue excelente. Cada frase era un modelo de lucidez: si los oyentes encontraban que el núcleo de toda la declaración era menos claro que las partes, podía deberse a sí mismos. Se aprobaron por unanimidad algunos ahorros y reinversiones menores y el *college* suspendió la sesión para tomar el té con un ánimo bastante bajo. Studdock llamó a Jane y le dijo que no iría a cenar.

Cerca de las seis de la tarde, todas las líneas convergentes de ideas y sentimientos surgidos por los asuntos anteriores se unieron en la cuestión de vender el bosque Bragdon. No se lo llamó «la venta del bosque Bragdon». El tesorero lo llamó la «venta de la zona coloreada de rosa en el plano, que, con el permiso del rector, voy a hacer pasar por toda la mesa». Señaló con mucha franqueza que eso implicaba la pérdida de parte del bosque. De hecho, el emplazamiento propuesto para el NICE seguía dejando al *college* una franja de unos cinco metros de ancho a lo largo de la mitad más lejana del lado sur, pero no había engaño, porque los miembros tenían el plano para mirarlo con sus propios ojos. Se trataba de un plano a escala muy reducida y tal vez no del todo exacto; solo pretendía dar una idea general. En respuesta a algunas preguntas, el tesorero admitió que, por desgracia, o tal vez por fortuna, el pozo quedaba dentro del área que quería el NICE. Desde luego que los derechos de acceso del *college* quedarían garantizados: el pozo y el empedrado serían conservados por el instituto de un modo que satisfaría a todos los arqueólogos del mundo. Se abstuvo de ofrecer el menor consejo y simplemente mencionó la cifra asombrosa que ofrecía el NICE. Después de eso, la reunión se animó. Las ventajas de la venta cayeron por sí mismas como fruta madura. Solucionaba el problema del muro, resolvía la dificultad de proteger los monumentos antiguos, solucionaba el problema financiero, parecía resolver la cuestión de las retribuciones de los miembros jóvenes. Parecía además que el NICE consideraba que ese era el único emplazamiento posible en Edgestow: si por cualquier motivo Bracton no vendía, todo el proyecto se frustraba y sin duda el instituto se iría a Cambridge. Mediante numerosas preguntas se le sacó al tesorero, incluso, que conocía un *college* de Cambridge muy ansioso por vender.

Los pocos Cabeza dura presentes, para quienes el bosque Bragdon era un supuesto vital, apenas pudieron concentrarse para tener conciencia de lo que pasaba. Cuando recobraron la voz, hicieron sonar una nota discordante en medio del zumbido general de comentarios eufóricos. Se los manipuló para que parecieran estar en la posición del grupo que quería con pasión ver a Bragdon rodeado de alambres de espino. Cuando por fin el viejo Jewel, ciego y tembloroso y casi sollozando, pudo ponerse en pie, su voz apenas fue audible. Algunos se dieron vuelta para mirar y otros para admirar el rostro franco, medio infantil y el cabello blanco que se había vuelto más llamativo a medida que las sombras invadían el largo salón. Pero solo los que estaban cerca de él pudieron oír lo que decía. En ese momento lord Feverstone se puso en pie de un salto, se cruzó de brazos y, mirando de frente al anciano, dijo con voz alta y nítida:

—Si Canon Jewel no desea que oigamos sus puntos de vista, sugiero que podría alcanzar esa meta mucho mejor quedándose en silencio.

Jewel ya era viejo en los días anteriores a la primera guerra, cuando los ancianos eran tratados con bondad, y nunca había logrado acostumbrarse al mundo moderno. Miró con ojos confundidos en dirección a Feverstone. Durante un momento, mientras permaneció de pie con la cabeza adelantada, creyeron que iba a contestar. Después abrió de pronto los brazos con un gesto de desvalimiento, se encogió y se sentó trabajosamente.

La moción fue aprobada.

•••

Aquella mañana, después de abandonar el apartamento, Jane también había ido a Edgestow y se había comprado un sombrero. Antes de eso había expresado cierto desprecio por el tipo de mujer que se compra sombreros, como un hombre que bebe, para estímulo y consuelo. No se le ocurrió que lo estuviera haciendo entonces. Le gustaba que su ropa fuese bastante severa y de colores realmente correctos según serios criterios estéticos —prendas que hicieran evidente para todos que ella era una adulta inteligente y no una mujer del tipo «caja de bombones»— y por eso no sabía que estuviese interesada en la ropa en ningún sentido. Por lo tanto se sintió un poco molesta cuando la señora Dimble la encontró saliendo de Sparrow's y dijo:

—¡Hola, querida! ¿Comprando un sombrero? Ven a almorzar a casa y echémosle un vistazo. Cecil ha aparcado aquí a la vuelta.

Cecil Dimble, miembro del Northumberland, había sido tutor de Jane durante sus últimos años de estudiante y la señora Dimble (uno se sentía inclinado a llamarla «mamá Dimble») había sido una especie de tía universal para todas las muchachas del curso. La simpatía por las discípulas del propio esposo tal vez no sea tan común como podría desearse entre las esposas de profesores, pero a la señora Dimble parecían gustarle todos los alumnos de ambos sexos del doctor Dimble, y el hogar de los Dimble, en el lado opuesto del río, era una especie de animado salón durante todo el curso escolar. Jane le había caído especialmente bien, con ese tipo de afecto que siente una mujer ocurrente, de buen carácter y sin hijos por una muchacha a la que encuentra hermosa y ligeramente extravagante. Durante el último año, por algún motivo, Jane había dejado de ver a los Dimble y se sentía bastante culpable. Aceptó la invitación a comer.

Fueron con el auto por el puente hacia el norte de Bracton y después hacia el sur a lo largo de la ribera del Wynd, pasaron los *cottages*, doblaron a la izquierda y hacia el este en la capilla normanda y bajaron por la recta calle con los álamos a un lado y el muro del bosque Bragdon al otro, y finalmente llegaron a la puerta de entrada de los Dimble.

—¡Qué bonito está! —dijo Jane con sinceridad al salir del automóvil. El jardín de los Dimble era famoso.

—Entonces es mejor que lo mires con atención —dijo el doctor Dimble.

—¿Qué quiere decir? —preguntó Jane.

—¿No se lo contaste? —le dijo el doctor Dimble a su esposa.

—Aún no me he hecho a la idea —dijo la señora Dimble—. Además, pobrecita, su esposo es uno de los malos de la película. De todos modos, supongo que lo sabe.

—No tengo idea de qué están hablando —dijo Jane.

—Tu *college* se está poniendo tan pesado, querida. Nos echan. No nos van a renovar el contrato de alquiler.

—¡Oh, señora Dimble! —exclamó Jane—... Ni siquiera sabía que esto pertenecía a Bracton.

—¡Así vamos! —dijo la señora Dimble—. La mitad del mundo no sabe cómo vive la otra mitad. Aquí estaba yo, imaginando que estabas utilizando toda tu influencia sobre el señor Studdock para tratar de salvarnos, mientras que realmente...

—Mark no me habla nunca de los asuntos del *college*.

—Los buenos esposos nunca lo hacen —dijo el doctor Dimble—. Al menos solo cuentan los asuntos de la gente de otros *colleges*. Por eso Margaret sabe todo sobre Bracton y nada de Northumberland. ¿Nadie va a comer?

Dimble suponía que Bracton iba a vender el bosque y todas las demás posesiones de ese lado del río. La zona le parecía ahora aún más un paraíso que cuando llegó a vivir a ella por primera vez, hacía veinticinco años y tenía sentimientos demasiado intensos sobre el tema para hablar sobre él ante la esposa de uno de los hombres de Bracton.

—Tendrás que esperar a comer hasta que haya visto el sombrero nuevo de Jane —dijo mamá Dimble, y de inmediato urgió a Jane a que subiera la escalera. Siguieron unos minutos de conversación estrictamente femenina en el antiguo sentido del término. Jane, aunque conservaba cierto sentido de superioridad, la encontró alentadora sin poder definir por qué y, aunque en realidad la señora Dimble tenía puntos de vista equivocados sobre esas cuestiones, era innegable que la única pequeña alteración que sugirió iba a la raíz del problema. Cuando volvieron a guardar el sombrero, la señora Dimble dijo de pronto:

—No hay nada que ande mal, ¿verdad?

—Mal —dijo Jane—. ¿Por qué? ¿Qué debería haber?

—No se te ve muy bien.

—Oh, estoy bien —dijo Jane en voz alta. Mentalmente agregó: «Se está muriendo por saber si voy a tener un bebé. Esa clase de mujer siempre lo está».

—¿Odias que te besen? —preguntó inesperadamente la señora Dimble.

«¿Odio que me besen? —pensó Jane para sus adentros—. En realidad esa es la cuestión. ¿Odio que me besen? No esperes inteligencia en las mujeres...» Había tenido la intención de contestar «Por supuesto que no», pero inexplicablemente y para gran incomodidad suya, se descubrió llorando. Y entonces, por un momento, la señora Dimble se transformó sencillamente en un mayor como son los mayores cuando uno es un niño muy pequeño: objetos grandes, cálidos, blandos hacia los que uno corre con las rodillas raspadas o los juguetes rotos. Por lo común, cuando Jane pensaba en la infancia recordaba las veces en que el abrazo voluminoso de una niñera o la madre había sido mal recibido y resistido como un insulto a la propia madurez; ahora, por el momento, había regresado a una de las ocasiones olvidadas aunque frecuentes en que el miedo o el desamparo llevaban a una rendición voluntaria que aportaba consuelo. No detestar que la acariciaran y mimaran iba en contra de toda su concepción de la vida; sin embargo, antes de bajar le había contado a la señora Dimble que no iba a tener un bebé, pero que estaba un poco deprimida por estar tanto tiempo sola y por una pesadilla que había tenido.

Durante la comida, el doctor Dimble habló de la leyenda de Arturo.

—Es realmente maravilloso cómo encaja todo —dijo—, incluso en una versión tardía como la de Malory. ¿Han notado cómo existen dos grupos de personajes? Están Ginebra y Lancelot y toda esa gente en el centro, todos muy cortesanos y sin nada especialmente británico en ellos. Pero en el fondo, al otro lado de Arturo, por así decir, está toda esa gente oscura como Morgana y Morgause, que son en verdad muy británicos y por lo común más o menos hostiles, aunque sean parientes de Arturo, mezclados con la magia. Recuerden esa frase maravillosa, cómo la reina Morgana «incendió el país con damas hechiceras». Merlín también, desde luego, es británico, aunque no hostil. ¿Acaso no es muy semejante a una imagen de la antigua Inglaterra tal como debe de haber sido antes de la invasión?

—¿Qué quiere decir, doctor Dimble? —preguntó Jane.

—Bueno, ¿no puede haber habido un sector de la sociedad que fuese casi puramente romano? Gente que usara togas y hablara en un latín celtizado... algo que sonaría para nosotros como el español, totalmente cristiano. Pero más arriba, dentro del país, en los sitios apartados, aislados por los bosques, podrían haber existido cortes pequeñas gobernadas por verdaderos subreyes británicos, hablando algo parecido al galés y practicando hasta cierto punto la religión druídica.

—¿Y cuál podría haber sido Arturo? —dijo Jane. Era una tontería que el corazón se le hubiese parado un instante ante las palabras «como el español».

—Justamente ese es el asunto —dijo el doctor Dimble—. Uno puede imaginar a un hombre de antigua estirpe británica, pero al mismo tiempo general cristiano y bien entrenado en la técnica romana, tratando de amalgamar toda esa sociedad y casi lográndolo. Habría celos por parte de su familia británica, y el sector romanizado (los lancelotes y los lioneles) trataría con condescendencia a los britanos. Eso explicaría por qué Kay* es siempre representado como un rústico: forma parte de la descendencia nativa. Y siempre esa corriente oculta, esa línea de retroceso hacia el druidismo.

—¿Y dónde estaría situado Merlín?

—Sí... Él es una figura realmente interesante. ¿Fracasó todo porque murió tan pronto? ¿Has pensado alguna vez qué creación extraña es Merlín? No es malvado, pero es un mago. Es obvio que se trata de un druida, sin embargo, lo sabe todo sobre el Grial. Es el «hijo del diablo», pero después Layamon** se aparta de su camino para contarnos que el tipo de ser que engendró a Merlín no necesitaba haber sido malo después de todo. Recuerden:

---

* Hermanastro del Rey Arturo. (*N. del t.*).

** Cronista inglés en verso. Vivió alrededor del año 1200. (*N. del t.*).

«Habitan en el cielo muchas clases de seres. Algunos son buenos y otros obran mal».

—Es bastante embrollado. No lo había pensado antes.

—Con frecuencia me pregunto —dijo el doctor Dimble— si Merlín no representa el último rastro de algo que la tradición posterior ha olvidado por completo, algo que se volvió imposible cuando la única gente en contacto con lo sobrenatural se volvió blanca o negra, sacerdotes o hechiceros.

—Qué idea tan horrenda —dijo la señora Dimble, que había advertido que Jane parecía estar preocupada—. De todos modos, Merlín actuó hace mucho tiempo, si es que actuó en realidad, y está bien muerto y enterrado bajo el bosque Bragdon, como sabemos todos.

—Enterrado, pero no muerto, de acuerdo con la historia —corrigió el doctor Dimble.

—¡Ush! —dijo Jane sin querer, pero el doctor Dimble rumiaba en voz alta:

—Me pregunto qué descubrirán cuando empiecen a cavar ese sitio para hacer los cimientos del NICE —dijo.

—Primero barro y después agua —repuso la señora Dimble—. Por eso no pueden construir ahí en realidad.

—Eso es lo que piensas —dijo su esposo—. Y si es así, ¿por qué querrían venir aquí? ¡No es probable que un pequeño *cockney** como Jules esté influenciado por alguna fantasía poética de que el manto de Merlín caiga sobre él!

—¡El manto de Merlín justamente! —dijo la señora Dimble.

—Sí —contestó el doctor—. Es una curiosa idea. Me atrevería a afirmar que a algunos de su grupo les gustaría bastante recobrar el manto. ¡Que tengan espaldas suficientes para usarlo es otra cosa! No creo que les agradara que el propio anciano resucitara junto con el manto.

—Esta niña va a desmayarse —dijo de pronto la señora Dimble, poniéndose en pie de un salto.

---

* Habitante de la zona del East End de Londres, predominantemente fabril y comercial, muy poblada y con un modo de hablar propio. El término suele emplearse en sentido despectivo, para caracterizar a alguien de poca cultura. (*N. del t.*).

—¡Caramba! ¿Qué ocurre? —dijo el doctor Dimble, mirando con asombro el rostro de Jane—. ¿Hace demasiado calor en el cuarto para ti?

—Oh, es tan ridículo —dijo Jane.

—Pasemos a la sala —ordenó el doctor Dimble—. Así. Apóyate en mi brazo.

Un momento después, en la sala, sentada junto a una ventana que daba al prado, ahora sembrado de brillantes hojas amarillas, Jane trató de disculpar su absurdo comportamiento contando la historia del sueño.

—Supongo que me he traicionado horriblemente —dijo—. Podrían empezar a psicoanalizarme ahora mismo.

En realidad, por la expresión del doctor Dimble, Jane podría haber pensado que el sueño lo había impactado en exceso.

—Es algo extraordinario... realmente extraordinario —seguía murmurando—. Dos cabezas. Y una de ellas pertenece a Alcasan. ¿Se tratará de una falsa premonición?

—No, Cecil —dijo la señora Dimble.

—¿Creen que debería analizarme? —preguntó Jane.

—¿Analizarte? —dijo el doctor Dimble, mirándola como si no hubiera entendido bien—. Ah, ya entiendo. ¿Quieres decir ir a ver a Brizeacre o a alguien por el estilo?

Jane se dio cuenta de que la pregunta lo había sacado de una línea de ideas muy distinta e incluso, lo que era desconcertante, que la cuestión de su propia salud había sido dejada de lado. Al contar el sueño había hecho surgir otro problema, aunque no podía ni siquiera imaginar de qué se trataba.

El doctor Dimble miró afuera por la ventana.

—Ahí está el más obtuso de mis discípulos haciendo sonar el timbre —dijo—. Debo ir al estudio y escuchar un ensayo sobre Swift que empieza «Swift nació». Además debo intentar concentrarme en eso, lo que no será fácil.

Se puso de pie y se detuvo un momento con una mano sobre el hombro de Jane.

—Mira —dijo—. No voy a darte ningún consejo. Pero si decides dirigirte a alguien respecto al sueño, me gustaría que primero pienses en ir a ver a una persona cuya dirección te daremos Margery o yo.

—¿Usted no cree en el señor Brizeacre? —dijo Jane.

—No puedo explicarlo —contestó el doctor Dimble—. No ahora. Es todo muy complejo. No te preocupes. Pero si lo haces, déjanos saberlo. Adiós.

Después de irse llegaron otras visitas, de modo que Jane y su anfitriona no tuvieron oportunidad de hablar más en privado. Abandonó el hogar de los Dimble una hora más tarde y se fue caminando a casa, no a lo largo del camino de los álamos, sino por el sendero que cruzaba los terrenos baldíos, entre asnos y gansos, con las torres y las agujas de Edgestow a su izquierda y el antiguo molino sobre el horizonte a su derecha.

2

CENA CON EL VICERRECTOR

—¡Esto es un golpe! —dijo Curry de pie ante el hogar de sus magníficas habitaciones, que daban sobre el Newton. Eran las mejor situadas del *college*.

—¿Alguna noticia de NO? —dijo James Busby.

Él, lord Feverstone y Mark estaban bebiendo jerez antes de cenar con Curry. NO, que significaba *Non Olet*,* era el apodo de Charles Place, el rector de Bracton. Su elección para el puesto, quince años atrás, había sido uno de los primeros triunfos del Elemento Progresista. A fuerza de afirmar que el *college* necesitaba «sangre nueva» y debía librarse de sus «rutinas académicas», habían logrado hacer entrar a un maduro funcionario, que, por cierto, nunca había sido contaminado por las debilidades académicas desde que abandonó el *college* bastante oscuro de Cambridge en el siglo anterior, pero que había escrito un informe monumental sobre la Sanidad Nacional. En todo caso, el tema le había servido de recomendación para el Elemento Progresista. Estos lo consideraban como un bofetón en el rostro de los *dilettanti* y los Cabeza dura, quienes replicaron bautizando al nuevo rector Non Olet. Pero, poco a poco, hasta los partidarios de Place adoptaron el nombre. Porque Place no había cumplido con las expectativas, resultado de ser un dispéptico con cierta predilección por la filatelia, cuya voz se oía u tan poco que algunos de los miembros jóvenes no sabían cómo sonaba.

—Sí; maldito sea —dijo Curry—. Quiere verme sobre una cuestión importante en cuanto me vaya bien visitarlo después de la cena.

—Eso quiere decir —dijo el Tesorero— que Jewel y compañía se han dirigido a él y quieren encontrar algún modo de echar para atrás el asunto.

---

* En latín, «No huele» (el dinero). Vespaciano, según Suetonio y Cassius Dio. (*N. del t.*).

—No apostaría un centavo —dijo Curry—. ¿Cómo se puede echar para atrás una resolución? No se trata de eso. Pero basta para arruinarme la noche.

—Solo tu noche —dijo Feverstone—. No te olvides de dejar fuera ese brandi tan especial que tienes antes de irte.

—¡Jewel! ¡Por Dios! —dijo Busby, hundiendo la mano izquierda en la barba.

—El viejo Jewel me dio bastante pena —dijo Mark.

Los motivos para decir esas palabras eran muy confusos. Para hacerle justicia, debe decirse que la brutalidad completamente inesperada y evidentemente innecesaria del comportamiento de Feverstone respecto al anciano lo había disgustado. Y, por otra parte, la idea de su deuda hacia Feverstone en la cuestión de su propia beca de investigación lo había estado irritando todo el día. ¿Quién era ese Feverstone? Pero, paradójicamente, aunque sentía que había llegado el momento de afirmar su propia independencia y de mostrar que no debía darse por sentada su aceptación de todos los métodos del Elemento Progresista, sentía además que un poco de independencia lo llevaría a una posición más alta dentro del grupo. Si se le hubiese ocurrido la idea «Feverstone me tendrá más en cuenta si muestro los dientes» con todas las letras, es probable que la hubieran rechazado por servil, pero no ocurrió así.

—¿Pena por Jewel? —dijo Curry dándose vuelta—. No dirías eso si supieras cómo era en su juventud.

—Estoy de acuerdo contigo —dijo Feverstone dirigiéndose a Mark—. Pero yo elijo el punto de vista de Clausewitz. A la larga, la guerra total es la más humanitaria. Le tapé la boca rápidamente. Ahora que se ha recuperado del susto estará disfrutando, porque confirmé totalmente todo lo que ha estado diciendo sobre la generación joven en los últimos cuarenta años. ¿Cuál era la alternativa? Dejarlo seguir chocheando hasta que consiguiera tener un acceso de tos o un ataque al corazón y, para colmo, darle la desilusión de descubrir que lo trataban con cortesía.

—Bueno, ese es un modo de ver las cosas —dijo Mark.

—Maldita sea —continuó Feverstone—, a ningún hombre le gusta que le quiten las herramientas de trabajo. ¿Qué sería de nuestro pobre Curry si un día los Cabeza dura se negaran a ser testarudos? La ocupación de Otelo desaparecería.

—La cena está lista, señor —dijo el «tirador» de Curry, porque así es como llaman a un sirviente del *college* en Bracton.

—Eso es una tontería, Dick —replicó Curry mientras se sentaban—. Nada me gustaría más que ver el final de todos los Cabeza dura y obstruccionistas y poder seguir con el trabajo. No supondrás que me gusta tener que desperdiciar el tiempo simplemente en limpiar el camino, ¿verdad? —Mark advirtió que su anfitrión estaba un poco irritado por la burla de Feverstone. Este tenía una risa extremadamente viril y contagiosa. Mark sintió que empezaba a gustarle.

—¿Qué trabajo...? —dijo Feverstone no exactamente mirando de reojo, y mucho menos guiñándole el ojo a Mark, pero haciéndole sentir que participaba en la diversión.

—Bueno, algunos de nosotros tienen trabajo personal que hacer —contestó Curry, bajando la voz para darle un tono más solemne, casi del mismo modo en que algunas personas bajan la voz para hablar de asuntos médicos o religiosos.

—No me había enterado de que pertenecías a ese tipo de personas —dijo Feverstone.

—Eso es lo peor de todo el sistema —dijo Curry—. En un lugar como este uno tiene que contentarse con ver cómo todo se desmorona (quiero decir, se estanca) o de lo contrario sacrificar la carrera personal como estudioso por todos los infernales asuntos políticos del *college*. Uno de estos días me libraré de eso y me dedicaré a mi libro. Debes saber que la materia prima ya está lista, Feverstone. Unas buenas vacaciones sin problemas y creo realmente que podré darle forma.

Mark, que no había visto nunca a Curry picado, estaba empezando a disfrutar.

—Ya veo —dijo Feverstone—. Con el fin de mantener el lugar en funcionamiento como sociedad erudita, todos sus mejores cerebros tienen que dejar de lado todo lo referente a la erudición.

—¡Exactamente! —dijo Curry—. Eso es justo... —Y entonces se detuvo, dudando de que lo estuvieran tomando en serio. Feverstone rompió a reír. El tesorero, que hasta entonces había estado muy ocupado en comer, se limpió la barba con cuidado y habló.

—Todo eso está muy bien en teoría —dijo —, pero creo que Curry está en lo cierto. Supongamos que renunciara a su cargo de vicerrector y se retirara a su cueva. Podría brindarnos un libro asombrosamente bueno sobre economía.

—¿Economía? —dijo Feverstone alzando las cejas.

—Ocurre que soy un historiador militar, James —dijo Curry. Con frecuencia le molestaba un poco lo difícil que les resultaba a sus colegas recordar a qué rama particular del conocimiento había decidido dedicarse.

—Quiero decir historia militar, por supuesto —dijo Busby—. Como digo, podría brindarnos un libro asombrosamente bueno sobre historia militar. Pero sería superado en veinte años. Mientras que el trabajo que está haciendo realmente para el *college* lo beneficiará durante siglos. Me refiero a toda esta cuestión de traer el NICE a Edgestow. ¿Qué le parece eso, Feverstone? No estoy hablando simplemente del aspecto financiero, aunque es natural que como tesorero le dé un lugar preferencial. Pero piense en la nueva vida, en el despertar de la nueva visión, en el movimiento de los impulsos latentes. ¿Qué sería cualquier libro de economía...?

—Historia militar —dijo Feverstone con suavidad, pero esta vez Busby no lo oyó.

—¿Qué sería cualquier libro de economía, comparado con algo como esto? —continuó—. Lo considero el triunfo mayor del idealismo práctico en lo que va del siglo.

El buen vino estaba empezando a rendir sus frutos. Todos hemos conocido a ese tipo de clérigo que tiende a olvidar los hábitos después de la tercera copa, pero la costumbre de Busby era a la inversa. Después de la tercera copa empezaba a acordarse de los hábitos. A medida que el vino y la luz de las velas le aflojaban la lengua, el párroco que seguía latiendo en su interior después de treinta años de apostasía empezaba a adquirir una extraña vida galvánica.

—Como saben, muchachos —decía—, no me las doy de ortodoxo. Pero si se comprende a la religión en su sentido más profundo, no dudo en afirmar que Curry, al traer el NICE a Edgestow, ha hecho más en un año que lo que ha hecho Jewel en toda su vida.

—Bueno, eso es lo que uno habría esperado —dijo Curry con modestia—. Yo no lo expresaría exactamente como tú, James...

—No, no —dijo el tesorero—. Por supuesto que no. Todos manejamos lenguajes distintos, pero en realidad queremos decir lo mismo.

—¿Ha descubierto alguien qué es, concretamente, el NICE o qué tiene intención de hacer? —preguntó Feverstone.

Curry lo miró con una expresión un poco alarmada.

—Es extraño que tú lo preguntes, Dick —dijo—. Pensaba que tú pertenecías a él.

—¿Acaso es ingenuo suponer que estar dentro de algo implica algún conocimiento definido de su programa oficial? —dijo Feverstone.

—Oh, bueno, si te refieres a los detalles —dijo Curry y luego se detuvo.

—Lo cierto, Feverstone —dijo Busby—, es que estás haciendo un gran misterio sobre nada. Yo diría que los objetivos del NICE son muy claros. Es el primer intento de encarar seriamente la ciencia aplicada desde el punto de vista nacional. La diferencia en escala entre él y cualquier cosa que hayamos tenido antes se reduce a una diferencia de clase. ¡Solo por los edificios, el equipo! Piensa en lo que ha hecho por la industria. Piensa en cómo va a movilizar el talento nacional: no solo el talento científico en el sentido más estricto. ¡Quince administradores de departamentos a quince mil por año cada uno! ¡Equipo legal propio! ¡Policía propia! ¡Me han hablado de equipo propio y permanente de arquitectos, agrimensores, ingenieros! ¡Es fantástico!

—Carreras para nuestros hijos —dijo Feverstone—. Ya entiendo.

—¿Qué quieres decir con eso, lord Feverstone? —dijo Busby bajando la copa.

—¡Por Dios! —dijo Feverstone con ojos risueños—. Qué metedura de pata. Me había olvidado por completo de que no tienes familia, James.

—Estoy de acuerdo con James —dijo Curry, que había estado esperando hablar con impaciencia—. El NICE marca el comienzo de una nueva era, la era verdaderamente científica. Hasta ahora todo ha sido fruto de la casualidad. Esto va a asentar a la ciencia sobre bases científicas. Va a haber cuarenta comisiones relacionadas reuniéndose todos los días, y tienen un dispositivo maravilloso (me mostraron el modelo la última vez que estuve en la ciudad), por el cual los descubrimientos de cada comisión se imprimen en su propio compartimento pequeño sobre el tablero analítico de noticias cada media hora. Después ese informe se desliza por sí solo en la posición correcta donde se ve conectado por medio de flechitas con todas las partes relacionadas de los demás informes. Un vistazo al tablero le muestra a uno la política del instituto entero tomando forma ante los propios ojos. Habrá un equipo de al menos veinte expertos en la cima del edificio elaborando ese tablero de noticias en un cuarto muy semejante a los de control del Subte. Es un dispositivo maravilloso. Los distintos tipos de asuntos aparecen todos en luces de colores diferentes sobre el tablero. Debe de haber costado medio millón. Lo llaman pragmatómetro.

—Y aquí volvemos a ver lo que el instituto está haciendo por el país —dijo Busby—. La pragmatometría va a ser algo grande. Centenares de personas se van a dedicar a eso. ¡Caramba, es probable que ese tablero analítico de noticias esté anticuado antes de que terminen el edificio!

—Sí, ¡vaya! —dijo Feverstone—, y el mismo NO me dijo esta mañana que los baños del edificio van a ser algo completamente fuera de lo común.

—Ya lo creo —añadió Busby con energía—. No veo por qué no darle importancia a ese tipo de cosas.

—¿Y tú qué piensas, Studdock? —dijo Feverstone.

—Pienso que James tocó el punto más importante cuando dijo que el instituto tendría equipo legal y policía propios. Los pragmatómetros y los lavabos *de luxe* no me importan un comino. Lo importante es que esta vez vamos a conseguir que la ciencia sea aplicada a los problemas sociales y respaldada por toda la fuerza del Estado, así como en el pasado la guerra fue apoyada con toda la fuerza del Estado. Desde luego, uno espera que se descubra más de lo que conseguía la ciencia independiente; lo que es seguro es que se puede hacer más.

—Maldita sea —dijo Curry mirando su reloj—. Debo ir a hablar con NO. Si quieren un poco de brandi cuando terminen el vino, la botella está en el armario. Hay copas grandes en el estante superior. Regresaré en cuanto pueda. Tú no te vas, James, ¿verdad?

—Sí —dijo el tesorero—. Me voy a acostar temprano. No voy a interrumpir su reunión. He estado en pie casi todo el día, ¿saben? Hay que ser tonto para seguir en un cargo en este *college*. Ansiedad continua. Responsabilidad demoledora. ¡Y después hay gente que sugiere que los pequeños escarabajos investigadores que nunca asoman la nariz fuera de las bibliotecas y los laboratorios son los verdaderos trabajadores! Me gustaría ver a Glossop o cualquiera de los de ese grupo enfrentarse al tipo de trabajo diario que he soportado hoy. Curry, amigo mío, tendrías una vida más tranquila si te dedicaras a la economía.

—Ya te dije antes... —empezó Curry, pero el tesorero, ya de pie, se había inclinado hacia lord Feverstone para contarle un chiste.

En cuanto los dos hombres salieron del cuarto, lord Feverstone miró fijamente a Mark durante unos segundos con expresión enigmática. Después soltó una risita. Luego la risa se desplegó en carcajada. Echó el cuerpo musculoso y delgado hacia atrás en la silla y se rio cada vez más alto. La risa era muy contagiosa y Mark se descubrió riéndose también, con sinceridad y hasta con abandono, como un niño.

—Pragmatómetros... lavatorios palaciegos... idealismo práctico —jadeaba Feverstone.

Fue un momento de liberación extraordinaria para Mark. Se le ocurrieron todo tipo de cosas que no había notado previamente en Curry y Busby o que, en caso de notarlas, había dejado de lado en su reverencia por el Elemento Progresista. Se preguntó cómo podía haber estado tan ciego de su lado cómico.

—En realidad es bastante decepcionante —dijo Feverstone cuando se hubo recuperado un poco— que la gente que uno debe utilizar para que las cosas se hagan digan semejantes tonterías en cuanto uno las interroga sobre esas cosas.

—Y sin embargo, son, en cierto sentido, los cerebros de Bracton —dijo Mark.

—¡Por Dios, no! Glossop, Bill el Tormentas y hasta el viejo Jewel los superan diez veces en inteligencia.

—No sabía que pensabas eso.

—Creo que Glossop y compañía están equivocados por completo. Creo que la idea que tienen acerca de la cultura, el conocimiento y lo demás no es realista. No creo que se ajuste al mundo en que vivimos. Es una mera fantasía. Pero es una idea bastante clara y la siguen coherentemente. Saben lo que quieren. Pero nuestros dos pobres amigos, aunque se les puede convencer de que tomen el tren indicado, o incluso de que lo conduzcan, no tienen ni la más remota idea de hacia dónde se dirige o por qué. Sudarán sangre por traer el NICE a Edgestow, por eso son indispensables.

Pero cuál es el objetivo del NICE, cuál es el objetivo de cualquier cosa... hay que preguntárselo a otro. ¡Pragmatometría! ¡Quince administradores!

—Bueno, tal vez yo esté en el mismo barco.

—En absoluto. Tú viste el objetivo de inmediato. Supe que lo harías. He leído todo lo que escribiste desde que te presentaste a la beca de investigación. Sobre eso quería hablarte.

Mark se quedó en silencio. La sensación vertiginosa de subir girando de pronto de un nivel de secreto a otro, unido al efecto creciente del excelente oporto de Curry, le impidió hablar.

—Quiero que entres en el instituto —dijo Feverstone.

—¿Quieres decir... dejar Bracton?

—Da lo mismo. De todos modos, no creo que haya algo que quieras aquí. Cuando NO se retire nombraremos rector a Curry y...

—Hablaban de hacerte rector a ti.

—¡Dios! —dijo Feverstone y abrió los ojos.

Mark cayó en la cuenta de que desde el punto de vista de Feverstone eso era como sugerirle que se convirtiera en el director de una escuelita para idiotas y dio gracias a su buena estrella de que no hubiese expresado la observación en un tono obviamente serio. Los dos volvieron a reírse.

—Sería un absoluto desperdicio que fuera rector —dijo Feverstone—. Es un trabajo para Curry. Lo hará muy bien. Se necesita un hombre a quien le gusten los negocios y mover los hilos por el simple placer de hacerlo y que no pregunte realmente qué está pasando. Si lo hiciera, empezaría a introducir sus propias... bueno, supongo que él las llamaría «ideas». Tal como están las cosas, solo tenemos que decirle que piense que Fulano es un hombre que el *college* necesita y lo pensará. Y no descansará hasta que Fulano consiga una beca de investigación. Para eso necesitamos el *college*. Como una red, como una oficina de reclutamiento.

—¿Quieres decir una oficina de reclutamiento para el NICE?

—Sí, en primer lugar. Pero esto no es más que una parte del espectáculo general.

—No estoy seguro de saber a qué te refieres.

—Pronto lo estarás. ¡El lado hogareño y todo eso, ya sabes! Suena muy al estilo de Busby decir que la humanidad está en la encrucijada. Pero es la cuestión principal del momento: de qué lado está uno: del oscurantismo o del orden. Realmente parece como si ahora tuviésemos el poder de afirmarnos como especie durante un período bastante asombroso, de tomar el control de nuestro destino. Si se le da verdadera vía libre a la ciencia, puede hacerse cargo de la raza humana y reacondicionarla, convertir al hombre en un animal realmente eficaz. Si no lo hace... bueno, estamos listos.

—Sigue.

—Hay tres problemas principales. Primero, el problema interplanetario.

—¿Qué diablos quieres decir?

—Bueno, en realidad eso no importa. Por el momento no podemos hacer nada al respecto. El único hombre que podía ayudar era Weston.

—Murió en un bombardeo, ¿verdad?

—Fue asesinado.

—¿Asesinado?

—Estoy seguro, y tengo bastante idea de quién fue el asesino.

—¡Por Dios! ¿No se puede hacer nada?

—No hay evidencias. El asesino es un respetable profesor de Cambridge con problemas de vista, renguera y una abundante barba. Ha cenado en este *college*.

—¿Por qué asesinaron a Weston?

—Por estar en nuestro bando. El asesino pertenece al bando rival.

—¿Acaso quieres decir que lo asesinaron por eso?

—Sí —dijo Feverstone, dejando caer la mano con violencia sobre la mesa—. Ese es el asunto. Vas a oír a gente como Curry o James farfullar sobre la «guerra» contra la reacción. No les entra en la cabeza que podría tratarse de una verdadera guerra con auténticas bajas. Creen que la resistencia violenta del otro bando terminó con la persecución de Galileo y todo eso. Pero no lo creas. Justo acaba de empezar. Saben que por fin contamos con verdaderos poderes, que la cuestión de qué será de la humanidad va a decidirse en los próximos sesenta años. Van a combatir por cada centímetro de terreno. No se detendrán ante nada.

—No pueden ganar —dijo Mark.

—Esperemos que no —dijo lord Feverstone—. Yo creo que no pueden. Por eso es de una importancia tan extrema que cada uno de nosotros elija el bando correcto. Si tratas de ser neutral te conviertes en un simple peón.

—Oh, no tengo la menor duda de cuál es mi bando —dijo Mark—. Maldita sea, la preservación de la raza humana... es un compromiso de lo más profundo.

—Bueno, en lo personal no me entrego a ningún busbyismo al respecto —dijo Feverstone—. Es un poco fantástico basar los actos propios en una supuesta preocupación por lo que va a pasar dentro de millones de años; debes recordar que el otro bando también proclamará que está preservando la humanidad. Ambos pueden explicarse psicoanalíticamente si eligen esa línea. La cuestión práctica es que a nosotros dos no nos gusta ser peones y preferimos combatir, sobre todo en el bando ganador.

—¿Y cuál es el primer paso práctico?

—Sí, esa es la verdadera pregunta. Como dije, el problema interplanetario debe dejarse a un lado por el momento. El segundo problema son nuestros rivales en este planeta. No me refiero solo a los insectos y a las bacterias. Hay demasiada vida de todo tipo alrededor, animal y vegetal. En realidad aún no hemos limpiado este planeta. Primero no podíamos y después tuvimos escrúpulos estéticos y humanitarios: aún no hemos puesto en el disparadero la cuestión del equilibrio de la naturaleza. Se debe encarar todo eso. El tercer problema es el propio hombre.

—Sigue. Eso me interesa mucho.

—El hombre tiene que hacerse cargo del hombre. Recuerda que eso significa que algunos hombres tienen que hacerse cargo del resto: otra razón para enfrentarse a ello en cuanto se pueda. Tú y yo queremos ser la gente que se haga cargo, no de las personas de las que se hagan cargo.

—¿Qué tienes en mente?

—Cosas muy simples y obvias al principio: esterilización de los incapaces, exterminación de las razas atrasadas (no queremos pesos muertos), reproducción selectiva... Después verdadera educación, incluyendo educación prenatal. Por verdadera educación quiero decir una que no incluya el sinsentido de «tómalo o déjalo». Una verdadera educación transforma al que la experimenta en lo que ella quiere infaliblemente, sea lo que fuere lo que los padres o el paciente traten de hacer al respecto. Por supuesto, tendrá que ser sobre todo psicológica al principio. Pero a la larga llegaremos al condicionamiento bioquímico y a la manipulación directa del cerebro.

—Pero eso es estupendo, Feverstone.

—Es la clave por fin. Un nuevo tipo de hombre, y es la gente como tú la que va a empezar a construirlo.

—Ese es mi problema. No pienses que es falsa modestia, pero aún no entiendo cómo puedo contribuir.

—No, pero nosotros sí. Eres lo que necesitamos: un sociólogo experto con una perspectiva radicalmente realista, que no teme la responsabilidad. Además, un sociólogo que puede escribir.

—¿No querrás decir que me necesitan para escribir y expresar todo esto?

—No. Te necesitamos para escribir y no expresarlo, para camuflarlo. Solo por ahora, desde luego. Una vez que la cosa empiece a funcionar no tendremos que preocuparnos por el gran corazón del público británico. Haremos que el gran corazón sea como queremos que sea. Pero, entretanto, constituye una diferencia cómo se expresen las cosas. Por ejemplo, si llegara aunque sea a murmurarse que el NICE desea poderes para experimentar con criminales, tendrás a todos los ancianos de ambos sexos con los brazos en alto y dando grititos por la humanidad. Llámalo reeducación de los inadaptados y los tendrás a todos babeando encantados porque la era brutal del castigo compensatorio por fin ha terminado. Lo raro es que la palabra «experimento» es impopular, pero la palabra «experimental», no. No debes experimentar con niños, pero ¡ofréceles a las queridas criaturitas educación gratis en una escuela experimental vinculada al NICE y todo irá bien!

—¿No querrás decir que el... este... aspecto periodístico será mi tarea principal, verdad?

—No tiene nada que ver con el periodismo. En primera instancia, tus lectores serán comisiones de la Cámara de los Comunes, no el gran público. Pero eso será solo algo lateral. En cuanto a la tarea propiamente dicha... bueno, es imposible decir cómo podría desenvolverse. Cuando hablo con un hombre como tú, no hago hincapié en el aspecto financiero. Empezarías con algo bastante modesto, digamos unas mil quinientas libras anuales.

—No estaba pensando en eso —dijo Mark, enrojeciendo de pura excitación.

—Desde luego, tengo que advertirte que existen peligros —dijo Feverstone—. Tal vez no todavía. Pero, cuando las cosas empiecen a calentarse realmente, está dentro de las posibilidades que intenten despacharte como al pobre viejo Weston.

—Tampoco estaba pensando en eso —repuso Mark.

—Mira —señaló Feverstone—, déjame llevarte mañana a ver a John Wither. Me dijo que te llevara a pasar el fin de semana si estabas interesado. Allí encontrarás a toda la gente importante y te dará la oportunidad de decidirte.

—¿Qué papel tiene Wither? Creía que Jules era quien dirigía el NICE. —Jules era un distinguido novelista y divulgador científico cuyo nombre siempre aparecía ante el público relacionado con el nuevo instituto.

—¡Jules! ¡Por todos los diablos! —dijo Feverstone—. No imaginarás que esa mascotita tiene algo que decir respecto a lo que pasa realmente, ¿verdad? Funciona muy bien para vender el instituto al gran público británico en los suplementos dominicales y recibe un fabuloso salario. No sirve para trabajar. No tiene nada en la cabeza, fuera de un poco de socialismo del siglo XIX y tonterías sobre los derechos humanos. ¡Debe de haber llegado tan lejos como Darwin!

—Oh —dijo Mark—. Nunca entendí que tuviera algún papel en el asunto. Sabes, ya que fuiste tan amable, creo que aceptaré tu ofrecimiento e iré a ver a Wither el fin de semana. ¿A qué hora sales?

—Alrededor de las once menos cuarto. Me han dicho que vives en el camino de Sandown. Puedo pasar y recogerte.

—Te lo agradezco. Ahora cuéntame sobre Wither.

—John Wither... —empezó Feverstone, pero se interrumpió de pronto—. ¡Vaya por Dios! —dijo—. Ahí viene Curry. Ahora tendremos que oír todo lo que le dijo NO y lo maravillosamente bien que lo manejó el archipolítico. No huyas. Necesitaré tu apoyo moral.

•••

Hacía rato que había pasado el último autobús cuando Mark salió del *college* y caminó hacia su casa colina arriba bajo la luz brillante de la luna. En el momento en que entró al apartamento le ocurrió algo bastante fuera de lo común. Se encontró sobre el felpudo abrazando a una Jane asustada, medio sollozante, una Jane incluso desvalida, que decía:

—Oh, Mark, he tenido tanto miedo.

Había una cualidad en los mismos músculos de su esposa que lo agarró por sorpresa. Cierta indefinible actitud defensiva la había abandonado ocasionalmente. Mark había conocido ocasiones semejantes anteriormente, pero eran pocas. Se estaban volviendo cada vez más escasas. Y, según su experiencia, tendían a ser seguidas al otro día por peleas inexplicables. Eso lo confundía mucho, pero nunca había expresado su confusión en palabras.

Es dudoso que hubiese entendido los sentimientos de ella aunque se los hubieran explicado; Jane, en todo caso, no podría habérselos explicado: se encontraba en una confusión extrema. Pero los motivos del comportamiento anormal de esa noche en particular eran bastante simples. Había regresado de casa de los Dimble alrededor de las cuatro y media animada por la caminata y hambrienta, y segura de que las experiencias de la noche anterior y de la comida se habían acabado. Había tenido que encender la luz y correr las cortinas antes de terminar el té, porque los días se iban acortando. Mientras lo hacía se le ocurrió que el miedo al sueño y a la simple mención de un manto, un anciano, un anciano enterrado pero no muerto, y un idioma parecido al español había sido en realidad tan poco racional como el temor de un niño a la oscuridad. Eso la había llevado a recordar momentos en que había temido la oscuridad, de niña. Quizás se entregó demasiado a ellos. Sea como fuere, cuando se sentó a tomar la última taza de té, había empeorado hasta cierto punto y no se recobró. Primero le resultó difícil concentrarse en su libro. Después, cuando reconoció esa dificultad, se le hizo difícil concentrarse en cualquier libro. Luego tomó conciencia de que se sentía inquieta. De estar inquieta pasó a estar nerviosa. Siguió un largo tiempo durante el cual no estuvo asustada, pero sabía que en realidad iba a asustarse mucho si no se controlaba. Después apareció una curiosa resistencia a entrar en la cocina a prepararse algo de comer y una dificultad —en realidad, una imposibilidad— de comer lo que se había preparado. Y ahora el hecho de que estaba asustada era inocultable. Desesperada, llamó a los Dimble.

—Creo que después de todo podría ir a ver a la persona que me sugirieron —dijo.

La voz de la señora Dimble le contestó, después de una pausa curiosa y breve, dándole la dirección. El nombre era Ironwood, señorita Ironwood, al parecer. Jane había dado por sentado que se trataría de un hombre y la información la repelió. La señorita Ironwood vivía en St. Anne's on the Hill. Jane le preguntó si era necesario pedir turno.

—No —dijo la señora Dimble—. Estarán... no necesitas pedir turno.

Jane estiró la conversación todo lo que pudo. El motivo principal de la llamada no era conseguir la dirección, sino oír la voz de mamá Dimble. En secreto había tenido la loca esperanza de que mamá Dimble advirtiera su angustia y dijera de inmediato «Voy a verte ahora mismo, en auto». En cambio, se limitó a darle la información y un apresurado «Buenas noches». A Jane le pareció que había algo extraño en la voz de la señora Dimble. Sintió que al llamar había interrumpido una conversación sobre ella o no... no sobre ella, sino sobre algo más importante, con lo que ella estaba relacionada de alguna manera. ¿Y qué había querido decir la señora Dimble con «Estarán...»? «¿Estarán esperándote?». Visiones horribles, infantiles, de esas personas «esperándola» le pasaron por la mente. Vio a la señorita Ironwood, toda vestida de negro, sentada con las manos cruzadas sobre las rodillas y después a alguien que la llevaba ante la señorita Ironwood y decía «Ha llegado» y la dejaba allí.

—¡Malditos sean los Dimble! —se dijo Jane y después se retractó, más por miedo que por remordimiento.

Y, ahora que la línea esperanzadora había sido usada y no había traído consuelo, el terror, como insultado por su fútil intento de escapar de él, volvió a abalanzarse sobre ella sin posibilidad de ocultamiento y después Jane nunca pudo recordar si el horrible anciano y el manto habían aparecido verdaderamente en el sueño o si solo había estado sentada, acurrucada y con los ojos abiertos, esperando, esperando, esperando (rezando incluso, aunque no creía en nadie a quien rezarle) que no aparecieran.

Y por eso Mark encontró una Jane tan sorprendente en el felpudo. Era una lástima, pensó, que tuviera que haber ocurrido en una noche en la que había vuelto tan tarde y tan cansado y, a decir verdad, no del todo sobrio.

• • •

—¿Te encuentras bien esta mañana? —dijo Mark.

—Sí, gracias —respondió Jane secamente.

Mark estaba en la cama, tomando una taza de té. Jane, sentada ante el tocador, vestida a medias y peinándose. Los ojos de Mark reposaban en ella con un placer matutino, indolente. El que apenas adivinara la falta de sintonía entre los dos se debía al incurable hábito de nuestra especie de «proyectar». Pensamos que el cordero es manso porque su lana es blanda en nuestras manos, los hombres llaman voluptuosa a una mujer porque despierta sentimientos voluptuosos en ellos. El cuerpo de Jane, suave, firme y delgado pero bien formado se adecuaba con tal exactitud a la mente de Mark que le resultaba casi imposible no atribuirle a Jane las mismas sensaciones que ella excitaba en él.

—¿Estás totalmente segura de que te encuentras bien? —le volvió a preguntar.

—Sí —dijo Jane con más sequedad aún.

Jane creía que estaba molesta porque el pelo no se ajustaba a sus deseos y porque Mark estaba fastidioso. También sabía, por supuesto, que sentía una profunda furia consigo misma por el colapso que la había llevado durante la noche a ser lo que más detestaba: una «mujercita» agitada, llorona, de historia sentimental, corriendo a refugiarse en los brazos masculinos. Pero creía que esa rabia estaba solo en el fondo de su mente y no sospechaba que latía en cada una de sus venas y causaba en ese mismo instante la torpeza de los dedos, que hacía parecer intratable el cabello.

—Porque si sientes la menor molestia, podría dejar de ir a la cita con ese hombre, Wither —siguió Mark.

Jane no dijo nada.

—Si voy, seguramente tendré que pasar la noche fuera, tal vez dos —dijo Mark.

Jane apretó un poco más los labios y siguió sin decir nada.

—¿Suponiendo que vaya, no vas a llamar a Myrtle para que venga a quedarse contigo? —preguntó Mark.

—No, gracias —dijo Jane con énfasis y después agregó—: Estoy muy acostumbrada a quedarme sola.

—Lo sé —dijo Mark a la defensiva—. El *college* está infernal últimamente. Ese es uno de los principales motivos por los que estoy pensando en buscar otro trabajo.

Jane siguió en silencio.

—Mira, querida —dijo Mark, irguiéndose de pronto y sacando las piernas fuera de la cama. No tiene sentido andarse por las ramas. No me siento bien yéndome mientras estás en este estado...

—¿Qué estado? —dijo Jane, dándose vuelta y encarándolo por primera vez.

—Bueno... quiero decir... un poco nerviosa... como puede pasarle a cualquiera en algún momento.

—Porque haya tenido una pesadilla cuando llegaste a casa anoche, o más bien esta mañana, no es necesario hablarme como si fuera una neurasténica. —Eso no era en absoluto lo que Jane había querido o había esperado decir.

—Bueno, no tiene sentido seguir así... —empezó Mark.

—¿Así cómo? —dijo Jane en voz alta y, después, sin darle tiempo a contestar—: Si has decidido que me estoy volviendo loca, harías mejor en hacer que viniera Brizeacre y te diera el certificado. Sería conveniente hacerlo mientras no estás. Podrían despacharme mientras estás con el señor Wither, sin el menor escándalo. Ahora voy a preparar el desayuno. Si no te afeitas y te vistes pronto, no estarás listo cuando llegue lord Feverstone.

El resultado fue que Mark se hizo un tremendo corte al afeitarse (y vio, de inmediato, una imagen de sí mismo hablando con el importante señor Wither con un gran trozo de algodón sobre el labio. superior) mientras que Jane decidía, por una mezcla de motivos, prepararle a Mark un desayuno anormalmente complicado (que preferiría morir antes que probar) y lo hacía con la veloz eficacia de una mujer furiosa, solo para derramarlo sobre la cocina nueva en el último momento. Aún estaban a la mesa y ambos simulaban leer el periódico cuando llegó lord Feverstone. Por desgracia, la señora Maggs llegó en el mismo instante. La señora Maggs constituía en la economía de Jane ese elemento representado por la frase «tengo una mujer que viene dos veces por semana». Veinte años antes, la madre de Jane se habría dirigido a esa asistenta llamándola «Maggs» y ella a su vez la habría llamado «señora». Pero Jane y su «mujer que venía dos veces por semana» se llamaban la una a la otra señora Maggs y señora Studdock. Tenían más o menos la misma edad y a los ojos de un soltero no había una diferencia muy notable en la ropa que llevaban ambas. En consecuencia, tal vez no fuera imperdonable que cuando Mark trató de presentarle su esposa a Feverstone este le estrechara la mano a la señora Maggs; sin embargo, eso no suavizó los últimos minutos que los dos pasaron en el apartamento.

Jane salió de inmediato con el pretexto de ir de compras.

—Realmente hoy no podría soportar a la señora Maggs —se dijo—. Es tan charlatana.

Así que ese era lord Feverstone, ese hombre de risa estridente, anormal, con una boca como de tiburón y sin educación. ¡Evidentemente era un perfecto idiota, además! ¿Qué bien podría hacerle a Mark relacionarse con un hombre así? Jane había desconfiado de su cara. Diría que había algo sospechoso en él. Era probable que se estuviera burlando de Mark. Era tan fácil engañar a Mark. ¡Si no estuviera en Bracton! Era un *college* horrible. ¿Qué veía Mark en gente como el señor Curry y el odioso expárroco con barbas? Y, entretanto, le quedaba por pasar el resto del día y la noche y la siguiente y aún más... porque cuando los hombres dicen que estarán fuera dos noches significa que dos noches es el mínimo y que esperan estar fuera toda una semana. Un telegrama (¡nunca una llamada!) pone las cosas en orden en lo que a ellos se refiere.

Debía hacer algo. Llegó a pensar en seguir el consejo de Mark y decirle a Myrtle que se quedara con ella. Pero Myrtle era su cuñada, la hermana melliza de Mark, y le saturaba la actitud de la hermana adoradora del hermano brillante. Le hablaría sobre la salud, las camisas y los calcetines de Mark con un continuo asombro soterrado y no expresado, pero inequívoco, ante la buena suerte que había tenido Jane de casarse con él. No, no llamaría a Myrtle. Después pensó en ir a que el doctor Brizeacre la visitara. Era de Bracton y era probable que en consecuencia no le cobrara. Pero cuando empezó a pensar en contestar, justamente a Brizeacre, el tipo de preguntas que seguramente le haría, le pareció imposible ir. Tenía que hacer algo. Por último, descubrió con cierta sorpresa para sí misma que había decidido ir a St. Anne's y ver a la señorita Ironwood. Pensó que era tonta por hacerlo.

•••

Ese día, un observador situado a la altura correcta sobre Edgestow hubiese visto lejos hacia el sur un punto moviéndose en el camino principal y, más tarde, hacia el este, mucho más cerca de la línea plateada del Wynd y moviéndose con una lentitud mucho mayor, el humo de un tren.

El punto habría sido el automóvil que llevaba a Mark Studdock hacia la Oficina de Transfusión de Sangre de Belbury, donde se albergaba provisionalmente la central del NICE. El tamaño y el estilo del vehículo le habían producido una impresión favorable desde el mismo momento en que lo vio. La tapicería era de tal calidad que uno sentía que tenía que ser comestible. ¡Y qué energía espléndida, viril (Mark estaba harto de las mujeres en ese momento) se revelaba en los gestos con los que Feverstone se situaba ante el volante, colocaba el codo sobre la bocina y sostenía la pipa con firmeza entre los dientes! La velocidad del auto, aun en las estrechas calles de Edgestow, era impresionante, como así también las críticas lacónicas que dirigía Feverstone a los otros conductores y a los peatones. Después de cruzar el paso a nivel y más allá del antiguo colegio de Jane (el St. Elizabeth) empezó a demostrar lo que podía rendir el vehículo. La velocidad aumentó tanto que incluso en una carretera bastante vacía los conductores imperdonablemente ineptos, los peatones evidentemente imbéciles, los hombres con caballos, la gallina a la que atropellaron realmente y los perros y gallinas que Feverstone decretó «condenadamente afortunados» parecían seguirse los unos a los otros casi sin interrupción. Los postes de telégrafo pasaban abalanzándose, los puentes se precipitaban encima del auto con un bramido, las aldeas fluían hacia atrás para unirse al campo ya devorado, y Mark, embriagado de aire y a un mismo tiempo fascinado y repelido por la insolencia con que conducía Feverstone, permanecía sentado diciendo «Sí» y «Ya lo creo» y «fue culpa de ellos», y echándole subrepticias miradas de reojo a su compañero. ¡Por cierto, Feverstone era todo un cambio respecto a la remilgada vanidad de Curry y el tesorero! La nariz larga y recta y los dientes apretados, el vigoroso contorno del mentón, el modo en que llevaba la ropa, todo hablaba de un gran hombre conduciendo un gran auto hacia un lugar donde se estarían desarrollando grandes asuntos. Y él, Mark, iba a intervenir en todo eso. En una o dos ocasiones, cuando el corazón se le subió a la boca, se preguntó si la pericia con que conducía lord Feverstone justificaba totalmente la velocidad.

—Nunca hay que tomar un cruce de caminos como ese en serio —aulló Feverstone cuando se zambulleron hacia adelante después de la finta más arriesgada.

—Ya lo creo —voceó Mark—. ¡No hay que venerarlos!

—¿Conduces mucho? —dijo Feverstone.

—Solía hacerlo bastante —dijo Mark.

El humo que nuestro observador imaginario podría haber visto hacia el este de Edgestow habría indicado el tren en el que Jane Studdock avanzaba lentamente hacia la aldea de St. Anne's. Para los que llegaban desde Londres, Edgestow tenía todo el aspecto de ser una estación terminal, pero si uno daba un vistazo a su alrededor, pronto podía ver en un andén un trenecito de dos o tres vagones, una locomotora ténder y un tren que siseaba y echaba vapor por debajo de los estribos y en el que la mayoría de los pasajeros parecía conocerse. Algunos días, en vez del tercer vagón, podía haber un coche para caballos y, sobre la plataforma, jaulas con conejos muertos o pollos vivos, y hombres con sombreros hongo y polainas marrones, y tal vez un terrier o un perro pastor que parecía acostumbrado a viajar. En este tren, que arrancaba a la una y media, Jane se sacudió y el vagón traqueteó sobre un terraplén desde donde vio entre ramas peladas y otras moteadas de hojas rojas y amarillas el bosque Bragdon y, después, a través de la zona talada y por encima del cruce a nivel, Bragdon Camp y luego, el parque Brawl (la inmensa casa era apenas visible en un punto) y así hasta la primera parada en Duke's Eaton. Ahí, como en Woolham, Cure Hardy y Foarstones, el tren se echó hacia atrás al detenerse, con una pequeña sacudida y algo parecido a un suspiro. Y después hubo un ruido de lecheras rodando y botas pesadas sobre el andén y después una pausa que pareció durar mucho tiempo, durante la cual la luz del sol otoñal creció en calidez sobre el vidrio de la ventanilla y los aromas boscosos y campestres que llegaban desde más allá de la minúscula estación entraron flotando y parecieron reclamar el tren como parte de la tierra. En cada parada entraban y salían pasajeros del vagón: hombres de rostros rubicundos, mujeres con botas de lados elásticos y frutas artificiales en el sombrero y colegiales. Jane apenas los notaba, porque aunque en teoría era una demócrata extremada, hasta entonces ninguna clase social que no fuera la propia había sido una realidad para ella más allá de la página impresa. Y entre estaciones las cosas pasaban revoloteando, tan aisladas de su contexto que cada una parecía prometer cierta felicidad ultraterrena con tan solo bajarse del tren y aferrarla: una casa sostenida sobre postes y amplios campos marrones alrededor, dos viejos caballos parados, uno tocando con la cabeza la cola del otro, un pequeño huerto con ropa lavada colgando de una cuerda y un conejo mirando fijamente al tren, con ojos que parecían dos puntos y las orejas los trazos rectos de un doble signo de admiración. A las dos y cuarto, Jane llegó a St. Anne's, que era la estación terminal de la línea y el final de todo. Cuando abandonó la estación, el aire le pareció frío y tonificante.

Aunque el tren había estado resollando y traqueteando colina arriba durante la última mitad del viaje, aún quedaba por subir un buen trecho a pie, porque St. Anne's es una de esas aldeas encaramadas sobre una colina, más comunes en Irlanda que en Inglaterra, y la estación queda un poco apartada de la aldea. Un camino sinuoso entre altas laderas la llevó a ella. En cuanto pasó la iglesia dobló a la izquierda, ante la cruz sajona, tal como le habían indicado. No había casas a su izquierda, solo una fila de hayas y tierra labrada sin cercar que caía en una aguda pendiente, y, más allá, la arbolada planicie mediterránea desplegándose hasta donde le alcanzaba la vista y azul en la distancia. Estaba sobre el terreno más alto de toda la región. Pronto llegó a un alto muro sobre la derecha que parecía seguir durante un largo trecho. Había una puerta en él y, junto a esta, un antiguo llamador de campana de hierro. Sentía una especie de insipidez espiritual. Estaba segura de haber emprendido una empresa descabellada; sin embargo, llamó. Cuando el sonido discordante cesó, le siguió un silencio tan prolongado y, en aquellas tierras altas, tan estremecedor que Jane empezó a preguntarse si la casa estaría habitada. Entonces, en el mismo momento en que se debatía entre llamar otra vez o irse, oyó un sonido de pasos que se acercaban presurosos al otro lado del muro.

Mientras tanto, el vehículo de lord Feverstone había llegado hacía rato a Belbury: una recargada mansión eduardiana que había sido construida por un millonario que admiraba Versalles. Hacia los lados parecía haber crecido una amplia excrecencia de edificios de cemento más nuevos y más bajos, que albergaban la Oficina de Transfusión de Sangre.

3

BELBURY Y ST. ANNE'S-ON-THE-HILL

Mientras subía la amplia escalera, Mark captó un reflejo de él y su acompañante en un espejo. Feverstone parecía, como siempre, dueño de su ropa, su rostro y de toda la situación. El trozo de algodón sobre el labio superior de Mark se había inclinado durante el viaje, de tal modo que parecía la mitad de un bigote de utilería volteado ferozmente, y revelaba un parche de sangre ennegrecida debajo. Un momento más tarde se encontró en una habitación de grandes ventanales con un fuego crepitante, siendo presentado al señor John Wither, director delegado del NICE.

Wither era un anciano canoso de modales elegantes. Su rostro estaba bien afeitado y era realmente grande, con acuosos ojos azules, y tenía algo bastante incierto y caótico. No parecía estar prestándoles toda su atención, y esa impresión, creo, se debía a los ojos, porque sus palabras y gestos concretos eran corteses hasta el extremo de la efusividad. Dijo que era un gran, un inmenso placer recibir a Mark entre ellos. Se sumaba al profundo encomio que ya había expresado lord Feverstone. Esperaba que hubieran tenido un viaje agradable. El señor Wither parecía tener la impresión de que habían llegado en avión y, cuando fue corregido, creyó que habían llegado de Londres en tren. Después empezó a preguntar si el señor Studdock encontraba cómodas sus habitaciones y hubo que recordarle que acababan de llegar. «Supongo que el viejo quiere que me sienta cómodo», pensó Mark. En realidad, la conversación del señor Wither estaba teniendo el efecto precisamente opuesto. Mark deseó que le ofreciera un cigarrillo. La convicción creciente de que ese hombre en realidad no sabía nada sobre él e incluso de que todos los proyectos y promesas tan bien urdidos de Feverstone se estaban disolviendo en ese instante en una especie de niebla era incómoda en extremo. Al final le echó coraje y se esforzó por volver al señor Wither a la cuestión diciendo que aún no tenía muy claro en calidad de qué podría ayudar al instituto.

—Le aseguro, señor Studdock —dijo el director delegado, con una mirada anormalmente lejana en los ojos—, que no necesita prever la menor... eh... la menor dificultad en ese aspecto. En ningún momento se pensó en circunscribir sus actividades y su influencia general sobre el modo de encarar las cosas, mucho menos sus relaciones con los colegas y lo que yo llamaría en general los términos de referencia bajo los que colaborará con nosotros, sin la consideración más plena posible de sus propios puntos de vista y, en realidad, de su propio consejo. Si puedo expresarme de ese modo, señor Studdock, usted descubrirá que formamos una familia muy feliz.

—Oh, no me malinterprete, señor —dijo Mark—. No me refería a eso en absoluto. Solo quería decir que siento que me gustaría tener algún tipo de idea de lo que tendré que hacer con exactitud si me uno a ustedes.

—Ahora bien, cuando usted habla de unirse a nosotros —dijo el director delegado—, saca a la luz un punto sobre el cual espero que no haya malentendidos. Creo que todos estamos de acuerdo en que no necesita haber ningún problema sobre su residencia... quiero decir, a estas alturas. Pensamos, todos pensamos, que se lo debe dejar a usted en entera libertad de proseguir con su trabajo donde le guste. Si quiere vivir en Londres o en Cambridge...

—Edgestow —apuntó lord Feverstone.

—Ah, sí, Edgestow. —Aquí el director delegado giró sobre sí mismo y se dirigió a Feverstone—. Justamente estaba explicándole al señor... eh... Studdock, y estoy seguro de que usted estará del todo de acuerdo conmigo, que nada ha estado más lejos de la mentalidad de la comisión que dictar en cualquier sentido o incluso aconsejar dónde el señor... dónde vivirá su amigo. Desde luego, dondequiera que viva, como es natural, pondremos a su disposición transporte aéreo y terrestre. Me atrevería a decir, lord Feverstone, que usted ya le ha explicado que comprobará que todas las cuestiones de ese tipo se acomodan solas sin la menor dificultad.

—En realidad, señor —dijo Mark—, no estaba pensando en eso en absoluto. No tengo... quiero decir, no tendría la menor objeción a vivir en cualquier sitio, yo solo...

El director delegado lo interrumpió, si algo tan suave como la voz de Wither podía ser calificada de interrupción.

—Pero le aseguro, señor... eh... le aseguro, señor, que no existe la menor objeción a que usted resida dondequiera que le resulte conveniente. Nunca hubo, en ningún momento, la menor sugerencia... —Pero aquí Mark, casi desesperado, se atrevió a interrumpir.

—Lo que quiero tener en claro es la naturaleza exacta del trabajo y mi idoneidad para desempeñarlo.

—Mi querido amigo —dijo el director delegado—, no necesita sentir la menor inquietud al respecto. Como dije antes, descubrirá que formamos una familia muy feliz y puede sentirse perfectamente convencido de que ninguna cuestión acerca de su completa adecuación para el mismo se ha agitado en la mente de nadie. No le estaría ofreciendo una posición entre nosotros si existiera el menor peligro de que usted no fuera completamente bienvenido para todos o la menor sospecha de que sus muy valiosas cualidades no fueran apreciadas como lo merecen. Aquí usted está... Está entre amigos, señor Studdock. Yo sería el último en aconsejarle que se vinculara con cualquier organización en la que corriera el riesgo de verse expuesto... eh... a contactos personales desagradables.

Mark no volvió a preguntar con detalles qué quería el NICE que hiciera, en parte porque empezó a temer que se supusiera que ya lo sabía y en parte porque una pregunta muy directa habría sonado como una grosería en esa habitación, que podía excluirlo de pronto de la atmósfera cálida, casi narcótica, de confianza incierta, aunque de densa importancia, en la que se estaba viendo envuelto poco a poco.

—Es usted muy amable —dijo—. Lo único que me gustaría es tener un poquito más claro cuál es... bueno, el alcance exacto del cargo.

—Bueno —dijo el señor Wither en una voz tan grave y suntuosa que era casi un suspiro—. Me alegra que haya traído a colación el tema de modo completamente informal. Como es obvio, ni usted ni yo quisiéramos comprometernos, en esta habitación, en ningún sentido que fuera injurioso para los poderes de la comisión. Entiendo muy bien sus motivos y... eh... los respeto. Desde luego, no estamos hablando de un cargo en el sentido cuasi técnico del término; hacerlo sería impropio para ambos (como usted podría recordarme de distintos modos)... o al menos podría conducir a ciertas inconveniencias. Pero creo poder asegurarle con determinación que nadie quiere empujarlo dentro de ningún chaleco de fuerza o lecho de Procrusto. Entre nosotros no pensamos realmente en términos de funciones demarcadas con exactitud, desde luego. Doy por sentado que hombres como usted y yo... bueno, para decirlo con franqueza, es difícil que caigamos en el hábito de emplear conceptos de ese tipo. En el instituto todos sienten que su propio trabajo no es tanto una contribución departamental hacia un objetivo ya definido como un momento o un grado en la autodefinición progresiva de un todo orgánico.

Y Mark dijo (Dios lo perdone, porque era joven, vergonzoso, vano y tímido, todo al mismo tiempo):

—Creo que eso es muy importante. La flexibilidad de su organización es una de las cosas que me atraen.

Después de eso, no tuvo otra oportunidad de hacer volver al tema al director, y cada vez que la voz suave y lenta se interrumpía, se descubría contestando en el mismo estilo y al parecer incapaz de actuar de otro modo, a pesar de la recurrencia torturadora de la pregunta «¿De qué estamos hablando?». Solo al final de la entrevista hubo un único momento de claridad. El señor Wither suponía que a él, Mark, le sería conveniente unirse al club del NICE, incluso en los próximos días se vería más libre como miembro que como invitado de alguien. Mark estuvo de acuerdo y después enrojeció como un muchachito al enterarse de que el método más sencillo era hacerse miembro vitalicio mediante el desembolso de doscientas libras. No tenía esa cantidad en el banco. Por supuesto, si hubiera contado con el nuevo trabajo y sus mil quinientas anuales, todo habría salido bien. Pero ¿lo había conseguido? ¿Había algún tipo de trabajo?

—Qué tonto —dijo en voz alta—. No he traído mi talonario.

Un momento después se encontró en la escalera con Feverstone.

—¿Y bien? —preguntó Mark con ansiedad. Feverstone no pareció oírlo. —¿Y bien? —repitió Mark—. ¿Cuándo conoceré mi destino? Quiero decir, ¿obtuve el trabajo?

—¡Hola, Guy! —le gritó Feverstone de repente a un hombre que estaba en el vestíbulo, abajo. Un momento después bajaba trotando, tomaba cálidamente la mano del amigo y desaparecía. Mark, que lo seguía con más lentitud, se encontró en el vestíbulo, en silencio, solo y tímido, entre los grupos y parejas de hombres charlando que se dirigían a las grandes puertas corredizas de la izquierda.

• • •

Ese estar parado, ese preguntar qué hacer, ese esfuerzo por parecer natural y no atraer la mirada de los extraños pareció durar mucho rato. El ruido y los aromas agradables que llegaban desde las puertas corredizas hacían evidente que la gente se dirigía a comer. Mark vaciló, inseguro de su propia situación. Por último decidió que no podía permanecer más allí como un tonto y entró.

Había esperado que hubiese varias mesas pequeñas a una de las cuales se hubiese sentado solo. Pero había una única mesa larga, ya tan ocupada que, después de buscar en vano a Feverstone, tuvo que sentarse junto a un extraño.

—¿Supongo que uno se sienta donde quiere? —murmuró mientras lo hacía, pero, al parecer, el extraño no lo oyó. Era del tipo de hombre dinámico: estaba comiendo y hablando al mismo tiempo con el vecino del otro lado.

—Es así —decía—. Como le dije, a mí no me importa cómo lo encaren ellos. No me opongo a que la gente del I. J. P. se haga cargo del asunto si eso es lo que quiere el DD, nuestro director delegado, pero lo que no me gusta es que un hombre se haga responsable de algo cuando la mitad del trabajo lo hace otro. Como le dije, ahora tenemos tres jefes, tropezándose el uno con el otro en un trabajo que en realidad podría hacer un empleado. Se está volviendo ridículo. Mire lo que pasó esta mañana.

Conversaciones de este tipo prosiguieron durante todo el almuerzo.

Aunque la comida y la bebida eran excelentes, para Mark fue un alivio cuando la gente empezó a levantarse de la mesa. Siguiendo el movimiento general, volvió a cruzar el vestíbulo y entró a una habitación grande dispuesta como salón de fumar, donde estaban sirviendo café. Allí vio por fin a Feverstone. En realidad habría sido difícil no notarlo, porque era el centro de un grupo y se reía prodigiosamente. Mark deseaba acercarse a él, aunque fuera para averiguar si esperaban que se quedara a pasar la noche y, en ese caso, si le habían asignado habitación. Pero el nudo de hombres que rodeaba a Feverstone era de ese tipo confidencial al que es difícil unirse. Mark se dirigió a una de las numerosas mesas y empezó a hojear una brillante revista ilustrada. Cada pocos segundos levantaba la cabeza para ver si había alguna oportunidad de hablar una palabra a solas con Feverstone. La quinta vez que lo hizo se encontró mirando la cara de uno de sus colegas, un miembro de Bracton llamado William Hingest. El Elemento Progresista lo llamaba, aunque no a la cara, Bill el Tormentas.

Tal como había previsto Curry, Hingest no había estado presente en la reunión del *college* y apenas se hablaba con lord Feverstone. Mark advirtió con cierta reverencia que había un hombre allí en contacto directo con el NICE, alguien que arrancaba, por así decirlo, de un lugar situado más allá de Feverstone. Hingest, que era fisicoquímico, era uno de los dos científicos de Bracton que tenía una reputación fuera de Inglaterra. Espero que el lector no haya sido llevado a suponer equivocadamente que los miembros de Bracton eran especialmente distinguidos. Por cierto, la intención del Elemento Progresista no era elegir mediocridades para las becas de investigación, pero su decisión de elegir «hombres de confianza» limitaba con crueldad el campo de elección y, como había dicho Busby una vez, «Uno no puede tenerlo todo». Bill el Tormentas tenía un anticuado bigote retorcido en el que el color blanco había triunfado casi, pero no del todo, sobre el amarillo, una gran nariz picuda y la cabeza calva.

—Es un placer inesperado —dijo Mark con un atisbo de formalidad. Hingest siempre lo había atemorizado un poco.

—¿Cómo? —gruñó Bill—. ¿Eh? Ah, ¿eres tú, Studdock? No sabía que se habían requerido tus servicios aquí.

—Lamenté no verte en la reunión de ayer del *college* —dijo Mark.

Era un embuste. La presencia de Hingest le resultaba un estorbo al Elemento Progresista. Como científico, y único científico realmente eminente con que contaban, era su legítima propiedad, pero era una odiosa anomalía, el tipo equivocado de científico. Glossop, que se dedicaba a los clásicos, era su principal amigo en el *college*. Tenía el aire (la «afectación» lo llamaba Curry) de no atribuirle mucha importancia a sus descubrimientos revolucionarios en química y de concederse mucho más valor por ser un Hingest: la familia era de una antigüedad casi mítica, «nunca contaminada —como había afirmado su historiador del siglo XIX—, por un traidor, un funcionario o un barón». Se había producido una indignación especial cuando De Broglie visitó Edgestow. El francés había pasado todo el tiempo libre en compañía de Bill el Tormentas, pero cuando un entusiasta miembro joven había intentado tantearlo sobre el suntuoso festín de ciencia que los dos *savants* debían de haber compartido, Bill el Tormentas pareció indagar en su memoria durante un momento y después contestó que no creía que hubiesen tocado el tema.

—Una ampulosidad sin sentido digna del Almanaque de Gotha —fue el comentario de Curry, aunque no en presencia de Hingest.

—¿Eh? ¿Qué dices? ¿Reunión del *college*? —dijo el Tormentas—. ¿De qué hablaron?

—De la venta del bosque Bragdon.

—Tonterías —murmuró el Tormentas.

—Espero que habrías estado de acuerdo con la decisión a la que llegamos.

—La decisión a la que llegaron no tiene importancia.

—¡Oh! —dijo Mark con cierta sorpresa.

—Es una gran tontería. El NICE habría conseguido el bosque de cualquier modo. Tenían poder para obligar a vender.

—¡Qué extraordinario! Me habían dado a entender que se irían a Cambridge si no vendíamos.

—No hay una palabra de verdad en eso. En cuanto a que sea extraordinario, eso depende de lo que tú quieras decir. No hay nada de extraordinario en que los miembros de Bracton se pasen toda la tarde hablando de un tema irreal. Y no hay nada de extraordinario en que el NICE quiera, si puede, cederle a Bracton el oprobio de transformar el corazón de Inglaterra en un cruce entre un abortivo hotel norteamericano y una gloriosa fábrica de gas. El único interrogante verdadero es por qué el NICE quiere ese trozo de tierra.

—Supongo que lo averiguaremos a medida que las cosas se desarrollen.

—Tú. No yo.

—¿Cómo? —dijo Mark.

—Ya he tenido bastante —dijo Hingest bajando la voz—. Me voy esta noche. No sé qué estarás haciendo en Bracton, pero si te sirve de algo te aconsejaría que regreses y te dediques a eso.

—¡Caramba! —dijo Mark—. ¿Por qué lo dices?

—Para un miembro viejo como yo no importa —dijo Hingest—, pero pueden jugarte una mala pasada a ti. Por supuesto, todo depende de qué le gusta a uno.

—A decir verdad, aún no me había decidido del todo —dijo Mark. Le habían enseñado que debía considerar a Hingest como un reaccionario retorcido—. Ni siquiera sé cuál sería mi trabajo en caso de quedarme.

—¿A qué te dedicas?

—A la sociología.

—¡Ajá! —dijo Hingest—. En ese caso puedo indicarte el hombre que te dirigirá. Un tipo llamado Steele. Está allí, junto a la ventana, ¿lo ves?

—¿Podrías presentármelo?

—¿Entonces estás decidido a quedarte?

—Bueno, supongo que al menos debería saludarlo.

—Está bien —dijo Hingest—. No es asunto mío. Después agregó en voz más alta—: ¡Steele!

Steele se dio vuelta. Era un hombre alto, adusto, con ese tipo de rostro que, aunque largo y caballuno, tiene sin embargo labios gruesos y protuberantes.

—Este es Studdock —dijo Hingest—. El nuevo hombre de su sección.

Después se retiró.

—Oh —dijo Steele. Y después de una pausa—: ¿Dijo mi sección?

—Eso es lo que dijo —contestó Mark con un intento de sonrisa—. Pero tal vez esté equivocado. Se supone que soy sociólogo... si es que eso aclara algo.

—Está bien, yo soy el jefe de sociología —dijo Steele—. Pero es la primera vez que oigo su nombre. ¿Quién le dijo que debería estar allí?

—Bueno, a decir verdad, todo el asunto es bastante incierto. Acabo de hablar con el director delegado, pero en realidad no entramos en mayores detalles.

—¿Cómo se las arregló para verlo?

—Me presentó lord Feverstone.

Steele silbó.

—Eh, Cosser, escucha esto —le dijo a un hombre de rostro pecoso que pasaba junto a ellos—, Feverstone acaba de descargar a este tipo en nuestra sección. Lo llevó derecho al DD sin decirme una palabra. ¿Qué te parece?

—¡Vaya por Dios! —dijo Cosser, sin mirar a Mark, pero mirando con intensidad a Steele.

—Lo siento —dijo Mark con una voz un poco más alta y envarada de la que había empleado hasta entonces—. No se asusten. Parece que me han colocado en una posición bastante falsa. Debe de haber habido algún malentendido. En realidad, de momento no hago más que ver cómo son las cosas. No estoy del todo seguro de que quiera quedarme de cualquier manera.

Ninguno de los otros dos le prestó la menor atención a la última sugerencia.

—Es típico de Feverstone —le dijo Cosser a Steele. Steele se volvió hacia Mark.

—Le aconsejaría que no le dé mucha importancia a lo que lord Feverstone diga aquí —observó—. No es asunto suyo en absoluto.

—A lo que me niego es a que me pongan en una falsa posición —dijo Mark, deseando poder evitar enrojecer tanto—. Solo vine para ver. Trabajar o no para el NICE me es indiferente.

—En realidad no hay sitio para un hombre en nuestro grupo... —le dijo Steele a Cosser—. Sobre todo para alguien que no conoce el trabajo. A menos que lo pongan en el U. L.

—Exacto —dijo Cosser.

—El señor Studdock, supongo —dijo una voz nueva a la espalda de Mark, una voz atiplada que parecía desproporcionada con el hombre enorme como una montaña que vio Mark cuando giró la cabeza. Lo reconoció de inmediato. El rostro moreno, liso y el cabello negro eran inconfundibles, como también el acento extranjero. Se trataba del profesor Filostrato, el gran fisiólogo, junto al que se había sentado a cenar Mark unos dos años atrás en el *college*. Era tan obeso que resultaría cómico en un escenario, pero el efecto no era divertido en la vida real. Mark estaba encantado de que semejante hombre lo hubiese recordado.

—Me alegro de que haya venido a unirse a nosotros —dijo Filostrato, tomando a Mark del brazo y apartándolo de Steele y Cosser.

—A decir verdad no estoy seguro de haberlo hecho —dijo Mark—. Me trajo Feverstone, pero ha desaparecido, y Steele, se supone que yo estaría en su sección, no parece saber nada sobre mí.

—¡Bah! ¡Steele! —dijo el profesor—. No tiene la menor importancia. Se le suben los humos a la cabeza. Uno de estos días lo van a poner en su sitio. Podría ser usted quien lo haga. He leído toda su obra, sí, sí. No lo tome en cuenta.

—Me niego rotundamente a que me coloquen en una falsa posición... —empezó Mark.

—Escuche, amigo mío —interrumpió Filostrato—. Debe sacarse esas ideas de la cabeza. Lo primero que hay que tener en cuenta es que el NICE es cosa seria. Nada menos que la existencia de la raza humana depende de nuestro trabajo, nuestro verdadero trabajo, ¿entiende? Se va a enfrentar con fricciones e impertinencias de esa *canaglia*, de esa chusma. No se deben tener más en cuenta que el disgusto que uno podría sentir por un oficial hermano cuando la batalla está en su punto crítico.

—Mientras me den algo que hacer que valga la pena, no permitiré que nada de eso interfiera con el trabajo —dijo Mark.

—Sí, sí, eso es lo correcto. Aquí el trabajo es más importante de lo que usted puede comprender aún. Ya verá. Esos Steele y Feverstone... no tienen importancia. Mientras cuente con la buena voluntad del director delegado puede tratarlos con indiferencia. Solo necesita escucharlo a él, ¿entiende? Ah... hay otra cosa. No se haga enemigo del Hada. Del resto... puede reírse.

—¿El Hada?

—Sí. La llaman el Hada. ¡Oh, Dios mío, es una *inglesaccia* terrible! Es la jefa de nuestra policía, la Policía Institucional. *Ecco*, ahí viene. Se la presentaré. Señorita Hardcastle, permítame presentarle al señor Studdock.

Mark se encontró retorciéndose bajo el apretón de manos de fogonero o de carretero de una gran mujer de uniforme negro y falda corta. A pesar de un busto que habría enorgullecido a una cantinera victoriana, era de constitución más bien sólida que obesa y llevaba corto el cabello gris acero. La cara era cuadrada, adusta y pálida, y la voz profunda. Una mancha de pintalabios aplicada con vehemente falta de atención a la verdadera forma de la boca era su única concesión a la moda y hacía girar o mascaba un largo puro filipino negro y apagado entre los dientes. Cuando hablaba tenía la costumbre de sacárselo de la boca, mirar con atención la mezcla de pintalabios y saliva sobre la punta aplastada y volvérselo a colocar con más firmeza que antes. Se sentó de inmediato en una silla cercana a Mark, colocó la pierna derecha sobre uno de los brazos y le clavó una mirada de fría intimidad.

•••

Clic... clac, nítidos en el silencio en el que esperaba Jane llegaron los pasos de la persona que estaba al otro lado del muro. Después, la puerta se abrió y Jane se encontró frente a una mujer alta más o menos de su edad, que la miró con ojos penetrantes y reservados.

—¿Vive aquí la señorita Ironwood? —preguntó Jane.

—Sí —dijo la otra joven, sin abrir más la puerta ni apartarse.

—Deseo verla, por favor —declaró Jane.

—¿Le ha dado cita? —dijo la mujer alta.

—Bueno, no exactamente —contestó Jane—. Me ha enviado el doctor Dimble, que conoce a la señorita Ironwood. Dijo que no necesitaba pedir hora.

—Oh, si viene de parte del doctor Dimble es otra cuestión —dijo la mujer—. Entre. Espere un segundo que me ocupe de esta llave. Eso es. Ya está. No hay lugar para dos en el sendero, así que tendrá que disculpar que vaya delante de usted.

La mujer la guio a lo largo de un camino enladrillado junto a un muro sobre el que crecían frutales y después hacia la izquierda sobre un sendero musguso flanqueado por arbustos de grosellas blancas. Después apareció un prado pequeño con un columpio en el centro y más allá un invernadero. Ahí se encontraron en esa especie de villorrio que se presenta a veces en los alrededores de un gran jardín; de hecho, bajaban por una callecita en la que había un granero y un establo a un lado y, en el otro, un segundo invernadero y un tinglado con macetas y una pocilga habitada, según le informaron los gruñidos y el aroma del todo desagradable. Después se sucedieron unos estrechos caminos por una huerta que parecía estar sobre una pendiente muy inclinada y luego rosales, tiesos y espinosos en su ropaje invernal. En un sitio caminaron sobre un sendero de simples tablones. Eso le recordaba algo. Era un jardín muy grande. Era como... como... Sí, ya lo tenía, era como el jardín del conejo Perico. ¿O era como el jardín del *Roman de la Rose*? No, en realidad no se parecía en nada. ¿O era como el jardín de Klingsor?* ¿O el jardín en *Alicia*? ¿O como el jardín en la cima de un zigurat mesopotámico que probablemente hubiese dado origen a toda la leyenda del Paraíso? ¿O sencillamente como todos los jardines amurallados? Freud decía que nos gustaban los jardines porque eran símbolos del cuerpo femenino. Pero debía de tratarse del punto de vista masculino. ¿O no? ¿Acaso los hombres y las mujeres se sentían interesados ambos en el cuerpo femenino e incluso, aunque pareciera absurdo, interesados casi en el mismo sentido? Una frase le vino a la memoria. «La belleza de la hembra es la raíz del goce tanto para la hembra como para el varón y no es accidental que la diosa del Amor sea más antigua y más fuerte que el dios». ¿Dónde diablos lo había leído? Y, entre paréntesis, ¡qué terrible insensatez había estado pensando durante el último minuto! Se libró de todas esas ideas sobre jardines y se decidió a comportarse con cordura. La curiosa sensación de que ahora estaba en terreno hostil, o al menos extranjero, le advertía que mantuviera el sentido común. En ese momento salieron de pronto de los plantíos de rododendros y laureles y se encontraron ante una puertita lateral, flanqueada por un tonel de agua y situada en la larga pared de una casa enorme. En ese mismo instante, una ventana se cerró arriba con un golpe.

Uno o dos minutos más tarde, Jane estaba sentada en una habitación amplia con pocos muebles y una estufa para caldearla. La mayor parte del suelo estaba libre y las paredes, por encima del revestimiento de madera que llegaba a la altura del pecho, estaban estucadas de blanco grisáceo, de modo que el efecto total era levemente austero y conventual. Los pasos de la mujer alta se apagaron en los pasillos y entonces la habitación quedó muy tranquila. De vez en cuando se oía el graznar de las cornejas. «Ahora ya me metí —pensó Jane—. Tendré que contarle el sueño a esta mujer y ella hará todo tipo de preguntas». En general, se consideraba una persona moderna que podía hablar sin turbación de cualquier cosa, pero el asunto empezaba a parecer muy distinto

---

* Personaje de *Parsifal*, de Wagner. (*N. del t.*).

sentada en ese cuarto. Todo tipo de restricciones mentales secretas en su programa de franqueza —cosas que, ahora lo advertía, había ubicado aparte para no contarlas nunca— volvían a arrastrarse hacia la conciencia. Era asombroso que tan pocas estuvieran relacionadas con el sexo.

—Los dentistas por lo menos tienen revistas en la sala de espera —dijo Jane.

Se puso en pie y abrió el único libro que descansaba sobre la mesa que había en el centro de la habitación. Al instante sus ojos leyeron las siguientes palabras: «La belleza de la hembra es la raíz del goce tanto para la hembra como para el varón y no es accidental que la diosa del Amor sea más antigua y más fuerte que el dios. Desear el deseo de la propia belleza constituye la vanidad de Lilith, pero desear el disfrute de la propia belleza es la obediencia de Eva, y para ambas es en el amante donde el amado saborea su propio deleite. Así como la obediencia es la escalinata que lleva al placer, así la humildad es la...».

En ese momento la puerta se abrió de golpe. Jane enrojeció mientras cerraba el libro y levantaba la cabeza. La misma joven que la había guiado por primera vez acababa de abrir la puerta y seguía parada en el umbral. Ahora Jane concibió por ella esa admiración casi apasionada que sienten las mujeres, con más frecuencia de lo que se cree, por otras mujeres cuya belleza no es de su mismo tipo. «Sería hermoso ser así —pensó Jane—: tan erguida, tan franca, tan valerosa, tan apta para montar a caballo y tan divinamente alta».

—¿Está... está la señorita Ironwood? —dijo Jane.

—¿Es usted la señora Studdock? —preguntó la mujer.

—Sí —dijo Jane.

—La llevaré con ella de inmediato —dijo la otra—. La hemos estado esperando. Me llamo Camilla, Camilla Denniston. Jane la siguió. Por la estrechez y sencillez de los pasillos, juzgó que aún estaban en las dependencias de la casa y, si era así, debía de ser una casa realmente muy grande. Caminaron un largo trecho antes de que Camilla llamara a una puerta y se apartara para que entrara Jane, después de decir en voz grave, nítida («como una criada», pensó Jane):

—Ha llegado.

Jane entró, y allí estaba la señorita Ironwood toda vestida de negro y sentada con las manos cruzadas sobre las rodillas, tal como la había visto Jane en el sueño (si estaba soñando) de la noche pasada, en el apartamento.

—Siéntese, joven dama —dijo la señorita Ironwood.

Las manos cruzadas sobre las rodillas eran muy grandes y huesudas, pero no sugerían aspereza, e incluso sentada la señorita Ironwood era extremadamente alta. Todo en ella era grande: la nariz, los labios serios y los ojos grises. Tal vez estuviera más cerca de los sesenta que de los cincuenta años. En el cuarto había una atmósfera que a Jane le resultó desagradable.

—¿Cómo se llama, joven dama? —dijo la señorita Ironwood, tomando un lápiz y una libreta de notas.

—Jane Studdock.

—¿Está casada?

—Sí.

—¿Sabe su esposo que ha venido a vernos?

—No.

—¿Qué edad tiene, por favor?

—Veintitrés.

—Y, ahora, ¿qué tiene que contarme? —dijo la señorita Ironwood.

Jane tomó aliento.

—He estado teniendo pesadillas y... y sintiéndome triste últimamente —dijo.

—¿Cómo eran los sueños? —preguntó la señorita Ironwood.

El relato de Jane —no lo desarrolló muy bien— llevó cierto tiempo. Mientras hablaba mantuvo los ojos fijos en las grandes manos de la señorita Ironwood, en la falda negra, en el lápiz y la libreta de notas. Y por eso se detuvo de pronto. Porque a medida que avanzaba vio que la mano de la señorita Ironwood dejaba de escribir y los dedos rodeaban el lápiz; parecían dedos inmensamente fuertes. Y se iban tensando a cada momento que pasaba, hasta que los nudillos se pusieron blancos y las venas sobresalieron sobre el dorso de las manos y, al final, como bajo el influjo de una emoción reprimida, rompieron el lápiz en dos. Fue entonces cuando Jane se paró, asombrada, y levantó la cabeza hacia el rostro de la señorita Ironwood. Los amplios ojos grises la seguían mirando sin cambiar de expresión.

—Le ruego que siga, joven dama —dijo la señorita Ironwood.

Jane reanudó la historia. Cuando terminó, la señorita Ironwood le hizo una serie de preguntas. Después se quedó en silencio tanto tiempo que Jane dijo:

—¿Cree que hay algo en mí que va muy mal?

—No hay nada que ande mal en usted —dijo la señorita Ironwood.

—¿Quiere decir que desaparecerá?

—No tengo manera de saberlo. Diría que es probable que no.

—¿Entonces... no se puede hacer nada? Eran sueños horribles... espantosamente vívidos, muy distintos a los sueños comunes.

—Lo puedo entender muy bien.

—¿Es algo que no se puede curar?

—La razón de que usted no pueda ser curada es que no está enferma.

—Pero algo debe de ir mal. Seguramente no es natural tener sueños como esos.

Hubo una pausa.

—Creo que va a ser mejor que le diga toda la verdad —declaró la señorita Ironwood.

—Sí, hágalo —dijo Jane con voz tensa. Las palabras de la mujer la habían asustado.

—Y empezaré por decirle esto —siguió la señorita Ironwood—. Usted es una persona más importante de lo que se imagina.

Jane no dijo nada, pero pensó para sus adentros: «Me está dorando la píldora. Cree que estoy loca».

—¿Cuál era su apellido de soltera? —preguntó la señorita Ironwood.

—Tudor —respondió Jane. En cualquier otro momento lo habría dicho con recato, porque le angustiaba mucho que supusieran que se vanagloriaba de su antiguo linaje.

—¿La rama Warwickshire de la familia?

—Sí.

—¿Leyó alguna vez un librito (tiene solo cuarenta páginas) escrito por un antepasado suyo sobre la batalla de Worcester?

—No. Papá tenía un ejemplar; el único, creo que decía. Pero nunca lo leí. Se perdió cuando la familia se dividió después de su muerte.

—Su padre estaba equivocado al creer que era el único ejemplar. Hay al menos dos más: uno en Norteamérica y otro en esta casa.

—¿Y bien?

—Su antepasado hizo una descripción completa y, en líneas generales, correcta de la batalla, que según dice realizó el mismo día en que se desarrolló. Pero no estuvo en ella. En ese momento se encontraba en York.

Jane, que no había estado siguiendo realmente sus palabras, miró a la señorita Ironwood.

—Si decía la verdad, y nosotros creemos que así era, la soñó —dijo la señorita Ironwood—. ¿Comprende?

—¿Soñó la batalla?

—Sí. Pero la soñó correctamente. Vio la batalla real en el sueño.

—No veo la relación.

—La videncia, la capacidad de soñar realidades, a veces es hereditaria —dijo la señorita Ironwood.

Algo pareció dificultar la respiración de Jane. Experimentaba una sensación de ofensa: eso era justo el tipo de cosas que odiaba; algo venido del pasado, algo irracional y completamente gratuito, saliendo de su madriguera y metiéndose con ella.

—¿Puede ser probado? —preguntó—. Quiero decir, solo tenemos su palabra.

—Tenemos sus propios sueños —dijo la señorita Ironwood. La voz, siempre grave, se volvió severa. Una idea fantástica cruzó la mente de Jane. ¿Esa mujer podía tener cierta idea de que uno no debía llamar mentirosos ni siquiera a los antepasados remotos?

—¿Mis sueños? —dijo con voz un poco áspera.

—Sí —dijo la señorita Ironwood.

—¿Qué quiere usted decir?

—Opino que ha visto cosas reales en sus sueños. Ha visto a Alcasan tal como realmente estaba sentado en la celda de condenado, y ha visto a un visitante que tuvo realmente.

—Pero... pero... oh, eso es ridículo —dijo Jane—. Esa parte fue una simple coincidencia. El resto era solo pesadilla. Todo era imposible. Le desenroscó la cabeza, se lo aseguro. Y ellos... desenterraron al horrible anciano. Lo hicieron resucitar.

—Sin duda hay confusiones en ese punto. Pero opino que incluso detrás de esos episodios hay realidades.

—Me temo que no creo en ese tipo de cosas —dijo Jane con frialdad.

—Es natural que por su educación no lo crea —contestó la señorita Ironwood—. A menos, por supuesto, que haya descubierto por sí misma que tiene una tendencia a soñar cosas reales.

Jane pensó en el libro de la mesa que al parecer había recordado antes de verlo; estaba además el aspecto de la señorita Ironwood, también eso lo había visto antes de verlo. Pero no debía de tener sentido.

—Entonces, ¿no puede hacer nada por mí?

—Puedo decirle la verdad —dijo la señorita Ironwood—. He tratado de hacerlo.

—Quiero decir, ¿no puede detenerlo... curarlo?

—La videncia no es una enfermedad.

—Pero no la quiero —dijo Jane con violencia—. Debo detenerla. Odio ese tipo de cosas.

La señorita Ironwood no dijo nada.

—¿Ni siquiera conoce a alguien que pueda pararla? —dijo Jane—. ¿No me puede recomendar a nadie?

—Si visita a un psicoterapeuta común, procederá sobre la suposición de que los sueños no hacen más que reflejar su propio subconsciente. Intentaría tratarla. No sé cuáles serían los resultados de un tratamiento basado en ese supuesto. Me temo que podrían ser muy graves. Y... por cierto, no haría desaparecer los sueños.

—Pero ¿qué es todo esto? —preguntó Jane—. Quiero llevar una vida normal. Quiero hacer mi propio trabajo. ¡Es insoportable! ¿Por qué fui elegida para esa cosa horrible?

—La respuesta la conocen solo autoridades mucho más importantes que yo.

Hubo un breve silencio. Jane hizo un movimiento y dijo con bastante malhumor:

—Bien, si no puede hacer nada por mí, tal vez sea mejor que me vaya... —Después añadió de pronto—: Pero ¿cómo puede usted saber todo eso? Quiero decir... ¿de qué realidades está hablando?

—Creo probable que usted tiene más motivos para sospechar la verdad de sus sueños que lo que me ha contado. Si no es así, pronto los tendrá. Entretanto, le contestaré. Sabemos que sus sueños son reales en parte porque encajan con información que ya poseemos. El doctor Dimble comprendió su importancia y por eso la envió a vernos.

—¿Quiere decir que me envió aquí no para ser tratada, sino para dar información? —repuso Jane. La idea se adaptaba a los detalles que había observado en el comportamiento del doctor cuando se lo contó por primera vez.

—Exacto.

—Me gustaría haberlo sabido un poco antes —dijo Jane con frialdad, poniéndose decididamente en pie para irse—. Me temo que ha habido un malentendido. Había imaginado que el doctor Dimble trataba de ayudarme.

—Así era. Pero además estaba tratando de hacer algo más importante al mismo tiempo.

—Supongo que debo sentirme agradecida de que en cierto sentido me hayan tenido en cuenta —dijo Jane secamente—. ¿Y cómo iba a ayudarme con exactitud ese... ese tipo de cosas?

La pretensión de helada ironía se desmoronó cuando dijo las últimas palabras y una furia roja, inocultable, volvió a llenarle el rostro. En algunos aspectos era muy joven.

—Joven dama —dijo la señorita Ironwood—. Usted no advierte para nada la seriedad de la cuestión. Las cosas que ha visto se relacionan con algo ante lo cual la felicidad o incluso su vida y la mía no tienen importancia. Debo rogarle que se haga cargo. No puede librarse de su don. Puede tratar de suprimirlo, pero fracasará y se asustará mucho. Por otro lado, puede ponerlo a nuestra disposición. Si lo hace, estará mucho menos asustada a la larga y estará ayudando a salvar la raza humana de un gran desastre. O, en tercer lugar, puede intentar contárselo a alguien más. Si lo hace, le advierto que casi con seguridad caerá en manos de gente que está al menos tan ansiosa como nosotros de emplear su don y a quienes su vida y felicidad les importarán menos que las de una mosca. Las personas que ha visto en los sueños son personas reales. No es del todo improbable que sepan que, involuntariamente, los ha estado espiando. Y, si es así, no descansarán hasta que se hayan apoderado de usted. Le aconsejaría, incluso por su propio bien, que se una a nuestro bando.

—No deja de hablar de nosotros. ¿Forman algún tipo de asociación?

—Sí. Puede llamarlo asociación.

Jane había estado de pie los últimos minutos y casi había creído lo que oía. Después, de pronto, toda su repugnancia volvió a invadirla: la vanidad herida, el resentimiento ante la complicación sin sentido en la que parecía verse envuelta y el disgusto general que sentía por lo misterioso y poco familiar. En aquel momento nada parecía importar aparte de salir de la habitación y alejarse de la voz grave, paciente, de la señorita Ironwood. «Ya ha conseguido ponerme peor», pensó Jane, considerándose aún una paciente. En voz alta dijo:

—Ahora debo irme a casa. No sé de qué está hablando. No quiero tener nada que ver con eso.

• • •

Mark se enteró por fin de que contaban con que se quedara, al menos a pasar la noche, y cuando subió a vestirse para cenar se sentía más animado. En parte se debía al *whisky* con soda tomado con *Hada* Hardcastle un momento antes y en parte al hecho de que una mirada al espejo le hizo ver que ya podía quitarse el trozo de algodón del labio. El dormitorio con un fuego crepitante y baño privado también tenía algo que ver. ¡Menos mal que había dejado que Jane lo convenciera de que se comprara el traje nuevo! Tenía un aspecto magnífico sobre la cama, y en ese momento comprendió que en realidad el viejo no habría estado a la altura de las circunstancias. Pero lo que más lo había tranquilizado era la conversación con el Hada.

Sería engañoso decir que ella le gustaba. En realidad había provocado en él todo el disgusto que siente un hombre joven ante la cercanía de algo sexuado muy irritante, incluso insolente, y al mismo tiempo sin atractivo en absoluto. Y algo en la fría mirada de la mujer le había indicado que era muy consciente de esa reacción y que la encontraba divertida. Le había contado muchas historias típicas de salón de fumar. Antes, Mark se había turbado con frecuencia ante los torpes esfuerzos de las mujeres emancipadas por entregarse a ese tipo de humor, pero su desconcierto siempre se había visto compensado por una sensación de superioridad. Esta vez tenía la impresión de que él era el tonto: esa mujer exacerbaba el orgullo masculino para divertirse. Más tarde ella pasó a contar historias policiales. A pesar de cierto escepticismo inicial, Mark se horrorizó poco a poco ante la suposición de que alrededor del treinta por ciento de los procesos por asesinato terminaban colgando a un inocente. Había detalles, además, sobre el pabellón de ejecuciones que nunca se le habían ocurrido.

Todo eso era desagradable. Pero era compensado por el carácter deliciosamente esotérico de la conversación. En algunos momentos del día lo habían hecho sentir un extraño: ese sentimiento desaparecía por completo cuando la señorita Hardcastle le hablaba. Mark tenía la sensación de estar enterado. Era evidente que la señorita Hardcastle había llevado una vida excitante. Había sido sufragista, pacifista y fascista británica. Había sido maltratada por la policía y hecha prisionera. Por otro lado, había conocido primeros ministros, dictadores y famosas estrellas cinematográficas; toda su historia era una historia secreta. Conocía por experiencia en los dos extremos lo que una fuerza policial podía hacer y lo que no podía, y en su opinión había muy pocas cosas que no pudiera hacer.

—Sobre todo ahora —dijo—. Aquí en el instituto, estamos apoyando la cruzada contra el Papeleo.

Mark dedujo que, para el Hada, el aspecto policial del instituto era el que importaba realmente. Existía para aliviar al poder ejecutivo común de lo que podían llamarse los casos higiénicos —una categoría que iba desde la vacunación hasta los cargos por vicios contra natura—, a partir de lo cual, como señaló, había solo un paso para incluir los casos de chantaje. En cuanto al crimen en general, ya habían popularizado en la prensa la idea de que el instituto podría experimentar ampliamente con la esperanza de descubrir hasta qué punto podía aplicarse en el tratamiento humano, terapéutico, la antigua noción de castigo «retributivo» o «vengativo». Era allí donde una montaña de Papeleo se interponía en el camino.

—Pero solo hay dos papeles que no controlamos —dijo el Hada—. Y acabaremos con ellos. Hay que colocar al hombre común en tal estado de ánimo que diga «sadismo» automáticamente en cuanto oiga la palabra *castigo*.

Y entonces uno tendrá *carte blanche*. Mark no pudo seguir de inmediato ese razonamiento. Pero el Hada indicó que lo que estorbaba a la fuerza policial inglesa hasta la fecha era justamente la idea del castigo merecido. Porque el merecimiento siempre era finito: uno podía actuar sobre el criminal hasta ese punto y nada más. El tratamiento terapéutico, en cambio, no necesitaba tener límite fijo, podía seguir hasta lograr una cura y los que lo efectuaban decidirían cuándo ocurriría eso. Y si la cura era humana y deseable, ¿cuanto más no lo sería la prevención? Pronto todos los que hubieran estado en manos de la policía por algún motivo serían controlados por el NICE; con el tiempo, lo serían todos los ciudadanos.

—Y aquí es donde entramos usted y yo, hijito —agregó el Hada, golpeándole el pecho con el índice—. A la larga no hay distinción entre la tarea policial y la sociología. Usted y yo tenemos que trabajar hombro con hombro.

Eso lo había vuelto a llevar a sus dudas de si le habían dado realmente un trabajo y, si era así, de qué se trataba. El Hada le había advertido que Steele era un hombre peligroso.

—Hay dos personas con las que necesita tener mucho cuidado —dijo—. Uno es Frost y el otro el viejo Wither.

Pero en general se había reído de sus temores.

—Usted ya ha entrado, hijo —dijo—. Solo que no debe ser muy detallado sobre lo que deba hacer con exactitud. Lo averiguará a medida que se presente. A Wither no le gusta la gente que trata de restringirlo. No es bueno decir que usted ha venido aquí para hacer esto y que no hará aquello. El juego es demasiado rápido en este momento para ese tipo de cosas. Usted tiene que hacerse útil. Y no crea en todo lo que le dicen.

En la cena, Mark se encontró sentado junto a Hingest.

—Y bien, por fin te han embarcado, ¿eh? —dijo Hingest.

—Casi creería que sí —dijo Mark.

—Porque regreso en automóvil esta noche y, si lo piensas mejor, podría llevarte —dijo Hingest.

—Aún no me has dicho por qué te vas —dijo Mark.

—Oh, bueno, todo depende de lo que le gusta a uno. Si tú disfrutas con la compañía de ese eunuco italiano, del párroco loco y de esa joven, Hardcastle (la abuela le daría un buen tirón de orejas si viviera), desde luego no hay nada que hablar.

—Supongo que es difícil juzgarlo sobre bases puramente sociales... quiero decir, es algo más que un club.

—¿Eh? ¿Juzgar? Por lo que sé, nunca he juzgado nada en mi vida, salvo en una exposición de flores. Todo se reduce a una cuestión de gustos. Vine aquí porque creía que esto tenía algo que ver con la ciencia. Ahora que he averiguado que se parece más a una conspiración política, me vuelvo a casa. Soy demasiado viejo para ese tipo de cosas y si quisiera unirme a una conspiración, no elegiría esta.

—¿Quieres decir, según supongo, que el elemento de planificación social no te atrae? Puedo comprender muy bien que no se ajusta tanto a tu trabajo en ciencias como la sociología, pero...

—No existen ciencias como la sociología. Y si llego a descubrir que la química empieza a encajar en algo con una policía secreta dirigida por un marimacho de edad mediana que no usa faja y en un proyecto de quitarle a cada inglés su granja, su negocio y sus hijos, dejaría que la química se fuera al infierno y me dedicaría otra vez a la jardinería.

—Creo que comprendo ese sentimiento que aún se vincula al hombre común, pero cuando uno llega a estudiar la realidad como yo he tenido que hacerlo...

—Quisiera hacerla pedazos y poner otra cosa en su lugar. Por supuesto. Eso es lo que sucede cuando se estudia a los hombres: uno se encuentra con agua de borrajas. Ocurre que no creo que se pueda estudiar a los hombres, solo se puede llegar a conocerlos, lo que es totalmente distinto. Como los estudies, deseas que las clases más bajas gobiernen el país y escuchen música clásica, lo que es un disparate. Además quieres quitarles todo lo que hace que la vida merezca la pena ser vivida y no solo a ellos, sino a todos, con la excepción de un puñado de pedantes y profesores.

—¡Bill! —dijo Hada Hardcastle de pronto, desde el lado opuesto de la mesa, en voz tan alta que ni siquiera él pudo ignorarla. Hingest clavó los ojos en ella y la cara se le puso morada.

—¿Es cierto que se va en auto inmediatamente después de la cena? —gritó el Hada.

—Sí, señorita Hardcastle, así es.

—Me preguntaba si no podría acercarme.

—Me encantaría hacerlo —dijo Hingest en una voz que no pretendía engañar—, si es que vamos en la misma dirección.

—¿Adónde va?

—Voy a Edgestow.

—¿Pasará por Brenstock?

—No, me salgo en el cruce que está antes del portón delantero de lord Holywood y bajo por lo que solían llamar el Camino de Potter.

—¡Oh, vaya! No me va bien. Me resignaré a esperar hasta la mañana.

Después de eso, Mark se encontró entretenido con el vecino que estaba a su izquierda y no volvió a ver a Bill el Tormentas hasta que se lo encontró en el vestíbulo después de la cena. Se había puesto el sobretodo y estaba listo para subirse al automóvil.

Empezó a hablar mientras abría la puerta y Mark se vio obligado a acompañarlo a través de la extensión de grava hasta donde estaba estacionado el auto.

—Hazme caso, Studdock, o al menos piénsalo —dijo—. Yo no creo en la sociología, pero tienes una carrera decente por delante si te quedas en Bracton. Mezclarte con el NICE no te hará ningún bien... y, por Dios, no le harás ningún bien a nadie.

—Supongo que siempre hay dos puntos de vista sobre todas las cosas —dijo Mark.

—¿Cómo? ¿Dos puntos de vista? Hay una docena de puntos de vista sobre todo hasta que se conoce la respuesta. Nunca hay más de una. Pero no es asunto mío. Buenas noches.

—Buenas noches, Hingest —dijo Mark.

El otro arrancó el vehículo y se alejó.

Había helado un poco. El hombro de Orión, aunque Mark ni siquiera conocía esa constelación cercana, llameaba hacia él por encima de la copa de los árboles. Dudó en volver a la casa. Podía significar más charlas con gente interesante e influyente, también podía significar sentirse otra vez un extraño, vagando desorientado y escuchando conversaciones a las que no podía unirse. De todos modos, estaba cansado. Paseando a lo largo de la fachada, pronto llegó a una puerta distinta y más pequeña por la cual, calculó, se podía entrar sin atravesar el vestíbulo o los salones. Así lo hizo y subió a acostarse de inmediato.

•••

Camilla Denniston guio a Jane hasta la salida, no la puertita del muro por donde había entrado, sino al portón principal, que se abría sobre el mismo camino unos cien metros más arriba. La luz amarilla de una brecha abierta hacia el oeste en el cielo gris volcaba un brillo efímero y helado sobre todo el paisaje. A Jane le había dado vergüenza demostrar mal humor o ansiedad ante Camilla. Como resultado, las dos cosas habían disminuido realmente cuando se despidió. Pero permanecía un firme disgusto por lo que ella llamaba «toda esa insensatez». No estaba realmente segura de que fuera una insensatez, pero ya había resuelto hacer como si lo fuera. No se «vería mezclada en eso», no se dejaría llevar. Tenía que vivir su propia vida. Durante mucho tiempo había sido uno de sus principios básicos evitar enredos e interferencias. Incluso cuando había descubierto que iba a casarse con Mark si él se lo pedía, el pensamiento de «Pero debo seguir manteniendo mi propia vida» se había presentado de inmediato y nunca había estado ausente de su mente durante más de unos pocos minutos seguidos. Cierto resentimiento contra el amor en sí, y en consecuencia contra Mark, por invadir de ese modo su vida, seguía presente. Al menos ella tenía una vívida conciencia de todo lo que deja una mujer cuando se casa. Le parecía que Mark no era suficientemente consciente de eso. Aunque no lo formulara, el temor de verse invadida y enredada era la razón más profunda de su decisión de no tener hijos; o al menos, no por un buen tiempo. Tenía que vivir su propia vida.

Casi tan pronto como entró en el apartamento sonó el teléfono.

—¿Eres tú, Jane? —dijo una voz—. Soy yo, Margaret Dimble. Ha ocurrido algo espantoso. Te lo contaré cuando vaya. De momento, estoy demasiado furiosa para hablar. ¿Por casualidad te sobra una cama? ¿Qué? ¿El señor Studdock no está? En absoluto, si a ti no te importa. A Cecil lo mandé a dormir al *college*. ¿Estás segura de que no será una molestia? Te lo agradezco inmensamente. Estaré allí en una hora.

4

LA LIQUIDACIÓN DE LOS ANACRONISMOS

Jane no había terminado de poner sábanas limpias en la cama de Mark cuando llegó la señora Dimble, con una gran cantidad de paquetes.

—Eres un ángel por permitirme pasar la noche aquí —dijo—. Hemos probado en todos los hoteles de Edgestow. Este sitio se va a poner insoportable. ¡La misma respuesta en todas partes! Todo repleto con los parásitos y funcionarios de ese detestable NICE. Secretarias en un sitio... mecanógrafos en otro... maestros de obra... es ultrajante. Si Cecil no tuviera un cuarto en el *college*, creo que hubiese tenido que dormir en la sala de espera de la estación. Solo espero que el encargado del *college* haya aireado la cama.

—Pero ¿qué diablos ha pasado? —preguntó Jane.

—¡Nos han desalojado, querida mía!

—Pero no es posible, señora Dimble. Quiero decir, no puede ser legal.

—Eso es lo que decía Cecil... Imagínate, Jane. Lo primero que vimos al asomar la cabeza por la ventana esta mañana fue un camión sobre la calzada con las ruedas traseras en medio del arriate de rosas, descargando un pequeño ejército de lo que parecían criminales con picos y palas. ¡Directamente en nuestro jardín! Había un hombrecito odioso con una gorra de visera que le habló a Cecil con un cigarrillo en la boca, ni siquiera en la boca, sino pegado al labio superior, ¿te das cuenta?, y adivina lo que dijo. Dijo que no tenía inconveniente en que nos quedáramos en posesión de la casa, entiendes, no del jardín, hasta las ocho de la mañana de mañana. ¡No tenía inconveniente!

—Pero seguramente... seguramente debe de haber algún error.

—Como es natural, Cecil llamó a su tesorero. Y, como es natural, el tesorero había salido. Eso le llevó casi toda la mañana, llamar una y otra vez, y para entonces la gran haya que te gustaba tanto había sido cortada, y todos los ciruelos. Si no hubiese estado tan furiosa me habría sentado y llorado hasta que se me cayeran los ojos. Así me sentía. Por fin Cecil se puso en contacto con el señor

Busby, quien no fue de la menor utilidad. Dijo que debía de haber un malentendido, pero que ahora estaba fuera de su control y que haríamos mejor en ponernos en contacto con el NICE en Belbury. Desde luego, resultó imposible por completo localizarlos a ellos. Pero a la hora de la comida comprendimos que sencillamente no podíamos quedarnos a pasar la noche allí, ocurriera lo que ocurriese.

—¿Por qué no?

—Querida mía, no te puedes hacer una idea de lo que era. Grandes camiones y tractores pasaban rugiendo sin cesar, y también una grúa sobre algo parecido a un vagón de ferrocarril. Caramba, ni nuestros proveedores podían atravesar todo aquello. La leche llegó a las once. La carne no llegó nunca; llamaron a la tarde para decir que no habían podido entrar por ninguno de los dos caminos. A nosotros mismos nos resultó muy difícil llegar a la ciudad. Tardamos media hora en ir de casa al puente. Era como una pesadilla. Llamaradas y ruidos por todas partes y el camino prácticamente arruinado y una especie de gran campamento de lata que ya estaban levantando en los terrenos comunales. ¡Y la gente! Unos hombres tan horrendos. No sabía que teníamos trabajadores como esos en Inglaterra. ¡Oh, horrible, horrible!

La señora Dimble se abanicó con el sombrero que acababa de quitarse.

—¿Y qué van a hacer? —preguntó Jane.

—¡Solo el cielo lo sabe! —dijo la señora Dimble—. Por el momento hemos cerrado la casa y Cecil ha ido a visitar al procurador Rumbold, para ver si al menos podemos tener la casa precintada y en paz hasta que saquemos las cosas. Rumbold no parece saber dónde está. Insiste en decir que el NICE está en una posición legal muy peculiar. Después de eso, te aseguro que no sé. Por lo que puedo ver, no habrá casas en Edgestow. No hay que pensar en intentar vivir más en la orilla opuesta del río, aunque nos dejaran. ¿Qué dices? Oh, indescriptible. Están echando abajo todos los álamos. Están derrumbando todas esas hermosas casitas de campo que había junto a la iglesia. Encontré a la pobre Ivy (viene a ser tu señora Maggs, sabes) hecha un mar de lágrimas. ¡Pobre! Están horribles cuando se les corre el maquillaje. También la desalojan. Pobre mujer, ya tenía problemas suficientes en la vida sin necesidad de esto. Me alegró irme. Los hombres eran tan horribles. Tres brutos enormes vinieron a la puerta del fondo a pedir agua caliente y entraron de tal modo que asustaron a Martha hasta hacerle perder los nervios y Cecil tuvo que ir y hablarles. Pensé que iban a golpear a Cecil, en serio. Fue horriblemente desagradable. Pero una especie de policía especial hizo que se fueran. ¿Qué? Oh, sí, había docenas de hombres, que parecían policías, desparramados por todas partes y no me gustó su aspecto tampoco, haciendo oscilar una especie de garrote, como los que se ven en las películas americanas. Sabes, Jane, Cecil y yo pensamos los dos lo mismo: es casi como si hubiéramos perdido la guerra. ¡Oh, chica, té! Justo lo que necesito.

—Puede quedarse todo lo que guste, señora Dimble —le dijo Jane—. Mark tendrá que dormir en el *college*, eso es todo.

—¡Bueno, en realidad, por el momento pienso que no deberían permitirle a ningún miembro de Bracton dormir en ningún sitio! Pero haré una excepción a favor del señor Studdock. A decir verdad, no tendría que comportarme como la espada de Sigfrido... y, entre paréntesis, ¡sería una horrible espada, gorda y pesada! Pero ese aspecto está resuelto. Cecil y yo vamos a irnos al Solar de St. Anne's. Últimamente tenemos que estar mucho por allí, comprendes.

—Ooh —dijo Jane, prolongando la exclamación sin querer cuando su propia historia le vino a la mente.

—Vaya, qué egoísta he sido —dijo mamá Dimble—. Estoy aquí cotorreando sobre mis problemas y olvidándome por completo de que estuviste allí y tienes muchas cosas que contarme. ¿Viste a Grace? ¿Y te gustó?

—¿Grace es la señorita Ironwood? —preguntó Jane.

—Sí.

—La vi. No sé si me gusta o no. Pero no quiero hablar de eso. No puedo pensar en nada que no sea la atroz situación en que se han visto. Es usted la verdadera mártir, no yo.

—No, querida mía —dijo la señora Dimble—. No soy una mártir. Soy solo una vieja mujer furiosa con los pies doloridos y la cabeza que se le parte (aunque eso está empezando a mejorar), que trata de hablar hasta recobrar el buen humor. Después de todo, Cecil y yo no hemos perdido nuestro medio de subsistencia como le ha pasado a la pobre Ivy Maggs. No importa realmente abandonar la vieja casa. Sabes, el placer de vivir allí era hasta cierto punto melancólico. De paso, me pregunto si a los seres humanos realmente les gusta ser felices. Un poco melancólico, sí. Todos esos cuartos de arriba que creíamos necesitar porque pensábamos tener montones de niños y después nunca los tuvimos. Tal vez me estaba gustando demasiado rumiar sobre ellos en las largas tardes cuando Cecil no estaba. Compadecerme de mí misma. Sin duda estaré mejor lejos de esa casa. Podría haber terminado como esa espantosa mujer de Ibsen, que se pasa el tiempo divagando sobre muñecas. En realidad es peor para Cecil. Le gustaba tanto tener a los alumnos cerca. Jane, es la tercera vez que bostezas. Te estás cayendo de sueño y he hablado hasta aturdirte. Eso pasa cuando una ha estado casada treinta años. Los maridos están hechos para que les hablen. Les ayuda a concentrar la mente en lo que están leyendo... como el ruido de un vertedero. ¡Vaya!... has bostezado otra vez.

Jane descubrió que era embarazoso compartir la habitación con mamá Dimble porque oraba. Era extraordinario, pensó Jane, cómo eso la desubicaba a una. No sabía dónde mirar, y fue tan difícil hablar otra vez con naturalidad al poco de que la señora Dimble dejara de estar de rodillas.

•••

—¿Estás despierta? —preguntó la voz de la señora Dimble, serena en medio de la noche.

—Sí —dijo Jane—. Lo siento mucho. ¿La he despertado? ¿Estaba gritando?

—Sí. Gritabas sobre alguien al que golpeaban en la cabeza.

—Los vi matando a un hombre... que viajaba en un auto grande por un camino de campo. Llegaba a un cruce de caminos y se desviaba a la derecha más allá de unos árboles, y había alguien parado en medio del camino agitando una luz para detenerlo. No pude oír lo que decían, estaba demasiado lejos. De algún modo deben de haberlo convencido de que saliera del vehículo, y allí estaba él, hablando con uno de ellos. La luz le daba de lleno en la cara. No era el mismo anciano que vi en el otro sueño. No tenía barba, solo bigote. Y era muy ágil y de algún modo orgulloso. No le gustaba lo que el hombre le estaba diciendo y pronto levantó los puños y lo derribó de un golpe. Detrás de él, otro hombre trató de golpearle la cabeza con algo, pero el viejo era demasiado rápido y se dio vuelta a tiempo. Entonces fue bastante horrible, pero bastante espléndido. Lo atacaron entre tres y luchó contra todos. He leído ese tipo de cosas en los libros, pero nunca había tenido conciencia de cómo se sentiría uno viéndolo. Por supuesto, al final lo vencieron. Lo golpearon en la cabeza terriblemente con las cosas que llevaban en las manos. Lo hicieron con total frialdad y se agacharon para examinarlo y asegurarse de que estuviera realmente muerto. La luz de la linterna parecía muy extraña. Era como si despidiera haces rectos de luz, como varillas, por todo el lugar. Pero tal vez en ese momento me estuviera despertando. No, gracias, estoy bien. Fue horrendo, por supuesto, pero no estoy realmente asustada... no como hubiera estado antes. Lo siento más por el viejo.

—¿Puedes volver a dormirte?

—¡Oh, sí! ¿Se le pasó el dolor de cabeza, señora Dimble?

—Del todo, gracias. Buenas noches.

•••

«Sin lugar a dudas, este tiene que ser el Párroco Loco del que me habló Bill el Tormentas», pensó Mark. La comisión de Belbury no se reunía hasta las 10.30, y desde el desayuno había estado caminando con el reverendo Straik por el jardín, a pesar del aire frío y neblinoso de la mañana. En el momento mismo en que el hombre lo había abordado por primera vez, las prendas raídas y las botas toscas, el deshilachado cuello clerical, el ostro oscuro, enjuto, trágico, trajeado y mal afeitado y cicatrizado, y la sinceridad amarga de su comportamiento, habían pulsado una nota discordante. No era un tipo de hombre que Mark hubiese esperado encontrar en el instituto.

—No vaya a imaginar —dijo el señor Straik —que se me ocurre soñar en llevar adelante nuestro programa sin violencia. Habrá resistencia. Soltarán la lengua y no se arrepentirán. No nos van a acobardar. Nos enfrentaremos a tales desórdenes con una firmeza que llevará a nuestros calumniadores a decir que los hemos deseado. Deje que lo digan. En cierto sentido los hemos deseado. No forma parte de nuestro cometido preservar esa organización del pecado institucional que llaman Sociedad. Para esa organización, el mensaje que tenemos que dar es un mensaje de desesperación absoluta.

—Ahora bien, eso es lo que quiero decir cuando afirmo que su punto de vista y el mío, a la larga, serán incompatibles —repuso

Mark—. La preservación, que abarca la planificación completa, de la sociedad es precisamente el propósito que yo tengo en vistas. No creo que haya o pueda haber otro propósito. Para usted el problema es muy distinto porque espera otras cosas, algo mejor que la sociedad humana, en algún otro mundo.

—Repudio esa maldita doctrina en cada uno de mis pensamientos, en cada latido de mi corazón, en cada gota de sangre —dijo el señor Straik—. Es justamente el subterfugio por medio del cual el mundo, la organización y el cuerpo de la muerte han desviado y castrado la enseñanza de Jesús, y transformado en intriga eclesiástica y misticismo la simple demanda del Señor de la rectitud y el juicio aquí y ahora. El Reino de Dios debe ser concretado aquí... en este mundo. Y lo será. Ante el nombre de Jesús, todas las rodillas se hincarán. En el nombre de Jesús me aparto por completo de toda religión organizada conocida hasta hoy en el mundo.

Y ante el nombre de Jesús, Mark, que habría disertado sobre el aborto o la perversión ante un público de muchachas sin reparo, se sintió tan azorado que supo que le habían enrojecido levemente las mejillas y se puso tan furioso consigo mismo y con el señor Straik ante tal descubrimiento que enrojeció mucho más. Ese era exactamente el tipo de conversación que no podía soportar; nunca se había sentido tan incómodo desde la muy bien recordada calamidad de las lecciones escolares sobre las Escrituras. Murmuró algo acerca de su ignorancia sobre teología.

—¡Teología! —dijo el señor Straik con profundo desprecio—. No estoy hablando de teología, jovencito, sino de nuestro Señor Jesucristo. La teología es pura charla... patrañas... una pantalla de humo... un juego para ricos. No encontré a nuestro Señor Jesucristo en las salas de conferencias. Fue en los pozos de carbón y junto al ataúd de mi hija. Si ellos creen que la teología es una especie de algodón que los protegerá cuando llegue el gran y terrible día, descubrirán su error. Porque, tome nota de mis palabras, eso va a ocurrir. El Reino va a llegar: en este mundo, en este país. Los poderes de la ciencia son un instrumento. Un instrumento irresistible, como todos los del NICE sabemos. ¿Y por qué son un instrumento irresistible?

—Porque la ciencia se basa en la observación —sugirió Mark.

—Son un instrumento irresistible —gritó Straik— porque son un instrumento en la mano de Dios. Un instrumento tanto de juicio como de curación. Eso es lo que no pude hacerle entender a ninguna iglesia. Están ciegas. Cegadas por sus mugrientos andrajos de humanismo, su cultura, humanitarismo y liberalismo, tanto como por sus pecados o lo que creen sus pecados, aunque en realidad son lo menos pecaminoso en ellas. Por eso me he visto solo; un pobre viejo, débil, indigno, pero el único profeta que queda. Supe que Él vendría poderoso. Y en consecuencia, allí donde vemos poder, vemos la señal de su venida. Y por eso me encuentro junto a libertinos y materialistas y cualquier otro que esté realmente listo para acelerar la venida. La más débil de estas personas tiene el sentimiento trágico de la vida, la crueldad, la entrega total, la presteza a sacrificar todos los valores meramente humanos que no pude descubrir en medio de la jerigonza nauseabunda de las religiones organizadas.

—¿Quiere usted decir que en lo que se refiere a la práctica inmediata no hay límites para su cooperación con el programa?

—¡Borra toda idea de cooperación! —dijo el otro—. ¿Acaso el barro coopera con el alfarero? ¿Acaso Ciro cooperó con el Señor? Estas personas serán usadas. Yo también seré usado. Instrumentos. Vehículos. Pero aquí se presenta el punto que le concierne, jovencito. Usted no puede elegir ser usado o no. Cuando se empuña el arado no hay marcha atrás. Nadie sale del NICE. Los que quieran retroceder perecerán en el desierto. Pero la cuestión es ¿se contenta uno con formar parte de los instrumentos que serán dejados de lado cuando hayan servido a su propósito (uno de los que, habiendo ejercido el juicio sobre otros, serán reservados para ser juzgados a su vez) o estará entre los que entren a heredar? Porque es todo cierto, ¿sabe? Son los santos quienes heredarán la tierra... aquí en Inglaterra, tal vez dentro de los próximos doce meses: los santos y nadie más. ¿No sabía que juzgaremos ángeles? —Después, bajando la voz de pronto, Straik añadió—: La verdadera resurrección se está llevando a cabo en este momento. La verdadera vida eterna. Aquí, en este mundo. Usted lo verá.

—Diría que deben de ser más de las diez y veinte. ¿No tendríamos que unirnos a la comisión?

Straik regresó con él en silencio. En parte para evitar más conversación del mismo estilo y en parte porque quería saber realmente la respuesta, Mark dijo un momento después:

—Ha ocurrido algo bastante molesto. He perdido la billetera. No tenía mucho dinero: solo tres libras. Pero contenía cartas y cosas personales, y es una complicación. ¿Debería decírselo a alguien?

—Se lo puede decir al mayordomo —dijo Straik.

•••

La comisión se reunió durante unas dos horas, presidida por el director delegado. El método que tenía de dirigir las cuestiones era lento y complicado, y, para Mark, que tenía su experiencia en Bracton como guía, pronto se hizo obvio que el verdadero trabajo del NICE debía de estar desarrollándose en otra parte. En realidad, lo había esperado, y era demasiado razonable para suponer que se encontraría, en esta etapa inicial, dentro del círculo interno o lo que en Belbury correspondiera al Elemento Progresista de Bracton. Pero esperaba que no lo tuvieran marcando el paso en comisiones fantasma por mucho tiempo. Aquella mañana las cuestiones se referían sobre todo a los detalles del trabajo que ya se había empezado en Edgestow. Al parecer, el NICE había logrado cierto tipo de victoria que les otorgaba el derecho a demoler la pequeña iglesia normanda del recodo.

—Como es natural, las objeciones de costumbre fueron pasadas por alto —dijo Wither.

A Mark no le interesaba la arquitectura y, como no conocía la otra orilla del Wynd tan bien como su esposa, dejó que su atención se dispersara. Fue solo al final de la reunión cuando Wither presentó un tema mucho más sensacional. Creía que la mayoría de los presentes ya tenían que estar enterados («¿Por qué todos los presidentes empiezan siempre con las mismas palabras?», pensó Mark) de las muy lamentables noticias que, de todos modos, tenía el deber de comunicarles de modo semioficial. Se refería, desde luego, al asesinato del señor William Hingest. Según lo que Mark pudo deducir del relato tortuoso y alusivo del presidente, habían descubierto a Bill el Tormentas con la cabeza hundida por algún objeto romo, tirado cerca de su auto en el Camino de Potter a eso de las cuatro de la madrugada. Había muerto hacía varias horas. El señor Wither se atrevía a suponer que sería un triste placer para la comisión enterarse de que la policía del NICE había estado en el escenario del crimen antes de las cinco y que ni las autoridades locales ni Scotland Yard pusieron el menor inconveniente a su plena colaboración. Sentía que si el momento hubiese sido más oportuno, habría recibido con placer una moción para expresar la gratitud que todos debían sentir hacia la señorita Hardcastle y tal vez las felicitaciones que se le debían por la suave interacción entre sus propias fuerzas y las del Estado. Se trataba de una anécdota gratificante en la triste historia y sugería un buen augurio para el futuro. Un aplauso apagado, decente, recorrió la mesa ante esas palabras. El señor Wither procedió después a hablar con cierta amplitud del muerto. Todos habían lamentado mucho la decisión del señor Hingest de retirarse del NICE, aunque apreciando sus motivos en todo lo que valían; todos habían sentido que la separación oficial no afectaría en nada a las cordiales relaciones que existían entre el ahora tristemente fallecido y casi todos (creía poder afirmar incluso que todos sin excepción) los excolegas del instituto. La necrológica (según la espléndida frase de Raleigh) era un instrumento que el director delegado manejaba con gran aptitud, y este habló durante largo rato. Concluyó proponiendo guardar un minuto de silencio en señal de respeto a la memoria de William Hingest.

Y lo hicieron: un minuto interminable durante el cual se hicieron audibles extraños crujidos y suspiros, y tras la máscara de cada rostro liso y de labios apretados, pensamientos esquivos, irrelevantes sobre esto y lo otro se deslizaron como hacen los pájaros y los ratones en el claro de un bosque cuando los excursionistas se han marchado. Y cada uno se aseguró a sí mismo en silencio que él, al menos, no era morboso y no pensaba en la muerte.

Después hubo movimientos y ruidos, y la comisión se disolvió.

•••

Todo el proceso de levantarse y hacer «las cosas de la mañana» era más animado, según descubrió Jane, porque la acompañaba la señora Dimble. Con frecuencia Mark ayudaba, pero como siempre elegía la actitud —y Jane podía sentirlo aunque no lo expresara en palabras— de que «cualquier cosa serviría» y de que Jane hacía una gran cantidad de trabajo innecesario y los hombres podían encargarse de la casa con la décima parte de molestias y problemas que se tomaban las mujeres, la ayuda de Mark era una de las causas más comunes de disputa entre ambos. La señora Dimble, en cambio, se adaptaba a sus procedimientos. Era una mañana de sol radiante y, cuando se sentaron a desayunar en la cocina, Jane se sentía también radiante. Por la noche, su mente había elaborado una tranquilizadora teoría de que el simple hecho de haber visto a la señorita Ironwood y «haberlo sacado todo afuera» probablemente detuviera los sueños por completo. El episodio quedaría cerrado. Y además... había que pensar en la excitante posibilidad del nuevo trabajo de Mark. Empezó a hacer desfilar imágenes mentales.

La señora Dimble estaba ansiosa por saber qué le había pasado a Jane en St. Anne's y cuándo iría otra vez. Jane contestó con evasivas a la primera pregunta y la señora Dimble era demasiado cortés para insistir. En cuanto a la segunda, Jane pensaba que no «molestaría» por segunda vez a la señorita Ironwood o que no «molestaría» a nadie más con sus sueños. Dijo que había sido «una tonta», pero estaba segura de que ahora todo marcharía bien. Y le dio un vistazo al reloj y se preguntó por qué no habría venido aún la señora Maggs.

—Querida mía, me temo que has perdido a Ivy Maggs —dijo la señora Dimble—. ¿No te dije que a ella también le habían quitado la casa? Pensé que comprenderías que no va a venir a tu casa en el futuro. En Edgestow no tiene dónde vivir, ¿entiendes?

—¡Qué molestia! —dijo Jane y agregó, sin mucho interés por la respuesta—: ¿Sabe qué va a hacer ella ahora?

—Se ha ido a St. Anne's.

—¿Tiene amigos allí?

—Va al Solar, con Cecil y yo.

—¿Quiere decir que ha conseguido trabajo allí?

—Bueno, sí. Supongo que es un trabajo.

—La señora Dimble partió a eso de las once. Al parecer ella también iba a ir a St. Anne's, pero antes se encontraría con su esposo para almorzar en Northumberland. Jane bajó a la ciudad con ella para hacer algunas compras y se separaron al final de la calle Market. Un momento después, Jane se encontró con el señor Curry.

—¿Se ha enterado de las noticias, señora Studdock? —dijo Curry. Sus modales siempre eran presuntuosos y el tono de voz vagamente confidencial, pero esta mañana lo parecían más que de costumbre.

—No. ¿Qué ha ocurrido? —preguntó Jane.

Consideraba que Curry era un tonto pomposo y que Mark era un idiota por dejarse impresionar por él. Pero, en cuanto Curry empezó a hablar, el rostro de Jane mostró toda la consternación y el asombro que él podría haber deseado. Y esta vez no eran fingidos. Le contó que habían asesinado al señor Hingest en algún momento de la noche o en las primeras horas de la madrugada. Habían descubierto el cadáver junto a su vehículo. En el Camino de Potter, golpeado con crueldad en la cabeza. Iba de Belbury a Edgestow. En ese momento, Curry se dirigía con rapidez al *college* para hablar con el rector sobre el asunto; acababa de estar en la comisaría de policía. Era obvio que el asesinato ya se había convertido en propiedad de Curry. La «cuestión» estaba, en algún sentido indefinible, «en sus manos» y la responsabilidad lo abrumaba. En otro momento Jane lo habría encontrado divertido. Escapó de él en cuanto pudo y entró al Blackie's a tomar una taza de café. Sentía que necesitaba sentarse.

En sí misma, la muerte de Hingest no significaba nada para ella. Lo había visto solo una vez y había aceptado la opinión de Mark de que era un viejo desagradable y bastante esnob. Pero la certeza de que había presenciado en el sueño un asesinato real hacía pedazos de un solo golpe todos los pretextos tranquilizadores con que había empezado la mañana. La invadió con una nitidez enfermante la convicción de que la cuestión de los sueños, lejos de terminar, apenas estaba comenzando. La vida pequeña, radiante, que pretendía vivir se había roto de modo irremediable. En todos lados se abrían ventanas hacia paisajes enormes, oscuros, y se veía impotente para cerrarlas. Afrontarlo sola la enloquecería, pensó. La otra alternativa era volver a ver a la señorita Ironwood. Pero eso no parecía más que un modo de penetrar más profundamente en la oscuridad. El Solar de St. Anne's, aquella «especie de asociación», estaba «mezclado en el asunto». No quería que la metieran. Era injusto. No le había pedido mucho a la vida. Todo lo que quería era que la dejaran en paz. ¡Y era algo tan descabellado! El tipo de cosas que, según todas las influencias que había aceptado hasta entonces, no podía ocurrir en realidad.

• • •

Cosser, el hombre pecoso de pequeñísimo bigote negro, se acercó a Mark cuando se alejaba de la reunión.

—Tú y yo tenemos un trabajo que hacer —dijo—. Hay que elaborar un informe sobre Cure Hardy.

A Mark lo alivió oír hablar de un trabajo. Pero adoptó una actitud un poco digna, ya que Cosser no le había gustado mucho cuando lo conoció el día anterior, y contestó:

—¿Significa que finalmente voy a estar en la sección de Steele?

—Exacto —dijo Cosser.

—La razón de que lo pregunte es que ni tú ni él parecían demasiado ansiosos por contar conmigo. No me gusta abrirme paso a empujones. Si hay que llegar a eso, no tengo la menor necesidad de quedarme en el NICE.

—Bueno, no hablemos de eso aquí —dijo Cosser—. Subamos.

Estaban hablando en el vestíbulo y Mark notó que Wither se dirigía, pensativo, hacia ellos.

—¿No sería mejor hablar con él y terminar de una vez con la cuestión? —propuso.

Pero el director delegado, después de llegar a unos tres metros de ambos, había girado en otra dirección. Tarareaba para sí en voz baja y parecía tan hundido en sus pensamientos que Mark encontró inadecuado el momento para una conversación. Al parecer, Cosser pensó lo mismo, aunque no dijo nada, así que Mark lo siguió escalera arriba hasta una oficina del tercer piso.

—Es sobre la aldea de Cure Hardy —dijo Cosser, cuando se sentaron—. Mira, toda esa zona del bosque Bragdon no va a ser mucho mejor que un pantano una vez que se pongan a trabajar. No sé por qué diablos necesitábamos ir allí. De todos modos, el plan más reciente es desviar el curso del Wynd: obstruir el antiguo cauce que atraviesa Edgestow. Mira. Aquí está Shillingbridge, dieciséis kilómetros al norte de la ciudad. Va a ser desviado aquí y traído por un canal artificial... aquí, al este, donde está la línea azul, y se volverá a unir con el cauce original aquí abajo.

—No creo que la universidad vaya a estar de acuerdo —dijo Mark—. ¿Qué sería de Edgestow sin el río?

—A la universidad la tenemos agarrada del cuello —dijo Cosser—. No necesitas preocuparte por eso. El asunto es que el nuevo Wynd tendrá que correr exactamente por Cure Hardy. Ahora mira las indicaciones topográficas. Cure Hardy está en este vallecito estrecho. ¿Eh? Oh, ya estuviste allí, ¿verdad? Eso facilita las cosas. Yo no conozco la zona. Bueno, la idea es hacer una represa en el extremo sur del valle y construir una gran reserva de agua. Se necesitará un nuevo suministro de agua para Edgestow ahora que va a convertirse en la segunda ciudad del país.

—Pero ¿qué pasa con Cure Hardy?

—Esa es otra ventaja. Construiremos una nueva aldea modelo (la van a llamar Jules Hardy o Wither Hardy) a unos seis kilómetros. Aquí, junto al ferrocarril.

—Sabes, diría que esto va a oler muy mal. Cure Hardy es famoso. Es un hermoso sitio. Hay hospicios del siglo XVI y una iglesia normanda y cosas por el estilo.

—Exacto. Ahí es donde entramos tú y yo. Tenemos que hacer un informe sobre Cure Hardy. Iremos a darle un vistazo mañana, pero podemos escribir la mayor parte del informe hoy. Debería ser bastante fácil. Si se trata de un hermoso sitio, puedes apostar que es antihigiénico. Es lo primero que debemos destacar. Después averiguaremos algunos datos sobre la población. Creo que descubriremos que consiste casi en su totalidad de dos elementos muy indeseables: pequeños *rentiers* y trabajadores del campo.

—Estoy de acuerdo en que el pequeño *rentier* es un mal elemento —dijo Mark—. Supongo que lo del trabajador del campo es más discutible.

—El instituto no lo aprueba. Es un elemento muy recalcitrante en una comunidad planificada, y siempre retrógrado. No apoyamos la agricultura inglesa. Así que, como ves, todo lo que tenemos que hacer es verificar algunos hechos. Por lo demás, el informe se escribe solo.

Mark se quedó en silencio uno o dos segundos.

—Es bastante fácil —dijo—. Pero antes de encararlo me gustaría tener un poco más clara mi propia posición. ¿No debería verme con Steele? No me imagino poniéndome a trabajar en esta sección si él no quiere contar conmigo.

—Yo no lo haría —repuso Cosser.

—¿Por qué no?

—Bueno, por un lado, Steele no puede evitarte si el DD te respalda, como parece estar haciendo por ahora. Por otro, Steele es un tipo bastante peligroso. Si te dedicas tranquilamente al trabajo, puede acostumbrarse a ti a la larga; si vas a verlo, eso podría llevar a un encontronazo. Además hay otra cosa. —Cosser hizo una pausa, se agarró la nariz pensativamente y siguió—: Entre nosotros, no creo que las cosas puedan seguir indefinidamente como hasta ahora en esta sección.

El entrenamiento excelente que Mark había recibido en Bracton le permitió comprenderlo. Cosser tenía esperanzas de sacar a Steele de la sección totalmente. Creyó ver toda la situación. Steele era peligroso mientras durara, pero podía no durar.

—Ayer tuve la impresión de que tú y Steele se llevaban bastante bien —dijo Mark.

—Aquí lo principal es no pelearse con nadie —dijo Cosser—. Yo odio las disputas. Puedo acostumbrarme a cualquiera... siempre que el trabajo se haga.

—Desde luego —dijo Mark—. Entre paréntesis, si mañana vamos a Cure Hardy, yo podría acercarme a Edgestow y pasar la noche en casa.

Para Mark había mucho en juego en la respuesta. Podía descubrir si estaba realmente bajo las órdenes de Cosser. Si Cosser decía «no puedes hacerlo», por fin sabría dónde estaba parado. Si Cosser decía que no podían prescindir de Mark, sería mejor aún. O Cosser podía contestar que era mejor consultar al DD. Eso también habría hecho sentir más seguro a Mark de su posición. Pero Cosser se limitó a decir «Oh», dejándolo en la duda de si uno no necesitaba permiso para ausentarse o de si Mark no estaba lo suficientemente firme como integrante del instituto para que su ausencia tuviera alguna importancia. Después se pusieron a trabajar en el informe.

Les llevó el resto del día, de manera que Cosser y él bajaron a cenar tarde y sin vestirse para la ocasión. Eso le brindó a Mark una sensación muy agradable. Y también disfrutó de la comida. Aunque estaba entre hombres con los que no se había encontrado antes, cinco minutos después parecía conocer a todos y unirse con naturalidad a la conversación. Estaba aprendiendo cómo hablar de sus asuntos.

—¡Qué bonito es! —se dijo Mark a la mañana siguiente cuando el vehículo dejó el camino principal en Duke's Eaton y empezó a bajar por el camino menor y lleno de baches hacia el largo valle donde estaba Cure Hardy. Por lo general, Mark no era muy sensible a la belleza, pero Jane, y su amor por Jane, ya lo habían despabilado un poco en ese sentido. Tal vez la luz solar de la mañana de invierno lo conmoviera más porque nunca le habían enseñado a considerarla como algo especialmente hermoso y en consecuencia influía sobre sus sentidos sin interferencias. La tierra y el cielo parecían recién lavados. Los campos marrones se veían como si uno pudiera comérselos, y los que tenían hierba adornaban las curvas de las colinas del mismo modo que el pelo bien cortado adorna el cuerpo de un caballo. El cielo se veía más lejano que de costumbre, pero también más nítido, tanto que las largas y delgadas franjas nubosas (color pizarra oscuro contra el pálido azul) tenían bordes tan precisos que parecían recortadas en cartulina. Cada arbustito era negro y erizado corno un cepillo para el pelo y, cuando el auto se detuvo en Cure Hardy, el silencio que siguió al apagarse el motor se vio inundado por el sonido de las cornejas que parecían gritar «¡Eh! ¡Eh!».

—Por Dios, qué ruido más espantoso hacen estos pájaros —dijo Cosser—. ¿Tienes el mapa? Bueno... —Se zambulló de inmediato en el trabajo.

Vagaron por la aldea durante dos horas y vieron con sus propios ojos todos los abusos y anacronismos que habían venido a destruir. Vieron al trabajador recalcitrante y retrógrado y oyeron sus puntos de vista sobre el tiempo. Encontraron al indigente costosamente mantenido en la figura de un viejo que cruzaba arrastrando los pies por el patio del hospicio para llenar una caldera, y a la *rentier* de edad (para empeorar las cosas la acompañaba un perro gordo y viejo) absorta en conversar con el cartero. Mark se sentía como si estuviera de vacaciones, porque solo en vacaciones había recorrido alguna vez una aldea inglesa. Por eso le resultaba placentero. No se le escapó que el rostro del trabajador retrógrado era bastante más interesante que el de Cosser y la voz mucho más agradable de oír. La semejanza entre la *rentier* mayor y la tía Gilly (¿cuándo había pensado por última vez en ella?, por Dios, eso lo llevaba a uno hacia atrás...) le hicieron comprender cómo era posible gozar de ese tipo de personas. Todo eso no influía en lo más mínimo sobre sus convicciones sociológicas. Aunque hubiese estado libre de Belbury y no hubiera tenido la menor ambición, no habría podido influirlo, porque su educación había tenido el curioso efecto de hacer que lo que leía o escribía fuese más real para él que lo que veía. Las estadísticas sobre los trabajadores del campo eran la sustancia; cualquier cavador de zanjas, labriego o muchacho de granja auténtico eran la sombra. Aunque nunca lo había notado, él mismo tenía mucha resistencia a usar alguna vez en su trabajo palabras como «hombre» o «mujer». Prefería escribir sobre «grupo vocacional», «elementos», «clases» y «poblaciones», porque, en su propio estilo, creía con tanta firmeza como cualquier místico en la realidad superior de lo que no se veía.

Y, sin embargo, no podía evitar que la aldea le gustara bastante. Cuando a la una convenció a Cosser de entrar en el Dos Campanas, incluso llegó a afirmarlo. Los dos habían llevado sándwiches, pero Mark tenía ganas de tomar una cerveza. Dentro del Dos Campanas, el ambiente era cálido y penumbroso porque la ventana era pequeña. Dos trabajadores (sin duda recalcitrantes y retrógrados) estaban sentados con jarras de barro masticando grandes bocadillos, y un tercero estaba de pie junto al mostrador, conversando con el propietario.

—No quiero cerveza, gracias —dijo Cosser—. Y no vamos a haraganear mucho más por aquí. ¿Qué estabas diciendo?

—Estaba diciendo que en una hermosa mañana hay algo bastante atractivo en un sitio como este, a pesar de todos sus obvios disparates.

—Sí, es una hermosa mañana. A la salud le viene muy bien un poco de sol.

—Estaba pensando en el lugar.

—¿Te refieres a esto? —dijo Cosser, paseando la mirada por la sala—. Habría pensado que es justo el tipo de cosa de las que queremos librarnos. Nada de sol, ni de ventilación. No tengo muy buena opinión sobre el alcohol (lee el Informe Miller), pero si la gente ha de tener estimulantes, preferiría que se los administraran de un modo más higiénico.

—No sé si el estimulante es todo lo que importa —dijo Mark mirando su cerveza. La escena le recordaba tragos y charlas remotas, risas y discusiones de los días de estudiante, Por algún motivo, uno hacía amigos con mayor facilidad entonces. Se preguntó qué se habría hecho de todo el grupo, de Carey, Wadsden y Denniston, que había estado tan cerca de obtener la beca de investigación de él.

—No estoy muy seguro —dijo Cosser, en respuesta a la última observación de Mark—. La nutrición no es mi fuerte. Tendrías que preguntarle a Stock.

—En lo que estoy pensando realmente no es en esta taberna, sino en toda la aldea —dijo Mark—. Desde luego, tienes mucha razón, este tipo de cosas debe desaparecer. Pero tiene su aspecto agradable. Tendremos que cuidar que lo que construyamos en su lugar pueda superarlo a todos los niveles, no solo en eficacia.

—Oh, la arquitectura y todo eso —repuso Cosser—. Bueno, no cae dentro de mi campo, sabes. Le corresponde más a un tipo como Wither. ¿Te falta mucho?

De pronto Mark cayó en la cuenta de lo pesado que era ese hombrecito y en el mismo instante se sintió completamente harto del NICE. Pero se recordó a sí mismo que no podía pretender estar en el círculo interesante de inmediato; más adelante habría cosas mejores. De todos modos, no había quemado las naves. Tal vez dejara todo eso de lado y regresara a Bracton en uno o dos días. Pero no en seguida. Lo sensato era quedarse un poco y ver cómo se presentaban las cosas.

Al regresar, Cosser lo dejó cerca de la estación de Edgestow, y, mientras caminaba hacia su casa, Mark empezó a pensar en qué le diría a Jane sobre Belbury. Lo malinterpretarían totalmente si pensaran que estaba inventando una mentira de modo consciente. Casi sin quererlo, cuando la imagen de sí mismo entrando al apartamento y la del rostro interrogante de Jane apareció en su mente también lo hizo su propia voz contestándole, describiendo los rasgos sobresalientes de Belbury con frases divertidas, confiadas. Aquel discurso imaginario le sacó poco a poco de la mente las experiencias reales que había vivido. Las experiencias reales de recelo e incomodidad en realidad aceleraron el deseo de construir una buena imagen a los ojos de su esposa. Casi sin notarlo, había decidido no mencionarle la cuestión de Cure Hardy; a Jane le importaban los edificios antiguos y todo ese tipo de cosas. Como resultado, cuando Jane, que en ese momento estaba corriendo las cortinas, oyó que se abría la puerta, volvió la cabeza y vio a Mark, vio a un Mark bastante animado y alegre. Sí, estaba casi seguro de haber obtenido el trabajo. No habían fijado del todo el salario, pero iba a tratarlo al día siguiente. Era un lugar muy divertido; más tarde se lo explicaría. Pero ya se había puesto en contacto con las personas que pesaban. Wither y la señorita Hardcastle eran los que importaban.

—Tengo que contarte sobre la Hardcastle —dijo—, es bastante increíble.

Jane tuvo que decidir lo que le diría a Mark con mucha mayor rapidez de la que él había empleado en decidir lo que le diría a ella. Y decidió no contarle nada sobre los sueños o St. Anne's. Los hombres odiaban a las mujeres a las que les andaban mal las cosas, sobre todo si se trataba de cosas extrañas, anormales. Pudo mantener la decisión con facilidad, porque Mark, embebido en su propia historia, no le hizo preguntas. Tal vez a ella no le convenciera del todo lo que él decía. Había vaguedad en los detalles. Apenas empezó la conversación, ella dijo en voz aguda, asustada (no tenía idea de cómo le desagradaba a él esa voz):

—Mark, no habrás renunciado a tu beca de investigación en Bracton, ¿verdad?

Él dijo que no, por supuesto que no, y siguió adelante. Ella no lo escuchó del todo. Sabía que tenía con frecuencia ideas grandiosas y al mirarle a la cara adivinó que durante su ausencia había estado bebiendo mucho más que de costumbre. Y así, durante toda la tarde y parte de la noche, el ave macho desplegó su plumaje y la hembra cumplió con su papel, hizo preguntas, se rio y fingió más interés del que sentía. Ambos eran jóvenes y, si ninguno de los dos amaba mucho, cada uno seguía aún ansioso de ser admirado.

•••

Esa noche los miembros de Bracton estaban sentados ante el vino y los postres en la Sala Comunitaria. Para economizar, habían dejado de vestirse para la cena durante la guerra y aún no habían recobrado la costumbre, de modo que las chaquetas informales y los jerséis de lana daban una nota discordante entre los oscuros paneles Jacobo I, la luz de las velas y la vajilla de diversas épocas. Feverstone y Curry estaban sentados juntos. Durante unos trescientos años hasta esa noche, la Sala Comunitaria había sido uno de los agradables lugares tranquilos de Inglaterra. Estaba en el Lady Alice, en la planta baja debajo del Soler, y las ventanas del extremo oriental daban sobre el río y el bosque Bragdon, frente a una terracita donde los miembros acostumbraban a comer el postre en las noches de verano. Como es natural, en esa estación y a esa hora, esas ventanas estaban cerradas y con las cortinas corridas. Y del otro lado de ellas llegaban unos ruidos que no se habían oído nunca antes en aquel cuarto: gritos y maldiciones y el ruido de camiones que pasaban atronando o cambiando de marcha con aspereza, tintinear de cadenas, el zumbido de los taladros mecánicos, el estrépito del acero, silbidos, ruidos sordos y una vibración que lo penetraba todo. *Saeva sonare verbera, tum stridor ferri tractaeque catenae*, como había observado Glossop a Jewel, sentado en el lado opuesto al fuego. Porque detrás de las ventanas, a menos de treinta metros sobre la orilla opuesta del Wynd, la transformación de un antiguo terreno boscoso en un infierno de barro, ruido, acero y cemento ya estaba en marcha. Incluso varios miembros del Elemento Progresista, los que tenían habitaciones sobre ese lado del *college*, habían empezado a quejarse al respecto. Al propio Curry le había sorprendido un poco la forma que había tomado su sueño al convertirse en realidad, pero estaba haciendo todo lo que podía por afrontarlo y, aunque tenía que llevar la conversación con Feverstone a toda voz, no hizo alusiones a semejante inconveniente.

—¿Entonces es definitivo que el joven Studdock no va a regresar?

—Oh, sí —gritó Feverstone—. Me envió un mensaje por intermedio de un alto oficial para decirme que se lo comunicara al *college*.

—¿Cuándo enviará una renuncia formal?

—¡No la tiene! Como todos los jóvenes, es bastante indiferente a esas cosas. A decir verdad, cuanto más se demore, mejor.

—¿Quieres decir que nos da la oportunidad de buscar a nuestro alrededor?

—Eso mismo. Mira, no es necesario que el *college* se mueva hasta que él escriba. Es mejor tener asegurada toda la cuestión del sucesor antes de entonces.

—Obviamente. Eso es muy importante. Cuando se le presenta una proposición abierta a toda esa gente que no comprende el terreno sobre el que se mueve y que no sabe muy bien qué hacer, puede pasar cualquier cosa.

—Exacto. Eso es lo que queremos evitar. El único modo de manejar un sitio como este es presentar el candidato (sacar el conejo de la chistera) dos minutos después de anunciar la vacante.

—Debemos empezar a pensarlo de inmediato.

—¿El sucesor necesita ser sociólogo? Quiero decir, ¿la beca de investigación está vinculada a la materia de estudio?

—Oh, no, en absoluto. Es una de esas becas de investigación Paston. ¿Por qué? ¿Tenías alguna materia en mente?

—Hace bastante que no tenemos alguien en política.

—Hummm... sí. Sigue habiendo un prejuicio considerable contra la política como materia académica. Dime, Feverstone, ¿no podríamos apoyar esa nueva materia de estudio?

—¿Qué nueva materia?

—La pragmatometría.

—Bueno, es curioso que lo menciones, porque el hombre en el que empezaba a pensar es un político que se ha dedicado plenamente a la pragmatometría. Podríamos llamarla beca de investigación en pragmatometría social o algo por el estilo.

—¿Quién es él?

—Laird... de Leicester, Cambridge.

Fue automático que Curry adoptara una actitud pensativa, aunque en su vida había oído hablar de Laird, y que dijera:

—Ah, Laird. Por favor, recuérdame los detalles de su carrera académica.

—Bueno, como recuerdas, andaba mal de salud en la época de los exámenes finales y salió mal parado —dijo Feverstone—. Hoy en día el equipo examinador de Cambridge es tan malo que eso apenas cuenta. Todos saben que fue uno de los hombres brillantes de su graduación. Era presidente de los Esfinges y editaba *El Adulto*. David Laird, ya sabes.

—Sí, seguro. David Laird. Pero oye, Dick...

—¿Sí?

—No me hace muy feliz el asunto de las malas notas de graduación. Desde luego, no le doy un valor supersticioso mayor que tú a los resultados de los exámenes. Sin embargo... hemos hecho una o dos elecciones desafortunadas últimamente.

Casi sin quererlo, mientras lo decía, Curry cruzó la habitación con la mirada hasta donde estaba sentado Pelham. Este, con su boquita de botón y la cara como un budín, era un hombre de confianza, pero incluso a Curry le resultaba difícil recordar algo que Pelham hubiera hecho o dicho alguna vez.

—Sí, lo sé —dijo Feverstone—. Pero hasta nuestras peores elecciones no llegan a ser tan cortas de luces como las que hace el *college* por sí solo cuando lo dejamos.

Tal vez porque el ruido intolerable le había alterado los nervios, Curry sintió una duda pasajera sobre la «cortedad» de esos extraños. Hacía poco había cenado en Northumberland y se había encontrado a Telford cenando allí la misma noche. El contraste entre el Telford alerta e ingenioso a quien todos parecían conocer en Northumberland, a quien todos escuchaban, y el «corto» Telford de la Sala Comunitaria de Bracton lo había dejado perplejo. ¿Podía ser que los silencios de todos esos «extraños» en su propio *college*, sus respuestas monosilábicas cuando condescendía hablarles y los rostros en blanco cuando adoptaba la actitud confidencial tuviesen una explicación que nunca se le había ocurrido? La insinuación fantástica de que él, Curry, pudiese ser un pesado, le pasó por la mente con tal rapidez que un segundo más tarde la había olvidado para siempre. Se quedó con la insinuación mucho menos dolorosa de que esos investigadores tradicionalistas e imbéciles fingían despreciarlo. Pero Feverstone le estaba gritando otra vez.

—La semana que viene voy a estar en Cambridge —decía—. En realidad voy a dar una cena. Preferiría que no se mencionara aquí, porque podría venir el Primer Ministro, dos tipos de los grandes diarios y Tony Dew. ¿Qué? Oh, por supuesto que conoces a Tony. Ese hombrecito moreno del banco. Laird va a estar allí. Es algo así como primo del Primer Ministro. Me preguntaba si no podrías venir. Sé que David tiene muchas ganas de conocerte. Un tipo que solía ir a tus conferencias le habló mucho de ti. No puedo recordar el nombre.

—Bueno, sería muy difícil. Depende bastante de cuándo sea el funeral de Bill. Tendría que asistir, desde luego. ¿Dijeron algo sobre la investigación en el informativo de las seis?

—No lo oí. Pero eso presenta una segunda cuestión, por supuesto. Ahora que el Tormentas se ha ido a arreciar a un mundo mejor, tenemos dos vacantes.

—No puedo oír —aulló Curry—. ¿Está empeorando el ruido? ¿O me estoy quedando sordo?

—Vicerrector, ¿qué demonios están haciendo sus amigos ahí fuera? —gritó Ted Raynor detrás de Feverstone.

—¿No pueden trabajar sin gritar? —preguntó otro.

—A mí no me suena en absoluto como si estuvieran trabajando —dijo un tercero.

—¡Oigan! —dijo Glossop de pronto—. Eso no es trabajo. Escuchen los pies. Se parece más a un partido de *rugby*.

—Empeora a cada minuto que pasa —dijo Raynor.

Un momento después casi todos se pusieron de pie en la sala.

—¿Qué fue eso? —gritó uno.

—Están asesinando a alguien —dijo Glossop—. Solo hay una manera de arrancarle ese sonido a la garganta de un hombre.

—¿Adónde van? —preguntó Curry.

—Voy a ver qué está pasando —dijo Glossop—. Curry, ve y reúne a todos los criados del *college*. Que alguien llame a la policía.

—Yo de ti no saldría —dijo Feverstone, que se había quedado sentado y se estaba sirviendo otro vaso de vino. —Suena como si la policía, o algo así, ya hubiese llegado.

—¿Qué quieres decir?

—Escuchen. ¡Eso!

—Creía que era ese taladro infernal.

—¡Escuchen!

—Dios mío... ¿creen que es realmente una ametralladora?

—¡Cuidado! ¡Cuidado! —dijo una docena de voces al mismo tiempo cuando se oyó el sonido de cristales rompiéndose y una lluvia de piedras cayó sobre el suelo de la Sala Comunitaria. Un momento después varios miembros se abalanzaron hacia las ventanas y levantaron las persianas. Entonces todos se quedaron inmóviles mirándose entre sí y en un silencio apenas interrumpido por el ruido de las respiraciones agitadas. Glossop tenía un corte en la frente y sobre el suelo estaban desparramados los fragmentos de la famosa ventana oriental sobre la que Enriqueta María* había grabado una vez su nombre con un diamante.

* Reina de Inglaterra, esposa de Carlos I. (*N. del t.*).

5

FLEXIBILIDAD

A la mañana siguiente, Mark volvió a Belbury en tren. Le había prometido a su esposa aclarar una serie de puntos sobre el salario y el lugar de residencia, y el recuerdo de todas las promesas conformaba una pequeña nube de intranquilidad en su mente, aunque en términos generales se sentía de buen humor. Este regreso a Belbury —entrar caminando lentamente, colgar el sombrero y pedir que le trajeran una copa— constituía un contraste agradable con la primera llegada. El criado que le trajo la copa lo conocía. Filostrato lo saludó con un movimiento de cabeza. Las mujeres se inquietaban por pequeñeces, pero era evidente que este era el verdadero mundo. Después de beber subió sin prisas a la oficina de Cosser. Estuvo allí solo cinco minutos y, al salir, su estado de ánimo había cambiado por completo.

Steele y Cosser estaban ambos dentro y levantaron la cabeza con la actitud de quienes han sido interrumpidos por un completo extraño. Ninguno de los dos habló.

—Este... buenos días —dijo Mark con torpeza.

Steele terminó de anotar algo con un lápiz en un gran documento desplegado ante él.

—¿Qué ocurre, señor Studdock? —preguntó sin alzar los ojos.

—Vine a ver a Cosser —dijo Mark y después, dirigiéndose a Cosser—: He estado pensando en la penúltima sección de aquel informe...

—¿De qué informe se trata? —le dijo Steele a Cosser.

—Oh —contestó Cosser con una sonrisita torcida en el extremo de la boca—, había pensado que no sería mala idea elaborar un informe sobre Cure Hardy en mi tiempo libre y, como no había nada en especial que hacer ayer, lo redacté. El señor Studdock me ayudó.

—Bueno, ahora eso no tiene importancia —dijo Steele—. Puede hablar con el señor Cosser en cualquier otro momento, señor Studdock. Me temo que ahora está ocupado.

—Mire, sería mejor que nos entendiéramos —dijo Mark.

—¿Debo suponer que el informe era un simple entretenimiento privado de Cosser? Y si es así, me gustaría haberlo sabido antes de dedicarle ocho horas de trabajo. ¿Y bajo las órdenes de quién me encuentro?

Steele, jugueteando con el lápiz, miró a Cosser.

—Le he hecho una pregunta sobre mi puesto, señor Steele —dijo Mark.

—No tengo tiempo para ese tipo de cosas —dijo Steele—. Si no tiene nada que hacer, yo sí. No sé nada sobre su situación.

Durante un momento, Mark pensó en dirigirse a Cosser, pero el rostro liso, pecoso y los ojos evasivos de Cosser lo inundaron de pronto de tal desprecio que giró sobre los talones y abandonó el cuarto, dando un portazo a sus espaldas. Iba a ver al director delegado.

Ante la puerta de la oficina de Wither vaciló un momento porque oyó voces dentro. Pero estaba demasiado furioso para esperar. Llamó y entró sin tomar en cuenta que hubiesen contestado o no a la llamada.

—Mi querido muchacho —dijo el director delegado, levantando la cabeza pero sin fijar del todo los ojos en la cara de Mark—. Encantado de verlo.

—Al oír estas palabras, Mark advirtió que había una tercera persona en el cuarto. Era alguien llamado Stone, con el que se había encontrado en la cena dos días atrás. Stone estaba de pie ante la mesa de Wither, enrollando y desenrollando un trozo de secante con los dedos. Tenía la boca abierta y los ojos clavados en el director delegado.

—Encantado de verlo —repitió Wither—. Sobre todo porque ha... eh... me ha interrumpido en lo que me temo que debería llamar una entrevista bastante dolorosa. Como le estaba diciendo al pobre señor Stone cuando usted entró, no hay nada que mi corazón desee más que este edificio funcione como una familia... la mayor unidad de voluntad y objetivo, señor Stone, la confianza mutua más amplia... eso es lo que espero de mis colegas. Si bien es cierto que usted podría recordarme, señor... eh... Studdock, que hasta en la vida familiar hay a veces tirantez, fricciones y malentendidos. Y por eso, mi querido muchacho, por el momento no estoy del todo cómodo... No se vaya, señor Stone, tengo unas cuantas cosas más que decirle.

—¿Quizás sería mejor que volviera más tarde? —dijo Mark.

—Bueno, tal vez dadas las circunstancias... son sus sentimientos lo que estoy considerando, señor Stone... Tal vez... el método habitual para verme, señor Studdock, es fijar una cita con mi secretaria. Comprenderá que no es que tenga el menor deseo de insistir con formulismos o que no me agradaría verlo en cualquier momento. Es el derroche de su tiempo lo que ansío evitar.

—Gracias, señor —dijo Mark—. Iré a ver a su secretaria.

La oficina de la secretaria quedaba al lado. Cuando uno entraba no se encontraba con la secretaria propiamente dicha, sino con una cantidad de subordinados que estaban apartados de los visitantes por una especie de mostrador. Mark fijó una cita para las diez del día siguiente, que era lo mejor que podían ofrecerle. Cuando salió se topó con *Hada* Hardcastle.

—Hola, Studdock —dijo el Hada—. ¿Rondando la oficina del DD? Eso no sirve, sabe.

—He decidido que o fijo de una vez por todas mi puesto o de lo contrario abandono el instituto.

La mujer lo miró con una expresión ambigua en la que parecía predominar la diversión. Después le deslizó de pronto un brazo en el suyo.

—Mire, hijito, deje de lado todo eso, ¿quiere? —dijo—. No le va hacer ningún bien. Venga y charlemos un poco.

—No hay nada de que hablar en realidad, señorita Hardcastle —dijo Mark—. Estoy decidido. O consigo aquí un verdadero trabajo o me vuelvo a Bracton. Es bastante sencillo: incluso no me importa mucho cuál de las dos alternativas se concrete, por lo que sé.

El Hada no contestó a sus palabras, y la firme presión de su brazo obligó a Mark, a menos que estuviera dispuesto a luchar, a avanzar con ella por el pasillo. El carácter íntimo y autoritario con que lo aferraba era cómicamente ambiguo y se habría adaptado casi del mismo modo a las relaciones entre policía y prisionero, amada y amante, enfermera y niño. Mark sintió que haría el ridículo si se cruzaban con alguien.

Lo llevó a sus oficinas, que estaban en el segundo piso. La oficina externa estaba llena de lo que Mark ya había aprendido a llamar las piams, las muchachas de la Policía Institucional Auxiliar de Mujeres. Dentro del edificio no se encontraba con frecuencia a los hombres policía, aunque eran mucho más numerosos, pero podían verse revolotear de aquí para allá constantemente dondequiera que apareciera la señorita Hardcastle. Lejos de compartir las características masculinas de su jefa, ellas eran (como había dicho una vez Feverstone) «femeninas al extremo de la imbecilidad»: diminutas, livianas, mullidas y llenas de risitas. La señorita Hardcastle se comportaba con ellas como si fuera un hombre y las trataba con un tono de caballerosidad medio animada, medio feroz.

—Cócteles, Dolly —ladró mientras entraban en la oficina externa.

Cuando llegaron a la oficina interna hizo sentar a Mark, pero ella permaneció de pie de espaldas al fuego y con las piernas bien abiertas. Dolly trajo las bebidas y se retiró, cerrando la puerta detrás de ella. Mark había expresado quejumbrosamente sus penas por el camino.

—Deje de hablar de eso, Studdock —dijo la señorita Hardcastle—. Y haga lo que haga, no moleste al DD. Ya le dije antes que no necesitaba preocuparse de toda la gentuza del tercer piso si tenía el cuidado de contar con el apoyo de él. Cosa que ocurre por el momento. Pero que desaparecerá si insiste en presentarle quejas.

—Ese podría ser muy buen consejo, señorita Hardcastle —repuso Mark—, si estuviera obligado a quedarme aquí por algún motivo. Pero no lo estoy. Y, a juzgar por lo que he visto, este lugar no me gusta. Estoy casi decidido a volverme a casa... Solo que me gustaría hablar antes con él, para aclarar las cosas.

—Aclarar las cosas es lo único que el DD no soporta —contestó la señorita Hardcastle—. No es así como él dirige esto. Y perdóneme, pero sabe lo que hace. Funciona, hijo. No tiene usted idea de lo bien que funciona. En cuanto a irse... usted no es supersticioso, ¿verdad? Yo sí. No creo que traiga suerte irse del NICE. No necesita tener la cabeza ocupada con los Steele y los Cosser. Eso forma parte de su aprendizaje. En este momento lo están poniendo a prueba, pero si se mantiene terminará por encima de ellos. Todo lo que tiene que hacer es mantenerse firme. Cuando estemos en marcha no va a quedar ni uno de ellos.

—Ese es el tipo de cosas que me dijo Cosser sobre Steele —dijo Mark—. Y no me benefició en nada cuando fuimos al grano.

—Sabe, Studdock —dijo la señorita Hardcastle—, usted me cae bien. Y es mejor. Porque si no fuera así, me vería inclinada a sentirme agraviada por esa última observación.

—No quise ser ofensivo —dijo Mark—. Pero... maldita sea, mírelo desde mi punto de vista.

—No tiene sentido, hijo —dijo la señorita Hardcastle sacudiendo la cabeza—. No conoce usted los datos suficientes para que su punto de vista valga cinco centavos. Todavía no sabe en lo que se ha metido. Le están ofreciendo la oportunidad de algo mucho más importante que un sillón en el gabinete. Y debe saber que hay solo dos alternativas. Estar dentro o fuera del NICE. Y sé mejor que usted cuál va a ser la más divertida.

—Entiendo —dijo Mark—. Pero cualquier cosa sería mejor que estar nominalmente incluido y no tener nada que hacer. Deme un puesto real en la sección de sociología y yo...

—¡Maldita sea! Toda esa sección va a ser eliminada. Al principio tenía que existir por motivos publicitarios. Pero los van a eliminar a todos.

—Pero ¿qué seguridad tengo de que vaya a ser uno de los sucesores?

—No va a serlo. No van a tener sucesores. El verdadero trabajo no tiene nada que ver con todas esas secciones. El tipo de sociología que nos interesa será realizada por mi gente, la policía.

—Entonces ¿dónde encajo yo?

—Si confía en mí —dijo el Hada, bajando la copa vacía y sacando un puro filipino—, puedo describirle claramente un poco el verdadero trabajo para el cual lo trajeron en realidad aquí.

—¿De qué se trata?

—Alcasan —dijo la señorita Hardcastle entre dientes. Había empezado una de sus interminables caladas. Después agregó, mirando a Mark con una pizca de desdén—: Sabe de quién estoy hablando, ¿verdad?

—¿Se refiere al radiólogo... el hombre que guillotinaron? —preguntó Mark, que estaba confundido por completo. El Hada asintió.

—Va a ser rehabilitado —dijo—. Poco a poco. Tengo todos los datos en el expediente. Usted empezará con un articulito... sin cuestionar su culpabilidad, no al principio, apenas sugiriendo que desde luego él era miembro de su gobierno traidor y había un prejuicio en su contra. Dirá que usted no duda de que el veredicto fuera justo, pero que es inquietante tomar conciencia de que casi con certeza habría sido el mismo en caso de que hubiese sido inocente. Uno o dos días después lo seguirá con un artículo de estilo completamente distinto. Un relato popular sobre el valor de su obra. Puede reunir los datos en una tarde... es suficiente para ese tipo de artículo. Después una carta, bastante indignada, al periódico que publicó el primer artículo y yendo mucho más allá. La ejecución fue un desmán de la justicia. Para entonces...

—Pero ¿cuál es el propósito de todo esto?

—Se lo estoy diciendo, Studdock. Alcasan va a ser rehabilitado. Convertido en un mártir. Una pérdida irreparable para la raza humana.

—Pero ¿para qué?

—¡Ya empezamos otra vez! Gruñe porque no le dan nada que hacer y en cuanto se le muestra un poco de verdadero trabajo pretende que le cuenten todo el plan de la campaña antes de hacerlo. No tiene sentido. Ese no es el modo de progresar aquí. Lo mejor es hacer lo que le dicen. Si es que tiene usted algún valor, pronto comprenderá qué es lo que ocurre. Pero tiene que empezar por hacer el trabajo. No parece tener conciencia de lo que somos. Somos un ejército.

—De todos modos, no soy periodista —dijo Mark—. No vine aquí a escribir artículos para los diarios. Traté de dejarle eso bien claro a Feverstone desde el principio.

—Cuanto antes abandone esa cháchara sobre lo que vino a hacer aquí, mejor le irá. Se lo digo por su propio bien, Studdock. Usted puede escribir. Esa es una de las cosas por las que lo necesitamos.

—Entonces he venido por un malentendido —dijo Mark. La alabanza a su vanidad literaria, a esas alturas de su carrera, no compensaba de ningún modo la inferencia de que su contribución sociológica no tenía importancia—. No tengo la intención de pasarme la vida escribiendo artículos periodísticos. Y si la tuviera, quisiera conocer mucho más detalladamente la política del NICE antes de encarar ese tipo de cosas.

—¿No le han dicho que es estrictamente apolítico?

—Me han dicho tantas cosas que ya no sé ni dónde estoy —dijo Mark—. Pero no veo cómo uno va a empezar una operación periodística (que es a lo que se reduce esto) sin ser político. ¿Son los diarios de derecha o los de izquierda los que van a publicar toda esa basura sobre Alcasan?

—Los dos, cariño, los dos —dijo la señorita Hardcastle—. ¿No comprende nada? ¿Acaso no es absolutamente fundamental mantener una izquierda feroz y una derecha feroz ambas en estado de alerta y las dos temerosas de la otra? Así es como se hacen las cosas. Cualquier oposición al NICE es representada como un contubernio de la izquierda en los diarios derechistas y como un contubernio de la derecha en los diarios izquierdistas. Si se hace bien, se consigue que cada bando le dispute al otro brindarnos apoyo... refutar las calumnias del enemigo. Por supuesto que somos apolíticos. El verdadero poder siempre lo es.

—No creo que puedan hacerlo —dijo Mark—. No con los periódicos que lee la gente culta.

—Eso demuestra que sigue en mantillas, querido —dijo la señorita Hardcastle—. ¿Todavía no se ha dado cuenta de que es al revés?

—¿Qué quiere decir?

—Caramba, pedazo de tonto, son los lectores cultos quienes pueden ser engañados. Todos nuestros problemas aparecen con los demás. ¿Cuándo encontró a un trabajador que creyese lo que dicen los diarios? Da por sentado que son todo propaganda y se salta los artículos de fondo. Compra el diario para ver los resultados del fútbol y los párrafos cortos sobre chicas que se caen de las ventanas y cadáveres encontrados en apartamentos de Mayfair. Él es nuestro problema: debemos reacondicionarlo. Pero el público educado, la gente que lee los semanarios «de calidad», no necesita reacondicionamiento. Ya están preparados. Se creerán cualquier cosa.

—Como parte de la clase a que se refiere —repuso Mark con una sonrisa—, sencillamente no le creo.

—¡Por Dios! —dijo el Hada—. ¿Dónde tiene los ojos? ¡Fíjese en las cosas que han hecho tragar los semanarios! Fíjese en el *Weekly Question*. Ahí tiene un periódico para usted. Cuando el inglés básico apareció como la simple invención de un profesor y librepensador de Cambridge no había adjetivos para alabarlo;

cuanto fue defendido por un primer ministro *tory** se transformó en una amenaza para la pureza de nuestra lengua. ¿Y acaso la monarquía no fue un costoso disparate durante diez años? Después, cuando abdicó el duque de Windsor, acaso el *Question* no fue monárquico y legitimista durante quince días? ¿No comprende que el lector culto no puede dejar de leer los semanarios «de calidad», hagan lo que hagan? No puede. Está condicionado.

—Bueno —dijo Mark—, todo esto es muy interesante, señorita Hardcastle, pero no tiene nada que ver conmigo. En primer lugar, no tengo la menor intención de hacerme periodista y, si lo hiciera, me gustaría ser un periodista honesto.

—Muy bien —dijo la señorita Hardcastle—. Todo lo que conseguirá será colaborar en la ruina de este país y tal vez de toda la raza humana, además de la de su propia carrera.

El tono confidencial con el que había estado hablando hasta entonces había desaparecido y había una decisión amenazante en la voz. El ciudadano y el hombre honesto que la conversación habían despertado en Mark se acobardaron un poco: se irguió su otro yo, mucho más fuerte, el yo que estaba ansioso a toda costa por no verse colocado entre los extraños, se alzó muy alarmado.

—No quiero decir que no comprenda su argumento —dijo—. Solo me estaba preguntando...

—Para mí es lo mismo, Studdock —dijo la señorita Hardcastle, sentándose a su mesa—. Si no le gusta el trabajo, desde luego, es asunto suyo. Vaya y arréglelo con el DD. No le gusta que la gente renuncie, pero, desde luego, puede hacerlo. El DD tendrá algo que decirle a Feverstone por traerlo aquí. Suponíamos que usted entendía.

La mención a Feverstone le trajo violentamente como una realidad el plan, que hasta entonces había parecido ligeramente irreal, de volver a Edgestow y contentarse con la carrera de miembro de Bracton. ¿En qué términos regresaría? ¿Seguiría siendo un integrante del círculo interno? Descubrir que ya no contaba con la confianza del Elemento Progresista, verse arrojado entre los Telford y los Jewel le parecía insufrible. Y el salario de un mero profesor parecía poca cosa después de los sueños de los

* Partido político inglés, también conocido como Partido Conservador. (*N. del t.).*

últimos días. La vida de casado había resultado más costosa de lo que había calculado. Después apareció una duda punzante sobre las doscientas libras que costaba ser miembro del club del NICE. Pero no, era absurdo. No era posible que lo apremiaran por eso.

—Bueno, es obvio que lo principal es ver al DD —repuso, inseguro.

—Ahora que se va, hay algo que debo decirle —declaró el Hada—. He puesto todas las cartas sobre la mesa. Si llega a pasarle alguna vez por la cabeza que sería divertido repetir algo de esta conversación fuera, acepte mi consejo y no lo haga. No sería conveniente para su carrera.

—Oh, pero por supuesto... —empezó Mark.

—Ahora es mejor que siga adelante —dijo la señorita Hardcastle—. Que tenga una buena charla con el DD. Cuide de no hacer enfadar al viejo. Odia las renuncias.

Mark hizo un intento de prolongar la entrevista, pero el Hada no se lo permitió y en pocos segundos se vio fuera de la oficina.

Pasó el resto del día miserablemente, apartándose todo lo posible del camino de los demás, por temor a que se notara su falta de ocupación. Antes de almorzar salió a dar una de esas caminatas breves, poco satisfactorias, que suele emprender un hombre en un barrio extraño cuando no ha llevado consigo prendas cómodas o un bastón. Después del almuerzo investigó los alrededores. Pero no era el tipo de terreno por el que alguien puede caminar por placer. El millonario eduardiano que había construido Belbury había encerrado más de cuarenta hectáreas con un bajo muro de ladrillos coronado por una baranda de acero y se había gastado todo en lo que su contratista había llamado Jardines Ornamentales de Placer. Había unos cuantos árboles desperdigados y senderos sinuosos tan cubiertos de guijarros redondos y blancos que apenas si se podía caminar sobre ellos. Había inmensos macizos de flores, algunos oblongos, otros romboidales y algunos en forma de media luna. Había plantaciones; *parterres* sería una palabra más adecuada de esa especie de laurel que parece hecho de metal bien pintado y barnizado. Macizos bancos de verano, de color verde brillante, se alzaban a intervalos regulares a lo largo de los senderos. El efecto total era similar al de un cementerio municipal. Sin embargo, tan poco atractivo como era, Mark volvió a recorrerlo después del té, fumando sin cesar, aunque el viento hacía avanzar la parte encendida y ya le ardía la lengua. Esta vez vagó hasta la parte trasera de la mansión, donde se le agregaban las construcciones más nuevas y más bajas. Allí le sorprendió un olor a establo y una mezcolanza de gruñidos, rezongos y quejidos, señales, en realidad, de un zoológico considerable. Al principio no entendió, pero pronto recordó que un inmenso programa de vivisección, libre por fin del papeleo y la mezquina economía, era uno de los planes del NICE. No le había prestado mayor atención y había pensado vagamente en ratas, conejos y algún que otro perro. Los ruidos confusos que venían del interior insinuaban algo muy distinto. Mientras estaba allí parado, un gran aullido semejante a un bostezo se alzó, y después se oyó, como si hubiera dado el tono, todo tipo de trompeteos, ladridos, gritos y hasta risas, que se estremecieron y protestaron durante un momento y después se apagaron en murmullos y plañidos. Mark no tenía escrúpulos sobre la vivisección. Lo que el ruido significaba para él era la magnificencia y grandiosidad de toda aquella empresa, de la cual, al parecer, era probable que lo excluyeran. Allí había todo tipo de seres: centenares de kilos de animalidad viviente, que el instituto podía permitirse cortar como papel por la mera posibilidad remota de algún descubrimiento interesante. Tenía que conseguir el trabajo, tenía que solucionar de algún modo el problema de Steele. Pero el ruido era desagradable y se alejó.

•••

A la mañana siguiente, Mark se despertó con la sensación de que habría con seguridad uno y tal vez dos obstáculos por superar durante el día. El primero era la entrevista con el director delegado. A menos que pudiera obtener una seguridad bien definida sobre un puesto y un salario, cortaría su vinculación con el instituto. Y después, cuando llegara a casa, el segundo obstáculo sería explicarle a Jane cómo se había desvanecido el sueño.

La primera niebla verdadera del otoño había descendido sobre Belbury esa mañana. Mark tomó el desayuno con luz artificial y ni el correo ni el periódico habían llegado. Era viernes y un criado le entregó la cuenta por la parte de la semana que ya había pasado en el instituto. Después de darle un rápido vistazo se la metió en el bolsillo con la decisión de que eso no debía mencionárselo nunca a Jane. Ni el total ni los detalles eran del tipo que las mujeres entienden con facilidad. Él mismo dudaba de que no hubiera algún error, pero aún estaba en esa edad en que un hombre prefiere que le esquilmen hasta el último centavo antes que discutir una cuenta. Terminó la segunda taza de té, se palpó en busca de cigarrillos, no encontró ninguno y pidió un paquete nuevo.

La media hora que tuvo que esperar antes de la cita con el director delegado pasó lentamente. Nadie le habló. Todos lo demás parecían alejarse con rapidez con propósitos importantes y bien definidos. Parte del tiempo estuvo solo en el cuarto de fumar y sintió que los criados lo miraban como si no tuviera que estar allí. Lo alegró cuando llegó el momento de subir y llamar a la puerta de Wither.

Fue admitido de inmediato, pero no fue fácil empezar la conversación porque Wither no decía nada y, aunque apenas entró Mark alzó la cabeza con una expresión de cortesía soñadora, no miraba exactamente hacia Mark, ni le indicó que se sentara. La atmósfera del cuarto, como de costumbre, era cálida en extremo, y Mark, dividido entre el deseo de aclarar que estaba muy resuelto a que no lo tuvieran dando vueltas y el deseo igualmente intenso de no perder el trabajo, si es que había un verdadero trabajo, tal vez no se expresó muy bien. En todo caso, el director delegado dejó que se fuera deteniendo, que pasara a repeticiones desarticuladas y de allí al completo silencio. Ese silencio duró cierto tiempo. Wither seguía sentado con los labios entreabiertos y sobresalientes, como si estuviera musitando una melodía.

—Así que creo que es mejor que me vaya, señor —dijo Mark al fin, refiriéndose vagamente a lo que había estado diciendo.

—¿Usted es el señor Studdock, supongo? —preguntó Wither con tono dudoso después de otro prolongado silencio.

—Sí —dijo Mark con impaciencia—. Lo visité con lord Feverstone hace unos días. Usted me dio a entender que me estaba ofreciendo un puesto en el sector sociológico del NICE. Pero como le estaba diciendo...

—Un momento, señor Studdock —lo interrumpió el director delegado—. Es muy importante ser perfectamente claros en lo que estamos haciendo. Sin duda, usted advierte que en cierto sentido de las palabras sería desafortunado hablar de que yo le ofreciera un puesto en el instituto. No debe imaginar ni por un momento que mantengo algún tipo de posición autocrática, ni, por otro, que la relación entre mi propia esfera de influencia y los poderes (estoy hablando de los poderes pasajeros, entiéndame) de la comisión permanente o de los del director propiamente dicho están definidos por algún sistema rígido y seguro de carácter... eh... podríamos decir constitucional o hasta consultivo. Por ejemplo...

—Entonces, señor, ¿puede decirme si alguien me ha ofrecido un puesto y, si es así, quién lo ha hecho?

—Oh —dijo Wither de pronto, cambiando de posición y de tono, como si se le hubiese ocurrido una nueva idea—. Nunca ha habido el menor problema en ese sentido. Siempre se sobreentendió que su cooperación con el instituto sería aceptable por completo... sería del más alto valor.

—Bueno, puedo... quiero decir, ¿no deberíamos discutir los detalles? ¿El salario, por ejemplo, y... bajo las órdenes de quién trabajaría?

—Mi querido amigo —dijo Wither con una sonrisa—. No preveo ningún problema con respecto al... el... aspecto financiero del asunto. En cuanto a...

—¿Cuál sería el salario, señor? —dijo Mark.

—Bueno, toca usted ahí un punto que difícilmente me corresponda decidir a mí. Creo que los situados en un puesto en el que lo habíamos imaginado a usted obtienen una suma que redondea las mil quinientas libras al año, teniendo en cuenta fluctuaciones que se calculan sobre una base muy liberal. Descubrirá que todas las cuestiones de ese tipo se ajustan con la mayor facilidad.

—Pero ¿cuándo lo sabré, señor? ¿A quién debería ver al respecto?

—No debe suponer, señor Studdock, que cuando menciono la cifra de mil quinientas estoy excluyendo la posibilidad de otra mayor. No creo que ninguno de nosotros permitiría que haya desacuerdo sobre ese punto...

—Me daría muy satisfecho con mil quinientas —dijo Mark—. No estaba pensando en eso para nada. Pero... pero...

La expresión del director delegado se fue haciendo cada vez más cortés y confidencial a medida que Mark balbuceaba, de manera que cuando por fin dijo confusamente «Supongo que habrá un contrato o algo por el estilo» supo que había cometido una vulgaridad indecible.

—Bueno —dijo el director delegado, clavando los ojos en el techo y bajando la voz en un susurro, como si él también se sintiera profundamente azorado—, ese no es exactamente el procedimiento... Sin duda sería posible...

—Y ese no es el punto principal, señor —dijo Mark enrojeciendo—. Está el asunto de mi puesto. ¿Voy a trabajar con el señor Steele como jefe?

—Tengo un formulario —dijo Wither abriendo un cajón—, que según creo, no ha sido usado nunca realmente, pero que fue pensado para ese tipo de acuerdos. Estúdielo a sus anchas y, si está satisfecho, podemos firmarlo en cualquier momento.

—¿Y respecto al señor Steele?

En ese momento entró una secretaria y colocó unas cartas sobre la mesa del director delegado.

—¡Ah! ¡El correo por fin! —dijo Wither—. Tal vez, señor Studdock, eh... usted tenga cartas que leer. ¿Está usted, según tengo entendido, casado? —Una sonrisa de indulgencia paternal se desplegó sobre su rostro al decir esas palabras.

—Lamento distraerlo, señor —dijo Mark—, pero ¿qué hay del señor Steele? No tiene sentido que examine el contrato hasta que no quede solucionada esa cuestión. Me sentiría obligado a rechazar cualquier puesto que implicara trabajar bajo las órdenes del señor Steele.

—Eso abre una cuestión muy interesante sobre la que me gustaría tener una charla informal y confidencial en una ocasión futura —declaró Wither—. Por el momento, señor Studdock, no consideraré nada de lo que me ha dicho como definitivo. Si no le importa visitarme mañana...

Se concentró en la carta que había abierto, y Mark, sintiendo que había logrado bastante en una sola entrevista, abandonó el cuarto. Al parecer lo necesitaban realmente en el NICE y estaban dispuestos a pagar caro por él. Pelearía lo de Steele más adelante, entretanto estudiaría el contrato.

Volvió a bajar y encontró la siguiente carta esperándolo.

Bracton College, Edgestow
20 de octubre, 19....

Mi querido Mark:
A todos nos apenó enterarmos por Dick de que vas a renunciar a tu beca de investigación, pero ten la seguridad de que has tomado la decisión correcta en lo que se refiere a tu carrera. Una vez que el NICE se instale aquí espero verte casi con la misma frecuencia que antes. Si aún no le has enviado una renuncia formal a NO, yo en tu lugar no me apresuraría a hacerlo. Si escribes a principios del próximo período lectivo, la vacante sería anunciada en la reunión de febrero y tendríamos tiempo para tener pronto un candidato para sucederte. ¿Tienes alguna idea al respecto? La otra noche estuve hablándoles a James y a Dick sobre David Laird (James no lo había oído mencionar antes). Sin duda conoces su trabajo. ¿Podrías hacerme llegar unas líneas sobre el mismo y sus cualidades en general? Tal vez lo vea la semana próxima cuando vaya a cenar a Cambridge con el Primer Ministro y una o dos personas más, y creo que se puede convencer a Dick de que invite también a Laird. Te habrás enterado de que hubo una gresca considerable aquí la otra noche. Al parecer hubo una especie de fracas entre los trabajadores nuevos y los habitantes locales. La policía del que parece un grupo bastante excitable cometió el error de disparar unas ráfagas por encima de la cabeza de la multitud. Nos destrozaron la ventana Enriqueta María y entraron varias piedras en la Sala Comunitaria. Glossop perdió la cabeza y quería salir a arengar al populacho, pero me las arreglé para tranquilizarlo. Esto es estrictamente confidencial. Hay montones de personas dispuestas a aprovecharse del hecho y armar un escándalo contra nosotros por haber vendido el bosque. Tengo prisa: debo salir a disponer las cosas para el funeral de Hingest.
Sinceramente,
G. C. Curry.

Ante las primeras palabras de la carta, una puñalada de miedo atravesó a Mark. Trató de calmarse. Una explicación del malentendido, que escribiría y despacharía de inmediato, pondría las cosas en orden. No podían privar a un hombre de su beca de investigación sencillamente por una palabra ocasional dicha por lord Feverstone en la Sala Comunitaria. Lamentablemente comprendió que lo que ahora llamaba «palabra ocasional» era exactamente lo que había aprendido a describir, en el Elemento Progresista, como «arreglar los verdaderos asuntos en privado» o «cortar con el papeleo», pero trató de sacárselo de la cabeza. Recordó que en realidad el pobre Conington había perdido su trabajo de modo muy similar, pero se explicó a sí mismo que las circunstancias habían sido muy distintas. Conington había sido un extraño, él estaba dentro, más dentro que el propio Curry. Pero ¿lo estaba? Si no estaba «dentro» en Belbury (y empezaba a parecer que así era), ¿seguía contando con la confianza de Feverstone? Si tuviese que volver a Bracton, ¿mantendría al menos su antigua posición? ¿Podía volver a Bracton? Sí, por supuesto. Debía escribir una carta de inmediato explicando que no había renunciado y no renunciaría a la beca de investigación. Se sentó a una mesa en el cuarto de escribir y extrajo la pluma. Entonces lo asaltó otro pensamiento. Una carta a Curry diciendo abiertamente que pretendía quedarse en Bracton le llegaría a Feverstone. Feverstone se lo contaría a Wither. Semejante carta podía tomarse como un rechazo a cualquier puesto en Belbury. ¡Bueno... que así fuera! Abandonaría ese sueño fugaz y volvería a su beca de investigación. Pero ¿qué ocurría si eso fuera imposible? Todo el asunto podía haber sido dispuesto sencillamente para hacerle quedarse sin nada: echarlo de un puntapié de Belbury porque conservaba la beca de investigación en Bracton y sacarlo de una patada de Bracton porque se suponía que había aceptado un trabajo en Belbury... después dejarían que Jane y él nadaran o se hundieran sin un *sou*... tal vez con la influencia de Feverstone en su contra cuando tratara de conseguir otro trabajo. ¿Y dónde estaba Feverstone?

Era obvio que debía jugar sus cartas con mucho cuidado. Hizo sonar la campanilla y pidió que le trajeran un *whisky* doble. En casa no habría bebido hasta las doce, y aun entonces habría sido cerveza. Pero ahora... y además, sentía unos escalofríos extraños. No tenía sentido agarrar un resfriado con todos los demás problemas.

Decidió que debía escribir una carta muy cautelosa y bastante evasiva. Pensó que el primer borrador no era lo suficientemente vago: podía ser empleado como prueba de que había abandonado toda idea de un trabajo en Belbury. Debía hacerla más vaga. Pero si era demasiado vaga no serviría. Oh, maldito, maldito, maldito asunto. Las doscientas libras de la cuota de misión, la cuenta de la primera semana, y retazos de intentos imaginarios de hacerle comprender a Jane todo el episodio bajo el enfoque correcto insistían en interponerse entre él y la tarea. Al fin, con la ayuda del *whisky* y una buena cantidad de cigarrillos, redactó la siguiente carta:

Instituto Nacional de Experimentos Coordinados, Belbury

21 de octubre, 19....

Mi querido Curry:
Feverstone tiene que haberme entendido mal. Nunca hice la menor insinuación de renunciar a mi beca de investigación y no deseo hacerlo en absoluto. A decir verdad, casi me he decidido a no tomar un trabajo fijo en el NICE y espero estar de vuelta en el *college* en uno o dos días. En primer lugar, me preocupa bastante la salud de mi esposa y no me gustaría comprometerme a estar mucho tiempo fuera por el momento. En segundo lugar, aunque aquí todos han sido muy halagadores y presionan para que me quede, el tipo de trabajo que quieren que haga se inclina más hacia lo administrativo y lo publicitario, y es menos científico de lo que esperaba. Así que apresúrate a contradecir a cualquiera que oigas decir que pienso dejar Edgestow. Espero que disfrutes de tu escapada a Cambridge.
¡En qué círculos te mueves...! Sinceramente,
Mark G. Studdock

P. D.: Laird no habría servido de ninguna manera. Obtuvo un tercer puesto y la única obra que se atrevió a publicar fue tratada como una broma por los comentaristas responsables. Carece sobre todo de cualquier facultad crítica. Lo único que se puede esperar de él es que admire algo que sea un completo fraude.

El alivio de haber terminado la carta fue transitorio, porque tan pronto como la cerró volvió a presentársele el problema de cómo pasar el resto del día. Decidió ir y sentarse en su habitación, pero cuando subió encontró la cama deshecha y una aspiradora en medio del piso. Al parecer, no se esperaba que los miembros del instituto estuvieran en los dormitorios a esa hora del día. Bajó y probó con el salón de fumar: los criados lo estaban ordenando. Se asomó a la biblioteca. Estaba vacía, con excepción de dos hombres que hablaban con las cabezas juntas. Se detuvieron y alzaron la cabeza en cuanto entró, esperando obviamente que se fuese. Fingió haber ido en busca de un libro y se retiró. En el vestíbulo vio a Steele de pie junto al tablero de noticias y hablando con un hombre de barba puntiaguda. Ninguno de los dos miró a Mark, pero cuando pasó junto a ellos se callaron. Cruzó el vestíbulo al azar y simuló examinar el barómetro. Por dondequiera que iba oía puertas que se abrían y se cerraban, pasos veloces, el timbre ocasional de los teléfonos; indicios de una institución activa llevando una vida vigorosa de la que él estaba excluido. Abrió la puerta de entrada y se asomó. La niebla era densa, húmeda y fría.

Hay un sentido en el que toda narración es falsa; no se atreve a intentar, aunque pueda hacerlo, expresar el movimiento verdadero del tiempo. Aquel día fue tan largo para Mark que una descripción fiel del mismo sería ilegible. A veces se quedó sentado arriba —porque al fin habían terminado de «arreglar» el dormitorio—, a veces salía a la niebla, a veces rondaba por los salones. De vez en cuando, estos se encontraban inexplicablemente ocupados por grupos de gente hablando, y, durante unos minutos, debía esforzarse en intentar no parecer desocupado, miserable o turbado; entonces, bruscamente, como convocadas por su próximo compromiso, todas las personas se alejaban apresuradas.

Poco después de la comida encontró a Stone en uno de los pasillos. Mark no había pensado en él desde el día anterior, pero ahora, al observarle la expresión de su rostro y algo furtivo en su actitud, advirtió que allí, en cualquier caso, había alguien que se sentía tan incómodo como él. Stone tenía la pinta que Mark había visto con frecuencia en los chicos poco populares o nuevos en la escuela, en los «extraños» de Bracton, un aspecto que para Mark era símbolo de sus peores temores, porque ser alguien que tuviera que soportar esa apariencia era, en su escala de valores, el mayor de los males. El instinto le decía que no hablara con Stone. Sabía por experiencia lo peligroso que era hacer amistad con un hombre que se hunde o incluso ser visto en su compañía: uno no puede mantenerlo a flote y corre el riesgo de ser arrastrado. Pero, ahora, el anhelo de compañía que sentía era intenso, así que, contrariando su buen juicio, mostró una sonrisa enfermiza y dijo:

—¡Hola!

Stone respingó como si el hecho de que le hablaran fuera una experiencia casi terrorífica.

—Buenas tardes —dijo, nervioso, y trató de seguir su camino.

—Vamos a hablar a algún sitio, si no está ocupado —dijo Mark.

—Yo... es decir... no estoy del todo seguro del tiempo que puedo perder —dijo Stone.

—Hábleme de este lugar —dijo Mark—. A mí me parece totalmente infame, pero aún no me he decidido. Vamos a mi cuarto.

—Yo no pienso eso en absoluto. Para nada. ¿Quién dijo que pienso eso? —contestó Stone muy rápidamente.

Y Mark no respondió porque en ese momento vio que el director delegado se acercaba a ellos. Durante las próximas semanas iba a descubrir que ningún pasillo ni salón público de Belbury estaba a salvo de las prolongadas caminatas internas del director delegado. No podían ser consideradas como una forma de espionaje porque el crujido de las botas de Wither y la monótona tonadilla que casi siempre tarareaba habría hecho fracasar semejante propósito. Se le oía venir desde lejos. Con frecuencia también se le veía venir desde lejos porque era un hombre alto —si no encorvara los hombros sería realmente un hombre muy alto— e, incluso en una multitud, se le veía la cara a la distancia, con los ojos vagamente dirigidos hacia uno. Pero esa era la primera vez que Mark experimentaba esa ubicuidad, y sintió que el DD no podría haber aparecido en peor momento. Se acercó lentamente a ellos, miró en su dirección pero sin que la expresión denunciara si los había reconocido o no, y siguió de largo. Ninguno de los dos intentó reanudar la conversación.

A la hora del té, Mark vio a Feverstone y fue de inmediato a sentarse con él. Sabía que lo peor que un hombre en su posición podía hacer era tratar de imponerle a la fuerza su presencia a cualquiera, pero se sentía desesperado.

—Oye, Feverstone —empezó con tono vivaz—. Estoy buscando información. —Y le alivió ver que Feverstone le contestaba con una sonrisa.

»Sí —dijo Mark—. No he tenido lo que podríamos llamar una recepción deslumbrante por parte de Steele. Pero el DD no quiere saber nada de que me vaya. Y el Hada parece querer que escriba artículos periodísticos. ¿Qué diablos se supone que voy a hacer?

Feverstone se rio largo y tendido.

—Porque que me cuelguen si puedo averiguarlo —concluyó Mark—. He tratado de atacar directamente al viejo...

—¡Por Dios! —dijo Feverstone, riéndose aún más alto.

—¿Nunca se le puede sacar nada?

—No lo que tú quieres —respondió Feverstone con una risita.

—Bueno, ¿cómo diablos va uno a averiguar qué quieren si nadie da información?

—Desde luego.

—Oh, y dicho sea de paso, eso me recuerda algo más. ¿Cómo diablos se le llegó a ocurrir a Curry la idea de que estoy renunciando a mi beca de investigación?

—¿No es así?

—Nunca tuve la menor intención de renunciar.

—¡Caramba! El Hada me dijo muy claramente que no ibas a volver.

—¿No pensarás que si fuera a renunciar lo haría a través de ella, verdad?

La sonrisa de Feverstone se hizo más amplia y más brillante.

—Da lo mismo, sabes —dijo—. Si el NICE quisiera que tuvieses un trabajo nominal en algún lugar fuera de Belbury, lo tendrías, y si no, no. Eso es todo.

—Maldito sea el NICE. Simplemente trato de conservar una beca de investigación que ya tenía, lo cual no es asunto de ellos. Nadie quiere quedarse sin nada.

—Nadie quiere.

—¿Qué quieres decir?

—Hazme caso y congráciate con Wither en cuanto puedas. Te di un buen empujón, pero pareces haberlo hecho enfadar. Su actitud ha cambiado desde esta mañana. Necesitas complacerlo. Y, entre nosotros, en tu lugar yo no sería grosero con el Hada; no te beneficiará en nada respecto a los altos niveles. Son todas ruedecitas engranadas.

—Entretanto le he escrito a Curry para explicarle que lo de mi renuncia es una tontería.

—No hace ningún daño, si eso te divierte —dijo Feverstone, aún sonriendo.

—Bueno, supongo que el *college* no querrá echarme de un puntapié simplemente porque Curry malinterpretó algo que la señorita Hardcastle te dijo.

—No te pueden privar de una beca de investigación bajo ningún estatuto que yo conozca, salvo por abierta inmoralidad.

—No, por supuesto que no. No me refiero a eso. Me refiero a no ser elegido cuando me presente a la reelección para el próximo período.

—Oh. Ya veo.

—Y por eso debo confiar en ti para que le saques esa idea de la cabeza a Curry.

Feverstone no dijo nada.

—Aclárale cuanto antes que todo fue un malentendido —lo apremió Mark, sabiendo que estaba haciendo lo incorrecto.

—¿No conoces a Curry? Hace rato que debe de haber concentrado su máquina de estratega en el tema de tu sucesor.

—Por eso confío en que lo detengas.

—¿Yo?

—Sí.

—¿Por qué yo?

—Bueno... maldita sea, Feverstone, fuiste tú quien le puso por primera vez la idea en la cabeza.

—¿Sabes? —dijo Feverstone sirviéndose un bocadillo—, encuentro muy difícil tu estilo de conversación. Te presentarás a la reelección en pocos meses. El *college* puede decidir reelegirte o, desde luego, puede no hacerlo. Según lo que puedo ver, en este momento estás tratando de asegurarte mi voto por anticipado. Ante lo cual, la única respuesta correcta es la que te doy: ¡Vete al infierno!

—Sabes perfectamente bien que no había dudas sobre mi reelección hasta que dejaste caer unas palabras al oído de Curry.

Feverstone contempló el bocadillo con ojos críticos.

—Me cansas bastante —dijo—. Si no sabes cómo dirigir tu propio rumbo en un lugar como Bracton, ¿por qué vienes a fastidiarme? No soy una enfermera. Y te aconsejo por tu propio bien que al hablar con la gente de aquí adoptes una actitud más agradable que la que empleas ahora. ¡Si no, tu vida puede ser, según las famosas palabras, «sórdida, pobre, bestial y breve»!

—¿Breve? —dijo Mark—. ¿Es una amenaza? ¿Te refieres a mi vida en Bracton o en el NICE?

—Yo no haría mucho hincapié en la diferencia si estuviera en tu lugar —aclaró Feverstone.

—Lo recordaré —dijo Mark poniéndose en pie. Al empezar a alejarse no pudo darse vuelta hacia ese hombre sonriente y decirle: «Tú me trajiste aquí. Creí que eras al menos mi amigo».

—¡Romántico incurable! —dijo lord Feverstone, abriendo diestramente la boca en una mueca aún más amplia y haciendo entrar todo el bocadillo de una sola vez.

Y, así, Mark supo que, si perdía el trabajo en Belbury, perdía también la beca de investigación en Bracton.

•••

En aquellos días, Jane pasaba el menor tiempo posible en el apartamento y se mantenía despierta leyendo en la cama todo lo que podía, cada noche. El sueño se había convertido en su enemigo. Durante el día seguía yendo a Edgestow con el pretexto de buscar otra «mujer que viniera dos veces por semana en vez de la señora Maggs. En una de esas ocasiones tuvo el placer de descubrir de pronto que Camilla Denniston la estaba llamando. Camilla acababa de salir de un automóvil y un momento después le presentó a su esposo, un hombre alto y moreno. Jane comprendió de inmediato que los Denniston eran el tipo de gente que le gustaba. Sabía que el señor Denniston había sido amigo de Mark en otro tiempo, pero nunca se había encontrado con él, y su primer pensamiento fue preguntarse, como ya había hecho antes, por qué los amigos actuales de Mark eran tan inferiores a los que había tenido en otros tiempos. Carey, Wadsden y los Taylor, que habían formado parte del grupo donde ella lo había conocido, habían sido más simpáticos que Curry y Busby, por no hablar de aquel tipo, Feverstone... y era obvio que el señor Denniston era en realidad muy agradable.

—Justamente íbamos a verla —dijo Camilla—. Mire, tenemos el almuerzo. Permítanos llevarla a los bosques que están más allá de Sandown y comamos todos en el auto. Tenemos mucho de que hablar.

—¿Y qué les parece venir a mi apartamento y comer conmigo? —dijo Jane, preguntándose para sus adentros cómo se las arreglaría—. No me parece un día ideal para ir de picnic.

—Eso solo significa trabajo extra para usted —dijo Camilla—. ¿Te parece mejor buscar un sitio en el centro, Arthur...? Si la señora Studdock piensa que es un día muy frío y neblinoso...

—Un restaurante no sería adecuado, señora Studdock —dijo Denniston—. Es mejor que hablemos en privado.

Era obvio que el «hablemos» quería decir «nosotros tres», lo que estableció de inmediato una relación amable, directa, entre ellos.

—Además —continuó—, ¿no le gusta pasar un día neblinoso en un bosque otoñal? Verá que estamos muy cómodos dentro del vehículo.

Jane dijo que nunca había oído de alguien a quien le gustara la niebla, pero que no le importaba probar. Entraron los tres en el auto.

—Por eso nos casamos Camilla y yo —dijo Denniston mientras viajaban—. A los dos nos gusta el tiempo. No tal o cual clase de tiempo, sino el tiempo a secas, el que haga. Es muy útil si uno vive en Inglaterra.

—¿Cómo llegó a eso, señor Denniston? —dijo Jane—. No creo que me llegara a gustar la lluvia o la nieve.

—Es al revés —dijo Denniston—. De niños a todos nos gusta el tiempo que hace. Uno aprende el arte de que le disguste a medida que crece. ¿Nunca lo notó en un día de nieve? Los mayores andan todos con las caras largas, pero fíjese en los niños, ¡y en los perros! Ellos saben para qué está hecha la nieve.

—Estoy segura de que de niña no me gustaban los días lluviosos —dijo Jane.

—Porque los mayores la tenían encerrada —repuso Camilla—. A cualquier niño le gusta la lluvia si lo dejan chapotear en ella.

Pronto abandonaron el camino sin vallas que quedaba más allá de Sandown y entraron dando botes entre la hierba y los árboles, y finalmente se detuvieron en una especie de pequeña entrada cubierta de hierba con un soto de abedules en un lado y un grupo de hayas en el otro. Había telarañas húmedas y les envolvía un suntuoso aroma otoñal. Entonces se sentaron los tres en la parte trasera del vehículo, abrieron las canastas y sacaron sándwiches, una botellita de jerez y, por último, café caliente y cigarrillos. Jane empezaba a disfrutar.

—¡Venga! —dijo Camilla.

—Bueno —dijo Denniston—. Supongo que es mejor que empiece. Como es lógico, sabe de parte de quién venimos, señora Studdock, ¿verdad?

—De parte de la señorita Ironwood —respondió Jane.

—Bueno, de la misma casa. Pero no somos de Grace Ironwood. Ella y nosotros pertenecemos a otro.

—¿Sí? —dijo Jane.

—Nuestra pequeña familia, compañía o asociación, o como quiera llamarlo, es dirigida por Rey Pescador. Al menos es el nombre que ha adoptado hace poco. Usted podría reconocer o no el nombre original si se lo dijera. Es un gran viajero, pero ahora está inválido. Se hizo una herida en el pie en el último viaje, que no curará.

—¿Cómo llegó a cambiarse el apellido?

—Tenía una hermana casada en la India, una tal Reina Pescadora. Acaba de morir y le dejó una gran fortuna con la condición de que adoptara ese apellido. A su modo, era una mujer notable, amiga del gran místico cristiano nativo del que tal vez haya oído hablar, el Sura. Y ese es el asunto. El Sura tenía motivos para creer, o pensaba tener motivos para creer, que un gran peligro se cernía sobre la raza humana. Y poco antes del fin (poco antes de desaparecer) llegó a estar convencido de que en lo concreto tal peligro alcanzaría su máximo punto en esta isla. Y después de desaparecer...

—¿Está muerto? —preguntó Jane.

—No lo sabemos —contestó Denniston—. Algunos creen que vive, otros no. En todo caso, desapareció. Y Reina Pescadora en cierto sentido le pasó el problema al hermano, a nuestro jefe. En realidad, por eso le dio el dinero. Para que reuniera a su alrededor una asociación para atender el peligro y combatirlo cuando se presentara.

—Eso no es del todo cierto, Arthur —dijo Camilla—. Le dijo que en realidad una asociación se reuniría a su alrededor y que él iba a ser su dirigente.

—No creí que fuera necesario entrar en ese tipo de detalles —dijo Arthur—. Pero estoy de acuerdo. Y ahora, señora Studdock, aquí es donde entra usted.

Jane esperó.

—El Sura dijo que cuando llegara la hora encontraríamos lo que él llama un vidente, una persona con clarividencia.

—No es que fuéramos a obtener un vidente, Arthur —dijo Camilla—, sino que aparecería un vidente. Lo obtendríamos nosotros o el otro bando.

—Y según parece usted es el vidente —le dijo Denniston a Jane.

—Pero, por favor, no deseo ser tan importante —dijo Jane sonriendo.

—No —replicó Denniston—. No creo que sea usted afortunada. —El tono tenía el matiz exacto de simpatía.

Camilla se volvió hacia Jane y dijo:

—Me enteré a través de Grace Ironwood de que usted no estaba del todo convencida de ser una vidente. Quiero decir, usted pensaba que se trataba de sueños normales. ¿Lo sigue pensando?

—Es todo tan extraño y... ¡detestable! —dijo Jane.

Le gustaba esa gente, pero el apuntador interno de costumbre le susurraba: «Cuidado. No te dejes captar. No te comprometas a nada. Tienes que vivir tu propia vida». Después, un impulso de honestidad la hizo agregar:

—A decir verdad, he tenido otro sueño desde entonces. Y resultó ser verdadero. Vi el asesinato... el asesinato del señor Hingest.

—Ya ve —dijo Camilla—. Oh, señora Studdock, debe venir con nosotros. Debe hacerlo, debe hacerlo. Eso significa que ya lo tenemos encima. ¿No lo comprende? Durante todo este tiempo nos hemos estado preguntando dónde va a comenzar el problema y ahora su sueño nos da una clave. Usted ha visto algo a pocos kilómetros de Edgestow. En realidad, al parecer ya estamos metidos en ello, sea lo que fuere. Y no podemos movernos un centímetro sin su ayuda. Usted es nuestro servicio secreto, nuestros ojos. Ha sido todo dispuesto mucho antes de que naciéramos. No lo arruine todo. Únase a nosotros.

—No, Cam, no sigas —dijo Denniston—. Al Pendragón... al jefe, quiero decir, no le gustaría esto. La señora Studdock debe venir por su propia voluntad.

—Pero no sé nada del asunto —dijo Jane—, ¿verdad? No quiero tomar partido en algo que no entiendo.

—Pero ¿no comprende que no puede ser neutral? —interrumpió Camilla—. Si no se une a nosotros, será utilizada por el enemigo.

Las palabras «unirse a nosotros» estaban mal elegidas. Los músculos del cuerpo de Jane se tensaron un poco. Si quien hablaba hubiera sido alguien que la atrajera menos que Camilla, se habría vuelto dura como una piedra a cualquier demanda posterior. Denniston hizo descansar una mano sobre el brazo de su esposa.

—Debes verlo desde el punto de vista de la señora Studdock, querida —dijo—. Olvidas que no sabe prácticamente nada sobre nosotros. Y esa es la verdadera dificultad. De hecho, le estamos pidiendo que dé un salto en la oscuridad.

Se volvió hacia Jane con una sonrisa levemente burlona en el rostro, que, sin embargo, seguía serio.

—Es así —dijo —. Como casarse, entrar de soldado en el ejército, hacerse monje o probar una comida nueva. No se puede saber a qué se parece hasta haber dado el salto.

Tal vez el señor Denniston no supiese, o tal vez sí, los complejos resentimientos y resistencias que su elección de ejemplos despertaba en Jane, ni ella tampoco podía analizarlos. Se limitó a contestar en una voz más fría que la que había empleado hasta entonces:

—En ese caso es bastante difícil comprender por qué tendría uno que darlo.

—Admito con franqueza que solo pueda darlo basándose en la confianza —dijo Denniston—. En realidad, supongo que todo depende de la impresión que los Dimble, Grace y nosotros dos le hayamos hecho y, por supuesto, de la que le haga el Pendragón propiamente dicho, cuando lo conozca.

Jane volvió a ablandarse.

—¿Qué me piden que haga, con exactitud? —dijo.

—Venir a ver a nuestro jefe, ante todo. Y después... bueno, unirse a nosotros. Implicaría hacerle ciertas promesas a él. Es realmente un superior, comprende. Todos acordamos cumplir sus órdenes. Oh... hay otra cosa. ¿Qué actitud tomaría Mark? Usted sabe que somos viejos amigos.

—Me preguntaba —dijo Camilla— si es necesario entrar en eso ahora.

—Va a plantearse tarde o temprano —dijo su esposo.

Hubo una breve pausa.

—¿Mark? —dijo Jane—. ¿Qué tiene que ver él? No me puedo imaginar qué diría al respecto. Lo más probable es que pensara que estamos locos.

—¿Se opondría? —preguntó Denniston—. Quiero decir, ¿se opondría a que usted se una a nosotros?

—Si estuviera en casa, supongo que lo sorprendería bastante que le anunciara que me voy a quedar indefinidamente en St. Anne's. ¿«Unirse a nosotros» significa eso?

—¿Mark no está en casa? —preguntó Denniston con cierta sorpresa.

—No —dijo Jane—. Está en Belbury. Creo que va a trabajar en el NICE. —Le agradaba decirlo porque tenía conciencia de la distinción que implicaba. Si Denniston se impresionó, no lo demostró.

—No creo que «unirse a nosotros» significara, por el momento, ir a vivir a St. Anne's, sobre todo en el caso de una mujer casada. A menos que Mark se interesara realmente y viniera...

—Eso queda descartado —dijo Jane. «No conoce a Mark», pensó.

—De todos modos, ese no es el asunto por el momento —prosiguió Denniston—. ¿Se opondría a que usted se incorporara... cumpliera con las órdenes del superior, hiciera las promesas y todo lo demás?

—¿Si se opondría? —preguntó Jane—. ¿Qué diablos tiene que ver él con esto?

—Bueno —dijo Denniston, vacilando un poco—, el superior, o las autoridades a las que obedece, tiene nociones bastante anticuadas. No le gustaría que entrara una mujer casada, si se pudiera evitar, sin que el esposo... sin consultarle...

—¿Se refiere a pedirle permiso a Mark? —dijo Jane con una risita forzada.

El enfado que había estado creciendo y cediendo durante varios minutos, pero cada vez creciendo un poco más de lo que cedía, ahora había rebasado el límite. Toda esa cháchara sobre promesas y obediencia a un desconocido Rey Pescador ya la había repelido. Pero la idea de la misma persona enviándola a obtener el permiso de Mark —como si fuera un niño que pide permiso para ir a una fiesta— era el colmo. Durante un momento miró al señor Denniston con verdadero disgusto. Los vio a él, a Mark, al Rey Pescador y a aquel ridículo faquir hindú simplemente como hombres: figuras complacientes, patriarcales, decidiendo cosas para las mujeres como si fueran niñas o tratándolas como ganado. («Y entonces el rey prometió que si alguien mataba al dragón daría a su hija en matrimonio»). Estaba muy furiosa.

—Arthur, veo una luz por allí —dijo Camilla—. ¿Crees que será una hoguera?

—Sí, diría que sí.

—Tengo los pies fríos. Salgamos a caminar un poco y ver el fuego. Me gustaría que tuviéramos castañas.

—Oh, sí, vayamos —dijo Jane.

Salieron. El aire era más cálido al aire libre que en el auto: cálido y saturado de aromas frondosos, humedad y el ruido diminuto de las ramas goteando. La fogata era grande y estaba en la mitad de su vida: con un lado humeante de hojas y grandes cavernas y precipicios color rojo ardiente en el otro. La rodearon y charlaron de varios asuntos durante un rato.

—Les diré qué voy a hacer —dijo Jane poco después—. No me uniré a su... como se llame. Pero les prometo comunicarles si tengo más sueños de ese tipo.

—Espléndido —dijo Denniston—. Y creo que es lo máximo que teníamos derecho a esperar. Comprendo muy bien su punto de vista. ¿Puedo pedirle algo más?

—¿De qué se trata?

—De no mencionarnos a nadie.

—Oh, por supuesto.

Más tarde, cuando habían regresado al vehículo y estaban volviendo, el señor Denniston dijo:

—Espero que ahora los sueños no la inquieten, señora Studdock. No, no importa que se detengan y tampoco creo que lo hagan. Pero ahora que sabe que no son algo en usted misma, sino cosas que pasan en el mundo, cosas detestables, sin duda, pero no peores que muchas que lee en los periódicos; creo que los encontrará bastante soportables. Cuanto menos piense en ellos como en sueños suyos y cuanto más los piense como... bueno, como noticias... mejor se sentirá.

6

NIEBLA

Una noche (con poco sueño) y la mitad de otro día pasaron arrastrándose antes de que Mark pudiera ver al director delegado otra vez. Entró con una disposición mental fatigada, ansioso por conseguir el trabajo bajo cualquier condición.

—He traído de vuelta el formulario, señor —dijo.

—¿Qué formulario? —preguntó el director delegado.

Mark descubrió que estaba hablando con un Wither nuevo y distinto. La falta de atención seguía presente, pero la cortesía había desaparecido. El hombre lo miró como si saliera de un sueño, como si estuviera apartado de él por una distancia enorme, con una especie de disgusto contemplativo que podía transformarse en odio activo si la distancia llegaba a disminuir. Aún sonreía, pero había algo de felino en la sonrisa: un cambio casual de las líneas alrededor de la boca que hasta insinuaban un gruñido. Mark era un ratón en sus manos. En Bracton, los integrantes del Elemento Progresista, al tener que lidiar solo con eruditos, habían pasado por tipos muy listos, pero aquí, en Belbury, uno se sentía muy distinto. Wither dijo haber entendido que Mark ya había rechazado el trabajo. En todo caso, no podía renovar el ofrecimiento. Habló de modo vago y alarmante sobre tiranteces y fricciones, sobre un comportamiento imprudente, sobre el peligro de hacerse enemigos, sobre la imposibilidad de que el NICE pudiera acoger a una persona que parecía haber discutido con todos los integrantes la primera semana. Habló de manera aún más vaga y alarmante sobre conversaciones mantenidas con «sus colegas de Bracton» que confirmaban totalmente tal perspectiva. En realidad, dudaba de que Mark se adecuara a una carrera académica, pero le negaba cualquier consejo. Solo después de haberle dado insinuaciones y rumores hasta colocar a Mark en un estado de suficiente desaliento le arrojó, como un hueso a un perro, la posibilidad de un puesto por un período de prueba con una remuneración (aproximada; no podía comprometer al instituto) de seiscientas libras anuales. Y Mark lo aceptó. Aun entonces trató de obtener respuestas para algunas preguntas. ¿De quién iba a recibir órdenes? ¿Iba a residir en Belbury? Wither contestó:

—Creo, señor Studdock, que ya hemos mencionado la flexibilidad como la piedra angular del instituto. A menos que esté dispuesto a considerar su calidad de miembro más como... eh... una vocación que un simple puesto, no puedo aconsejarle con total conciencia que se una a nosotros. No hay compartimentos estancos. Me temo no poder convencer a la comisión de que invente alguna posición prefabricada en la que usted pueda cumplir deberes determinados de modo artificial y, por lo demás, considerar su tiempo como propio. Le ruego que me deje terminar, señor Studdock. Somos, como dije antes, más bien semejantes a una familia o, incluso tal vez, a una personalidad única. No debe haber problemas de «recibir órdenes», como usted, con bastante poca fortuna, sugiere, de parte de funcionarios específicos y de considerarse libre para adoptar una actitud intransigente con los demás colegas. Debo pedirle que no me interrumpa, por favor. No es ese el espíritu con el que deseo que encare sus obligaciones. Debe hacerse útil, señor Studdock, útil en general. No creo que el instituto pueda permitir que permanezca en él alguien dispuesto a insistir en sus privilegios... que se queja ante tal o cual servicio porque cae fuera de cierta función que él ha decidido circunscribir mediante una definición rígida. Por otro lado, sería igualmente desastroso... se lo digo por usted, señor Studdock: pienso sin cesar en sus propios intereses... sería igualmente desastroso que se dejara distraer de su verdadero trabajo por la colaboración desautorizada... o, peor aún, la interferencia... con la obra de otros miembros. No permita que las insinuaciones casuales lo distraigan o dispersen su energía. Concentración, señor Studdock, concentración. Y el libre espíritu de toma y daca. Si evita los dos errores que he mencionado, entonces... ah, creo que no necesito desesperar de corregir en su propio bien ciertas impresiones desagradables que, debemos admitirlo, su comportamiento ya ha provocado. No, señor Studdock, no puedo seguir discutiendo. Mi tiempo es valioso. No puedo verme molestado sin cesar por conversaciones de este tipo. Usted debe encontrar su propio nivel, señor Studdock. Buenos días, señor Studdock, buenos días. Recuerde lo que le he dicho. Estoy tratando de hacer todo lo que puedo por usted. Buenos días.

Mark se justificó a sí mismo por la humillación de la entrevista, pensando que si no estuviera casado no la habría soportado un instante. De este modo le parecía (aunque no lo expresó en palabras) que descansaba la carga en Jane. Además, le daba libertad para pensar en todas las cosas que le habría dicho a Wither si no tuviera que preocuparse de Jane y que aún le diría cuando tuviera oportunidad. Eso lo mantuvo en una especie de felicidad crepuscular durante varios minutos. Cuando se dirigió a tomar el té descubrió que la recompensa por su sumisión ya había comenzado. El Hada le hizo señas para que se acercara y se sentara junto a ella.

—¿Aún no ha hecho nada sobre Alcasan?

—No —dijo Mark—. Porque en realidad no me había decidido a quedarme, hasta esta mañana. Esta tarde puedo subir y ver el material que tiene... al menos según lo que sé, porque aún no he averiguado qué se supone que debo hacer.

—Flexibilidad, hijo, flexibilidad —dijo la señorita Hardcastle—. Nunca lo averiguará. Su línea de conducta es hacer lo que le digan y sobre todo no importunar al viejo.

Durante los próximos días siguieron desarrollándose sin pausa diversos procesos, que más tarde llegaron a parecer importantes.

La niebla que cubría Edgestow y Belbury continuó y se hizo más densa. En Edgestow uno consideraba que «subía del río», pero en realidad se extendía sobre todo el centro de Inglaterra. Cubría como una manta la ciudad entera, de tal modo que las paredes goteaban y uno podía escribir su nombre sobre la humedad de las mesas, y los hombres trabajaban con luz artificial a mediodía. Las obras en el sitio donde había estado el bosque Bragdon habían dejado de ofender a los ojos conservadores y se convirtieron en meros estrépitos, golpes sordos, llamadas, gritos, maldiciones y aullidos metálicos en un mundo invisible.

Algunos se alegraron de que la obscenidad se viera oculta de ese modo, porque más allá del Wynd ahora todo era una abominación. El cerco del NICE sobre Edgestow se iba estrechando. El propio río, que había sido antes verde castaño, ámbar y de un liso color placa, que tironeaba de los junquillos y jugueteaba con las raíces rojizas, ahora corría opaco, denso de barro, donde navegaban flotas interminables de latas vacías, hojas de papel, colillas y fragmentos de madera, a veces interrumpidas por manchas tornasoladas de aceite. Después la invasión lo cruzó realmente. El instituto había comprado el terreno hasta la ribera izquierda u oriental. Busby fue emplazado a encontrarse con Feverstone y un tal profesor Frost como representantes del NICE y se enteró por primera vez de que el Wynd iba a ser desviado; no iba a haber río en Edgestow. Era algo estrictamente confidencial, pero el instituto ya tenía poderes para hacerlo por la fuerza. Siendo así, era evidente que se necesitaba un nuevo ajuste de límites entre el NICE y el *college*.

Busby dejó caer la mandíbula cuando advirtió que el instituto quería llegar hasta las paredes mismas del *college*. Se negó, por supuesto. Y fue entonces cuando oyó por primera vez una insinuación de demanda judicial. El *college* podía vender ahora y el instituto ofrecía un buen precio: si no lo hacía, le esperaba la coacción y una compensación meramente nominal. Las relaciones entre Feverstone y el tesorero se deterioraron en el curso de esa entrevista. Hubo que convocar una reunión extraordinaria del *college* y Busby tuvo que maquillar las cosas de la mejor manera posible ante sus colegas. Lo impactó casi físicamente la tormenta de odio a la que se enfrentó. Fue en vano que señalara que los mismos que ahora lo injuriaban habían votado a favor de la venta del bosque, pero fue igualmente en vano que lo injuriaran. El *college* estaba atrapado en la red de la necesidad. Vendieron la delgada franja sobre el Wynd que tanto significaba. No era más que un terraplén entre los muros orientales y el agua. Veinticuatro horas más tarde, el NICE tendió un puente de tablones sobre el Wynd y convirtió el terraplén en un vertedero. Hubo trabajadores cruzando durante todo el día los tablones con pesadas cargas que arrojaban contra las paredes mismas de Bracton, hasta que la pila llegó a cubrir el hueco tapado con tablas que una vez había sido la ventana Enriqueta María y alcanzó casi la ventana oriental de la capilla.

Aquellos días, muchos miembros del Elemento Progresista se apartaron y se unieron a la oposición. Los que quedaban se vieron aún más unidos por la impopularidad que debían afrontar. Y, aunque el *college* se vio así dividido con violencia en su interior, sin embargo, por el mismo motivo adquirió una nueva unidad obligada en las relaciones con el mundo externo. Bracton como un todo soportó la culpa de haber traído el NICE a Edgestow. Era injusto, porque muchas altas autoridades de la universidad habían estado del todo de acuerdo con Bracton al hacerlo, pero ahora que el resultado se iba perfilando, se negaban a recordarlo. Busby, aunque había oído la insinuación de demanda como una confidencia, no perdió tiempo en diseminarla por rodas las salas comunitarias de Edgestow.

—No le habría hecho bien a nadie que nos hubiésemos negado a vender —decía.

Pero nadie creía que ese fuera el motivo de que Bracton hubiese vendido y la impopularidad del *college* creció sin pausa. Los estudiantes se enteraron y dejaron de asistir a las conferencias de los profesores de Bracton. Busby y hasta el muy inocente del rector se vieron importunados por la calle.

La gente del pueblo, que por lo común no compartía las opiniones de la universidad, también estaba en una posición inestable. El disturbio en el que se habían roto las ventanas de Bracton apenas fue mencionado en los periódicos de Londres, ni siquiera en el *Edgestow Telegraph*, pero fue seguido por otros episodios. Hubo un intento de violación en una de las calles humildes que rodeaban la estación. Hubo dos «palizas» en una cantina. Se produjeron quejas por el aumento del comportamiento amenazador y escandaloso de los trabajadores del NICE. Pero esas quejas nunca aparecían en los diarios. A los que habían visto auténticos incidentes desagradables les sorprendía leer en el *Telegraph* que el nuevo instituto se estaba instalando en Edgestow sin el menor problema y que las relaciones más cordiales se estaban entablando entre él y los lugareños. Los que no los habían presenciado y solo habían oído hablar de ellos, al no encontrar nada en el *Telegraph*, descartaban las historias como rumores o exageraciones. Los que los habían visto escribían cartas al diario, pero este no las publicaba.

Pero, si podían ponerse en duda esos episodios, nadie podía dudar de que casi todas las tabernas de la ciudad habían pasado a manos del instituto, de modo que un hombre ya no podía beber una copa con un amigo en el bar de costumbre, que los negocios familiares se veían atestados de extranjeros que parecían tener mucho dinero y que los precios aumentaban; había que hacer cola para tomar cualquier autobús y era difícil entrar en los cines.

Las casas tranquilas que habían dado a calles tranquilas eran sacudidas durante todo el día por un tráfico denso y desacostumbrado, y a dondequiera que uno fuera se veía empujado por multitudes de extraños. Para una pequeña ciudad comercial de interior como Edgestow, hasta los visitantes del otro lado del condado habían sido considerados como extranjeros hasta entonces, así que el clamor diario de voces norteñas, galesas y hasta irlandesas, los gritos, las rechiflas, las canciones y los rostros feroces pasando por la niebla eran absolutamente detestables. «Aquí va a haber problemas» fue el comentario de más de un ciudadano, que, en pocos días, cambió a «Se diría que buscan problemas». No quedó registrado quién dijo por primera vez «Necesitamos más policía». Y entonces por fin el *Edgestow Telegraph* se dio por enterado. Un tímido articulito apareció sugiriendo que la policía local era incapaz de vérselas con los nuevos pobladores.

Jane advirtió poco todas esas cosas. Durante esos días estuvo meramente «pendiente». Tal vez Mark la llamara a Belbury. Quizás abandonara el proyecto de Belbury y regresara a casa: sus cartas eran confusas y poco satisfactorias. Tal vez ella fuera a St. Anne's y viera a los Denniston. Los sueños prosiguieron. Pero el señor Denniston había estado en lo cierto: era mejor cuando accedía a considerarlos «noticias». De no haber sido así, difícilmente habría soportado las noches. Había un sueño recurrente en el que no ocurría realmente nada. En realidad ella parecía estar acostada sobre su propia cama. Pero había alguien junto a la cama, que era evidente que había acercado una silla y se había sentado a observar. Tenía una libreta en la que de vez en cuando hacía una anotación. Por lo demás, permanecía sentado bien inmóvil y con una atención paciente, como un doctor. Jane ya conocía el rostro y llegó a conocerlo infinitamente bien: los quevedos, los rasgos bien cincelados, bastante blancos y la barbita en punta. Y era de suponer si él podía verla que para entonces el hombre debía de conocer los suyos igualmente bien; por cierto, era ella quien parecía ser estudiada. Jane no les escribió sobre esto a los Denniston en la primera ocasión que ocurrió. Incluso después de la segunda lo postergó hasta que fue demasiado tarde para despachar la carta ese día. Tenía una especie de esperanza de que cuanto más guardara silencio más probable era que ellos vinieran a visitarla. Quería consuelo, pero, de ser posible, lo quería sin ir a St. Anne's, sin conocer a ese hombre, el Rey Pescador, ni verse arrastrada a su órbita de influencia.

Entretanto, Mark trabajaba en la rehabilitación de Alcasan. Nunca había visto antes un expediente policial y le resultó difícil de entender. A pesar de los esfuerzos por ocultar su ignorancia, el Hada pronto la descubrió.

—Lo pondré en contacto con el capitán —dijo—. Él lo pondrá al tanto.

Fue así como Mark llegó a pasar la mayor parte de las horas de trabajo con el subordinado directo del Hada, el capitán O'Hara, un hombre corpulento y canoso de rostro apuesto, que hablaba con lo que los ingleses llaman acento sureño y los irlandeses «un acento dublinés que se podría cortar con un cuchillo». Declaraba pertenecer a una antigua familia y tenía una mansión en Castlemortle. Mark no entendía realmente sus explicaciones sobre el expediente, el Registro Q, el sistema de Fichaje Corredizo, y lo que el capitán llamaba «escardar». Pero le avergonzaba confesarlo y fue así como toda la selección de los datos quedó en realidad en manos de O'Hara, y Mark se descubrió trabajando como un simple escritor. Hizo todo lo que pudo por ocultárselo a O'Hara y por hacer parecer que trabajaban realmente juntos. Como es natural, eso le impedía repetir las protestas originales sobre ser tratado como un simple periodista. Hay que reconocer que tenía un estilo impecable (que lo había ayudado en la carrera académica mucho más de lo que le habría gustado reconocer) y sus artículos periodísticos fueron un éxito. Las notas y cartas sobre Alcasan aparecieron en periódicos en los que nunca habría tenido *entrée* bajo su propia firma: periódicos leídos por millones. No podía evitar sentir un ligero estremecimiento de placentera excitación.

También le confió al capitán O'Hara sus pequeñas ansiedades financieras. ¿Cuándo le pagaban a uno? Y mientras tanto iba corto de cambio. Había perdido la billetera en la primera noche que había pasado en Belbury y nunca la había recobrado. O'Hara se rio a mandíbula batiente.

—Puede pedirle el dinero que quiera sin ningún problema al mayordomo.

—¿Quiere decir que se lo deducen a uno del próximo cheque? —preguntó Mark.

—Hombre —dijo el capitán—, una vez que está usted en el instituto, Dios lo bendiga, no necesita preocuparse de eso. ¿Acaso no vamos a hacernos cargo de todo el sistema monetario? Somos nosotros quienes haremos el dinero.

—¿En serio? —respingó Mark, y después hizo una pausa y agregó—: Pero le caen a uno con todo si uno se va, ¿verdad?

—¿Para qué quiere hablar de irse? —dijo O'Hara—. Nadie deja el instituto. Al menos, el único que conozco fue el viejo Hingest.

Para entonces la pesquisa judicial sobre Hingest había terminado con un dictamen de asesinato cometido por una o varias personas desconocidas. El oficio fúnebre se llevó a cabo en la capilla del *college*, en Bracton.

Era el tercer y peor día de niebla, ahora tan densa y blanca que los ojos ardían de mirarla y todos los sonidos distantes eran aniquilados; solo el gotear de las hojas y las ramas y los gritos de los trabajadores fuera de la capilla se oían dentro del *college*. Dentro de la capilla, las velas ardían con llamas rectas, cada una el centro de un globo de luminosidad espesa, que casi no despedía luz sobre el edificio como un todo; de no mediar las toses y los pies que se arrastraban, no se habría sabido que todos los bancos estaban ocupados. Curry, de traje y toga negros y destacándose sobremanera, iba y venía por el extremo oeste de la capilla, susurrando y atisbando, angustiado por el temor de que la niebla pudiese demorar la llegada de lo que él llamaba los restos y consciente de manera nada desagradable de que la responsabilidad de toda la ceremonia descansaba sobre sus hombros. Curry era magnífico en los funerales del *college*. No había nada de empresario de pompas fúnebres en él; era el amigo viril, contenido, golpeado por un duro golpe, pero aún (en algún sentido indefinido) el padre del *college* y que en medio de todos los estragos de lo mutable, en todo caso, no debía ceder. Los forasteros presentes en semejantes ocasiones comentaban con frecuencia entre sí al salir: «Se podía ver que ese tipo, el vicerrector, lo sentía, aunque no iba a demostrarlo». No había hipocresía en su modo de actuar. Curry estaba tan acostumbrado a supervisar las vidas de sus colegas que le parecía natural supervisar sus muertes; es posible que, si hubiera tenido una mente analítica, habría descubierto una vaga impresión de que su influencia, su poder de allanar caminos y tirar de los hilos adecuados no podía cesar una vez que el aliento abandonaba el cuerpo.

El órgano empezó a tocar y cubrió tanto las toses del interior como los ruidos más ásperos de fuera: las voces monótonamente malhumoradas, el tintineo del acero y los golpes violentos con que las cargas eran arrojadas de vez en cuando contra la pared de la capilla. Pero la niebla, tal como temía Curry, había demorado la llegada del ataúd, y el organista había estado tocando durante media hora antes de que hubiera un movimiento cerca de la puerta y los enlutados familiares, los Hingest vestidos de negro de ambos sexos con las espaldas rectas y caras campesinas empezaran a dirigirse hacia los bancos que les estaban reservados. Después entraron los maceros, bedeles y censores y el gran rector de Edgestow; luego, cantando, el coro y, por último, el ataúd: una isla de flores espantosas y confusas a través de la niebla que parecía haber entrado, más espesa, más fría y más húmeda, al abrirse la puerta. La misa comenzó.

La celebraba Canon Storey. Su voz aún era hermosa, y había belleza también en su alejamiento de todos los demás. Estaba alejado tanto por su fe como por su sordera. No sentía remordimientos de que las palabras que leía sobre el cadáver del orgulloso incrédulo fueran o no apropiadas, porque nunca había sospechado su incredulidad y era inconsciente por completo de la extraña disonancia entre su propia voz leyendo y las voces de fuera. Glossop parpadeó cuando una de esas voces, imposible de ignorar en el silencio de la capilla, se oyó que gritaba:

—Aparta tu asquerosa zarpa de la luz o te voy a dejar caer toda la carga encima.

Pero Scorey, sin conmoverse ni advertirlo, contestó:

—Insensato, lo que tú siembras no se vivifica, si no muere antes.

—En cualquier momento te voy a dar un puñetazo en tu bonita cara, ya verás —dijo la voz otra vez.

—Se siembra cuerpo natural, resucitará cuerpo espiritual —dijo Scorey.

—Vergonzoso, vergonzoso —le murmuraba Curry al tesorero, que estaba sentado junto a él. Pero algunos miembros más jóvenes captaron, según se dice, el lado cómico del asunto y pensaban en cómo disfrutaría de la historia Feverstone, quien no había podido estar presente.

•••

La más agradable de las recompensas otorgadas a Mark por su obediencia fue el acceso a la biblioteca. Poco después de su breve intrusión en esa lamentable mañana había descubierto que la habitación, aunque supuestamente pública, en la práctica estaba reservada a los que uno había aprendido a llamar en la escuela «iniciados» y, en Bracton, el Elemento Progresista. Sobre la alfombra tendida frente al fuego de la biblioteca y en las horas que iban de las diez a la medianoche tenían lugar las charlas importantes y confidenciales. Por eso, cuando una noche Feverstone se acercó a él subrepticiamente en el salón de fumar y le dijo: «¿Qué te parece tomar una copa en la biblioteca?», Mark sonrió y asintió y no albergó ningún resentimiento por la última conversación que había tenido con él. Si sintió un poco de desprecio hacia sí mismo, lo reprimió y lo olvidó: ese tipo de cosas era infantil y poco realista.

Por lo general, el círculo de la biblioteca estaba integrado por Feverstone, el Hada, Filostrato, y, cosa muy sorprendente, Straik. Para las heridas de Mark fue un bálsamo que Steele nunca apareciera. Era evidente que había avanzado más allá (o quedado detrás) de Steele, como le habían prometido; todo marchaba según el plan. Una persona cuya frecuente aparición en la biblioteca no comprendía era el hombre silencioso de quevedos y barba puntiaguda, el profesor Frost. El director delegado o, como lo llamaba Mark ahora, DD o el viejo, iba con frecuencia, pero de una manera especial. Tenía la costumbre de entrar a la ventura y vagar por el cuarto, haciendo ruido y canturreando como siempre. A veces se acercaba al círculo que rodeaba el fuego, escuchaba y observaba con una expresión vagamente paternal, pero era raro que dijera algo y nunca se unía a la reunión. Volvía a salir al tuntún y después, quizás, regresaba una hora más tarde y recorría una vez más las zonas vacías de la habitación y otra vez más partía. Nunca había cambiado una palabra con Mark desde la humillante entrevista en el estudio y Mark se enteró por el Hada que aún estaba en desgracia.

—El viejo aflojará con el tiempo —dijo—. Pero le advertí que no le gustaba la gente que habla de irse.

El integrante menos satisfactorio del círculo, para Mark, era Straik. Este no se esforzaba en adaptarse al tono procaz y realista con el que hablaban sus colegas. Nunca bebía ni fumaba. Se sentaba en silencio, acariciándose la gastada rodilla del pantalón con una mano enjuta y moviendo los grandes ojos tristes de un orador a otro, sin tratar de discutir o de unirse a la broma cuando se reían. Después —tal vez en una sola ocasión en toda la noche— algo que se había dicho lo hacía arrancar, por lo general algo relacionado con la oposición de los reaccionarios del mundo externo y las medidas que el NICE debería tomar para vérselas con ellos. En esos momentos irrumpía en un discurso sonoro y prolongado, amenazando, denunciando, profetizando. Lo extraño era que los demás no lo interrumpían ni se reían. Había cierta unión profunda entre ese hombre desgarbado y ellos que, según era evidente, mantenía bajo control la obvia falta de simpatía, pero Mark no podía descubrir de qué se trataba. A veces Straik se dirigía a él en especial, hablando, para gran incomodidad y confusión de Mark, sobre la resurrección.

—No se trata de un hecho histórico ni de una fábula, jovencito, sino de una profecía —decía—. Todos los milagros son sombras de cosas futuras. Líbrese de la falsa espiritualidad. Todo va a ocurrir, aquí en este mundo, en el único mundo que existe. ¿Qué nos indicó el maestro? Curar al enfermo, expulsar a los malos, resucitar a los muertos. Lo haremos. El hijo del Hombre (es decir, el hombre mismo, ya maduro) tiene poder para juzgar el mundo: para distribuir la vida eterna y el castigo eterno. Ya lo verá. Aquí y ahora.

Era todo muy desagradable.

Fue al día siguiente del funeral de Hingest cuando Mark se atrevió por primera vez a entrar solo a la biblioteca; hasta entonces siempre lo habían acompañado Feverstone o Filostrato. Estaba un poco inseguro del recibimiento y sin embargo temía que, si no afirmaba pronto su derecho a entrar, la modestia podía perjudicarlo. Sabía que en tales asuntos un error en cualquier dirección puede ser igualmente fatal; hay que calcular y aceptar el riesgo.

Fue un éxito magnífico. Todo el círculo estaba presente y antes de que terminara de cerrar la puerta todos se habían dado vuelta con rostros de bienvenida y Filostrato había dicho «Ecco» y el Hada: «Aquí tenemos al hombre indicado». Una ola de placer le recorrió todo el cuerpo. Nunca el fuego parecía haber crepitado con mayor brillo ni las bebidas fueron más atractivas. Lo esperaban realmente. Lo necesitaban.

—¿Con qué rapidez puedes escribir dos artículos de fondo, Mark? —dijo Feverstone.

—¿Puede usted trabajar toda la noche? —preguntó la señorita Hardcastle.

—Lo he hecho —dijo Mark—. ¿De qué se trata?

—¿Está satisfecho? —preguntó Filostrato—, ¿de que eso, el disturbio, tenga que empezar de inmediato?

—Eso es lo gracioso —dijo Feverstone—. Ella ha hecho el trabajo demasiado bien. No ha leído su Ovidio. *Ad metam properate simul.*

—No podríamos demorarlo ni aunque quisiéramos —dijo Straik.

—¿De qué están hablando? —preguntó Mark.

—De los disturbios de Edgestow —contestó Feverstone.

—Oh... no les he prestado mucha atención. ¿Se están volviendo serios?

—Van a volverse serios, hijo —dijo el Hada—. Y esa es la cuestión. El verdadero tumulto estaba calculado para la semana que viene. Todos esos hechos insignificantes estaban destinados a preparar el terreno. Pero se ha desarrollado demasiado bien, maldita sea. El globo tiene que reventar mañana, o pasado mañana a más tardar.

Mark apartó, confundido, los ojos de la señorita Hardcastle y los dirigió a Feverstone. Este último se dobló de risa y Mark, de modo casi automático, le dio un giro jocoso a su propia confusión.

—Creo que sigo sin caer, Hada —dijo.

—Supongo que no imaginarás que el Hada le iba a dejar la iniciativa a los habitantes, ¿verdad? —Feverstone sonrió.

—¿Quieres decir que ella misma es el disturbio? —dijo Mark.

—Sí, sí —contestó Filostrato, con los ojitos brillando sobre las gordas mejillas.

—Es todo honrado a carta cabal —dijo la señorita Hardcastle—. No se puede colocar unos pocos centenares o miles de obreros importados...

—¡No del tipo que tú contrataste! —interpuso Feverstone.

—En un somnoliento agujerito como Edgestow sin tener problemas —prosiguió la señorita Hardcastle—. Quiero decir que iba a haber problemas de cualquier manera; no creo que mis muchachos necesitaran hacer nada. Pero, ya que el problema estaba destinado a aparecer, no hay nada de malo en cuidar que aparezca en el momento indicado.

—¿Quiere usted decir que ha planificado los disturbios? —Para hacerle justicia, su mente se tambaleó ante esa nueva revelación. Tampoco tuvo conciencia de haber tomado la decisión de ocultar su estado de ánimo: en el calor y la intimidad de aquel círculo descubrió que los músculos faciales y la voz, sin ninguna voluntad consciente, adquirirían el tono de sus colegas.

—Esa es una forma grosera de expresarlo —dijo Feverstone.

—Pero no lo hace diferente —dijo Filostrato—. Así es como hay que encarar las cosas.

—Ya lo creo —dijo la señorita Hardcastle—. Siempre fue así. Cualquiera que conozca el trabajo policial puede contárselo. Y como digo, la crisis, el gran tumulto, tiene que ocurrir dentro de las próximas cuarenta y ocho horas.

—¡Me parece magnífico contar con datos de tan buena fuente! —dijo Mark. Pero me gustaría sacar a mi esposa de la ciudad.

—¿Dónde vive? —dijo el Hada.

—Arriba, en Sandown.

—Ah. Es difícil que la afecte. Mientras tanto, usted y yo tenemos que ponernos a trabajar en el relato de los disturbios.

—Pero... ¿con qué objeto?

—Leyes de emergencia —dijo Feverstone—. Nunca obtendremos los poderes que necesitamos en Edgestow hasta que el gobierno declare que hay un estado de emergencia en la zona.

—Exacto —dijo Filostrato—. Hablar de revoluciones pacíficas es una tontería. No siempre ofrece resistencia la *canaglia*, con frecuencia hay que aguijonearla... pero hasta que no hay disturbios, heridos, barricadas, nadie consigue poderes para actuar con eficacia. No hay suficiente peso para maniobrar.

—Y el material tiene que estar listo para aparecer en los periódicos del día siguiente a los desórdenes —dijo la señorita Hardcastle—. Eso significa que hay que entregárselo al DD a las seis de la mañana de mañana, como máximo.

—Pero ¿cómo vamos a escribirlo hoy si el hecho no va a ocurrir hasta mañana, en el mejor de los casos?

Todos rompieron a reír.

—De ese modo nunca vas a dominar la publicidad, Mark —dijo Feverstone—. ¡Desde cuándo necesitas esperar que ocurra algo para escribir la historia!

—Bueno, admito que tenía un leve prejuicio para hacerlo, ya que no vivo en el tipo de tiempo del señor Dunne, ni en el país que está al otro lado del espejo —dijo Mark y en su rostro también se reflejaba la risa.

—Basta, hijo —dijo la señorita Hardcastle—. Tenemos que hacerlo de inmediato. Hay tiempo para tomar una copa y después será mejor que usted y yo subamos y empecemos. Haremos que nos lleven algo picante y café a las dos.

Era la primera vez que habían pedido a Mark que hiciera algo que, antes de hacerlo, supiera con claridad que era criminal. Pero casi no advirtió el momento de la aceptación; por cierto, no hubo presión, ni la sensación de pasar por un punto crítico. Tiene que haber habido en la historia del mundo una época en que tales momentos revelaban plenamente su gravedad, con brujas profetizando sobre brezales malditos o visibles rubicones a cruzar. Pero, para él, todo pasó deslizándose en un trinar de risas, de esa risa íntima entre profesionales amigos, que es el más fuerte de los poderes terrestres para hacer que los hombres hagan cosas muy malas antes de ser ellos mismos, en lo individual, hombres muy malos. Poco después trotaba escalera arriba con el Hada. Se cruzaron con Cosser en el camino y Mark, ocupado en hablar con su acompañante, vio con el rabillo del ojo que Cosser los observaba. ¡Y pensar que una vez le había tenido miedo!

—¿Quién se va a encargar de despertar al DD a las seis? —preguntó Mark.

—Es probable que no sea necesario —dijo el Hada—. Supongo que el viejo duerme en algún momento, pero nunca he descubierto cuándo lo hace.

•••

A las cuatro, Mark estaba sentado en la oficina del Hada releyendo los últimos dos artículos que había escrito: uno para nuestro más respetable diario y el otro para una institución periodística más popular. Era la única parte del trabajo nocturno que contaba con algo que halagara su vanidad literaria. Las horas anteriores habían sido empleadas en la tarea más dura de fraguar la noticia propiamente dicha. Habían dejado los dos artículos de fondo para el final, y la tinta todavía estaba fresca. El primero decía lo siguiente:

Aunque sería prematuro hacer cualquier comentario definitivo sobre el tumulto de anoche en Edgestow, dos conclusiones parecen surgir de los primeros informes (que publicamos en otro lugar), con una nitidez que es difícil que pueda ser debilitada por desarrollos posteriores. En primer lugar, todo el episodio proporcionará un rudo golpe a cualquier complacencia que pueda ocultarse aún entre nosotros respecto al nivel cultural de nuestra civilización. Desde luego, debe admitirse que la transformación de una pequeña ciudad universitaria en un centro de investigación nacional no puede ser llevada a cabo sin cierta fricción y en algunos casos sin ciertas injusticias con los habitantes locales. Pero el inglés siempre ha tenido su propio modo sereno, humorístico, de encarar las discrepancias y nunca se ha mostrado renuente, cuando se le expone el tema con corrección, a hacer sacrificios mucho mayores que los pequeños cambios de costumbres y sentimientos que el progreso le exige a la gente de Edgestow. Es gratificante advertir que en ningún sector autorizado ha habido insinuaciones de que el NICE haya sobrepasado en algún aspecto sus poderes o haya fracasado en la consideración y cortesía que se esperaba de él. Quedan pocas dudas de que el verdadero punto de arranque de los disturbios fue una disputa, probablemente en una cantina, entre uno de los obreros del NICE y algún señor Sabelotodo local. Pero, como ya dijo hace tiempo el Estagirita,* los desórdenes por motivos triviales tienen causas más profundas, y quedan pocas dudas de que este mezquino *fracas* tiene que haber sido promovido, si no explotado, por intereses regionales o por el prejuicio generalizado.

Es inquietante verse obligado a sospechar que la antigua desconfianza ante la eficiencia planificada y los antiguos celos de lo que se denomina ambiguamente «burocracia» puedan tan fácilmente, aunque esperamos, transitoriamente, ser revividos; aunque al mismo tiempo, esta misma sospecha, al revelar las fallas y debilidades de nuestro nivel nacional de educación, pone de relieve justamente una de las enfermedades que la existencia del Instituto Nacional curará (y lo hará, no tenemos dudas). La voluntad de la nación respalda este magnífico «esfuerzo por la

* Aristóteles. (*N. del t.*).

paz», como definiera con tanta justeza al instituto el señor Jules, y cualquier oposición mal informada que se atreva a extraer conclusiones sobre él esperamos que sea resistida, con suavidad, pero por cierto con firmeza.

La segunda moraleja a extraer de los eventos de anoche es más alentadora. La propuesta original de proveer al NICE con lo que equivocadamente es llamado su propia «fuerza policial» fue vista con cierta desconfianza por algunos sectores. Nuestros lectores recordarán que, aunque no compartíamos tal desconfianza, le concedíamos cierta simpatía. Incluso los falsos temores de quienes aman la libertad deben respetarse, así como respetamos hasta las preocupaciones mal fundadas de una madre. Al mismo tiempo insistíamos en que la complejidad de la sociedad moderna transformaba en un anacronismo el hecho de confiar la ejecución concreta de la voluntad social a un cuerpo de hombres cuya verdadera función era la prevención y el descubrimiento del delito, que la policía, en realidad, debía ser aliviada tarde o temprano de ese cuerpo creciente de funciones coercitivas que no caen propiamente dentro de su esfera. Que tal problema ha sido solucionado en otros países de un modo que demostró ser fatal para la justicia y la libertad, al crear un verdadero *imperium in imperio*, es un hecho que nadie olvidará. La así llamada «Policía» del NICE —que más bien debería denominarse «Autoridad Sanitaria»— es la solución típicamente británica. Tal vez su relación con la Policía Nacional no pueda ser definida con una perfecta precisión lógica, pero, como nación, nunca hemos estado muy enamorados de la lógica. La autoridad del NICE no tiene vinculación con la política, y si alguna vez llega a relacionarse con la justicia criminal, lo hace en el bondadoso papel de salvador: un salvador que puede quitar al criminal de la esfera violenta del castigo para hacerlo pasar a la del tratamiento terapéutico. Si existiera alguna duda respeto al valor de semejante fuerza, ha sido ampliamente eliminada por los episodios de Edgestow. Las más felices relaciones parecen haberse mantenido entre los funcionarios del instituto y los de la Policía Nacional, quienes, de no mediar la ayuda del instituto, se habrían visto enfrentados con una situación imposible de controlar. Como un eminente funcionario policial declaró a uno de nuestros corresponsales esta mañana: «Si no hubiera sido por la policía del NICE, las cosas habrían tomado un cariz muy distinto». Si a la luz de estos eventos se encontrara conveniente poner toda la zona de Edgestow bajo el control exclusivo de la «policía» institucional por un período limitado, no creemos que el pueblo británico (siempre realista de corazón) ponga el menor obstáculo. Es necesario rendir un tributo especial a los miembros femeninos de la fuerza, que parecen haber actuado en todo el desarrollo de los acontecimientos con esa mezcla de valor y sentido común que los últimos años nos han enseñado a esperar de las mujeres inglesas como algo lógico. Los alocados rumores, comunes esta mañana en Londres, de fuego de ametralladora en las calles y de víctimas por centenares, quedan por confirmar. Es probable que cuando se disponga de detalles exactos, se descubra, en palabras de un reciente Primer Ministro, que «cuando corrió la sangre, por lo general fue de la nariz».

El segundo decía así:

¿Qué está pasando en Edgestow?

Esa es la pregunta que Juan Pueblo quiere que le contesten. El instituto que se está estableciendo en Edgestow es un instituto nacional. Eso significa que nos pertenece, a usted y a mí. No somos científicos y no pretendemos saber lo que están pensando los cerebros maestros del instituto. Lo que sí sabemos es lo que cada hombre y cada mujer espera de él. Esperamos una solución al problema del desempleo, al problema del cáncer, al problema de la vivienda, al problema monetario, de la guerra, de la educación. Esperamos de él una vida más brillante, más limpia y más plena para nuestros hijos, en la que nosotros y ellos podamos marchar siempre hacia adelante y desarrollar al máximo el impulso vital que Dios nos ha dado. El NICE es el instrumento del pueblo para llevar a cabo todas las cosas por las que luchamos.

Mientras tanto, ¿qué está pasando en Edgestow?

¿Creen que ese tumulto surgió simplemente porque la señora Fulano o el señor Mengano descubrieron que los propietarios habían vendido sus negocios o sus terrenos al NICE? La señora Fulano y el señor Mengano no son tan tontos. Saben que el instituto significa mayor movimiento en Edgestow, más diversiones públicas, una población mayor, un estallido de prosperidad con la que no se había soñado. Yo afirmo que estos disturbios han sido PLANIFICADOS.

Por eso vuelvo a preguntar: ¿Qué está pasando en Edgestow?

Hay traidores en el campamento. No me da miedo decirlo, sean quienes sean. Pueden ser los llamados religiosos. Pueden ser los intereses financieros. Pueden ser los profesores y filósofos tejedores de telas de araña de la propia Universidad de Edgestow. Pueden ser los judíos. Pueden ser los abogados. No me importa quiénes sean, pero tengo algo que decirles: cuídense. El pueblo de Inglaterra no va a soportar esto. No vamos a dejar que saboteen el instituto.

¿Qué hay que hacer en Edgestow?

Yo digo: Coloquen toda la zona bajo la autoridad de la Policía Institucional. Algunos de ustedes deben de haber ido a Edgestow en vacaciones. Si es así, saben tan bien como yo cómo es. Una pequeña y dormida ciudad de campo con media docena de policías que durante diez años no han tenido nada que hacer aparte de detener a algún ciclista que andaba sin luces. No tiene sentido esperar que estos pobres y viejos vigilantes se enfrenten a un TUMULTO PLANIFICADO. Anoche, la policía del NICE demostró que ella sí podía hacerlo. Lo que digo es que hay que sacarse el sombrero ante la señorita Hardcastle, sus bravos muchachos y bravas muchachas también. Que les den vía libre y les dejen cumplir con su trabajo. Corten con el papeleo.

Tengo un pequeño consejo. Si oyen a alguien calumniar a la policía del NICE, díganle adónde puede irse. Si oyen que alguien la compara con la Gestapo o la OGP,* díganle que esa ya la tienen. Si oyen que alguien habla de las libertades de Inglaterra, con lo que se refiere a las libertades de los oscurantistas, de las señoras Quejas, de los obispos y de los capitalitas, vigilen a ese hombre. Es el enemigo. Díganle de parte mía que el NICE es el guante de boxeo del puño democrático y que si no le gusta mejor que se aparte del camino.

Entretanto... VIGILEN EDGESTOW.

* Servicio de seguridad soviético, equivalente a la posterior KGB. (*N. del t.*).

Puede llegar a suponerse que, después de disfrutar de los artículos en el calor de la composición, la razón de Mark despertaría y con ella el disgusto al leer el producto final. Por desgracia, el proceso había sido casi inverso. Se había reconciliado cada vez más con la tarea a medida que más trabajaba en ella.

La reconciliación completa llegó cuando pasó en limpio los dos artículos. Cuando un hombre le ha puesto las barras a las tes y los puntos a las íes y le gusta el aspecto de su trabajo, no desea verlo en el cesto de los papeles. Cuanto más relee los artículos, mejores los encuentra. Y, en todo caso, eso era una especie de broma. Tenía una imagen mental de sí mismo, viejo y rico, probablemente con un título de nobleza, por cierto muy distinguido, cuando todo eso (todo el aspecto desagradable del NICE) hubiese desaparecido, regalando a sus nietos con cuentos alocados, increíbles, de la época presente. («Ah... en aquellos primeros días era un espectáculo curioso. Recuerdo una vez...»). Y, además, para un hombre cuyos escritos hasta entonces solo habían aparecido en revistas doctas o en el mejor de los casos en libros que solo leerían otros profesores, había un cebo irresistible en la idea de la prensa diaria: editores esperando los manuscritos, lectores en toda Europa; algo que realmente dependía de sus palabras. La idea de la inmensa dínamo que por el momento le habían puesto en las manos emocionaba todo su ser. Después de todo, no hacía mucho que lo había entusiasmado la admisión en el Elemento Progresista de Bracton. Pero ¿qué era el Elemento Progresista comparado con esto? No se trataba de que él mismo estuviera embaucado por los artículos. Escribía mordiéndose la lengua para no reír: una frase que en cierto modo lo consolaba al hacer que todo pareciera una burla. Y de todos modos, si no lo hacía él, lo haría otro. Y durante todo el tiempo el niño que llevaba dentro le susurraba lo espléndido y lo triunfalmente maduro que era producir así, tan lleno de alcohol, pero no borracho, escribiendo, mordiéndose la lengua para no reír, artículos para los grandes diarios, contrarreloj, «con el demonio del impresor a la puerta» y todo el círculo íntimo del NICE dependiendo de él, y nadie teniendo el menor derecho de volver a considerarlo un don nadie o una nulidad.

•••

Jane tendió la mano en la oscuridad, pero no tocó la mesa que tendría que haber estado junto a la cabecera de la cama. Después, con una sacudida de sorpresa, descubrió que no estaba en la cama, sino de pie. La rodeaba una oscuridad total y el frío era intenso. Palpando, tocó lo que parecían ser irregulares superficies de piedra. El aire, además, tenía cierta cualidad extraña: viciado, cautivo, parecía... En algún lugar lejano, posiblemente sobre la cabeza, había ruidos que le llegaban apagados y temblorosos, como si atravesaran la tierra. Así que había pasado lo peor... una bomba había caído sobre la casa y estaba enterrada viva. Pero antes de que tuviera tiempo de experimentar todo el impacto de la idea recordó que la guerra había terminado... oh, y desde entonces habían pasado todo tipo de cosas... se había casado con Mark... había visto a Alcasan en su celda... había conocido a Camilla. Después, con un alivio enorme y veloz pensó: «Es uno de mis sueños. Es una noticia. Pronto se detendrá. No hay nada que temer».

Fuera lo que fuese, el sitio no parecía muy amplio. Palpó a lo largo de todo un muro y después, girando en el ángulo, golpeó con el pie algo duro. Se agachó y tanteó. Había una especie de plataforma elevada o mesa de piedra, de más o menos un metro de altura. ¿Y sobre ella? ¿Se atrevería a investigar? Pero sería peor no hacerlo. Empezó a explorar la superficie de la mesa de piedra con la mano y un momento después se mordió el labio para no gritar, porque había tocado un pie. Era un pie descalzo y muerto, a juzgar por lo frío que estaba. Seguir palpando le pareció lo más difícil que había hecho en su vida, pero por algún motivo se sentía impulsada a hacerlo. El cadáver estaba vestido con algún material muy áspero que además era irregular, como si estuviera muy bordado y fuese muy voluminoso. «Debe de ser un hombre corpulento», pensó, todavía tanteando hacia la cabeza. Sobre el pecho, la textura cambió de pronto: como si hubieran tendido la piel de algún animal peludo sobre la áspera prenda. Eso pensó al principio, después cayó en la cuenta de que en realidad el pelo pertenecía a una barba. Vaciló en tocar el rostro; tenía miedo de que el hombre se moviera, se despertara o hablara si lo hacía. Por lo tanto se quedó inmóvil un momento. Era solo un sueño, podía soportarlo; pero era tan espantoso y todo parecía estar ocurriendo hacía tanto tiempo, como si se hubiese deslizado a través de una grieta del presente bajando hacia un pozo frío, sin sol, del remoto pasado. Esperaba que no la dejaran allí durante mucho tiempo. Ojalá alguien acudiera con rapidez y la dejara salir. Y de inmediato se le presentó la imagen de alguien, alguien barbado pero también (era extraño) divinamente joven, alguien completamente dorado, vigoroso y cálido, bajando con un paso que hacía temblar la tierra, hacia ese lugar oscuro. El sueño se volvió caótico en ese punto. Jane tenía la impresión de que debía hacerle una reverencia a esa persona (que nunca llegó en verdad, aunque la impresión de él le quedó grabada, brillante y densa, en la mente) y sintió una gran consternación al advertir que los vagos recuerdos de las lecciones de danzas de la escuela no bastaban para mostrarle cómo hacerlo. Entonces se despertó.

Fue a Edgestow en cuanto desayunó para buscar, como había hecho todos los días, a alguien que pudiera reemplazar a la señora Maggs. Al final de la calle Market le ocurrió algo que la decidió por fin a ir a St. Anne's ese mismo día y en el tren de las 10.23. Llegó a un sitio donde un automóvil grande estaba estacionado junto al pavimento, un coche del NICE. En el momento en que llegaba a él un hombre salió de un local, se interpuso en su camino para hablarle al chófer del auto y después entró en él. Estaba tan cerca de ella que, a pesar de la niebla, lo vio con mucha nitidez, aislado de los demás objetos: el fondo estaba formado por niebla gris y pies que pasaban y los ásperos sonidos de aquel tráfico desacostumbrado que ahora nunca se detenía en Edgestow. Lo habría reconocido en cualquier lugar: ni el rostro de Mark ni su propio rostro en el espejo le eran ahora más familiares. Vio la barba puntiaguda, los quevedos, el rostro que por algún motivo le recordaba el de una figura de cera. No necesitó pensar qué debía hacer. El cuerpo, que siguió con rapidez su camino, parecía haber decidido por sí mismo enfilar hacia la estación y de allí hacia St. Anne's. Fue algo distinto al miedo (aunque estaba asustada, casi hasta la náusea) lo que la llevó tan infaliblemente hacia adelante. Era un rechazo o repulsión total hacia ese hombre, con todas las libras de su ser.

Los sueños se hundían en la insignificancia comparados con la cegadora realidad de la presencia del hombre. Se estremeció al pensar que sus manos podrían haberse tocado cuando pasó junto a él.

El tren estaba benditamente cálido, el compartimento, vacío, el hecho de poder sentarse era delicioso. El lento viaje a través de la niebla casi la adormeció. Apenas pensó en St. Anne's hasta que llegó allí: incluso mientras subía la empinada colina no hizo planes, no ensayó nada que decir, se limitó a pensar en Camilla y la señora Dimble. Los sustratos infantiles, el subsuelo de la mente, habían salido a la superficie. Quería estar con gente simpática, lejos de la gente desagradable: esa distinción pueril parecía por el momento más importante que cualquier categoría posterior de «Bueno» y «Malo» o «Amigo» y «Enemigo».

Salió de ese estado al notar que había más luz. Miró adelante. ¿Acaso aquella curva del camino era más visible de lo que debería haberlo sido en semejante niebla? ¿O era solo que la niebla de campo era distinta a la de ciudad? Ciertamente lo que había sido gris se estaba volviendo blanco, casi encandiladoramente blanco. Unos pocos metros más y el luminoso azul se dejó ver adelante, y los árboles proyectaron sombras (no había visto una sombra durante días), y después, de repente, todos los espacios enormes del cielo se volvieron visibles y el pálido sol, dorado; y mirando hacia atrás, cuando dobló hacia el Solar, Jane vio que estaba parada en la orilla de una islita verde iluminada por el sol que daba sobre un mar de niebla blanca, cubierto de lomas y arrugas, pero regular en conjunto, desplegándose hasta donde alcanzaba la mirada. Había también otras islas. Aquella oscura al oeste eran las colinas boscosas encima de Sandown donde había ido de excursión con los Denniston, y aquella lejana, más grande y más brillante, hacia el norte, eran las colinas llenas de cavernas (montañas casi podría llamárselas) en las que nacía el Wynd. Suspiró profundamente. Lo que la impresionaba era el tamaño de ese mundo por encima de la niebla. Abajo, en Edgestow, había vívido todos esos días, incluso cuando salía, como en un cuarto, porque solo los objetos muy cercanos eran visibles. Sintió que había estado cerca de olvidar lo grande que era el cielo, lo remoto que era el horizonte.

7

EL PENDRAGÓN

Antes de llegar a la puerta del muro, Jane se encontró al señor Denniston y él la guio al Solar, no por esa puerta, sino por la entrada principal que se abría sobre el mismo camino unos cientos de metros más allá. Le contó su historia mientras caminaban. En su compañía tenía esa sensación curiosa que conocen la mayoría de las personas casadas de estar con alguien con quien (por el motivo final pero del todo misterioso) uno nunca se podría haber casado, pero que no obstante pertenece más al propio mundo que a la persona con la que uno se ha casado en realidad. Mientras entraban a la casa se encontraron con la señora Maggs.

—¿Qué? ¡Señora Studdock! ¡Caramba! —dijo la señora Maggs.

—Sí, Ivy —dijo Denniston—, y con importantes novedades. Las cosas empiezan a moverse. Debemos ver en seguida a Grace. ¿Está por aquí MacPhee?

—Salió a trabajar en el jardín hace horas —dijo la señora Maggs—. El doctor Dimble se fue al *college* y Camilla está en la cocina. ¿Voy a buscarla?

—Sí, hazlo. Y si puedes impedir que el señor Bultitude se entrometa...

—Perfecto. No lo dejaré hacer ninguna travesura. Después del viaje en tren y todo lo demás, ¿no le gustaría tomar una caza de té, señora Studdock?

Pocos minutos más tarde, Jane se encontró una vez más en la habitación de Grace Ironwood. La señorita Ironwood y los Denniston se sentaron frente a ella, de tal modo que se sintió como si fuera el candidato en un examen *a viva voce*. Y cuando Ivy Maggs trajo el té no se fue, sino que se sentó como si ella también fuera uno de los examinadores.

—¡Venga! —dijo Camilla con los ojos y las aletas de la nariz dilatadas como en una especie de hambre mental, algo demasiado concentrado para denominarlo excitación.

Jane paseó la mirada por el cuarto.

—No debe preocuparse por Ivy, joven dama —dijo la señorita Ironwood—. Forma parte de nuestra asociación.

Hubo una pausa.

—Tenemos su carta del día diez —siguió la señorita Ironwood— que describe el sueño del hombre de barba puntiaguda sentado tomando notas en su dormitorio. Tal vez deba decirle que él no estaba realmente allí; al menos, el director no lo cree posible. Pero estaba realmente estudiándola a usted. Estaba obteniendo información de alguna otra fuente que, por desgracia, no le fue visible en el sueño.

—Si no tiene inconveniente —dijo el señor Denniston—, puede contarnos lo que me explicó mientras veníamos.

Jane les contó el sueño del cadáver (si es que era un cadáver) en el sitio oscuro y cómo había encontrado al hombre de barba esa misma mañana en la calle Market, y tuvo conciencia de inmediato de haber creado un gran interés.

—¡Caramba! —dijo Ivy Maggs.

—¡Así que teníamos razón respecto al bosque Bragdon! —dijo Camilla.

—Es realmente Belbury —dijo su esposo—. Pero en ese caso, ¿dónde encaja Alcasan?

—Disculpen —dijo la señorita Ironwood con su voz serena, y los otros hicieron silencio de inmediato—. No debemos discutir aquí el asunto. La señora Studdock aún no se ha unido a nosotros.

—¿No me van a decir nada? —preguntó Jane.

—Joven dama —dijo la señorita Ironwood—, debe disculparme. No sería sensato por el momento; en realidad, no tenemos libertad de hacerlo. ¿Me permitiría hacerle dos preguntas más?

—Si lo desea —dijo Jane, un poco malhumorada, aunque muy poco. La presencia de Camilla y su esposo por algún motivo la hacía comportarse del mejor modo posible.

La señorita Ironwood había abierto un cajón y durante unos instantes hubo silencio mientras buscaba algo en él. Después le tendió una fotografía a Jane y preguntó:

—¿Reconoce a esa persona?

—Sí —dijo Jane en voz baja—, es el hombre con el que soñé y el hombre que vi esta mañana en Edgestow.

Era una buena fotografía y debajo estaba el nombre Augustus Frost, con otros detalles que Jane no tomó en cuenta.

—En segundo lugar —siguió la señorita Ironwood, tendiendo la mano para que Jane le devolviera la fotografía—, ¿está preparada para ver al director... ahora?

—Bueno... sí, si quiere.

—En ese caso, Arthur —le dijo la señorita Ironwood a Denniston—, sería mejor que fueras a contarle lo que acabamos de oír y averiguar si se encuentra lo suficientemente bien para recibir a la señora Studdock.

Denniston se puso en pie de inmediato.

—Entretanto —dijo la señorita Ironwood—, me gustaría hablar a solas con la señora Studdock.

Ante esas palabras, los demás también se pusieron en pie y salieron del cuarto delante de Denniston. Un gato muy grande que Jane no había notado antes saltó y ocupó la silla que Ivy Maggs acababa de desocupar.

—Casi no tengo dudas de que el director la recibirá —dijo la señorita Ironwood.

Jane no dijo nada.

—Y supongo que en la entrevista —siguió la otra— le pedirá que tome usted una decisión definitiva.

Jane emitió una tosecita que no tenía otro propósito que disipar cierta atmósfera de incómoda solemnidad que parecía haberse asentado en el cuarto en cuanto quedaron a solas con la señorita Ironwood.

—Hay también ciertas cosas —dijo la señorita Ironwood— que usted debe saber sobre el director antes de verlo. Señora Studdock, él le parecerá muy joven, más joven que usted. Por favor, sepa que no es así. Está más cerca de los cincuenta que de los cuarenta años. Es un hombre de gran experiencia, que ha viajado a donde no ha viajado ningún ser humano antes y se ha mezclado con sociedades que ni usted ni yo podemos imaginar.

—Qué interesante —dijo Jane, aunque sin demostrar interés.

—Y en tercer lugar —dijo la señorita Ironwood—, debo pedirle que recuerde que sufre dolor con frecuencia. Sea cual fuere la decisión a la que usted llegue, confío en que no diga o haga nada que pueda someterlo a una tensión innecesaria.

—Si el Rey Pescador no está lo suficientemente bien para recibir visitas... —dijo Jane vagamente.

—Debe disculparme —dijo la señorita Ironwood— por insistir con esos detalles. Soy médica, la única de nuestra asociación. En consecuencia, tengo la responsabilidad de protegerlo lo mejor que pueda. Si tiene a bien seguirme, ahora la guiaré hasta el Cuarto Azul.

Se puso en pie y abrió la puerta para que pasara Jane. Salieron al pasillo austero y estrecho, y de allí subieron unos bajos escalones hasta una amplia sala de acceso desde donde una espléndida escalinata georgiana llevaba a los pisos superiores. La casa, más grande de lo que había supuesto Jane al principio, era cálida y muy silenciosa, y después de tantos días de niebla, la luz del sol otoñal cayendo sobre las alfombras suaves y las paredes le pareció a Jane brillante y dorada. En el primer piso, aunque elevado por encima de él por seis escalones, encontraron un pequeño sitio cuadrado con columnas blancas donde las estaba esperando Camilla, serena y alerta. Había una puerta detrás de ella.

—La recibirá —le dijo a la señorita Ironwood, poniéndose en pie.

—¿Sufre mucho esta mañana?

—No es continuo. Está en uno de sus días buenos.

Cuando la señorita Ironwood alzó la mano para llamar a la puerta, Jane pensó para sus adentros: «Ten cuidado. No dejes que te hagan entrar para nada. Todos los largos corredores y las cosas dichas en voz baja pueden hacerte caer en el ridículo si no te cuidas. Te convertirás en una adoradora más de este hombre». Un momento después se descubrió entrando. Había luz, parecía no haber más que ventanas. Y calor, un fuego ardía en el hogar. El azul era el color predominante. Antes de haber captado todo con los ojos se sintió molesta y en cierto sentido avergonzada al ver que la señorita Ironwood estaba haciendo una reverencia. El pensamiento «No lo haré» forcejeó en la mente de Jane con «No puedo», porque en el sueño había sido cierto, no podía.

—Esta es la joven, señor —dijo la señorita Ironwood. Jane miró y en ese instante su mundo quedó deshecho.

Sobre un sofá ante ella, con un pie vendado como si tuviera una herida, descansaba lo que parecía un muchacho de veinte años.

Sobre un largo antepecho de una ventana, un grajo domesticado caminaba de un lado a otro. El débil reflejo del fuego y el más intenso del sol disputaban en el techo. Pero toda la luz del cuarto parecía fluir hacia la barba y el pelo dorados del hombre herido.

Por supuesto que no era un muchacho; ¿cómo podía haberlo pensado? La piel tersa de la frente y las mejillas y, sobre todo, de las manos, se lo habían insinuado. Pero un muchacho no podía tener una barba tan plena. Y ningún muchacho podía ser tan fuerte. Había esperado ver un inválido. Ahora era evidente que el apretón de aquellas manos sería ineludible, y la imaginación sugería que los brazos y los hombros podían sostener la casa entera. Junto a ella, la señorita Ironwood la impresionó como una ancianita, encogida y pálida, algo que puede apartarse de un soplido.

El sofá estaba sobre una especie de plataforma separada del resto del cuarto por un escalón. Jane tuvo una impresión de pesadas cortinas azules —más tarde vio que solo era una pantalla detrás del hombre—, de tal modo que el efecto era el de una sala de audiencia. Le habría parecido una tontería si, en vez de verlo, se lo hubiera contado otra persona. Por las ventanas no veía árboles ni colinas ni formas de otras casas, solo el liso suelo de niebla, como si el hombre y ella estuvieran en una torre azul por encima del mundo.

El dolor apareció y desapareció en el rostro: súbitas punzadas de dolor mórbido y ardiente. Pero así como el relámpago atraviesa la oscuridad, y esta se cierra otra vez y no queda la menor huella, así la serenidad de su semblante absorbía cada impacto de tortura. ¿Cómo había podido creerlo joven? ¿O viejo si no? La invadió, con una sensación de fulgurante temor, la idea de que la cara no tenía edad. Nunca le habían gustado, o así lo había creído, los rostros con barba, excepto en los ancianos canosos. Pero se debía a que había olvidado desde hacía tiempo al Arturo imaginado de la infancia y al Salomón imaginado también. Salomón... Por primera vez en muchos años, la brillante mezcla solar de rey, amante y mago que se cierne sobre el nombre se coló otra vez en su mente. Por primera vez en todos aquellos años saboreó la propia palabra *Rey* con todas las asociaciones encadenadas de batalla, matrimonio, sacerdocio, misericordia y poder. En aquel momento, cuando posó los ojos por primera vez en esa cara, Jane olvidó quién era ella y dónde estaba, y su tenue rencor contra Grace

Ironwood, su rencor aún más oculto contra Mark, la infancia y la casa de su padre. Fue solo un relámpago, desde luego. Un momento después era una vez más la Jane común, social, sonrojada y confundida al descubrir que había estado mirando con fijeza, groseramente (al menos esperaba que la grosería fuera la impresión principal que había producido) a un completo extraño. Pero su mundo estaba deshecho; lo sabía. Ahora podía pasar cualquier cosa.

—Gracias, Grace —estaba diciendo el hombre—. ¿Esta es la señora Studdock?

Y la voz también parecía luz solar y oro, como el oro no solo en su belleza, sino también en su densidad; como la luz del sol no solo como cae suavemente sobre los muros ingleses en otoño, sino como se abate en la jungla o el desierto para engendrar vida o destruirla. Y ahora se estaba dirigiendo a ella.

—Debe perdonarme por no ponerme en pie, señora Studdock —dijo—. Tengo el pie herido.

Y Jane oyó su propia voz diciendo:

—Sí, señor —suave y recatada como la voz de la señorita Ironwood.

Había querido decir «Buenos días, Rey Pescador» con un tono despreocupado que habría contrarrestado el absurdo de su comportamiento al entrar en la habitación. Pero lo que había salido de sus labios fue lo otro. Poco después se encontró sentada ante el director. Estaba agitada; aún se estremecía. Esperaba con intensidad poder controlar el llanto, poder hablar o no hacer algo tonto. Porque su mundo se había deshecho: ahora podía pasar cualquier cosa. Ojalá la conversación hubiese terminado para salir del cuarto sin deshonor y alejarse, no durante bastante tiempo, sino durante mucho tiempo.

—¿Desea que me quede, señor? —dijo la señorita Ironwood.

—No, Grace —dijo el director—. No creo que necesites quedarte. Gracias.

«Y ahora —pensó Jane— ahora llega, llega, ahora llega».

Todas las preguntas intolerables que él podía hacer, todas las cosas extravagantes que podía hacerle realizar a ella, relampaguearon por su mente en una mezcolanza insensata. Porque parecían haberle quitado todo poder de resistencia y haberla dejado sin protección.

•••

Durante los primeros minutos después de que Grace Ironwood los dejó a solas, Jane apenas entendió lo que el director decía. No era que su mente divagara; por el contrario, tenía la atención tan fija en él que se dispersaba a sí misma. Cada tono, cada mirada (¿cómo podían haber supuesto que ella creería que era joven?), cada gesto, se le grababa en la memoria, y no fue hasta que descubrió que él había dejado de hablar y era evidente que estaba esperando una respuesta cuando advirtió haber entendido muy poco de lo que había estado diciendo.

—Yo... le ruego que me disculpe —dijo, deseando no enrojecer como una colegiala.

—Estaba diciendo —contestó él— que usted ya nos ha hecho un inmenso favor. Sabíamos que uno de los más peligrosos ataques efectuados contra la raza humana iba a llegar muy pronto y en esta isla. Teníamos idea de que Belbury podía estar vinculado a él. Pero no estábamos seguros. Por cierto, no sabíamos que Belbury fuese tan importante. Por eso su información resulta tan valiosa. Pero, en otro sentido, nos presenta una dificultad. Me refiero a una dificultad respecto a usted. Habíamos esperado que pudiese unirse a nosotros... pasar a formar parte de nuestro ejército.

—¿No puedo hacerlo, señor? —dijo Jane.

—Es difícil —dijo el director después de una pausa—. Comprenda, su esposo está en Belbury.

Jane levantó la cabeza. Había estado a punto de decir: «¿Quiere decir que Mark se encuentra en peligro?». Pero había caído en la cuenta de que la angustia acerca de Mark en realidad no formaba parte de las complejas emociones que estaba sintiendo y que semejante réplica habría sido hipócrita. Era un tipo de escrúpulo que no había sentido antes con frecuencia. Finalmente dijo:

—¿Qué quiere usted decir?

—Bueno —dijo el director—, sería difícil para cualquiera ser la esposa de un funcionario del NICE y además miembro de nuestra asociación.

—¿Quiere decir que no podrían confiar en mí?

—No me refiero a nada de lo que debamos sentir miedo de hablar. Quiero decir que, dadas las circunstancias, usted, su esposo y yo no podemos confiar el uno en el otro.

Jane se mordió el labio, furiosa, no con el director, sino con Mark. ¿Por qué tenían que entrometerse él y sus tratos con aquel Feverstone en un momento como ese?

—Debo hacer lo que considere correcto, ¿no es así? —dijo con suavidad—. Quiero decir... si Mark... si mi esposo está en el bando equivocado, no puedo permitir que eso importe en mi decisión, ¿verdad?

—¿Está usted pensando en lo que es correcto? —preguntó el director. Jane se sobresaltó y enrojeció. Se dio cuenta de que no había estado pensando en eso—. Desde luego —dijo el director—, las cosas podrían llegar a un extremo que justificara que usted venga aquí, incluso contra la voluntad totalmente de su esposo, incluso en secreto. Depende de lo cercano que esté el peligro: el peligro para todos nosotros y para usted en lo personal.

—Pensaba que el peligro estaba ya sobre nosotros... a juzgar por el modo en que habló la señora Denniston.

—Justamente esa es la cuestión —dijo el director con una sonrisa—. No me está permitido ser demasiado prudente. No me está permitido emplear remedios desesperados hasta que se hagan evidentes enfermedades desesperadas. De otro modo seríamos idénticos a nuestros enemigos, rompiendo todas las reglas cada vez que creyéramos posible hacer con ello un bien incierto a la humanidad en el futuro remoto.

—Pero ¿le haré daño a alguien si vengo aquí? —preguntó Jane.

Él no le contestó de modo directo. Un instante después habló.

—Según parece, tendrá que regresar, al menos de momento. Sin duda, volverá a ver a su esposo bastante pronto. Creo que debería hacer al menos un esfuerzo por separarlo del NICE.

—Pero ¿cómo puedo hacerlo, señor? —dijo Jane—. ¿Qué debo decirle? Pensará que es una tontería. No se creería eso de un ataque a la raza humana. —En cuanto lo dijo se preguntó «¿Sonó eso astuto?»; después, cosa aún más desconcertante: «¿Fue astuto?».

—No —dijo el director—. Y no debe contárselo. No debe mencionarnos ni a mí ni a la asociación. Hemos puesto nuestra vida en sus manos. Simplemente debe pedirle que abandone Belbury. Debe atribuirlo a sus propios deseos. Usted es su esposa.

—Mark nunca tiene en cuenta lo que le digo —contestó Jane. Ella y Mark pensaban eso del otro.

—Tal vez —dijo el director—, nunca le haya pedido algo como podrá pedirle eso. ¿Desea salvarlo a él tanto como a sí misma?

Jane pasó por alto la pregunta. Ahora que la amenaza de expulsión de la casa era inminente, sintió una especie de desesperación. Empezó a hablar con rapidez sin hacer caso del apuntador interno que más de una vez durante la conversación le había mostrado sus palabras y deseos bajo una nueva luz.

—No me haga regresar —dijo—. Estoy completamente sola en casa, con sueños terribles. Mark y yo no nos vemos mucho. Soy muy infeliz. No le importará que venga o no aquí. Si se entera, tan solo se reirá. ¿Es justo que deba arruinar mi vida solo porque se ha mezclado con personas horribles? ¿Acaso piensa que una mujer no tiene vida propia solo porque está casada?

—¿Es usted infeliz ahora? —dijo el director. Una docena de contestaciones afirmativas murió en los labios de Jane cuando levantó la cabeza en respuesta a la pregunta. Después, de pronto, en una especie de calma profunda, como la inmovilidad en el centro de un remolino, vio la verdad y dejó por fin de pensar en qué pensaría de ella por sus palabras, y contestó:

—No... Pero ahora será peor si vuelvo —agregó después de una breve pausa.

—¿Lo será?

—No sé. No. Supongo que no.

Por un momento, Jane apenas tuvo conciencia de algo más que la paz y el bienestar, la comodidad del propio cuerpo en la silla y una especie de diáfana belleza en los colores y proporciones del cuarto. Pero pronto empezó a pensar para sí: «Esto es el fin. Dentro de un instante hará que la Ironwood te lleve». Le pareció que su destino dependía de lo que dijera en el minuto siguiente.

—Pero ¿es necesario en realidad? —empezó—. Creo que no considero el matrimonio como usted. Me parece extraordinario que todo deba supeditarse a lo que diga Mark... sobre algo que él no comprende.

—Niña —dijo el director—, no es una cuestión de cómo consideremos tú o yo el matrimonio, sino de cómo lo consideran mis amos.

—Alguien me dijo que eran muy anticuados. Pero...

—Eso fue una broma. No son anticuados, son muy viejos.

—¿Nunca pensarían en averiguar primero si Mark y yo creíamos en sus ideas sobre el matrimonio?

—Bueno... no —dijo el director con una extraña sonrisa—. No. Estoy seguro de que no pensarían en hacerlo.

—¿Y para ellos no importaría cómo fuera realmente un matrimonio... que tuviera buen resultado?, ¿que la mujer amara al esposo?

Jane no había tenido exactamente la intención de decir eso y mucho menos decirlo con el vulgar tono patético que, ahora le parecía, había empleado. Odiándose y temiendo el silencio del director, agregó:

—Pero supongo que usted dirá que no debería habérselo dicho.

—Mi querida niña —dijo el director—, me lo has estado diciendo desde que mencionamos por primera vez a tu esposo.

—¿Y no importa?

—Supongo —dijo el director— que depende de cómo perdió él tu amor.

Jane se quedó en silencio. Aunque no podría decirle la verdad al director, y en realidad ella misma no lo sabía; sin embargo, cuando trató de explorar sus desarticulados motivos de queja contra Mark, un nuevo sentido de su propia injusticia y hasta de compasión por su esposo acudió a su mente. Se le cayó el alma a los pies, porque le pareció que la conversación, a la que había esperado vagamente como una especie de liberación de todos los problemas estaba metiéndola en nuevos problemas.

—No fue culpa de él —dijo al final—. Supongo que nuestro matrimonio fue un error, eso es todo.

El director no dijo nada.

—¿Qué diría usted... qué diría la gente de la que usted habla, sobre un caso así?

—Te lo diré si realmente quieres saberlo —dijo el director.

—Por favor —dijo Jane sin ganas.

—Dirían que no dejaste de obedecer por una falta de amor, sino que perdiste el amor porque nunca intentaste la obediencia —contestó.

Algo dentro de Jane que en condiciones normales habría reaccionado ante semejante observación con furia o risa fue desterrado a una distancia remota (donde aún podía oír su voz, pero casi nada) por el hecho de que la palabra *obediencia*, pero no ciertamente la obediencia a Mark, la invadió en aquel cuarto y ante aquella presencia como un extraño perfume oriental, peligroso, seductor y ambiguo...

—¡Basta! —dijo el director con aspereza.

Jane lo miró con la boca abierta. Hubo unos segundos de silencio durante los cuales la exótica fragancia se disipó.

—¿Decías, querida mía? —siguió el director.

—Creía que el amor significaba igualdad y libre compañerismo.

—¡Ah, igualdad! —dijo el director—. Tenemos que hablar sobre eso en otra ocasión. Sí, todos debemos ser protegidos por derechos iguales de la codicia de los demás, porque hemos caído. Así como debemos usar ropa por el mismo motivo. Pero el cuerpo desnudo debería estar bajo las prendas, madurando para el día en que ya no las necesitemos. La igualdad no es lo más profundo, sabes.

—Siempre creí que sí. Pensaba que era en las almas donde las personas eran iguales.

—Estabas equivocada —dijo él con gravedad—; es el último lugar donde son iguales. Igualdad ante la ley, igualdad de ingresos: eso está muy bien. La igualdad custodia la vida, no la hace. Es remedio, no comida. Daría lo mismo que trataras de calentarte con un libro de informes oficiales.

—Pero seguramente en el matrimonio...

—Peor aún, peor aún —dijo el director—. El noviazgo no la conoce, tampoco el goce. ¿Qué tiene que ver el libre compañerismo con eso? Los que disfrutan o sufren algo juntos son compañeros. Los que se disfrutan o se sufren entre sí, no. ¿Acaso no sabes lo tímida que es la amistad? Amigos... camaradas... no se miran entre sí. La amistad se avergonzaría...

—Creía... —dijo Jane y se detuvo.

—Entiendo —dijo el director—. No es culpa cuya. Nunca te advirtieron. Nadie te ha dicho nunca que la obediencia, la humildad, es una necesidad erótica. Sitúas la igualdad donde no debería estar. En cuanto a que vengas aquí, eso puede admitir cierta duda. Por el momento, debo hacerte regresar. Puedes venir a vernos. Mientras tanto, háblale a tu esposo y yo hablaré con mis autoridades.

—¿Cuándo las verá?

—Vienen a mí cuando les place. Pero hemos estado hablando con demasiada solemnidad sobre la obediencia. Me gustaría mostrarte uno de sus aspectos festivos. No le temes a los ratones, ¿verdad?

—¿Si no le temo a qué? —dijo Jane, asombrada.

—A los ratones —dijo el director.

—No —dijo Jane, perpleja.

El director hizo sonar una campanita junto al sofá, que fue contestada casi de inmediato por la señora Maggs.

—Me gustaría comer ahora, por favor —dijo el director—. A usted le servirán la comida abajo, señora Studdock: algo más sustancioso que la mía. Y si me acompaña mientras como y bebo, le mostraré una de las diversiones de la casa.

La señora Maggs regresó en seguida con una bandeja, llevando una copa, un pequeño frasco de vino rojo y un panecillo. La colocó sobre una mesa junto al director y abandonó el cuarto.

—Ya ve —dijo el director—, vivo como el rey en *Curdie*. Es una dieta sorprendentemente agradable. Con esas palabras partió el panecillo y se sirvió una copa de vino.

—No he leído ese libro —dijo Jane.

Hablaron un poco sobre el libro mientras el director comía y bebía; pero, un momento después, alzó al plato y con unos golpecitos hizo caer las migas sobre el suelo.

—Ahora verá un entretenimiento, señora Studdock —dijo—. Pero debe quedarse totalmente inmóvil.

Una vez dicho esto, extrajo del bolsillo un pequeño silbato de plata y sopló una nota. Y Jane se quedó inmóvil hasta que el silencio del cuarto se inundó de algo sólido y hubo primero un rascar y después un susurro, y pronto vio tres rollizos ratones abriéndose paso a través de lo que para ellos era el denso sotobosque de la alfombra, olfateando de un lado a otro, de tal modo que si se hubiese dibujado su marcha se habría parecido a la de un río sinuoso, hasta que estuvieron tan cerca que Jane pudo ver el pestañear de los ojos y hasta el movimiento rápido de los hocicos. A pesar de lo que había dicho, en realidad no quería tener ratones cerca de los pies y, con esfuerzo, siguió sentada inmóvil. Gracias a eso vio por primera vez a los ratones como son en realidad: no como seres reptantes, sino como delicados cuadrúpedos. Se sentaron, fueron casi diminutos canguros, con sensibles patas delanteras como enguantadas y orejas transparentes. Se movieron de aquí para allá, rápidos, inaudibles hasta que no quedó una miga en el suelo. Entonces el director sopló por segunda vez el silbato y con un súbito agitar de colas los tres corrieron de regreso a su hogar y en pocos segundos habían desaparecido tras la carbonera. El director miró a Jane con ojos risueños.

«Es imposible considerarlo viejo», pensó Jane.

—Ahí tiene —dijo él—, un arreglo muy simple. Los humanos quieren quitar las migas; los ratones se sienten ansiosos por quitarlas. No tendría que haber sido nunca una causa de lucha. Pero ya ve cómo obedecer y gobernar se parece más a una danza que a un trabajo pesado, sobre todo entre el hombre y la mujer, donde los roles cambian sin cesar.

—Qué enormes debemos de parecerles —dijo Jane. Aquella observación ilógica tenía una causa muy extraña.

Era en la enormidad en lo que ella estaba reflexionando y, durante un momento, le había parecido que estaba pensando en su propia enormidad comparada con los ratones. Pero tal identificación se desmoronó casi de inmediato. En realidad pensaba simplemente en la enormidad. O más bien no pensaba en eso. De alguna manera extraña, la estaba experimentando. Algo intolerablemente grande, algo proveniente de Brodignac* presionaba en ella, se acercaba, estaba casi en el cuarto. Sintió que se encogía, se sofocaba, era vaciada de todo poder y virtud. Lanzó una mirada al director, que era en realidad una petición de ayuda, y la mirada, de algún modo inexplicable, le reveló que él, como ella, era un objeto muy pequeño. Todo el cuarto era un sitio diminuto, una cueva de ratón, y le pareció que estaba inclinado... como si la masa y el esplendor insoportables de aquella enormidad informe, al acercarse, lo hubieran golpeado e inclinado. Oyó la voz del director.

—Rápido —dijo con suavidad—, ahora debe marcharse. Este no es un sitio para nosotros, los pequeños, pero yo estoy acostumbrado. ¡Váyase!

•••

---

* País de los gigantes en *Lo viajes de Gulliver*, de Swift. (*N. del t.*).

Cuando Jane abandonó la alta aldea de St. Anne's y bajó a la estación descubrió que también allí la niebla había empezado a levantarse. Se habían abierto grandes ventanas en ella, y, mientras el tren la llevaba, pasó repetidas veces por charcos de sol vespertino.

Durante el viaje se sintió tan dividida que podría decirse que había tres, si no cuatro, Janes en el compartimento.

La primera era simplemente una Jane receptiva al director, que recordaba cada palabra y cada mirada, y se complacía en ellas: una Jane que había sido sorprendida con la guardia baja por completo, sacada de un empujón del modesto grupito de ideas contemporáneas que hasta entonces habían constituido su porción de sabiduría y arrastrada por el fluir torrencial de una experiencia que no comprendía y no podía controlar. Porque estaba tratando de controlarla; esa era la función de la segunda Jane. La segunda Jane contemplaba a la primera con disgusto, como al tipo de mujer, en realidad, que siempre había desdeñado en especial. Una vez, al salir de un cine, había oído que una dependienta le decía a un amigo: «¡Oh, qué divino era! Si me hubiera mirado como la miró a ella, lo habría seguido hasta el fin del mundo». Una muchachita pequeña, chillona, maquillada, que chupaba una pastilla de menta. Puede cuestionarse que la segunda Jane estuviera en lo cierto al equiparar a la primera Jane con esa muchacha, pero así lo hizo. Y lo encontraba intolerable. Haberse rendido sin condiciones a la simple voz y la mirada de aquel extraño, haber abandonado (sin notarlo) el pequeño control básico sobre su propio destino, la reserva constante, que ella consideraba esencial para su posición de persona adulta, íntegra, inteligente... era algo degradante por completo, vulgar, incivilizado.

La tercera Jane era una nueva e inesperada visita. Habían existido rasgos de la primera en la adolescencia y la segunda era lo que Jane tomaba por su yo «real» o normal. Pero la tercera, esta Jane moral, era alguien cuya existencia nunca había sospechado. Surgida de alguna región desconocida como don o herencia, expresaba todo tipo de cosas que Jane había oído antes con frecuencia, pero que hasta aquel momento nunca habían parecido conectarse con la vida real. Si le hubiese dicho sencillamente que lo que sentía por el director estaba mal, no se habría sorprendido mucho y la habría desestimado como la voz de la tradición. Pero no lo hizo. Seguía reprochándole no tener sentimientos parecidos por Mark. Seguía llenando su mente con esos nuevos sentimientos hacia Mark, sentimientos de culpa y compasión, que había sentido por primera vez en el cuarto del director. Era Mark quien había cometido el error fatal; ella debía, debía, debía ser «agradable» con Mark. Era obvio que el director insistía en eso. En el momento mismo en que su mente estaba más ocupada en otro hombre se alzó, empañada por cierta emoción indefinida, la decisión de darle a Mark mucho más de lo que le había dado antes, y una sensación de que al hacerlo en realidad se lo estaría dando al director. Y eso le causó tal confusión de sensaciones que todo el debate íntimo se volvió impreciso y derivó en la experiencia más amplia de la cuarta Jane, que era Jane propiamente dicha y dominaba a todas las demás en cada momento sin esfuerzo y hasta sin decisión.

Esta cuarta y suprema Jane estaba simplemente en estado de goce. Las otras tres no tenían poder sobre ella, porque estaba en la esfera de Júpiter, en medio de la luz, la música y la pompa festiva, desbordante de vida e irradiando salud, jovial y vestida con ropas brillantes. Apenas si pensaba en las curiosas sensaciones que habían seguido a la despedida del director y habían hecho de esta casi un alivio. Cuando lo intentaba, eso la llevaba en seguida a pensar otra vez en el director. Cualquier cosa que intentara pensar la llevaba otra vez al director y, de él, al goce. Vio por las ventanillas del tren los rayos delineados del sol volcándose sobre rastrojos o bosques quemados y sintió que eran como las notas de una trompeta. Sus ojos se posaban en los conejos y las vacas cuando pasaban deslizándose y los abrazaba en el corazón con un amor alegre y festivo. Se complació en la charla casual del arrugado anciano que viajaba en el compartimento con ella y comprendió, como nunca antes, la belleza de su vieja mente despierta y brillante, dulce como una avellana e inglesa como un trozo de greda. Reflexionó con sorpresa en el largo tiempo transcurrido desde que la música había estado en su vida, y decidió escuchar muchas corales de Bach en el gramófono esa noche. O si no, tal vez, leer muchos sonetos de Shakespeare. Se alegró también del hambre y la sed y decidió que se prepararía tostadas con mantequilla para el té, una buena cantidad de tostadas con mantequilla. Y se regocijó también en la conciencia de su propia belleza; porque tenía la sensación (podría haber sido falsa, pero no tenía nada que ver con la vanidad) de que estaba creciendo y desplegándose como una flor mágica a cada minuto que pasaba. En tal estado de ánimo, fue natural que, después de que el anciano campesino bajó en Cure Hardy, se parase y se mirara en el espejo que tenía enfrente en la pared del compartimento. Por cierto, tenía buen aspecto, tenía muy buen aspecto. Y, una vez más, había poca vanidad. Porque la belleza estaba hecha para otros. Su belleza pertenecía al director. Le pertenecía de un modo tan completo que hasta podía decidir no guardarla para sí mismo, sino ordenar que le fuera cedida a otro, por un acto de obediencia más bajo y por lo tanto más alto, más incondicional y por lo tanto más delicioso, que si la hubiese exigido para sí.

Cuando el tren entró a la estación de Edgestow, Jane acababa de decidir no tratar de tomar un autobús. Disfrutaría de la caminata hasta Sandown. Y entonces... ¿qué demonios era eso? El andén, por lo común casi desierto a esa hora, parecía un andén londinense en un día de feria.

—¡Aquí estás, amigo! —gritó una voz cuando Jane abrió la puerta, y media docena de hombres entró al vagón con tanta rudeza que durante un momento no pudo salir. Le resultó difícil cruzar el andén. La gente parecía ir en todas direcciones a la vez, gente furiosa, violenta y excitada.

—¡Vuelva al tren, rápido! —gritó alguien.

—Salga de la estación si no va a viajar —ladró otra voz.

—¿Qué demonios pasa? —preguntó una tercera, pegada a ella, y después una voz de mujer dijo:

—¡Oh, no, oh no! ¿Por qué no lo detienen?

Y desde fuera, más allá de la estación, llegó un gran ruido rugiente, como el de una multitud en una cancha de fútbol. Parecía haber muchas luces poco habituales.

•••

Horas después, magullada, asustada y mortalmente cansada, Jane se encontró en una calle que ni siquiera conocía, rodeada por agentes policiales del NICE y unas pocas piams, sus integrantes femeninas. Su trayectoria había sido como la de un hombre que trata de volver a casa a lo largo de la playa cuando sube la marea. Había sido apartada del camino normal por la calle Warwick —estaban saqueando tiendas y encendiendo fogatas— y obligada a dar una vuelta mucho mayor, por detrás del asilo, que a la larga la habría conducido a su casa. Después hasta ese rodeo había resultado impracticable, por el mismo motivo. Tuvo que intentar un desvío aún más grande y cada vez la marea de gente llegaba antes que ella. Finalmente vio el camino Bone, recto, vacío y quieto, y evidentemente su última probabilidad de llegar a la casa esa noche. Una pareja de policías del NICE —parecían estar en todas partes menos donde el tumulto era más violento— le había gritado:

—No puede ir por ahí, señorita.

Pero, como le habían dado la espalda y el camino estaba poco iluminado, y porque ya se sentía desesperada, Jane intentó seguirlo, corriendo. La atraparon. Y fue así como se vio en un cuarto iluminado donde la interrogó una mujer uniformada de pelo gris y corto, rostro cuadrado y un puro filipino sin encender. El cuarto estaba desordenado, como si una casa privada hubiese sido convertida de pronto y con prisas en un departamento policial transitorio. La mujer del puro no se interesó especialmente hasta que Jane le dijo su nombre. Entonces la señorita Hardcastle la miró de frente por primera vez y Jane sintió una sensación completamente nueva. Ya estaba asustada y cansada, pero eso era distinto. La cara de la mujer la impresionó como lo habían hecho los rostros de ciertos hombres —hombres gordos de ojitos anhelantes y extrañas sonrisas inquietantes— en la adolescencia. Era un rostro espantosamente quieto y sin embargo espantosamente interesado en ella. Y Jane comprendió que una nueva idea nacía en la mujer mientras la miraba: una idea que la mujer encontraba atractiva y después trataba de apartar, y con la que volvía a jugar, hasta que, al fin, con un breve suspiro de satisfacción, la aceptó. La señorita Hardcastle encendió el puro filipino y sopló una nube de humo hacia ella. Si Jane hubiese sabido con qué poca frecuencia fumaba realmente la señorita Hardcastle se habría alarmado más. Es probable que los agentes y las mujeres policías que la rodeaban lo supieran. Toda la atmósfera del cuarto cambió un poco.

—Jane Studdock —dijo el Hada—. Lo sé todo sobre ti, monada. Eres la esposa de mi amigo Mark.—Mientras hablaba escribió algo en un formulario verde—. Eso está muy bien —dijo la señorita Hardcastle—. Ahora podrás volver a ver a tu maridito. Bueno, te haré solo una pregunta, querida. ¿Qué estabas haciendo por aquí a estas horas de la noche?

—Acababa de bajar del tren.

—¿Y dónde habías estado, monada?

Jane no dijo nada.

—No has estado haciendo travesuras mientras tu maridito estaba lejos, ¿verdad?

—Por favor, permítame irme —dijo Jane—. Quiero volver a casa. Estoy muy cansada y es muy tarde.

—Pero no vas a volver a casa —dijo la señorita Hardcastle—. Vas a venir a Belbury.

—Mi esposo no dijo nada de que fuera con él allí.

La señorita Hardcastle asintió.

—Ese fue uno de sus errores. Pero vas a venir con nosotros.

—¿Qué quiere usted decir?

—Es un arresto, monada —dijo la señorita Hardcastle, extendiendo la hoja de papel verde en la que había estado escribiendo. A Jane le pareció lo que siempre le habían parecido los formularios oficiales: un mazacote de celdillas, algunas vacías, otras ocupadas por letra pequeña, alguna garabateadas con firmas en lápiz y una que llevaba su propio nombre; todo sin sentido.

—¡O... oh! —gritó Jane de pronto, abrumada por una sensación de pesadilla, y se abalanzó hacia la puerta. No la alcanzó, desde luego. Un momento después recuperó el juicio y se encontró sostenida por dos mujeres policías.

—¡Qué carácter más desobediente! —dijo la señorita Hardcastle—. Pero haremos que esos horribles hombres se vayan, ¿eh?

Dijo algo y los policías se retiraron y cerraron la puerta. En cuanto desaparecieron, Jane sintió que le habían quitado una protección.

—Bien —dijo la señorita Hardcastle, dirigiéndose a las dos muchachas uniformadas—. Veamos. La una menos cuarto... y todo marcha bien. Creo, Daisy, que nos podemos permitir un pequeño descanso. Ten cuidado, aférrala con más fuerza bajo el hombro. Así.

Mientras hablaba, la señorita Hardcastle se desabrochaba el cinturón y, cuando terminó, se quitó la capa y la arrojó sobre el sofá, revelando un torso enorme, sin corsé (tal como se había quejado Bill el Tormentas), exuberante, flojo y poco cubierto; parecido a lo que podría haber pintado Rubens en pleno delirio. Después volvió a sentarse, se quitó el puro filipino de la boca, echó otra nube de humo en dirección a Jane y le habló.

—¿De dónde venías en ese tren? —preguntó.

Y Jane no dijo nada; en parte porque no podía hablar y en parte porque ahora sabía sin la menor duda que estos eran los enemigos de la raza humana contra los que combatía el director y que no debía contarles nada. No se sintió heroica al tomar la decisión. Toda la escena se iba volviendo irreal para ella: fue como entre el sueño y la vigilia que oyó decir a la señorita Hardcastle:

—Querida Kitty, creo que tú y Daisy haríais mejor en traerla aquí.

Y siguió siendo algo real solo a medias cuando las dos mujeres la obligaron a rodear la mesa y vio a la señorita Hardcastle con las piernas bien apartadas, y sentada en la silla como en una montura, con largas piernas forradas en cuero que se proyectaban bajo la falda corta. Las mujeres la forzaron hacia adelante, con un aumento eficaz y tranquilo, sereno, de presión cada vez que se resistía, hasta que estuvo de pie entre los pies de la señorita Hardcastle. Entonces esta juntó los pies hasta que tuvo los tobillos de Jane trabados entre los suyos. La cercanía al monstruo afectó a Jane con tal horror que no le quedaron temores de lo que podían hacerle. Y, durante lo que pareció un tiempo interminable, la señorita Hardcastle la miró fijamente, sonriendo un poco y echándole humo en la cara.

—Sabes —dijo por fin la señorita Hardcastle—, a tu modo eres una cosita preciosa.

Hubo otro silencio.

—¿De dónde venías en ese tren? —preguntó.

Jane abrió los ojos como si fueran a salírsele de las órbitas y no dijo nada. Entonces la señorita Hardcastle se inclinó de pronto hacia adelante y, después de bajar con cuidado el borde del vestido, empujó el extremo encendido del puro filipino contra el hombro de Jane. Después hubo otra pausa y otro silencio.

—¿De dónde venías en ese tren? —dijo la señorita Hardcastle.

Jane nunca pudo recordar cuántas veces pasó aquello. Pero por un motivo u otro llegó un momento en que la señorita Hardcastle ya no le estaba hablando a ella, sino a una de las mujeres.

—¿Sobre qué estás fastidiando, Daisy? —preguntó.

—Solo decía que es la una y cinco, señora.

—El tiempo vuela, ¿verdad, Daisy? ¿Y qué? ¿No estás cómoda, Daisy? Supongo que no estarás cansada de sostener una cosita como esta, ¿no?

—No, señora, gracias. Pero usted dijo, señora, que se encontraría con el capitán O'Hara a la una en punto.

—¿El capitán O'Hara? —repuso la señorita Hardcastle con voz al principio vaga, y después más alta, como alguien que despierta de un sueño. Un momento después se había puesto en pie de un salto y se colocaba otra vez la capa—. ¡Bendita muchacha! —dijo—. ¡Qué par de idiotas son! ¿Por qué no me lo recordaron antes?

—Bueno, señora, no me hubiera gustado mucho hacerlo.

—¡Gustarte! ¿Para qué te crees que estás?

—A veces a usted no le gusta que la interrumpan cuando está interrogando —dijo la muchacha, enfurruñada.

—¡No discutas! —gritó la señorita Hardcastle, girando sobre sí misma y abofeteándole la mejilla sonoramente—. Dense prisa. Lleven a la prisionera al auto. No le abotonen el vestido, idiotas. Las seguiré dentro de un momento, en cuanto me refresque la cara con agua.

Segundos después, apretada entre Daisy y Kitty, pero aún cerca de la señorita Hardcastle (parecía haber espacio para cinco en la parte posterior del vehículo), Jane se encontró viajando en la oscuridad.

—Mejor evitar la ciudad todo lo posible, Joe —dijo la voz de la señorita Hardcastle—. Tiene que estar bastante animada a esta hora. Vaya hasta el asilo y baje por las callecitas que están detrás del soportal.

Tenía la impresión de que había todo tipo de ruidos y luces extrañas. En algunos sitios parecía haber también mucha gente. Después llegó un momento en que Jane descubrió que el automóvil se había detenido.

—¿Para qué demonios paras? —preguntó la señorita Hardcastle.

Durante uno o dos segundos no hubo respuesta del conductor, excepto gruñidos y el ruido de los intentos fallidos de hacer arrancar el motor.

—¿Qué pasa? —repitió la señorita Hardcastle con violencia.

—No sé, señora —dijo el conductor, aún esforzándose.

—¡Por Dios! —dijo la señorita Hardcastle—. ¿Ni siquiera puedes hacerte cargo de un automóvil? Creo que algunos de ustedes necesitan un poco de tratamiento terapéutico humanitario.

La calle en la que se encontraban estaba vacía, pero, a juzgar por el ruido, cerca de otra calle muy ocupada y ruidosa. El hombre salió, jurando en voz baja, y abrió la tapa del motor.

—Vamos —dijo la señorita Hardcastle—. Ustedes dos salgan. Busquen otro automóvil, en cualquier lugar que no esté a más de cinco minutos caminando, y requísenlo. Si no encuentran ninguno, vuelvan en diez minutos pase lo que pase. Rápido.

Las dos policías bajaron y desaparecieron por la esquina. La señorita Hardcastle siguió insultando al conductor y este continuó trabajando en el motor. El ruido se hizo más intenso. De pronto, el chófer se enderezó y se volvió (Jane vio el sudor brillando en su cara a la luz de la farola de la calle) hacia la señorita Hardcastle.

—Mire, señorita —dijo—. Terminemos, ¿eh? Controle esa lengua o si no venga y arregle el condenado auto usted misma si es tan inteligente.

—No me trates de ese modo, Joe —dijo la señorita Hardcastle—, o verás cómo le digo un par de palabras sobre ti a la policía común.

—¿Por qué no lo hace? —dijo Joe—. Estoy empezando a pensar que me daría lo mismo estar atrapado en su reunión del té. ¡Ya lo creo! He estado en la policía militar y con los Black and Tans y en el ejército, pero todo eso era un picnic al lado de esto. Allí a un hombre lo trataban con decencia. Y le daban órdenes hombres, no un maldito montón de viejas.

—Sí, Joe —dijo la señorita Hardcastle—, pero esta vez no sería la cárcel para ti si les pasara el dato a los agentes del Estado.

—Oh, no lo sería, ¿no? Podría tener un par de historias que contar sobre usted si llegáramos a eso.

—Por el amor de Dios, háblele bien, señora —gimió Kitty—. Están viniendo. Casi nos atrapan.

Y realmente habían empezado a entrar en la calle hombres corriendo, en grupos de dos y de tres.

—Bájense, chicas —dijo la señorita Hardcastle—. La clave es la velocidad. Por aquí.

Jane se vio fuera del auto y arrastrada entre Daisy y Kitty. La señorita Hardcastle iba adelante. El pequeño grupo cruzó corriendo la calle y entró en un callejón en el lado opuesto.

—¿Alguna conoce la zona? —preguntó la señorita Hardcastle cuando caminaron unos pasos.

—No la conozco —dijo Daisy.

—Yo no soy de aquí, señora —dijo Kitty.

—Bonito equipo tengo —dijo la señorita Hardcastle—. ¿Hay algo que sepan?

—Parece que no continúa, señora —dijo Kitty.

El callejón no tenía salida. La señorita Hardcastle se quedó un momento inmóvil. A diferencia de sus subordinadas, no parecía asustada, sino más bien agradablemente excitada y bastante divertida ante las caras blancas y las voces temblorosas de las muchachas.

—Bien —dijo—, esto es lo que llamo una noche de fiesta. Estás conociendo la vida, ¿verdad, Daisy? Me pregunto si alguna casa de estas estará vacía. Todas cerradas con llave, en todo caso. Tal vez sea mejor quedarnos donde estamos.

El griterío en la calle que habían abandonado se había vuelto más intenso y pudieron ver una confusa masa de personas agitándose vagamente en dirección oeste. De pronto, el griterío se hizo más alto y más furioso.

—Han atrapado a Joe —dijo la señorita Hardcastle—. Si puede hacerse oír, los mandará para acá. ¡Maldición! Eso significa perder a la prisionera. Deja de lloriquear, Daisy, tontita. Rápido. Debemos meternos entre la multitud, separadas. Tenemos una buena probabilidad de salvarnos. No pierdan la cabeza. No disparen, hagan lo que hagan. Traten de llegar a Billingham desde el cruce. ¡Vamos, muñecas! Cuanto más quietas se queden, menos probable es que volvamos a vernos.

La señorita Hardcastle se fue en seguida. Jane la vio quedarse unos segundos en el borde de la multitud y después desaparecer en ella. Las dos muchachas vacilaron y luego la siguieron. Jane se sentó en un umbral. Las quemaduras le dolían donde el vestido las había rozado, pero lo que más la trastornaba era el cansancio. También tenía un frío mortal y estaba un poco descompuesta.

Pero, por encima de todo, estaba agotada; tan agotada que podía dejar caer la cabeza y dormir...

Se sacudió. La rodeaba un silencio total, hacía mucho más frío que antes y le dolían los brazos y las piernas. «Creo que me he dormido», pensó. Se puso de pie, se estiró y bajó por el desolado callejón mal iluminado hasta la calle principal. Estaba vacía por completo con la excepción de un hombre en uniforme ferroviario que dijo «Buenos días, señorita» cuando se cruzó brevemente con ella.

Jane se quedó un momento inmóvil, indecisa, y después empezó a caminar lentamente hacia la derecha. Metió la mano en el bolsillo del abrigo que Daisy y Kitty le habían echado encima antes de abandonar el piso y encontró tres cuartas partes de una gran tableta de chocolate. Estaba muerta de hambre y empezó a comérsela. Cuando estaba terminándola le dio alcance un automóvil que se detuvo poco después de pasarla.

—¿Está usted bien? —dijo un hombre asomando la cabeza.

—¿La hirieron en el tumulto? —dijo la voz de una mujer desde dentro.

—No... no mucho... No sé —dijo Jane estúpidamente. El hombre la miró y después salió.

—No tiene muy buen aspecto —dijo—. ¿Está segura de que se encuentra bien?

Después se dio vuelta y habló con la mujer del auto. A Jane le pareció que hacía tanto que no había oído voces bondadosas, o al menos cuerdas, que tuvo ganas de llorar. La pareja desconocida la hizo sentarse en el vehículo y le dieron brandi y después sándwiches. Por último le preguntaron si podían acercarla a su casa. ¿Dónde estaba? Y Jane, con cierta sorpresa, oyó su voz que contestaba adormilada:

—El Solar, en St. Anne's.

—Perfecto —dijo el hombre—. Nosotros vamos a Birmingham y tenemos que pasar por allí.

Después Jane volvió a dormirse y se despertó solo para encontrarse entrando por un portal iluminado y recibida por una mujer en pijama y abrigo que resultó ser la señora Maggs. Pero estaba demasiado cansada para recordar cómo o dónde se había acostado.

8

CLARO DE LUNA EN BELBURY

—Señorita Hardcastle, yo sería el último —dijo el director delegado—, en desear interferir en sus... eh... placeres privados. Pero, ¡realmente...!

Faltaban horas para el desayuno y el viejo caballero ya estaba vestido y sin afeitar. Pero si había estado levantado toda la noche, era curioso que hubiese dejado que se apagase el fuego. El Hada y él estaban de pie junto a la parrilla fría y ennegrecida del hogar, en su estudio.

—No puede estar muy lejos —dijo Hada Hardcastle—. La atraparemos en otro momento. Lo que hice valía la pena. Si le hubiese sonsacado el sitio donde había estado (y lo habría hecho con unos minutos más), bueno, podría haber sido el cuartel enemigo y habernos apoderado de toda la pandilla.

—Difícilmente hubiese sido una ocasión adecuada... —empezó Wither, pero ella lo interrumpió.

—No tenemos mucho tiempo que perder, sabe. Usted me dijo que Frost ya se estaba quejando de que la mente de la mujer es menos accesible. Y, según su propia metapsicología, o comoquiera que usted la llame en su maldita jerga, eso indica que la muchacha está cayendo bajo la influencia del otro bando. ¡Usted mismo me lo dijo! ¿Dónde nos encontraremos si perdemos contacto con su mente antes de tener el cuerpo encerrado aquí?

—Desde luego —dijo Wither—, siempre estoy dispuesto y... eh... interesado en oír sus opiniones y ni por un momento negaría que son en algunos aspectos, por supuesto, si no en todos, de valor. Por otro lado, hay cuestiones en las que su... ah... experiencia necesariamente especializada no la capacita del todo... No estaba planeado un arresto en esta etapa. Me temo que el jefe considerará que se ha excedido en su autoridad, que ha rebasado la esfera que le corresponde, señorita Hardcastle. No quiero decir que esté necesariamente de acuerdo con él. Pero todos debemos concordar en que la acción desautorizada...

—¡Oh, acabe ya, Wither! —dijo el Hada, tomando asiento en el borde de la mesa—. Pruebe ese jueguecito con los Steele y los Stone. Yo lo conozco demasiado. Conmigo no tiene sentido venirme con el cuento de la flexibilidad. Toparse con esa muchacha fue una oportunidad de oro. Si no la hubiera apresado, usted habría hablado de falta de iniciativa. Como lo hice, habla de que me excedí en mi autoridad. No puede asustarme. Sé condenadamente bien que si el NICE fracasa, vamos todos listos. Entretanto me gustaría que se las arreglara sin mí. Debemos tener a la muchacha, ¿verdad?

—Pero no mediante arresto. Siempre hemos desaprobado todo lo que tenga que ver con la violencia. Si un simple arresto hubiese podido asegurarnos la... eh... buena voluntad y colaboración de la señora Studdock, no nos habríamos molestado en contar con la presencia del esposo. E incluso suponiendo, simplemente, desde luego, como argumento, que la acción de arrestarla pudiese estar justificada, me temo que la forma en que condujo la cuestión después está abierta a serias críticas.

—No podía prever que el maldito automóvil iba a fallar, ¿verdad?

—No creo que pueda convencerse al jefe de que considere eso solo como un error —dijo Wither—. Una vez que surgió la más leve resistencia por parte de la mujer, en mi opinión no era razonable esperar tener éxito con el método que usted empleó. Como bien sabe, siempre he deplorado lo que no es humano, pero eso no se contradice en absoluto con la posición de que, si deben emplearse medidas más drásticas, estas deben utilizarse a fondo. El dolor moderado, que pueda ser resistido por algún grado ordinario de sufrimiento, siempre es un error. No constituye una verdadera bondad hacia el prisionero. Los medios más científicos y, podría agregar, más civilizados, para el interrogatorio coercitivo que están a su disposición aquí podrían haber tenido éxito. No estoy hablando de modo oficial, señorita Hardcastle, y en ningún sentido trato de prever las reacciones de nuestro superior. Pero no cumpliría con mi deber si dejara de recordarle que ya ha habido quejas procedentes de ese sector, aunque no han llegado a más, desde luego, en cuanto a su tendencia a permitir que cierta... eh... excitación emocional en el aspecto terapéutico o disciplinario de su trabajo la aparte de las exigencias del sistema.

—No encontrará a nadie que haga bien un trabajo como el mío, si no le saca un poco de placer —dijo el Hada, enfurruñada.

El director delegado miró su reloj de pulsera.

—De todos modos —dijo el Hada—, ¿para qué quiere verme el jefe ahora? He estado en pie toda la maldita noche. Podrían dejarme que me bañara y desayunara.

—El camino del deber nunca es fácil, señorita Hardcastle —repuso Wither—. No debe olvidar que la puntualidad es uno de los puntos sobre los que se ha insistido.

La señorita Hardcastle se irguió y se frotó la cara con las manos.

—Bueno, tengo que tomar algo antes de entrar —dijo.

Wither alzó las manos en un gesto de desaprobación.

—Vamos, Wither. He de hacerlo —dijo la señorita Hardcastle.

—¿No cree que lo olerá? —dijo Wither.

—En todo caso no pienso entrar sin tomar algo antes —dijo ella.

El anciano abrió un armario y le sirvió *whisky*. Después, ambos abandonaron el estudio y caminaron un largo trecho, hasta el otro lado de la casa, donde esta se unía a las verdaderas Oficinas de Transfusión de Sangre. A esas horas de la madrugada estaba todo oscuro y se guiaron con la luz de la linterna de la señorita Hardcastle. Fueron por pasillos alfombrados y con cuadros hasta pasillos sin adornos con suelo de goma y paredes de colores desleídos, y a través de una puerta cerrada con llave y luego otra. Las botas de la señorita Hardcastle resonaron durante todo el trayecto, pero los pies del director delegado no hicieron el menor ruido. Al fin llegaron a un sitio donde las luces estaban encendidas y había una mezcla de olores animales y químicos, y después a una puerta que les fue abierta después de hablar por un tubo acústico. Filostrato, cubierto con una bata blanca, los recibió en el umbral.

—Entren —dijo Filostrato—. Hace rato que los espera.

—¿Está de mal humor? —preguntó la señorita Hardcastle.

—¡Shh! —dijo Wither—. Y en todo caso, querida dama, no creo que esa sea la forma de hablar de nuestro superior. Sus sufrimientos... en su particular estado, sabe...

—Van a entrar en seguida —dijo Filostrato—, en cuanto estén listos.

—¡Paren! Un momento —dijo la señorita Hardcastle de pronto.

—¿Qué pasa? Dígame, por favor —dijo Filostrato.

—Voy a descomponerme.

—No puede descomponerse aquí. Vuelta atrás. Le daré un poco de X54 en seguida.

—Ya estoy bien —dijo la señorita Hardcastle—. Fue solo un momento. Se necesita más que esto para trastornarme.

—Silencio, por favor —dijo el italiano—. No traten de abrir la segunda puerta hasta que mi ayudante haya cerrado la primera detrás de ustedes. No hablen más de lo necesario. Ni siquiera digan «sí» cuando les den una orden. El superior dará por descontada su obediencia. No hagan movimientos repentinos, no se acerquen demasiado, no griten, y, por encima de todo, no discutan. ¡Ya!

•••

Mucho después del amanecer entró en la mente dormida de Jane una sensación que, si la hubiese expresado en palabras, habría cantado: «Alégrate, tú que duermes y desecha la pena. Soy la puerta que lleva a toda bienaventuranza». Y ese estado de ánimo persistió después de despertar y encontrarse acostada en agradable languidez con el sol de la mañana invernal cayendo sobre la cama. «Ahora él tiene que dejarme quedar aquí», pensó. Poco después apareció la señora Maggs, encendió el fuego y le trajo el desayuno. Jane dio un respingo al sentarse en la cama porque algunas de las quemaduras se le habían adherido al extraño camisón (demasiado grande para ella) que se encontró puesto. Había una diferencia indefinible en el comportamiento de la señora Maggs.

—Es bonito que estemos las dos aquí, ¿verdad, señora Studdock? —dijo, y por algún motivo el tono pareció implicar una relación más cercana de la que Jane había considerado entre ellas. Pero sentía demasiada pereza para analizarlo.

Poco después del desayuno vino la señorita Ironwood. Examinó y curó las quemaduras, que no eran graves.

—Si lo desea puede levantarse por la tarde, señora Studdock —dijo—. Yo me quedaría tranquila hasta entonces. ¿Qué le gustaría leer? Tenemos una biblioteca bastante completa.

—Los libros de *Curdie*, por favor —dijo Jane—, y *Mansfield Park* y los *Sonetos* de Shakespeare.

Cuando le trajeron material de lectura para varias horas volvió a dormirse muy cómodamente.

La señora Maggs se asomó a eso de las cuatro para ver si Jane estaba despierta y ella le dijo que le gustaría levantarse.

—Muy bien, señora Studdock, como guste —dijo la señora Maggs—. Le traeré una buena taza de té en un minuto y después le prepararé el baño. Hay uno casi pegado a la habitación, pero tendré que sacar de él al señor Bultitude. Es tan perezoso y se pasaría el día sentado dentro cuando hace frío.

Sin embargo, en cuanto la señora Maggs se fue, Jane decidió levantarse. Sentía que sus talentos sociales también valían para tratar con el excéntrico señor Bultitude y no quería perder más tiempo en cama. Tenía la idea de que una vez que «se pusiera en movimiento» podrían pasar todo tipo de cosas agradables e interesantes. Así que se puso el abrigo, tomó la toalla y se fue a explorar. Y la señora Maggs, al subir con el té un momento después, oyó un chillido reprimido y vio a Jane salir del baño con el rostro blanco y cerrar la puerta de golpe a sus espaldas.

—¡Oh, querida! —dijo la señora Maggs, rompiendo a reír—. Tendría que habérselo dicho. No importa. Pronto lo sacaré de ahí.

Bajó la bandeja al suelo del corredor y se dirigió al baño.

—¿Es inofensivo? —preguntó Jane.

—Oh sí, es inofensivo por completo —dijo la señora Maggs—. Pero no es fácil moverlo. Al menos para usted o yo, señora Studdock. Por supuesto que si se tratara de la señorita Ironwood o del director la cosa cambiaría.

Con esas palabras abrió la puerta del baño. Dentro, sentado sobre las patas ante la bañera y ocupando la mayor parte del cuarto, había un enorme, indolente, resollante oso pardo de ojos de ébano, piel floja y estómago prominente, que, después de numerosos reproches, súplicas, exhortaciones, empujones y golpes de la señora Maggs, irguió su masa enorme y salió muy lentamente al corredor.

—¿Por qué no va a hacer un poco de ejercicio afuera en esta hermosa tarde, pedazo de perezoso? —dijo la señora Maggs—. Tendría que darle vergüenza, estar sentado ahí, molestando a todo el mundo. No se asuste, señora Studdock. Es muy manso. Dejará que lo acaricie. Adelante, señor Bultitude. Vaya y salude a la dama.

Jane tendió una mano vacilante y poco convencida para tocar el lomo del animal, pero el señor Bultitude estaba de mal humor y sin mirar a Jane prosiguió su lenta marcha a lo largo del pasillo hasta un lugar a diez metros, donde se sentó súbitamente. La vajilla del té tintineó a los pies de Jane, todos los que estaban en el piso de abajo debían de haberse enterado de que el señor Bultitude acababa de sentarse.

—¿Es realmente seguro tener a una criatura como esta suelta por la casa? —preguntó Jane.

—Señora Studdock —dijo Ivy Maggs con cierta solemnidad—, si el director quisiera tener un tigre suelto por la casa, sería seguro. Así es él con los animales. Aquí no hay ninguna criatura que pueda atacar a otra o a nosotros una vez que él ha tenido una charla con ella. Exactamente como hace con nosotros. Ya verá.

—Si quisiera llevar el té a mi cuarto... —dijo Jane con bastante frialdad, y entró en el baño.

—Sí —dijo la señora Maggs, quedándose de pie ante la puerta abierta—, usted podría haberse bañado con el señor Bultitude al lado... aunque es tan grande y tan humano que por mi parte no creo que fuese agradable.

Jane hizo el ademán de cerrar la puerta.

—Bueno, se lo dejaré, entonces —dijo la señora Maggs sin moverse.

—Gracias —dijo Jane.

—¿Está segura de que tiene todo lo que necesita? —añadió la señora Maggs.

—Totalmente —dijo Jane.

—Bien, entonces seguiré con lo mío —dijo la señora Maggs, volviéndose para irse, pero girándose otra vez casi de inmediato para decir—: Supongo que nos encontrará en la cocina, a mamá Dimble y a mí y a los demás.

—¿La señora Dimble está en la casa? —preguntó Jane con un ligero énfasis sobre la palabra *señora*.

—Aquí todos la llamamos mamá Dimble —dijo la señora Maggs—. Y estoy segura de que no le importará que usted también lo haga. Se acostumbrará a nuestra vida doméstica en uno o dos días, estoy segura. Cuando uno lo piensa bien, es una casa realmente extraña. Bueno, seguiré con lo mío, entonces. No se demore mucho o se le enfriará el té. Pero me atrevería a decir que haría mejor en no tomar un baño con esas horribles heridas en el pecho. ¿Tiene todo lo que precisa?

Cuando Jane se hubo lavado, tomado el té y vestido con todo el cuidado que le permitieron extraños cepillos para el pelo y un raro espejo, salió a buscar los cuartos habitados. Pasó por un largo corredor, atravesando ese silencio que no se parece a ningún otro del mundo: el silencio de los pisos superiores de una casa grande en una tarde de invierno. Pronto llegó a un sitio donde se unían dos pasillos; allí el silencio era interrumpido por un tenue ruido irregular: pob... pob... pob... pob. Al mirar a la derecha vio la explicación, porque donde el corredor terminaba en un mirador estaba el señor Bultitude, esta vez parado sobre las patas traseras, boxeando pensativo con una bolsa de arena. Jane decidió girar a la izquierda y llegó a una galería desde la cual abarcó la escalinata que bajaba a una amplia sala donde la luz diurna se mezclaba con la del fuego. A la misma altura de ella, aunque solo se podía llegar bajando hasta un descansillo y volviendo a subir, se veían zonas en penumbras que según reconoció conducían al cuarto del director. Le pareció que una especie de solemnidad salía de ellas y bajó a la sala casi de puntillas, y entonces, por primera vez, el recuerdo de la última y curiosa experiencia en el Cuarto Azul volvió a ella con un peso que no pudo contrarrestar ni siquiera pensando en el director. Cuando llegó a la sala vio de inmediato dónde debían estar las dependencias de la casa. Bajó dos escalones y siguió un pasillo empedrado, pasó junto a una pica engalanada dentro de una caja de cristal y después junto a un gran reloj de péndulo, y, al final, guiada por las voces y otros sonidos, llegó a la cocina.

Un hogar amplio y abierto resplandecía con leña ardiente e iluminaba la figura de la señora Dimble sentada cómodamente en una silla junto a este, ocupada al parecer, según el tazón que tenía en la falda y otros indicios en la mesa que había junto a ella, en preparar vegetales para la comida. La señora Maggs y Camilla estaban haciendo algo en un fogón (no parecían usar el fuego para cocinar) y en el vano de una puerta, que sin duda conducía al fregadero, un hombre alto de cabello entrecano, con botas de goma y que parecía recién llegado del jardín, se estaba secando las manos.

—Adelante, Jane —dijo mamá Dimble—. No pretendemos que trabajes hoy. Ven y siéntate al otro lado del fuego y charla conmigo. Este es el señor MacPhee... que no tiene derecho a estar aquí, aunque es mejor que te lo presente.

El señor MacPhee colgó con cuidado la toalla tras la puerta después de secarse, se adelantó con bastante ceremonia y le estrechó la mano a Jane. Tenía una mano muy grande y de textura áspera, y un rostro sagaz, de rasgos recios.

—Encantado de conocerla, señora Studdock —dijo, en lo que Jane tomó por un acento escocés, aunque en realidad era el de un irlandés del norte.

—No creas una palabra de lo que te diga, Jane —dijo mamá Dimble—. Es tu enemigo principal en esta casa. Parece que no cree en tus sueños.

—Señora Dimble —dijo MacPhee—, le he explicado más de una vez la distinción que hay entre sentir confianza personalmente y satisfacer de modo lógico las exigencias de lo evidente. Lo primero es una cuestión psicológica...

—Y lo otro una permanente molestia —replicó la señora Dimble.

—No le haga caso, señora Studdock —dijo MacPhee—. Tal como dije, estoy encantado de darle la bienvenida. El hecho de que haya creído que era mi deber en varias ocasiones señalar que ningún *experimentum crucis* ha confirmado aún la hipótesis de que sus sueños sean verídicos no tiene la menor relación con mi actitud personal.

—Desde luego —dijo Jane, insegura y un poco confundida—. Estoy segura de que tiene derecho a contar con sus propias opiniones.

Todas las mujeres se rieron mientras MacPhee contestaba en un tono un poco más alto:

—Señora Studdock, yo no tengo ninguna opinión... sobre ningún tema del mundo. Establezco los hechos y expongo las consecuencias. Si todos se entregaran a menos opiniones —dijo pronunciando la palabra con enfático disgusto— habría menos charlas y panfletos tontos en el mundo.

—Sé muy bien quién habla demasiado en esta casa —dijo la señora Maggs, con cierta sorpresa para Jane.

El irlandés la miró con rostro impenetrable mientras extraía una cajita del bolsillo y se servía una pizca de rapé.

—De todos modos ¿qué está esperando? —dijo la señora Maggs—. Hoy es el día de las mujeres en la cocina.

—Me estaba preguntando si me habrían reservado una taza de té —dijo MacPhee.

—¿Y por qué no vino a la hora indicada? —repuso la señora Maggs. Jane notó que le hablaba de un modo muy similar al que había utilizado con el oso.

—Estuve ocupado —dijo el otro, sentándose a un extremo de la mesa y agregando después de una pausa—: Haciendo surcos para el apio. La mujercita hace todo lo que puede, pero tiene una noción muy pobre de lo que hay que hacer en un jardín.

—¿Qué es el «día de las mujeres en la cocina»? —le preguntó Jane a mamá Dimble.

—Aquí no hay criados —dijo mamá Dimble— y hacemos el trabajo entre todos. Las mujeres un día y los hombres al siguiente... ¿Qué?... No, es un arreglo muy sensato. La idea del director es que los hombres y las mujeres no pueden hacer juntos las tareas domésticas sin discutir. Tiene algo de razón. Desde luego no hay que mirar las tazas con demasiada atención cuando les toca a los hombres, pero en general nos llevamos bastante bien.

—Pero ¿por qué deberían discutir? —preguntó Jane.

—Métodos distintos, querida mía. Los hombres no pueden ayudar en una tarea, sabes. Se les puede convencer de que la hagan, no de que te ayuden mientras la haces. En el mejor de los casos se ponen gruñones.

—La dificultad fundamental —dijo MacPhee— en la colaboración entre los sexos es que las mujeres hablan un idioma sin sustantivos. Si dos hombres están haciendo un trabajito, uno le dirá al otro: «Pon este bol dentro del bol más grande que encontrarás en el estante superior del armario verde». En idioma femenino sería «Pon este dentro del otro que está dentro». Y si uno entonces pregunta: «¿dentro de dónde?», ellas dicen: «dentro, por supuesto». En consecuencia, hay una solución de continuidad fáctica.

Lo pronunció como si dijera «chúpate esa».

—Aquí tiene su té —dijo Ivy Maggs— y le traeré un trozo de torta, que es más de lo que se merece. Y cuando haya terminado puede subir y hablar sobre sustantivos durante el resto de la tarde.

—No sobre sustantivos, con sustantivos —dijo MacPhee, pero la señora Maggs ya se había ido.

Jane aprovechó para decirle a mamá Dimble en voz baja:

—La señora Maggs parece encontrarse aquí como en casa.

—Querida mía, está en su casa.

—¿Como criada, quiere decir?

—Bueno, no más que cualquier otro. Está aquí sobre todo porque le quitaron la casa. No tiene otro sitio adonde ir.

—Quiere decir que es... una de las caridades del director.

—Exactamente. ¿Por qué lo preguntas?

—Bien... no sé. Me resultó un poco extraño que la llamara a usted mamá Dimble. Espero no sonar estirada...

—Estás olvidando que Cecil y yo somos otra de las caridades del director.

—¿No es una broma?

—En lo más mínimo. Ivy, Cecil y yo estamos todos aquí porque nos echaron de nuestras casas. Al menos Ivy y yo. Podría ser bastante distinto para Cecil.

—¿Y el director sabe que la señora Maggs les habla a todos de ese modo?

—Mi querida niña, no me preguntes qué sabe el director.

—Creo que lo que me confunde es que cuando lo vi me dijo algo sobre que la igualdad no era lo que importaba. Pero su propia casa parece estar regida sobre... bueno, sobre bases muy democráticas realmente.

—Nunca traté de entender lo que dice sobre el tema —dijo mamá Dimble—. Por lo común, habla tanto de categorías espirituales (y no serás tan gansa para considerarte espiritualmente superior a Ivy) como del matrimonio.

—¿Comprendió sus puntos de vista sobre el matrimonio?

—Querida mía, el director es un hombre muy sabio. Pero es un hombre, después de todo, y además un hombre que no está casado. Parte de lo que dice, o de lo que dicen sus amos, sobre el matrimonio me parece que es ponerse a fastidiar con algo tan simple y natural que no debería ser necesario decirlo para nada. Pero supongo que en la actualidad hay mujeres jóvenes a quienes es necesario decírselo.

—Parece no creer que haya muchas mujeres jóvenes que lo sepan.

—Bien, tal vez sea injusta. Las cosas eran más fáciles para nosotras. Nos criaban con historias de finales felices y con el devocionario. Siempre tuvimos la intención de amar, honrar y obedecer, y teníamos estampitas, usábamos enaguas y nos gustaban los valses.

—Los valses son tan bonitos —dijo la señora Maggs, que acababa de regresar y darle una ración de torta a MacPhee—, tan nostálgicos.

En ese instante se abrió la puerta y una voz dijo:

—Bueno, si vas a entrar, entra. Alentado de ese modo, un espléndido grajo saltó dentro del cuarto, seguido primero por el señor Bultitude y después por Arthur Denniston.

—Ya le he dicho antes, Arthur —dijo Ivy Maggs, que no traiga el oso cuando estamos haciendo la comida.

Mientras hablaba, el señor Bultitude, que al parecer estaba inseguro de que le dieran la bienvenida, cruzó el cuarto en lo que creía (erróneamente) que era una manera discreta de hacerlo y se sentó tras la silla de la señora Dimble.

—El doctor Dimble acaba de llegar, mamá Dimble —dijo Denniston—. Pero tuvo que dirigirse directamente al Cuarto Azul. Y el director quiere que también vaya a verlo, MacPhee.

•••

Ese día Mark se sentó a almorzar de buen humor. Todos contaban que el tumulto se había desarrollado muy satisfactoriamente, y había disfrutado leyendo sus artículos sobre él en los diarios matutinos. Disfrutó aún más cuando oyó a Steele y Cosser hablando sobre los disturbios de un modo que mostraba que ni siquiera sabían que había sido planificado y mucho menos quién había escrito sobre ellos en los diarios. Y también había disfrutado por la mañana. Había tenido una conversación con Frost, el Hada, y el propio Wither, acerca del futuro de Edgestow. Todos estuvieron de acuerdo en que el gobierno seguiría la opinión casi unánime de la nación (según la expresaban los periódicos) y la colocarían bajo el control transitorio de la Policía Institucional. Había que designar un gobernador de emergencia para Edgestow. Feverstone era el hombre obvio. Como integrante del Parlamento representaba a la nación, como miembro de Bracton representaba a la universidad, como integrante del instituto representaba a este. Todas las protestas en contra que de otro modo podrían haber entrado en liza se veían reconciliadas en la persona de lord Feverstone (¡los artículos al respecto que Mark escribiría por la tarde se escribirían casi solos!). Pero eso no había sido todo. A medida que la conversación avanzaba se había hecho patente que en realidad había un propósito doble al darle ese odioso puesto a Feverstone. Cuando llegara el momento y la impopularidad local del NICE llegara al clímax, podrían sacrificarlo. Desde luego, no lo expresaron con esas palabras, pero Mark advirtió con perfecta claridad que incluso Feverstone ya no estaba del todo en el Círculo Interno. El Hada dijo que el viejo Dick era un mero político de corazón y siempre lo sería. Wither, con un profundo suspiro, confesó que tal vez sus talentos habían sido más útiles en una etapa anterior del movimiento de lo que era probable que lo fueran en el período en el que estaban entrando. Mark no tenía en mente ningún plan de debilitar a Feverstone ni un deseo consumado de que debiese ser socavada su posición, pero, por algún motivo, todo el ambiente de la discusión se le hizo más agradable cuando empezó a comprender la verdadera situación. También lo complació (como él mismo lo habría expresado) haber «llegado a conocer» a Frost. Sabía por experiencia que en casi toda organización hay alguna persona tranquila, poco notoria, a quien los escalones inferiores suponen de poca importancia, pero que es en realidad uno de los resortes principales de la maquinaria. El mero hecho de reconocer a tales personas por lo que son significa que uno ha logrado un considerable adelanto. Por cierto, había en Frost una cualidad fría, como de pez, que a Mark no le gustaba y algo hasta repulsivo en la regularidad de sus rasgos. Pero cada palabra que decía (no decía muchas) iba a la raíz de lo que se estaba discutiendo, y a Mark le resultaba delicioso hablar con él. Para Mark, los placeres de la conversación tenían cada vez menos relación con el goce o el disgusto espontáneo que sintiera por la gente con la que hablaba. Era consciente del cambio (que había empezado al unirse al Elemento Progresista del *college*) y lo recibía agradecido como una señal de madurez.

Wither se había vuelto más tratable, de manera muy alentadora. Al terminar la conversación había llevado a Mark aparte, le había hablado de forma vaga pero paternal del gran trabajo que estaba haciendo y por último le preguntó por su esposa. El DD esperaba que no hubiera nada de verdad en el rumor que le había llegado de que ella sufría de... eh... cierto trastorno nervioso. «¿Quién diablos le habrá contado eso?», pensó Mark.

—Porque se me había ocurrido —dijo Wither—, en vista de la gran presión del trabajo que le hemos confiado en el presente y de la dificultad, en consecuencia, de que se sienta tan cómodo como todos desearíamos (por su bien), que en su caso el instituto podría ser convencido... hablo de manera informal por completo... de tener el placer de darle la bienvenida a la señora Studdock.

Hasta que el DD lo dijo, Mark no había advertido que nada le disgustaría más que tener a Jane en Belbury. Había tantas cosas que Jane no entendería: no solo la ingente cantidad de bebida a la que se había acostumbrado, sino... oh, todo, de la mañana a la noche. Porque no es más que hacerle justicia a Mark y a Jane hacer constar que a él le habría resultado imposible conducir mientras ella le oía cualquiera de las cien conversaciones que implicaba su vida en Belbury. La sola presencia de Jane habría hecho que toda la risa del Círculo Interno sonara metálica, irreal; lo que él consideraba ahora prudencia común le parecería a ella, y a través de ella a sí mismo, simple adulación, calumnia y servilismo. Jane en medio de Belbury transformaría todo Belbury en una enorme vulgaridad, chillona y sin embargo furtiva. Le enfermaba pensar en el intento de enseñarle a Jane que debía ayudar a mantener a Wither de buen humor y debía halagar a Hada Hardcastle. Se disculpó ante el DD con palabras vagas y con abundantes agradecimientos, y se alejó en cuanto pudo.

Esa tarde, mientras tomaba el té, Hada Hardcastle se acercó, se inclinó sobre el respaldo de la silla y le dijo al oído:

—Lo ha arruinado otra vez, Studdock.

—¿Qué pasa ahora, Hada? —dijo él.

—No sé qué pasa con usted, joven Studdock, y eso es un hecho. ¿Está decidido a fastidiar al viejo? Porque es un juego peligroso, ¿sabe?

—¿De qué diablos está hablando?

—Bien, aquí estábamos todos esforzándonos por su bien y calmando al director y esta mañana creíamos que al fin lo habíamos logrado. Él hablaba de darle el puesto para el que se había pensado en usted originalmente y de terminar con el período de prueba. Ni una nube en el cielo, y entonces usted habla cinco minutos con él (menos de cinco minutos, en realidad), y en ese momento se las arregla para deshacerlo todo. Estoy empezando a pensar que usted está chiflado.

—¿Qué demonios le disgustó esta vez?

—¡Usted tendría que saberlo! ¿No le habló de traer aquí a su esposa?

—Sí que lo hizo. ¿Y qué?

—¿Y usted qué le dijo?

—Le dije que no se preocupara por eso... y, desde luego, le di las gracias y todo eso.

El Hada silbó.

—¿No comprende, querido, que difícilmente podría haber cometido una estupidez mayor? —dijo, golpeando suavemente con los nudillos la cabeza de Mark—. Para él representaba una concesión tremenda. Nunca lo ha hecho con otro. Usted tendría que haber sabido que lo ofendería si lo desairaba. Ahora murmura que no hay confianza. Dice que está «herido». ¡Lo que significa que otro lo estará pronto! Toma su rechazo como una señal de que usted no está realmente «asentado» aquí.

—Pero esto es una completa locura. Quiero decir...

—¿Por qué demonios no podía decirle que traería a su esposa?

—¿Acaso eso no es asunto mío?

—¿No quiere tenerla aquí? No es muy galante con su mujercita, Studdock. Y me han contado que es una muchacha condenadamente hermosa.

En ese momento la forma de Wither, vagando lentamente en dirección a ellos, se hizo evidente para ambos y la conversación terminó.

En la cena se sentó cerca de Filostrato. No había otros integrantes del Círculo Interno que pudieran oír. El italiano estaba de buen humor y locuaz. Acababa de ordenar que derribaran unas espléndidas hayas del jardín.

—¿Por qué lo hizo, profesor? —dijo un tal señor Winter, sentado frente a él—. No creo que pudiesen hacer mucho daño a esa distancia de la casa. A mí me gustan bastante los árboles.

—Oh, sí, sí —contestó Filostrato—. Los árboles hermosos, los árboles de jardín. Pero no los salvajes. Planto la rosa en mi jardín, pero no la zarza. El árbol de bosque es como una hierba mala. Pero le diré que vi el árbol civilizado en Persia. Lo tenía un *attaché* francés, porque estaba en un sitio donde los árboles no crecían. Estaba hecho de metal. Un objeto pobre, grosero. Pero ¿si lo perfeccionáramos? Liviano, de aluminio. Tan natural que llegaría a engañar.

—Difícilmente sería como un árbol verdadero —dijo Winter.

—Pero ¡considere las ventajas! Se cansa de verlo en un sitio: un par de trabajadores se lo lleva a otro lado, a donde usted quiera. Nunca muere. Nada de hojas o ramitas caídas, ni de pájaros haciendo nidos, nada de basura ni desorden.

—Supongo que uno o dos, como curiosidad, serían algo bastante divertido.

—¿Por qué uno o dos? Reconozco que por ahora debemos tener vegetación para la atmósfera. Pronto descubriremos un sustituto químico. Y entonces, ¿por qué tener árboles naturales? Preveo una tierra cubierta de árboles artísticos. En realidad, así limpiamos el planeta.

—¿Quiere decir que no tendremos la menor vegetación? —intervino un hombre llamado Gould.

—Exacto. Uno se afeita la cara; incluso, según la costumbre inglesa, uno se afeita todos los días. Un día afeitaremos el planeta.

—Me pregunto qué se hará de los pájaros.

—Tampoco tendría pájaros. Haría que sobre los árboles artísticos hubiese pájaros artísticos, todos trinando cuando se pulsara un interruptor dentro de la casa. Cuando uno se cansara de los trinos, los apagaría. Vuelva a considerar las ventajas. Ni plumas, ni nidos, ni huevos ni suciedad.

—Suena a eliminar por completo toda vida orgánica —dijo Mark.

—¿Y por qué no? Es simple higiene. Escuchen, amigos míos, si levantan algo podrido y descubren la vida orgánica reptando sobre ello, ¿acaso no dicen «Oh, qué horrible. Está vivo», y lo dejan caer?

—Prosiga —dijo Winter.

—Ustedes, sobre todo ustedes, los ingleses, ¿acaso no son hostiles a toda vida orgánica excepto la del propio cuerpo? Antes que permitirla han preferido inventar el baño diario.

—Es cierto.

—¿Y a qué le llaman basura sucia? ¿No es precisamente a lo orgánico? Los minerales son basura limpia. Pero la verdadera suciedad procede de los organismos: sudor, saliva, excrementos. ¿Acaso toda su idea de la pureza no es un enorme ejemplo? Lo impuro y lo orgánico son conceptos intercambiables.

—¿A qué quiere llegar, profesor? —dijo Gould—. Después de todo, nosotros mismos somos organismos.

—Ya lo creo. Esa es la clave. En nosotros la vida orgánica ha producido la mente. Ha cumplido con su obra. Después de eso no la necesitamos. Ya no necesitamos que el mundo esté cubierto de vida orgánica, como lo que ustedes llaman moho: todo germinando y brotando, procreando y pudriéndose. Debemos librarnos de eso. Poco a poco, desde luego; aprendemos cómo hacerlo con lentitud. Aprendemos a hacer que nuestros cerebros vivan cada vez con menos cuerpo; aprendemos a construir nuestros cuerpos directamente con productos químicos, sin tener que atosigarlos más con animales o hierbas muertas. Aprendemos cómo reproducirnos sin copulación.

—No creo que eso fuese muy divertido —dijo Winter.

—Amigo mío, ustedes ya han separado la diversión, como la llaman, de la fertilidad. La propia diversión empieza a desaparecer. ¡Bah! Ya sé que no es lo que ustedes creen. Pero miren a las mujeres inglesas. Seis de cada diez son frígidas, ¿verdad? ¿Entienden? La misma naturaleza empieza a rechazar el anacronismo. Cuando lo haya rechazado del todo, entonces empieza a ser posible la verdadera civilización. Lo entenderían mejor si fueran campesinos. ¿Quién trataría de trabajar con sementales o con toros? No, no, lo que se necesita son animales capados y bueyes. Nunca habrá paz, orden y disciplina mientras haya sexo. Cuando el hombre lo haya eliminado, entonces será por fin manejable.

Eso los llevó al final de la cena, y, cuando se levantaron de la mesa, Filostrato le susurró a Mark al oído:

—No le aconsejaría aparecer en la biblioteca esta noche. ¿Entiende? Ha caído en desgracia. Venga y charlemos un poco en mi cuarto.

Mark se puso en pie y lo siguió, contento y asombrado de que en esa nueva crisis con el DD, Filostrato siguiera siendo, al parecer, su amigo. Subieron al cuarto de trabajo del italiano, en el primer piso. Mark se sentó ante el fuego, pero su anfitrión siguió paseándose por la habitación.

—Lamenté mucho, querido amigo —dijo Filostrato— enterarme del nuevo problema entre usted y el director delegado. Debe ser superado, ¿entiende? Si él lo invitó a traer a su esposa ¿por qué no la trae?

—Bueno —dijo Mark—, en realidad no sabía que le concedía tanta importancia. Creía que se trataba solo de una cortesía.

La objeción a traer a Jane a Belbury había sido, si no eliminada, al menos apagada transitoriamente por el vino que había bebido en la cena y por la violenta punzada que había sentido ante la amenaza de ser expulsado del Círculo de la biblioteca.

—No tiene importancia en sí —dijo Filostrato—. Pero tengo razones para creer que no es idea de Wither, sino del mismo superior.

—¿El superior? ¿Se refiere a Jules? —dijo Mark con cierta sorpresa—. Creía que era un simple figurón. ¿Y por qué tendría que importarle a él que traiga o no a mi esposa?

—Está usted equivocado —repuso Filostrato—. Nuestro superior no cs ningún figurón.

Había algo extraño en su comportamiento, pensó Mark. Durante un rato ninguno de los dos habló.

—Lo que le dije en la cena es todo cierto —dijo Filostrato al fin.

—Pero respecto a Jules —dijo Mark—. ¿Qué tiene que ver él?

—¿Jules? —dijo Filostrato—. ¿Por qué lo menciona? Le digo que es todo cierto. El mundo que anhelo es un mundo de pureza perfecta. La mente limpia y los minerales limpios. ¿Cuáles son las cosas que más ofenden la dignidad del hombre? El nacimiento, la procreación y la muerte. ¿Qué pasaría si descubriéramos que la mente puede vivir sin cualquiera de las tres?

Mark lo miró fijamente. El discurso de Filostrato parecía tan incoherente y su comportamiento tan anormal que empezó a preguntarse si estaba del todo cuerdo o del todo sobrio.

—En cuanto a su esposa —añadió Filostrato retomando el hilo de la conversación—, no le doy demasiada importancia. ¿Qué tengo que ver yo con las esposas de otros? En general, el tema me disgusta. Pero si insisten... Mire, amigo mío, la verdadera cuestión es si usted piensa unirse realmente en serio a nosotros o no.

—No lo sigo muy bien —dijo Mark.

—¿Quiere usted ser un simple asalariado? Pero ya ha llegado demasiado lejos para eso. Está en el punto clave de su carrera, señor Studdock. Si trata de retroceder, le irá tan mal como al tonto de Hingest. Si realmente entra, el mundo... bah, ¿qué estoy diciendo?... el universo estará a sus pies.

—Por supuesto que quiero entrar —dijo Mark. Se empezaba a excitar.

—El superior cree que usted no puede ser realmente uno de los nuestros si no trae a su esposa. Quiere tenerlo entero, a usted y lo que sea suyo... o de lo contrario, nada. Así que también debe traer a su mujer. También tiene que ser una de nosotros.

Para Mark, la frase fue como un balde de agua fría en la cara. Y sin embargo... sin embargo... en aquel cuarto y en ese momento, inmovilizado por los ojos pequeños y brillantes del profesor, apenas podía lograr que Jane fuese del todo real para él.

—Lo oirá de labios del propio superior* —dijo Filostrato de pronto.

—¿Jules está aquí? —dijo Mark.

En vez de contestar, Filostrato se apartó de él con violencia y con un amplio movimiento recogió las cortinas de la ventana. Después apagó la luz. La niebla había desaparecido, se había levantado viento. Nubes pequeñas se deslizaban veloces entre las estrellas y la luna llena los contemplaba. Mark nunca la había visto tan brillante. Parecía una pelota corriendo entre las nubes que pasaban. Su luz sin sangre inundó el cuarto.

—Ese sí que es un mundo, ¿no? —dijo Filostrato—. Eso sí que es limpieza, pureza. Miles de kilómetros cuadrados de roca pulida sin una hoja de hierba, sin una fibra de musgo, sin un grano de polvo. Ni siquiera aire. ¿Se ha imaginado lo que sería caminar por esa tierra, amigo mío? No hay desmoronamiento, ni erosión. Los picos de las montañas son verdaderos picos; agudos como

---

* Aquí y en las páginas siguientes se juega con el doble sentido de *head*, superior o director, y cabeza. (*N. del t.*).

agujas, le atravesarían la mano. Riscos altos como el Everest y rectos como el muro de una casa. Y proyectadas por esos riscos, hectáreas enteras de sombra negra como el ébano, y dentro de la sombra cientos de grados bajo cero. Y después, un paso más allá de la sombra, una luz que le penetraría en los globos oculares como acero y roca y lo quemaría hasta los pies. La temperatura a la que hierve el agua. Usted moriría, ¿no? Pero incluso entonces no se convertiría en basura. En pocos instantes usted sería un montoncito de ceniza: polvo limpio, blanco. Y, fíjese, sin viento que disperse ese polvo. Cada grano del montoncito permanece en su sitio en el sitio exacto en que usted murió, hasta el fin del mundo... pero estoy diciendo tonterías. El universo no tiene fin.

—Sí. Un mundo muerto —dijo Mark, mirando la luna.

—¡No! —dijo Filostrato. Se había acercado a Mark y le hablaba casi en un susurro, el susurro como de murciélago de una voz que normalmente es aguda—. No. Hay vida allí.

—¿Lo sabemos? —preguntó Mark.

—Oh, sí. Vida inteligente. Bajo la superficie. Una gran raza, más avanzada que nosotros. Una inspiración. Una raza pura. Han limpiado su mundo, se han librado (casi) de lo orgánico.

—Pero ¿cómo...?

—No necesitan nacer, procrear y morir; solo su gente común, su *canaglia*, lo hace. Los amos siguen viviendo. Conservan la inteligencia; pueden mantenerla viva por medios artificiales después de desprenderse del cuerpo orgánico: un milagro de la bioquímica aplicada. No necesitan alimentos orgánicos. ¿Entiende? Están casi libres de la naturaleza, unidos a ella solo por el hilo más fino y sutil.

—¿Quiere usted decir que todo eso —preguntó Mark señalando el globo blanco moteado de la Luna— es obra de ellos?

—¿Por qué no? Si se elimina toda la vegetación, pronto deja de haber atmósfera, agua.

—Pero ¿con qué propósito?

—Higiene. ¿Para qué van a tener su mundo lleno de organismos reptantes? Y, sobre todo, eliminarán un organismo. La superficie no es toda como usted la ve. Aún quedan habitantes en la superficie, salvajes. Una gran mancha sucia sobre el lado oculto donde aún hay agua, aire y bosques... sí, gérmenes y muerte. Ellos están desplegando la higiene lentamente sobre el globo entero.

Desinfectándolo. Los salvajes los combaten. Hay fronteras y guerras feroces en las cavernas y galerías que bajan al interior. Pero la gran raza avanza. Si pudiese ver el otro lado vería que año tras año la roca limpia (como la de este lado de la Luna) se impone: la mancha orgánica, todo el verde, el azul y la niebla, se encoge. Es como limpiar plata enmohecida.

—Pero ¿cómo sabemos todo esto?

—Se lo diré en otra ocasión. El superior tiene muchas fuentes de información. Por el momento, le hablo para inspirarlo. Le hablo para que sepa lo que puede hacerse, lo que será hecho aquí. Este instituto... Dios mío, es para algo mejor que ofrecer alojamiento, vacunación, trenes más veloces y la cura del cáncer. Es para conquistar la muerte o para conquistar la vida orgánica, si lo prefiere. Son la misma cosa. Es para sacar de ese capullo de vida orgánica que resguardó la primera infancia de la mente al hombre nuevo, el hombre que no morirá, el hombre artificial, libre de la naturaleza. La naturaleza es la escalera por la que trepamos y que ahora desechamos.

—¿Y cree usted que algún día encontraremos realmente un medio de mantener un cerebro vivo indefinidamente?

—Ya hemos empezado. El propio superior...

—Siga —dijo Mark. Le latía el corazón con violencia y se había olvidado tanto de Jane como de Wither. Esta era al fin la clave.

—El propio superior ya ha sobrevivido a la muerte y usted hablará con él esta noche.

—¿Quiere decir que Jules ha muerto?

—¡Bah! Jules no es nada. Él no es el superior.

—Entonces ¿quién es?

En ese momento llamaron a la puerta. Alguien, sin esperar respuesta, entró.

—¿Ya está preparado el joven? —preguntó la voz de Straik.

—Oh, sí. Está preparado, ¿verdad, señor Studdock?

—¿Se lo ha explicado, entonces? —dijo Straik. Se volvió hacia Mark, y la luz de la Luna en el cuarto era tan intensa que ahora Mark pudo reconocer en parte el rostro: sus surcos ásperos enfatizados por la fría luz y la fría sombra.

—¿Va a unirse a nosotros realmente, jovencito? —dijo Straik—. Una vez que ha empuñado el arado no hay marcha atrás. Y no hay reservas. El superior quiere verlo. ¿Entiende...?

El superior, la cabeza. Contemplará a alguien que murió y aún vive. La resurrección de Jesús en la Biblia era un símbolo. Esta noche verá lo que simbolizaba. Esto es al fin el verdadero hombre y él reclama nuestra fidelidad.

—¿De qué demonios está hablando? —dijo Mark. La tensión nerviosa le distorsionó la voz en un grito ronco e intenso.

—Mi amigo tiene razón —dijo Filostrato—. Nuestro superior es el primero de los hombres nuevos: el primero que vive más allá de la vida animal. En lo que concierne a la naturaleza ya está muerto. Si la naturaleza se hubiese salido con la suya ahora su cerebro se estaría consumiendo en la tumba. Pero le hablará a usted en esta hora. Y un consejo, amigo mío, obedecerá sus órdenes.

—Pero ¿quién es? —dijo Mark.

—Es François Alcasan —dijo Filostrato.

—¿Se refiere al hombre que fue guillotinado? —preguntó Mark, dando un respingo.

Ambas cabezas asintieron. Ambos rostros se acercaron a él. Bajo aquella luz funesta, parecían máscaras colgadas en el aire.

—¿Está asustado? —dijo Filostrato—. Lo superará. Le estamos ofreciendo formar parte de nosotros. Ahí, si estuviera afuera, si fuera simple *canaglia*, tendría razones para asustarse. Esto es el comienzo de todo poder. Él vivirá eternamente. El tiempo gigante ha sido conquistado. Y el espacio gigante ya ha sido conquistado también. Uno de los nuestros ya ha viajado en el espacio. Cierto, fue traicionado y asesinado y sus manuscritos son imperfectos. Aún no hemos podido reconstruir su astronave. Pero todo llegará.

—Es el comienzo del hombre inmortal y del hombre ubicuo —dijo Straik—. El hombre en el trono del universo. Es lo que todas las profecías quieren decir realmente.

—Por supuesto —dijo Filostrato—, al principio el poder se verá confinado a una cantidad (una cantidad pequeña) de individuos. Los que sean elegidos para la vida eterna.

—¿Quiere decir que después lo extenderá a todos los hombres? —dijo Mark.

—No —dijo Filostrato—. Quiero decir que después será reducido a un solo hombre. Usted no es tonto, ¿verdad, joven amigo? Toda esa charla acerca del poder del hombre sobre la naturaleza (el hombre en abstracto) es solo para la *canaglia*. Usted sabe tan bien como yo que el poder del hombre sobre la naturaleza significa el poder de algunos hombres sobre otros hombres con la naturaleza como instrumento. No existe el hombre: es solo una palabra. Solo existen los hombres. ¡No!, no es el hombre quien será omnipotente, es un solo hombre, un hombre inmortal. Alcasan, nuestro superior, es el primer bosquejo de él. El producto terminado podría ser otro. Usted... yo.

—Un rey llega —dijo Straik— que regirá el universo con rectitud y los cielos con juicio. Sin duda, usted creía que todo era mitología. Creyó que porque las fábulas se habían amontonado alrededor de la frase «hijo del hombre» el hombre nunca tendría un hijo que esgrimiría la totalidad del poder. Pero así será.

—No entiendo. No entiendo —dijo Mark.

—Pero es muy simple —dijo Filostrato—. Hemos descubierto cómo hacer para que un hombre muerto viva. Incluso en su vida natural era un hombre muy sabio. Ahora vivirá para siempre, se hará más sabio. Más adelante haremos que vivan mejor, porque, por el momento, hay que reconocerlo, es probable que esta segunda vida no sea muy agradable para quien la experimenta. ¿Entiende? Más adelante la haremos más agradable para algunos, tal vez no tan agradable para otros. Porque podemos hacer que los muertos vivan lo deseen o no. El que sea por fin rey del universo podrá conceder esta vida a quien le plazca. No podrán rechazar el regalito.

—Y así reaparecen las lecciones que aprendió en la falda de su madre —dijo Straik—. Dios tendrá poder para conceder la recompensa o el castigo eterno.

—¿Dios? —dijo Mark—. ¿Qué tiene que ver él con esto? Yo no creo en Dios.

—Pero, amigo mío —dijo Filostrato—, ¿acaso se deduce que porque no haya habido Dios en el pasado no lo habrá en el futuro?

—¿No ve que le estamos ofreciendo la gloria indecible de estar presente en la creación de Dios Todopoderoso? Aquí, en esta casa, se encontrará con el primer borrador del verdadero Dios. Es un hombre (o un ser hecho por el hombre) quien por fin subirá al trono del universo. Y regirá eternamente.

—¿Nos acompañará? —dijo Filostrato—. Él lo ha mandado llamar.

—Por supuesto que nos acompañará —dijo Straik—. ¿Acaso cree que puede no hacerlo y seguir vivo?

—Y esa pequeña cuestión de la esposa —agregó Filostrato—. No vaya a mencionarle semejante trivialidad. Hará lo que le digan. No se discute con el superior.

En ese momento Mark no tenía nada que lo ayudara excepto el estímulo en rápida disminución del alcohol que había bebido durante la cena y tenues destellos de recuerdos de horas pasadas con Jane y con amigos antes de ir a Bracton, durante las cuales el mundo había tenido un sabor distinto al horror excitante que ahora lo abrumaba. Aquello, y un disgusto meramente instintivo hacia los dos rostros iluminados por la Luna que le exigían atención de ese modo. Del otro lado estaba el miedo. ¿Qué le harían si se negaba entonces? Ayudando al miedo estaba la creencia del joven de que si uno cedía ahora las cosas se enderezarían solas «por la mañana». Y, ayudando al miedo y la esperanza, seguía habiendo, aun entonces, el estremecimiento no del todo desagradable ante la idea de compartir un secreto tan tremendo.

—Sí —dijo, entrecortando la frase como si estuviera sin aliento—. Sí... por supuesto... iré.

Lo guiaron. Los pasillos ya estaban desocupados y el sonido de la charla y la risa en los salones públicos de la planta baja había cesado. Tropezó y lo tomaron de los brazos. El trayecto parecía largo: pasillo tras pasillo, corredores que no había visto antes, puertas cerradas con llave y después un sitio donde todas las luces estaban encendidas y había extraños olores. Luego Filostrato habló a través de un tubo acústico y les abrieron una puerta.

Mark se encontró en una habitación con aspecto de sala de cirugía, con luces deslumbrantes, cubetas, botellas y brillantes instrumentos. Un joven al que apenas conocía, cubierto con una bata blanca, los recibió.

—Desvístanse hasta quedar en paños menores —dijo Filostrato.

Mientras obedecía, Mark notó que la pared opuesta del cuarto estaba cubierta de cuadrantes. Cantidades de tubos flexibles surgían del suelo y entraban en la pared sobre ellos. Las superficies de los cuadrantes y los montones de tubos bajo ellos, que parecían latir débilmente, daban la impresión de contemplar una criatura con ojos y tentáculos múltiples. El joven mantenía los ojos fijos en las agujas vibrantes de los cuadrantes. Una vez que se quitaron las prendas, los tres recién llegados se lavaron las manos y la cara, y después Filostrato sacó ropa blanca para ellos de un recipiente de vidrio con un par de pinzas. Cuando se la pusieron les dio también guantes y mascarillas como las que usan los cirujanos. Siguió un momento de silencio mientras Filostrato estudiaba los cuadrantes.

—Sí, sí —dijo—. Un poco más de aire. No mucho. Punto cero tres. Conecten la cámara de aire... lentamente... hasta «Lleno». Ahora las luces. Ahora dejen entrar el aire en la recámara. Un poco menos de solución. Y ahora —añadió volviéndose hacia Straik y Studdock— ¿están listos para entrar?

Los guio hasta una puerta que se abría en la misma pared de los cuadrantes.

9

LA CABEZA DEL SARRACENO

—Es el peor sueño que he tenido —dijo Jane a la mañana siguiente—. Estaba sentada en el Cuarto Azul con el director y Grace Ironwood.

—Sí —dijo el director—. Tal vez el tuyo sea el peor puesto, hasta que empiece la verdadera lucha.

—Soñé que estaba en un cuarto oscuro —dijo Jane—, en el que había extraños olores y un zumbido grave. Después se encendió la luz, pero no mucha luz, y durante mucho rato no advertí que estaba mirando. Y cuando pude divisarlo... me habría despertado si no hubiera hecho un gran esfuerzo para no despertar. Creí ver un rostro que flotaba justo frente a mí. Un rostro, no una cabeza, si entienden lo que quiero decir. O sea, había una barba, nariz y ojos; al menos, no se podían distinguir los ojos porque eso llevaba gafas oscuras, pero no parecía haber nada encima de los ojos. No al principio. Pero, cuando me acostumbré a la luz, sufrí un choque horrible. Creía que el rostro era una máscara atada a una especie de globo. Pero no lo era exactamente. Tal vez se pareciera un poco a un hombre llevando una especie de turbante... Me expreso horriblemente mal. En realidad era una cabeza (el resto de una cabeza) a la que le habían quitado la parte superior del cráneo y después... después... como si algo hubiera hervido y desbordado en su interior. Una enorme masa que sobresalía del interior de lo que quedaba del cráneo. Envuelta en una materia compuesta, pero muy delgada. Se podía ver cómo se contraía. A pesar del temor que sentía, recuerdo haber pensado «Oh, mátenlo, mátenlo. Pongan fin a su dolor». Pero solo por un segundo, porque en realidad creía que la cosa estaba muerta. Tenía un aspecto verdoso, la boca abierta de par en par y completamente seca. Tienen que comprender que estuve mucho tiempo mirándola antes de que pasara algo más. Y pronto vi que no estaba flotando exactamente. Estaba asegurada sobre una especie de consola, de estante, de pedestal... no sé muy bien qué, y había cosas colgando de ella. Del cuello, quiero decir. Sí, tenía cuello y una especie de collar alrededor, pero nada debajo del collar, ni hombros ni cuerpo. Solo aquellas cosas colgando. En el sueño pensé que era algún tipo nuevo de hombre que solo tenía cabeza y entrañas; creía que los tubos eran sus órganos. Pero, pronto, no sé muy bien cómo, comprendí que eran artificiales. Pequeños tubos, bulbos de goma y objetos pequeños de metal, también. No pude comprenderlos. Todos los tubos entraban en la pared. Entonces por fin ocurrió algo.

—Estás bien, Jane, ¿verdad? —dijo la señorita Ironwood.

—Oh sí, hasta ahora —dijo Jane—. Solo que por algún motivo no se desea contar. Bueno, súbitamente, como cuando arranca un motor, le brotó un soplo de aire de la boca, con un áspero y seco sonido raspante. Después otro y se estabilizó en una especie de ritmo, juff, juff, juff, que parecía imitar la respiración. Después ocurrió algo horrible. La boca empezó a babear. Sé que suena tonto, pero en cierto sentido tuve compasión por aquello, porque no tenía manos y no podía limpiarse la boca. Resulta algo insignificante comparado con todo lo demás, pero es lo que sentí. Después empezó a mover la boca, a lamerse los labios. Era como alguien que prepara una máquina para que funcione. Ver que lo hacía como si estuviera vivo y al mismo tiempo que se babeaba la barba rígida y como muerta... Entonces entraron tres personas en el cuarto, todas vestidas de blanco, con mascarillas puestas, caminando con la cautela de gatos sobre un muro estrecho. Uno era un gran hombre gordo y otro era delgaducho y huesudo. El tercero... —Aquí Jane hizo una pausa involuntaria—. El tercero... creo que era Mark... es decir, mi esposo.

—¿No estás segura? —dijo el director.

—Sí —dijo Jane—. Era Mark. Conozco su modo de andar. Y reconocí los zapatos. Y la voz. Era Mark.

—Lo siento —dijo el director.

—Y entonces —dijo Jane— los tres se acercaron y se pararon ante la cabeza. Le hicieron una reverencia. No se podía discernir si los miraba a causa de las gafas oscuras. Seguía con el bufido rítmico. Después habló.

—¿En inglés? —dijo Grace Ironwood.

—No, en francés.

—¿Qué dijo?

—Bueno, mi francés no es lo suficientemente bueno para entenderlo. Hablaba de un modo curioso. En ráfagas... como un hombre sin aliento. Sin la expresión correcta. Y por supuesto no podía volverse a un lado u otro, como... como lo hace una persona real.

—¿Comprendiste algo de lo que dijo?

—No mucho. El hombre gordo parecía estar presentándole a Mark. La cosa le dijo algo. Entonces Mark trató de contestar. A él pude entenderlo bien, su francés no es mucho mejor que el mío.

—¿Qué dijo?

—Dijo algo acerca de «hacerlo en pocos días si era posible».

—¿Eso fue todo?

—Casi todo. Se veía que Mark no podía soportarlo. Supe que le era imposible. Recuerdo haber tratado, como una idiota, de decírselo en el sueño. Vi que iba a caerse. Creo que traté de gritarles a los otros dos: «¡Va a caerse!». Pero, por supuesto, no pude. Además estaba descompuesto. Entonces lo sacaron del cuarto.

Los tres se quedaron unos segundos en silencio.

—¿Eso fue todo? —dijo la señorita Ironwood.

—Sí —dijo Jane—. Eso es todo lo que recuerdo. Creo que entonces desperté.

El director hizo una profunda inspiración.

—¡Bueno! —dijo, mirando a la señorita Ironwood—. Cada vez está más claro. Debemos reunirnos de inmediato. ¿Están todos presentes?

—No. El doctor Dimble tuvo que ir a Edgestow, al *college*, para atender a unos discípulos. No regresará hasta la noche.

—Entonces debemos hacer la reunión por la noche. Tome todas las disposiciones necesarias. Hizo una pausa y después se volvió hacia Jane. Me temo que esto es muy desagradable para ti, querida mía, y peor aún para él —dijo.

—¿Se refiere a Mark, señor?

—Sí. No pienses mal de él. Está sufriendo. Si somos derrotados, caeremos con él. Si ganamos, lo rescataremos; aún no está perdido. —Hizo una pausa, sonrió y agregó—: Estamos bastante acostumbrados a los problemas con los esposos aquí, ¿sabes? El de la pobre Ivy está en la cárcel.

—¿En la cárcel?

—Oh sí, por robo común. Pero es un buen tipo. Se recuperará.

Aunque Jane había sentido horror, incluso al extremo de la náusea, ante la visión (en el sueño) de los verdaderos asociados y el entorno de Mark, había sido un horror que conllevaba cierta grandeza y misterio. La repentina comparación entre su situación y la de un preso común le hizo subir la sangre a las mejillas. No dijo nada.

—Otra cosa —siguió el director—. Espero que no me malinterpretes si te excluyo de la asamblea de esta noche.

—Por supuesto que no, señor —dijo Jane, malinterpretándolo mucho, en realidad.

—Mira —dijo—, MacPhee considera que si oyes hablar de ciertas cosas te llevarás ideas al dormir y eso destruirá el valor de la evidencia de tus sueños. Y no es muy fácil refutarlo. Él es nuestro escéptico: un cargo muy importante.

—Entiendo muy bien —dijo Jane.

—Por supuesto —dijo el director—, eso se aplica solo a las cosas que aún no conocemos. No debes oír nuestras suposiciones, no debes estar presente cuando nos interroguemos sobre la evidencia. Pero no tenemos secretos contigo acerca de la historia anterior de nuestra familia. En realidad, el mismo MacPhee insistirá en ser el que te la cuente. Temerá que el relato de Grace, o el mío, no sean lo suficientemente objetivos.

—Ya veo.

—Me gustaría que te lleves bien con él, si puedes. Es uno de mis más viejos amigos. Y creo que será nuestro mejor hombre si llegamos a ser derrotados. Es imposible tener un hombre mejor al lado en una batalla perdida. No puedo ni imaginar lo que hará si ganamos.

•••

A la mañana siguiente, Mark se despertó con la conciencia de que le dolía toda la cabeza, pero sobre todo la nuca. Recordó que se había caído —así se había lastimado la cabeza— en aquel cuarto, con Filostrato y Straik... y después, como dijo un poeta, «descubrió en su mente una inflamación henchida y deformada, su recuerdo». Oh, pero imposible, inaceptable incluso por un momento; había sido una pesadilla, había que desecharlo, desaparecería ahora que estaba bien despierto. Era un absurdo. Una vez, en pleno delirio, había visto la parte delantera de un caballo, sola, sin cuerpo ni patas traseras, atravesando un prado, lo había experimentado como algo ridículo en el momento mismo de verlo, pero no menos horrible por eso. Esto era un absurdo del mismo tipo. Una cabeza sin cuerpo debajo. Una cabeza que podía hablar cuando conectaban mediante llaves el aire y la saliva en el cuarto de al lado. Su propia cabeza empezó a latirle con tal intensidad que tuvo que dejar de pensar.

Pero sabía que era cierto. Y, como suele decirse, no podía «asimilarlo». Le daba mucha vergüenza, porque deseaba ser considerado un tipo duro. Pero la verdad es que su dureza solo pertenecía a la voluntad, no a los nervios, y las virtudes que casi había logrado eliminar de la mente seguían vivas, aunque solo de modo negativo y como debilidades, en el cuerpo. Aprobaba la vivisección, pero nunca había trabajado en una sala de disección. Sugería que algunas clases de personas debían ser eliminadas poco a poco, pero nunca había estado presente cuando un pequeño tendero entraba en el asilo o una anciana institutriz muerta de hambre llegaba al último día, hora y minuto en un frío desván. No sabía nada de la última media taza de chocolate bebida lentamente diez días antes.

Pero ahora debía levantarse. Tenía que hacer algo respecto a Jane. Era evidente que debía llevarla a Belbury. Su mente había tomado la decisión por él en algún momento que no recordaba. Debía ir a buscarla, para salvar la vida. Todas las ansiedades sobre estar en el Círculo Interno o conseguir un empleo se habían encogido hasta la insignificancia. Era una cuestión de vida o muerte. Si los molestaba, lo matarían, tal vez lo decapitarían... Oh Dios, ojalá mataran realmente a la pequeña masa monstruosa, esa masa con un rostro, que tenían allí, hablando en su consola de acero. Todos los miedos menores en Belbury —porque ahora sabía que, con la excepción de los dirigentes, todos estaban siempre asustados— eran solo emanaciones de aquel miedo central. Tenía que traer a Jane; ahora ya no luchaba contra eso.

Debe recordarse que en la mente de Mark era difícil que algún retazo de pensamiento noble, ya fuese cristiano o pagano, se asentara con firmeza. Su educación no había sido ni científica ni clásica, sino meramente «moderna». Tanto los rigores de la abstracción como los de la alta tradición humanística lo habían pasado por alto; no contaba con la sagacidad del campesino ni con la honra del aristócrata para que lo auxiliaran. Era un hombre de paja, un aprendiz voluble en temas que no exigieran conocimientos exactos (siempre le había ido bien en ensayos y artículos generales) y la primera insinuación de verdadera amenaza a su vida física lo echaba por tierra. Y le dolía tanto la cabeza y se sentía tan enfermo. Por suerte ahora guardaba una botella de *whisky* en el cuarto. Un trago fuerte le permitió afeitarse y vestirse.

Llegó tarde a desayunar, pero no importaba demasiado porque no podía comer. Bebió varias tazas de café negro y después se dirigió al cuarto de escribir. Se sentó largo rato dibujando tonterías en un secante. Ahora que había llegado el momento, la carta a Jane le resultaba casi imposible. ¿Y por qué necesitaban ellos a Jane? Miedos sin forma se agitaron en su mente. ¡Y tenía que ser justamente Jane! ¿La llevarían a ella a ver al superior, la cabeza? Casi por primera vez en su vida, un destello de algo parecido al amor desinteresado entró en su mente; deseaba no haberse casado nunca con ella, no haberla arrastrado nunca al conjunto de horrores que, al parecer, iba a ser su vida.

—¡Hola, Studdock! —dijo una voz—. ¿Escribiéndole a su mujercita?

—¡Maldita sea! —dijo Mark—. Me ha hecho caer la pluma.

—Entonces agárrela, hijo —dijo la señorita Hardcastle, sentándose sobre la mesa.

Mark lo hizo y después se quedó inmóvil, sin levantar la cabeza hacia ella. Desde que le habían pegado en la escuela no había sabido lo que era odiar y temer a alguien con cada nervio del cuerpo como ahora odiaba y temía a esa mujer.

—Tengo malas noticias para usted, hijo —dijo un momento más tarde el Hada. A Mark, el corazón le dio un salto—. Tómeselo como un hombre, Studdock.

—¿De qué se trata?

Ella no contestó de inmediato y Mark supo que estaba estudiándolo, observando cómo respondía a la manipulación.

—Concretamente, estoy preocupada por su mujercita —dijo al fin.

—¿Qué quiere decir? —dijo Mark con aspereza, esta vez alzando la cabeza. El puro filipino que el Hada apretaba entre los dientes aún estaba apagado, pero ya había sacado las cerillas.

—Fui a verla —dijo la señorita Hardcastle—, por cuenta suya, además. Pensé que Edgestow no era un sitio muy saludable para ella en este momento.

—¿Qué es lo que le pasa? —gritó Mark.

—¡Shhh! —dijo la señorita Hardcastle—. No querrá que lo oigan todos.

—¿No puede decirme qué es lo que va mal?

Ella esperó unos segundos antes de contestar.

—¿Hasta qué punto conoce a la familia de la chica, Studdock?

—La conozco muy bien. ¿Qué tiene que ver eso?

—¿No hay nada... excéntrico... en ninguna de las dos ramas?

—¿Qué demonios pretende decir?

—No sea grosero, monada. Estoy haciendo todo lo que puedo por usted. Solo que... bueno, pensé que ella se comportaba de un modo bastante extraño cuando la vi.

Mark recordaba muy bien la conversación que había mantenido con su esposa la mañana en que se fue a Belbury. Lo atravesó una nueva puñalada de temor. ¿No podía estar diciendo la verdad aquella detestable mujer?

—¿Qué dijo ella? —preguntó.

—Si hay algo que no marcha en ese sentido —dijo el Hada—, acepte mi consejo, Studdock, y tráigala aquí en seguida. Le darán el tratamiento adecuado.

—Aún no me ha dicho qué dijo o hizo.

—A mí no me gustaría tener a un pariente metido en el hospital de Edgestow. Sobre todo ahora que estamos consiguiendo nuestros poderes de emergencia. Utilizarán a los pacientes comunes para experimentos, ¿sabe? Así que no tiene más que firmar este formulario. Saldré después del almuerzo y la tendré aquí esta misma noche.

—No haré nada de eso. Sobre todo porque no me ha dado la más mínima noción de qué es lo que le pasa a ella.

—He estado tratando de decírselo, pero usted no me deja. La chica insiste en decir que alguien entró por la fuerza en el apartamento... o que le salió al encuentro en la estación (no se puede saber bien qué) y la quemó con cigarros. Entonces, desgraciadamente, advirtió mi puro filipino y, créalo o no, me identificó a mí con el perseguidor imaginario. Desde luego que después de eso no pude hacer nada.

—Debo ir a casa en seguida —dijo Mark, poniéndose en pie.

—¡Venga... vamos! No puede hacerlo —dijo el Hada, irguiéndose también.

—¿Que no puedo ir a casa? Ya lo creo que tengo que ir si todo eso es cierto.

—No sea tonto, encanto —dijo la señorita Hardcastle—. ¡Es en serio! Sé de lo que estoy hablando. Ya se encuentra en una posición condenadamente peligrosa. Será liquidado si se ausenta sin permiso. Envíeme a mí. Firme el formulario. Eso es lo más sensato.

—Pero hace un momento usted dijo que ella no podía soportarla de ningún modo.

—Oh, no importará mucho. Por supuesto que sería más sencillo si no me hubiese tomado ojeriza. Oiga, Studdock, no creerá que su mujercita está celosa, ¿verdad?

—¿Celosa? ¿De usted? —dijo Mark con repugnancia incontrolable.

—¿Adónde va? —dijo el Hada con violencia.

—A ver al DD y después a casa.

—Deténgase. No lo hará a menos que quiera convertirme en su enemiga de por vida... y permítame asegurarle que no podría tener muchos enemigos más.

—Oh, váyase al infierno —dijo Mark.

—Vuelva, Studdock —gritó el Hada—. ¡Espere! No sea idiota.

Pero Mark ya estaba en el vestíbulo. Todo parecía haberse aclarado de momento. Entraría a ver a Wither, no a pedirle permiso, sino simplemente a anunciar que tenía que ir a su casa de inmediato porque su esposa estaba muy enferma. Saldría del cuarto antes de que Wither pudiese contestar... y después afuera. Más allá, el futuro era incierto, pero no parecía importar. Se puso el sombrero y el abrigo, corrió escalera arriba y llamó a la puerta de la oficina del director delegado.

No hubo respuesta. Entonces Mark notó que la puerta no estaba del todo cerrada. Se arriesgó a empujarla un poco más y vio al director delegado sentado de espaldas a la puerta.

—Disculpe, señor —dijo Mark—. ¿Podría hablar un minuto con usted?

No hubo respuesta.

—Disculpe, señor —dijo Mark en voz alta, pero la figura no habló ni se movió. Con cierta vacilación, Mark entró en la habitación y rodeó el escritorio, pero cuando se volvió para mirar a Wither se le cortó el aliento, porque creyó estar contemplando el rostro de un cadáver. Un momento después reconoció la equivocación. En la quietud del cuarto pudo oír la respiración del hombre. Ni siquiera estaba dormido, porque tenía los ojos abiertos. No estaba inconsciente, porque los ojos se posaron un momento sobre Mark y después se apartaron.

—Le ruego que me disculpe, señor —empezó Mark, y se detuvo.

El director delegado no lo estaba oyendo. Estaba tan lejos de oírlo que Mark sintió una duda demencial acerca de si estaba allí en algún sentido, de si el alma del director delegado no estaba flotando muy lejos, desplegándose y disipándose como un gas a través de mundos informes y sin luz, tierras baldías y cuartos de servicio del universo. Lo que se asomaba por aquellos pálidos ojos acuosos era, en cierto sentido, el infinito: lo informe y lo interminable. La habitación estaba tranquila y fría; no sonaba el reloj y el fuego se había apagado. Era imposible hablarle a un rostro como ese. Sin embargo, también parecía imposible salir del cuarto, porque el hombre lo había visto. Mark tenía miedo; era algo tan distinto a cualquier experiencia que hubiera tenido antes.

Cuando el señor Wither por fin habló, los ojos no estaban fijos en Mark, sino en algún punto remoto detrás de él, detrás de la ventana, tal vez en el cielo.

—Sé de quién se trata —dijo Wither—. Usted se llama Studdock. ¿Qué pretende al entrar aquí? Habría hecho mejor en quedarse fuera. Váyase.

Entonces el valor de Mark se quebró de pronto. Todos los temores en lento ascenso de los últimos días corrieron a unirse en una decisión fija, y segundos después bajaba la escalera de tres en tres escalones. Después se vio cruzando el vestíbulo. Después estuvo fuera y caminando por la entrada para autos. Una vez más, el trayecto inmediato le parecía muy claro. Frente a la entrada había una densa franja de árboles atravesada por un sendero. El sendero lo conduciría en media hora a Courthampton y allí podría tomar un autobús rural hasta Edgestow. No pensó en absoluto en el futuro. Solo dos cosas importaban: en primer lugar, salir de ese edificio y, en segundo lugar, volver con Jane. Lo devoraba un deseo vehemente por Jane, que era físico sin ser sexual en absoluto, como si el consuelo y la fortaleza pudiesen fluir del cuerpo de ella, como si su piel pudiese limpiar toda la basura que parecía adherirse a él. Por algún motivo, la idea de que pudiese estar realmente loca se había ido de su mente. Y aún era lo suficientemente joven para no creer en la desgracia. No podía librarse del todo de la creencia de que bastaba con huir para que la red se rompiera de algún modo, el cielo se aclarara en cierta manera y todo terminara con Jane y Mark tomando el té juntos como si nada hubiera pasado.

Ahora había salido de los jardines, estaba cruzando el camino, había entrado en la franja de árboles. Se detuvo de pronto. Pasaba algo imposible. Había una silueta ante él en el sendero; una silueta alta, muy alta, levemente encorvada, vagando y tarareando una horrible tonadilla: el director delegado. Y en un instante toda la quebradiza temeridad desapareció del ánimo de Mark. Se dio vuelta. Se quedó parado en el camino; le parecía que nunca había sufrido un dolor semejante. Después, cansado, tan cansado que sintió que las piernas apenas podrían transportarlo, caminó muy lentamente de regreso a Belbury.

•••

El señor MacPhee tenía un cuarto pequeño en la planta baja del Solar, que él llamaba su oficina, y al que ninguna mujer era admitida si no la llevaba él mismo. En aquel apartamento ordenado pero polvoriento se sentó con Jane Studdock poco antes de cenar aquella noche, después de haberla invitado para lo que él llamó «un bosquejo breve y objetivo de la situación».

—Debo establecer desde el principio, señora Studdock —dijo— que conozco al director desde hace muchos años y que durante la mayor parte de su vida él fue filólogo. Por mi parte no estoy convencido de que la filología pueda ser considerada una ciencia exacta, pero menciono el hecho como testimonio de su capacidad intelectual en general. Y, para no prejuzgar ningún tema, no diré, como lo haría en la conversación común, que él se ha inclinado siempre hacia lo imaginativo. Su apellido original es Ransom.

—¿No será el Ransom de *Dialecto y Semántica*? —dijo Jane.

—Sí, el mismo —dijo MacPhee—. Bueno, hace unos seis años (tengo las fechas por ahí, anotadas en un librito, pero por el momento no nos interesan) se produjo su primera desaparición.

Se ausentó por completo (no hubo ni rastro de él) durante unos nueve meses. Creí que lo más probable era que se hubiera ahogado mientras se bañaba o algo por el estilo. Y un día qué hace sino aparecer otra vez en sus habitaciones de Cambridge, caer enfermo y pasar tres meses más en el hospital. Y no dijo dónde había estado salvo en privado, a unos pocos amigos.

—¿Y bien? —dijo Jane con ansiedad.

—Decía —contestó MacPhee, extrayendo la cajita de rapé y poniendo gran énfasis en la palabra *decía*—. Decía que había estado en el planeta Marte.

—¿Se refiere a que lo dijo... mientras estaba enfermo?

—No, no. Aún lo dice. Tómelo como quiera, esa es la historia.

—Lo creo —dijo Jane.

MacPhee escogió un poco de rapé con tanto cuidado como si esos granos en especial se diferenciaran de todos los demás de la caja y habló antes de llevárselos a la nariz.

—Le estoy ofreciendo los hechos —dijo—. Nos dijo que había estado en Marte, secuestrado por el profesor Weston y el señor Devine, ahora conocido como lord Feverstone. Y según su relato había escapado de ellos (se sobreentiende que en Marte) y había estado vagando solo allí durante un tiempo. Solo.

—Está habitado, supongo.

—Sobre ese punto no tenemos otra evidencia que su propia historia. Sin duda usted es consciente, señora Studdock, de que un hombre en total soledad, incluso sobre esta tierra (un explorador, por ejemplo) llega a entrar en estados de conciencia notables. Me han dicho que un hombre puede llegar a olvidar su identidad.

—¿Se refiere a que él puede haber imaginado cosas en Marte que no existían?

—No hago comentarios —dijo MacPhee—. Me limito a informar. Según su propio relato hay todo tipo de criaturas paseándose por allí. Tal vez sea ese el motivo por el que ha convertido esta casa en una especie de zoológico. Pero además dice que conoció un tipo de criatura que nos interesa especialmente en este momento. Los llamó eldila.

—¿Un tipo de animal, quiere decir?

—¿Trató alguna vez de definir la palabra *animal*, señora Studdock?

—No que yo recuerde. Quiero decir, ¿eran esos seres... bueno, inteligentes? ¿Podían hablar?

—Sí. Podían hablar. Eran inteligentes, además, que no siempre es la misma cosa.

—¿En realidad eran los marcianos?

—Justo eso es lo que no eran, de acuerdo con el relato del director. Estaban en Marte, pero no eran nativos de allí. Dice que son criaturas que viven en el espacio vacío.

—Pero no hay aire.

—Le estoy contando su historia. Dice que no respiran. Dijo además que no se reproducen y no mueren. Pero usted notará que, aunque aceptáramos como correcta el resto de la historia, esta última afirmación no puede basarse en la observación.

—¿A qué se parecen?

—Le estoy contando cómo los describió él.

—Quiero decir, ¿cómo se ven?

—No estoy del todo preparado para contestar esa pregunta —dijo MacPhee.

—¿Son enormes? —dijo Jane casi sin querer.

MacPhee se sonó la nariz y prosiguió.

—Lo esencial es esto, señora Studdock —dijo—. El doctor Ransom declara que ha recibido visitas continuas de esas criaturas desde que volvió a la Tierra. Eso en cuanto a su primera desaparición. Después se produjo la segunda. Estuvo ausente durante más de un año y esta vez dijo que había estado en el planeta Venus... transportado allí por esos eldila.

—¿Venus también está habitado por ellos?

—Me disculpará que observe que tal declaración demuestra que usted no ha entendido lo que le estoy diciendo. Esas criaturas no son criaturas planetarias en ningún sentido. Suponiendo que existan, debe concebirlas flotando en las profundidades del espacio, aunque pueden posarse en un planeta de vez en cuando, como un pájaro que se posa en un árbol, ¿entiende? Él dice que algunos están más o menos unidos a planetas particulares, pero que no son oriundos de allí. Son algo completamente distinto, eso es todo.

Hubo unos segundos de silencio, y después Jane preguntó:

—Supongo que son más o menos amistosos.

—Por cierto, esa es la idea que tiene el director de ellos, con una importante excepción.

—¿Cuál?

—Los eldila que durante muchos siglos se concentraron en nuestro propio planeta. Parece que no hemos tenido suerte en absoluto al elegir nuestro lote especial de parásitos. Y eso, señora Studdock, me lleva a lo esencial.

Jane esperó. Era extraordinario cómo el modo de hablar de MacPhee casi neutralizaba la extrañeza de lo que le estaba contando.

—El meollo del asunto —dijo— es que esta casa está dominada por los seres de los que estoy hablando, o por una lisa y simple ilusión. Mediante los avisos de los eldila el director cree haber descubierto la conspiración contra la raza humana y, lo que es más, es por medio de sus instrucciones como está conduciendo la campaña... ¡si a eso se le puede llamar conducir! Se le puede haber ocurrido preguntarse, señora Studdock, cómo un hombre en su sano juicio cree que va a derrotar una poderosa conspiración quedándose sentado aquí cultivando legumbres de invierno y entrenando osos amaestrados. Es una pregunta que yo he propuesto en más de una ocasión. La respuesta es siempre la misma: estamos esperando órdenes.

—¿De los eldila? ¿Se refiere a ellos cuando habla de sus amos?

—Podría ser, aunque él no utiliza esa palabra cuando habla conmigo.

—Pero, señor MacPhee, no entiendo. Creía que usted afirmaba que los de nuestro planeta eran hostiles.

—Esa es una muy buena pregunta —dijo MacPhee—, pero no es con los nuestros con los que el director pretende estar en comunicación. Es con sus amigos del espacio exterior. Nuestra propia pandilla, los eldila terrestres, respaldan toda la conspiración. Tiene que imaginarnos, señora Studdock, viviendo en un mundo donde las clases criminales de eldila han establecido sus cuarteles. Y lo que ahora está pasando, si la perspectiva del director es correcta, es que sus propios parientes y amigos respetables visitan este planeta para sanearlo.

—¿Quiere usted decir que los otros eldila, provenientes del espacio, realmente vienen aquí... a esta casa?

—Eso es lo que cree el director.

—Pero usted debe saber si es cierto o no.

—¿Cómo?

—¿Los ha visto?

—Esa no es una pregunta que pueda contestarse sí o no. En mi vida he visto muchas cosas que no existían o que no eran lo que parecían ser: arcoíris, reflejos y crepúsculos, por no mencionar los sueños. Y además está la sugestión provocada por otro. No negaré que he observado en esta casa un tipo de fenómenos de los que no he podido dar cuenta cabal. Pero nunca ocurrieron en un momento en que tuviera a mano una libreta de notas o algún medio de verificación.

—¿Acaso ver no es creer?

—Puede ser... para los niños o los animales —dijo MacPhee.

—¿Pero no para la gente sensata, quiere decir?

—Mi tío, el doctor Duncanson —dijo MacPhee—, cuyo nombre tal vez le sea familiar (era moderador de la Asamblea General sobre el problema del agua, en Escocia), solía decir: «Muéstremelo en la Palabra de Dios». Y arrojaba la gran Biblia, haciéndola resonar sobre la mesa. Era el modo que tenía de taparle la boca a la gente que iba a verlo con tonterías sobre experiencias religiosas. Y si se tienen en cuenta sus premisas, tenía mucha razón. Mi perspectiva no es la misma, señora Studdock, como comprenderá, pero trabajo con los mismos principios. Si algo desea que Andrew MacPhee crea en su existencia, me hará el favor de presentarse a plena luz del día, con una cantidad suficiente de testigos presentes y no se pondrá tímido si uno esgrime una cámara o un termómetro.

—¿Ha visto algo, entonces?

—Sí. Pero debemos mantener una actitud abierta. Podría ser una alucinación. Podría ser un truco de prestidigitación...

—¿Del director? —preguntó Jane, furiosa. MacPhee había recurrido una vez más a la caja de rapé—. ¿Espera realmente que crea que el director es de ese tipo de hombres? ¿Un charlatán?

—Me gustaría, señora —dijo MacPhee—, que pudiese encontrar el modo de considerar la cuestión sin usar continuamente términos como *creer*. Como es obvio, el juego de manos es una de las hipótesis que cualquier investigador imparcial debe tomar en cuenta. El hecho de que sea una hipótesis especialmente incompatible con las emociones de uno u otro investigador no viene al caso. A menos, tal vez, que haya una razón suplementaria para enfatizar la hipótesis en cuestión, solo porque hay un fuerte peligro psicológico de dejarla de lado.

—Existe algo llamado lealtad —dijo Jane.

MacPhee, que había estado cerrando con cuidado la cajita de rapé, de pronto levantó la cabeza con un centenar de pactantes* en los ojos.

—Existe, señora mía —dijo—. Cuando vaya creciendo aprenderá que es una virtud demasiado importante para derrocharla en personalidades individuales.

En ese momento llamaron a la puerta.

—Adelante —dijo MacPhee, y entró Camilla.

—¿Ha terminado con Jane, señor MacPhee? —preguntó—. Me prometió salir a tomar el aire conmigo antes de la cena.

—Ay, ¿por qué no irá a tomar el aire tu abuela? —dijo MacPhee con un gesto de desesperación—. Muy bien, señoras, muy bien. Vayan al jardín. Dudo que se pueda hacer algo más para favorecer al bando enemigo. A este paso, tendrán todo el país en sus manos antes de que empecemos a movernos.

—Me gustaría que viera el poema que estoy leyendo —dijo Camilla—. Porque expresa en una línea lo que yo siento sobre esta espera:

Tonto,
todo reside en una paciencia apasionada,
la regla de mi señor.

—¿De dónde es? —preguntó Jane.

—*Taliessin en Logres*.

—Es probable que el señor MacPhee no apruebe ningún poeta aparte de Burns.

—¡Burns! —dijo MacPhee con profundo desprecio, abriendo el cajón de la mesa con mucho ímpetu y sacando un impresionante mazo de papeles—. Si van a ir a pasear, no quiero demorarlas, señoras.

—¿Te ha estado contando? —dijo Camilla, cuando las dos muchachas recorrieron juntas el pasillo. Llevada por un tipo de

* Referencia a los firmantes el Pacto Nacional religioso firmado en Escocia en 1638, célebres por su fidelidad ante la persecución del Carlos I. (*N. del t.*).

impulso que era muy poco frecuente en ella, Jane tomó la mano de la amiga mientras contestaba:

—¡Sí!

Las dos estaban llenas de pasión, pero no sabían qué pasión. Llegaron a la puerta de entrada y, cuando la abrieron, sus ojos se encontraron con una visión que, aunque natural, parecía en ese momento apocalíptica.

El viento había soplado todo el día y se encontraron mirando un cielo casi limpio por completo. El aire era intensamente frío; las estrellas, severas y brillantes. Alta sobre los últimos andrajos de las nubes y en retirada, colgaba la Luna en todo su salvajismo; no la Luna voluptuosa de un millar de canciones de amor sureñas, sino la cazadora, la virgen indomable, la punta de lanza de la locura. Si el frío satélite acabara de unirse a nuestro planeta por primera vez en ese instante, difícilmente se habría parecido más a un presagio. Su cualidad salvaje se filtró en la sangre de Jane.

—Ese señor MacPhee... —dijo Jane, mientras subían la empinada pendiente que conducía a la parte más alta del jardín.

—Lo sé —dijo Camilla, y después—: ¿Tú lo crees?

—Por supuesto.

—¿Cómo explica el señor MacPhee la edad del director?

—¿Te refieres al hecho de que... parezca ser... tan joven, si es que se le puede llamar joven?

—Sí. Así es la gente que vuelve de las estrellas. O al menos de Perelandra. Allí aún existe el Paraíso. Haz que te lo cuente alguna vez. No volverá a envejecer un año, ni un mes.

—¿Morirá?

—Será llevado, supongo. De regreso al Cielo Profundo. Les ha ocurrido a una o dos personas, tal vez seis, desde que empezó el mundo.

—¡Camilla!

—Sí.

—¿Qué... qué es él?

—Él es un hombre, querida mía. Y es el Pendragón de Logres. Esta casa, todos nosotros, el señor Bultitude y Pinch, son lo que queda de Logres: todo lo demás se ha convertido nada más que en Gran Bretaña. Vamos. Subamos a la cima. Cómo sopla. Tal vez vengan a visitarlo esta noche.

•••

Esa noche Jane se lavó bajo la mirada atenta de Barón Corvo, el grajo, mientras los demás se reunían en el Cuarto Azul.

—Bien —dijo Ransom, cuando Grace Ironwood concluyó con la lectura de sus notas—. Ese es el sueño y en él todo parece ser objetivo.

—¿Objetivo? —dijo Dimble—. No entiendo, señor.

—¿Quiere usted decir que pueden tener realmente algo así?

—¿Qué piensas, MacPhee? —preguntó Ransom.

—Oh sí, es posible —dijo MacPhee—. Vean, es un experimento que se realiza desde hace tiempo con cabezas de animales. Lo hacen con frecuencia en los laboratorios. Se le corta la cabeza a un gato, por ejemplo, y se deshecha el cuerpo. Se puede mantener la cabeza funcionando durante un tiempo breve si se suministra sangre a la presión correcta.

—¡Fantástico! —dijo Ivy Maggs.

—¿Quiere usted decir, mantenerla viva? —dijo Dimble.

—Viva es una palabra ambigua. Pueden mantenerse todas las funciones. Es lo que popularmente se considera vida. Pero una cabeza humana... y la conciencia... No sé qué pasaría si se intentara.

—Lo han intentado —dijo la señorita Ironwood—. Un alemán lo intentó antes de la primera guerra. Con la cabeza de un criminal.

—¿Es un hecho? —dijo MacPhee con gran interés—. ¿Y sabe qué resultado obtuvo?

—Fracasó. La cabeza se limitó a deteriorarse de manera normal.

—Ya he tenido suficiente, ya lo creo —dijo Ivy Maggs, poniéndose en pie y abandonando la habitación bruscamente.

—Así que esa inmunda abominación —dijo el doctor Dimble— es real; no solo un sueño.

Tenía la cara blanca y una expresión tensa. El rostro de su esposa, por el contrario, solo mostraba el disgusto controlado con que una dama de la vieja escuela escucha cualquier detalle repugnante si su mención se vuelve inevitable.

—No tenemos ninguna evidencia de eso —dijo MacPhee—. Solo estoy exponiendo los hechos. Lo que la muchacha ha soñado es posible.

—¿Y qué hay de esa cuestión del turbante, esa especie de protuberancia sobre la parte superior de la cabeza? —preguntó Denniston.

—Creo que comprenden lo que podría ser —dijo el director.

—No estoy seguro, señor —dijo Dimble.

—Suponiendo que el sueño sea verídico —dijo MacPhee—, se puede adivinar de qué se trata. Una vez que consiguieron mantenerla viva, lo primero que se les ocurriría a muchachos como ellos sería aumentarle el cerebro. Probarían todo tipo de estimulantes. Y después, quizás, abrirían la parte superior del cráneo y... bueno, dejarían que desbordara, podríamos decir. No tengo dudas de que esa es la idea. Una hipertrofia cerebral provocada artificialmente para sustentar un poder sobrehumano de ideación.

—¿Hay alguna probabilidad de que una hipertrofia semejante pueda aumentar el poder del pensamiento?

—Ese me parece el punto débil —dijo la señorita Ironwood—. Lo mismo podría provocar demencia... o nada. Pero podría tener el efecto opuesto.

—Entonces nos enfrentamos —dijo Dimble— con un cerebro criminal dilatado a proporciones sobrehumanas y que experimenta un tipo de conciencia que no podemos imaginar, pero que posiblemente sea una conciencia de agonía y odio.

—No es seguro que tenga que haber mucho dolor real —dijo la señorita Ironwood—. Un poco en el cuello, tal vez, al principio.

—Lo que nos importa de manera mucho más inmediata —dijo MacPhee— es determinar qué conclusiones podemos extraer de esos manejos en la cabeza de Alcasan y qué pasos prácticos deben ser tomados por nuestra parte; siempre y simplemente, como hipótesis de trabajo, asumiendo que el sueño sea verídico.

—Nos señala algo directamente —dijo Denniston.

—¿Qué? —preguntó MacPhee.

—Que el movimiento del enemigo es internacional. Para conseguir esa cabeza tienen que haberse llevado como carne y uña con al menos una fuerza policial extranjera.

MacPhee se frotó las manos.

—Hombre —dijo—, usted tiene la materia prima de un pensador lógico. Pero la deducción no es tan segura. El soborno podría explicar el hecho sin necesidad de una auténtica complicidad.

—En una perspectiva más amplia nos indica algo aún más importante —dijo el director—. Significa que, si esta técnica tiene verdadero éxito, la gente de Belbury ha descubierto, para todos los fines prácticos, un modo de hacerse inmortales. —Hubo un momento de silencio, y después prosiguió—: Es el comienzo de lo que en realidad constituye una nueva especie: las cabezas escogidas que nunca mueren. Lo llamarán el próximo peldaño de la evolución. Y, de ahora en adelante, todas las criaturas que ustedes y yo llamamos humanas serán meros candidatos a la admisión dentro de esta nueva especie o, de lo contrario, sus esclavos, tal vez su alimento.

—¡La aparición de los hombres sin cuerpo! —dijo Dimble.

—Muy probable, muy probable —afirmó MacPhee, tendiéndole la caja de rapé, que rechazó. Tomó una pulgarada con mucha deliberación antes de seguir—. Pero no nos hará ningún bien aplicar las fuerzas de la retórica para atemorizarnos a nosotros mismos o para perder la cabeza que tenemos sobre los hombros porque a otros pillos les hayan quitado los hombros que tenían bajo las suyas. Apostaré la cabeza del director, y la suya doctor Dimble, y la mía, contra la de este muchacho, le desborde o no el cerebro. Siempre que las usemos. Me alegraría oír qué medidas prácticas se sugieren por nuestra parte. —Con estas palabras se golpeó la rodilla suavemente con los nudillos y miró con dureza al director—. Es una pregunta que ya me he atrevido a presentar antes —añadió MacPhee.

Una súbita transformación, como el salto de una llama sobre las brasas, se produjo en el rostro de Grace Ironwood.

—¿No podemos confiar en que el director presente su propio plan cuando lo crea conveniente, señor MacPhee? —dijo con furia.

—En el mismo sentido —dijo él—, ¿no se confía lo suficiente en la asamblea para que oiga el plan del director, doctor?

—¿Qué quiere decir, MacPhee? —preguntó Dimble.

—Señor director —dijo MacPhee—. Me perdonará que hable con franqueza. Sus enemigos se han armado con esa cabeza. Se han apoderado de Edgestow y están cerca de suspender las leyes de Inglaterra. Y usted nos sigue diciendo que no ha llegado la hora de moverse. Si hubiera seguido mi consejo hace seis meses, ahora tendríamos una organización que abarcaría toda esta isla y tal vez representación en la Cámara de los Comunes. Sé muy bien lo que usted dirá: esos no son los medios adecuados. Y tal vez no lo sean. Pero si usted no puede aceptar nuestro consejo ni darnos nada que hacer, ¿para qué estamos sentados aquí? ¿No ha pensado seriamente en despedirnos y conseguir otros colaboradores con los que pueda trabajar?

—¿Se refiere a disolver la asociación? —preguntó Dimble.

—Sí, eso es —dijo MacPhee.

El director levantó la cabeza con una sonrisa.

—Pero no tengo poderes para disolverla —dijo.

—En ese caso —dijo MacPhee—, ¿puedo preguntar qué autoridad tenía para congregarla?

—Nunca la congregué —dijo el director. Después, pasando la mirada sobre el grupo, agregó—: ¡Aquí hay un extraño malentendido! ¿Han tenido ustedes la impresión de que yo los he elegido?

»¿La han tenido? —repitió, cuando no contestó nadie.

—Bien —dijo Dimble—, en lo que a mí respecta, tengo muy presente que la cuestión se presentó de modo más o menos inconsciente... hasta accidental. No hubo un momento en el que usted me pidiera unirme a un movimiento definido o algo por el estilo. Por eso siempre me consideré una especie de acompañante. Supuse que los demás se encontraban en una posición más formal.

—Usted sabe por qué estamos aquí Camilla y yo —dijo Denniston—. Por cierto, no pensábamos ni preveíamos cómo íbamos a ser empleados.

Grace Ironwood alzó la cabeza con una expresión obstinada en el rostro, que se había vuelto bastante pálido.

—¿Desea usted...? —empezó.

El director le apoyó una mano en el brazo.

—No —dijo—, no. No es necesario contar todas esas historias.

Los rasgos austeros de MacPhee se relajaron en una amplia sonrisa.

—Ya veo adónde quiere llegar —dijo—. Hemos estado jugando todos a la gallina ciega, sin duda. Pero me tomaré la libertad de observar, doctor Ransom, que usted conduce las cosas un poco desde arriba. No recuerdo con exactitud cómo llegó a ser llamado director. A juzgar por el título y por uno o dos indicios, podría pensarse que usted se comportó más como el dirigente de una organización que como el anfitrión de un grupo de invitados.

—Soy el director —dijo Ransom, sonriendo—. ¿Crees que reivindicaría la autoridad como lo hago si la relación entre nosotros dependiera de la elección de ustedes o mía? Ustedes no me escogieron. Yo no los escogí. Ni siquiera los grandes Oyarsu a quienes sirvo me escogieron. Me introduje en sus mundos por lo que parecía, al principio, una casualidad; como ustedes llegaron a mí... como los animales de esta casa llegaron por primera vez a mí. Ustedes y yo no hemos empezado ni planificado esto, ha descendido sobre nosotros... nos ha tomado, si lo prefieren. Sin duda se trata de una organización, pero no somos nosotros los organizadores. Y por eso no tengo autoridad para darle a ninguno de ustedes el permiso de alejarse de mi casa.

Durante un momento hubo un silencio total en el Cuarto Azul, solo interrumpido por el crepitar del fuego.

—Si no queda nada más por discutir —dijo Grace Ironwood poco después—, quizás sería mejor dejar que el director descanse.

MacPhee se puso en pie y se sacudió un poco de rapé que había caído sobre las rodillas de su pantalón, preparando así toda una nueva aventura para los ratones cuando salieran obedeciendo al silbato del director.

—No tengo la menor intención de abandonar esta casa si alguien desea que me quede —dijo—. Pero en lo que concierne a la hipótesis general sobre la que parece estar actuando el director y la autoridad muy peculiar que él declara, me reservo mi juicio por completo. Usted sabe muy bien, señor director, en qué sentido tengo y en qué sentido no tengo una absoluta confianza en usted.

El director se rio.

—Que el cielo no me permita afirmar que sé lo que ocurre en las dos mitades de tu cerebro, MacPhee —dijo—, ni mucho menos cómo las conectas. Pero sé muy bien, lo que importa mucho más, el tipo de confianza que tengo en ti. Pero ¿no quieren sentarse? Aún queda mucho por hablar.

MacPhee volvió a sentarse, Grace Ironwood, que había estado muy erguida en su silla, se relajó y el director habló.

—Esta noche —dijo—, nos hemos enterado de lo que el verdadero poder que está tras nuestros enemigos hace o, al menos, de la forma en que ha tomado cuerpo en Belbury. En consecuencia sabemos algo sobre uno de los dos ataques que están por efectuarse contra nuestra raza. Pero estoy pensando en el otro.

—Sí —dijo Camilla con ansiedad—, el otro.

—¿O sea? —preguntó MacPhee.

—O sea lo que está bajo el bosque Bragdon.

—¿Siguen pensando en eso? —dijo el irlandés.

—Casi no pienso en otra cosa —dijo el director—. Ya sabíamos que el enemigo quería el bosque. Algunos de nosotros suponíamos por qué. Ahora Jane ha visto, o más bien percibido, en una visión qué es lo que buscan en Bragdon. Podría ser el mayor peligro de los dos. Pero lo cierto es que el peligro máximo es la unión de las fuerzas del enemigo. Se juega todo en eso. Cuando el nuevo poder de Belbury se una con el poder antiguo que está bajo el bosque Bragdon, Logres (en realidad, el hombre) estará casi cercado. Para nosotros todo se reduce a impedir esa unión. Esa es la cuestión por la que debemos estar dispuestos a matar o morir. Pero aún no podemos reaccionar. No podemos meternos en Bragdon y empezar a cavar. Habrá un momento en que lo encuentren. No dudo de que lo sabremos de un modo u otro. Debemos esperar hasta entonces.

—No creo una palabra de toda esa historia —dijo MacPhee.

—Pensaba que no íbamos a usar palabras como *creo* —dijo la señorita Ironwood—. Pensaba que solo íbamos a establecer hechos y exponer consecuencias.

—Si ustedes dos siguen peleando tanto —dijo el director—, creo que los haré casar.

•••

Al principio, el gran misterio para la Asociación había sido por qué el enemigo quería el bosque Bragdon. El terreno era inadecuado y podía reformarse para que soportara un edificio del tamaño que pretendían solo mediante un costosísimo trabajo preliminar, y Edgestow no era un sitio demasiado conveniente. Mediante un estudio intenso en colaboración con el doctor Dimble y a pesar del continuo escepticismo de MacPhee, el director había llegado por fin a cierta conclusión. Dimble, él y los Denniston compartían un conocimiento sobre la Gran Bretaña de la época del rey Arturo al que es muy probable que la erudición ortodoxa no llegue durante unos siglos. Sabían que Edgestow descansaba en lo que había sido el propio corazón de la antigua Logres, que la aldea de Cure Hardy conservaba el nombre de Ozana le Coeur Hardi, y que un Merlín histórico había trabajado en otra época en lo que ahora era el bosque Bragdon.

No sabían con exactitud qué había hecho allí, pero todos, por distintos caminos, habían llegado muy lejos, ya sea para considerar su arte como mera leyenda e impostura, o para equipararlo con exactitud con lo que el Renacimiento denominaba magia. Dimble sostenía incluso que un buen crítico, guiado solo por su sensibilidad, podía detectar la diferencia entre las huellas que las dos cosas habían dejado en la literatura.

—¿Qué denominador común existe —preguntaba— entre los ocultistas ceremoniales como Fausto, Próspero y Archimago, con sus estudios de medianoche, libros prohibidos, espíritus malignos y elementos de ayuda, y una figura como Merlín que parece lograr sus resultados simplemente por ser Merlín?

Y Ransom estaba de acuerdo. Pensaba que el arte de Merlín era el último vestigio de algo más antiguo y distinto, algo traído a Europa Occidental después de la caída de Numinor y que provenía de una época en la que las relaciones generales entre la mente y la materia en este planeta habían sido distintas a las que ahora conocemos. Era probable que se hubiera diferenciado profundamente de la magia renacentista. Era posible, aunque dudoso, que se tratara de algo menos condenable, que por cierto había sido más efectivo. Porque Paracelso, Agripa y los demás habían logrado poco o nada. El mismo Bacon, que no era enemigo de la magia salvo en ese aspecto, decía que los magos «no alcanzaban la grandeza ni la certeza en sus obras». Todo el estallido de artes prohibidas del Renacimiento, al parecer, había sido un método de perder la propia alma en términos singularmente desfavorables. Pero el arte más antiguo había sido una propuesta distinta.

Pero si la única atracción posible de Bragdon residía en su vinculación con los últimos vestigios de la magia de los atlantes, eso le sugería a la asociación algo más. Señalaba que el NICE, en lo esencial, no estaba empeñado solo en las formas de poder modernas o materialistas. En realidad, le indicaba al director que detrás había energía eldílica y conocimiento eldílico. Desde luego, que los miembros humanos conocieran los poderes oscuros, los verdaderos organizadores, era otra cuestión. Y a la larga tal cuestión quizás no fuera importante. Como el mismo Ransom había dicho en más de una ocasión:

—Que lo sepan o no, las cosas que pasarán serán las mismas. La cuestión no es cómo va a actuar la gente de Belbury (los eldila oscuros se encargarán de ello), sino qué pensarán de sus actos. Irán a Bragdon, y queda por ver si algunos conocerán el verdadero motivo para ir allí o si habrá alguna teoría elaborada sobre terrenos, el aire o tensiones etéreas para explicarlo.

Hasta cierto punto, el director había supuesto que los poderes que el enemigo quería residían en el mero emplazamiento de Bragdon, porque existe una creencia antigua y difundida de que el sitio tiene importancia en esas cuestiones. Pero a partir del sueño de Jane sobre el frío durmiente había cambiado de idea. Era algo mucho más definido, algo situado bajo el suelo del bosque Bragdon, algo que había que descubrir cavando. Era, concretamente, el cuerpo de Merlín. Había recibido casi sin maravillarse lo que los eldila le habían contado sobre la posibilidad de ese descubrimiento mientras estuvieron con él. Para ellos no era maravilloso. A sus ojos, las modalidades de ser de los habitantes de Tellus —el engendramiento, el nacimiento, la muerte y la descomposición— que constituyen para nosotros una estructura básica no eran menos maravillosas que los otros incontables esquemas de existencia que están presentes sin cesar en sus mentes en eterna vigilia. Para esas elevadas criaturas cuya actividad construye lo que llamamos naturaleza, nada es «natural». Desde su posición, es visible sin cesar la esencial arbitrariedad (por así llamarla) de toda verdadera creación; para ellos no hay supuestos básicos, todo brota con la voluntariosa belleza de un chorro o una melodía de ese instante milagroso de autolimitación en que el infinito, rechazando un millar de posibilidades, proyecta fuera de sí la invención concreta y elegida. No les parecía extraño que un cuerpo pudiese descansar sin corromperse durante mil quinientos años; conocían mundos donde no había la menor corrupción. Que su vida individual pudiese permanecer latente durante todo ese tiempo no era más extraño para ellos: habían visto innumerables modos en que podían combinarse y separarse el alma y la materia, separarse sin pérdida de recíproca influencia, combinarse sin verdadera encarnación, fundirse de tal modo que creaban una tercera entidad, o unirse de manera periódica en una unión tan breve y tan instantánea como la cópula. No le llevaron las nuevas al director como si se tratara de una maravilla de la filosofía de la naturaleza, sino como una información en tiempo de guerra. Merlín no había muerto. Su vida había sido ocultada, apartada, sacada de nuestro tiempo unidimensional, durante quince siglos. Pero bajo ciertas condiciones volvería a su cuerpo.

No se lo habían dicho hasta hacía poco porque no lo habían sabido. Una de las mayores dificultades de Ransom al discutir con MacPhee, quien declaraba constantemente que no creía en la propia existencia de los eldila, era que MacPhee adoptaba la suposición común, aunque curiosa, de que, si hay criaturas más sabias y más poderosas que el hombre, deben ser en consecuencia omnisapientes y omnipotentes. Ransom se esforzaba en vano por explicar la verdad. Sin duda, los seres magníficos que ahora venían a él con tanta frecuencia tenían el poder necesario para barrer a Belbury de la faz de Inglaterra y a Inglaterra de la faz del globo terráqueo, tal vez incluso para hacer desaparecer la propia Tierra. Pero no utilizarían ese poder. Ni tenían ninguna visión directa de las mentes de los hombres. Era en un sitio distinto y acercando su conocimiento desde el otro lado como habían descubierto el estado de Merlín; no a partir del examen de lo que dormía bajo el bosque Bragdon, sino a partir de la observación de cierta configuración única en el sitio donde permanecen las cosas desplazadas fuera del camino principal del tiempo, detrás de los cercos de arbustos invisibles, dentro de campos inimaginables. No todos los tiempos que están fuera del presente son por lo tanto pasado o futuro.

Eso era lo que mantenía al director despierto, con ceño, durante las primeras horas de la mañana cuando los demás lo dejaron. Ahora no tenía dudas de que el enemigo había comprado Bragdon para encontrar a Merlín, y si lo encontraban volverían a despertarlo. El antiguo druida jugaría inevitablemente su suerte con los nuevos planificadores; ¿qué se lo podía impedir? Se llevaría a cabo una unión entre los dos tipos de poder que determinarían el destino de nuestro planeta. Sin duda esa había sido la voluntad de los eldila oscuros durante siglos. Las ciencias físicas, buenas e inocentes en sí mismas, ya habían empezado, incluso en los tiempos de Ransom, a ser distorsionadas, habían sido sutilmente manipuladas. La desesperación de obtener la verdad objetiva se había insinuado cada vez más entre los científicos; la indiferencia hacia ella y una concentración sobre el poder en sí habían sido el resultado. Comentarios sobre el *élan vital* y coqueteos con el panpsiquismo prometían restaurar el *anima mundi* de los magos. Sueños del destino de la humanidad en el remoto futuro iban extrayendo de su tumba poco profunda e insegura el antiguo sueño del hombre como Dios. Las propias experiencias en la sala de disección y del laboratorio patológico engendraban la convicción de que la represión de todas las repugnancias innatas era primordial para el progreso. Y ahora todo había llegado a la etapa en que sus oscuros impulsores pensaban que era seguro empezar a volverlo hacia atrás de modo que pudiera encontrarse con un tipo de poder más antiguo y distinto. En realidad, estaban eligiendo el primer momento en que podía ser realizado. No se podría haber realizado con los científicos del siglo XIX. Su sólido materialismo objetivo lo habría excluido de sus mentes; aunque hubiesen simulado creerlo, la moral heredada les habría impedido mezclarse en algo sucio. MacPhee era un sobreviviente de tal tradición. Ahora las cosas habían cambiado. Tal vez pocos o ninguno de los integrantes de Belbury sabía lo que estaba pasando; cuando ocurriera, serían como paja en el fuego. ¿Qué les resultaría increíble si ya no creían en un universo racional? ¿Qué considerarían demasiado obsceno si sostenían que la moral era un mero subproducto de la situación física y económica de los hombres? La época había llegado. Desde el punto de vista aceptado en el infierno, toda la historia de nuestra Tierra había llevado a este momento. Ahora había por fin una verdadera oportunidad de que el hombre caído se sacudiera esa limitación de sus poderes que la misericordia le había impuesto como protección contra los plenos resultados de su caída. Si se lograba, el infierno al fin se encarnaría. Los hombres malvados, aunque siguieran en el cuerpo, aunque aún se arrastraran sobre este pequeño globo, entrarían en ese estado al que, hasta ahora, solo habían penetrado después de la muerte, contarían con la durabilidad y el poder de los malos espíritus. La naturaleza, en todo el globo de Tellus, se convertiría en su esclava, y de tal dominio ningún final, anterior al fin del propio tiempo, podía preverse con certeza.

10

LA CIUDAD CONQUISTADA

Hasta entonces, fueran como fuesen sus días, Mark dormía por lo general bien. Esa noche, el sueño lo abandonó. No le había escrito a Jane; se había pasado el día manteniéndose fuera de la vista y no haciendo nada en especial. La noche en vela trasladó sus temores a un nuevo nivel. Como es natural, era materialista en teoría y, también en teoría, había pasado la edad en la que uno tiene temores nocturnos. Pero, ahora, mientras el viento batía contra la ventana hora tras hora, volvió a sentir terrores infantiles: el viejo estremecimiento exquisito, como de dedos fríos recorriéndole la espalda con delicadeza. En realidad, el materialismo no constituye una protección. Los que lo buscan con esa esperanza (un grupo nada insignificante) se ven desilusionados. Lo que uno teme es imposible. Muy bien. ¿Se puede por lo tanto dejar de temer? No en este momento y lugar preciso. Y entonces ¿qué? Si uno debe ver fantasmas, es mejor no descreer de ellos.

Lo llamaron antes que de costumbre, y con el té llegó una nota. El director delegado le enviaba sus saludos más distinguidos y debía pedirle al señor Studdock que se presentara ante él al instante para tratar una cuestión urgentísima y penosa. Mark se vistió y obedeció.

En el cuarto de Wither se encontró con este y la señorita Hardcastle. Para sorpresa y transitorio alivio de Mark, Wither no demostró recordar el último encuentro que habían tenido.

En realidad, su conducta era cordial, hasta respetuosa, aunque solemne en extremo.

—Buenos días, buenos días, señor Studdock —dijo—. Es con el mayor pesar que yo... eh... en suma, no lo habría privado de su desayuno a menos que sintiera, como ocurrió, que en beneficio de sus propios intereses debía usted estar en plena posesión de los hechos cuanto antes fuera posible. Desde luego deberá considerar lo que voy a decirle como algo estrictamente confidencial. Es una cuestión penosa o al menos embarazosa. Estoy seguro de que a medida que se desarrolle la conversación (le ruego que se siente, señor Studdock) advertirá ante la situación presente lo sensatos que hemos sido al asegurarnos desde el principio una fuerza policial (para darle esa denominación bastante desafortunada) propia.

Mark se humedeció los labios y se sentó.

—Sin embargo, mi resistencia a presentar la cuestión —siguió Wither— sería mucho más grave si no me sintiera capaz de asegurarle (por anticipado, como comprenderá) la absoluta confianza que todos depositamos en usted y que tengo la gran esperanza —dijo mirando por primera vez a Mark a los ojos— que usted esté empezando a devolver. Aquí nos consideramos como otros tantos hermanos y... eh... hermanas, de modo que sea lo que fuere lo que pase entre nosotros en este cuarto debe ser considerado confidencial en el sentido más pleno posible de la palabra, y doy por descontado que todos tenemos derecho a discutir el tema que voy a mencionar de la manera más humana e informal posible.

La voz de la señorita Hardcastle, interrumpiendo de pronto, tuvo un efecto no muy distinto al de un disparo de pistola.

—Ha perdido su billetera, Studdock —dijo.

—¿Mi... mi billetera? —dijo Mark.

—Sí. Billetera. Cartera. Objeto donde se guardan billetes y cartas.

—Sí. Así es. ¿La ha encontrado?

—¿Contiene tres libras con diez, sellos de correo por cinco chelines, cartas de una mujer que firma Myrtle, del tesorero de Bracton, de G. Hernshaw, F. A. Browne y M. Belcher, y una factura por un traje de Simonds and Son, 32A calle Market, Edgestown?

—Bueno, sí, más o menos.

—Ahí está —dijo la señorita Hardcastle, señalando la mesa—. ¡No lo haga!—agregó cuando Mark dio un paso hacia ella.

—¿Qué demonios pasa? —dijo Mark. El tono era el que creo que hubiera empleado casi cualquier hombre dadas las circunstancias, pero que los policías se sienten inclinados a describir como «violento».

—No se apresure —dijo la señorita Hardcastle—. Esa billetera apareció en la hierba junto a la carretera, a unos cinco metros del cadáver de Hingest.

—¡Dios mío! —dijo Studdock—. No querrá decir... Es absurdo.

—Es inútil que apele a mí —dijo la señorita Hardcastle—. No soy abogado, ni jurado, ni juez. Solo soy una mujer policía. Le estoy comunicando los hechos.

—¿Debo entender que se sospecha que he asesinado a Hingest?

—En realidad no creo —dijo el director delegado— que necesite tener la más ligera aprensión de que haya, a estas alturas, ninguna diferencia radical entre sus colegas y usted en cuanto a la luz bajo la que debe contemplarse tan doloroso asunto. En realidad se trata de una cuestión constitucional...

—¿Constitucional? —dijo Mark con furia—. Si no me equivoco, la señorita Hardcastle me está acusando de asesinato.

Los ojos de Wither lo miraron desde una distancia infinita.

—Oh —dijo—, no creo realmente que eso haga justicia a la posición de la señorita Hardcastle. El elemento del instituto que ella representa estaría estrictamente *ultra vires* si hiciera algo por el estilo dentro del NICE (suponiendo, aunque desde luego puramente como elemento para la discusión, que ellos desearan o pudieran desear hacerlo en una etapa posterior) mientras que con relación a las autoridades externas su función, sea cual fuere la definición que le demos, sería inconsistente por completo con cualquier acción semejante, al menos en el sentido en el que entiendo que usted emplea las palabras.

—Pero supongo que es con las autoridades externas con las que me veo relacionado —dijo Mark. Se le había secado la boca y le costaba hacerse oír—. Por lo que puedo entender, la señorita Hardcastle quiere decir que voy a ser arrestado.

—Todo lo contrario —dijo Wither—. Precisamente este es uno de esos casos en los que puede advertirse el enorme valor de poseer nuestra propia fuerza ejecutiva. Tenemos aquí un asunto que podría, me temo, causarle a usted una muy considerable molestia si la policía común hubiese descubierto la billetera o si nos encontráramos en la posición de un ciudadano común que siente que es su deber (como lo sentiríamos nosotros mismos si llegáramos a estar en esa situación tan distinta) entregársela a ellos. No sé si la señorita Hardcastle le ha aclarado bien que fueron sus funcionarios, y solo ellos, quienes hicieron este... eh... embarazoso descubrimiento.

—¿Qué diablos quiere decir? —dijo Mark—. Si la señorita Hardcastle no cree tener un caso de *prima facie* en contra de mí, ¿por qué soy acusado de este modo? Y si lo cree, ¿cómo puede dejar de informar a las autoridades?

—Mi querido amigo —dijo Wither con un tono anticuado—, no existe el menor deseo por parte de la Comisión de insistir en definir, en casos como este, los poderes de acción de nuestra policía, ni mucho menos, que es de lo que aquí se trata, sus poderes de inacción. No creo que nadie haya insinuado que la señorita Hardcastle debería estar obligada (en ningún sentido que limitase su propia iniciativa) a comunicar a las autoridades externas, que por su propia organización deben suponerse menos aptas para tratar con investigaciones tan imponderables y cuasi técnicas como las que pueden llegar a presentarse, ningún hecho obtenido por ella y su personal en el curso de las funciones internas desplegadas dentro del NICE.

—¿Debo entender que la señorita Hardcastle cree tener hechos que justifican mi arresto por el asesinato del señor Hingest, pero se ofrece bondadosamente a eliminarlos? —dijo Mark.

—Va acercándose, Studdock —dijo el Hada. Un momento después, por primera vez ante Mark, encendió realmente su puro filipino, sopló una nube de humo y sonrió, o al menos hizo retroceder los labios hasta que se le vieron los dientes.

—Pero no es eso lo que deseo —repuso Mark.

No era del todo cierto. La idea de que el asunto se tapara de cualquier modo y bajo cualquier condición cuando se lo habían presentado por primera vez, un momento antes, se había convertido en algo equivalente al aire para alguien que se asfixia. Pero algo así como la condición de ciudadano aún vivía en él y procedió a seguir una línea distinta, casi sin notar tal emoción.

—No deseo eso —dijo hablando con demasiada intensidad—. Soy inocente. Creo que haré mejor en dirigirme a la policía, la verdadera policía, quiero decir, de inmediato.

—Si usted desea que lo condenen a muerte —dijo el Hada—, es otro asunto.

—Deseo defenderme —dijo Mark—. El cargo se desmoronará en seguida. No hay móvil concebible. Y tengo coartada. Todo el mundo sabe que dormí aquí esa noche.

—¿En serio? —replicó el Hada.

—¿Qué quiere decir? —dijo Mark.

—Siempre hay un móvil, sabe, para que alguien asesine a otro —dijo ella—. Los policías son seres humanos. Cuando la maquinaria se ponga en marcha, como es natural, querrán una sentencia condenatoria.

Mark se dijo a sí mismo que no estaba asustado. ¡Ojalá Wither no cerrara las ventanas y después encendiera un fuego como aquel!

—Hay una carta que usted escribió —dijo el Hada.

—¿Qué carta?

—Una carta a un tal señor Pelham, de su propio *college*, fechada hace seis semanas, en la que dice: «Me gustaría que Bill el Tormentas fuera a parar a un mundo mejor».

El recuerdo de aquella nota garabateada volvió como un dolor físico a Mark. Era el tipo de broma tonta que se acostumbraba a hacer en el Elemento Progresista, el tipo de cosas que podía decirse una docena de veces al día en Bracton sobre un oponente o incluso de alguien aburrido.

—¿Cómo llegó a sus manos esa carta? —dijo Mark.

—Creo, señor Studdock —dijo el director delegado—, que sería poco correcto insinuar que la señorita Hardcastle debiera darle algún tipo de explicación (detallada, quiero decir) del funcionamiento concreto de la Policía Institucional. Al afirmarlo no pretendo ni por un momento negar que la confianza más completa posible entre todos los integrantes del NICE es una de las características más valiosas que este puede tener y, por cierto, un *sine qua non* de esa vida concreta y orgánica que esperamos llegue a desarrollar. Pero necesariamente hay ciertas esferas (no definidas con nitidez, desde luego, pero que se revelan de modo inevitable en respuesta al entorno y la obediencia al *ethos* implícito o la dialéctica del todo) en las que una confianza que implique el intercambio verbal de hechos podría... eh... podría menoscabar sus propios fines.

—No supondrá que alguien puede tomar esa carta en serio, ¿verdad? —dijo Mark.

—¿Alguna vez trató de hacerle entender algo a un policía? —dijo el Hada—. Me refiero a lo que usted llamaría un verdadero policía.

Mark no dijo nada.

—Y no creo que la coartada sea particularmente buena —dijo el Hada—. Lo vieron hablar con Bill en la cena. Lo vieron salir con él por la puerta principal. No lo vieron regresar. No se sabe nada de sus movimientos hasta la hora del desayuno, a la mañana siguiente. Si hubiese ido con él en el auto hasta el sitio del asesinato, habría tenido tiempo de sobra para volver caminando y acostarse alrededor de las dos y cuarto. Esa noche heló, ¿sabe? No hay motivos para que sus zapatos estuvieran muy embarrados o algo por el estilo.

—Si puedo utilizar un punto presentado por la señorita Hardcastle —dijo Wither—, esta es una muy buena ilustración de la inmensa importancia de la Policía Institucional. Hay tantos matices sutiles involucrados que sería poco razonable esperar que las autoridades comunes comprendieran, pero que, mientras permanezcan, por así decirlo, dentro de nuestro círculo familiar (pienso en el NICE, señor Studdock, como en una gran familia) no necesitan desarrollar ninguna tendencia a producir algún desmán de la justicia.

Debido a cierta confusión mental que lo había asaltado a veces en los consultorios de los dentistas o en los despachos de los directores de escuela, Mark empezó casi a identificar la situación que parecía ir aprisionándolo con el cerco real de las cuatro paredes de aquel cuarto caluroso. ¡Si pudiera salir de él de cualquier modo, salir al aire libre y la luz del sol, alejarse por el campo, alejarse del crujir recurrente del cuello de la camisa del director delegado, del fulgor rojo del extremo del puro de la señorita Hardcastle y de la imagen del rey colgada sobre la chimenea!

—¿Realmente me aconseja, señor, no recurrir a la policía? —dijo.

—¿A la policía? —dijo Wither como si se tratara de una idea completamente nueva—. No creo, señor Studdock, que nadie haya contemplado en ningún momento que usted emprenda ninguna acción irrevocable como esa. Hasta puede argumentarse que mediante tal acción sería culpable (culpable sin intención, me apresuro a agregar) de cierto grado de deslealtad respecto a sus colegas y sobre todo respecto a la señorita Hardcastle. Como es lógico, se estaría usted situando fuera de nuestra protección.

—Ese es el asunto, Studdock —dijo el Hada—. Una vez que se cae en manos de la policía, se cae en manos de la policía.

El momento de la decisión había pasado junto a Mark sin que lo advirtiera.

—Bien —dijo—, ¿qué me propone que haga?

—¿Yo? —dijo el Hada—. No se mueva. Es una suerte para usted que fuéramos nosotros y no un extraño los que descubriéramos la billetera.

—No solo una suerte para... eh... el señor Studdock —agregó Wither con suavidad—, sino para todo el NICE. No podríamos haber permanecido indiferentes...

—Hay solo una dificultad —dijo el Hada—, no tenemos la carta que le escribió a Pelham. Solo una copia. Pero, con un poco de suerte, no ocurrirá nada en ese sentido.

—Entonces ¿no hay nada que hacer por el momento? —dijo Mark.

—No —dijo Wither—. No. Ninguna acción inmediata de carácter oficial. Desde luego, sería muy aconsejable que usted actuara, como estoy seguro que hará, con la mayor prudencia y eh... eh... cautela durante los próximos meses. Mientras se encuentre con nosotros, señor Studdock, Scotland Yard, creo, comprendería el inconveniente de tratar de actuar a menos que contaran con una causa muy concreta. Sin duda es probable que tenga lugar cierto... eh... cotejo de fuerzas entre el poder ejecutivo común y nuestra propia organización dentro de los próximos seis meses, pero me parece muy improbable que hagan de esto un caso de prueba.

—Pero ¿quiere decir que ya sospechan de mí? —dijo Mark.

—Esperemos que no —dijo el Hada—. Como es lógico, quieren un culpable... es natural. Pero preferirían de lejos tener uno que no los comprometiera a registrar las instalaciones del NICE.

—Pero ¡busquen aquí, maldición! —dijo Mark—. ¿Es que no esperan atrapar al ladrón en uno o dos días? ¿No van a hacer algo?

—¿El ladrón? —dijo Wither—. No ha habido ninguna insinuación de que hayan robado el cadáver hasta ahora.

—Me refiero al ladrón que me robó la billetera.

—Oh... ah... su billetera —dijo el otro, frotándose con mucha suavidad el rostro fino, elegante—. Ya veo. Entiendo, creo, que está usted presentando un cargo de hurto contra alguna persona o personas desconocidas...

—Pero ¡por Dios! —gritó Mark—. ¿No daban por sentado que alguien me la robó? ¿Creen que estuve allí? ¿Los dos creen que soy un asesino?

—¡Por favor! —dijo el director delegado—, por favor, señor Studdock, realmente no debe gritar. Aparte de la indiscreción que representa, debo recordarle que está en presencia de una dama. Según lo que puedo recordar, no hemos dicho nada de asesinato y no se ha hecho ningún cargo semejante. Mi única preocupación es dejar perfectamente claro lo que estamos haciendo todos. Desde luego, hay ciertas líneas de conducta y cierto modo de proceder que en teoría sería posible que usted adoptara y que haría difícil para nosotros seguir con la discusión. Estoy seguro de que la señorita Hardcastle está de acuerdo conmigo.

—Me da lo mismo —dijo el Hada—. No sé por qué Studdock tiene que empezar a gritarnos porque intentamos salvarle el pellejo. Pero le corresponde decidirlo a él. Yo tengo un día duro y no pienso quedarme aquí toda la mañana.

—En realidad —dijo Mark—, me pareció disculpable...

—Le ruego que se calme, señor Studdock —dijo Wither—. Como dije antes, nos consideramos una familia y no es necesario nada semejante a una disculpa formal. Todos nos entendemos y a todos nos disgustan las... eh... escenas. Quizás se me permita mencionar, de la manera más amistosa posible, que cualquier inestabilidad de temperamento será vista por la Comisión como... bueno, como poco favorable para la confirmación de su cargo. Dicho todo, desde luego, del modo más estrictamente confidencial.

Mark había dejado de preocuparse hacía rato del empleo en sí, pero advertía que la amenaza de despido ahora era una amenaza de ahorcamiento.

—Siento haber sido rudo —dijo al fin—. ¿Qué me aconsejan que haga?

—No asome la nariz fuera de Belbury, Studdock —dijo el Hada.

—Dudo que la señorita Hardcastle pudiese darle mejor consejo —dijo Wither—. Y, ahora que la señora Studdock va a venir con usted aquí, este transitorio cautiverio (empleo la palabra, como comprenderá, en sentido metafórico) no será una grave penalidad. Debe considerar esto como su hogar, señor Studdock.

—Oh... eso me ha hecho recordar, señor —dijo Mark—. En realidad no estoy del todo seguro de traer a mi esposa. A decir verdad, ella no se encuentra muy bien de salud...

—Pero supongo que en ese caso ha de estar aún más ansioso de tenerla aquí, ¿no?

—No creo que le caiga bien, señor.

Los ojos del DD divagaron y su voz se volvió más grave.

—Casi me había olvidado de felicitarlo —dijo— por haber sido presentado a nuestro superior. Señala un paso importante en su carrera. Todos sentimos que es usted realmente uno de nosotros en un sentido más profundo. Estoy seguro de que nada está más lejos de sus intenciones que rechazar la preocupación amistosa (casi paternal) que él siente por usted. Está muy ansioso de darle la bienvenida a la señora Studdock en cuanto sea posible.

—¿Por qué? —dijo Mark de pronto.

Wither miró a Mark con una sonrisa indescriptible.

—Mi querido muchacho —dijo—. La unidad, ya sabe. El círculo familiar. Ella... ¡ella le hará compañía a la señorita Hardcastle!

Antes de que Mark se recobrara de aquel concepto nuevo e impactante, Wither se puso en pie y se dirigió hacia la puerta. Hizo una pausa con una mano en el picaporte y la otra en el hombro de Mark.

—Seguro que está deseando tomar el desayuno —dijo—. No me permita demorarlo más. Compórtese con la mayor cautela. Y... y... —Aquí la expresión cambió de pronto. La boca muy abierta pareció súbitamente la de un animal furioso y lo que había sido la vaguedad senil de los ojos se convirtió en una carencia de toda expresión específicamente humana—. Y traiga a la chica, ¿entiende? Traiga a su esposa —agregó—: El superior, la cabeza... no es muy paciente.

•••

Cuando cerró la puerta tras de sí, Mark pensó de inmediato: «¡Ahora! Están los dos adentro. A salvo por un minuto al menos». Sin detenerse siquiera a recoger el sombrero caminó con rapidez hasta la puerta principal y bajó por la entrada para vehículos. Nada que no fuera la imposibilidad física le impediría ir a Edgestow y avisar a Jane. Después de eso no tenía planes. Hasta la vaga idea de escapar a América que, en una época más sencilla, había consolado a tantos fugitivos, le estaba vedada. Ya había leído en los periódicos la cálida aprobación del NICE y de todas sus obras en Estados Unidos y Rusia. Algún pobre instrumento como él mismo había escrito esos artículos. Las garras del instituto estaban clavadas en todos los países: en el barco, si es que llegaba a navegar, o en el ferrocarril, si alcanzaba algún puerto extranjero, sus representantes lo estarían esperando.

Ahora había pasado el camino, estaba en la franja de árboles. Había pasado un minuto desde que había abandonado la oficina de DD y nadie le había dado alcance. Pero la aventura del día anterior se repetía. Una figura alta, encorvada, deslizante, crujiente, musitando una tonada, le obstruía el paso. Mark nunca había luchado. Impulsos ancestrales alojados en su cuerpo —ese cuerpo que en tantos aspectos era más sensato que su mente— dirigieron el golpe que apuntó a la cabeza del senil obstáculo. Pero no hubo impacto. La forma se había esfumado súbitamente.

Las personas enteradas nunca se pusieron del todo de acuerdo en cuanto a la explicación del episodio. Podía haber ocurrido que Mark, tanto entonces como el día anterior, sobreexcitado, viese una alucinación de Wither donde Wither no estaba. Podía ser que la aparición continua de Wither que casi a todas horas frecuentaba tantas habitaciones y corredores de Belbury fuese, en un sentido verificado del término, un fantasma: una de esas impresiones sensoriales que una personalidad intensa puede grabar en las últimas etapas de su deterioro sobre la estructura misma de un edificio, y que son eliminadas no por un exorcismo, sino mediante alteraciones arquitectónicas. O, después de todo, podía ser que las almas que han perdido la calidad intelectual reciban realmente a cambio y durante un breve período el vano privilegio de reproducirse a sí mismas de ese modo como espectros, en diversos lugares. En todo caso, aquello, fuera lo que fuese, se esfumó.

El sendero cortaba en diagonal un campo de hierba, ahora cubierta por la escarcha, y el cielo era de un color azul brumoso. Después apareció un molino; a partir de ahí el sendero corría bordeando un bosquecillo. Después torcía un poco a la izquierda, pasaba junto al fondo de una granja, después formaba un camino para caballos a través de un bosque. Luego apareció la aguja de Courthampton. Ahora Mark tenía los pies ardiendo y empezaba a sentir hambre. Atravesó un camino, se metió entre un rebaño de animales que bajaron la cabeza y bufaron hacia él, cruzó una corriente sobre un puente para peatones y finalmente llegó a las huellas heladas del camino que lo llevó a Courthampton.

Lo primero que vio al entrar en la calle de la aldea fue un carro de granja. Una mujer y tres niños iban sentados junto al hombre que conducía, y en el carro se veían amontonados cómodas, partes de camas, colchones, cajas y un canario en una jaula. Pegados a él iban un hombre, una mujer y un chico a pie haciendo rodar un coche para niños, que también estaba cargado de utensilios. Después aparecía una familia empujando una carretilla, más allá, un carruaje liviano muy cargado y después un automóvil antiguo, que hacía sonar la bocina sin cesar pero no podía salir de su lugar en la procesión. Esa corriente continua de tráfico atravesaba la aldea. Mark nunca había visto la guerra; de lo contrario, habría reconocido en seguida las señales de un ataque aéreo. En todos aquellos esforzados caballos y hombres y en todos los vehículos cargados habría leído con claridad el mensaje: «Enemigo detrás».

El tráfico era tan ininterrumpido que le llevó un largo rato alcanzar el cruce junto a la taberna donde pudo descubrir un horario de autobús enmarcado y cubierto por un vidrio. El primero para Edgestow no salía hasta las 12.15. Se quedó por allí, sin entender nada de lo que veía, pero interrogándose; en condiciones normales, Courthampton era una aldea muy tranquila. Gracias a una ilusión feliz y bastante común, se sentía menos en peligro ahora que Belbury se había perdido de vista y pensaba sorprendentemente poco en el futuro. A veces pensaba en Jane y a veces en tocino con huevos, en pescado frito y en ríos de café oscuro aromático derramándose en grandes tazas. A las 11.30 abrió la taberna. Entró y pidió una pinta de cerveza y un poco de pan y queso.

Al principio el bar estaba vacío. Durante la media hora siguiente entraron hombres de uno en uno hasta que hubo cuatro. Al principio no hablaron sobre la desgraciada procesión que seguía pasando ante las ventanas. En realidad, durante cierto tiempo no dijeron una palabra. Después, un hombrecito con una cara que se parecía a una patata vieja observó sin dirigirse a nadie en especial:

—La otra noche vi al viejo Rumbold.

Durante cinco minutos nadie contestó y después un muchacho en polainas dijo:

—Supongo que se debe de haber arrepentido de intentarlo.

Así fue discurriendo la conversación sobre Rumbold durante un tiempo. Solo cuando el tema de Rumbold quedó agotado por completo, la charla empezó, de modo muy indirecto y mediante etapas graduales, a arrojar cierta luz acerca de la corriente de refugiados.

—Siguen viniendo —dijo un hombre.

—Ajá —dijo otro.

—Ya no deben de quedar muchos.

—No sé dónde se van a meter.

—Poco a poco se fue aclarando el asunto. Eran refugiados de Edgestow. A algunos los habían echado de sus casas, otros estaban asustados por los tumultos y aún más por la restauración del orden. Parecía haberse establecido algo semejante al terror en la ciudad.

—Me contaron que ayer arrestaron a doscientos —dijo el cantinero.

—Ajá —dijo el joven—. Estos policías del NICE son un caso, todos. Sacaron a mi viejo de sus casillas, en serio. —Y terminó con una carcajada.

—No es tanto la policía como los trabajadores, por lo que he oído —dijo otro—. No tendrían que haber traído a esos galeses e irlandeses.

Pero las críticas paraban allí. Lo que impresionó mucho a Mark fue la ausencia casi completa de indignación entre los que hablaban o incluso de alguna simpatía hacia los refugiados. Todos los presentes estaban enterados de al menos un ultraje en Edgestow, pero todos estaban de acuerdo con que los refugiados debían de estar exagerando mucho.

—El diario de hoy dice que las cosas se están encarrilando bastante bien —dijo el cantinero.

—Es cierto —concordaron los demás.

—Siempre hay alguien que arma escándalo —dijo el hombrecito con cara de patata.

—¿Qué sentido tiene ponerse a armar escándalo? —preguntó otro—. Las cosas tienen que seguir adelante. No se las puede detener.

—Es lo que yo digo —dijo el cantinero.

Fragmentos de artículos escritos por el propio Mark surgían aquí y allá. Al parecer, él y los de su clase habían hecho bien su trabajo; la señorita Hardcastle había valorado demasiado la resistencia de las clases trabajadoras a la propaganda.

Cuando llegó la hora no tuvo dificultades en subir al autobús; en realidad estaba vacío, porque todo el tráfico iba en dirección opuesta. Se bajó en el extremo de la calle Market y se fue en seguida hacia el apartamento. Toda la ciudad tenía un nuevo semblante. Una de cada tres casas estaba vacía. Cerca de la mitad de los negocios tenían las ventanas tapiadas con tablones. A medida que subía y entraba en la zona de las grandes villas con jardines notó que muchas habían sido requisadas y exhibían carteles blancos con el símbolo del NICE: un musculoso hombre desnudo esgrimiendo un rayo. En cada esquina, y con frecuencia entre ellas, la policía del NICE haraganeaba y se desplazaba, con los cascos puestos, haciendo oscilar las porras, y con los revólveres en la funda de sus lustrosos cinturones negros. Los rostros blancos y redondos con bocas abiertas que se movían lentamente mientras mascaban chicle se le quedaron grabados en la memoria. También había anuncios en todas partes que no se detuvo a leer. Estaban titulados Disposiciones de Emergencia y llevaban la firma «Feverstone».

¿Estaría Jane? Sintió que no podría soportar que no estuviera. Empezó a manosear el llavero en el bolsillo mucho antes de llegar a casa. La puerta de entrada estaba cerrada con llave. Quería decir que los Hutchinson, que ocupaban la planta baja, no estaban. Abrió y entró. La escalera parecía húmeda y fría; el descansillo, frío, húmedo y oscuro.

—Jaaane —gritó mientras abría la cerradura del apartamento. Pero ya había perdido las esperanzas. En cuanto entró supo que no había nadie. Un montón de cartas sin abrir descansaba sobre la alfombrilla de adentro. No había sonidos, ni el tictac de un reloj. Todo estaba en orden: Jane debía de haber salido una mañana después de «arreglar» la casa. Las servilletas para el té colgadas en la cocina estaban bien secas; era evidente que no habían sido usadas durante al menos veinticuatro horas. El pan del armario estaba rancio. Había un jarro lleno hasta la mitad de leche, pero la leche estaba cuajada. Siguió deambulando de cuarto en cuarto mucho después de estar seguro de la verdad, contemplando la atmósfera rancia y triste que invade las casas desiertas. Pero era obvio que quedarse allí no tenía sentido. Tuvo un arrebato de ira irracional. ¿Por qué no le había dicho Jane que pensaba irse? ¿O alguien se la había llevado? Tal vez hubiese una nota para él. Tomó un montón de cartas de encima de la repisa de la chimenea, pero eran solo cartas que él había puesto allí para contestar. Después vio sobre la mesa un sobre dirigido a la señora Dimble con la dirección de su casa, al otro lado del Wynd. ¡Así que la condenada mujer había estado allí! Sentía que él siempre les había caído mal a los Dimble. Probablemente le habían pedido a Jane que se fuera a casa de ellos, interfiriendo de algún modo, sin duda. Debía ir a Northumberland y ver a Dimble.

La idea de enfadarse con los Dimble se le ocurrió a Mark casi como una inspiración. Bravuconear un poco como marido ofendido en busca de la esposa sería un cambio agradable respecto a las actitudes que se había visto obligado a adoptar últimamente. Mientras bajaba a la ciudad se detuvo a tomar un trago. Al llegar al Bristol y ver el cartel del NICE sobre él, casi dijo «Oh, maldición» y se alejó, antes de recordar súbitamente que era un alto oficial del NICE y de ningún modo un integrante de ese público general al que le estaba vedada la entrada al Bristol. Le preguntaron quién era en la puerta y se pusieron obsequiosos en cuanto lo dijo. Dentro ardía un fuego agradable. Después del día abrumador que había tenido se sintió justificado al pedir un *whisky* doble y después otro. Completó el cambio mental que había empezado cuando concibió por primera vez la idea de tener un motivo de queja contra los Dimble. El ambiente de Edgestow tenía algo que ver con el asunto. Había en él un componente en el que esas exhibiciones de poder sugerían sobre todo lo espléndido y apropiado que era, al fin y al cabo, formar parte del NICE en vez de ser un extraño. Incluso ahora... ¿acaso se había tomado demasiado en serio toda esa *démarche* acerca de un proceso de asesinato? Naturalmente era el modo en que Wither manejaba las cosas: le gustaba siempre tener algo pendiente de uno. Era solo un modo de mantenerlo en Belbury y de hacer que llevara a Jane. Y cuando lo pensaba mejor, ¿por qué no? Ella no podía seguir viviendo sola durante un tiempo indefinido. Y la esposa de un hombre que pretendía seguir una carrera y vivir en el centro de las cosas debía aprender a ser una mujer de mundo. En todo caso, lo primero era ver a aquel tipo, Dimble.

Dejó el Bristol, como él hubiera dicho, sintiéndose otro hombre. En realidad era otro hombre. Desde entonces hasta el momento de la decisión final, otros hombres aparecerían en él con asombrosa rapidez y cada uno parecería muy completo mientras durase. Así, resbalando con violencia de un lado a otro, su juventud se aproximaba al momento en que él empezaría a ser una persona.

•••

—Adelante —dijo Dimble en sus habitaciones de Northumberland. Acababa de terminar con el último discípulo del día y pensaba irse a St. Anne's en unos minutos.

»Oh, es usted, Studdock —agregó cuando se abrió la puerta—. Adelante.

Trató de hablar con naturalidad, pero estaba sorprendido por la visita e impresionado por lo que veía. Le pareció que el rostro de Studdock había cambiado desde la última vez que lo había visto: estaba más lleno y más pálido y había una vulgaridad nueva en la expresión.

—He venido a preguntar por Jane —dijo Mark—. ¿Sabe dónde está?

—Me temo no poder darle la dirección —dijo Dimble.

—¿Quiere decir que no lo sabe?

—No puedo dársela —respondió Dimble.

Según el plan de Mark, ese era el momento en que tendría que haber empezado a comportarse con violencia. Pero no sentía lo mismo ahora que estaba en el cuarto. Dimble siempre lo había tratado con una cortesía escrupulosa y Mark siempre había sentido que le caía mal a Dimble. Eso no había hecho que Dimble le cayera mal a él. Solo lo había puesto incómodamente locuaz en presencia de Dimble y ansioso por agradar. El carácter vengativo no era uno de los vicios de Mark. Porque a Mark le gustaba gustar. Un desaire lo dejaba soñando no con la venganza, sino con bromas brillantes o proezas que un día conquistarían la buena voluntad del hombre que lo había desairado. Si a veces era cruel, lo era hacia abajo, con los inferiores o extraños que solicitaban su aprecio, no hacia arriba, con los que lo rechazaban. Había mucho de perro de aguas en él.

—¿Qué quiere decir? —preguntó—. No entiendo.

—Si tiene algún aprecio por la seguridad de su esposa, no debe pedirme que le diga adónde se ha ido —dijo Dimble.

—¿Seguridad?

—Seguridad —repitió Dimble con mucha seriedad.

—¿Seguridad respecto a qué?

—¿No sabe lo que ha ocurrido?

—¿Qué ha ocurrido?

—En la noche del gran tumulto, la Policía Institucional trató de arrestarla. Escapó, pero no antes de que la torturaran.

—¿Torturaran? ¿Qué quiere decir?

—La quemaron con cigarros.

—Por eso he venido —dijo Mark—. Jane... Me temo que esté al borde de una crisis nerviosa. Eso no ocurrió en realidad, ¿sabe?

—El doctor que atendió las heridas piensa otra cosa.

—¡Por Cristo! —dijo Mark—. ¿Así que se lo hicieron en realidad? Pero, escuche...

Le resultaba difícil hablar bajo la mirada serena de Dimble.

—¿Por qué no me han informado de este ultraje? —gritó.

—¿Sus colegas? —preguntó Dimble fríamente—. Es extraño que me lo pregunte. Tendría que entender el modo de actuar del NICE mejor que yo.

—¿Por qué no me lo informó usted? ¿Por qué no se hizo nada al respecto? ¿Han recurrido a la policía?

—¿La Policía Institucional?

—No, la policía común.

—¿Realmente no sabe que ya no queda policía común en Edgestow?

—Supongo que habrá algún juez.

—Está el Comisario de Emergencia, lord Feverstone. Usted parece no entenderlo. Esta es una ciudad conquistada y ocupada.

—Entonces ¿por qué, en nombre del cielo, no recurrió a mí?

—¿A usted? —dijo Dimble.

Durante un momento, el primero en muchos años, Mark se vio exactamente como lo veía un hombre como Dimble. Se quedó casi sin aliento.

—Escuche —dijo—. Usted no... ¡Es demasiado fantástico! ¡No se imaginará que lo sabía! ¡No creerá realmente que envié policías para que maltrataran a mi propia esposa!

Había empezado con una nota de indignación en la voz, pero terminó tratando de insinuar cierto carácter jocoso. Ojalá Dimble mostrara una sombra de sonrisa, algo que trasladara la conversación a un plano distinto.

Pero Dimble no dijo nada y su rostro no se relajó. En realidad, no había estado del todo seguro de que Mark no se hubiese rebajado incluso a eso, pero la compasión le impedía decirlo.

—Sé que nunca le caí bien —dijo Mark—. Pero no sabía que hasta tal extremo.

Y una vez más Dimble se quedó en silencio, pero por una razón que Mark no podía adivinar. La verdad era que su dardo había dado en el blanco. Durante años, la conciencia de Dimble lo había acusado de falta de caridad hacia Studdock y se había esforzado por corregirse, y se estaba esforzando en ese momento.

—Bueno —dijo Studdock con voz fría, después de varios segundos de silencio—, no parece quedar nada por decir. Insisto en que me diga dónde se encuentra Jane.

—¿Quiere que la lleven a Belbury?

Mark dio un respingo. Era como si el otro le hubiese leído el pensamiento que había tenido hacía una hora en el Bristol.

—Dimble —le dijo—, no veo por qué tiene que interrogarme de este modo. ¿Dónde está mi esposa?

—No tengo permiso para decírselo. No está en mi casa ni a mi cargo. Se encuentra bien, feliz y segura. Si usted tiene el menor aprecio por su felicidad, no tratará de ponerse en contacto con ella.

—¿Soy una especie de leproso o criminal al que ni siquiera se puede confiar la dirección?

—Discúlpeme. Usted es un miembro del NICE, que ya la ha insultado, arrestado y torturado. Desde su huida la han dejado en paz solo porque los colegas de usted no saben dónde se encuentra.

—Y si realmente se trata de la policía del NICE, ¿supone que no les voy a exigir una explicación cabal? Maldita sea, ¿por quién me toma?

—Solo espero que no tenga poder dentro del NICE. Si no tiene poder, no puede protegerla. Si lo tiene, usted está relacionado con la política del instituto. En ninguno de los dos casos lo ayudaría a descubrir dónde está Jane.

—Esto es fantástico —dijo Mark—. Aunque dé la casualidad de que ocupe un puesto en el NICE en este momento, usted me conoce.

—Yo no lo conozco —dijo Dimble—. No tengo idea de sus fines o motivos.

A Mark le pareció que lo miraba no con ira o desprecio, sino con ese grado de aversión que produce en los que sienten una especie de turbación, como si se tratara de una obscenidad que la gente decente está obligada, por la misma vergüenza, a simular que no ha notado. En esto Mark se equivocaba por completo. En realidad, su presencia demandaba en Dimble un rígido autocontrol. Dimble simplemente trataba con todas sus fuerzas de no odiar, de no despreciar, por encima de todo de no disfrutar del odio o el desprecio, y no tenía idea de la sólida severidad que tal esfuerzo le daba a su rostro. Todo el resto de la conversación se desarrolló bajo ese malentendido.

—Tiene que haber habido algún error ridículo —dijo Mark—. Le aseguro que lo investigaré a fondo. Montaré un escándalo. Supongo que algún agente nuevo se emborrachó o algo así. Bien, haré que lo degraden. Yo...

—Fue la jefa de su policía, la señorita Hardcastle, quien lo hizo.

—Muy bien. Haré que la degraden a ella, entonces. ¿Acaso suponía que lo iba a tolerar? Pero debe de tratarse de un error. No puede...

—¿Conoce bien a la señorita Hardcastle? —preguntó Dimble. Mark se vio obligado a callar. Y pensó, equivocadamente, que Dimble le estaba leyendo el pensamiento y viendo allí su certeza de que la señorita Hardcastle lo había hecho en realidad y que él no tenía más poder para pedirle cuentas que para detener el movimiento de la Tierra.

De pronto la inmovilidad del rostro de Dimble cambió y habló con una nueva voz.

—¿Puede usted exigirle explicaciones? —dijo—. ¿Ya ha llegado tan cerca del corazón de Belbury? Si es así, entonces usted ha consentido el asesinato de Hingest y el asesinato de Compton. Si es así, fue por órdenes suyas que violaron y golpearon mortalmente a Mary Prescott en los cobertizos, tras la estación. Es con su aprobación con la que criminales (criminales honestos a los que usted sería indigno de darles la mano) están siendo llevados de las cárceles a las que los enviaron jueces británicos bajo fallos de jurados británicos y despachados a Belbury para sufrir durante un período indefinido, fuera del alcance de la ley, las diversas torturas y violaciones de lo que ustedes llaman Tratamiento Terapéutico. Es usted quien ha arrastrado fuera de sus casas a dos mil familias para que mueran a la intemperie en cada zanja desde aquí hasta Birmingham o Worcester. Es usted quien puede decirnos por qué Place, Rowley y Cummingham, a los ochenta años de edad, han sido arrestados y dónde están. Y si ya ha llegado a ese nivel, no solo no pondría en sus manos a Jane, sino ni siquiera a mi propio perro.

—Caramba... caramba —dijo Mark—. Esto es absurdo. Sé que se han cometido dos o tres arbitrariedades. Siempre se cuelan tipos censurables en una fuerza policial... sobre todo al principio. Pero... quiero decir... ¿qué he hecho yo para que usted me haga responsable de toda acción que cualquier oficial del NICE haya realizado... o se haya dicho que realizó según la prensa amarilla?

—¡Prensa amarilla! —atronó Dimble. Y a Mark le pareció hasta físicamente más grande que unos minutos antes—. ¿Qué estupidez es esa? ¿Supone que no sé que controlan todos los periódicos del país menos uno? Y ese no apareció esta mañana. Sus impresores están de huelga. Los pobres incautos dicen que no imprimirán artículos que ataquen al instituto del pueblo. De dónde vienen las mentiras de los otros diarios usted lo sabe mejor que yo.

Puede parecer extraño afirmar que Mark, habiendo vivido durante un buen tiempo en un mundo sin compasión, se había tropezado sin embargo en muy pocas ocasiones con la verdadera furia. Había encontrado maldad en cantidad, pero toda operaba mediante desaires, desprecios y puñaladas por la espalda. La frente, los ojos y la voz de aquel hombre maduro tenían sobre él un efecto desalentador y sofocante. En Belbury se usaban las palabras *gemidos* y *ladridos* para describir cualquier oposición producida por las acciones de Belbury en el mundo externo. Y Mark nunca había tenido la imaginación necesaria para darse cuenta de cómo sería realmente el gemido enfrentado cara a cara.

—Le aseguro que no sabía nada de eso —gritó—. Maldita sea, yo soy la parte agraviada. Por la forma en que habla, cualquiera pensaría que fue a su esposa a quien maltrataron.

—Podría haberlo sido. Puede serlo. Puede ser cualquier hombre o mujer de Inglaterra. Era una mujer y una ciudadana. Pero ¿qué importa de quién sea la esposa?

—Le aseguro que armaré un escándalo infernal. Haré degradar a la bruja endemoniada que lo hizo, aunque signifique acabar con el NICE.

Dimble no dijo nada. Mark sabía que Dimble sabía que ahora estaba diciendo tonterías. Sin embargo, Mark no podía detenerse. Si no fanfarroneaba, no sabría qué decir.

—Antes que tolerar eso —gritó—, abandonaré el NICE.

—¿Lo dice en serio? —preguntó Dimble con una mirada incisiva.

Y, para Mark, cuyas ideas eran ahora una fluida confusión de vanidad herida, de temores y vergüenzas empujándose, aquella mirada le pareció una vez más acusadora e intolerable. En realidad, había sido una mirada de renacida esperanza, porque la caridad lo espera todo. Pero había cautela en ella. Y, entre la esperanza y la cautela, Dimble se encontró una vez más reducido al silencio.

—Veo que no confía en mí —dijo Mark, adoptando de modo instintivo la expresión viril y agraviada que con frecuencia le había sido útil en los despachos de los directores de escuela.

Dimble era un hombre sincero.

—No —dijo después de una larga pausa—. No confío del todo en usted.

Mark se encogió de hombros y se dio vuelta.

—Studdock —dijo Dimble—, no es hora de andar con tonterías ni con lisonjas. Es posible que los dos estemos a pocos minutos de la muerte. Es probable que usted haya cambiado en el *college*. Y, en todo caso, yo no me propongo morir con falsedades corteses en mi boca. No confío en usted. ¿Por qué debería hacerlo? Usted es, al menos en cierto grado, cómplice de los peores hombres del mundo. Incluso su visita de esta tarde puede ser una trampa.

—No me conoce lo suficiente para pensar eso de mí —dijo Mark.

—¡Deje de decir tonterías! —dijo Dimble—. Deje de posar y actuar, aunque sea por un momento. ¿Quién es usted para hablar así? Ellos han corrompido a hombres mejores que usted o yo. Straik fue un buen hombre en otros tiempos. Filostrato fue al menos un gran genio. Hasta Alcasan..., sí, sí, sé quién es su superior, su cabeza, era al menos un asesino común, algo mejor que lo que han hecho de él. ¿Quién es usted para verse a salvo?

A Mark le faltó el aire. El descubrimiento de lo que sabía Dimble había invertido de pronto toda su imagen de la situación.

—No obstante —siguió Dimble—, sabiendo todo esto (sabiendo que usted podría ser solo el cebo de la trampa) tomaré un riesgo. Arriesgaré cosas con las cuales nuestras vidas en comparación son una trivialidad. Si desea seriamente dejar el NICE, lo ayudaré.

Durante un instante fue como si se abrieran las puertas del Paraíso. Después, de inmediato, la cautela y el deseo incurable de quererlo todo se precipitaron otra vez. La grieta había vuelto a cerrarse.

—Yo... necesitaría pensarlo —musitó.

—No hay tiempo —dijo Dimble—. Y en realidad no hay nada que pensar. Le estoy ofreciendo volver a la familia humana. Pero debe venir ya.

—Es una cuestión que afecta a toda mi carrera futura.

—¡Su carrera! —dijo Dimble—. Se trata de la condenación o... de una última oportunidad. Pero debe venir ya.

—Creo que no entiendo —dijo Mark—. Usted insiste en insinuar algún tipo de peligro. ¿De qué se trata? ¿Y qué poderes tiene usted para protegerme a mí, o a Jane, si doy el salto?

—Debe arriesgarse —dijo Dimble—. No puedo darle seguridades. ¿No comprende? Ahora no hay seguridad para nadie. La batalla ha comenzado. Le estoy ofreciendo un puesto en el bando justo. No sé cuál ganará.

—A decir verdad —dijo Mark—, había estado pensando en renunciar. Pero debo pensarlo. Usted expresa las cosas de modo bastante extraño.

—No hay tiempo —dijo Dimble.

—¿Qué le parece si nos vemos mañana?

—¿Sabe si podrá venir?

—¿O dentro de una hora? Vamos, es algo sensato. Estará aquí dentro de una hora —replicó Mark.

—¿Qué puede significar una hora para usted? No está haciendo más que postergar con la esperanza de tener la mente menos clara.

—Pero ¿estará aquí?

—Si usted insiste. Pero no servirá de nada.

—Quiero pensar. Quiero pensar —dijo Mark y abandonó el cuarto sin esperar respuesta.

Mark había dicho que necesitaba pensar; en realidad necesitaba alcohol y tabaco. Se le ocurrían muchos pensamientos, más de los que deseaba. Un pensamiento lo impulsaba a aferrarse a Dimble como se aferra un niño perdido a un mayor. Otro le susurraba «Estás loco. No rompas con el NICE. Te perseguirán. ¿Cómo puede salvarte Dimble? Te matarán». Un tercero le imploraba, aun entonces, que no renunciara a su posición ganada con tanto esfuerzo dentro del Círculo Interno de Belbury; tenía que haber, tenía que haber una solución intermedia. Un cuarto retrocedía ante la idea de volver a ver a Dimble alguna vez: el recuerdo de cada tono empleado por Dimble le causaba una horrible incomodidad. Y deseaba a Jane, y quería castigar a Jane por ser amiga de Dimble, y deseaba no volver a ver a Wither, y quería regresar arrastrándose y arreglar las cosas de algún modo con Wither. Deseaba estar totalmente a salvo y al mismo tiempo ser muy despreocupado y arriesgado; ser admirado por su honestidad viril entre los Dimble y al mismo tiempo por su realismo y astucia en Belbury; tomar dos *whiskies* dobles más y al mismo tiempo pensar en todo con gran nitidez y tranquilidad. Y estaba empezando a llover y le empezaba a doler otra vez la cabeza. ¡A la porra con todo! ¡Maldición, maldición! ¿Por qué había tenido una herencia tan podrida? ¿Por qué había sido tan ineficaz su educación? ¿Por qué era tan irracional el sistema social? ¿Por qué tenía tanta mala suerte?

Llovía con intensidad cuando llegó a la portería del *college*. Una especie de furgón parecía estar estacionado afuera, en la calle, y había tres o cuatro hombres uniformados con capas. Más tarde iba a recordar cómo brillaba la tela impermeable a la luz de la lámpara. Lo enfocaron en el rostro con una linterna.

—Perdón, señor —dijo uno de los hombres—. Debo pedirle su nombre.

—Studdock —dijo Mark.

—Mark Gainsby Studdock —dijo el hombre—, es mi deber arrestarlo por el asesinato de William Hingest.

•••

El doctor Dimble se dirigía a St. Anne's insatisfecho consigo mismo, obsesionado por la sospecha de que si hubiese sido más sensato o mucho más caritativo con aquel joven desdichado, habría hecho algo por él. «¿Perdí los estribos? ¿Fui hipócrita? ¿Le dije solo lo que me atreví a decirle?», pensaba. Después apareció la desconfianza hacia sí mismo, más profunda, que ya era habitual en él. «¿No pudiste poner las cosas en claro porque en realidad no deseabas hacerlo? ¿Solo querías herir y humillar? ¿Disfrutar de tu propia hipocresía? ¿Existe un Belbury en tu interior, además?». La tristeza que lo invadió no era nueva. «Y así —citó del hermano Lorenzo—. Así actuaré siempre, cada vez que Tú me dejes librado a mí mismo».

Cuando salió de la ciudad condujo con lentitud, casi deslizándose sobre las ruedas. El cielo estaba rojo hacia el oeste y habían salido las primeras estrellas. Lejos y abajo, en un valle, vio las luces ya encendidas de Cure Hardy. «Gracias a Dios está lo suficientemente lejos de Edgestow para salvarse», pensó. La repentina mancha de un búho blanco que volaba bajo se agitó a través del crepúsculo, entre los árboles, hacia la izquierda. Le ofreció una deliciosa sensación de la noche que se acercaba. Se sentía agradablemente fatigado; pensaba en una noche placentera y en acostarse temprano.

—¡Llegó! Llegó el doctor Dimble —gritó Ivy Maggs cuando subió con el automóvil hasta la puerta de entrada del Solar.

—No entre el auto, Dimble —dijo Denniston.

—¡Oh, Cecil! —dijo su esposa y vio que había temor en su rostro. Toda la casa parecía estar esperándolo.

Pocos segundos después, parpadeando en la cocina iluminada, comprendió que no iba a ser una noche normal. El propio director estaba allí, sentado junto al fuego, con el grajo sobre el hombro y el señor Bultitude a sus pies. Había señales de que todos los demás habían cenado temprano, y Dimble se encontró sentado casi de inmediato en el extremo de la mesa y urgido con bastante ansiedad por su esposa y la señora Maggs a que comiera y bebiera.

—No te detengas a hacer preguntas, querido —dijo la señora Dimble—. Come mientras te lo cuentan. Buen provecho.

—Tiene que volver a salir —dijo Ivy Maggs.

—Sí —dijo el director—. Por fin entraremos en acción. Lamento despacharlo en cuanto llega, pero la batalla ha comenzado.

—Ya he argumentado repetidas veces —dijo MacPhee— que es absurdo enviar a un hombre mayor como usted, que ha pasado por todo un día de trabajo, cuando aquí estoy yo, un tipo robusto, sentado sin hacer nada.

—Es inútil, MacPhee —dijo el director—, no puedes ir. En primer lugar no conoces el idioma. Y en segundo lugar, seamos francos, nunca te has colocado bajo la protección de Maleldil.

—Estoy totalmente dispuesto —dijo MacPhee— en y por esta emergencia, a admitir la existencia de esos eldila suyos y de un ser llamado Maleldil a quien consideran su rey. Yo...

—No puedes ir —dijo el director—. No te enviaré. Sería como mandar a un niño de tres años a combatir contra un tanque.

Pongan el otro mapa sobre la mesa donde Dimble pueda verlo mientras come. Y ahora silencio. La situación es esta, Dimble. Lo que estaba debajo de Bragdon era un Merlín viviente. Sí, dormido, si le parece bien llamarlo sueño. Y aún no ha ocurrido nada que nos indique que el enemigo lo ha encontrado. ¿Comprendido? No, no hable, siga comiendo. Anoche, Jane Studdock tuvo el sueño más importante que ha tenido hasta ahora. Usted recuerda que en un sueño anterior vio (o así lo creyó) el lugar exacto donde él descansa, debajo de Bragdon. Pero (y esto es lo importante) no se llegaba a él por un pozo y una escalera. Soñó que iba por un largo túnel con un declive muy gradual. Ah, empieza a entenderlo. Tiene razón. Jane cree que puede reconocer la entrada a ese túnel: bajo un montón de piedras al final de unas matas con... ¿qué era, Jane?

—Un portón blanco, señor. Un portón blanco común, de cinco barras con un travesaño. Pero el travesaño estaba roto a unos treinta centímetros de la parte superior. Lo reconocería.

—¿Ve, Dimble? Existe una gran probabilidad de que el túnel desemboque fuera del área controlada por el NICE.

—Quiere decir —dijo Dimble—, que ahora podemos meternos debajo de Bragdon sin meternos en Bragdon.

—Exacto. Pero eso no es todo.

Dimble, masticando sin cesar, lo miró.

—Al parecer, casi es demasiado tarde —dijo el director—. Ya ha despertado.

Dimble dejó de masticar.

—Jane encontró vacío el lugar —dijo Ransom.

—¿Quiere decir que el enemigo ya lo ha encontrado?

—No. No es tan malo. El lugar no ha sido forzado. Parece haber despertado por sus propios medios.

—¡Dios mío! —dijo Dimble.

—Trata de comer, querido —dijo su esposa.

—Pero ¿qué significa eso? —preguntó, cubriendo la mano de ella con la suya.

—Creo que significa que todo el asunto fue planificado y ordenado hace mucho, mucho tiempo —dijo el director—. Que él salió fuera del tiempo, hacia el estado paracrónico, con el preciso propósito de volver en este momento.

—Una especie de bomba de tiempo humana —observó MacPhee—, que es por lo que...

—No puedes ir, MacPhee —dijo el director.

—¿Está afuera? —preguntó Dimble.

—Es probable que ya lo esté —dijo el director—. Cuéntale cómo era, Jane.

—Era el mismo sitio —dijo Jane—. Un lugar oscuro, todo de piedra, como un sótano. Lo reconocí en seguida. Y la losa de piedra estaba allí, pero nadie descansaba sobre ella, y esta vez no estaba del todo fría. Entonces soñé con ese túnel... subiendo poco a poco desde el *souterrain*. Y había un hombre en el túnel. Desde luego no pude verlo; estaba oscuro como boca de lobo. Pero era un hombre inmenso. Respirando con dificultad. Al principio creí que era un animal. Hacía cada vez más frío a medida que subíamos por el túnel. Soplaba aire, un poco de aire, desde el exterior. El túnel parecía terminar en un montón de piedras sueltas. Él tiraba de ellas un momento antes de que el sueño cambiara. Después me encontré afuera, bajo la lluvia. Entonces vi el portón blanco.

—Como ve —dijo el director—, parece que ellos no han entablado contacto con él aún, o, al menos, no entonces. Nuestra única oportunidad es encontrar a esa criatura antes que ellos.

—Habrán observado que Bragdon es un paraje casi hundido en el agua —intervino MacPhee—. Valdría la pena preguntarse dónde puede encontrarse una cavidad seca en la que un cuerpo pueda conservarse durante todos esos siglos. Es decir, si a alguno de ustedes aún le importan las evidencias.

—Esa es la clave —dijo el director—. La cámara debe de estar en un terreno alto: el cerro con guijarros, al sur del bosque, donde este sube hacia el camino Eaton. Cerca de Storey. Allí es donde buscarán primero el portón blanco de Jane. Sospecho que da sobre el camino Eaton. O, de lo contrario, al otro camino (fíjese en el mapa), el amarillo que corre hasta la bifurcación de Cure Hardy.

—Podemos estar allí en media hora —dijo Dimble, aún con la mano sobre la de su esposa. Los minutos previos a la batalla producían una excitación mórbida en todos los que estaban en el cuarto.

—¿Supongo que tiene que ser esta noche? —preguntó la señora Dimble, con un tono bastante avergonzado.

—Me temo que sí, Margaret —dijo el director—. Cada minuto es oro. Si el enemigo se pone en contacto con él, prácticamente habremos perdido la guerra. Es probable que todo el plan de ellos se base en eso.

—Claro. Ya veo. Lo siento —dijo la señora Dimble.

—¿Y cuál será nuestro plan, señor? —dijo Dimble, apartando el plato y empezando a cargar su pipa.

—La primera cuestión es si está afuera —dijo el director—. No parece probable que la entrada al túnel haya estado oculta durante todos estos siglos solo por un montón de piedras sueltas. Y si lo estuvo, no estarán muy sueltas ahora. Puede tardar horas en salir.

—Necesitarán al menos dos hombres fuertes con picos... —empezó MacPhee.

—Basta, MacPhee —dijo el director—. No voy a dejarte ir. Si la boca del túnel sigue clausurada, han de esperar allí. Pero él puede tener poderes que no conocemos. Si ha salido, deben buscar sus huellas. Gracias a Dios hay barro esta noche. Deberán rastrearlo; eso es todo.

—Si va a ir Jane, señor —dijo Camilla—, ¿no podría ir yo también? Tengo más experiencia en este tipo de cosas que...

—Jane tiene que ir porque es la guía —dijo Ransom—. Me temo que tendrás que quedarte. Los que estamos en esta casa somos todo lo que queda de Logres. Tú llevas el futuro de Logres en tu cuerpo. Como decía, Dimble, deberán rastrearlo. No creo que pueda alejarse mucho. Como es natural, la zona le resultará irreconocible, incluso a la luz del día.

—¿Y... si lo encontramos, señor?

—Por eso debe ir usted, Dimble. Solo usted conoce la Gran Lengua. Si hubo poder eldílico en la tradición por él representada, podrá entenderla. Aunque no la entendiera, creo que la reconocerá. Eso le indicará que está tratando con maestros. Existe una posibilidad de que crea que ustedes son la gente de Belbury, sus amigos. En ese caso deben traerlo aquí de inmediato.

—¿Y si no?

—Entonces tendrá que mostrar sus intenciones, Dimble. Ese es el momento peligroso. No sabemos cuáles eran los poderes del antiguo círculo atlante; es probable que sobre todo se trate de algún tipo de hipnotismo. No tenga miedo, pero no le permita intentar ningún truco. Mantenga la mano en el revólver. Usted también, Denniston.

—Yo soy muy bueno con el revólver —dijo MacPhee—. Y por qué, en nombre de todo el sentido común...

—No puedes ir, MacPhee —dijo el director—. A ti te haría dormir en diez segundos. Los demás están muy protegidos, lo que no ocurre contigo. ¿Entiende, Dimble? El revólver en la mano, una plegaria en los labios y la mente fija en Maleldil. Después, si se resiste, conjúrelo.

—¿Qué diré en la Gran Lengua?

—Dirá que viene en nombre de Dios y de todos los ángeles y en representación de los planetas de parte de alguien que hoy se sienta en el sitial del Pendragón, y que le ordena acompañarlo. Dígalo ahora.

Y Dimble, que había estado sentado con el rostro consumido y bastante blanco, entre las caras blancas de las dos mujeres, y con los ojos puestos en la mesa, levantó la cabeza y las palabras que sonaban como castillos brotaron de sus labios. Jane sintió que el corazón le daba un salto y temblaba ante ellas. Todo lo que había en el cuarto se había vuelto intensamente inmóvil, incluso el pájaro, el oso y la gata estaban quietos, mirando al orador. La voz no sonaba como la de Dimble; era como si las palabras se expresaran a través de él desde algún poderoso sitio en la distancia, como si no fueran palabras en ningún sentido, sino operaciones concretas de Dios, los planetas y el Pendragón. Porque ese era el idioma hablado antes de la Caída y más allá de la Luna, y los significados no eran otorgados por sílabas al azar, por la habilidad o por una larga tradición, sino verdaderamente inherentes a ellas como la forma del gran Sol se corresponde con la pequeña gota de agua. Era el Idioma propiamente dicho, tal como había surgido por primera vez, ante la orden de Maleldil, del azogue fundido de la estrella llamada Mercurio sobre la Tierra, llamada Viritrilbia en el Cielo Profundo.

—Gracias —dijo el director en inglés, y la cálida domesticidad de la cocina volvió a fluir entre ellos—. Y si él lo acompaña, todo irá bien. Si no lo hace, bueno, entonces, Dimble, debe confiar en su calidad de cristiano. No le deje intentar trucos. Diga sus plegarias y mantenga su voluntad fija en la voluntad de Maleldil. No puede perder el alma, pase lo que pase; al menos, no por acción de él.

—Sí —dijo Dimble—. Entiendo.

Hubo una pausa larga. Después el director volvió a hablar.

—No te desanimes, Margaret —dijo—. Si matan a Cecil, ninguno de nosotros vivirá muchas más horas que él. Será una separación más breve de lo que podrías esperar en el curso normal de la naturaleza. Y ahora, caballeros —dijo—, tendrán unos momentos para decir sus plegarias y para despedirse de sus esposas. Son casi las ocho. ¿Les parece bien volver a reunirnos aquí a las ocho y diez, listos para partir?

—Muy bien —contestaron varias voces. Jane se encontró a solas en la cocina con la señora Maggs, los animales, MacPhee y el director.

—¿Y tú estás bien, hija? —dijo Ransom.

—Creo que sí, señor —contestó Jane.

—No podía analizar su verdadero estado de ánimo. Su esperanza se había estirado al máximo. Algo que habría sido terror de no mediar el júbilo, y júbilo de no mediar el terror, la había poseído: una tensión plenamente absorbente de excitación y obediencia. El resto de su vida parecía pequeño y vulgar comparado con ese instante.

—¿Estás dispuesta a obedecer —preguntó el director— a Maleldil?

—Señor —dijo Jane—, no sé nada de Maleldil. Pero estoy dispuesta a obedecerlo a usted.

—Por el momento es suficiente —dijo el director—. Porque tal es la cortesía del Cielo Profundo, que cuando tienes buenas intenciones Él siempre te lleva a tener mejores intenciones. No será suficiente para siempre. Él es muy celoso. A la larga no te compartirá con nadie que no sea Él mismo. Pero por esta noche es suficiente.

—Esto es lo más demencial que he oído en mi vida —dijo MacPhee.

11

EMPEZÓ LA BATALLA

—No veo nada —dijo Jane.

—Esta lluvia está arruinando el plan —dijo Dimble desde el asiento de atrás.

—¿Seguimos en el Camino Eaton, Arthur?

—Creo... sí, ahí está el peaje —dijo Denniston, que conducía.

—Pero ¿de qué sirve? —dijo Jane—. No puedo ver, ni siquiera con la ventanilla abierta. Podemos haberlo pasado varias veces. Lo único que se puede hacer es salir y caminar.

—Creo que ella tiene razón, señor —dijo Denniston.

—¡Eh! —dijo Jane de pronto—. ¡Miren! ¡Miren! ¿Qué es eso? ¡Alto!

—No puedo ver un portón blanco —dijo Denniston.

—Oh, no se trata de eso —dijo Jane—. Miren allí.

—No puedo ver nada —dijo Dimble.

—¿Se refiere a esa luz? —dijo Denniston.

—Sí, por supuesto, esa es la hoguera.

—¿Qué hoguera?

—Es la luz —dijo ella—. La fogata en la hondonada del bosquecillo. Lo había olvidado por completo. Sí, lo sé: no se lo dije a Grace ni al director. Había olvidado esa parte del sueño hasta ahora. Así era como terminaba. En realidad era la parte más importante. Allí era donde lo encontré a él, a Merlín. Sentado junto a una hoguera en un bosquecillo, después de salir de ese lugar subterráneo. ¡Oh, vengan pronto!

—¿Qué piensas, Arthur? —dijo Dimble.

—Pienso que debemos ir a donde Jane nos lleve —contestó Denniston.

—Dense prisa —dijo Jane—. Hay un portón aquí. ¡Rápido! Solo hay que cruzar un campo.

Los tres cruzaron el camino, abrieron el portón y entraron en el campo. Dimble no decía nada. Se tambaleaba interiormente bajo el impacto y la vergüenza del temor enorme y enfermizo que había surgido en él. Tal vez tuviese una idea más clara que los otros del tipo de cosas que podrían pasar cuando llegaran allí.

Jane, como guía, iba primero y Denniston la seguía, dándole el brazo y haciendo brillar de vez en cuando la linterna sobre el irregular terreno. Dimble cerraba la marcha. Nadie tenía ganas de hablar.

El cambio del camino al campo fue como si hubiesen pasado de la vigilia a un mundo fantasmal. Todo se volvió más oscuro, más húmedo, más intangible. Cada pequeño declive era como llegar al borde de un precipicio. Iban siguiendo una huella junto a una cerca de arbustos; tentáculos mojados y espinosos parecían tenderse hacia ellos mientras avanzaban. Cada vez que Denniston usaba la linterna, los objetos que aparecían dentro del círculo de luz —matas de hierba, depresiones llenas de agua, hojas sucias y amarillas adheridas a la mojada negrura de ramitas retorcidas, y en una ocasión los dos fuegos amarillo verdosos de los ojos de un animalito— tenían el aspecto de ser más comunes de lo que debían ser; como si, durante ese momento de exposición, hubieran adoptado un disfraz del que se desprenderían en cuanto los dejaran en paz. Además se veían curiosamente pequeños, pero cuando la luz se apagaba, la oscuridad fría, ruidosa, parecía algo enorme.

El temor que Dimble había sentido desde un principio empezó a filtrarse en la mente de los otros mientras avanzaban, como el agua que penetra en un barco a través de una lenta vía de agua. Se daban cuenta de que hasta entonces no habían creído realmente en Merlín. Habían pensado que creían al director en la cocina, pero estaban equivocados. Aún quedaba el impacto. Allí fuera, con solo la luz rojiza y cambiante por delante y la oscuridad rodeándolos por completo, empezaban a aceptar realmente como un hecho la cita con algo muerto y sin embargo no muerto, algo desenterrado, exhumado de aquel oscuro pozo de historia que se tiende entre los antiguos romanos y el comienzo de los ingleses. «La Edad del Oscurantismo», pensó Dimble; con qué ligereza se leían y escribían esas palabras. Pero ahora iban a penetrar de lleno en esa Oscuridad. Era una época, no un hombre, lo que los esperaba en la horrible y pequeña hondonada.

Y de pronto toda esa Gran Bretaña que le había sido familiar durante tanto tiempo como erudito se alzó como algo sólido. La podía ver en su totalidad. Pequeñas ciudades en decadencia donde aún descansaba la luz de Roma (pequeños emplazamientos cristianos, Camalodunum, Kaerleon, Glastonbury), una iglesia, una o dos villas, un pequeño grupo de casas, un terraplén defensivo. Y después, apenas a un tiro de piedra de los portones de entrada, los bosques húmedos, enredados, interminables, taponados por la descomposición acumulada de otoños que habían estado dejando caer hojas desde antes de que Gran Bretaña fuese una isla; lobos que se escurrían, castores que construían, pantanos amplios y poco profundos, sonidos difusos de cuernos y tamborileos, ojos en los matorrales densos, ojos de hombres no solo prerromanos sino también prebritánicos, criaturas antiguas, desgraciadas y desposeídas, que se convirtieron en los duendes y ogros de la tradición posterior. Pero peor que los bosques eran los calveros. Pequeñas plazas fuertes con reyes desconocidos. Pequeñas agrupaciones y comunidades de druidas. Casas cuya argamasa había sido mezclada ritualmente con sangre de niños. Habían intentado hacerle eso a Merlín. Y ahora toda esa época, horriblemente desplazada, arrancada fuera de su posición en la serie del tiempo y obligada a regresar y a sufrir otra vez todos sus movimientos con renovada monstruosidad, fluía hacia ellos y, en pocos minutos, los recibiría.

Entonces apareció un obstáculo. Estaban ante un seto. Pasaron un minuto, con ayuda de la linterna, desenredando el cabello de Jane. Habían llegado al límite del campo. La luz de la fogata, que seguía aumentando y disminuyendo en ritmos espasmódicos; era apenas visible desde allí. No había otra solución que ponerse manos a la obra y descubrir un hueco o una entrada. Se apartaron un largo trecho de su camino antes de encontrar una. Era una puerta imposible de abrir y, cuando bajaron del otro lado, después de treparla, se vieron hundidos hasta los tobillos en el agua. Durante unos minutos, mientras se esforzaban ligeramente colina arriba, perdieron de vista el fuego, y cuando reapareció era muy hacia la izquierda y mucho más lejos de lo que habían calculado.

Hasta entonces, Jane apenas había tratado de pensar en lo que podía estar ante ellos. A medida que avanzaban, empezaba a comprender el verdadero significado de la escena de la cocina. El director había enviado a los hombres a que se despidieran de sus esposas. Les había dado la bendición a todos. Entonces era probable que aquello —ese caminar a trompicones en una noche de lluvia a través de un campo arado— significara la muerte. La muerte, algo de lo que uno siempre había oído hablar (como del amor), algo sobre lo que habían escrito los poetas. Así que eso iba a suceder. Pero no era lo esencial. Jane estaba tratando de ver la muerte bajo la nueva luz de todo lo que había oído desde que abandonó Edgestow. Hacía mucho que había dejado de sentir algún rencor por la tendencia del director a disponer de ella, por así llamarlo, a entregarla, en un momento o en un sentido, a Mark, y en otro a Maleldil; nunca, en ningún sentido, a guardársela para sí. Lo aceptaba. Y no pensaba mucho en Mark, porque pensar en él le producía cada vez más sentimientos de compasión y culpa. Pero Maleldil... Hasta entonces tampoco había pensado en Maleldil. No dudaba de que existieran los eldila, ni tampoco dudaba de la existencia de aquel más poderoso y oscuro a quienes ellos obedecían... a quien el director obedecía, y a través de él todos los de la casa, incluido MacPhee. Si se le hubiese ocurrido alguna vez la pregunta de si todo eso podía ser la realidad oculta de lo que le habían enseñado en la escuela como «religión», habría rechazado la idea. La distancia entre esas realidades alarmantes y activas y el recuerdo, digamos, de la gorda señora Dimble orando era demasiado grande. Para ella las cosas pertenecían a mundos distintos. Por un lado, el terror de los sueños, la embriaguez de la obediencia, la luz hormigueante y el sonido que se colaba bajo la puerta del director, y la gran lucha contra un peligro inminente; por el otro, el aroma de las congregaciones religiosas, las litografías horribles del Salvador (al parecer de dos metros diez de altura, con el rostro de una muchachita tísica), la turbación de las clases de confirmación, la amabilidad nerviosa de los clérigos. Pero esta vez, si iba a tratarse realmente de la muerte, la idea no podía ser rechazada. Porque, en realidad, ahora parecía que casi cualquier cosa podía ser cierta. El mundo ya había resultado muy distinto de lo que ella había esperado. El antiguo anillo defensivo había sido destrozado por completo. Podía verse expuesta a cualquier cosa. Maleldil podía ser, lisa y llanamente, Dios. Podía haber una vida después de la muerte: un cielo, un infierno. La idea destelló en su mente durante un segundo como una chispa que cae entre astillas y, un segundo después, como esas astillas, toda su mente estaba en llamas o dejando fuera de las llamas solo lo suficiente para expresar cierta protesta. «Pero... esto es insoportable. Tendrían que habérmelo dicho». Por el momento ni siquiera se le ocurrió preguntarse si, en caso de que esas cosas existieran, podrían ser total e invariablemente adversas a ella.

—Cuidado, Jane —dijo Denniston—. Eso es un árbol.

—Yo... creo que es una vaca —dijo Jane.

—No. Es un árbol. Mire. Ahí hay otro.

—Shhh —dijo Dimble—. Este es el bosquecillo de Jane.

—Ahora estamos cerca.

Frente a ellos el terreno subía unos veinte metros y formaba un reborde contra la luz del fuego. Ahora podían ver el bosque con nitidez y también el rostro de cada uno de los otros, blanco y parpadeante.

—Iré yo primero —dijo Dimble.

—Envidio su valor —dijo Jane.

—Shhh —volvió a decir Dimble.

Caminaron con lentitud y en silencio hasta el reborde y se detuvieron. Bajo ellos, una gran fogata de leña ardía en el fondo de una pequeña hondonada. Estaba completamente rodeada por arbustos, cuyas sombras cambiantes cuando las llamas se alzaban y caían hacían difícil ver con claridad. Más allá del fuego parecía haber cierto tipo tosco de tienda hecha con bolsas, y Denniston creyó ver una carretilla volcada. En primer plano, entre ellos y el fuego, se veía con nitidez una marmita.

—¿Habrá alguien? —le susurró Dimble a Denniston.

—No sé. Esperemos unos segundos.

—¡Miren! —dijo Jane de pronto—. ¡Allí! Donde las llamas iluminan de lado.

—¿Qué? —dijo Dimble.

—¿No lo ha visto?

—No vi nada.

—Creo que vi un hombre —dijo Denniston.

—Yo vi un vagabundo común —dijo Dimble—. Es decir, un hombre con ropas modernas.

—¿Qué aspecto tenía?

—No sé.

—Hemos de bajar —dijo Dimble.

—¿Se puede bajar? —preguntó Denniston.

—No por este lado —dijo Dimble—. Parece como si hubiera una especie de sendero que llega hasta allí desde el otro lado, a la derecha. Debemos seguir el reborde hasta que encontremos el modo de bajar.

Todos habían estado hablando en voz baja y el crepitar del fuego ahora era el sonido predominante, porque la lluvia parecía estar parando. Con cautela, como tropas que temen ser vistas por el enemigo, empezaron a seguir el borde de la hondonada, escurriéndose de un árbol a otro.

—¡Alto! —susurró Jane de pronto.

—¿Qué pasa?

—Hay algo que se mueve.

—¿Dónde?

—Allí abajo. Bastante cerca.

—No he oído nada.

—Sigamos.

—¿Aún crees que hay algo, Jane?

—Ahora no. Hubo algo. Avanzaron unos pasos más.

—¡Shh! —dijo Denniston—. Jane tiene razón. Hay algo.

—¿Hablo? —dijo Dimble.

—Espere un momento —dijo Denniston—. Está allí.

—¡Mire...! ¡Maldición, es solo un burro viejo!

—Eso es lo que yo decía —dijo Dimble—. El tipo es un gitano, un chatarrero o algo así. Ese es su burro. Aun así, tenemos que bajar.

Siguieron. En unos instantes se encontraron bajando por un sendero sinuoso y cubierto de hierba que daba vueltas hasta que la hondonada se abrió ante ellos. Ahora el fuego ya no se interponía entre ellos y la tienda.

—Ahí está —dijo Jane.

—¿Puedes verlo? —dijo Dimble—. No veo tan bien como tú.

—Puedo verlo yo también —dijo Denniston—. Es un vagabundo. ¿No puede verlo, Dimble? Un anciano de barba andrajosa con lo que parecen los restos de una capa del ejército y un par de pantalones negros. ¿No le ve el pie izquierdo, que sobresale, y el dedo que se le asoma un poco?

—¿Eso? —dijo Dimble—. Creía que era un tronco. Pero usted tiene mejor vista que yo. ¿Realmente ve un hombre, Arthur?

—Bueno, creía verlo, señor. Pero ahora no estoy seguro. Creo que se me está cansando la vista. Está sentado muy inmóvil. Si es un hombre, está dormido.

—O muerto —dijo Jane con un repentino temblor.

—Bien —dijo Dimble—, debemos bajar.

Y, en menos de un minuto, los tres bajaron a la hondonada y pasaron junto al fuego. Y allí estaba la tienda, un lamentable simulacro de cama dentro de ella, un plato de lata, algunos fósforos en el suelo y la ceniza de una pipa, pero no vieron a ningún hombre.

• • •

—Lo que no puedo entender —dijo Hada— es por qué no me deja hacer la prueba con el cachorro. Todas esas ideas suyas son flojas: mantenerlo en tensión respecto al asesinato, arrestarlo, dejarlo toda la noche en la celda para que lo piense. ¿Por qué se sigue enredando con cosas que tanto pueden funcionar como no... cuando veinte minutos de mi tratamiento le darían la vuelta como un guante? Conozco ese tipo de hombres.

La señorita Hardcastle estaba hablando a eso de las diez de la misma noche lluviosa con el director delegado en su despacho. Había una tercera persona presente, el profesor Frost.

—Le aseguro, señorita Hardcastle —dijo Wither, fijando los ojos no en ella sino en la frente de Frost—, que no debe tener la menor duda de que sus puntos de vista sobre este o cualquier otro asunto siempre serán recibidos con el mayor respeto. Pero si puedo decirlo, este es uno de esos casos donde... ah... cualquier grado avanzado de interrogatorio coercitivo podría frustrar su propio propósito.

—¿Por qué? —dijo el Hada, enfurruñada.

—Deberá disculparme —dijo Wither— que le recuerde (no es que suponga, desde luego, que usted pasa por alto el detalle, lo hago simplemente por motivos metodológicos; es muy importante hacer que todo esté claro) que necesitamos a la mujer... quiero decir, que sería muy importante recibir a la señora Studdock entre nosotros, sobre todo por la notable facultad psíquica que según se dice posee. Al emplear el término psíquica, como comprenderá, no me estoy comprometiendo con ninguna teoría en especial.

—¿Se refiere a esos sueños?

—Es muy incierto —dijo Wither— el efecto que podría tener sobre ella traerla aquí por la fuerza y luego encontrar a su esposo... ah... en el estado notablemente anormal, aunque no dudo que transitorio, en que debemos prever que lo dejarían sus métodos científicos interrogatorios. Se correría el riesgo de una profunda perturbación emocional por parte de ella. La propia facultad podría desaparecer, al menos por un largo tiempo.

—Aún no tenemos el informe de la comandante Hardcastle —dijo el profesor Frost con calma.

—No hace falta —dijo el Hada—. Lo siguieron hasta Northumberland. Solo tres personas posibles abandonaron el *college* después de él: Lancaster, Lyly y Dimble. Les he dado ese orden de probabilidad. Lancaster es cristiano y un hombre muy influyente. Está en la Cámara de Diputados. Tuvo mucho que ver con la Conferencia Repton. Está vinculado con muchas familias de religiosos importantes. Y ha escrito un montón de libros. Apostaría fuerte por él. Lyly es del mismo estilo, pero menos organizador. Como recordarán, causó muchos perjuicios en esa comisión reaccionaria sobre educación, el año pasado. Los dos son peligrosos. Del tipo de gente que consigue que se hagan las cosas: dirigentes naturales del otro bando. Dimble es muy distinto. Excepto el hecho de que es cristiano, en realidad no hay mucho en su contra. Es puramente académico. No creo que su nombre sea muy conocido, excepto para otros eruditos de la misma materia. No tiene pasta de hombre público. No es práctico... demasiado escrupuloso para ser útil. Los otros saben un par de cosas. Sobre todo Lancaster. Por cierto, es un hombre a quien podríamos hacerle espacio en nuestro propio bando si tuviera la perspectiva correcta.

—Debería decirle a la comandante Hardcastle que ya tenemos acceso a la mayor parte de esos hechos —dijo el profesor Frost.

—Tal vez —dijo Wither—, en vista de lo avanzado de la hora (no quisiéramos agotar sus energías, señorita Hardcastle), podríamos entrar en las partes más estrictamente narrativas de su informe.

—Bien —dijo el Hada—, tenía que hacer que siguieran a los tres con los recursos disponibles en ese momento. Deben darse cuenta de que al joven Studdock se le vio salir de Edgestow solo gracias a la buena suerte. Fue como una bomba. La mitad de mi gente ya estaba ocupada con el asunto del hospital. Solo pude echar mano de los que estaban cerca. Aposté un centinela y situé seis cerca del *college*, de civil, desde luego. En cuanto Lancaster salió ordené a los tres mejores que no lo perdieran de vista. Hace media hora recibí un telegrama de ellos desde Londres, adonde Lancaster se dirigió en tren. Ahí podemos encontrar algo. Lyly dio una cantidad infernal de problemas. Parece haber visitado a quince personas distintas en Edgestow. Las tenemos a todas anotadas. Envié a dos más de mis muchachos para que se ocuparan de él. Dimble fue el último en salir. Habría enviado a mi último hombre a seguirlo, pero en ese instante llegó una llamada del capitán O'Hara, que necesitaba otro vehículo. Así que decidí dejar a Dimble por esta noche y envié a mi hombre con el único vehículo que tenía. Podemos investigar a Dimble en cualquier momento. Va al *college* con bastante frecuencia todos los días y, en realidad, es un don nadie.

—No llego a entender —dijo Frost—, por qué no tenía a nadie dentro del *college* que viera qué escalera tomaba Studdock.

—Debido a su maldito Comisario de Emergencia —dijo el Hada—, ahora no somos admitidos dentro de los *colleges*, lo crean o no. En su momento dije que Feverstone no era el hombre indicado. Intenta jugar en los dos bandos. Está a favor de nosotros contra el municipio, pero cuando se trata de nosotros contra la universidad no se puede confiar en él. Tome nota de mis palabras, Wither, aún habrá problemas con él.

Frost miró al director delegado.

—Estoy lejos de negar —dijo Wither—, aunque sin cerrar en absoluto mi mente a otras explicaciones posibles, que algunas de las medidas de lord Feverstone pueden haber sido imprudentes. Sería para mí indeciblemente doloroso suponer que...

—¿Necesitamos demorar a la comandante Hardcastle? —preguntó Frost.

—¡Bendito sea Dios! —dijo Wither—. ¡Cuánta razón tiene! Casi había olvidado, mi querida dama, lo cansada que tiene que estar y lo valioso que es su tiempo. Debemos tratar de reservarla para ese tipo especial de trabajo en el que usted ha demostrado ser indispensable. No ha de permitirnos abusar de su buen corazón. Es razonable que le ahorremos un montón de trabajo más aburrido y rutinario que nos queda por hacer.

Se puso en pie y abrió la puerta para que ella pasara.

—¿No cree que tendría que permitirles a los muchachos jugar un poco con Studdock? —dijo ella—. Quiero decir, parece tan absurdo hacerse tanto problema para conseguir una dirección...

Y, de pronto, mientras Wither seguía con la mano sobre el picaporte, cortés, paciente y sonriendo, toda expresión se esfumó de su rostro. Los labios pálidos, abiertos lo suficiente para mostrar las encías, la blanca cabeza rizada y los ojos abombados dejaron de conformar alguna expresión. La señorita Hardcastle tuvo la impresión de que una simple máscara de piel y carne la estaba mirando. Un momento después había desaparecido.

—Me pregunto —dijo Wither cuando volvió a su silla— si no le estamos concediendo demasiada importancia a la mujer de Studdock.

—Estamos actuando conforme a una orden fechada el 14 de octubre —dijo Frost.

—Oh... no la estaba cuestionando —repuso Wither con un gesto de protesta.

—Permítame recordarle los hechos —dijo Frost—. Las autoridades tuvieron acceso a la mente de la mujer solo durante un brevísimo lapso. Examinaron solo un sueño importante, un sueño que revelaba, aunque con algunos detalles que no venían al caso, un elemento esencial de nuestro programa. Eso nos advirtió que si la mujer caía en manos de personas malintencionadas que supiesen cómo explotar su facultad, constituiría un grave peligro.

—Oh, seguro, seguro. Nunca pretendí negar...

—Ese es el primer punto —dijo Frost, interrumpiéndolo—. El segundo es que su mente se volvió opaca a nuestras autoridades casi inmediatamente después. En el estado presente de nuestra ciencia solo conocemos un motivo para tales ocultamientos, en cuando la mente en cuestión se sitúa, mediante cierta elección voluntaria, por más vaga que sea, bajo el control de un organismo hostil. El ocultamiento, en consecuencia, mientras interrumpe nuestro acceso a los sueños, nos indica además que ella, de un modo u otro, está bajo la influencia del enemigo. En sí mismo esto es un grave peligro. Pero también quiere decir que es probable que descubrirla a ella signifique descubrir el cuartel del enemigo. Es probable que la señorita Hardcastle tenga razón al sostener que la tortura pronto induciría a Studdock a darnos la dirección de su esposa. Pero, como usted señaló, una redada en sus cuarteles, un arresto y el descubrimiento de su esposo aquí en las condiciones en que lo dejaría la tortura, causarían en la mujer un estado psicológico que podría destruir su facultad. Frustraríamos así uno de los propósitos por los que queremos contar con ella. Esa es la primera objeción. La segunda es que un ataque al cuartel del enemigo es muy arriesgado. Casi con certeza cuentan con un tipo de protección con el que no estamos preparados para enfrentarnos. Y, por último, Studdock podría no conocer la dirección de su esposa. En ese caso...

—Oh —dijo Wither—, no hay nada que yo pudiera deplorar más. El interrogatorio científico (no puedo admitir la palabra *tortura* en este contexto) en casos donde el paciente no conoce la respuesta es siempre un error fatal. Como integrantes de la humanidad no debiéramos hacerlo... y además, si uno sigue, como es natural, el paciente no se recupera... y si uno se detiene, incluso a un operario experimentado le obsesiona el temor de que tal vez supiese después de todo. Es insatisfactorio en cualquier sentido.

—Por cierto, no hay manera de llevar a cabo nuestras instrucciones salvo convenciendo a Studdock de que traiga a su esposa.

—O de lo contrario —dijo Wither, un poco más soñador que de costumbre—, si fuera posible, induciéndolo a una fidelidad mucho más radical hacia nuestro bando que la que ha demostrado hasta ahora. Hablo, mi querido amigo, de un verdadero cambio de corazón.

Frost abrió y estiró levemente la boca, que era muy grande, y mostró los dientes blancos.

—Eso —dijo— es una subdivisión del plan que estaba mencionando. Decía que podría ser convencido de traer a su esposa. Como es natural, eso se puede lograr de dos maneras. Ya sea suministrándole algún motivo en el nivel instintivo, como podría ser el temor a nosotros o el deseo por ella, o si no condicionándolo para que se identifique de tal modo con la Causa que comprenda el verdadero motivo para hacernos cargo de la persona de ella y actúe en consecuencia.

—Exacto... exacto... —dijo Wither—. Como siempre, sus expresiones son un poco distintas a las que yo emplearía, pero...

—¿Dónde está ahora Studdock? —dijo Frost.

—En una de nuestras celdas... en el otro lado.

—¿Cree que ha sido arrestado por la policía común?

—No podría asegurarlo. Supongo que sí. Tal vez no tenga demasiada importancia.

—¿Y qué se proponen hacer?

—Nos proponemos dejarlo solo varias horas: permitir que los resultados psicológicos del arresto maduren. Me he atrevido... desde luego, con todos los miramientos por los detalles humanitarios... a contar con la importancia de algunas leves incomodidades físicas; no ha cenado, entiende. Se le han vaciado los bolsillos. No deseamos que alivie fumando la tensión nerviosa que pudiera presentarse. Es mejor dejar su mente librada por completo a sus propios recursos.

—Desde luego. ¿Y qué más?

—Bueno, supongo que habrá cierto tipo de interrogatorio. Ese es un punto en el que me gustaría contar con su consejo. Quiero decir, respecto a si yo, personalmente, debería aparecer desde un principio. Me inclino a pensar que debería mantenerse un poco más la apariencia de una investigación realizada por la policía común. En una etapa posterior vendrá el descubrimiento de que sigue en nuestras manos. Es probable que al principio malinterprete el descubrimiento... durante varios minutos. Le vendría bien advertir solo poco a poco que eso de ningún modo lo libra de las... eh... molestias producidas por la muerte de Hingest. Doy por sentado que a eso seguirá la comprensión de su inevitable solidaridad hacia el instituto...

—¿Y entonces tiene la intención de pedirle otra vez que traiga a su esposa?

—No lo encararía en absoluto de ese modo —dijo Wither—. Si puedo osar decirlo, una de las desventajas de esa simplicidad y precisión extrema con las que usted se expresa por lo general (y que tanto admiramos) es que no deja espacio para los matices sutiles. Más bien esperaríamos un acceso espontáneo de confianza por parte del propio joven. Cualquier cosa que se pareciera a una exigencia directa...

—La debilidad del plan —dijo Frost— es que usted hace descansar todo en el miedo.

—El miedo —repitió Wither, como si no hubiera oído la palabra—. No capto qué relación puede haber. Me cuesta creer que usted siga la sugerencia opuesta, realizada una vez, si mal no recuerdo, por la señorita Hardcastle.

—¿Cuál era?

—Bueno —dijo Wither—, si la entendí bien, pensaba en tomar medidas científicas para hacer que la compañía de su esposa fuese más deseable a los ojos del joven. Ciertos recursos químicos...

—¿Se refiere a afrodisíacos?

Wither suspiró levemente y no dijo nada.

—Eso es una estupidez —dijo Frost—. No es hacia la esposa a quien se vuelve un hombre bajo la influencia de los afrodisíacos. Pero, como iba diciendo, creo que es un error confiar por completo en el miedo. He observado, con el paso de los años, que sus resultados son incalculables; sobre todo, cuando el miedo es complejo. El paciente puede asustarse demasiado para moverse, incluso en la dirección deseada. Si tenemos que desesperar de conseguir esa mujer a través de la buena voluntad del esposo, debemos emplear la tortura y aceptar las consecuencias. Pero hay otras alternativas. Está el deseo.

—No lo sigo. Usted rechazaba la idea de cualquier método médico o químico.

Estaba pensando en deseos más intensos.

Ni en esta etapa de la conversación ni en ninguna otra el director delegado miraba mucho la cara de Frost; los ojos, como de costumbre, vagaban por todo el cuarto o se fijaban en algún objeto distante. A veces se cerraban. Pero ya sea Frost o Wither —era difícil afirmar cuál—, había ido moviendo gradualmente su silla, de modo que a esas alturas los dos hombres estaban sentados casi tocándose las rodillas.

—Hablé con Filostrato —dijo Frost con su voz grave y clara—. Empleé expresiones que debían haber dejado claras mis intenciones aunque ellos no tuvieran la menor noción de la verdad. Su ayudante principal, Wilkins, también estaba presente. La verdad es que ninguno de los dos está realmente interesado. Lo que les importa es el hecho de haber logrado (según creen) mantener la cabeza viva y hacer que hable. En realidad lo que dice no les interesa. En cuanto a interrogarse acerca de lo que realmente dice, no tienen la menor curiosidad. Fui muy lejos. Presenté cuestiones acerca de la clase de conciencia de la cabeza... de sus fuentes de información. No hubo respuesta.

—Según creo entender —dijo Wither—, está usted sugiriendo un movimiento hacia el señor Studdock en esa dirección. Si no recuerdo mal, usted rechazó el miedo, basándose en que sus efectos no podían ser realmente previstos con la seguridad que sería de desear. Pero... ah... ¿sería el método ahora planteado más fiable? No necesito decirle que tengo plena conciencia de cierta desilusión entre gente respetable, como colegas como Filostrato y su subordinado, el señor Wilkins.

—Ese es el asunto —dijo Frost—. Uno debe precaverse contra el error de suponer que el dominio político y económico de Inglaterra por parte del NICE sea algo más que un objetivo menor: lo que nos importa en realidad son los individuos. Un núcleo inflexible e inmutable de individuos realmente dedicados a la misma causa que nosotros, eso es lo que necesitamos y lo que, por cierto, nos han ordenado conseguir. Hasta ahora no hemos logrado hacer entrar a muchas personas... realmente entrar.

—¿Sigue sin haber noticias del bosque Bragdon?

—Sí.

—¿Y cree que Studdock podría ser realmente una persona adecuada?

—No debe olvidar —dijo Frost— que su importancia no descansa solo en la clarividencia de la esposa. La pareja es genéticamente interesante. Y, en segundo término, creo que no puede ofrecer resistencia. Las horas de miedo en la celda y después el estímulo de deseos que socaven el temor tendrán un efecto casi seguro sobre un carácter como el suyo.

—Desde luego —dijo Wither—, nada sería más deseable que la mayor unidad posible. Espero que no sospeche que subestimo las órdenes recibidas. Todo individuo fresco que entre en esa unidad será una fuente de la más intensa satisfacción para... ah... todos los involucrados. Deseo que el vínculo sea lo más estrecho posible. Recibiría con agrado una compenetración de personalidades tan íntima, tan irrevocable, que casi trascienda la individualidad. No debe tener la menor duda de que abriré los brazos para recibir... para atraer... para incorporar a ese joven.

Ahora estaban sentados tan juntos uno del otro que los rostros casi se tocaban, como si fueran dos amantes a punto de besarse. Los quevedos de Frost capturaban la luz de tal modo que volvían invisibles los ojos; solo la boca, sonriendo pero no relajada en la sonrisa, revelaba sus expresiones. Wither tenía la boca abierta, el labio inferior colgando, los ojos húmedos, todo el cuerpo encorvado y desmoronado en la silla como si el vigor lo hubiera abandonado. Un extraño habría creído que estaba borracho. Entonces sus hombros se agitaron y poco a poco empezó a reír. Y Frost no se rio, pero su sonrisa se hacía cada vez más brillante y también más fría. Avanzó la mano y palmeó a su compañero en el hombro. De pronto hubo un ruido en la habitación silenciosa. El Quién es Quién se había caído de la mesa, arrastrado al suelo cuando, con un rápido y súbito movimiento convulsivo, los dos hombres se arrojaron el uno sobre el otro y se entrelazaron oscilando de aquí para allá, trabados en un abrazo del que cada uno parecía esforzarse por escapar. Y mientras oscilaban y forcejeaban con alma y vida, se alzó, agudo y tenue al principio, pero después cada vez más intenso, un ruido cacareante que al final parecía una parodia más animal que senil de la risa.

•••

A Mark no se le ocurrió que estaba en Belbury cuando lo sacaron del furgón policial a la oscuridad y la lluvia, lo llevaron rápidamente al interior de un edificio entre dos alguaciles y lo dejaron a solas en un pequeño cuarto iluminado. Ni le habría importado mucho saberlo, porque en cuanto lo arrestaron se desesperó por salvar la vida. Iban a colgarlo.

Hasta entonces no había estado en íntimo contacto con la muerte. Ahora, al bajar la mirada hacia la mano (porque tenía las manos frías y se las había estado frotando automáticamente) tuvo la idea totalmente nueva de que esa misma mano, con las cinco uñas y la mancha de tabaco sobre el lado interno del segundo dedo, pronto sería la mano de un cadáver y más tarde la mano de un esqueleto. No sintió horror con exactitud, aunque en el plano físico tuvo conciencia de una sensación de asfixia, sino que más bien percibió la ridiculez de la idea. Era algo increíble, pero al mismo tiempo muy seguro.

Hubo una súbita marea de detalles espantosos sobre la ejecución, que le dio hacía un rato la señorita Hardcastle. Pero era una dosis demasiado fuerte para que la conciencia la aceptara. Rondó ante su imaginación durante una fracción de segundo, haciéndolo agonizar en una especie de grito mental y después se hundió en una imagen confusa. La muerte volvió a ser el objeto de atención. Se le presentó el problema de la inmortalidad. No estaba interesado lo más mínimo. ¿Qué tenía que ver con aquello una vida en el más allá? La felicidad en un mundo distinto y sin cuerpo (nunca pensaba en la infelicidad) era irrelevante por completo para un hombre a quien iban a matar. La muerte era lo importante. Desde cualquier punto de vista, el cuerpo —ese objeto flojo, tembloroso, desesperadamente vívido, tan íntimamente propio— iba a ser transformado en un cuerpo muerto. Si existían cosas como el alma, al cuerpo no le importaba. La sensación asfixiante, sofocante, ofrecía su punto de vista sobre la cuestión con una intensidad que eliminaba todo lo demás.

Como se sentía sofocado, examinó la celda en busca de algún indicio de ventilación. En efecto, había una especie de rejilla sobre la puerta. Esta y la puerta eran los únicos objetos sobre los que se podía fijar la vista. Todo el resto era suelo blanco, techo blanco, paredes blancas, sin una silla, una mesa, un libro o una clavija, y con una intensa luz blanca en medio del techo.

Ahora algo en el aspecto del lugar le insinuó por primera vez la idea de que podía estar en Belbury y no en una comisaría común. Pero el relámpago de esperanza producido por esa idea fue breve, casi instantáneo. ¿Qué diferencia podía haber entre que Wither, la señorita Hardcastle y los demás hubiesen decidido librarse de él entregándolo a la policía común y que lo eliminaran en privado, lo que sin duda habían hecho con Hingest? Ahora el significado de todos los altos y bajos que había experimentado en Belbury se le apareció con perfecta claridad. Todos eran sus enemigos, jugando con sus esperanzas y temores para reducirlo al servilismo total, decididos a matarlo si huía y decididos a matarlo a la larga, cuando hubiese servido a los propósitos para los que lo necesitaban. Le parecía asombroso que alguna vez hubiese podido creer otra cosa. ¿Cómo podía haber supuesto que era posible alcanzar alguna reconciliación verdadera con aquella gente por algo que él hiciera?

¡Qué tonto, qué maldito tonto, pueril e incauto había sido! Se sentó en el suelo, porque sentía débiles las piernas, como si hubiese caminado treinta kilómetros. ¿Por qué había venido a Belbury, en primer lugar? ¿Aquella primera entrevista con el director delegado no tendría que haberle advertido con tanta claridad como si la verdad fuese gritada con un megáfono, o estuviera impresa en un cartel con letras de un metro ochenta de altura, que se trataba de un mundo con una conspiración dentro de otra, de emboscadas y dobles emboscadas, de embustes, sobornos y puñaladas por la espalda, de asesinato y risas desdeñosas para el tonto que resultara perdedor? Le vino a la mente la risotada de Feverstone, el día en que lo había tratado de «romántico incurable». Feverstone... así era como había llegado a confiar en Wither: por recomendación de Feverstone. Al parecer, su insensatez era anterior aún. ¿Cómo demonios había podido confiar en Feverstone, un hombre con boca de tiburón, de conducta vulgar, que nunca miraba a la cara? Jane, o Dimble, habrían captado su juego de inmediato. Tenía la palabra «marrullero» escrita en él. Solo podía engañar a títeres como Curry o Busby. Sin embargo, en la época en que conoció a Feverstone, no había pensado que Curry y Busby fueran títeres. Con nitidez extraordinaria, pero con renovado asombro, recordó lo que había sentido sobre el Elemento Progresista de Bracton cuando le ofrecieron por primera vez su confianza. Recordó, con mayor incredulidad aún, cómo se había sentido un miembro muy joven del *college* mientras estuvo marginado en él, cómo había contemplado casi con reverencia las cabezas juntas de Curry y Busby en la Sala Comunitaria, oyendo fragmentos casuales de su conversación en susurros, simulando entretanto estar absorto en la lectura del diario, pero ansiando —oh, con tanta intensidad— que uno de ellos cruzara la habitación y le hablara. Y luego, meses y meses más tarde, había ocurrido. Tuvo una imagen de sí mismo, el odioso y pequeño extraño que deseaba ser un integrante entrañable, el bobo infantil, asimilando las confidencias roncas y sin importancia, como si lo estuvieran admitiendo en el gobierno del mundo. ¿No había un principio en su insensatez? ¿Había sido un completo idiota sin cesar, desde el día de su nacimiento? Incluso como estudiante, cuando había arruinado su trabajo y casi se había destrozado el corazón esforzándose por entrar en la asociación conocida como Garra, y perdido al único amigo verdadero al hacerlo. Incluso de niño se peleaba con Myrtle porque ella iba y hablaba en secreto con Pamela, la vecina.

Él mismo no entendía el porqué de todo aquello, que ahora era tan claro... nunca se le había ocurrido antes. No era consciente de que esos pensamientos habían llamado para entrar con frecuencia, pero siempre habían sido rechazados por la muy buena razón de que una vez admitidos significarían destrozar toda la red de su vida, anular casi toda decisión tomada alguna vez por su voluntad y empezar realmente de nuevo como si fuera un bebé. La masa imprecisa de problemas a los que tendría que enfrentarse si les daba entrada a esos pensamientos, los innumerables «algos» sobre los que «algo» tendría que hacerse, le habían disuadido de permitir alguna vez esas preguntas. Lo que ahora le había quitado la venda era el hecho de que no podía hacer nada. Iban a colgarlo. Su historia llegaba al final.

Ahora no era perjudicial destrozar toda la red porque ya no iba a usarla; no quedaba cuenta que pagar a la verdad (bajo la forma de decisiones difíciles y reconstrucción). Era un resultado de la cercanía de la muerte que el director delegado y el profesor Frost no habían calculado.

En ese momento no había consideraciones morales en la mente de Mark. Recorría su vida anterior, no con vergüenza, sino con una especie de repugnancia por su sordidez. Se vio como un muchacho de pantalones cortos, oculto en el arbusto cercano a la verja para oír lo que Myrtle hablaba con Pamela, y tratando de ignorar que no era interesante en absoluto una vez escuchado. Se vio simulando que disfrutaba de las tardes dominicales con los héroes atléticos de Garra, mientras que casi sin cesar (ahora lo sabía) sentía nostalgia por una de las antiguas caminatas en compañía de Pearson, a quien con tanto cuidado había tenido que dejar atrás. Se vio en la adolescencia leyendo trabajosamente novelas tontas para adultos y tomando cerveza cuando lo que le hacía disfrutar realmente era John Buchan y la granadina. Las horas que había pasado aprendiendo la jerga concreta de cada nuevo círculo que le atraía, la asunción eterna de un interés en cosas que le resultaban aburridas y de conocimientos que no poseía, el sacrificio casi heroico de casi toda persona o cosa de la que disfrutaba realmente, el intento lamentable de fingir que podía disfrutar de Garra, del Elemento Progresista o del NICE, todo eso lo abrumó con una especie de angustia. ¿Cuándo había hecho lo que deseaba? ¿Cuándo se había relacionado con personas que le gustaran?, ¿o incluso comido y bebido lo que le diera la gana? La insipidez concentrada de todo lo inundó de autocompasión.

En condiciones normales, se le habrían ocurrido y habría aceptado de inmediato explicaciones que responsabilizarían a fuerzas impersonales y externas a él de toda esa vida de basura y botellas rotas. Se habría tratado de «el sistema», de «un complejo de inferioridad» debido a los padres o de las particularidades de la época. Ahora no se le ocurrió nada de eso. Su perspectiva «científica» nunca había sido una verdadera filosofía creída con sangre y alma. Solo había vivido en su cerebro y formaba parte de ese yo público que ahora se desprendía de él. Era consciente, sin tener siquiera que pensarlo, de que era él —y nada más que él en todo el universo— quien había elegido la basura y las botellas rotas, el montón de latas vacías, los lugares estériles y sofocantes.

Se le ocurrió una idea inesperada. Esto —su muerte— sería una suerte para Jane. Myrtle años atrás, Pearson en la escuela, Denniston mientras no se habían graduado y por último Jane habían sido las cuatro irrupciones más importantes en su vida de algo procedente de más allá de los lugares estériles y sofocantes. A Myrtle la había conquistado convirtiéndose en el hermano inteligente que ganaba becas de investigación y se relacionaba con gente importante. En realidad eran mellizos, pero, después de un breve lapso en la infancia durante el que ella había parecido la hermana mayor, se había transformado en una especie de hermana menor y así había quedado desde entonces. Él la había llevado por completo a su influencia. Eran los grandes ojos maravillados y las respuestas ingenuas a sus relatos sobre el círculo en el que se estaba moviendo en ese momento lo que le habían dado en cada etapa la mayor parte del verdadero placer de su carrera. Pero, por el mismo motivo, ella había dejado de ser un elemento transportador de vida de los lugares que estaban más allá de los sitios estériles. La flor, una vez bien plantada entre las latas vacías, se había transformado ella misma en una lata vacía. A Pearson y a Denniston los había rechazado. Y ahora sabía, por primera vez, qué había pretendido hacer en secreto con Jane. Si todo hubiese marchado bien, si se hubiese convertido en el tipo de hombre que esperaba ser, ella habría sido la gran anfitriona. La anfitriona oculta en el sentido de que solo muy pocos escogidos conocerían quién era esa mujer de aspecto impactante y por qué importaba a tal extremo asegurarse su buena voluntad. Bien... era una suerte para Jane. Le pareció, cuando pensó ahora en ella, que tenía en sí manantiales profundos y praderas de felicidad, ríos de frescura, jardines encantados de ocio, en los que él nunca entraría, pero que podría haber arruinado. Jane era una de esas otras personas —como Pearson, como Denniston, como los Dimble— que podían disfrutar de las cosas en sí mismas. No era como él. Estaba bien que se librara de él. Por supuesto que lo superaría. Jane había tratado de hacer todo lo posible, pero en realidad nunca se había preocupado por él; nadie lo había hecho demasiado.

En ese momento se oyó el sonido de una llave girando en la cerradura de la celda. Todos los pensamientos se esfumaron al instante; el terror físico ante la muerte, secándole la garganta, volvió a abalanzarse sobre él. Se puso en pie con esfuerzo y se quedó inmóvil con la espalda apoyada contra la pared más lejana, mirando con la máxima fijeza posible, como si pudiera evitar el ahorcamiento manteniendo a quien entrara siempre a la vista.

Quien entró no era un policía. Era un hombre de traje gris cuyos quevedos, al mirar hacia Mark y la luz, se volvieron ventanas opacas que ocultaban los ojos. Mark lo reconoció de inmediato y supo que estaba en Belbury. No fue eso lo que le hizo abrir aún más los ojos y casi olvidar su terror con el asombro. Era el cambio en el aspecto del hombre; más bien, el cambio en los ojos con que Mark lo veía. En cierto sentido, todo en el profesor Frost era como había sido siempre: la barba en punta, la blancura extrema de la frente, la regularidad de los rasgos y la brillante sonrisa ártica. Pero lo que Mark no podía comprender era cómo se las había arreglado para pasar por alto en ese hombre algo tan obvio que cualquier niño habría huido y cualquier perro habría retrocedido hasta un rincón con los pelos erizados y mostrando los dientes. La propia muerte no parecía más espantosa que el hecho de que solo seis horas antes él pudiese haber confiado en alguna medida en aquel hombre, recibir con agrado su confianza y hasta fingir que su compañía no era desagradable.

12

NOCHE HÚMEDA Y VENTOSA

—Bueno —dijo Dimble—, aquí no hay nadie.

—Estaba aquí hace un momento —replicó Denniston.

—¿Está seguro de que ha visto a alguien? —dijo Dimble.

—Creí ver a alguien —contestó Denniston—. No es algo categórico.

—Si había alguien, aún debe estar bastante cerca —dijo Dimble.

—¿Qué les parece si lo llamamos? —sugirió Denniston.

—¡Silencio! ¡Escuchen! —dijo Jane. Se quedaron todos callados por unos segundos.

—No es más que el viejo burro moviéndose allá arriba —dijo Dimble un momento después.

Hubo otro silencio.

—Parece haber sido bastante pródigo con las cerillas —dijo Denniston poco después, observando la tierra pisoteada junto al fuego—. Es de esperar que un vagabundo...

—Por otro lado —dijo Dimble—, no es de esperar que Merlín se hubiese traído una caja de fósforos desde el siglo quinto.

—Pero ¿qué vamos a hacer? —dijo Jane.

—No es agradable pensar en lo que dirá MacPhee si se reducen a esto nuestros logros. En seguida indicará el plan que tendríamos que haber seguido —dijo Denniston con una sonrisa.

—Ahora que la lluvia ha parado —dijo Dimble— haríamos mejor en regresar al vehículo y empezar a buscar tu portón blanco, Jane. ¿Qué está mirando, Denniston?

—Estoy mirando el barro —contestó Denniston, que se había apartado unos pasos del fuego en dirección al sendero por el que habían bajado a la hondonada. Se había estado agachando con la linterna. Se enderezó de pronto—. Miren, han estado varias personas por aquí. No, no lo pisen y arruinen las huellas. Miren. ¿No puede verlo, señor?

—¿No son nuestras propias pisadas? —dijo Dimble.

—Algunas van en dirección opuesta. Miren esa... y esa.

—¿Podrían ser del vagabundo? —preguntó Dimble—. Si es que era un vagabundo.

—No podría haber subido por el sendero sin que lo viéramos —dijo Jane.

—A menos que lo hiciera antes de que llegáramos —dijo Denniston.

—Pero todos lo vimos —dijo Jane.

—Vamos —dijo Dimble—. Sigámoslas hasta la parte superior. No creo que podamos seguirlas muy lejos. Si fuese así, debemos regresar al camino y seguir buscando el portón.

Al llegar al borde de la depresión, el barro se transformaba en hierba y las huellas desaparecían. Recorrieron los alrededores de la hondonada dos veces y no encontraron nada, entonces regresaron al camino. La noche se había vuelto espléndida: Orión dominaba el cielo.

•••

El director delegado apenas dormía. Cuando le era absolutamente necesario hacerlo, tomaba una droga, pero la necesidad era escasa, porque el modo de conciencia que experimentaba durante la mayor parte de las horas del día y de la noche había dejado de ser hacía tiempo semejante a lo que los demás hombres llaman vigilia. Había aprendido a distraer la mayor parte de la conciencia de la tarea de vivir, a conducir los asuntos, incluso, con solo una cuarta parte de la mente. Sin duda los colores, los sabores, los aromas y las sensaciones táctiles que le bombardeaban los sentidos del modo normal no llegaban a su ego. La conducta y la actitud externa que había adoptado hacia los hombres hacía medio siglo eran ahora una organización que funcionaba casi independiente, como un gramófono, al que le confiaba toda la rutina de entrevistas y sesiones. Mientras el cerebro y los labios cumplían con el trabajo, y construían día a día para los que lo rodeaban la personalidad incierta formidable que todos conocían tan bien, su yo íntimo se veía libre de proseguir su propia vida. Había hecho suyo ese distanciamiento del espíritu con respecto no solo a los sentidos, sino también a la razón, que había sido la meta de algunos místicos.

De allí que siguiera, en cierto sentido, despierto —es decir, no dormía— una hora después de que Frost se fue a visitar Mark a la celda. Cualquiera que se hubiese asomado al despacho durante esa hora lo habría visto sentado inmóvil ante la mesa, con la cabeza inclinada y las manos entrelazadas. Pero los ojos no estaban cerrados. El rostro no tenía expresión; el hombre verdadero estaba muy lejos, sufriendo, disfrutando o haciendo lo que las almas sufren, disfrutan o hacen cuando la cuerda que las une al orden natural se ha tensado al máximo sin romperse aún. Cuando el teléfono sonó junto a él levantó el receptor sin asombrarse.

—Hola —dijo.

—Habla Stone, señor —llegó una voz—. Hemos encontrado la cámara.

—Sí.

—Estaba vacía, señor.

—¿Vacía?

—Sí, señor.

—¿Está seguro, mi querido señor Stone, de haber encontrado el lugar correcto? Es posible...

—Oh sí, señor. Es una especie de cripta pequeña. De piedra y con algunos ladrillos romanos. Y una especie de losa en el centro, como un altar o una cama.

—¿Y debo entender que no había nadie allí? ¿Ningún signo de haber estado ocupada?

—Bueno, señor, nos pareció que la habían trastocado hacía poco.

—Le ruego que sea lo más explícito posible, señor Stone.

—Bueno, señor, había una salida... quiero decir un túnel, que se dirigía al sur. Subimos por el túnel de inmediato. Sale a unos ochocientos metros, fuera del área del bosque.

—¿Sale? ¿Se refiere a que hay un arco... una puerta, una desembocadura del túnel?

—Bueno, justamente ese es el asunto. Salimos al aire libre, es cierto. Pero era obvio que habían destrozado algo hacía muy poco tiempo. Como si lo hubieran hecho con explosivos. Como si el extremo del túnel hubiese estado amurallado y con cierta cantidad de tierra encima, y como si alguien se hubiese abierto paso haciéndolo estallar. Había un buen caos.

—Prosiga, señor Stone. ¿Qué es lo siguiente que hizo?

—Puse en acción la orden que usted me había dado, señor, de reunir a todos los policías disponibles y despachar grupos en búsqueda del hombre que usted describió.

—Comprendo. ¿Y cómo se lo describió usted?

—Tal como usted lo hizo, señor: un anciano, ya sea de barba muy larga o de barba muy mal recortada, probablemente vestido con un manto, pero con seguridad con algún tipo de ropa poco normal. En el último momento se me ocurrió agregar que podía no llevar ninguna prenda encima.

—¿Por qué agregó eso, señor Stone?

—Bueno, señor, no sabía cuánto habría estado él allí, y no es asunto mío. He oído hablar de que las ropas conservadas en un sitio semejante a veces se vuelven polvo en cuanto entra aire. Espero que no vaya a imaginar ni por un momento que estoy tratando de averiguar algo que usted no haya decidido decirme. Pero solo pensé que...

—Estuvo muy acertado, señor Stone —dijo Wither— al pensar que cualquier cosa remotamente parecida a la curiosidad por su parte podría tener las consecuencias más desastrosas. Para usted, quiero decir; porque, desde luego, son sobre todo sus intereses los que tengo presentes cuando elijo mis métodos. Le aseguro que puede contar con mi apoyo en la... eh.. posición muy delicada que usted (no dudo que sin intención) ha optado por ocupar.

—Muchísimas gracias, señor. Me alegra tanto que usted crea que estuve acertado al decir que el hombre podía estar desnudo.

—Oh, en cuanto a eso —dijo el director—, hay numerosas consideraciones que no podemos discutir por el momento. ¿Y qué instrucciones les dio a los grupos de búsqueda en cuanto a lo que debían hacer en caso de encontrarse a semejante... eh... persona?

—Bueno, esa es otra dificultad, señor. Envié a mi propio ayudante, el padre Doyle, con un grupo, porque domina el latín. Y le entregué al inspector Wrench el anillo que usted me dio y le hice encabezar el segundo. Lo mejor que pude hacer por el tercer grupo fue cuidar de que incluyera a alguien que dominara el galés.

—¿No pensó en acompañar a un grupo usted mismo?

—No, señor. Usted me había dicho que lo llamara sin falta en cuanto encontráramos algo. Y no quería retrasar a los grupos de búsqueda hasta ponerme en contacto con usted.

—Entiendo. Bueno, sin duda su comportamiento (hablando sin el menor prejuicio) podía interpretarse en ese sentido. ¿Aclaró bien que cuando fuera descubierto este... ah... personaje, sería tratado con la mayor deferencia y (si no me malinterpreta) cautela?

—Oh sí, señor.

—Bueno, señor Stone, en general, y con ciertas reservas lógicas, estoy moderadamente satisfecho con cómo ha llevado el asunto. Creo que podré presentarlo bajo una luz favorable a los colegas míos cuya buena voluntad, por desgracia, usted no ha sido capaz de conservar. Si puede concluirlo con buenos resultados, eso fortalecerá mucho su posición. De lo contrario... para mí es indeciblemente doloroso que tenga que haber este tipo de tensiones y recriminaciones mutuas entre nosotros. Pero usted me entiende, mi querido muchacho. Ojalá pueda convencer, digamos, a la señorita Hardcastle y al señor Studdock, de que compartan mi valoración de sus muy concretas cualidades. En ese caso no tendría que preocuparse usted sobre su carrera o... ah... su seguridad.

—Pero ¿qué quiere que haga, señor?

—Mi querido y joven amigo, la regla dorada es muy simple. Hay solo dos errores que serían fatales para alguien en la particular situación que ciertos elementos de su conducta previa han creado por desgracia para usted. Por un lado, cualquier cosa que se parezca a la falta de iniciativa o de dinamismo sería desastrosa. Por el otro, la más ligera aproximación a la acción desautorizada (cualquier detalle que sugiriese en usted la adopción de una libertad de decisión que, dadas las circunstancias, no le correspondiera en realidad) podría tener consecuencias de las que yo no podría protegerlo. Pero, mientras se mantenga alejado de estos dos extremos, no hay motivos (hablando extraoficialmente) para que no pueda sentirse a salvo totalmente.

Después, sin esperar a que el señor Stone contestara, colgó el receptor e hizo sonar la campanilla.

• • •

—¿No deberíamos estar cerca del portón sobre el que trepamos? —dijo Dimble.

Ahora que la lluvia había parado, la luz era mayor, pero se había levantado viento y este rugía alrededor de ellos de tal modo que solo podían entenderse gritando. Las ramas del seto junto al que marchaban se inclinaban, goteaban y volvían a alzarse como si estuvieran azotando las brillantes estrellas.

—Es mucho más largo de lo que yo recuerdo —dijo Denniston.

—Pero no tan embarrado —dijo Jane.

—Tiene razón —dijo Denniston, deteniéndose de pronto—. Es muy pedregoso. No era así cuando subimos. Entramos en otro campo.

—Creo que vamos bien —dijo Dimble con suavidad—. Doblamos un poco a la izquierda de este seto en cuanto salimos de los árboles, y estoy seguro de recordar...

—Pero ¿salimos del bosquecillo sobre el lado derecho? —preguntó Denniston.

—Si empezamos a cambiar de rumbo, podemos estar dando vueltas en círculo toda la noche —dijo Dimble—. Sigamos en línea recta. Tarde o temprano tenemos que llegar al camino.

—¡Caramba! —dijo Jane bruscamente—. ¿Qué es eso?

Todos prestaron atención. A causa del viento, el ruido rítmico no identificado que se esforzaban por oír pareció muy distante durante un momento, y, luego, con gritos de «¡Cuidado!», «¡Apártate, bruto!», «Atrás» y otros semejantes, todos retrocedieron encogiéndose dentro del seto de arbustos cuando el *plosh plosh* de un caballo a medio galope sobre suelo blando pasó muy cerca de ellos. Una fría masa de barro lanzado por los cascos le dio a Denniston en la cara.

—¡Oh, miren! ¡Miren! —gritó Jane—. Deténganlo. ¡Pronto!

—¿Detenerlo? —dijo Denniston, que intentaba limpiarse la cara—. ¿Para qué demonios? Cuanto menos vea a ese cuadrúpedo lanzabarro, mejor...

—Oh, gritele, doctor Dimble —dijo Jane, en una impaciencia agónica—. Vamos. ¡Corran! ¿No lo han visto?

—¿Ver qué?—jadeó Dimble, mientras todo el grupo, bajo la influencia del apremio de Jane, empezaba a correr en dirección al caballo en retirada.

—Había un hombre montado en él —jadeó Jane—. Estaba cansado y sin aliento y había perdido un zapato.

—¿Un hombre? —dijo Denniston, y después—: Por Dios, señor, Jane tiene razón. ¡Mire, mire allí! Contra el cielo... a la izquierda.

—No podemos darle alcance —dijo Dimble.

—¡Eh! ¡Alto! ¡Regrese! Amigos... *amis... amici* —aulló Denniston.

Dimble era incapaz de gritar. Era un hombre viejo, que había estado cansado desde el principio, y ahora el corazón y los pulmones le estaban haciendo cosas que su médico le había explicado hacía años. No estaba asustado, pero no podía gritar con una gran voz (y mucho menos en el idioma solar antiguo) hasta que hubiera recobrado el aliento. Y, mientras se detenía tratando de llenar los pulmones, los otros dos gritaron de pronto:

—¡Mire!

Porque arriba entre las estrellas, con un tamaño y una cantidad de patas aparentemente anormales, la forma del caballo apareció mientras saltaba un seto a unos veinte metros, y, sobre el lomo, con ropas ondulantes que flameaban hacia atrás en el viento, la magnífica silueta de un hombre. A Jane le pareció que miraba por encima del hombro, como burlándose. Después se oyó una salpicadura y un ruido sordo cuando el caballo pasó al otro lado; luego, una vez más, solo el viento y la luz de las estrellas.

• • •

—Está usted en peligro —dijo Frost, cuando cerró con llave la puerta de la celda de Mark—, pero también tiene a su alcance una gran oportunidad.

—Deduzco que después de todo estoy en el instituto y no en una comisaría de policía —dijo Mark.

—Sí. Eso no importa respecto al peligro. El instituto tendrá pronto poderes oficiales de liquidación y se ha anticipado a ponerlos en práctica. Tanto Hingest como Carstairs han sido eliminados. Nos lo exigieron.

—Si van a matarme —dijo Mark—, ¿por qué toda esta farsa del cargo de asesinato?

—Antes de proseguir —dijo Frost—, debo pedirle que sea estrictamente objetivo. Tanto el miedo como el rencor son fenómenos químicos. Nuestras reacciones personales son fenómenos químicos. Las relaciones sociales son fenómenos químicos. Debe considerar tales sentimientos en usted mismo de manera objetiva. No permita que aparten su atención de los hechos.

—Entiendo —dijo Mark. Estaba fingiendo mientras lo decía: tratando de sonar a la vez levemente esperanzado y ligeramente hosco, proclive a que influyeran en él. Pero en lo íntimo, su nueva percepción de Belbury lo mantenía resuelto a no creer una palabra de lo que el otro dijera, a no aceptar (aunque podía fingir aceptación) ninguna oferta que le hiciera. Sentía que debía aferrarse a toda costa al conocimiento de que esos hombres eran enemigos inamovibles, porque ya sentía el viejo tirón hacia la complacencia, hacia la semiincredulidad, dentro de sí.

—El cargo de asesinato contra usted y los cambios alternativos en el modo de tratarlo han formado parte de un programa planificado con un objetivo bien definido —dijo Frost—. Representa una disciplina por la que pasan todos antes de ser admitidos en el Círculo.

Mark volvió a sentir un espasmo de terror retrospectivo. Apenas unos días atrás se habría tragado cualquier anzuelo con semejante cebo; solo la inminencia de la muerte podía hacer que el anzuelo fuese tan evidente y el cebo tan insípido como en ese momento. Al menos, tan comparativamente insípido. Porque aun entonces...

—No entiendo del todo con qué propósito —dijo en voz alta.

—Una vez más, es para suscitar la objetividad. Un Círculo vinculado por sentimientos subjetivos de confianza y aprecio mutuo sería inútil. Como he dicho, son fenómenos químicos. En principio, todos podrían provocarse mediante inyecciones. Usted ha pasado por una cantidad de sentimientos conflictivos respecto al director delegado y otras personas con el propósito de que su asociación futura con nosotros no pudiera basarse en absoluto en los sentimientos. Como debe haber relaciones sociales entre los integrantes del Círculo, tal vez sea mejor que sean sentimientos de disgusto. Hay menos riesgo de que sean confundidos con el verdadero *nexus*.

—¿Mi futura asociación? —dijo Studdock, fingiendo una trémula ansiedad. Pero le resultó peligrosamente fácil fingirla. Lo real podía resurgir en cualquier momento.

—Sí —dijo Frost—. Usted ha sido seleccionado como candidato posible a la admisión. Si no gana la admisión o la rechaza, tendrá que ser eliminado. Desde luego, no estoy explotando sus temores; estos solo confunden el tema. El proceso sería completamente indoloro y sus reacciones actuales ante él son acontecimientos físicos inevitables.

—Parece... parece una decisión tremenda —dijo Mark.

—Eso no es más que una mera proposición sobre el estado de su propio cuerpo en este instante. Si me permite, seguiré dándole la información necesaria. Debo empezar por decirle que ni el director delegado ni yo somos responsables de la dirección de la política del instituto.

—¿La cabeza? —dijo Mark.

—Tampoco. Filostrato y Wilkins están engañados por completo respecto a la cabeza. Es cierto que han llevado a cabo un experimento notable al salvarla de la descomposición. Pero no es con la mente de Alcasan con la que estamos en contacto cuando la cabeza habla.

—¿Quiere decir que Alcasan está realmente... muerto? —preguntó Mark. No necesitaba fingir el asombro ante la última afirmación de Frost.

—No hay respuesta a esa pregunta en el estado actual de nuestros conocimientos —dijo Frost—. Es probable que no tenga significado. Pero el córtex y los órganos vocales de Alcasan son empleados por otra mente. Es probable que no haya oído hablar de los macrobios.

—¿Microbios? —dijo Mark, perplejo—. Pero desde luego...

—No dije microbios, dije macrobios. La formación de la palabra se explica sola. Bajo el plano de la vida animal hemos sabido desde hace tiempo que existen organismos microscópicos. Sus resultados concretos sobre la vida humana, con relación a la salud y las enfermedades han constituido, por supuesto, una gran parte de la historia; la causa secreta no fue conocida hasta que inventamos el microscopio.

—Prosiga —dijo Mark. La curiosidad voraz se movía como una especie de maremoto bajo su decisión consciente de permanecer en guardia.

—Debo informarle ahora que hay organismos similares por encima del plano de la vida animal. Cuando digo «por encima» no estoy hablando en términos biológicos. La estructura del macrobio, por lo que sabemos, es de una sencillez extrema. Cuando digo que está por encima del plano animal, me refiero a que es más permanente, dispone de mayor energía y tiene más inteligencia.

—¿Más inteligencia que los antropoides desarrollados? —dijo Mark—. Debe de ser casi humano, entonces.

—Me ha malinterpretado. Cuando dije que superaba a los animales, estaba, desde luego, incluyendo al animal más eficiente, el hombre. El macrobio es más inteligente que el hombre.

—Pero en ese caso ¿cómo es que no hemos tenido contacto con él?

—No es seguro que no lo hayamos tenido. Pero en épocas primitivas fue esporádico y se le resistió por numerosos prejuicios. Además, el desarrollo intelectual del hombre no había alcanzado el nivel en que el intercambio con nuestra especie pudiera ofrecer algún atractivo para un macrobio. Pero, aunque ha habido poco intercambio, hubo profunda influencia. Los efectos sobre la raza humana han sido mucho mayores que los de los microbios, aunque, desde luego, igualmente no reconocidos. Bajo la luz de lo que ahora sabemos, toda la historia debería ser reescrita. Las verdaderas causas de todos los acontecimientos fundamentales son desconocidas totalmente por los historiadores; en realidad, por eso la historia no ha logrado aún ser una ciencia.

—Creo que me sentaré, si no le importa —dijo Mark—, volviendo a ocupar su sitio en el suelo. Frost permaneció, durante toda la conversación, de pie totalmente inmóvil con los brazos colgados rectos a los costados. Excepto la periódica inclinación de la cabeza hacia arriba y el relampagueo de los dientes al final de cada frase, no gesticulaba.

—Los órganos vocales y el cerebro tomado a Alcasan —continuó— se han convertido en los medios conductores de un intercambio regular entre los macrobios y nuestra especie. No digo que hayamos descubierto esta técnica; el descubrimiento fue de ellos, no nuestro. El Círculo en el que tal vez usted sea admitido es el órgano de esa cooperación entre las dos especies que ya ha creado una situación nueva para la humanidad. Como comprenderá, el cambio es mucho mayor que el que transformó al subhombre en hombre. Es más correcto compararlo con la primera aparición de la vida orgánica.

—Entonces ¿esos organismos —dijo Mark— son amistosos hacia la humanidad?

—Si reflexiona un momento —repuso Frost—, verá que su pregunta no tiene ningún sentido excepto al nivel del pensamiento popular más vulgar. La amistad es un fenómeno químico, también el odio. Ambos presuponen organismos de nuestro propio tipo. El primer paso hacia el intercambio con los macrobios es darse cuenta de que se debe salir totalmente del mundo de nuestras emociones subjetivas. Solo cuando se comienza a hacer eso, se descubre cuánto de lo que se tomaba equivocadamente por pensamiento no era más que un subproducto de la sangre y los tejidos nerviosos.

—Oh, por supuesto. No quise decir «amistoso» en ese sentido. Lo que realmente quise decir es: ¿son sus objetivos compatibles con los nuestros?

—¿A qué se refiere al hablar de nuestros objetivos?

—Bueno, supongo que a la reconstrucción científica de la raza humana en la dirección de una mayor eficiencia, la eliminación de la guerra y la pobreza y otras formas de derroche hacia una explotación más plena de la naturaleza; en la conservación y expansión de nuestra especie, concretamente.

—No creo que ese lenguaje seudocientífico modifique realmente las bases subjetivas e instintivas en lo esencial de la ética que usted describe. Volveré a la cuestión en una etapa posterior. Por el momento, me limitaré a observar que la forma en que usted encara la guerra y sus referencias a la conservación de la especie sugieren una profunda equivocación básica. No son más que generalizaciones de sentimientos afectivos.

—¿Acaso no se requiere una población bastante amplia para la explotación plena de la naturaleza, aunque no sea para otra cosa? —dijo Mark—. ¿Y acaso la guerra no es antigenética y reduce la eficiencia? Aunque sea necesario reducir la población, ¿no es la guerra el peor método posible de hacerlo?

—Esa idea es un vestigio de condiciones que están siendo alteradas con rapidez. Hace unos siglos, la guerra operaba del modo que usted la describe. Una amplia población agrícola era esencial y la guerra destruía grupos que seguían siendo útiles. Pero cada avance de la industria y la agricultura reduce el número de trabajadores exigibles. Ahora una población extensa, poco inteligente, se está convirtiendo en un peso muerto. La verdadera importancia de la guerra científica es que los científicos deben ser preservados. No fueron los grandes tecnócratas de Koenigsberg o Moscú quienes produjeron las bajas en el sitio de Stalingrado, fueron campesinos bávaros supersticiosos y trabajadores agrícolas rusos de las clases más bajas. El efecto de la guerra moderna es eliminar los grupos retrógrados, al mismo tiempo que conserva a la tecnocracia y aumenta su influencia en los asuntos públicos. En la nueva época, lo que hasta entonces ha sido el núcleo intelectual de la raza va a convertirse, por etapas graduales, en la raza propiamente dicha.

Tiene usted que concebir la especie como un animal que ha descubierto cómo simplificar la nutrición y la locomoción a tal punto que los antiguos órganos complejos y el cuerpo grande que los contenía ya no son necesarios. En consecuencia, ese cuerpo grande va a desaparecer. Solo será necesaria la décima parte de él para sostener el cerebro. El individuo va a transformarse en cabeza. La raza humana va a convertirse en tecnocracia.

—Entiendo —dijo Mark—. Había pensado, de modo bastante vago, que el núcleo inteligente iba a extenderse mediante la educación.

—Eso es pura quimera. La gran mayoría de la raza humana solo puede ser educada en el sentido de aportarle conocimiento; no pueden ser adiestrados en la objetividad mental absoluta que ahora se necesita. Siempre seguirán siendo animales contemplando el mundo a través de la niebla de sus emociones subjetivas. Aunque pudieran lograrlo, ha pasado el momento de una población numerosa. Ya ha cumplido con su objetivo al actuar como una especie de capullo para el hombre tecnocrático y objetivo. Ahora, los macrobios y los humanos escogidos que puedan cooperar con ellos ya no la necesitan.

—Entonces, desde su punto de vista, ¿las últimas dos guerras no fueron desastres?

—Por el contrario, solo fueron el comienzo del plan: las dos primeras de las dieciséis guerras mayores calculadas para este siglo. Soy consciente de las reacciones emocionales, es decir, químicas, que tal afirmación produce en usted, y pierde el tiempo al tratar de ocultármelas. No espero que las controle. No es ese el camino hacia la objetividad. Las provoqué con deliberación para que pueda usted llegar a acostumbrarse a considerarlas bajo una luz puramente científica y distinguirlas con la máxima precisión posible de los hechos.

Mark estaba sentado con los ojos clavados en el suelo. En lo concreto, había sentido muy poca emoción ante el programa de Frost para la raza humana; en realidad casi descubrió en ese momento lo poco que le habían importado realmente los futuros remotos y los beneficios universales sobre los que se había basado teóricamente en un principio su cooperación con el instituto. Y en ese momento en su mente no quedaba sitio para tales consideraciones. Estaba ocupada por completo por el conflicto entre su decisión de no confiar en esos hombres, de no volver a sentirse tentado por ningún cebo hacia la verdadera cooperación y la fuerza terrible —como la de una marea que arrastra los guijarros al retirarse— de una emoción opuesta. Porque aquí, realmente aquí (así le susurraba el deseo) estaba el verdadero Círculo Interno absoluto, el círculo cuyo centro caía fuera de la raza humana: el secreto final, el poder supremo, la iniciación definitiva. El hecho de que fuese casi absolutamente horrible no disminuía lo más mínimo su atractivo. Nada que careciera del sabor del horror podría haber sido lo suficientemente intenso para satisfacer la excitación delirante que ahora le hacía martillear las sienes. Se le ocurrió que Frost lo sabía todo sobre esa excitación, y también sobre la decisión opuesta, y que contaba como cosa segura con que la excitación triunfara en la mente de la víctima.

Unos ruidos y golpecitos que se habían oído confusamente durante cierto tiempo se volvieron ahora tan intensos que Frost se volvió hacia la puerta.

—¡Basta! —dijo alzando la voz—. ¿Qué significa esta impertinencia?

El ruido vago de alguien que gritaba al otro lado de la puerta se oyó, y los golpecitos siguieron. La sonrisa de Frost se amplió al darse vuelta y abrir la puerta. De inmediato le colocaron un trozo de papel en la mano. Al leerlo respingó con violencia. Abandonó la celda sin mirar a Mark. Este oyó cómo cerraba con llave la puerta antes de irse.

•••

—¡Qué amigos son estos dos! —dijo Ivy Maggs. Se refería a la gata Pinch y al señor Bultitude, el oso. Este estaba sentado con el lomo apoyado contra la cálida pared, junto al fuego de la cocina. Tenía mejillas tan gordas y ojos tan pequeños que parecía estar sonriendo. La gata, después de caminar de aquí para allá con la cola tiesa y de frotarse con el vientre del oso, finalmente se había enroscado y dormido entre sus patas. El grajo, aún sobre el hombro del director, hacía rato que había metido la cabeza bajo el ala.

La señora Dimble, que estaba sentada más lejos, zurciendo como si en ello le fuera la vida, frunció un poco los labios cuando

Ivy Maggs habló. No podía irse a la cama. Le hubiera gustado que todos se quedaran en silencio. Su ansiedad había alcanzado ese extremo en el que casi cualquier hecho, por pequeño que sea, amenaza con convertirse en irritación. Sin embargo, si alguien hubiera observado su expresión, habría visto que la pequeña mueca desaparecía con rapidez. Su voluntad tenía muchos años de práctica.

—Cuando empleamos la palabra *amigos* refiriéndonos a estas dos criaturas —dijo MacPhee—, me temo que estamos siendo antropomórficos. Es difícil evitar la ilusión de que tienen personalidad en el sentido humano. Pero no hay evidencia de ello.

—¿Por qué se le acerca ella, entonces? —preguntó Ivy.

—Bueno —dijo MacPhee—, tal vez haya cierto deseo de calor: está protegida de la corriente. Y debe de darle una sensación de seguridad estar cerca de algo familiar. Y es probable que existan algunos oscuros impulsos sexuales transferidos.

—Caramba, señor MacPhee —dijo Ivy con mucha indignación—, es una vergüenza decir semejante cosa sobre dos pobres animales. Estoy segura de no haber visto nunca a Pinch o al señor Bultitude, pobrecito...

—Dije transferidos —interrumpió con sequedad MacPhee—. Y, en todo caso, les gusta la fricción mutua de las pieles como medio de corregir irritaciones causadas por parásitos. Ahora bien, observarán...

—Si quiere decir que tienen pulgas —dijo Ivy—, usted sabe mejor que nadie que no es cierto.

Tenía razón, porque era el propio MacPhee quien se ponía un overol una vez al mes y enjabonaba con solemnidad al señor Bultitude del hocico a la cola, le volcaba baldes de agua tibia encima y por último lo secaba: un día completo de trabajo en el que no permitía que nadie lo ayudara.

—¿Usted qué piensa, señor? —dijo Ivy mirando al director.

—¿Yo? —dijo Ransom—. Pienso que MacPhee introduce en la vida animal una distinción que no existe y después trata de determinar sobre qué lado de esa distinción caen los sentimientos de Pinch y Bultitude. Hay que volverse humano antes de que los anhelos físicos sean distinguibles de los afectos, así como hay que volverse espiritual antes de que los afectos sean distinguibles de la caridad. Lo que ocurre con la gata y el oso no es una u otra de las dos cosas; es una sola cosa indiferenciada en la que se puede descubrir el germen de lo que llamamos amistad y de lo que llamamos necesidad física. Pero no es ninguna de las dos a ese nivel. Es una de las «antiguas unidades» de Barfield.

—Nunca negué que les gustara estar juntos —dijo MacPhee.

—Bueno, es lo que yo decía —gritó Ivy Maggs.

—Vale la pena plantearse la cuestión, señor director —dijo MacPhee—, porque me atrevería a afirmar que apunta a una falsedad esencial del sistema total de este sitio.

Grace Ironwood, que había estado sentada con los ojos entrecerrados, los abrió de pronto de par en par y los clavó sobre el irlandés, y la señora Dimble se inclinó hacia Camilla y dijo en voz baja:

—Me gustaría que pudiéramos convencer a MacPhee de que se fuera a la cama. En un momento como este es totalmente insoportable.

—¿Qué quiere usted decir, MacPhee? —preguntó el director.

—Quiero decir que hay un tibio intento de adoptar hacia las criaturas irracionales una actitud que no puede mantenerse de modo coherente. Y le haré justicia afirmando que usted nunca lo ha intentado. El oso es aceptado dentro de la casa y se le dan manzanas y almíbar hasta que casi revienta...

—¡Bueno, eso sí que me gusta! —dijo la señora Maggs—. ¿Quién es el que siempre le está dando manzanas? Eso es lo que me gustaría saber.

—El oso, como observaba —dijo MacPhee—, es aceptado dentro de la casa y consentido. Los cerdos son mantenidos en una pocilga y se los mata por el tocino. Me interesaría conocer la *rationale* filosófica de tal distinción.

Ivy miró, perpleja, del rostro sonriente del director al rostro serio de MacPhee.

—Creo que es una tontería —dijo—. ¿Quién ha oído que se le pueda sacar tocino a un oso?

MacPhee dio una patadita de impaciencia y dijo algo que fue ahogado primero por la risa de Ransom y después por un fuerte golpe de viento, que sacudió la ventana como si fuera a derribarla.

—¡Qué noche más espantosa les ha tocado! —dijo la señora Dimble.

—Me encanta —afirmó Camilla—. Me encantaría estar afuera. Sobre una alta colina. Oh, me gustaría que me hubiera dejado ir con ellos, señor.

—¡Le gusta! —dijo Ivy—. ¡Oh, a mí no! Oigan cómo sopla en la esquina de la casa. Me sentiría aterrada si estuviera sola. O incluso si usted estuviera arriba, señor. Siempre creo que es en noches como esta, cuando ellos, usted sabe, lo visitan.

—Ellos no tienen en cuenta el tiempo en ningún sentido, Ivy —dijo Ransom.

—Sabe —dijo Ivy en voz baja—, eso es algo que no entiendo del todo. Los que vienen a visitarlo son tan misteriosos. No me acercaría a esa parte de la casa si creyera que hay algo allí, ni aunque me dieran cien libras. Pero no siento lo mismo respecto a Dios. Pero Él debería ser peor, si entiende lo que quiero decir.

—Lo fue en otra época —dijo el director—. Estás muy acertada respecto a los Poderes. Los ángeles en general no son muy buena compañía para los hombres; incluso cuando se trata de ángeles buenos y de hombres buenos. Eso está todo en san Pablo. Pero en cuanto al propio Maleldil, todo ha cambiado; cambió por lo que pasó en Belén.

—Falta muy poco para Navidad —dijo Ivy, dirigiéndose al grupo en general.

—Tendremos al señor Maggs con nosotros antes de entonces —dijo Ransom.

—En uno o dos días, señor —dijo Ivy.

—¿Eso fue el viento? —dijo Grace Ironwood.

—Me sonó como un caballo —dijo la señora Dimble.

—Caramba —dijo MacPhee poniéndose en pie de un salto.

—Apártese, señor Bultitude, que me voy a poner las botas de goma. Deben de ser los dos caballos de Broad otra vez, pisoteándome los planteles de apio. Si me hubieran dejado ir a la policía la primera vez. Por qué ese hombre no puede mantenerlos encerrados...

—Mi muleta, por favor, Camilla —dijo Ransom—. Espere, MacPhee. Iremos juntos hasta la puerta, usted y yo. Señoras, quédense donde están.

Había en su rostro una expresión que algunos de los presentes no habían visto antes. Las cuatro mujeres se quedaron sentadas como si se hubiesen convertido en piedra, con los ojos muy abiertos.

Un momento después, Ransom y MacPhee estaban solos ante el lavadero. La puerta que daba el exterior se sacudía tanto sobre los goznes con el viento que no sabían si alguien llamaba o no.

—Ahora —dijo Ransom—, ábrala. Y quédese tras ella.

Durante un segundo, MacPhee manipuló los cerrojos. Después, quisiera desobedecer o no (un punto que seguirá siendo dudoso) la tormenta lanzó la puerta contra la pared y, por un momento, quedó aprisionado detrás. Ransom, parado inmóvil, inclinado hacia adelante sobre la muleta, vio a la luz del lavadero, recortado contra la oscuridad, un enorme caballo, cubierto por una capa de sudor y espuma, mostrando los dientes amarillos, con los ollares enormes y rojos, las orejas aplastadas contra el cráneo y los ojos llameantes. Le habían hecho avanzar hasta tal punto sobre la puerta que los cascos delanteros pisaban el umbral. No tenía montura, estribos ni riendas, pero en ese instante un hombre saltó de él. Parecía al mismo tiempo muy alto y muy gordo, casi un gigante. El viento le soplaba el cabello y la barba gris rojiza sobre el rostro, así que este era apenas visible; solo cuando avanzó un paso, Ransom advirtió sus ropas: el abrigo harapiento, mal entallado, de color caqui, los pantalones holgados y las botas sin punteras.

•••

En una amplia habitación de Belbury, donde llameaba el fuego y el vino y la plata resplandecían sobre aparadores, y una gran cama ocupaba el centro del cuarto, el director delegado observaba en profundo silencio cómo dos hombres transportaban con una cautela reverente o médica un bulto en una camilla. Cuando quitaron las mantas y llevaron al ocupante de la camilla a la cama, la boca de Wither se abrió por completo. Su interés se había vuelto tan intenso que por el momento el caos de su rostro parecía ordenado y lo asemejaba a un hombre común. Lo que veía era un cuerpo humano desnudo, vivo, pero inconsciente. Ordenó a los asistentes que le colocaran botellones de agua caliente en los pies y que le levantaran la cabeza con almohadas. Cuando lo hicieron y se retiraron acercó una silla al pie de la cama y se sentó para estudiar el rostro del durmiente. La cabeza era muy grande, aunque tal vez parecía mayor de lo que era a causa de la barba gris y descuidada y del cabello gris largo y enredado. El rostro se veía muy castigado por la intemperie, y el cuello, donde se veía, ya estaba enjuto y descarnado por la edad. Los ojos estaban cerrados y los labios exhibían una sonrisa muy leve. El efecto total era ambiguo. Wither lo miró mucho rato y a veces movía la cabeza para verlo desde otro ángulo, casi como si buscara un rasgo que no encontraba y se desilusionara. Estuvo así sentado durante más o menos un cuarto de hora. Entonces se abrió la puerta y el profesor Frost entró en silencio a la habitación.

Caminó hasta el lado de la cama, se inclinó y miró de cerca el rostro del extraño. Después la rodeó hasta el otro lado e hizo lo mismo.

—¿Está dormido? —susurró Wither.

—No creo. Se parece más a una clase de trance. No sé de qué tipo.

—¿No tendrá usted dudas, espero?

—¿Dónde lo encontraron?

—En una hondonada, a unos cuatrocientos metros de la entrada al *souterrain*. Siguieron la huella de pies desnudos casi todo el tiempo.

—¿El *souterrain* propiamente dicho estaba vacío?

—Sí. Después de que usted partió, Stone me informó al respecto.

—¿Tomará precauciones con Stone?

—Sí. Pero ¿qué piensa? —Señaló con los ojos hacia la cama.

—Creo que es él —dijo Frost—. El lugar es correcto. Es difícil explicar la desnudez con otra hipótesis. El cráneo es del tipo que yo esperaba.

—Pero ¿el rostro?

—Sí. Hay ciertos rasgos que son un poco inquietantes.

—Habría jurado —dijo Wither— que conocía el aspecto de un Maestro, incluso el aspecto de alguien que podría ser transformado en Maestro. Usted me entiende... uno capta de inmediato que Straik o Studdock podrían serlo, que la señorita Hardcastle, a pesar de todas sus excelentes condiciones, no.

—Sí. Tal vez tengamos que estar preparados para grandes ordinarieces... por su parte. ¿Quién puede saber a qué se parecía la técnica del Círculo Atlante?

—Por cierto, uno no debería ser... ah... de mentalidad estrecha. Podemos suponer que los Maestros de esa época no estaban separados con tanta precisión de la gente común como nosotros. Tal vez aún se toleraran todo tipo de elementos emocionales y hasta instintivos en el Gran Atlante, que nosotros hemos tenido que descartar.

—No solo se puede suponer, hay que suponerlo. No debemos olvidar que todo el plan consiste en la reunión de las diferentes clases de artes.

—Exacto. Tal vez el hecho de que se esté asociado con los Poderes (con la distinta escala de tiempo de ellos y todo lo demás) tiende a hacernos olvidar el enorme lapso de tiempo que resulta de acuerdo a nuestras normas humanas.

—Lo que tenemos aquí —dijo Frost, señalando al durmiente—, no es, entiéndalo, algo del siglo quinto. Es el último vestigio, sobreviviendo en el siglo quinto, de algo mucho más remoto. Algo que proviene de mucho antes del Gran Desastre, incluso de antes del druidismo primitivo; algo que nos hace retroceder a Numinor, a los períodos preglaciares.

—Tal vez todo el experimento sea más arriesgado de lo que advertíamos.

—Ya en otras ocasiones —dijo Frost— le he manifestado mi deseo de que no insistiera en introducir tales seudoafirmaciones emocionales en nuestras discusiones científicas.

—Mi querido amigo —dijo Wither sin mirarlo—, tengo plena conciencia de que el tema que menciona ha sido discutido entre usted y los propios Poderes. Plena conciencia. Y no dudo que usted es igualmente consciente de ciertas discusiones que han sostenido ellos conmigo acerca de aspectos de sus propios métodos, que están abiertos a la crítica. Nada sería más inútil (podríamos decir más peligroso) que un intento de introducir entre nosotros las modalidades de disciplina oblicua que aplicamos, como corresponde, a nuestros inferiores. Es en su propio interés que me atrevo a tocar este punto.

En vez de contestar, Frost le hizo señas a su compañero. Los dos se quedaron en silencio, con los ojos clavados en la cama, porque el durmiente había abierto los ojos.

Al abrir los ojos, todo el rostro se inundó de significado, pero era un significado que no podían interpretar. El durmiente parecía estar mirándolos, pero no estaban del todo seguros de que los viera. Mientras pasaban los segundos, lo que más impresionó a

Wither de la cara fue su cautela. Pero no había nada de violencia o de inquietud en ella. Era una actitud defensiva habitual, nada enfática, que parecía tener detrás años de dura experiencia, soportada con serenidad, tal vez incluso con humor.

Wither se puso en pie y carraspeó.

—*Magister Merline* —dijo—, *Sapientissime Britonum, secreti secretorum possessor, incredibili quodam gaudio afficimur quod te in domum nostram accipere nobis... ah... contingit. Scito nos etiam haud imperitos esse magnae artis... et... ut ita dicam...* *

Pero su voz se apagó. Era obvio que el durmiente no prestaba la menor atención a lo que decía. Era imposible que un hombre instruido del siglo quinto no dominara el latín. ¿Había, entonces, algún error en su pronunciación? Pero no estaba nada seguro de que el hombre no lo comprendiera. La carencia total de curiosidad, o incluso de interés, en el rostro, insinuaban más bien que no estaba escuchando.

Frost tomó una botella de la mesa y sirvió una copa de vino rojo. Después regresó junto a la cama, hizo una profunda reverencia y se la tendió al extraño. Este la miró con una expresión que podía (o no) ser interpretada como de astucia; después se irguió de repente en la cama, revelando un enorme pecho peludo y brazos delgados, musculosos. Volvió los ojos hacia la mesa y señaló. Frost volvió a ella y tocó una botella distinta. El extraño sacudió la cabeza y volvió a señalar.

—Creo —dijo Wither— que nuestro muy distinguido invitado está tratando de señalar la jarra. No tengo idea de lo que han traído. Tal vez...

—Contiene cerveza —dijo Frase.

—Bueno, difícilmente sea apropiado... aunque, quizás, sabemos tan poco sobre las costumbres de esa época...

Mientras hablaba, Frost había llenado un pichel con cerveza y se lo ofreció al huésped. Por primera vez, un destello de interés apareció en esa cara críptica. El hombre arrebató el pichel con ansiedad, se apartó el descuidado bigote de los labios y empezó

* Maestro Merlín, sabio mayor de los britanos, dueño del secreto de secretos, es con placer indecible que aprovechamos la oportunidad de... ah... darte la bienvenida en nuestra casa. Comprenderás que tampoco nosotros desconocemos cómo manejar el arce magno y, si puedo decirlo... (*N. del a.*).

a beber. La cabeza gris retrocedió más y más, el fondo del jarro subió y subió, y los músculos que se movían en la garganta descarnada hacían visible el acto de beber. Finalmente el hombre, habiendo invertido el pichel por completo, se limpió los labios húmedos con el dorso de la mano y emitió un largo suspiro: el primer sonido desde su llegada. Después dirigió otra vez su atención hacia la mesa.

Durante unos veinte minutos los dos hombres lo alimentaron: Wither con deferencia trémula y cortés, Frost con los movimientos diestros y silenciosos de un mayordomo experto. Había todo tipo de comida apetitosa, pero el extraño se dedicó por completo a la carne fría, el pollo, los encurtidos, el pan, el queso y la mantequilla. Esta la comió sola, con la punta de un cuchillo. Era evidente que no estaba familiarizado con los tenedores y tomaba los huesos de pollo con las dos manos hasta pelarlos, y los colocaba bajo la almohada cuando terminaba. Comía de manera ruidosa y animal. Cuando terminó, hizo señas pidiendo una segunda jarra de cerveza, la bebió en dos largos tragos, se limpió la boca con la sábana y la nariz con la mano, y pareció disponerse a seguir durmiendo.

—*Ah... eh... domine* —dijo Wither con urgencia desaprobadora—, *nihil magis mihi displiceret quam tibi ullo modo... ah... molestum esse. At tamen, venia tua...*[*]

Pero el hombre no prestaba la menor atención. No podían discernir si tenía los ojos cerrados o si los estaba mirando bajo los párpados entrecerrados, pero estaba claro que no pretendía mantener una conversación. Frost y Wither intercambiaron miradas interrogantes.

—No se puede entrar a este cuarto si no es a través del que queda al lado, ¿verdad? —dijo Frost.

—No —dijo Wither.

—Vayamos allí y discutamos la situación —dijo Frost—. Podemos dejar la puerta entreabierta. Lo oiremos si se mueve.

•••

* Ah... eh... señor, nada estaría más lejos de mi deseo que causarle la menor molestia. Al mismo tiempo, con su venia... (*N. del a.*).

Cuando Mark descubrió que de pronto Frost lo dejaba solo, su primera sensación fue una inesperada liviandad de espíritu. No era que se hubiesen aliviado sus miedos respecto al futuro. Más bien, en medio de esos temores, había saltado un extraño sentimiento de liberación. El alivio de no tener ya que tratar de ganarse la confianza de aquellos hombres, el desprendimiento de las miserables esperanzas, era casi estimulante. La lucha franca, después de la larga serie de fracasos diplomáticos, tonificante. Podía perder en la lucha abierta. Pero al menos ahora se trataba de su bando contra el de ellos. Y podía hablar de «su bando» ahora. Ya estaba con Jane y con todo lo que ella simbolizaba. En realidad, se encontraba en primera fila; Jane era casi una no combatiente... La aprobación de la propia conciencia es una corriente muy violenta, y sobre todo para aquellos que no están acostumbrados a ella. En dos minutos, Mark había pasado del primer sentimiento de liberación a una actitud consciente de coraje y de allí a un heroísmo sin límites. La imagen de sí mismo como héroe y mártir, como Jack el Matagigantes, que sigue fríamente con su juego, incluso en la cocina del gigante, se alzó ante él, prometiéndole enturbiar para siempre las otras imágenes insoportables de sí mismo que lo habían obsesionado en las últimas horas. No todos, al fin y al cabo, podrían haber resistido una invitación como la de Frost. Una invitación que hacía señas desde las fronteras de la vida humana... hacia algo que la gente había estado intentando encontrar desde el principio del mundo: pulsar esa cuerda infinitamente secreta que era el nervio conductor de toda la historia. ¡Cómo le habría atraído en otros tiempos!

Le habría atraído en otros tiempos... De pronto, como algo que saltara desde distancias infinitas a la velocidad de la luz, el deseo (el deseo agudo, negro, voraz, incontestable) lo aferró por la garganta. La más ligera insinuación convocará para los que la hayan experimentado la cualidad de la emoción que ahora lo sacudía, como un perro sacude a una rata; para el resto, tal vez ninguna descripción sea provechosa. Muchos escritores se refieren a ella en términos de lujuria: una descripción que la ilumina admirablemente en el sentido interno, pero totalmente equívoca en el externo. No tiene nada que ver con el cuerpo. Pero se parece a la lujuria en dos aspectos tal como la lujuria se muestra en la cripta más profunda y oscura de su mansión laberíntica. Porque, como la lujuria, le quita encanto al universo entero. Todo lo demás que Mark hubiese sentido alguna vez —el amor, la ambición, el hambre, la propia lujuria— parecían haber sido solo leche diluida, juguetes para niños, indignos de un latido del corazón. El atractivo infinito de aquella cosa oscura absorbía todas las demás pasiones dentro de sí: el resto del mundo se presentaba pálido, blanqueado, insípido, un mundo de matrimonios castos y blancas masas, de comidas sin sal, de juegos por puntos. Ahora no podía pensar en Jane si no era en términos de apetito, y, en este caso, el apetito no presentaba incentivos. Esa serpiente, enfrentada al verdadero dragón, se convertía en un gusano desdentado. Pero era también como la lujuria en otro aspecto. Es ocioso señalarle al hombre pervertido el horror de su perversión: mientras se demore el feroz momento, ese horror no es más que el propio condimento de su anhelo. Es la misma fealdad la que se transforma, al final, en el objetivo de su lascivia; la belleza hace mucho que resulta un estimulante demasiado débil. Y así ocurría aquí. Las criaturas de las que Frost había hablado —y no dudaba ahora de que estaban localmente presentes con él dentro de la celda— respiraban muerte sobre la raza humana y sobre toda alegría. No a pesar de eso, sino por eso, la terrible gravitación le atraía y lo tironeaba y lo seducía hacia ellos. Nunca había conocido el vigor espantoso de movimientos opuestos a lo natural que ahora lo tenía apresado; el impulso a invertir todas las repugnancias y a trazar un círculo en sentido contrario a las agujas del reloj. El sentido de ciertas imágenes, de la charla de Frost acerca de la «objetividad», de las cosas realizadas por las brujas hacía tiempo, se le hizo evidente. La imagen del rostro de Wither se alzó en su memoria y esta vez no se limitó a detestarlo. Notó, con estremecedora satisfacción, los signos que el rostro soportaba de una experiencia compartida entre ellos. Wither también sabía. Wither entendía...

En el mismo instante volvió a pensar que era probable que lo mataran. En cuanto lo pensó, volvió a tener conciencia de la celda: el sitio pequeño, incómodo, blanco, vacío, con la luz deslumbrante, en el que se encontraba sentado en el suelo. Parpadeó. No pudo recordar haberlo visto en los últimos minutos. ¿Dónde había estado? En todo caso, ahora tenía la mente despejada. La idea de que hubiera algo en común entre él y Wither no tenía el menor sentido. Desde luego tenían la intención de matarlo a menos que pudiera salvarse recurriendo a su propio ingenio. ¿Qué había estado pensando y sintiendo que había olvidado eso?

Poco a poco se dio cuenta de que había soportado algún tipo de ataque y que no le había ofrecido la menor resistencia. Al advertirlo, penetró en su mente un nuevo tipo de temor. Aunque en teoría era materialista, había creído durante toda su vida de forma poco coherente y hasta despreocupada en la libertad de su voluntad. Pocas veces había tomado una decisión moral y cuando, unas horas antes, había resuelto no volver a confiar en la pandilla de Belbury, había dado por sentado que sería capaz de hacer lo que había resuelto. Sabía, desde luego, que podía «cambiar de idea», pero hasta que lo hiciera, como es lógico, llevaría a cabo su plan. Nunca se le había ocurrido que pudieran cambiarle las ideas de ese modo, en un instante, cambiárselas hasta hacerlas irreconocibles. Si podía ocurrir ese tipo de cosas... era injusto. Allí había un hombre tratando (por primera vez en su vida) de hacer lo que obviamente era correcto, lo que Jane, los Dimble y la tía Gilly habrían aprobado. Era de esperar que cuando un hombre se comportaba de ese modo el universo entero lo respaldaría. Porque las reliquias de las versiones semisalvajes de teísmo que Mark había recogido en el transcurso de su vida eran en él más intensas de lo que sabía, y sentía, aunque no lo habría expresado en palabras, que «le tocaba» al universo recompensar sus buenas resoluciones. Sin embargo, en cuanto uno trataba de ser bueno, el universo lo abandonaba. Revelaba abismos con los que uno no habría soñado jamás. Inventaba nuevas leyes con el expreso propósito de abandonarlo a uno. Eso era lo que se conseguía con los esfuerzos realizados.

Entonces los cínicos tenían razón. Pero se detuvo en seco ante esa idea. Cierto deje que la acompañaba le había hecho detenerse. ¿Estaba empezando otra vez aquel estado mental? ¡Oh, eso no, a ningún precio! Se apretó las manos. ¡No, no, no! No podía soportarlo mucho más. Necesitaba a Jane, necesitaba a la señora Dimble, necesitaba a Denniston. Necesitaba a alguien o a algo.

—¡Oh, no, no me dejen volver a eso! —dijo y después más alto—: ¡No lo hagan, no lo hagan!

Todo lo que en algún sentido podía denominarse él mismo se lanzó en ese grito; la espantosa conciencia de haberse jugado la última carta empezó a transformarse lentamente en una especie de paz. No quedaba nada por hacer. Inconscientemente permitió que se le relajaran los músculos. Para entonces su cuerpo joven estaba muy cansado y hasta el duro suelo le resultaba agradable. También la celda parecía haberse vaciado y limpiado en algún sentido como si ella, también, estuviese cansada después de los conflictos que había presenciado: vaciada como un cielo después de la lluvia y cansada como un niño después de llorar. Se fue filtrando en él una difusa conciencia de que la noche estaba a punto de terminar y se durmió.

13

HICIERON CAER EL CIELO PROFUNDO SOBRE SUS CABEZAS

—¡Quieto! Quédese donde está y dígame su nombre y lo que busca —dijo Ransom.

La figura andrajosa que estaba en el umbral inclinó un poco la cabeza de lado, como alguien que no puede oír bien. Al mismo tiempo, el viento que entraba por la puerta se abrió paso hacia el interior de la casa. La puerta, que comunicaba el lavadero con la cocina, se cerró con un fuerte golpe, aislando a los tres hombres de las mujeres, y una gran palangana de latón cayó con estrépito dentro de la pileta. El extraño avanzó un paso más dentro del cuarto.

—*Sta* —dijo Ransom con poderosa voz—. *In nomine Patris et Filii et Spiritus Sancti, dic mihi qui sis et quam ob causam veneris.*[*]

El extraño alzó una mano y se apartó el pelo goteante de la frente. La luz le dio de lleno en el rostro, en el que Ransom tuvo la impresión de ver una serenidad inmensa. Cada músculo de su cuerpo parecía tan relajado como si estuviera dormido y permanecía de pie totalmente inmóvil. Cada gota de lluvia que caía del abrigo color caqui golpeaba el suelo de baldosas en el sitio exacto en que había caído la anterior.

Sus ojos se posaron sobre Ransom durante uno o dos segundos sin ningún interés en especial. Después volvió la cabeza hacia la izquierda, hacia donde la puerta se había casi aplastado contra el muro. MacPhee estaba tras ella.

—Sal —dijo el extraño en latín. Dijo esas palabras casi en un susurro, pero fue tan profundo que incluso en aquella habitación barrida por el viento produjeron una especie de vibración. Pero lo que sorprendió mucho más a Ransom fue el hecho de que MacPhee obedeció de inmediato. No miraba a Ransom, sino al extraño. Después, inesperadamente, exhaló un bostezo enorme. El extraño lo miró de arriba abajo y luego se volvió hacia el director.

* Quieto. En nombre del Padre y del Hijo y del Espíritu Santo, dime quién eres y a qué has venido. *(N. del a.)*.

—Amigo —dijo en latín—, dile al señor de esta casa que he llegado.

Mientras hablaba, el viento que soplaba a sus espaldas le enroscaba el abrigo alrededor de las piernas y le echaba el cabello sobre la frente, pero su enorme masa se erguía como si la hubiesen plantado como un árbol, y no parecía tener prisa. Y también la voz era como la que uno imaginaría de un árbol, llena, lenta y paciente, proveniente a través de las raíces, el barro y la grava de las profundidades de la Tierra.

—Yo soy el amo aquí —dijo Ransom en el mismo idioma.

—¡Seguro! —contestó el extraño—. Y aquel pelele (*mastigia*) sin duda es tu obispo.

No llegó a sonreír exactamente, pero una mirada de inquietante diversión apareció en los ojos penetrantes. De pronto adelantó la cabeza para acercar mucho más la cara a la del director.

—Dile a tu amo que he llegado —repitió con la misma voz de antes.

Ransom lo miró sin pestañear.

—¿Deseas realmente que llame a mis amos? —dijo finalmente.

—Una corneja que vive en la celda de un ermitaño acaba aprendiendo a chapurrear latín libresco —dijo el otro—. Oigamos cómo haces tu llamada, hombrezuelo (*homuncio*).

—Para eso debo emplear otro idioma —dijo Ransom.

—Una corneja podría también saber griego.

—No es griego.

—Oigamos tu hebreo, entonces.

—No es hebreo.

—Caramba —contestó el otro con algo parecido a una risita, una risita muy oculta en el pecho enorme y traicionada solo por un leve movimiento de los hombros—, si va a tratarse del cotorreo de los bárbaros será difícil, pero también te superaré. Tenemos ahí un excelente pasatiempo.

—Podría parecerte el discurso de los bárbaros —dijo Ransom—, porque hace mucho que no se oye. Ni siquiera en Numinor se oía en las calles.

El extraño no dio señales de asombro y el rostro siguió sereno como antes, si no se volvió aún más sereno, pero habló con renovado interés.

—Tus amos te dejan jugar con juguetes peligrosos —dijo—. Dime, esclavo, ¿qué es Numinor?

—El verdadero Oeste —dijo Ransom.

—Bien... —dijo el otro. Entonces, después de una pausa, agregó—: Son poco corteses con los huéspedes en esta casa. Sopla un frío viento contra mi espalda y he estado acostado mucho tiempo. Como ves, ya he cruzado el umbral.

—Me doy cuenta —dijo Ransom—. Cierra la puerta, MacPhee —agregó en inglés. Pero no obtuvo respuesta y, al mirar a su alrededor por primera vez, vio que MacPhee se había sentado en una silla que estaba en el lavadero y estaba profundamente dormido.

—¿Qué significa esta tontería? —dijo Ransom, mirando con aspereza al extraño.

—Si realmente eres el amo de esta casa, no necesitarías preguntarlo. Si no lo eres, ¿por qué tendría que rendirle cuentas a alguien como tú? No temas, tu palafrenero no lo pasará mal.

—Pronto lo veremos —dijo Ransom—. Entretanto, no temo que entres en la casa. Tengo mayores motivos para temer que escapes. Cierra la puerta si quieres, porque, como ves, mi pie está herido.

El extraño, sin apartar los ojos de Ransom, barrió con la mano izquierda detrás de él, encontró el picaporte de la puerta y la cerró de un golpe. MacPhee no se movió.

—Ahora —dijo—, ¿qué hay de esos amos tuyos?

—Mis amos son los Oyersu.

—¿Dónde oíste ese nombre? —preguntó el extraño—. Y, si de verdad perteneces a la Congregación, ¿por qué te vistes como un esclavo?

—Tu propia ropa —dijo Ransom— no es la de un druida.

—Ese es un buen golpe —contestó el otro—. Ya que tienes conocimientos, contéstame tres preguntas, si te atreves.

—Las contestaré si puedo. Pero, en cuanto a atreverme, veremos.

El extraño meditó unos segundos, después, hablando con una voz levemente cadenciosa, como recitando una antigua lección, preguntó, en dos hexámetros latinos, lo siguiente:

—¿A quién llaman Sulva? ¿Por qué camino se pasea? ¿Por qué el útero es estéril sobre un lado? ¿Dónde están los matrimonios castos?

Ransom contestó:

—Sulva es aquella a quien los mortales llaman la Luna. Se pasea por la más baja esfera. El borde del mundo gastado la atraviesa. La mitad de su esfera está girada hacia nosotros y comparte nuestra maldición. La otra mitad mira al Cielo Profundo. Feliz aquel que pueda cruzar esa frontera y ver los campos del lado oculto. Sobre este lado, el útero es estéril y los matrimonios castos. Allí habita un pueblo maldecido, saturado de orgullo y lujuria. Allí cuando un joven toma a una doncella en matrimonio no yacen juntos, sino que cada uno yace con una imagen hábilmente conformada del otro, hecha para moverse y ser cálida mediante artes demoníacas, porque la carne verdadera no los complace, tan exquisitos (*delicati*) son en sus sueños de lujuria. Sus verdaderos hijos son fabricados mediante artes malignas en un lugar secreto.

—Has contestado bien —dijo el extraño—. Creía que solo había tres hombres en el mundo que conociesen esta cuestión. Pero la segunda puede ser más difícil. ¿Dónde está el anillo del rey Arturo? ¿Qué señor tiene semejante tesoro en su casa?

—El anillo del Rey —dijo Ransom—, está en el dedo de Arturo, que se encuentra en el Palacio de los Reyes de la región en forma de cuenco de Abhalljin, más allá de los mares de Lur, en Perelandra. Porque Arturo no murió; nuestro Señor se lo llevó para que su cuerpo llegara hasta el fin del tiempo y la destrucción de Sulva, con Enoc, Elías, Moisés y el rey Melquisedec. Melquisedec es aquel en cuya sala centellea el anillo en el índice del Pendragón.

—Bien contestado —dijo el extraño—. En mi congregación se creía que solo dos hombres en el mundo sabían esto. Pero en cuanto a mi tercera pregunta, ningún hombre conoce respuesta sino yo mismo. ¿Quién será el Pendragón en la época en que Saturno baje de su esfera? ¿En qué mundo aprendió la guerra?

—En la esfera de Venus aprendí la guerra —dijo Ransom—. En esa época Lurga bajará. Yo soy el Pendragón.

Una vez que dijo esto retrocedió un paso, porque el enorme hombre había empezado a moverse y había una mirada nueva en sus ojos. Cualquiera que los hubiera contemplado mientras estaban allí de pie, frente a frente, habría pensado que en cualquier momento empezarían a luchar. Pero el extraño no se había movido con propósitos hostiles. Lenta, pesadamente, aunque sin torpeza, como si una montaña se abatiera como una ola, cayó sobre una rodilla, y su cara siguió estando al mismo nivel que la del director.

•••

—Esto representa una carga inesperada totalmente para nuestros recursos —le dijo Wither a Frost, cuando ambos se sentaron en el cuarto externo con la puerta entreabierta—. Debo confesar que no había previsto ninguna dificultad seria respecto al idioma.

—Hemos de conseguir un erudito del celta de inmediato —dijo Frost—. Somos notablemente débiles en el aspecto filológico. En este momento no sé quién sabe más de la antigua Gran Bretaña. Ransom sería el hombre justo para asesorarnos si estuviera disponible. Supongo que en su departamento no ha oído nada más sobre él, ¿verdad?

—No creo necesario señalar —dijo Wither— que las dotes filológicas de Ransom no son de ningún modo el único motivo por el que estamos ansiosos por encontrarlo. Si se hubiera descubierto la menor huella, puede estar seguro de que habría contado desde hace tiempo con la... ah... satisfacción de tenerlo aquí en persona.

—Por supuesto. Es posible que no esté en la Tierra.

—Lo conocí una vez —dijo Wither, entrecerrando los ojos—. A su modo era un hombre muy brillante. Un hombre cuya profundidad e intuiciones podrían haber sido de un valor infinito, si no hubiera abrazado la causa de la reacción. Es una idea entristecedora...

—Ya lo creo —dijo Frost, interrumpiéndolo—. Straik conoce el galés moderno. Su madre era galesa.

—Por cierto, sería muy satisfactorio —dijo Wither— que pudiéramos, por así decirlo, mantener toda la cuestión en familia. Me sería muy desagradable (y estoy seguro de que usted siente lo mismo) hacer entrar a un experto en celta del exterior.

—Como es lógico, tomaríamos medidas con el experto en cuanto pudiéramos prescindir de sus servicios —contestó Frost—. El problema es la pérdida de tiempo. ¿Qué adelantos ha obtenido con Straik?

—Oh, realmente excelentes —dijo el director delegado—. En realidad estoy casi un poco desilusionado. Quiero decir, mi discípulo avanza con tal rapidez que tal vez sea necesario abandonar una idea que, lo confieso, me atrae bastante. Había estado pensando mientras usted no estaba que sería muy adecuado y... ah... correcto y gratificante que su discípulo y el mío pudieran ser iniciados juntos. Estoy seguro de que ambos habríamos sentido... Aunque, desde luego, si Straik está preparado un poco antes que Studdock, no me sentiría autorizado a interponerme en su camino. Como comprenderá, mi querido amigo, no estoy tratando de transformar esto en algo semejante a una prueba en cuanto a la eficacia comparativa de nuestros muy distintos métodos.

—Le sería imposible hacerlo —dijo Frost—, dado que he entrevistado a Studdock solo una vez, y esa única entrevista ha tenido todo el éxito que era de esperar. Mencioné a Straik solo para averiguar si ya se había comprometido lo suficiente para ser presentado como corresponde a nuestro huésped.

—Oh... en cuanto a estar comprometido —dijo Wither—, en cierto sentido... ignorando ciertos matices sutiles por el momento, aunque reconociendo plenamente su importancia fundamental... no vacilaría... deberíamos sentirnos justificados por completo.

—Estaba pensando —dijo Frost— que tendría que haber alguien de guardia aquí. Él puede despertar en cualquier momento. Nuestros discípulos, Straik y Studdock, podrían turnarse. No hay motivos por los que no deban ser útiles incluso antes de su iniciación completa. Desde luego, se les dará órdenes de llamarnos en cuanto pase algo.

—¿Cree usted que el señor... ah... Studdock ya ha avanzado suficiente?

—No importa —dijo Frost—. ¿Qué daño puede hacer? No puede escapar. Y entretanto solo necesitamos a alguien que vigile. Será una prueba útil.

•••

MacPhee, que acababa de refutar tanto a Ransom como a la cabeza de Alcasan con un argumento de doble filo que parecía incontestable en el sueño, pero que nunca recordó más tarde, se encontró despertado con violencia por alguien que le sacudió el hombro. De pronto advirtió que estaba frío y se le había dormido el pie izquierdo. Después vio el rostro de Denniston mirándolo.

El lavadero parecía lleno de gente: Denniston, Dimble y Jane. Estaban extremadamente sucios, cubiertos de desgarrones y barro y mojados.

—¿Está usted bien? —estaba diciendo Denniston—. He estado tratando de despertarlo durante varios minutos.

—¿Si estoy bien? —dijo MacPhee, tragando saliva una o dos veces y humedeciéndose los labios—. Sí, estoy bien. —Después se irguió—. Había un hombre aquí.

—¿Qué tipo de hombre? —preguntó Dimble.

—Bueno —dijo MacPhee—, en cuanto a eso... no es tan fácil... me quedé dormido mientras le hablaba, a decir verdad. No puedo recordar qué estábamos diciendo.

Los otros intercambiaron miradas. Aunque a MacPhee le gustaba tomar un poco de ponche caliente en las noches de invierno, era un hombre sobrio y nunca lo habían visto en ese estado. Un momento después se puso en pie de un salto.

—¡Dios nos salve! —exclamó. El director estaba con él—. ¡Rápido! Debemos registrar la casa y el jardín. Era un impostor o un espía. Ahora sé qué me pasó. Me hipnotizaron. Había un caballo también. Recuerdo el caballo.

Este último detalle tuvo un efecto inmediato sobre los oyentes. Denniston abrió de par en par la puerta de la cocina y todo el grupo irrumpió detrás de él. Durante un segundo vieron formas imprecisas a la luz profunda y roja de un fuego grande que no había sido atendido durante horas. Después, cuando Denniston encontró el interruptor y encendió la luz, se quedaron sin aliento. Las cuatro mujeres estaban sentadas profundamente dormidas. El grajo dormía, posado sobre el respaldo de una silla vacía. El señor Bultitude, estirado sobre el costado frente al hogar, también dormía; su ronquido corto, como infantil, tan desproporcionado a su masa, se oía en el momentáneo silencio. La señora Dimble, arrebujada en lo que parecía una posición incómoda, dormía con la cabeza sobre la mesa, con un calcetín a medio zurcir aún apretado entre las rodillas. Dimble la miró con esa compasión incurable que los hombres sienten por cualquier durmiente, pero sobre todo por la esposa. Camilla, que se encontraba en la mecedora, estaba enroscada en una actitud llena de gracia, como la de un animal acostumbrado a dormir en cualquier parte. La señora Maggs dormía con su boca corriente y bondadosa bien abierta. Grace

Ironwood, rígida y tiesa como si estuviera despierta, pero con la cabeza un poco inclinada hacia un lado, parecía someterse con austera paciencia a la humillación de la inconsciencia.

—Están todos bien —dijo MacPhee desde atrás—. Es lo mismo que me hizo a mí. No tenemos tiempo de despertarlos.

—Sigamos.

Pasaron de la cocina al estrecho corredor. Para todos, con excepción de MacPhee, el silencio de la casa parecía intenso después del embate del viento y la lluvia. A medida que las encendían, las luces revelaban cuartos vacíos y pasillos vacíos que tenían el aspecto abandonado de un interior a medianoche: fuegos apagados en las parrillas de las chimeneas, un diario de tarde sobre un sofá, un reloj parado. Pero nadie había esperado realmente encontrar mucho más en la planta baja.

—Ahora vamos arriba —dijo Dimble.

—Arriba las luces están encendidas —dijo Jane, cuando llegaron al pie de la escalera.

—Las encendimos nosotros mismos desde el corredor —dijo Dimble.

—Creo que no —dijo Denniston.

—Disculpe —le dijo Dimble a MacPhee—, creo que tal vez sea mejor que vaya yo primero.

Hasta el primer descanso subieron en la oscuridad; sobre el segundo y último llegaba la luz del primer piso. En cada descansillo, la escalera doblaba en ángulo recto, así que no podía verse el vestíbulo del piso superior. Jane y Denniston, que iban detrás, vieron que Dimble y MacPhee se paraban en seco en el segundo descanso con los rostros iluminados de perfil y la parte posterior de la cabeza en sombra. La boca del irlandés estaba cerrada como una trampa, con expresión hostil y atemorizada. Dimble se había quedado con la boca abierta. Entonces, obligando a sus miembros cansados a moverse, Jane subió junto a ellos y vio lo que ellos.

Dominándolos desde la barandilla había dos hombres cubiertos con amplios ropajes, color rojo uno y azul el otro. El director iba de azul, y por un instante una idea de pesadilla cruzó la mente de Jane. Las dos figuras engalanadas parecían de la misma clase... y, después de todo, ¿qué sabía ella de aquel director que la había hecho aparecer en esa casa y tener sueños, y le había enseñado el temor al infierno esa misma noche? Y allí estaban los dos, diciéndose sus secretos y haciendo lo que quiera que haga semejante gente cuando han vaciado la casa o han dormido en sus habitaciones. El hombre sacado de debajo de la tierra y el que había estado en el espacio exterior... y uno les había dicho que el otro era un enemigo, y ahora, en cuanto se encontraban, allí estaban los dos, emparejados como dos gotas de mercurio. Durante todo ese tiempo apenas había mirado al extraño. El director parecía haber desechado la muleta y Jane lo había visto pocas veces estar de pie tan erguido e inmóvil. La luz le caía de tal modo sobre la barba que la convertía en una especie de halo; también sobre la parte superior de la cabeza pudo advertir un destello dorado. De pronto, mientras pensaba en eso, descubrió que sus ojos miraban directamente a los del extraño. Un instante después advirtió su tamaño. El hombre era monstruoso. Y los dos hombres eran aliados. Y el extraño estaba hablando y señalándola mientras hablaba.

No comprendió las palabras, pero Dimble sí, y oyó a Merlín decir en lo que le pareció un extraño tipo de latín:

—Señor, tiene usted en su casa a la más falsa de las damas que viven en esta época.

Y Dimble oyó al director contestar en el mismo idioma:

—Señor, está usted equivocado. Sin duda es una pecadora, como todos nosotros, pero es virtuosa.

—Señor —dijo Merlín—, sepa usted bien que ella ha hecho en Logres algo de lo que no valdrá menos la pena que lo que vino del golpe que dio Balines.* Porque, señor, era propósito de Dios que ella y su dueño procrearan un niño gracias al cual los enemigos habrían sido expulsados de Logres durante mil años.

—Hace poco que se ha casado —dijo Ransom—. El niño aún puede nacer.

—Señor —dijo Merlín—, asegúrese de que el niño nunca nazca, porque la hora de su engendramiento ha pasado. Son estériles por propia voluntad. Hasta hoy no sabía que las costumbres de Sulva fuesen tan comunes entre ustedes. Durante un centenar de generaciones, la procreación de este niño fue preparada en dos linajes

* Caballero, hermano de Balan, en el ciclo artúrico. A pesar del parentesco, ambos se matan, por error. *(N. del t.).*

y, a menos que Dios destroce el trabajo del tiempo, semejante semilla y semejante momento, en semejante tierra, no volverán a existir nunca.

—Es suficiente —contestó Ransom—. La mujer se ha dado cuenta de que estamos hablando de ella.

—Sería muy caritativo —dijo Merlín— que diese usted órdenes de que le cortaran la cabeza por encima de los hombros, porque es fastidioso mirarla.

Jane, aunque sabía algo de latín, no había entendido la conversación. El acento era poco familiar y el viejo druida utilizaba un vocabulario que superaba las lecturas de ella; era el latín de un hombre para quien Apuleyo y Martianus Capella eran los clásicos básicos y cuyas figuras de lenguaje se parecían a las de la *Hisperica Famina*. Pero Dimble lo había entendido. Hizo que Jane se colocara tras él y gritó:

—¡Ransom! En nombre del cielo, ¿qué demonios significa esto?

Merlín volvió a hablar en latín y Ransom estaba volviéndose para contestarle cuando Dimble interrumpió:

—Contéstenos a nosotros —dijo—. ¿Qué ha pasado? ¿Por qué está vestido de ese modo? ¿Qué está haciendo con ese anciano sediento de sangre?

MacPhee, que había seguido las frases en latín aún menos que Jane, pero que había estado mirando a Merlín como un terrier furioso mira a un perro terranova que ha invadido su jardín, intervino en la conversación.

—Doctor Ransom —dijo—. No sé quién es el hombre grande y yo no soy latinista. Pero sé muy bien que me mantuvo bajo su vigilancia toda la noche contra mi voluntad expresa y permitió que me drogaran e hipnotizaran. Le aseguro que me causa poco placer verlo vestido como algo salido de una pantomima y de pie ahí, como carne y uña, con ese yogui, chamán, sacerdote o lo que sea. Y puede decirle que no necesita mirarme como lo está haciendo. No le tengo miedo. Y en cuanto a mi propia vida, si usted, doctor Ransom, ha cambiado de bando después de todo lo que ha pasado, no creo que pueda servirme de mucho. Pero, aunque puedan matarme, no voy a permitir que me tomen por idiota. Estamos esperando una explicación.

El director los miró en silencio durante unos segundos.

—¿Realmente has llegado a ese extremo? —dijo—. ¿Ninguno de ustedes confía en mí?

—Yo, señor —dijo Jane de pronto.

—Esa apelación a las pasiones y las emociones —dijo MacPhee—, no viene al caso. En este momento podría llorar como el que más si me lo permitiera.

—Bien —dijo el director después de una pausa—, se les puede disculpar, porque todos hemos estado equivocados. También el enemigo. Este hombre es Merlinus Ambrosius. Ellos creían que si regresaba se uniría a su bando. Descubro que está con el nuestro. Usted, Dimble, tendría que darse cuenta de que eso siempre fue una posibilidad.

—Es cierto —dijo Dimble—. Supongo que fue... bueno, las apariencias: usted y él parados ahí juntos, de ese modo. Y su apabullante sed de sangre.

—A mí mismo me ha asombrado —dijo Ransom—. Pero después de todo no tenemos derecho a esperar que su código penal sea el del siglo diecinueve. También me resultó difícil hacerle entender que no soy un monarca absoluto.

—¿Es... es cristiano? —preguntó Dimble.

—Sí —dijo Ransom—. En cuanto a mi ropa, por una vez me puse la que corresponde a mi cargo para honrarlo y porque me sentía avergonzado. Nos tomó a MacPhee y a mí por criados y mozos. En su época los hombres no se paseaban, excepto por necesidad, en ropas parecidas a bolsas, y el pardo no era el color favorito.

Entonces Merlín volvió a hablar. Dimble y el director, los únicos que podían seguir sus palabras, entendieron lo que decía:

—¿Quién es esta gente? Si son tus esclavos, ¿por qué no te hacen una reverencia? Si son tus enemigos, ¿por qué no los destruimos?

—Son mis amigos —empezó Ransom en latín, pero MacPhee lo interrumpió.

—¿Debo entender, doctor Ransom —dijo, que nos está pidiendo que aceptemos a esta persona como integrante de nuestra organización?

—Me temo que no podría expresarlo de ese modo —dijo el director—. Él es un miembro de la organización. Y debo ordenarles que lo acepten.

—Y en segundo lugar —siguió MacPhee—, debo saber sí se han examinado sus credenciales.

—Estoy totalmente satisfecho —contestó el director—. Estoy tan seguro de su buena fe como de la de ustedes.

—Pero ¿cuáles son las bases de su confianza? —insistió MacPhee—. ¿No vamos a oírlas?

—Sería difícil —dijo el director— explicarte los motivos que tengo para confiar en Merlinus Ambrosius, pero no más difícil que explicarle a él por qué, a pesar de numerosas apariencias que podrían ser malinterpretadas, confío en ti.

Hubo apenas una sombra de sonrisa sobre los labios del director al decirlo. Después, Merlín le habló otra vez en latín y él contestó. Luego Merlín se dirigió a Dimble.

—El Pendragón me dice —dijo con su voz imperturbable— que usted me acusa de ser feroz y cruel. Es un cargo del que nunca me han acusado. Entregué una tercera parte de mis bienes a las viudas y los pobres. Nunca busqué la muerte de nadie que no fueran los felones y los infieles sajones. En cuanto a la mujer, por mí puede vivir. No soy el amo de esta casa. Pero ¿sería tan grave que le sacaran la cabeza? ¿Acaso reinas y damas que no la aceptarían como criada no han ido a la hoguera por menos? Como ese pájaro de horca (*cruciarius*) que está detrás de usted (a ti me refiero, amigo, aunque no hables más que tu propia lengua bárbara; tú, el de la cara de leche agria y la voz de serrucho cortando un leño duro y las piernas de grulla); incluso ese carterista (*sector zonarius*), aunque yo haría que lo llevaran a la cárcel, aunque la cuerda le estaría mejor empleada sobre la espalda que en el cuello.

MacPhee, que advertía, aun sin entender las palabras, que era objeto de algún comentario desfavorable, permaneció escuchando con esa expresión de juicio en suspenso que es más común en Irlanda del Norte y las tierras bajas escocesas que en Inglaterra.

—Señor director —dijo, cuando Merlín terminó—, le agradecería mucho si...

—Vamos —dijo el director de pronto—, ninguno de nosotros ha dormido esta noche. Arthur, ¿nos acompañas y enciendes el fuego para nuestro huésped en el cuarto grande, al norte de este corredor? ¿Y quiere alguien despertar a las mujeres? Díganles que traigan algún refrigerio. Una botella de Burgundy y cualquier cosa fría. Y, después, todos a la cama. No necesitamos despertarnos temprano por la mañana. Todo va a ir muy bien.

•••

—Vamos a tener problemas con ese nuevo colega —dijo Dimble. Estaba solo con su esposa en el cuarto de St. Anne's al día siguiente, por la tarde.

»Sí —dijo después de una pausa—. Es lo que podríamos llamar un colega impetuoso.

—Se te ve muy cansado, Cecil —dijo la señora Dimble.

—Bueno, fue una conversación bastante agotadora —dijo él—. Él... él es un hombre que cansa. Oh, ya sé que hemos sido todos unos tontos. Quiero decir, todos habíamos imaginado que porque regresara en el siglo veinte sería un hombre del siglo veinte. El tiempo importa más de lo que pensábamos, eso es todo.

—Sentí eso en el almuerzo, ¿sabes? —dijo su esposa—. Era tan absurdo no habernos dado cuenta de que no conocería los tenedores. Pero lo que me sorprendió aún más, después del primer impacto, fue que... bueno, qué elegante era sin ellos. Quiero decir que podía verse que no era una cuestión de no tener buenas maneras, sino de tener maneras distintas.

—Oh, a su modo, el viejo es un caballero; cualquiera puede darse cuenta. Pero... bueno, no sé. Supongo que está bien.

—¿Qué pasó en la reunión?

—Bueno, mira, hubo que explicar todo por ambas partes. Nos costó un trabajo infernal hacerle comprender que Ransom no es el rey de este país ni está tratando de convertirse en rey. Y después tuvimos que hacerle entender que no teníamos nada que ver con los britanos, sino que éramos ingleses, lo que él llamaría sajones. Le costó acostumbrarse a la idea.

—Entiendo.

Y después MacPhee tuvo que elegir justo ese momento para embarcarse en una explicación interminable de las relaciones entre Escocia, Irlanda e Inglaterra. Desde luego, hubo que traducir todo. Además era una insensatez. Como mucha gente, MacPhee se imagina que es un celta cuando, aparte del apellido, en él no hay más de celta que en el señor Bultitude. Entre paréntesis, Merlinus Ambrosius hizo una profecía acerca del señor Bultitude.

—¡Oh! ¿Cuál fue?

Dijo que antes de Navidad el oso haría la mejor hazaña que hubiera hecho algún oso en Gran Bretaña, con la excepción de otro oso del que nosotros no habíamos oído hablar nunca. Dice cosas por el estilo sin cesar. Brotan cuando estamos hablando de otra cosa y en una voz muy distinta. Y como si no pudiera evitarlo. No parece conocer más que el fragmento que te comunica en ese instante, no sé si me entiendes. Como si se le abriera una especie de obturador fotográfico en el fondo de la mente, se volviera a cerrar de inmediato y solo pasara un elemento cada vez. Causa un efecto bastante desagradable.

—Espero que él y MacPhee no hayan vuelto a pelearse.

—No exactamente. Me temo que Merlinus Ambrosius no tomaba muy en serio a MacPhee. Viendo que MacPhee siempre pone obstáculos y es bastante grosero y sin embargo nunca lo corrigen, ha llegado a la conclusión de que es el bufón del director. Parece haber superado su disgusto hacia él. Pero no creo que a MacPhee le guste Merlinus.

—¿Trataron asuntos concretos? —preguntó la señora Dimble.

—Bueno, en cierto sentido —dijo Dimble, arrugando la frente—. Todos teníamos propósitos opuestos, ¿entiendes? Se presentó la cuestión de que el esposo de Ivy estuviese en la cárcel y Merlinus quería saber por qué no lo habíamos rescatado. Parecía imaginar que no teníamos más que montar y tomar la cárcel del condado por asalto. Es el tipo de cosas que hay que enfrentar sin cesar.

—Cecil —dijo la señora Dimble de pronto—, ¿nos va a servir de algo?

—Podrá hacer cosas, si a eso te refieres. En ese sentido, hay más peligro de que sea demasiado útil que poco útil.

—¿Qué tipo de cosas? —preguntó su esposa.

—El universo es tan complejo —dijo el doctor Dimble.

—Me lo has dicho con frecuencia antes de hoy, querido —contestó la señora Dimble.

—¿Sí? —dijo él con una sonrisa—. Me pregunto con cuánta frecuencia. ¿Con tanta como tú cuentas la historia del poni y la trampa en Dawlish?

—¡Cecil! Hace años que no la cuento.

—Querida mía, oí que se la contabas a Camilla anteanoche.

—¡Oh, Camilla! Eso es muy distinto. Ella no la había oído antes.

—No sé si podemos estar seguros incluso de eso... de que el universo sea tan complicado y demás.

Y se quedaron en silencio durante unos minutos.

—¿Qué pasó con Merlín? —preguntó la señora Dimble poco después.

—¿Notaste alguna vez —dijo Dimble— que el universo y cada pequeño fragmento del universo siempre se está volviendo más difícil, estrecho y acercándose a una encrucijada?

Su esposa esperó como esperan los que conocen por larga experiencia los procesos mentales de la persona que les habla.

—Me refiero a esto —dijo Dimble en respuesta a la pregunta que ella no había hecho—. Si prefieres cualquier colegio, escuela parroquia o familia (lo que tú quieras) en un momento dado de su historia, siempre encuentras que hubo una época antes en que había más posibilidades, y los contrastes no eran tan agudos; que va a haber una época después de ese momento en que habrá aún menos lugar para la indecisión, y las elecciones serán aún más cruciales. El bien siempre va mejorando y el mal siempre empeora: las posibilidades de una neutralidad, aunque sea aparente, siempre van disminuyendo. Todo se va dividiendo, definiéndose, haciéndose más difícil y pronunciado. Como en el poema acerca del cielo y el infierno comiendo a la alegre media Tierra desde lados opuestos, ¿cómo era? Algo así como «comer todos los días... hasta que todo ha sido este...». No puede ser *comido*, no se ajustaría a la métrica. Mi memoria ha empeorado espantosamente estos años. ¿Recuerdas el fragmento, Margery?

—Lo que estabas diciendo me recuerda más el fragmento bíblico sobre separar el grano de la paja. O el verso de Browning: «La tarea de la vida es hacer solo la terrible elección».

—¡Exacto! Tal vez todo el proceso del tiempo signifique eso y nada más. Pero no se trata solo de una elección moral. Todo se va definiendo más a sí mismo y diferenciándose más de todo lo demás sin cesar. La evolución significa especies diferenciándose más y más de las otras. Las mentes se hacen cada vez más espirituales, la materia cada vez más material. Hasta en la literatura, la poesía y la prosa se apartan cada vez más.

La señora Dimble, con la naturalidad nacida de la larga práctica, evitó el peligro siempre presente en su hogar de que se le diera un giro meramente literario a la conversación.

—Sí —dijo—. Espíritu y materia, ciertamente. Eso explica por qué a gente como los Studdock les cuesta ser felices casados.

—¿Los Studdock? —dijo Dimble, mirándola con duda. Los problemas domésticos de esa joven pareja le habían ocupado la mente mucho menos que a su esposa—. ¡Oh, ya veo! Sí. Me atrevería a decir que tiene algo que ver con el asunto. Pero en cuanto a Merlín, creo que la cuestión, por lo que puedo distinguir, es esta. Para un hombre de su época había posibilidades que no existen para un hombre de la nuestra. La propia tierra era más semejante a un animal en aquellos días. Y los procesos mentales eran mucho más semejantes a los actos físicos. Y había... bueno, neutrales, paseándose.

—¿Neutrales?

—No quiero decir, por supuesto, que algo puede ser un verdadero neutral. Un ser consciente o está obedeciendo o desobedeciendo a Dios. Pero podría haber seres neutrales con relación a nosotros.

—¿Te refieres a los eldila... los ángeles?

—Bueno, la palabra *ángel* es como una declaración de principios. Hasta los Oyersu no son exactamente ángeles en el mismo sentido que lo son nuestros ángeles guardianes. En el aspecto técnico, son inteligencias. La cuestión es que, aunque pueda ser correcto que en el fin del mundo se describa a cada eldil como un ángel o un demonio, y puede ser cierto incluso ahora, era mucho menos cierto en la época de Merlín. Solía haber seres sobre esta tierra que se dedicaban a sus propios asuntos, por decirlo así. No eran espíritus auxiliares enviados para ayudar a la humanidad caída, pero tampoco eran enemigos que nos oprimieran. Hasta en san Pablo uno capta destellos de una población que no se adaptaría con exactitud a nuestras dos columnas de ángeles y demonios. Y si retrocedes aún más... todos los dioses, duendes, enanos, ondinas, *fate*, *longaevi*... tú y yo sabemos demasiado para creer que fueran solo ilusiones.

—¿Crees que existen cosas así?

—Creo que existieron. Creo que había espacio para ellos entonces, pero el universo se ha definido más. No eran todos seres racionales, quizás. Algunos serían meras voluntades inherentes a la materia, apenas conscientes. Más parecidos a los animales. Los otros... Pero en realidad no sé, no sé. En todo caso, ese es el tipo de situación donde uno ubica a un hombre como Merlín.

—Me suena bastante horrible.

—Era bastante horrible. Quiero decir que incluso en la época de Merlín (él apareció al final de ella), aunque uno aún podía utilizar ese tipo de vida del universo con inocencia, no se podía hacer con seguridad. Los seres no eran malos en sí mismos, pero ya eran malos para nosotros. Era como si marchitaran al hombre que trataba con ellos. No a propósito. No podían evitarlo. Merlinus está marchito. Es muy piadoso y humilde y demás, pero algo le han sacado. Esa serenidad suya es un poco enfermiza, como la serenidad de un edificio saqueado. Resulta de haber dejado la mente abierta a algo que ensancha el medio que te rodea casi demasiado. Como la poligamia. Estaba bien para Abraham, pero uno no puede dejar de sentir que hasta él perdió algo por eso.

—Cecil —dijo la señora Dimble—, ¿te parece adecuado que el director tenga a un hombre así? Quiero decir, ¿no es un poquito como si combatiéramos a Belbury con sus mismas armas?

—No. Yo había creído eso. Merlín es lo contrario a Belbury. Está en el extremo opuesto. Es el último vestigio de un orden antiguo en el que la materia y el espíritu estaban, según nuestro moderno punto de vista, mezclados. Para él cada operación sobre la naturaleza es una especie de contacto personal, como mimar a un niño o acariciar al propio caballo. Después de él apareció el hombre moderno, para quien la naturaleza es algo muerto: una máquina a poner en funcionamiento y a la que se puede desmontar si no funciona como él quiere. Por último entra la gente de Belbury, que se hacen cargo de ese punto de vista del hombre moderno sin alterarlo y simplemente desean aumentar su poder agregándole la ayuda de los espíritus: espíritus, sobrenaturales, antinaturales. Desde luego esperaban contar con los dos medios. Creían que la antigua magia de Merlín, que trabajaba con las cualidades espirituales de la naturaleza, amándolas, reverenciándolas y conociéndolas desde dentro, podría combinarse con la nueva goeteia, la brutal cirugía desde fuera. No. En cierto sentido, Merlín representa lo que tenemos que recuperar de modo distinto. ¿Sabes que las reglas de su orden le prohíben utilizar cualquier tipo de instrumento cortante sobre cualquier ser en crecimiento?

—¡Por Dios! —dijo la señora Dimble—. Son las seis. Le había prometido a Ivy estar en la cocina a las seis menos cuarto. Tú no tienes que moverte, Cecil.

—¿Sabes?, creo que eres una mujer maravillosa —dijo Dimble.

—¿Por qué?

—¿Cuántas mujeres que hayan tenido su propio hogar durante treinta años podrían haberse adaptado a este zoológico como tú?

—Eso no es nada —dijo la señora Dimble—. Ya sabes que Ivy también tenía su propio hogar. Y es mucho peor para ella. Después de todo, yo no tengo a mi marido en la cárcel.

—Puedes apostar que pronto lo tendrías —dijo Dimble— si pusiéramos en acción la mitad de los planes de Merlín.

•••

Entretanto, Merlín y el director hablaban en el Cuarto Azul. El director se había quitado la túnica y la corona y descansaba sobre su sofá. El druida estaba sentado en una silla frente a él, con los pies apoyados en el suelo, las manos grandes y pálidas inmóviles sobre las rodillas, semejante, a los ojos modernos, a una escultura antigua y convencional de un rey. Aún llevaba el manto, y, bajo él, Ransom sabía que tenía muy poca ropa, porque el calor de la casa le resultaba excesivo y los pantalones, incómodos. Después del baño había pedido aceite gritando y eso había implicado una apresurada incursión a la aldea, que finalmente había brindado, gracias a los esfuerzos de Denniston, una lata de brillantina. Merlinus la había usado sin reservas, de modo que le brillaban el pelo y la barba, y el olor dulce y pegajoso inundaba el cuarto. Por eso el señor Bultitude había golpeado la puerta con tanta insistencia hasta que por fin lo admitieron y ahora estaba sentado lo más cerca posible del mago, con el hocico temblando espasmódicamente. Nunca había olfateado un hombre más interesante.

—Señor —dijo Merlín, en respuesta a la pregunta que el director acababa de hacerle—, le doy las más profundas gracias. En verdad, no puedo entender el modo en que vive y su casa me es extraña. Me ha ofrecido un baño que envidiaría un emperador, pero nadie me asiste en él; una cama más blanda que el propio sueño, pero cuando me levanto encuentro que debo ponerme las prendas con mis propias manos como si fuera un campesino. Descanso en un cuarto con ventanas de cristal tan puro que el cielo puede verse con la misma claridad estén cerradas o abiertas y el viento dentro del cuarto no alcanzaría a apagar una vela sin protección, pero descanso en él a solas, sin más honores que los que tendría un prisionero en una mazmorra... Su gente come pescados resecos y sin gusto, pero sobre platos suaves como el mármol y redondos como el sol. En toda la casa hay un calor, una comodidad y un silencio que le traen a un hombre a la mente el paraíso *terrenali*, pero no hay colgaduras, ni suelos adornados, ni músicos, ni perfumes, ni altos sitiales, ni un destello de oro, ni un halcón, ni un lebrel. Para mí es como si usted viviese ni como rico ni como pobre, ni como un señor ni como un ermitaño. Señor, le digo esto porque usted me lo ha preguntado. No tiene importancia. Ahora que nadie nos oye excepto el último de los siete osos de Logres, es hora de que oigamos los consejos de uno y otro.

Miró el rostro del director mientras hablaba y entonces, como alarmado por lo que en él veía, se inclinó de pronto hacia adelante.

—¿Le duele la herida? —preguntó. Ransom sacudió la cabeza.

—No —dijo —, no es la herida. Tenemos que hablar de cosas terribles.

—Señor —dijo Merlinus con una voz más profunda y más suave—, podría quitarle el sufrimiento del talón como si lo limpiara con una esponja. Deme solo siete días para entrar y salir, subir y bajar e ir de aquí para allá, para renovar antiguas relaciones. Estos campos y yo, este bosque y yo tenemos mucho que contarnos el uno al otro.

Mientras lo decía se inclinaba hacia adelante, así que su rostro y el del oso estaban casi juntos, y era casi como si los dos hubiesen entablado algún tipo de conversación forrada de pieles y gruñidos. El rostro del druida tenía un aspecto extrañamente animal: ni sensual ni feroz, sino lleno de la sagacidad paciente y no discutidora de una bestia. Mientras, Ransom estaba atormentado.

—Descubriría que la región ha cambiado mucho —dijo forzando una sonrisa.

—No —dijo Merlín—. No creo que vaya a encontrarla muy cambiada.

La distancia entre los dos hombres aumentaba por momentos. Merlín era como algo que no debe estar encerrado entre paredes. Por más bañado y untado que estuviese, lo rodeaba una sensación de humus, piedras, de hojas mojadas y agua entre hierbas.

—Cambiada no —repitió en voz casi inaudible.

Y en ese silencio interior profundizándose del que daba testimonio su cara, se podría haber creído que escuchaba sin cesar un murmullo de sonidos esquivos; susurros de armiños y ratones, el avance a saltos de las ranas, el pequeño choque de las avellanas al caer, el crujido de las ramas, el agua escurriéndose en los árboles, el crecimiento de la hierba. El oso había cerrado los ojos. Toda la habitación se iba llenando con una especie de anestesia flotante y densa.

—A través de mí —dijo Merlín— puede absorber de la tierra el olvido de todos los dolores.

—Silencio —dijo el director con aspereza. Se había ido hundiendo en los almohadones del sofá con la cabeza cayendo un poco hacia el pecho. Ahora se sentó de pronto erguido. El mago se alarmó y se enderezó de modo semejante. La atmósfera del cuarto se había despejado. Hasta el oso había vuelto a abrir los ojos.

—No —dijo el director—. Por la gloria de Dios, ¿acaso cree que fue desenterrado para darme un emplasto para el talón? Tenemos drogas que podrían engañar al dolor tanto o más que su magia de la tierra, si no fuera mi carga soportarlo hasta el fin. No quiero volver a oír hablar de eso. ¿Comprende?

—Oigo y obedezco —dijo el mago—. Pero no pretendía hacer daño. Si no es para curar su talón, necesitará mis tratos con el campo y el agua para curar Logres. Podría ser que tuviera que entrar y salir, y moverme de aquí para allá, renovando viejas relaciones. No estará cambiado, sabe... no lo que uno diría cambiado.

Otra vez la dulce modorra, como el aroma denso de los espinos, pareció fluir sobre el Cuarto Azul.

—No —dijo el director con voz aún más alta—, eso ya no puede hacerse. El alma ha desaparecido del bosque y el agua. Oh, me figuro que usted podría despertarla, un poco. Pero no bastaría. Una tormenta o incluso una inundación valdrían poco ante nuestro actual enemigo. Su arma se le rompería en las manos. Porque la Horrible Fortaleza nos enfrenta y es como en los antiguos días, cuando Nimrod construyó una torre para llegar al cielo.

—Puede estar oculta, pero no cambiada —dijo Merlinus—. Déjeme trabajar, señor. La despertaré. Colocaré una espada en cada hoja de hierba para que los hiera y hasta los terrones serán veneno para sus pies. Haré...

—No —dijo el director—. Le prohíbo hablar de eso. Aunque fuera posible, sería ilícito. Cualquiera que sea el espíritu que aún permanece en la tierra, se ha retirado de nosotros mil quinientos años después de su época. No debe decir una sola palabra al respecto. No debe alzar ni el dedo meñique para conjurarlo. Se lo ordeno. En esta época es totalmente ilícito. —Hasta ahí había hablado con voz fría y severa. Ahora se inclinó hacia adelante y dijo con un tono distinto—: Nunca fue muy lícito, incluso en su época. Recuerde, cuando nos enteramos por primera vez de que usted iba a ser despertado, creíamos que estaría a favor del enemigo. Y porque Nuestro Señor hace todo para cada uno, uno de los fines de que usted haya vuelto a despertar es que su propia alma sea salvada.

Merlín se hundió en la silla como un títere al que le aflojan los hilos. El oso le lamió la mano, que colgaba pálida y relajada por encima del brazo de la silla.

—Señor —dijo Merlín poco después—, si no voy a trabajar con usted de ese modo, entonces ha admitido en su casa a un estúpido montón de carne, porque ya no sirvo mucho como guerrero. Si se trata de filo y espada, no valgo mucho.

—Tampoco es eso —dijo Ransom, vacilando como un hombre que se resiste a ir al grano—. Ningún poder simplemente terrestre servirá contra la Horrible Fortaleza.

—Entonces recemos todos —dijo Merlinus—. Porque tampoco en eso... no era muy fiable... algunos me llamaban hijo del diablo. Era un embuste. Pero no sé por qué me han hecho regresar.

—Por cierto, nos dedicaremos a nuestras plegarias, ahora y siempre —dijo Ransom—. Pero no es a eso a lo que me refería. Existen poderes celestiales, poderes creados, no en esta Tierra, sino en los Cielos.

Merlinus lo miró en silencio:

—Usted sabe muy bien de qué estoy hablando —dijo Ransom—. ¿Acaso no le dije cuando nos encontramos por primera vez que los Oyersu eran mis amos?

—Por supuesto —dijo Merlín—. Y por eso supe que usted pertenecía a la congregación. ¿Acaso no es nuestra contraseña en toda la Tierra?

—¿Una contraseña? —exclamó Ransom con una mirada de sorpresa—. No lo sabía.

—Pero... pero —dijo Merlinus— si no conocía la contraseña, ¿cómo pudo decirla?

—Lo dije porque era cierto.

El mago se humedeció los labios, que se habían puesto muy pálidos.

—Es cierto como lo son las cosas más sencillas —señaló Ransom—, cierto como que usted está sentado aquí con mi oso al lado.

Merlín abrió los brazos.

—Usted es mi padre y mi madre —dijo. Los ojos, clavados constantemente en Ransom, eran grandes como los de un niño asustado, y a Ransom le pareció un hombre más pequeño de lo que había supuesto al principio—. Permítame que hable —añadió finalmente— o máteme si quiere, porque estoy en la palma de su mano. Oí decir en mis días que algunos habían hablado con los dioses. Blaise, mi maestro, conocía unas pocas palabras de esa lengua. Sin embargo, después de todo, eran poderes de la Tierra. Porque (no necesito enseñárselo, usted sabe más que yo) no es con los propios Oyersu, los verdaderos Poderes del cielo, con quienes se encuentran los más grandes de nuestro arte, sino solo con sus espectros terrestres, sus sombras. Solo con la Tierra-Venus, con la Tierra-Mercurio, no con Perelandra propiamente dicha, no con Viritrilbia propiamente dicha. Es solo...

—No estoy hablando de los espectros —dijo Ransom—. He estado de pie ante el propio Marte en la esfera de Marte y ante la propia Venus en la esfera de Venus. Es su vigor y el vigor de algunos mayores que ellos lo que destruirá a nuestros enemigos.

—Pero, señor —dijo Merlín—, ¿cómo puede ser? ¿No es contrario a la Séptima Ley?

—¿Qué ley es esa? —preguntó Ransom.

—¿Nuestro Justo Señor no ha hecho una ley para sí mismo por la cual no puede hacer bajar los Poderes para remediar o dañar en esta Tierra hasta el fin de todo? ¿O es el fin lo que ahora va a pasar?

—Podría ser el principio del fin —contestó Ransom—, pero no sé nada de eso. Maleldil puede haber hecho una ley sobre no hacer bajar los Poderes. Pero si los hombres, mediante el ingenio y la filosofía natural, aprenden a volar hasta los cielos, y llegan, en carne y hueso, hasta los Poderes celestiales y los perturban, Él no ha prohibido a los Poderes reaccionar. Porque eso cae dentro del orden natural. Un hombre malvado aprendió a hacerlo. Llegó volando, en un artefacto complejo, al sitio que Marte habita en el cielo y al sitio donde habita Venus, y me llevó como cautivo. Y allí hablé con los verdaderos Oyersu cara a cara. ¿Me comprende?

Merlín inclinó la cabeza.

—Y así el hombre malvado ha causado, como Judas causó, lo que él menos esperaba. Porque ahora había un hombre en el mundo que era conocido por los Oyersu y hablaba su lengua, ni por milagro de Dios ni por magia de Numinor, sino naturalmente, como cuando dos hombres se encuentran en un camino. Nuestros enemigos habían quitado la protección que era para ellos la Séptima Ley. Habían violado mediante la filosofía natural la barrera que Dios no podía violar con su propio poder. Del mismo modo lo buscaron a usted como amigo y levantaron un palo contra ellos mismos. Y por eso los Poderes del cielo han bajado a esta casa y, en esta habitación donde ahora hablamos, Malacandra y Perelandra me han hablado.

El rostro de Merlín se puso un poco más pálido. El oso le olfateó la mano descuidadamente.

—Me he convertido en un puente —dijo Ransom.

—Señor —dijo Merlín—, ¿qué saldrá de esto? Si ellos ejercen su poder, aniquilarán la Tierra Media.

—Sus poderes desnudos, sí —dijo Ransom—. Por eso trabajarán solo a través de un hombre.

El mago se pasó una mano por la frente.

—A través de un hombre cuya mente esté abierta como para ser invadida —dijo Ransom—, uno que la haya abierto alguna vez por su propia voluntad. Tomo a nuestro justo Señor por testigo de que si fuera mi tarea no la rechazaría. Pero él no soportará que una mente aún virgen sea forzada de ese modo. Y por intermedio de la mente de un mago en magia negra su pureza nunca podría ni querría operar. Alguien que haya jugado con eso... en los días en que jugar con ello no hubiese empezado a ser malo, o apenas empezaba a serlo... y además un cristiano y un penitente. Un instrumento (debo hablar con claridad) lo suficientemente bueno para ser así empleado y no demasiado bueno a la vez. En todas estas partes occidentales del mundo había solo un hombre que hubiese vivido en esos días y aún pudiera ser llamado. Usted...

Se detuvo, conmocionado por lo que estaba pasando. El hombre enorme se había alzado de la silla y estaba de pie dominándolo. Desde la boca horriblemente abierta surgió un aullido que a Ransom le pareció totalmente bestial, aunque en lo concreto era solo el aullido de la antigua lamentación celta. Era horroroso ver aquel rostro marchito y barbado llorando a lágrima viva, como un niño. Toda la apariencia solemne de Merlinus había desaparecido. Se había convertido en una monstruosidad desvergonzada, arcaica, tartamudeando súplicas en una mezcla de lo que sonaba a celta con algo que parecía español.

—¡Silencio! —gritó Ransom—. Siéntese. Es una vergüenza para ambos.

El delirio terminó tan súbitamente como había comenzado. Merlín volvió a ocupar su silla. Para un hombre moderno parecía extraño que, una vez recobrada la compostura, no mostrara la menor turbación ante la transitoria pérdida de control. Toda la índole de la sociedad de doble faz en la que había vivido aquel hombre se le presentó a Ransom con más claridad que en las páginas de la historia.

—No crea que para mí es un juego de niños encontrarme con los que bajarán aquí para darle poder.

—Señor —balbuceó Merlín—, usted ha estado en los cielos, yo apenas soy un hombre. No soy el hijo de uno de los hombres aéreos. Esa era una historia falsa. ¿Cómo puedo?... Usted no es como yo. Usted ya ha contemplado antes sus rostros.

—No el de todos —dijo Ransom—. Esta vez descenderán espíritus mayores que Malacandra y Perelandra. Estamos en las manos de Dios. Podemos desaparecer. No hay promesas de que usted o yo salvemos la vida o la razón. No sé cómo podemos osar contemplar sus rostros, pero sé que no podemos atrevernos a contemplar el de Dios si rechazamos esta tarea.

Súbitamente el mago se golpeó la rodilla con la mano.

—¡*Mehercule*! —gritó—. ¿No estamos yendo demasiado rápido? Si usted es el Pendragón, yo soy el Alto Consejero de Logres, y lo aconsejaré. Si los Poderes deben hacerme pedazos para destruir a nuestros enemigos, se hará la voluntad de Dios. Pero ¿es necesario llegar a eso? Ese rey sajón de ustedes que se sienta en Windsor ¿no se le puede pedir ayuda?

—No tiene poder en este asunto.

—¿No es lo suficientemente débil entonces como para destronarlo?

—No tengo deseos de hacerlo. Él es el rey. Fue coronado y ungido por el arzobispo. En la orden de Logres puedo ser el Jefe Supremo, pero en la orden de Gran Bretaña soy un súbdito del Rey.

—¿Son entonces sus grandes hombres, los condes, los embajadores y los obispos, quienes hacen el mal y él no lo sabe?

—Así es, aunque ellos no son exactamente los grandes hombres que usted tiene en mente.

—¿Y no tenemos el poder suficiente para enfrentarlos en lucha abierta?

—Somos cuatro hombres, algunas mujeres y un oso.

—Viví una época en que Logres era solo yo mismo, un hombre y dos muchachos, y uno de ellos un patán. Sin embargo, vencimos.

—Ahora no se puede hacer. Tienen un instrumento que llaman prensa con el que engañan a la gente. Moriríamos sin que nadie se enterara.

—Pero ¿qué hay de los verdaderos religiosos? ¿No nos pueden ayudar? No puede ser que todos los sacerdotes y obispos estén corrompidos.

—La propia fe está hecha pedazos desde su época y habla con voz dividida. Aunque se los uniera en un todo, los cristianos apenas son una décima parte de la gente. No hay ayuda por ese lado.

—Entonces busquémosla más allá del mar. ¿No hay ningún príncipe cristiano en Neustria,* en Irlanda o en Benwick que venga y limpie Gran Bretaña si lo llamáramos?

* Reino del Oeste, uno de los tres grandes reinos francos. *(N. del t.)*.

—No quedan príncipes cristianos. Esos otros países son como Gran Bretaña o se han hundido aún más en la enfermedad.

—Entonces debemos apuntar más alto. Debemos dirigirnos a aquel cuya misión es derrocar tiranos y dar vida a los reinos moribundos. Debemos recurrir al emperador.

—No hay emperador...

—No hay emperador... —empezó Merlín, y entonces su voz se apagó. Se sentó y permaneció inmóvil durante unos minutos, forcejeando con un mundo que nunca se había imaginado. Pero después dijo—: Se me ocurre una idea y no sé si es buena o mala. Pero como soy el Alto Consejero de Logres no se la ocultaré. Es una fría época esta en la que he despertado. Si toda la parte occidental del mundo es apóstata, ¿no sería lícito, en nuestra gran necesidad, buscar más lejos... más allá de la cristiandad? ¿No podríamos encontrar entre los paganos a alguien que no estuviera del todo corrupto? En mi época se contaban cuentos sobre eso: hombres que no conocían los artículos de nuestra muy sagrada fe, pero que adoraban a Dios como podían y reconocían la ley natural. Señor, creo que sería lícito buscar ayuda incluso allí, más allá de Bizancio. También se rumoreaba que había sabiduría en aquellas regiones: un mundo oriental y conocimientos que venían del oeste, de Numinor. No sé de dónde, de Babilonia, Arabia o Catay. Usted dijo que sus naves han navegado por todo el globo, por encima y por debajo.

Ransom sacudió la cabeza.

—Usted no entiende —dijo—. El veneno fue producido en estas tierras occidentales pero se ha lanzado en todas partes. Por más lejos que vaya, siempre encontrará las máquinas, las ciudades atestadas, los tronos vacíos, las falsas escrituras, los lechos estériles; hombres enloquecidos por falsas promesas y amargados por miserias reales, adorando las obras de acero de sus propias manos, apartados de su madre, la Tierra, y del Padre del Cielo. Podría usted ir tan al este que el este se convertiría en oeste y después regresar a Gran Bretaña cruzando el gran océano, pero aun así no habría visto la luz en ningún sitio. La sombra de un ala oscura cubre toda Tellus.

—Entonces ¿es el fin? —preguntó Merlín.

—Y por eso no nos queda ningún medio excepto el que le he dicho —dijo Ransom, ignorando la pregunta—. La Horrible

Fortaleza tiene a toda la Tierra en su puño para exprimirla como quiera. De no mediar su único error, no quedarían esperanzas. Si su propia maldad no los hubiese llevado a violar la frontera y dejar entrar los Poderes celestiales, este sería el momento de su victoria. Su propia fortaleza los ha traicionado. Han ido a los dioses que no habrían venido a ellos e hicieron caer el Cielo Profundo sobre sus cabezas. En consecuencia, morirán. Porque, aunque usted busque cualquier rendija para escapar, ahora que ve que todas las rendijas están cerradas, usted no me desobedecerá.

Y entonces, muy lentamente, volvió a aparecer en el rostro blanco de Merlín, cerrándole primero la boca desalentada y brillando por fin en los ojos, esa expresión casi animal, terrenal y saludable y con un destello de astucia casi humorística.

—Bien —dijo—, si la Tierra deja de girar, el zorro no tiene más remedio que enfrentarse a sus perseguidores. Sin embargo, si hubiese sabido en nuestro primer encuentro quién era usted, lo habría dormido como a su bufón.

—Desde que viajé por los Cielos tengo el sueño muy ligero —dijo Ransom.

14

«LA VERDADERA VIDA ES ENCUENTRO»

Como el día y la noche del mundo exterior no se diferenciaban en la celda, Mark no supo si habían pasado horas o minutos cuando se encontró otra vez despierto, otra vez frente a Frost y aún en ayunas. El profesor había ido a preguntarle si había meditado sobre la reciente conversación. Mark, que juzgaba que una modesta demostración de resistencia haría más convincente la rendición final, contestó que había solo una cosa que lo seguía preocupando. No comprendía del todo qué ganaría él en particular o la humanidad en general a través de la cooperación con los macrobios. Veía con claridad que los motivos por los que actúan la mayor parte de los hombres, y que dignifican con los nombres de patriotismo o deber ante la humanidad, eran simples subproductos del organismo animal, que variaban de acuerdo al esquema de comportamiento de las distintas comunidades. ¿Sobre qué bases iban a justificarse o condenarse las acciones de ahora en adelante?

—Si uno insiste en plantear la pregunta en esos términos —dijo Frost—, creo que Waddington ha dado la mejor respuesta. La existencia es su propia justificación. La tendencia al cambio en el desarrollo que llamamos evolución está justificada por el hecho de que es una característica general de las entidades biológicas. El actual establecimiento de un contacto entre las entidades biológicas más desarrolladas y los macrobios está justificado por el hecho de que está ocurriendo, y debería ser aumentado porque un aumento está teniendo lugar.

—Entonces —dijo Mark—, ¿usted piensa que no tendría sentido preguntar si la tendencia general del universo no podría estar dirigida hacia lo que nosotros llamamos mal?

—No tendría el menor sentido —respondió Frost—. El juicio que usted trata de hacer resulta, una vez analizado, una simple expresión emocional. El propio Huxley solo pudo expresarlo empleando términos lisa y llanamente emotivos como «gladiatorio» o «cruel». Me refiero a la famosa conferencia «Romanes». Cuando la así llamada lucha por la existencia es vista simplemente como un teorema, contamos, según palabras de Waddington, con «un concepto tan privado de emociones como un cálculo integral definido» y la emoción desaparece. Con ella desaparece la ridícula idea de una norma externa de valores que la emoción produce.

—Y la tendencia actual de los acontecimientos —dijo Mark— ¿seguiría estando autojustificada y, en ese sentido, siendo «buena» cuando trabajara para la extinción de toda vida orgánica, como hace ahora?

—Por supuesto —contestó Frost—. Si usted insiste en formular el problema en esos términos. En realidad la pregunta no tiene sentido. Presupone un esquema de ideas de medios y fin que desciende de Aristóteles, quien a su vez no hacía más que objetivar elementos de la experiencia de una comunidad agrícola de la Edad de Hierro. Los motivos no son las causas de la acción, sino sus subproductos. Al considerarlos no hace más que perder el tiempo. Cuando haya logrado la verdadera objetividad reconocerá que no solo algunos motivos, sino todos los motivos son meros epifenómenos animales, subjetivos. Entonces no tendrá motivos y descubrirá que no los necesita. Su sitio será ocupado por algo que en ese entonces comprenderá mejor que ahora. Lejos de verse empobrecida, su acción se volverá mucho más eficaz.

—Entiendo —dijo Mark.

La filosofía que Frost le estaba exponiendo le resultaba muy familiar. La reconoció de inmediato como la conclusión lógica de pensamientos que siempre había aceptado hasta entonces y que en ese momento se descubría rechazando de modo irrevocable. El conocimiento de que sus propios supuestos conducían a la posición de Frost combinado con lo que veía en el rostro de este y lo que había experimentado en esa misma celda produjo en él una total conversión. Todos los filósofos y evangelistas del mundo no podrían haber hecho el trabajo con mayor limpieza.

—Y por eso debe recibir usted un adiestramiento sistemático en objetividad —siguió Frost—. Su propósito es eliminar de su mente una por una las cosas que ha considerado hasta ahora las bases de la acción. Es como matar un nervio. Todo ese sistema de preferencias instintivas, cualquiera que haya sido el disfraz ético, estético o lógico que haya empleado, va a ser simplemente destruido.

—Capto la idea —dijo Mark, aunque con la reserva interna de que sería muy difícil destruir el deseo instintivo que sentía en ese instante de golpear la cara de Frost hasta hacerla pulpa.

Después de eso, Frost sacó a Mark de la celda y le sirvió una comida en un cuarto vecino. También estaba iluminado con luz artificial y no tenía ventanas. El profesor se quedó de pie totalmente inmóvil y lo observó mientras comía. Mark no sabía de qué comida se trataba y no le gustó mucho, pero estaba demasiado hambriento para rechazarla, si eso hubiera sido posible. Cuando terminó de comer, Frost lo llevó a la antecámara de la cabeza y una vez más fue desvestido y vuelto a vestir con un uniforme de cirujano y una mascarilla. Después entraron ante la presencia de la cabeza jadeante y babeante. Para su sorpresa, Frost no le prestó la menor atención. Lo condujo a través del cuarto hasta una puertecita estrecha de arco ojival, en la pared opuesta. Allí hizo una pausa y dijo:

—Entre. No le contará a nadie lo que se encontrará aquí. Pronto volveré.

Después abrió la puerta y Mark entró.

A primera vista, la habitación constituía un anticlímax. Parecía una sala de reuniones vacía con una mesa larga, ocho o nueve sillas, algunos cuadros y, extrañamente, una gran escalera de mano en un rincón. Tampoco allí había ventanas; estaba minada por una luz eléctrica que producía, mejor de lo que Mark hubiera visto hasta entonces, la ilusión de la luz diurna: un sitio frío y gris al aire libre. Eso, combinado con la ausencia de chimenea, le hizo sentir frío, aunque la temperatura en realidad no era muy baja.

Un hombre de sensibilidad entrenada habría captado en seguida que el cuarto estaba mal proporcionado, no hasta lo grotesco, pero sí lo suficiente para provocar disgusto. Era demasiado alto y demasiado estrecho. Mark sintió el efecto sin analizar la causa, y este creció en él a medida que pasaba el tiempo. Sentado y mirando a su alrededor, lo siguiente que notó fue la puerta. Al principio creyó que era víctima de una ilusión óptica. Le llevó un largo rato demostrarse a sí mismo que no lo era. La punta del arco ojival no estaba en el centro; todo estaba inclinado. Una vez más, el error no era grosero. Se acercaba lo suficiente a lo natural para engañarlo a uno un momento y seguir importunando a la mente aunque el engaño ya hubiese sido desenmascarado. Sin quererlo, uno seguía moviendo la cabeza para encontrar posiciones desde las cuales se viera normal a pesar de todo. Se dio vuelta y se sentó dándole la espalda; no había que permitir que se convirtiera en una obsesión.

Entonces notó los puntos en el techo. No eran simples manchas de suciedad o descolorimiento. Estaban pintados con deliberación: puntos negros y redondos situados a intervalos regulares sobre la pálida superficie de color mostaza. No había muchos, tal vez treinta... ¿o eran cien? Decidió que no caería en la trampa de intentar contarlos. Sería difícil contarlos, estaban colocados de modo muy irregular. ¿O no? Ahora que los ojos se iban acostumbrando a ellos (y uno no podía dejar de advertir que había cinco en el grupito de la derecha), su disposición parecía cernirse al límite de la regularidad. Sugerían cierto tipo de diseño. Su peculiar fealdad consistía en el mismo hecho de que insistían en sugerirlo y después frustraban la expectativa así provocada. De pronto se dio cuenta de que era otra trampa. Fijó los ojos en la mesa.

También en la mesa había puntos, puntos blancos y brillantes, no del todo redondos y dispuestos, al parecer, para corresponder a los puntos del techo. ¿O no? No, por supuesto que no... ¡ah, ahora lo tenía! El diseño, si se le podía llamar así, de la mesa era una inversión exacta del techo. Pero con ciertas excepciones. Descubrió que miraba con rapidez de uno a otro, tratando de resolverlo. Por tercera vez se controló. Se puso en pie y empezó a pasearse.

Les dio un vistazo a los cuadros.

Algunos pertenecían a una escuela artística con la que estaba familiarizado. Había un retrato de mujer joven que mantenía la boca abierta de par en par para revelar que el interior de la misma estaba densamente cubierto de pelo. Estaba pintado con mucha habilidad con un estilo fotográfico, de modo que casi se podía palpar ese pelo; en realidad no se podía evitar esa sensación aunque se intentara. Había una mantis religiosa gigante tocando el violín mientras otra mantis la devoraba, y un hombre con tirabuzones en vez de brazos bañándose en un mar plano, de color triste, bajo un crepúsculo estival. Pero la mayoría de los cuadros no era de este tipo. A primera vista, casi todos le parecieron bastante comunes, aunque a Mark lo sorprendió un poco el predominio de los temas bíblicos. Era solo a la segunda o tercera mirada cuando se descubrían ciertos detalles inexplicables: algo extraño en la posición de los pies de las figuras o en la disposición de los dedos o en la agrupación. ¿Y quién era esa persona parada entre Cristo y Lázaro? ¿Y por qué había tantos escarabajos bajo la mesa de la Última Cena? ¿Era un curioso truco de luz lo que hacía que cada cuadro pareciera algo visto en un delirio? Una vez que se presentaban esas preguntas, la normalidad aparente de los cuadros se convertía en su suprema amenaza, como la ominosa inocencia superficial al principio de ciertos sueños. Cada pliegue de ropa, cada fragmento arquitectónico tenía un significado que uno no podía captar, pero que marchitaba la mente. Comparados con eso, los otros cuadros, los surrealistas, eran una simple tontería. Hacía mucho, Mark había leído en algún lugar sobre «cosas de esa maldad extrema que parecen inocentes al no iniciado» y se había preguntado qué tipo de cosas serían. Ahora sintió que lo sabía.

Les dio la espalda a los cuadros y se sentó. Ahora comprendía todo. Frost no estaba tratando de volverlo loco, al menos no en el sentido que Mark le había dado hasta entonces a la palabra locura. Frost pretendía hacer lo que había dicho. Sentarlo en ese cuarto era el primer paso hacia lo que Frost llamaba objetividad: el proceso por el cual todas las reacciones específicamente humanas eran eliminadas en un hombre para que pudiese adaptarse a la remilgada compañía de los macrobios. Sin duda, seguirían grados más altos en el ascetismo de lo antinatural: comer alimentos abominables, chapotear en mugre y sangre, realizar ritualmente obscenidades calculadas. En cierto sentido, estaban jugando limpio con él: ofreciéndole la misma iniciación que ellos mismos habían pasado y que los había apartado de la humanidad, distendiendo y disipando a Wither en una ruina informe mientras condensaba y afilaba a Frost hasta convertirlo en la aguja dura, brillante y pequeña que ahora era.

Pero después de más o menos una hora, el cuarto alto y largo como un ataúd empezó a producir en Mark un efecto que probablemente su instructor no hubiese previsto. No se repitió el ataque que había sufrido la noche anterior en la celda. Ya fuera porque había sobrevivido a ese ataque o porque la inminencia de la muerte le había quitado el atractivo a su deseo de toda la vida de esoterismo o porque (en cierto sentido) había pedido ayuda con mucha urgencia, la perversidad construida y pictórica de aquel cuarto tuvo el efecto de hacerlo consciente, como nunca lo había sido, de lo opuesto a ese cuarto. Así como el desierto les enseña a los hombres a amar por primera vez el agua o como la ausencia revela por primera vez el afecto, del mismo modo se alzó allí sobre el fondo de lo desagradable y lo tramposo cierto tipo de visión de lo dulce y honesto. Algo distinto —algo que él llamaba vagamente lo «normal»— existía al parecer. Nunca había pensado en eso. Pero allí estaba: sólido, macizo, con una forma propia, casi como algo que podía tocarse, comerse o de lo cual era posible enamorarse. Estaba mezclado por completo con Jane y los huevos fritos y la sopa y las cornejas graznando en Cure Hardy y la idea de que, en algún lugar, afuera, la luz del día seguía derramándose en ese momento. No estaba pensando en términos morales en ningún sentido; por el contrario (lo cual es casi lo mismo), estaba teniendo su primera experiencia profundamente moral. Estaba eligiendo un bando: lo normal. «Todo eso», como él lo llamaba, era lo que elegía. Si el punto de vista científico lo apartaba de «todo eso», entonces ¡maldito fuera el punto de vista científico! La vehemencia de su elección casi le quitó el aliento; no había tenido antes una sensación semejante. De momento apenas le importaba que Frost o Wither lo mataran.

No sé cuánto podría haber durado ese estado mental, pero, mientras aún estaba en su apogeo, volvió Frost. Condujo a Mark a un dormitorio donde ardía un fuego y un anciano descansaba en una cama. La luz brillando sobre cristales y plata y la blanda voluptuosidad del cuarto animaron a Mark de tal modo que le resultó difícil escuchar mientras Frost le indicaba que tenía que permanecer allí de guardia hasta que lo relevaran y debía llamar al director delegado si el paciente hablaba o se movía. No tenía que decir nada; en realidad sería inútil que lo hiciese, porque el paciente no entendía inglés.

Frost se retiró. Mark miró el cuarto. Se sentía temerario. No veía posibilidad de salir vivo de Belbury a menos que dejara que lo convirtieran en un siervo deshumanizado de los macrobios. Entretanto, costara lo que costase, iba a comer. Había todo tipo de manjares sobre la mesa. Tal vez un cigarrillo antes, con los pies sobre el guardafuegos de la chimenea.

—¡Maldita sea! —dijo al meter la mano en el bolsillo y descubrirlo vacío. En el mismo instante notó que el hombre de la cama había abierto los ojos y lo miraba—. Disculpe —dijo Mark—, no quise... —Y entonces se detuvo.

El hombre se sentó en la cama y movió la cabeza hacia la puerta.

—¿Eh? —dijo interrogante.

—Perdone usted —dijo Mark.

—¿Eh? —dijo el hombre otra vez. Y después—: Extranjeros, ¿eh?

—¿Usted habla inglés entonces? —dijo Mark.

—¡Eh! —dijo el hombre. Después de una pausa de varios segundos dijo—: ¡Jefe!

Mark lo miró.

—Jefe —repitió el paciente con mucha energía—, no tendría algo que se parezca a una colilla por ahí, ¿eh?

•••

—Creo que esto es todo lo que podemos hacer por ahora —dijo mamá Dimble—. Arreglaremos las flores por la tarde. Estaba hablándole a Jane, y las dos se encontraban en lo que llamaban el Pabellón: una casita de piedra junto a la puerta del jardín por la que había entrado Jane la primera vez que la admitieron en el Solar. La señora Dimble y Jane la habían estado preparando para la familia Maggs. Porque la sentencia del señor Maggs se cumplía ese día e Ivy había viajado en tren la tarde anterior a pasar la noche con una tía en la ciudad donde él iba prisionero, para buscarlo a la entrada de la prisión.

Cuando la señora Dimble le había contado a su marido en qué estaría ocupada esa mañana, él había dicho:

—Bueno, no puede llevarte mucho encender un fuego y dejar preparada una cama.

Comparto el género y las limitaciones del doctor Dimble. No tengo idea de lo que las mujeres pudieron hacer en el pabellón durante todas las horas que pasaron allí. Hasta a Jane le habría resultado difícil preverlo. En manos de la señora Dimble, la tarea de airear la casita y dejar lista la cama para Ivy Maggs y su esposo recién salido de la cárcel se había convertido en algo que estaba entre un juego y un rito. Trajo a Jane vagos recuerdos de cuando ayudaba a decorar la casa en Navidad o Pascua, en la infancia.

Pero también despertaba en su memoria literaria todo tipo de elementos surgidos de los epitalamios del siglo XVl: antiguas supersticiones, bromas y sentimentalismos sobre lechos nupciales y cenadores matrimoniales, con augurios en el umbral y hadas sobre el hogar. Era una atmósfera extraordinariamente ajena a aquella en la que había crecido. Unas semanas antes la habría disgustado. ¿Acaso no había algo absurdo en ese mundo arcaico y almidonado: la mezcla de pudor y sensualidad, la pasión sublimada del novio y la timidez convencional de la novia, el permiso religioso, las salacidades permitidas de la canción obscena y la insinuación de que con excepción de los protagonistas era de esperar que todos estuvieran bastante chispeados? ¿Cómo había podido la raza humana haber llegado a encerrar en semejante ceremonia lo menos ceremonioso del mundo? Pero ya no estaba segura de su reacción. De lo que estaba segura era de la línea divisoria que incluía a mamá Dimble en ese mundo y la dejaba a ella fuera. Mamá Dimble, a pesar de todo su decoro del siglo XIX, o tal vez por él, la impactaba esa tarde como si fuese una persona antigua. En todo momento parecía estar unida a cierta asociación solemne aunque pícara de bulliciosas mujeres de edad que habían estado preparándoles el lecho a jóvenes amantes desde el principio del mundo con una mezcla incoherente de movimientos de cabeza, guiños, bendiciones y lágrimas; mujeres imposibles con golillas y tocas que podían hacer bromas shakespearianas sobre braguetas y cornudos en un momento y arrodillarse devotamente ante el altar un instante después. Era muy curioso, porque, desde luego, en lo que se refería a la conversación, la diferencia entre ambas se había invertido. Jane, en una discusión literaria, podría haber hablado de braguetas con mucha sangre fría, mientras que mamá Dimble era una dama eduardiana que simplemente habría ignorado semejante tema hasta hacerlo desaparecer si algún tonto que se creyera moderno hubiese tenido la mala fortuna de mencionarlo en su presencia. Tal vez el ambiente tuviese algo que ver con las curiosas sensaciones de Jane. La helada había terminado y era uno de esos días de una dulzura casi punzante que a veces aparecen a principios de invierno.

Ivy le había contado su historia a Jane el día anterior. El señor Maggs había robado dinero en la lavandería en la que trabajaba. Lo había hecho antes de conocer a Ivy y en una época en que andaba con malas compañías. Cuando Ivy y él empezaron a salir juntos se había vuelto «derecho como un riel», pero el pequeño delito había sido desenterrado y vuelto del pasado para atraparlo, y lo habían arrestado unas seis semanas después del matrimonio. Jane había dicho muy poco mientras le contaba la historia. Ivy no había parecido ser consciente del estigma puramente social que se vincula a un pequeño robo y una estancia en la cárcel, así que Jane no tenía oportunidad de practicar, aunque lo deseara, esa «bondad» casi mecánica que algunas personas se reservan para las penas del pobre. Por otro lado, no tuvo ocasión de ser revolucionaria o filosófica, de sugerir que el robo no era más criminal que mucha de la riqueza que existía. Ivy parecía dar por sentada la moralidad tradicional. Siempre la había «trastornado» mucho el asunto. Parecía importar mucho en un sentido y no importar en absoluto en otro. Nunca se le había ocurrido que podría alterar sus relaciones con su esposo, como si el robo, igual que la mala salud, fuera uno de los riesgos que uno corría al casarse.

—Siempre digo que una no puede esperar saberlo todo sobre el hombre con el que se casa —había dicho.

—Supongo que no —dijo Jane.

—Por supuesto que para ellos es igual —agregó Ivy—. Mi viejo solía decir con frecuencia que nunca se habría casado con mamá si hubiese sabido que roncaba. Y ella decía «No, papá, no lo habrías hecho».

—Supongo que eso es bastante distinto —dijo Jane.

—Bueno, lo que yo digo es que si no hubiese sido eso habría sido otra cosa. Así es como yo lo veo. Y no es que ellos no hayan tenido que aguantar unas cuantas cosas, además. Porque es como si tuvieran que casarse cuando son hombres correctos, pobrecitos, pero, digamos lo que digamos, Jane, cuesta trabajo vivir con una mujer. No quiero decir con lo que uno llamaría una mala mujer. Recuerdo que un día (fue antes de que llegaras) mamá Dimble le estaba diciendo algo al doctor, y ahí estaba él sentado leyendo algo, ya sabe cómo hace, con los dedos en la página y un lápiz en la mano, no como leeríamos usted o yo. Él solo dijo «Sí, querida», y las dos sabíamos que no la había escuchado. Yo dije «Ahí tiene, mamá Dimble». «Así es como nos tratan después de casarse. Ni siquiera escuchan lo que decimos», dije. ¿Y sabe lo que dijo ella? «Ivy Maggs —dijo—, ¿se te ha ocurrido alguna vez preguntarte si alguien podría escuchar todo lo que decimos?», esas fueron sus palabras. Por supuesto, no me iba a dar por vencida, no frente a él, así que dije: «Sí que podrían». Pero me había dejado limpiamente fuera de combate. Sabe, con frecuencia le hablaba a mi esposo durante un buen rato y él levantaba la cabeza y me preguntaba qué había estado diciendo y, sabe, ¡yo misma no me podía acordar!

—Oh, eso es distinto —dijo Jane—. Es cuando la gente se va apartando, tiene opiniones muy distintas, se une a bandos distintos...

—Debe de estar tan ansiosa por el señor Studdock —contestó Ivy—. Yo no podría pegar ojo si estuviera en sus zapatos, señora. Pero el director lo traerá sano y salvo a la larga. Acuérdese de lo que le digo.

La señora Dimble había ido a la casa a traer alguna pequeña fruslería que pusiera el toque final en el dormitorio del Pabellón. Jane, sintiéndose un poco fatigada, se arrodilló sobre el asiento que estaba bajo la ventana y apoyó los codos en el antepecho y la barbilla en las manos. El sol casi daba calor. La idea de volver a Mark si Mark era rescatado de Belbury había sido aceptada por su mente hacía tiempo; no la horrorizaba, pero le resultaba plana e insípida. Y no dejaba de serlo porque en ese momento perdonara totalmente a Mark el delito conyugal de preferir a veces de modo evidente la persona de ella a su conversación y a veces sus propios pensamientos a ambas cosas. ¿Por qué iba a estar alguien especialmente interesado en lo que ella dijera? Esa nueva humildad habría sido agradable para ella si hubiese estado dirigida a alguien más excitante que Mark. Desde luego, sería muy distinta con él cuando se encontraran otra vez. Pero era ese «otra vez» lo que le quitaba el sabor a su buen propósito, era como volver a una suma que uno ya había hecho mal y elaborarla otra vez sobre la misma hoja garabateada del cuaderno. «Si se encontraran otra vez...», se repetía y se sentía culpable por la falta de inquietud. Casi en el mismo instante descubrió que estaba un poco inquieta. Porque hasta entonces siempre había asumido en cierto sentido que Mark regresaría. Ahora se le presentó la posibilidad de su muerte. No tenía emociones directas sobre seguir viviendo después; solo vio la imagen de Mark muerto: su rostro muerto en medio de una almohada, todo el cuerpo rígido, las manos y los brazos (para bien y para mal tan distintos de todos los demás brazos y manos) estirados rectos e inútiles como los de una muñeca. Sentía mucho frío. Sin embargo, el sol era más cálido que nunca, casi imposiblemente cálido para esa época del año. Además todo estaba muy inmóvil, tan inmóvil que pudo oír los movimientos de un pajarito que saltaba por el sendero, más allá de la ventana. El camino conducía a la puerta del muro del jardín por la que había entrado por primera vez. El ave saltó al umbral de esa puerta y después sobre el pie de alguien. Porque ahora Jane vio que alguien estaba sentado sobre un pequeño asiento junto a la puerta. Esa persona estaba a unos pocos metros de distancia y debía de haber estado sentada muy inmóvil para que Jane no la notara.

Un manto de brillantes colores, en el que tenía ocultas las manos, la cubría desde los pies hasta alzarse detrás de la nuca en una especie de cuello alto, de golilla, pero por delante era tan bajo o abierto que dejaba al descubierto el exuberante pecho. Tenía la piel oscura, meridional y reluciente, casi del color de la miel. Jane había visto un vestido semejante que llevaba una sacerdotisa minoica en una vasija de la antigua Cnosos. La cabeza, asentada inmóvil sobre el musculoso pilar del cuello miraba a Jane de frente. Era un rostro de mejillas rojas, labios húmedos, ojos negros (casi los ojos de una vaca) y expresión enigmática. Según las normas comunes no se parecía nada al rostro de mamá Dimble, pero Jane lo reconoció de inmediato. Era, para hablar como los músicos, el desarrollo pleno del tema que había rondado esquivamente el rostro de mamá Dimble en las últimas horas. Era el rostro de mamá Dimble con algo de menos, y la omisión chocó a Jane. «Es brutal —pensó, porque su energía la abrumaba, pero después cambió un poco de idea y pensó—: Soy yo quien soy débil y falsa». «Se está burlando de mí —pensó, pero después cambió una vez más de idea y pensó—: Me ignora. No me ve», porque aunque había un goce casi gargantuesco en la cara, Jane no parecía ser invitada a compartir la broma. Trató de apartar los ojos del rostro, lo logró, y vio por primera vez que había otras criaturas presentes, cuatro o cinco... No, más: toda una multitud de ridículos hombrecitos, gordos enanos de gorros rojos con pompones, hombrecitos rollizos como gnomos, familiares hasta lo insufrible, frívolos e incorregibles. Porque no había duda de que en todo caso se estaban burlando de Jane. La señalaban, asintiendo, haciendo movimientos mímicos, poniéndose boca abajo, dando saltos mortales. Jane aún no estaba asustada; en parte porque el calor extremo del aire que entraba por la ventana la amodorraba. Era realmente absurdo para esa época del año. Su sentimiento principal era de indignación. Una sospecha que le había pasado por la mente una o dos veces antes de entonces la invadió ahora con fuerza irresistible; la sospecha de que el universo real podía ser sencillamente tonto. Se mezclaba estrechamente con recuerdos de aquella risa adulta (la risa fuerte, despreocupada, masculina, en labios de un tío solterón) que la había enfurecido en la infancia, y para la que la intensa seriedad del grupo de debates de la escuela había ofrecido un escape tan agradable.

Pero un momento después estaba muy asustada. La giganta se puso en pie. Todos venían hacia ella. Con un gran resplandor y un ruido como el del fuego, la mujer de ropaje brillante y los descarados enanos entraron en tropel a la casa. Estaban con ella en el cuarto. La extraña mujer tenía una antorcha en la mano. Ardía con un brillo terrible, fascinante, crepitando y despidiendo una nube de denso humo negro, y llenó el dormitorio con un olor pegajoso, resinoso. «Si no tienen cuidado —pensó Jane—, van a incendiar la casa». Pero apenas había tenido tiempo de pensarlo porque toda su atención se vio atraída por el comportamiento provocador de los hombrecitos. Empezaron a desbaratar el cuarto. En pocos segundos, la cama fue convertida en un caos, las sábanas fueron a parar al suelo, las mantas sacadas y empleadas por los enanos para lanzar por los aires al más gordo del grupo, y las almohadas volaron por el aire con plumas por todas partes.

—¡Cuidado! Cuidado, ¿oyen? —gritó Jane, porque la giganta empezaba a tocar diversas partes del cuarto con la antorcha. Tocó un florero que había sobre la repisa de la chimenea. Al instante se alzó de él una raya de color que Jane tomó por fuego. Empezó a moverse para tratar de apagarlo, cuando vio que pasaba lo mismo con un cuadro. Y después ocurrió con más y más rapidez a su alrededor. Hasta los mismos gorros de los enanos estaban en llamas. Pero, cuando el terror se hacía ya insoportable, Jane notó que lo que subía ensortijándose en todo lo que la antorcha había tocado no eran llamas, sino plantas. Hiedra y madreselva trepaban por las patas de la cama, rosas rojas brotaban de los gorros de los hombrecitos, y desde todas partes lirios enormes se alzaron hasta su rodilla y hasta su pecho, disparando las lenguas amarillas en su dirección. Los aromas, el calor, el apretujamiento y lo extraño la hicieron sentir que se desmayaba. En ningún momento se le ocurrió pensar que estaba soñando. La gente toma los sueños por visiones; nadie confundió nunca una visión con un sueño...

—¡Jane! Jane! —dijo la voz de la señora Dimble de pronto—. ¿Qué diablos pasa?

Jane se sentó. El cuarto estaba vacío, pero la cama estaba deshecha totalmente. Al parecer, ella se había acostado en el suelo. Se sentía fría y muy cansada.

—¿Qué ha pasado? —repitió la señora Dimble.

—No sé —dijo Jane.

—¿Te encuentras mal, hija? —preguntó mamá Dimble.

—Debo ver en seguida al director —dijo Jane—. Estoy bien. No se preocupe. Puedo ponerme en pie sola... en serio. Pero me gustaría ver en seguida al director.

• • •

La mente del señor Bultitude era tan peluda y de forma tan inhumana como su cuerpo. No recordaba, como lo habría hecho un hombre en su situación, el zoológico provincial del que había escapado durante un incendio, ni sus primeros gruñidos y la llegada aterrorizada al Solar, ni las lentas etapas a través de las cuales había aprendido a querer y a confiar en sus habitantes. No sabía que los quería y confiaba en ellos ahora. No sabía que eran personas, ni que él era un oso. En realidad, no sabía en absoluto que existía; todo lo que representan las palabras *yo* y *tú* no estaba en su mente. Cuando la señora Maggs le daba una lata de almíbar dorado, como hacía todos los domingos por la mañana, él no reconocía ni al donante ni al recipiente. La bondad se presentaba y él la saboreaba. Y eso era todo. De allí que sus amores pudiesen, si ustedes lo desean, ser descritos como amores interesados; comida y abrigo, manos que acariciaban, voces que calmaban, eran sus objetivos. Pero si por amor interesado se refieren ustedes a algo frío o calculador, estarían malinterpretando por completo la verdadera índole de las sensaciones de la bestia. No se parecía más a un egoísta humano que a un altruista humano. No había prosa en su vida. Las apetencias que una mente humana desdeñaría como amores interesados eran para él anhelos temblorosos y extáticos que absorbían todo su ser, ansiedades infinitas, azuzadas por la amenaza de la tragedia y atravesadas por los colores del Paraíso. Alguien de nuestra raza, zambullido por un momento en la piscina cálida, estremecida, iridiscente, de aquella conciencia preadámica habría emergido creyendo que había aferrado lo absoluto, porque los estados que están por encima de la razón y los que están por debajo tienen, por mutuo contraste con la vida que conocemos, una cierta semejanza superficial. A veces nos llega desde la infancia el recuerdo de un innombrable deleite de terror, desvinculado de cualquier elemento agradable o espantoso, un adjetivo potente flotando en un vacío sin sustantivos, una cualidad pura. En esos momentos experimentamos las zonas menos profundas de esa piscina. Pero metros más allá de donde todo recuerdo puede llevarnos, en el mismo calor y oscuridad centrales, pasaba el oso toda su vida.

Ese día le había pasado algo fuera de lo común: había salido al jardín sin el bozal. Siempre se lo ponían cuando salía al aire libre, no porque se temiera que se volviera peligroso, sino por su predilección por la fruta y las hortalizas más jugosas.

—No es que no sea manso —como le había explicado Ivy Maggs a Jane Studdock—, sino que no es honesto. No nos dejaría nada si le dejáramos hincar el diente.

Pero hoy se habían olvidado de tomar esa precaución y el oso había pasado una mañana muy agradable investigando la zona de los nabos. Ahora —a primeras horas de la tarde— se había acercado al muro del jardín. Había un avellano del lado interior, al que el oso podía trepar con facilidad y desde cuyas ramas podía dejarse caer sobre el lado opuesto. Estaba de pie mirando ese árbol. La señora Maggs habría descrito su estado mental diciendo: «Sabe perfectamente bien que no le está permitido salir del jardín». No era así como se le presentaba el asunto al señor Bultitude. No tenía ética, pero el director le había prohibido ciertas cosas. Se alzó una misteriosa resistencia, una nube en el clima emocional, cuando el muro estuvo demasiado cerca; mezclado con eso estaba el impulso opuesto de pasar al otro lado del muro. Como es natural, no sabía por qué era incapaz hasta de plantearse la cuestión. Si la presión que estaba tras el impulso pudiera traducirse a términos humanos en algún sentido, se parecería más a una leyenda mitológica que a un pensamiento. Uno se encuentra con abejas en el jardín, pero nunca con un enjambre de abejas. Las abejas se fueron todas, por encima del muro. Y seguir a las abejas era sin duda lo que había que hacer. Creo que había en la mente del oso una sensación —difícilmente se lo podría llamar una imagen— de verdes tierras sin fin más allá del muro y de enjambres innumerables, y de abejas del tamaño de gorriones, y esperando allí, o si no caminando, goteando, sudando por encontrarse con uno, algo o alguien más pegajoso, más dulce y más dorado que la propia miel.

Ese día tal inquietud lo invadía de modo anormal. Extrañaba a Ivy Maggs. No sabía que existía semejante persona y no la recordaba tal como nosotros entendemos el recuerdo, pero había una carencia no especificada en su experiencia. Ella y el director eran, en sus diferentes estilos, los dos elementos principales de su existencia. Sentía, a su propio modo, la supremacía del director. Los encuentros con él eran para el oso lo que las experiencias místicas para los hombres, porque el director había traído consigo desde Venus cierta sombra de la prerrogativa perdida del hombre de ennoblecer a las bestias. En su presencia, el señor Bultitude temblaba en los límites mismos de la personalidad, pensaba lo impensable y hacía lo imposible, se veía turbado y transportado por destellos que llegaban desde más allá de su mundo algodonoso, y se apartaba, cansado. Pero con Ivy se sentía totalmente cómodo, como un salvaje que cree en algún remoto Dios de lo alto se encuentra más cómodo con las pequeñas deidades del bosque y del agua. Era Ivy quien lo alimentaba, lo echaba de los lugares prohibidos, le daba cachetes y hablaba con él todo el día. Tenía la firme convicción de que la criatura «entendía todo lo que ella decía». Tomado literalmente, eso no era cierto, pero en otro sentido no erraba mucho el blanco. Porque gran parte de la conversación de Ivy expresaba no el pensamiento, sino el sentimiento, y sentimientos que el señor Bultitude casi compartía: sentimientos de vivacidad, de abrigo y afecto físico. A su propio modo se entendían bastante bien.

El señor Bultitude se apartó del árbol y el muro tres veces, pero en cada ocasión regresó. Después, con mucha cautela y en silencio, empezó a trepar el árbol. Cuando llegó a la horqueta se sentó ahí largo rato. Bajo él vio una empinada loma cubierta de hierba que bajaba hasta el camino. Ahora el deseo y la prohibición eran muy intensos. Se quedó allí sentado durante más o menos una hora. A veces su mente se desviaba del tema y en una ocasión casi se durmió. Finalmente bajó sobre el lado externo del muro. Cuando descubrió qué había ocurrido realmente se asustó tanto que se sentó inmóvil al pie de la pendiente cubierta de hierba, al lado mismo del camino. Entonces oyó un ruido.

Apareció una furgoneta. Era conducida por un hombre con el uniforme del NICE y otro hombre con el mismo uniforme estaba sentado junto a él.

—¡Caramba... no puede ser! —dijo el segundo hombre—. Frena, Sid. ¿Qué te pareció eso?

—¿Qué? —dijo el conductor.

—¿No tienes ojos en la cabeza? —dijo el otro.

—Demonios —dijo Sid, frenando—. Un condenado oso pardo. Digo yo, no podría ser nuestra osa, ¿verdad?

—Vamos —dijo su compañero—. Estaba divinamente en la jaula esta mañana.

—¿No crees que podría haberse fugado? Nos harían sudar sangre si...

—No habría llegado aquí si se hubiese escapado. Los osos no marchan a sesenta kilómetros por hora. Esa no es la cuestión. Pero ¿no haríamos mejor en prender a este?

—No tenemos órdenes —dijo Sid.

—No. Y no hemos fallado en conseguir ese maldito lobo, tampoco, ¿no?

—No fue culpa nuestra. La vieja que había dicho que iba a venderlo no lo hizo, como tú mismo viste, Len. Hicimos lo que pudimos. Le dijimos que los experimentos en Belbury no eran como ella pensaba. Le dijimos que el animal se lo pasaría de fábula y que lo mimaríamos hasta reventar. Nunca dije tantas mentiras en una sola mañana. Alguien le debe de haber pasado el dato.

—Por supuesto que no fue culpa nuestra. Pero el patrón no lo tendrá en cuenta. Es cuestión de quedarse o salir de Belbury.

—¿Salir? —dijo Sid—. Daría el alma al diablo por saber cómo hacerlo.

Len escupió de lado y hubo un momento de silencio.

—De todos modos —dijo Sid al rato—, ¿qué sentido tiene llevar un oso?

—Bueno, ¿no es mejor que volver sin nada? —dijo Len—. Y los osos cuestan dinero. Sé que querían otro. Y aquí lo tenemos, gratis.

—Está bien —dijo Sid irónicamente—, si eres tan listo, no tienes más que dar unos saltitos y pedirle que entre.

—Idiota —dijo Len.

—No, con mi comida no, no lo hagas —dijo Sid.

—Eres un compañero increíble —dijo Len, buscando en un paquete grasiento—. Tienes suerte de que yo no sea del tipo de los que te romperían la cabeza.

—Ya lo hiciste —dijo el conductor—. Conozco tus sucios trucos.

Para entonces Len había extraído un grueso sándwich y lo estaba empapando con un líquido de olor fuerte de una botella. Cuando lo saturó bien, abrió la puerta y avanzó un paso, sosteniendo aún la puerta con una mano. Ahora estaba a unos seis metros del oso, que se había quedado totalmente quieto desde que los vio. Le tiró el sándwich.

Un cuarto de hora más tarde, el señor Bultitude estaba acostado sobre el flanco, inconsciente y respirando pesadamente. No tuvieron dificultad en atarle la boca y las cuatro patas, pero tuvieron grandes complicaciones para levantarlo hasta la furgoneta.

—Creo que me ha afectado al corazón —dijo Sid, apretándose el costado izquierdo con la mano.

—Maldito sea tu corazón —dijo Len, limpiándose el sudor de encima de los ojos—. Vamos.

Sid volvió a trepar al asiento del conductor, se quedó inmóvil unos segundos, jadeando y murmurando «Por Dios» a intervalos. Después hizo arrancar el motor y se alejaron.

• • •

Durante cierto tiempo, la vida de Mark, cuando no dormía, estaba dividida entre los ratos que pasaba junto a la cama del durmiente y los ratos en el cuarto con el techo manchado. El adiestramiento en objetividad que tenía lugar en este último año puede ser descrito con detalle. La inversión de las inclinaciones naturales inculcada por Frost no era espectacular ni dramática, pero los detalles serían irreproducibles, y en realidad tenía una especie de fatuidad pueril que es mejor pasar por alto. Con frecuencia, Mark sentía que un buen estallido de risa vulgar habría disipado el ambiente que rodeaba el asunto; por desgracia, la risa quedaba descartada. Justamente ahí residía el horror: en realizar obscenidades insignificantes que un niño muy tonto habría encontrado graciosas, bajo el examen invariablemente grave de Frost, con un cronómetro y una libreta de notas y todo el ritual del experimento científico. Algunas de las cosas que tenía que hacer eran simplemente insensatas. En un ejercicio tuvo que trepar a la escalera de mano y tocar un punto específico del techo designado por Frost; solo tocarlo con el índice y después bajar. Pero, ya fuera por asociación con los demás ejercicios o porque en realidad ocultara algún sentido, tal proceder siempre le pareció a Mark la más indecente y hasta la más inhumana de todas sus tareas. Y día a día, mientras el proceso continuaba, aquella idea de lo decente o lo normal que se le había ocurrido durante la primera visita al cuarto se hacía más intensa y más sólida en su mente hasta que se convirtió en una especie de montaña. Nunca había sabido qué significaba una idea. Hasta entonces siempre había pensado que eran cosas que uno tenía dentro de la cabeza. Pero, ahora, cuando su cabeza era atacada sin cesar y con frecuencia estaba llena por completo con la adherente corrupción del adiestramiento, esta idea se cernía sobre él, algo que obviamente existía independiente de él y que tenía duras superficies rocosas que no cederían, superficies a las que podía aferrarse.

La otra cosa que lo ayudó a salvarse fue el hombre de la cama. El descubrimiento de Mark de que en realidad podía hablar en inglés lo había llevado a una curiosa relación con él. Apenas puede decirse que conversaran. Los dos hablaban, pero el resultado difícilmente fuera una conversación tal como Mark había entendido el término hasta entonces. El hombre era tan alusivo y empleaba gestos con tanta abundancia que los modos de comunicación menos complejos de Mark eran casi útiles. Por ejemplo, cuando Mark le explicó que no tenía cigarrillos, el hombre había golpeado un paquete imaginario sobre la rodilla al menos seis veces y encendido una cerilla imaginaria otras tantas, moviendo en cada ocasión la cabeza de lado con una expresión de fruición tal que Mark había visto rara vez en un rostro humano. Entonces Mark procedió a explicarle que «ellos» no eran extranjeros, eran gente extremadamente peligrosa y que lo mejor que podía hacer probablemente era seguir en silencio.

—Ah —dijo el extraño sacudiendo otra vez la cabeza—. Ah... ¿Eh?

Y después, sin apoyar exactamente el dedo sobre los labios, realizó una complicada pantomima que significaba con claridad lo mismo. Y durante un largo rato fue imposible apartarlo del asunto. Retornaba una y otra vez al tema de la clandestinidad.

—Ah —decía—, no me sacarán nada. Se lo juro. Nada. ¿Eh? Se lo juro. Usted y yo sabemos. ¿Eh? Y su mirada incluía a Mark en una conspiración al parecer tan jubilosa que levantaba el ánimo. Creyendo que la cuestión ya estaba suficientemente aclarada, Mark empezó:

—Pero en lo que respecta al futuro... —Solo para encontrarse con otra pantomima de sigilo, seguida por la palabra «¿Eh?» en un tono que exigía una respuesta.

—Sí, desde luego —dijo Mark. Los dos estamos en considerable peligro. Y...

—Aah —dijo el hombre—. Extranjeros. ¿Eh?

—No, no —dijo Mark—. Ya le dije que no lo eran. Parecen pensar que usted sí lo es. Y por eso...

—Perfecto —lo interrumpió el hombre—. Ya sé. Yo los llamo extranjeros. Ya sé. No me sacarán nada. Usted y yo, perfecto. Ah.

—He estado pensando en un plan —dijo Mark.

—¡Ah! —dijo el hombre, aprobador.

—Y me he estado preguntando —empezó Mark cuando el otro se inclinó de pronto hacia adelante y dijo con extraordinaria energía:

—Se lo juro.

—¿Qué? —dijo Mark.

—Tengo un plan.

—¿Cuál es?

—¡Ah! —dijo el hombre guiñándole a Mark un ojo con infinita astucia y frotándose el estómago.

—Adelante. ¿Cuál es? —dijo Mark.

—Qué tal estaría —dijo el hombre, sentándose y apoyando el pulgar izquierdo sobre el índice derecho como si estuviera por proponer el primer paso de un argumento filosófico—. ¿Qué tal estaría que usted y yo nos preparásemos un bonito trozo de queso gratinado?

—Me refería a un plan para escapar —dijo Mark.

—Ah —contestó el hombre—. En cuanto a mi viejo. No estuvo enfermo ni un solo día en su vida. ¿Eh? ¿Qué le parece? ¿Eh?

—Es un récord notable —dijo Mark.

—Ah, ya lo creo —contestó el otro—. Toda su vida funcionando. Nunca tuvo dolor de estómago. ¿Eh? —Y aquí, como si Mark pudiese no conocer tal enfermedad, desarrolló un espectáculo mudo extenso y extraordinariamente vívido.

—Supongo que le sentaba bien la vida al aire libre —dijo Mark.

—¿Y a qué atribuía él su salud? —preguntó el hombre. Pronunció la palabra *atribuía* con mucho placer, acentuando la primera sílaba—. Yo pregunto, ¿a qué atribuía él su salud?

Mark iba a contestar cuando el hombre indicó mediante un gesto que la pregunta era solo retórica y que no quería que lo interrumpieran.

—Atribuía su salud —siguió con gran solemnidad— al queso gratinado. No deja que entre agua al estómago, eso es lo que hace, ¿eh? Como un forro. Es lógico. ¡Ah!

En varias entrevistas posteriores, Mark se esforzó por descubrir algo de la historia personal del extraño y en especial cómo lo habían llevado a Belbury. No era fácil hacerlo, porque, aunque la conversación del vagabundo era muy autobiográfica, estaba ocupada casi por completo con relatos de conversaciones en las que había elaborado réplicas aplastantes, referidas a temas que permanecían en una oscuridad total. Aunque fuera de carácter menos intelectual, las alusiones eran demasiado complejas para Mark, que ignoraba por completo la vida en los caminos, aunque una vez había escrito un artículo determinante sobre el vagabundeo. Pero mediante interrogatorios repetidos y (cuando llegó a conocer al hombre) más cautos, no pudo dejar de hacerse la idea de que al vagabundo le habían hecho entregar su ropa a un completo extraño y después lo habían hecho dormir. Nunca obtuvo la historia en esas palabras. El vagabundo insistía en hablar como si Mark ya la conociera, y cualquier presión por un relato más preciso solo provocaba una serie de asentimientos, guiños y gestos altamente confidenciales. En cuanto a la identidad o aspecto de la persona que le había quitado las ropas, nunca pudo descifrarla.

Lo más cerca que había llegado Mark a eso, después de horas de charla y bebidas, era a alguna declaración como:

—Ah. ¡Ese sí que era un tipo! —O—: Era una especie de... ¿eh? Usted sabe... —O—: ese era un tipo, ese.

Esas declaraciones eran hechas con enorme placer, como si el robo de las ropas del vagabundo hubiese excitado en él la más profunda admiración.

Realmente, en toda la conversación ese placer era el elemento más asombroso. Nunca había ningún tipo de juicio moral sobre las diversas cosas que le habían hecho en el curso de su vagabundeo, ni trataba de explicarlas. Muchas cosas de las que eran injustas y aún más de las que eran sencillamente incomprensibles parecían ser aceptadas no solo sin rencor, sino con cierta satisfacción, siempre que fueran asombrosas. Incluso respecto a su posición en ese momento demostraba mucha menos curiosidad de lo que Mark habría creído posible. Era algo que no tenía sentido; sin embargo, el hombre no esperaba que las cosas tuvieran sentido. Lamentaba la falta de cigarrillos y consideraba a los «extranjeros» como gente muy peligrosa, pero lo principal, sin duda, era comer y beber todo lo posible mientras durasen las condiciones presentes. Y poco a poco Mark se adaptó. El aliento del hombre —incluso el cuerpo— era maloliente, y la técnica empleada para comer, grosera. Pero esa especie de picnic continuo que los dos compartían transportaba a Mark a esa región de la infancia que todos hemos disfrutado antes de que empiecen las delicadezas. Cada uno entendía tal vez la octava parte de lo que decía el otro, pero una especie de intimidad creció entre ellos. Mark nunca notó hasta años más tarde que allí, donde no quedaba lugar para la vanidad y no había mayor poder o seguridad que la de «niños jugando en la cocina del gigante», se había convertido sin saberlo en el integrante de un «círculo» tan secreto y tan fuertemente resguardado contra los extraños como cualquier otro en el que pudiera soñar.

De vez en cuando el *téte-à-téte* que sostenían era interrumpido. Frost, Wither o los dos entraban presentando a un extraño que se dirigía al vagabundo en un idioma desconocido, no obtenía la menor respuesta y salía otra vez del cuarto. El hábito que tenía el vagabundo de someterse a lo incomprensible, mezclado con una especie de astucia animal, le era muy útil en tales entrevistas. Aunque Mark no se lo hubiese aconsejado, nunca se le habría ocurrido sacar del engaño a sus captores contestando en inglés. Sacar del engaño era una actividad totalmente ajena a su mente. Por lo demás, la expresión de tranquila indiferencia, variada de vez en cuando con miradas de extrema agudeza, pero nunca por la menor señal de inquietud o perplejidad, desconcertaba a sus interrogadores. Wither nunca pudo encontrar en su rostro la maldad que estaba buscando, pero tampoco pudo encontrar ningún rasgo de esa virtud que, para él, habría sido señal de alarma. El vagabundo era un tipo de hombre con el que no se había enfrentado jamás. El incauto, la víctima aterrorizada, el adulador, el futuro cómplice, el rival, el hombre honesto con aversión y odio en los ojos eran familiares para él. Pero este, no.

Y entonces, un día, se presentó una entrevista que fue distinta.

•••

—Se parece bastante a un cuadro mitológico de Tiziano redivivo —dijo el director con una sonrisa, cuando Jane le describió su experiencia en el Pabellón.

—Sí, pero... —dijo Jane y entonces se detuvo—. Ya veo —empezó otra vez—, era muy semejante. No solo la mujer y los... los enanos... sino el resplandor. Como si el aire estuviera en llamas. Pero siempre he pensado que me gustaba Tiziano. Supongo que en realidad no tomaba los cuadros con suficiente seriedad. Solo charlataneaba sobre el Renacimiento, como suele hacerse.

—¿No te gustó cuando se presentó en la vida real? —Jane sacudió la cabeza.

—¿Fue real, señor? —preguntó poco después—. ¿Existen esos seres?

—Sí —dijo el director—, era bastante real. Oh, en este kilómetro cuadrado hay miles de cosas que aún no conozco. Y sin duda la presencia de Merlinus saca a la luz ciertas cosas. No estamos viviendo exactamente en el siglo veinte mientras él se encuentra aquí. Nos superponemos un poco, el foco es confuso. Y tú misma... eres una vidente. Tal vez estuvieras destinada a encontrarte con ella. Ella es en lo que tú te transformarías si no tuvieras lo otro.

—¿Qué quiere decir, señor? —dijo Jane.

—Dijiste que era un poco como mamá Dimble. Así es. Pero mamá Dimble con algo de menos. Mamá Dimble está en términos amistosos con todo ese mundo, así como Merlinus está en relaciones amistosas con los bosques y los ríos. Pero él mismo no es un bosque o un río. Ella no lo ha rechazado, pero lo ha bautizado. Es una esposa cristiana y tú, ¿sabes?, no lo eres. Ni eres virgen. Te situaste en un sitio donde debías encontrarte con esa mujer antigua y has rechazado todo lo que ha pasado desde que Maleldil vino a la Tierra. Así que la recibiste en crudo; no más intensa de lo que la encontraría mamá Dimble, sino sin transformar, demoníaca. Y no te gustó. ¿Acaso no ha sido esa la historia de tu vida?

—Quiere decir —dijo Jane lentamente— que he estado reprimiendo algo.

El director se rio, con la misma risa alta, segura de sí, de solterón, que la había enfurecido con frecuencia en otros labios.

—Sí —dijo—. Pero no creas que hablo de represiones freudianas. Él solo conocía la mitad de los hechos. No se trata de una cuestión de inhibiciones (vergüenza inculcada) contra el deseo natural. Me temo que no haya una casilla en el mundo donde situar a la gente que no es pagana ni cristiana. ¡Imagínate a un hombre demasiado delicado para comer con las manos y que sin embargo no quiere usar tenedor!

La risa más que las palabras habían hecho enrojecer las mejillas de Jane y lo estaba mirando con la boca abierta. Por cierto, el director no se parecía en lo más mínimo a mamá Dimble, pero la odiosa comprensión de que, en ese asunto, él estaba en el bando de mamá Dimble (que él también, aunque no perteneciera a aquel mundo arcaico de colores ardientes, mantenía en cierto sentido buenas relaciones diplomáticas con el mismo mundo del que ella estaba excluida) la había impactado como un golpe. Cierto viejo sueño femenino de encontrar a un hombre que «realmente comprendiera» estaba siendo ofendido. Ella daba por sentado, de modo un poco inconsciente, que el director era el más virginal de su sexo, pero no había caído en la cuenta de que eso dejaba su masculinidad incluso al otro lado de la corriente respecto a ella y de una manera aún más empinada, más enfática, que con la del resto de los hombres. Viviendo en aquella casa ya había obtenido cierto conocimiento de un mundo que estaba más allá de la naturaleza, y más aún a través del temor a la muerte sufrido en la noche de la hondonada. Pero había estado concibiendo ese mundo como «espiritual» en un sentido negativo: como un vacío neutral o democrático donde las diferencias desaparecían, donde el género y el sentido no eran trascendidos, sino simplemente eliminados. Ahora empezó a sospechar que podía haber diferencias y contrastes en todo el camino en ascenso, más ricas, más agudas, hasta más feroces, en cada peldaño de la ascensión. ¿Qué pasaba si la invasión de su yo en el matrimonio ante la que había retrocedido, con frecuencia en los dientes mismos del instinto, no fuera, como ella había supuesto, solo una reliquia de una vida animal o de la barbarie patriarcal, sino más bien la forma más baja, más primordial y más sencilla de cierto contacto espantoso con la realidad, que debía ser repetido —pero en modalidades más amplias y perturbadoras— sobre los niveles más altos de todo?

—Sí —dijo el director—, no hay escape. Si se tratara del simple rechazo virginal por el macho, Él lo permitiría. Esas almas pueden pasar por alto el macho y seguir para encontrarse con algo mucho más masculino, más alto, a lo que deben rendirse con mucha mayor profundidad. Pero tu problema es lo que los poetas antiguos llamaban *daungier*. Nosotros lo llamamos orgullo. Lo que te ofende es lo masculino propiamente dicho: la cosa ruidosa, prepotente, posesiva (el león de oro, el coro barbado) que atraviesa los setos y desordena el pequeño reinado de tu afectación, así como los enanos desordenaron la cama cuidadosamente hecha. Puedes haber escapado del macho, porque solo existe en el plano biológico. Pero ninguno de nosotros puede escapar de lo masculino. Porque lo que está por encima y más allá de todas las cosas es tan masculino que todos somos femeninos en comparación. Harías mejor en ponerte de acuerdo con tu adversario cuanto antes.

—¿Se refiere a que debo convertirme en cristiana? —dijo Jane.

—Así parece —dijo el director.

—Pero... sigo sin entender qué tiene que ver con... con Mark —dijo Jane.

Tal vez no fuera del todo cierto. La visión del universo que había empezado a captar en los últimos minutos tenía una cualidad curiosamente tormentosa a su alrededor. Era brillante, penetrante y abrumadora. Por primera vez en su vida, la imaginería de ojos y ruedas del Antiguo Testamento adquirió para ella cierta posibilidad de significado. Y mezclado con eso estaba la impresión de que la habían colocado en una falsa posición. Tendría que ser ella quien dijera esas cosas a los cristianos. Suyo tendría que haber sido el mundo vívido, peligroso, que contrastara con el gris y formal de ellos; suyos los movimientos rápidos, vitales, y de ellos las actitudes de vitral. Era la antítesis de aquello a lo que estaba acostumbrada. Esta vez, en un súbito relámpago rojo, recordó cómo se veían en realidad los vitrales. Y no sabía dónde encajaba Mark dentro de ese nuevo mundo. Por cierto no en el viejo lugar. Algo en lo que a ella le gustaba pensar como en lo opuesto a Mark había sido quitado. Algo civilizado, moderno, ilustrado o (recientemente) espiritual que no deseaba poseerla, que la valoraba por la excéntrica colección de cualidades que ella llamaba «yo misma», algo sin manos que agarraba y que no le hacía exigencias. Pero ¿si no existiera semejante cosa? Buscando ganar tiempo, preguntó:

—¿Quién era esa mujer enorme?

—No estoy seguro —dijo el director—. Pero creo que puedo adivinarlo. ¿Sabías que todos los planetas están representados en cada uno de los demás?

—No, señor. No lo sabía.

—Al parecer, así es. No hay Oyarsa en el Cielo que no tenga su representante sobre la Tierra. Y no hay mundo en el que no puedas encontrar un pequeño compañero no caído de nuestro propio arconte negro, una especie de otro yo. Por eso hubo un Saturno italiano al igual que uno celestial, y un Júpiter cretense además del olímpico. Fueron estos espectros terrestres de las altas inteligencias lo que los hombres encontraban en los tiempos antiguos cuando decían que habían visto a los dioses. Era con ellos con los que se relacionaba un hombre como Merlín (a veces). Nunca bajó algo realmente de más allá de la Luna. Lo que te atañe aún más es que existe una Venus terrestre como una celestial, un espectro de Perelandra como una Perelandra.

—Y usted cree...

—Así es. Sé desde hace tiempo que esta casa sufre en profundidad su influencia. Hasta hay cobre en el suelo. Además... la Tierra-Venus debe de estar especialmente activa aquí en este momento. Porque es en esta noche cuando su arquetipo celestial realmente bajará.

—Lo había olvidado —dijo Jane.

—No lo olvidarás cuando suceda. Sería mejor que todos se quedaran juntos, en la cocina, tal vez. No suban al primer piso.

Esta noche llevaré a Merlín ante mis amos, los cinco: Viritrilbia, Perelandra, Malacandra, Glund y Lurga. Se abrirá. Los poderes penetrarán en él.

—¿Qué hará él, señor?

El director se rio.

—El primer paso es sencillo. En Belbury los enemigos ya están buscando expertos en dialectos occidentales arcaicos, a ser posible celta. ¡Les enviaremos un intérprete! Sí, por el esplendor de Cristo, les enviaremos uno. «Sobre ellos envió Él un espíritu de demencia que hizo que llamaran apresuradamente a su propio destructor». ¡Han pedido uno en los periódicos! y después del primer paso... bueno, sabes, será fácil. En la lucha contra los que sirven a los demonios uno siempre cuenta con eso a favor; sus amos los odian a ellos tanto como ellos nos odian a nosotros. En cuanto inhabilitemos a los peones humanos lo suficiente para que sean inútiles al infierno, sus propios amos terminarán el trabajo por nosotros. Destrozan sus instrumentos.

Hubo un súbito golpe en la puerta y entró Grace Ironwood.

—Ivy ha vuelto, señor —dijo—. Creo que sería mejor que la viera. No, está sola. No llegó a ver a su esposo. Cumplió la pena, pero no lo han liberado. Lo han enviado a Belbury a hacer un tratamiento terapéutico. Bajo nuevas disposiciones. Al parecer no es necesario un fallo judicial... Pero ella no es muy coherente. Está muy angustiada.

•••

Jane había salido a reflexionar al jardín. Aceptaba lo que el director le había dicho y sin embargo le parecía que no tenía sentido. La comparación entre el amor de Mark y el de Dios (dado que al parecer existía Dios) impresionaba a su naciente espiritualidad como algo indecente e irreverente. La religión tendría que significar un dominio en el que su obsesivo temor femenino a ser tratada como una cosa, un objeto de intercambio, deseo y posesión, quedara eliminado de forma permanente, y lo que ella llamaba su verdadero yo se proyectara hacia las alturas y se expandiera en algún mundo más libre y más puro. Porque seguía pensando que la religión era una especie de efluvio o nube de incienso, algo que subía como vapor de almas especialmente doradas hacia un cielo receptivo. Después, bruscamente, se le ocurrió que el director nunca hablaba sobre religión, ni tampoco los Dimble o Camilla. Hablaban sobre Dios. No tenían en la mente una imagen de niebla subiendo, más bien de manos fuertes y diestras, lanzadas hacia abajo para hacer y enmendar, tal vez incluso para destruir. ¿Y suponiendo que uno fuera una cosa después de todo, una cosa diseñada e inventada por Otro y valorada por cualidades completamente distintas a las que uno había decidido considerar como su verdadero yo? ¿Suponiendo que todas las personas que, desde el tío solterón hasta Mark y mamá Dimble, la habían encontrado, irritantemente para ella, dulce y fresca cuando ella deseaba que la encontraran también importante e interesante, hubiesen estado simplemente acertadas todo el tiempo y percibieran el tipo de ser que ella era? ¿Suponiendo que sobre ese tema Maleldil estuviera de acuerdo con ellos y no con Jane? Durante un momento tuvo una visión ridícula y bochornosa de un mundo en el que el propio Dios nunca entendería, nunca la tomaría del todo en serio. Después, en un rincón particular del plantío de grosellas, llegó el cambio.

Lo que la esperaba allí era serio al extremo de la pena y más aún. No hubo forma ni sonido. El humus bajo los arbustos, el musgo sobre el sendero y el pequeño reborde de ladrillos no cambiaron de modo visible. Pero habían cambiado. Había cruzado una frontera. Jane había entrado a un mundo, a una Persona, a la presencia de una Persona. Algo expectante, paciente, inexorable, le salió al encuentro sin velo ni protección intermedia. En la estrechez de ese contacto percibió en seguida que las palabras del director habían sido totalmente engañosas. La exigencia que ahora la apremiaba no era, ni siquiera por analogía, como ninguna otra exigencia. Era el origen de todas las exigencias correctas y las incluía en sí. A su luz podía entender las demás, pero no se podía saber nada de ella partiendo de las otras. No había, ni había habido nunca, algo así. Y no había nada fuera de eso. Sin embargo, al mismo tiempo, todo había sido como eso: solo siendo como eso había existido cualquier cosa. En esa altura, profundidad y extensión, la pequeña idea de sí misma que hasta entonces había llamado *yo* se dejó caer y se esfumó, sin agitarse, en la distancia sin fondo, como un pájaro en el espacio sin aire. El nombre *yo* era el nombre de un ser cuya existencia nunca había sospechado, un ser que no existía aún del todo, pero que era reclamado. Era una persona (no la persona que ella había creído) y, sin embargo, al mismo tiempo una cosa (una cosa hecha, hecha para complacer a Otro y en Él a todos los demás), una cosa que era hecha en ese mismo instante, sin que ella lo eligiera, hasta adquirir una forma en la que no había soñado jamás. Y el acto de hacer prosiguió en medio de una especie de esplendor o de pena o de ambas cosas, por lo que no pudo distinguir si residía en las manos que moldeaban o en la materia moldeada.

Las palabras llevan demasiado tiempo. Ser consciente de todo eso y saber que ya había pasado constituía una única experiencia. Se reveló solo al partir. La cosa más grande que le había ocurrido nunca, al parecer había encontrado el espacio para sí misma en un momento de tiempo demasiado breve para ser denominado tiempo en algún sentido. La mano de Jane se cerró solo sobre un recuerdo y, al cerrarse, sin un instante de pausa, las voces de los que no gozan se alzaron aullando y cotorreando desde cada rincón de su yo.

—Ten cuidado. Retrocede. No pierdas la cabeza. No te comprometas —decían. Y después de modo más sutil, desde otro enfoque—: Has tenido una experiencia religiosa. Es algo muy interesante. No todos pueden. ¡Cuánto mejor entenderás ahora a los poetas del siglo diecisiete! —O desde una tercera dirección, más suavemente—: Adelante. Pruébala otra vez. Le gustará al director.

Pero sus defensas habían sido conquistadas y tales contraataques no tenían éxito.

15

EL DESCENSO DE LOS DIOSES

En St. Anne's toda la casa estaba vacía, menos dos habitaciones. En la cocina, un poco más juntos alrededor del fuego que de costumbre y con los postigos cerrados, se sentaban Dimble, MacPhee, Denniston y las mujeres. Apartados de ellos por un vacío muy largo de escalera y corredor, el Pendragón y Merlín estaban juntos en el Cuarto Azul.

Si alguien hubiese subido la escalera y entrado en el vestíbulo que quedaba fuera del Cuarto Azul, habría descubierto que algo más que el temor le obstruía el camino: una resistencia casi física. Si hubiese logrado abrirse paso por la fuerza contra eso, habría llegado a una región de sonidos hormigueantes que claramente no eran voces aunque tenían articulación, y si el corredor hubiese estado bien oscuro es probable que habría visto una luz tenue, distinta a la del fuego o de la Luna, pasando bajo la puerta del director. No creo que hubiera llegado a la puerta del director sin invitación. Ya la casa entera le parecería estar oscilando y hundiéndose como una nave en una tormenta del golfo de Vizcaya. Se habría visto horriblemente obligado a sentir esta Tierra no como la base del universo, sino como una pelota que gira sobre sí misma y hacia adelante, las dos cosas a delirante velocidad, y no a través del vacío, sino a través de un medio densamente habitado e intrincadamente estructurado. Habría sabido sensualmente, hasta que sus sentidos ultrajados lo abandonaran, que los visitantes de aquel cuarto estaban en él no porque se encontraran inmóviles, sino porque rodaban y se movían oblicuamente a través de la realidad compacta del cielo (lo que los hombres llaman espacio vacío) para mantener haces sobre ese punto del lado en movimiento de la Tierra.

El druida y Ransom habían empezado a esperar a esos visitantes poco después del atardecer. Ransom estaba en su sofá. Merlín se encontraba sentado junto a él, con las manos entrelazadas, el cuerpo un poco inclinado hacia adelante. A veces una gota de sudor le bajaba, fría, por la mejilla gris. Al principio había pretendido arrodillarse, pero Ransom se lo prohibió.

—¡Cuide de no hacerlo! —había dicho—. ¿Ha olvidado que son nuestros camaradas sirvientes?

Las ventanas tenían las cortinas descorridas y toda la luz del cuarto provenía de allí: roja helada cuando empezaron la espera, iluminada por las estrellas más tarde.

Mucho antes de que algo pasara en el Cuarto Azul, el grupo de la cocina había preparado el té de las diez. Mientras estaban sentados bebiéndolo, ocurrió el cambio. Hasta entonces habían estado hablando por instinto en voz baja, como hablan los niños en un cuarto cuando los mayores están ocupados en algún importante asunto incomprensible: un funeral o la lectura de un testamento. Ahora todos empezaron a hablar en voz alta a la vez, cada uno interrumpiendo a los demás, no por discutir, sino encantados. Un extraño que hubiese entrado en la cocina habría pensado que estaban todos borrachos, no intensa sino alegremente borrachos; habría visto cabezas que se acercaban unas a otras, ojos danzantes, una excitada abundancia de gestos. Nadie de los del grupo recordaría más tarde qué habían dicho. Dimble sostenía que habían estado ocupados sobre todo en hacer juegos de palabras. MacPhee negó que alguna vez, incluyendo esa noche, hubiese hecho un retruécano, pero todos estuvieron de acuerdo en que habían estado extraordinariamente ingeniosos. Si no juegos de palabras, por cierto juegos de pensamientos, paradojas, imágenes, anécdotas, teorías que eran presentadas riendo, aunque bien consideradas valía la pena tomar en serio, habían salido de ellos y sobre ellos en un derroche deslumbrante. Hasta Ivy olvidó su gran pena. Mamá Dimble siempre recordó a Denniston y su esposo tal como habían estado, cada uno de pie a un lado del hogar, en un alegre duelo intelectual, cada uno sobrepasando al otro, cada uno alzándose por encima del otro, arriba y arriba, como aves o aviones en combate. ¡Si pudiese recordar lo que dijeron! Porque nunca en su vida había oído ella semejante charla: tal elocuencia, tal melodía (la canción no le habría agregado nada), esas estructuras de doble sentido devanándose, esos cohetes de metáfora y alusión.

Un momento después, todos estaban en silencio. Cayó la calma, tan de pronto como cuando uno sale del viento y se refugia detrás de un muro. Se sentaron mirándose entre sí, cansados y un poco tímidos.

Arriba, ese primer cambio había tenido un modo de operar distinto. Llegó un instante en que los dos hombres se prepararon. Ransom se aferró al borde del sofá, Merlín se agarró las rodillas y apretó los dientes. Un haz de luz coloreada, cuyo color ningún hombre puede nombrar ni imaginar, se disparó entre ellos; solo se veía eso, pero la visión era el fragmento menor de lo que experimentaban. Los atrapó una agitación veloz, una especie de hervor y de burbujeo en la mente y el corazón que también les sacudía los cuerpos. Llegó a tener un ritmo de velocidad tan feroz que temieron que su cordura se sacudiera hasta hacer mil pedazos. Y después pareció que eso era lo que había pasado. Pero no importaba, porque todos los fragmentos —deseos agudos como puntas de aguja, alegrías efervescentes, pensamientos con ojos de lince— rodaron de aquí para allá como gotas centelleantes y volvieron a reunirse. Por suerte, ambos tenían cierto conocimiento de la poesía. La duplicación, el resquebrajamiento y la recombinación de ideas que ahora se llevaba a cabo en ellos habrían sido insoportables para quien no estuviera ya instruido en ese arte del contrapunto mental, el dominio de la visión duplicada y triplicada. Para Ransom, cuyos estudios habían tratado durante años el reino de las palabras, era un placer celestial. Se encontró sentado en el propio corazón del lenguaje, en el horno al rojo blanco del discurso esencial. Todo hecho era roto, derramado en cataratas, atrapado, volteado como un guante, amasado, asesinado y renacido como significado. Porque el propio señor del significado, el heraldo, el mensajero, el matador de Argus, estaba con ellos: el ángel que gira más cerca del sol, Viritrilbia, a quien los hombres llaman Mercurio y Tot.

Abajo, en la cocina, la modorra que los había invadido después de la orgía de palabras había terminado. Jane, que casi se había dormido, se asustó cuando el libro se le cayó de las manos y miró a su alrededor. Qué cálido era todo... qué agradable y familiar. Siempre le habían gustado los fuegos de leña, pero esa noche el aroma de la madera le pareció más dulce que de costumbre. Empezó a pensar que era más dulce de lo posible, que un aroma a cedro ardiendo y a incienso ocupaba la habitación. Se hizo más denso. Nombres fragantes le rondaron la mente, aromas balsámicos a nardo y casia, y toda Arabia fluyendo de una caja; incluso algo más sutilmente dulce, tal vez enloquecedor —¿por qué no prohibido?—, pero que supo que era impuesto. Estaba demasiado amodorrada para pensar en profundidad cómo podía suceder. Los Dimble hablaban entre sí, pero en voz tan baja que los demás no podían oír. Le pareció que sus rostros se habían transfigurado. Ya no podía verlos como viejos: solo maduros, como campos en sazón en agosto, serenos y dorados con la tranquilidad del deseo colmado. Por otro lado, Arthur le decía algo al oído a Camilla. Allí también... pero, como la calidez y la dulzura de aquel aire suntuoso se había adueñado por completo de su cerebro, apenas pudo soportar mirarlos; no por envidia (esa idea estaba muy lejos), sino porque una especie de brillantez manaba de ellos y la deslumbraba, como si el dios y la diosa que había en ellos ardiera a través de sus cuerpos y su ropa y resplandeciera ante Jane en una desnudez doble de espíritu rosado que la abrumaba. Y a su alrededor danzaban (según los entrevió) no los enanos groseros y ridículos que había visto esa tarde, sino espíritus serios y ardientes, de alas brillantes, con formas de muchachos suaves y esbeltas como varas de marfil.

En el Cuarto Azul también Ransom y Merlín sintieron en ese momento que la temperatura había subido. Las ventanas, no vieron cómo o cuándo, se habían abierto de par en par; al hacerlo, la temperatura no cayó, porque era de afuera de donde llegaba la calidez. A través de las ramas peladas, más allá del terreno que se iba endureciendo otra vez con la helada, una brisa estival soplaba hacia el cuarto, pero era la brisa de un verano que Inglaterra nunca ha conocido. Cargada como pesadas barcazas deslizándose con la borda casi hundida, cargada tan densamente que uno habría pensado que no podía moverse, cargada con la voluminosa fragancia de flores nocturnas, resinas viscosas, arboledas que goteaban olores, y con el fresco sabor de la fruta a medianoche, movió las cortinas, levantó una carta que descansaba en la mesa y levantó el cabello que un momento antes se había pegado a la frente de Merlín. El cuarto oscilaba. Flotaban. Un suave hormigueo y estremecimiento como de espuma y burbujas rompiéndose les recorrió la carne. Bajaron lágrimas por las mejillas de Ransom. Solo él sabía de qué mares e islas venía esa brisa. Merlín no, pero también en él la herida inconsolable con la que nace el hombre despertaba y dolía ante ese contacto. Sílabas graves de prehistórica autocompasión celta fueron murmuradas por sus labios. Esos anhelos y caricias, sin embargo, eran solo el preludio de la diosa. Cuando toda su virtud atrapó, enfocó y retuvo aquel punto de la Tierra rodante en su largo haz, algo más duro, más estridente, más peligrosamente extático, surgió del centro de toda la suavidad. Los dos humanos temblaron; Merlín porque no sabía qué se acercaba, Ransom porque sabía. Y entonces llegó. Era feroz, aguda, brillante y cruel, dispuesta a matar, dispuesta a morir; más veloz que la luz: era la Caridad, no como la imaginan los mortales, ni siquiera como ha sido humanizada para ellos desde la encarnación de la palabra, sino la virtud translunar, caída sobre ellos de forma directa desde el Tercer Cielo, sin mitigar. Se vieron cegados, quemados, enmudecidos. Creían que iban a arder hasta los huesos. No podían soportar que continuara. No podían soportar que cesara. Así Perelandra, triunfante entre los planetas, a quien los hombres llaman Venus, llegó y estuvo con ellos en el cuarto.

Abajo, en la cocina, MacPhee retiró hacia atrás la silla con tal violencia que rechinó sobre el suelo embaldosado como una tiza sobre una pizarra.

—¡Hombre! —exclamó—. Es una vergüenza que estemos aquí sentados mirando el fuego. Si el director no tuviese mal una pierna, apuesto a que habría encontrado para nosotros otra forma de ponernos a trabajar.

Los ojos de Camilla relampaguearon hacia él.

—¡Adelante! —dijo—. ¡Adelante!

—¿Qué quiere usted decir, MacPhee? —preguntó Dimble.

—Quiere decir que hay que luchar —dijo Camilla.

—Me temo que serían demasiado para nosotros —dijo Arthur Denniston.

—¡Puede ser! —dijo MacPhee—. Pero puede ser que sean demasiado para nosotros de este modo también. Aunque sería grandioso darles una buena antes del fin. Para decirles la verdad, a veces siento que no me importa en general lo que pase. Pero no estaría tranquilo en la tumba si supiese que ellos ganaron y nunca les puse las manos encima. Me gustaría poder decir lo que me dijo un viejo sargento en la primera guerra acerca de una pequeña incursión que hicimos cerca de Monchy. Los nuestros se la jugaron a fondo, saben. «Señor —decía él— ¿alguna vez oyó cómo les cruje el cráneo?».

—Creo que eso es repugnante —dijo mamá Dimble.

—Supongo que esa parte lo es —dijo Camilla—. Pero... oh, si uno pudiese cargar a la antigua. Cuando me subo a un caballo me olvido de todo.

—No puedo entenderlo —dijo Dimble—. No soy como usted, MacPhee. No soy valiente. Pero justo cuando habló estaba pensando que no tengo miedo de que me maten o me hieran, como solía tener. Esta noche no.

—Podríamos ir, supongo —dijo Jane.

—Mientras estemos todos juntos —dijo mamá Dimble—. Podría ser... No, no me refiero a nada heroico... podría ser una bonita manera de morir.

Y de pronto sus rostros y sus voces cambiaron. Estaban riéndose otra vez, pero era un tipo de risa distinto. El amor que sentían por los demás se volvió intenso. Cada uno mirando a los demás, pensaba: «Es una suerte estar aquí. Podría morir con ellos». Pero MacPhee estaba tarareando para sí:

—«El rey Guillermo dijo: "No desmayen por perder un comandante"».

Arriba, al principio fue casi igual. Merlín vio con los ojos de la memoria la hierba sacudida por el viento en Badon Hill, el largo estandarte de la virgen flameando sobre las pesadas armaduras britanorromanas, los bárbaros de cabello amarillo. Oyó el restallar de los arcos, el *clic clic* de las puntas de acero sobre escudos de madera, los vítores, el griterío, la vibración de las cotas de malla golpeadas. Recordó también la noche, las fogatas crepitando a lo largo de la colina, la helada haciendo arder los cortes, la luz de las estrellas sobre un charco mezclado con sangre, águilas reuniéndose en el cielo pálido. Y Ransom, tal vez, recordó su larga lucha en las cavernas de Perelandra. Pero todo eso pasó. Algo tonificante, vigoroso y alegremente frío, como una brisa marítima, llegaba hasta ellos. No había temor en ningún sitio; dentro de ellos la sangre fluía como al son de una marcha. Sentían que ocupaban el sitio que les correspondía en el ritmo ordenado del universo, junto a las puntuales estaciones, los átomos dispuestos en esquemas y el obediente serafín. Bajo el peso inmenso de su obediencia, sus voluntades se erguían rectas e infatigables como cariátides. Aliviados de toda veleidad y toda protesta se erguían, jubilosos, livianos, ágiles y alertas. Habían sobrevivido a cualquier ansiedad; *preocupación* era una palabra sin sentido. Vivir era compartir sin esfuerzo ese alborozo. Ransom conocía, como conoce un hombre cuando toca el acero, el esplendor diáfano, tenso, de aquel espíritu celestial que ahora relampagueaba entre ellos: el vigilante Malacandra, capitán de un orbe frío, a quien los hombres llaman Marte, Mavors y Tyr,* que puso la mano en la boca del lobo. Ransom saludó a sus huéspedes en la lengua del cielo.

Pero advirtió a Merlín que ahora había llegado la hora en que él debía también cumplir con su condición de hombre. Los tres dioses que ya se habían presentado en el Cuarto Azul eran menos distintos a la humanidad que los dos que aún esperaban. En Viritrilbia, Venus y Malacandra estaban representados esos dos de los siete géneros que soportan cierta analogía con los sexos biológicos y en consecuencia pueden ser comprendidos hasta cierto punto por los hombres. No sería igual con los dos que ahora se disponían a bajar. Sin duda también tenían sus géneros, pero no poseemos la clave para entenderlos. Eran energías más poderosas: eldila antiguos, timoneles de mundos gigantes que desde el comienzo nunca habían sido sometidos a las dulces humillaciones de la vida orgánica.

—Mueve un poco la leña, Denniston, por favor. Es una noche fría —dijo MacPhee en la cocina.

—Tiene que hacer frío afuera —dijo Dimble.

Todos pensaron en eso, en la hierba endurecida, en gallineros, en lugares oscuros en medio de los bosques, en tumbas. Después, en la agonía del sol, en la tierra apresada, sofocada por un frío sin aire, en el cielo negro iluminado solo por las estrellas. Y después, ni siquiera por las estrellas: la muerte del calor en el universo, la negrura total y definitiva del no ser cuyo camino de regreso la naturaleza no conoce. ¿Otra vida? «Posiblemente», pensó MacPhee. «Lo creo», pensó Denniston. Pero la antigua vida desaparecida, todas sus épocas, sus horas y días desaparecidos. ¿Incluso la omnipotencia puede traer de vuelta? ¿Adónde van los años y por qué? El hombre nunca lo entendería. La duda se profundizó. Tal vez no hubiese nada por entender.

Saturno, cuyo nombre en los cielos es Lurga, se irguió en el Cuarto Azul. Su espíritu descansaba sobre la casa, o incluso sobre

---

* Dios de la guerra en la mitología noruega. Hijo de Odín, perdió un brazo en la boca del lobo Fenris. *(N. del t.)*.

la tierra entera, con una fría presión que podría haber aplastado el propio globo de Tellus hasta transformarlo en una oblea. Recortados contra el peso como de plomo de su antigüedad, los otros dioses tal vez se sintieran jóvenes y efímeros. Era una cumbre de siglos elevándose desde la antigüedad más alta que podamos concebir, subiendo y subiendo como una montaña cuya cima nunca se hace visible, no hacia la eternidad donde el pensamiento puede descansar, sino hacia cada vez más tiempo, dentro de páramos helados y el silencio de números innombrables. Era también fuerte como una montaña: su edad no era una simple ciénaga temporal donde la imaginación pudiese hundirse soñadora, sino una duración viviente que se recordaba a sí misma y rechazaba a las inteligencias más altas con su estructura así como el granito despide las olas, siendo él mismo algo que no se marchita ni decae, pero capaz de marchitar a cualquiera que se acerque por imprudencia. Ransom y Merlín sufrieron una sensación de frío insoportable, y todo lo que era vigor en Lurga se convertía en pena a medida que penetraba en ellos. Sin embargo, Lurga fue superado en ese cuarto. De pronto llegó un espíritu mayor, uno cuya influencia moderaba y casi transformaba en su propia cualidad la habilidad del saltarín Mercurio, la diafanidad de Marte, la vibración más sutil de Venus y hasta el peso entumecedor de Saturno.

En la cocina se sintió su llegada. Nadie supo después cómo pasó, pero de algún modo la caldera se calentó y el ponche caliente fermentó. A Arthur —el único músico del grupo— le pidieron que sacara su violín. Retiraron las sillas, despejaron el piso. Bailaron. Qué bailaron nadie lo pudo recordar. Era una danza en círculo, no arrastrando los pies como en los bailes modernos, incluía golpear el piso, hacer resonar las manos, saltar bien alto. Y nadie, mientras duró, se encontró a sí mismo o a los demás ridículos. En realidad, podría tratarse de cierto ritmo aldeano, en absoluto fuera de lugar en la cocina embaldosada: el espíritu con que danzaban no lo era. A cada uno le pareció que el cuarto estaba repleto de reyes y reinas, que el salvajismo de la danza expresaba la energía heroica, y sus movimientos más tranquilos habían capturado el espíritu que se esconde tras todas las ceremonias nobles.

Arriba aquel haz poderoso transformó el Cuarto Azul en una hoguera de luces. Ante los otros ángeles un hombre podía hundirse, ante este podía morir, pero, si vivía, en algún sentido se reiría. Si uno capturara un soplo del aire procedente de él, se habría sentido más alto que antes. Aunque uno fuera un tullido, la marcha se habría vuelto más firme; aunque hubiese sido un vagabundo, habría llevado los harapos con majestuosidad. La majestad, el poder, la pompa festiva y la cortesía salían disparadas de él como chispas que vuelan de una fragua. El resonar de las campanas, el resoplar de las trompetas, el desplegar de los estandartes son medios utilizados sobre la tierra para conformar un tenue símbolo de su cualidad. Era como una larga ola de luz solar, con una cresta cremosa y una bóveda esmeralda, que se acercaba con más de dos metros de altura, con un rugido, terror y risa inconmovible. Era como el primer comienzo de la música en los salones de un rey tan magno y en una festividad tan solemne que un temblor afín al temor recorre los jóvenes corazones cuando la oyen. Porque este era el gran Oyarsa-Glund, Rey de Reyes, a través de quien sopla sobre todo el júbilo de la creación por el Campo del Árbol, conocido para los hombres en los tiempos antiguos como Júpiter y, bajo ese nombre, por una tergiversación fatal pero no inexplicable, confundido con el Hacedor. Así de poco sueñan ellos cuántos grados se alza la escala de los seres creados sobre él.

Su llegada se festejó en el Cuarto Azul. Los dos mortales, atrapados momentáneamente por el *Gloria* que aquellas cinco naturalezas excelentes cantaban, se olvidaron por un tiempo del propósito más bajo o inmediato de su encuentro. Después hicieron. Merlín recibió los poderes en él.

Al día siguiente se le veía distinto. En parte porque le habían afeitado la barba, pero también porque ya no era el mismo. Sin duda se acercaba la separación definitiva de su cuerpo. Bien avanzado el día, MacPhee lo llevó en automóvil y lo dejó en las cercanías de Belbury.

•••

Aquel día Mark se había adormecido en el dormitorio del vagabundo, cuando se despertó y volvió en sí de pronto por la llegada de visitantes. Frost entró primero y mantuvo la puerta abierta. Lo siguieron otros dos. Uno era el director delegado; el otro, un hombre que Mark no había visto antes.

Este iba vestido con una sotana polvorienta y llevaba en la mano un sombrero negro de ala ancha como los que usan los sacerdotes en muchas zonas del continente. Era un hombre muy grande y tal vez la sotana le hiciera parecer más grande. Estaba bien afeitado, lo que revelaba un rostro amplio con arrugas abundantes y complejas, y caminaba con la cabeza un poco inclinada. Mark decidió que era un alma simple, probablemente un oscuro miembro de una orden religiosa, que por casualidad era una autoridad en algún idioma aún más oscuro. Y para Mark resultaba odioso verlo de pie entre esas dos aves de rapiña: Wither, efusivo y lisonjero a la derecha, y Frost, a la izquierda, rígido como una vara, esperando con atención científica, pero también, como Mark pudo advertir pronto, con cierto frío disgusto, el resultado del nuevo experimento.

Wither le habló al extraño unos segundos en un idioma que Mark no pudo entender, pero que reconoció como latín. «Un sacerdote, obviamente —pensó Mark—. Pero me pregunto de dónde. Wither conoce casi todos los idiomas comunes. ¿Será griego? No parece oriental. Es más probable que sea ruso». Pero en ese punto la atención de Mark se desvió. El vagabundo, que había cerrado los ojos cuando oyó girar el picaporte, los había abierto de pronto, había visto al extraño y después los había cerrado con mayor fuerza que antes. Después de eso, su conducta fue singular. Empezó a emitir una serie de ronquidos muy exagerados y le dio la espalda al grupo. El extraño avanzó un paso hacia la cama y pronunció dos sílabas en voz baja. Durante uno o dos segundos, el vagabundo se quedó acostado como estaba, pero pareció verse afectado por un ataque de temblor; después, lentamente, pero con un movimiento continuo, como cuando la proa de una nave gira obedeciendo al timón, giró sobre sí mismo y quedó acostado mirando el rostro del otro. Tenía los ojos y la boca muy abiertos. Por ciertas sacudidas de la cabeza y las manos y por ciertos horribles intentos de sonreír, Mark dedujo que estaba tratando de decir algo, tal vez de naturaleza desaprobadora o insinuante. Lo que siguió casi le quitó el aliento. El extraño volvió a hablar y después, con grandes contorsiones faciales, mezcladas con toses, balbuceos y expectoración, brotaron de la boca del vagabundo, en voz alta y anormal, sílabas, palabras, toda una frase, en cierto idioma que no era ni latín ni inglés. Durante todo ese tiempo, el extraño mantuvo los ojos fijos en los del vagabundo.

El extraño volvió a hablar. Esta vez el vagabundo contestó más ampliamente y pareció dominar el idioma desconocido con un poco más de facilidad, aunque la voz seguía siendo muy distinta a la que le había conocido Mark en los últimos días. Al final de su discurso se sentó erguido en la cama y señaló hacia donde estaban de pie Wither y Frost. Entonces el extraño pareció hacerle una pregunta. El vagabundo habló por tercera vez.

Ante esta réplica, el extraño dio un salto hacia atrás, se persignó varias veces y exhibió todos los signos del terror. Se dio vuelta y les habló con rapidez en latín a los otros dos. Algo les pasó a sus rostros cuando él habló. Parecían perros que acabaran de olfatear una pista. Después, con una exclamación intensa, el extraño se levantó las faldas y corrió hacia la puerta. Pero los científicos le ganaron la carrera. Durante unos minutos forcejearon los tres, Frost mostrando los dientes como un animal, y la máscara floja del rostro de Wither, por una vez, con una expresión inequívoca. El anciano sacerdote estaba siendo amenazado. Mark descubrió que él mismo había avanzado un paso. Pero antes de decidir cómo actuar, el extraño, sacudiendo la cabeza y manos hacia afuera, había regresado tímidamente junto a la cama. Fue raro que el vagabundo, que se había relajado durante la lucha junto a la puerta, se pusiera bruscamente rígido otra vez y fijara los ojos en ese anciano asustado como si esperara órdenes.

Hubo más palabras en el idioma desconocido. El vagabundo volvió a señalar a Wither y Frost. El extraño se dio vuelta y les habló en latín, evidentemente traduciendo. Wither y Frost se miraron entre sí como si cada uno esperara que el compañero fuera quien actuara. Lo que siguió fue una locura total. Con cautela infinita, resollando y crujiendo, el cuerpo senil y tembloroso del director delegado se agachó, hasta quedar de rodillas, y medio segundo después, con un movimiento espasmódico y metálico, Frost se agachó junto a él. Cuando estuvo de rodillas miró de pronto por encima del hombro hacia donde estaba de pie Mark. El relámpago de puro odio en su rostro, pero un odio, por decirlo así, cristalizado de tal modo que ya no era una pasión y no había calor en él, fue como tocar metal en el Ártico, donde el metal quema.

—Arrodíllese —baló y giró la cabeza de inmediato. Mark nunca pudo recordar si simplemente se olvidó de obedecer la orden o si su verdadera rebelión venía de ese momento.

El vagabundo habló otra vez, siempre con los ojos fijos en los del hombre de la sotana, y después se hizo a un lado. Wither y Frost empezaron a adelantarse sobre las rodillas hasta que llegaron junto a la cama. La mano sucia, peluda del vagabundo, con las uñas comidas, se adelantó hacia ellos. La besaron. Después pareció que les daban una nueva orden. Se pusieron en pie y Mark percibió que Wither estaba planteando suavemente en latín una objeción a tal orden. Insistía en señalar a Frost. Las palabras *venia tua*[*] (en cada ocasión corregidas a *venia vestra*) se repitieron con tanta frecuencia que Mark pudo captarlas. Pero fue evidente que la objeción no había tenido éxito: en unos segundos, Frost y Wither abandonaron el cuarto.

Cuando la puerta se cerró, el vagabundo se derrumbó como un globo desinflado. Giró de un lado a otro de la cama murmurando:

—Demonios, Dios me libre. No podía creerlo. Me noqueó. Me noqueó limpiamente.

Pero Mark no pudo atenderlo mucho. Descubrió que el extraño se estaba dirigiendo a él y, aunque no podía comprender las palabras, levantó la cabeza. De inmediato deseó apartar la mirada otra vez y descubrió que no podía. Podría haber dicho con cierta razón que para entonces ya era un experto en padecer expresiones alarmantes. Pero eso no alteraba el hecho de que cuando miró a ese rostro sintió miedo. Casi antes de tener tiempo de advertirlo se sintió amodorrado. Un momento después caía en la silla y dormía.

•••

—¿Y bien? —dijo Frost, en cuanto cerraron la puerta.

—Es... eh... profundamente desorientador —dijo el director delegado.

Caminaron por el corredor hablando en voz baja mientras lo hacían.

---

* «Con su permiso» o «Sepa usted disculparme». *(N. del a.).*

—Lo cierto es que parecía, digo parecía —siguió Frost—, como si el hombre de la cama hubiese sido hipnotizado y el sacerdote vasco dominara la situación.

—Oh, con seguridad, mi querido amigo, esa sería una hipótesis muy inquietante.

—Disculpe. No he planteado una hipótesis. Describí lo que parecía.

—¿Y cómo, según su hipótesis (perdóneme, pero de eso se trata) podría haber llegado un sacerdote vasco a inventar la historia de que nuestro huésped era Merlinus Ambrosius?

—Ese es el asunto. Si el hombre de la cama no es Merlinus, entonces algún otro, alguien que cae por completo fuera de nuestros cálculos, es decir el sacerdote, conoce todo nuestro plan de campaña.

—Y por eso, mi querido amigo, es necesario retener a esas dos personas y tratarlas con extrema delicadeza... al menos hasta que se haga un poco más de luz al respecto.

—Han de ser detenidos, desde luego.

—Yo no diría detenidos. Eso tiene ciertas implicaciones... No me atrevería a expresar ninguna duda por el momento en cuanto a la identidad de nuestro distinguido huésped. No se trata de detención. Muy al contrario, la más cordial bienvenida, la cortesía más meticulosa...

—¿Debo entender que usted siempre ha imaginado a Merlinus entrando al instituto más como un dictador que como un colega?

—En cuanto a eso —dijo Wither—, mi visión de las relaciones personales o incluso oficiales entre nosotros siempre ha sido flexible y dispuesta a todas las adaptaciones necesarias. Sería para mí una verdadera pena pensar que usted permite que cierto sentido desubicado de su propia dignidad... ah, en resumen, suponiendo que es Merlinus... ¿me entiende?

—¿Adónde vamos ahora?

—A mis habitaciones. Recuerde que se nos hizo la petición de suministrarle ropa a nuestro huésped.

—No hubo petición. Nos lo ordenaron.

El director delegado no contestó a eso. Cuando los dos estuvieron en su dormitorio y la puerta quedó cerrada, Frost dijo:

—No estoy satisfecho. No parece usted advertir los peligros de la situación. Debemos tener en cuenta la posibilidad de que ese hombre no sea Merlinus. Y si no es Merlinus, entonces el sacerdote sabe cosas que no tendría que saber. Permitir que un impostor y espía permanezca a sus anchas en el instituto queda descartado. Tenemos que averiguar de inmediato de dónde sacó el sacerdote lo que sabe. ¿Y de dónde sacó usted al sacerdote?

—Creo que este es el tipo de camisa más adecuado —dijo Wither, tendiéndola sobre la cama—. Los trajes están aquí. El... ah... personaje religioso dijo que había venido por el aviso. Me gustaría hacerle justicia al punto de vista por usted expresado, mi querido Frost. Por otro lado, rechazar al verdadero Merlinus... enemistarse con un poder que constituye un factor integral en nuestro plan... sería al menos igualmente peligroso. Ni siquiera es seguro que en último caso el sacerdote pudiera ser un enemigo. Puede haber tenido un contacto independiente con los macrobios. Puede ser un aliado potencial.

—¿Le dio esa impresión? Su carácter de sacerdote está en contra.

—Ahora todo lo que necesitamos es un cuello blanco y una corbata —dijo Wither—. Disculpe que lo diga, pero nunca he podido compartir su actitud radical respecto a la religión. No estoy hablando del cristianismo dogmático en su forma primitiva. Pero dentro de ciertos círculos religiosos (círculos eclesiásticos) surgen de cuando en cuando tipos de espiritualidad de auténtico valor. Cuando lo hacen, a veces revelan una gran energía. El padre Doyle, aunque no muy dotado, es uno de nuestros colegas más fiables, y el señor Straik tiene en sí el germen de esa lealtad total (objetividad es, según creo, el término que usted prefiere) que tan poco abunda. Ser estrecho de miras en cualquier sentido no sirve de nada.

—¿Qué propone usted hacer concretamente?

—Como es lógico, consultaremos a la cabeza de inmediato. Empleo ese término, comprenderá, por pura conveniencia.

—Pero ¿cómo puede hacerlo? ¿Ha olvidado que hoy es la noche del banquete inaugural y que va a venir Jules? Es fácil que esté aquí dentro de una hora. Tendrá que atenderlo obsequiosamente hasta la medianoche.

Durante un instante, el rostro blanco de Wither permaneció inmóvil, con la boca muy abierta. Lo cierto era que había olvidado que el director títere, el engañado del instituto por medio del cual este engañaba al público, llegaba esa noche. Pero advertir que lo había olvidado lo perturbó más de lo que habría perturbado a cualquier otro. Era como el primer soplo frío del invierno, el primer pequeño indicio de una grieta en ese gran yo secundario o máquina mental que había construido para que se ocupara de las cuestiones de la vida mientras él, el Wither auténtico, flotaba lejos en las fronteras indeterminadas de lo fantasmal.

—¡Dios me bendiga! —dijo.

—En consecuencia debe considerar de inmediato —dijo Frost— qué hacer con los dos esta misma noche. Queda descartado que asistan al banquete. Sería una locura dejarlos librados a sus propias inclinaciones.

—Lo que me recuerda que ya los hemos dejado a solas (y con Studdock, además) durante más de diez minutos. Debemos volver con la ropa en seguida.

—¿Y sin un plan? —preguntó Frost, aunque siguiendo a Wither fuera del cuarto mientras lo decía.

—Nos habremos de guiar por las circunstancias —dijo Wither.

Al regresar, el hombre de la sotana los recibió con un balbuceo de latín implorante.

—Déjenme ir —decía—. Les suplico, por el amor de sus santas madres, que no violenten a un pobre viejo inofensivo. No diré nada (Dios no lo permita) pero no puedo quedarme aquí. Este hombre que dice que es Merlinus volvió de entre los muertos; es un demonista, un hacedor de milagros infernales. ¡Miren! Miren lo que le hizo al pobre joven en cuanto ustedes se fueron.—Señaló hacia donde yacía Mark, inconsciente en su silla—. Lo hizo con la mirada, solo mirándolo. Es el mal de ojo, es el mal de ojo.

—¡Silencio! —dijo Frost en el mismo idioma—, y escuche. Si hace lo que le dicen, no le pasará nada. Si no, será eliminado. Creo que si se pone impertinente puede perder el alma tanto como la vida, porque no parece probable que usted vaya a ser un mártir.

El hombre sollozó, cubriéndose el rostro con las manos. De pronto, no como si lo deseara, sino como si fuera una máquina puesta en funcionamiento, Frost lo pateó.

—Vamos —dijo—. Dígale que le hemos traído ropa como la que usan los hombres de ahora.

El hombre no se tambaleó cuando fue pateado.

El resultado final fue que lavaron y vistieron al vagabundo.

Después, el hombre de la sotana dijo:

—Está diciendo que ahora lo deben llevar a recorrer toda su casa y a que le muestren los secretos.

—Dígale —dijo Wither— que será un inmenso placer y un privilegio...

Pero el vagabundo volvió a hablar.

—Dice —tradujo el hombre enorme— que en primer lugar debe ver la cabeza y las bestias y los criminales que son atormentados. Y, en segundo lugar, que irá solo con uno de ustedes. Con usted, señor. —Y se volvió hacia Wither.

—No permitiré semejante cosa —dijo Frost en inglés.

—Mi querido Frost —dijo Wither—, no creo que sea este el momento apropiado... y uno de nosotros debe estar libre para recibir a Jules.

El vagabundo había hablado otra vez.

—Dispénsenme —dijo el hombre de la sotana—. Debo repetir lo que dice. Las palabras no son mías. Les prohíbe que hablen en su presencia en una lengua que él no pueda, ni siquiera a través de mí, entender. Y dice que está acostumbrado desde hace tiempo a que lo obedezcan. Ahora está preguntando si lo quieren tener de amigo o de enemigo.

Frost se acercó un paso al falso Merlín, de modo que tocó con el hombro la sotana polvorienta del verdadero. Wither creyó que Frost había tenido la intención de decir algo pero se había atemorizado. En realidad, a Frost le resultó imposible recordar una palabra. Tal vez se debiese a los rápidos cambios del latín al inglés que habían estado haciendo. No pudo hablar. No le venían a la mente más que sílabas sin sentido. Sabía desde hacía tiempo que la relación continuada con los seres a los que llamaba macrobios podía tener efectos sobre su psicología que él no podía prever. De manera vaga, siempre había tenido presente la posibilidad de la destrucción total. Se había ejercitado a sí mismo para no prestarle atención. Ahora, parecía descender sobre él. Se recordó a sí mismo que el miedo era solo un fenómeno químico. Estaba claro que, por el momento, debía dejar de esforzarse, volver en sí y empezar de nuevo más tarde, por la noche. Porque, desde luego, no podía tratarse de algo definitivo. En el peor de los casos, solo podía ser el primer indicio del fin. Era probable que tuviera años de trabajo por delante. Sobreviviría a Wither. Mataría al sacerdote. Hasta

Merlín, si es que era Merlín, podía no resultar mejor que él ante los macrobios. Se apartó, y el vagabundo, acompañado por el auténtico Merlín y el director delegado, abandonó el cuarto.

Frost había estado acertado al pensar que la afasia sería solo transitoria. En cuanto estuvieron a solas no tuvo dificultades en decir, mientras sacudía el hombro de Mark:

—Arriba. ¿Qué pretende quedándose dormido aquí? Acompáñeme al Cuarto Objetivo.

Antes de emprender el recorrido de inspección, Merlín había exigido ropa para el vagabundo, y Wither por último lo vistió como un doctor en filosofía de la Universidad de Edgestow. Así ataviado, caminando con los ojos entrecerrados y con tanta delicadeza que parecía ir pisando cáscaras de huevo, el aturdido chatarrero fue llevado de arriba abajo y a través del zoológico y las celdas. De cuando en cuando, su rostro sufría una especie de espasmo, como si se estuviese esforzando por decir algo, pero nunca llegaba a producir palabras, excepto cuando el verdadero Merlín le hacía una pregunta y le clavaba la mirada. Como es lógico, para el vagabundo todo aquello no era lo mismo que habría sido para alguien que le hiciera al mundo las demandas de un hombre rico y educado. Era, sin duda, una «cosa rara», la más rara que le hubiera sucedido. La simple sensación de estar completamente limpio habría bastado, incluso dejando de lado la toga carmesí y el hecho de que su propia boca insistiera en emitir sonidos que él no entendía y sin su consentimiento. Pero de ningún modo era la primera cosa inexplicable que le habían hecho.

Entretanto, en el Cuarto Objetivo, se había producido algo parecido a una crisis entre Mark y el profesor Frost. En cuanto llegaron, Mark vio que habían apartado la mesa. Sobre el piso yacía un crucifijo enorme, casi de tamaño natural, una obra de arte de tradición española, horrenda y realista.

—Tenemos media hora para seguir con nuestros ejercicios —dijo Frost, mirando su reloj de pulsera. Después dio instrucciones a Mark de que pisoteara e insultara al crucifijo.

Ahora bien, mientras que Jane había abandonado el cristianismo en la temprana infancia, junto con la creencia en las hadas y Santa Claus, Mark nunca había sido creyente en ningún sentido. En consecuencia, fue en ese momento cuando se le ocurrió por primera vez que podía haber algo de cierto en la religión. Frost, que lo observaba con atención, sabía muy bien que ese podía ser el resultado del experimento. Lo sabía por la muy buena razón de que su propio adiestramiento por parte de los macrobios le había insinuado en cierto momento la misma extraña idea. Pero no tenía elección. Lo deseara o no, ese tipo de cosas formaba parte de la iniciación.

—Bueno, mire —dijo Mark.

—¿Qué pasa? —dijo Frost—. Le ruego que se apresure. Solo disponemos de un tiempo limitado.

—Con seguridad —dijo Mark, señalando con una resistencia indefinida la horrible figura blanca sobre la cruz—, con seguridad esto es pura superstición.

—¿Y bien?

—Bueno, si es así, ¿qué hay de objetivo en patearle la cara? ¿No sería tan subjetivo escupir a una cosa así como adorarla? Quiero decir... maldita sea, si es solo un trozo de madera, ¿por qué hacerle algo?

—Eso es superficial. Si usted hubiese sido criado en una sociedad no cristiana, no se le pediría que hiciera esto. Desde luego que es una superstición, pero es esa superstición singular que ha oprimido a nuestra sociedad durante muchos siglos. Puede demostrarse experimentalmente que aún forma un sistema dominante en el subconsciente de muchos individuos, cuyo pensamiento consciente parece estar liberado totalmente. En consecuencia, una acción explícita en el sentido inverso es un paso necesario hacia la objetividad total. No es una cuestión que pueda discutirse a priori. Hemos descubierto en la práctica que no se puede prescindir de ella.

El propio Mark estaba sorprendido por las emociones que estaba experimentando. No observaba la imagen con nada que se pareciese a un sentimiento religioso. Era muy categórico que no pertenecía a esa idea de lo honesto, lo normal o lo saludable que durante los últimos días había sido su sostén contra lo que ahora conocía del círculo recóndito de Belbury. La fuerza horrible de su realismo, en realidad, estaba a su propio modo tan lejos de esa idea como cualquier otro elemento del cuarto. Esa era una causa de su resistencia. Insultar incluso a una imagen tallada de semejante agonía parecía un acto abominable. Pero no era la única causa. Al introducir aquel símbolo cristiano, toda la situación había sido alterada de algún modo. El asunto se volvía impredecible. Era obvio que su antítesis entre lo normal y lo enfermo no había tomado en cuenta algo. ¿Por qué estaba el crucifijo allí? ¿Por qué la mayor parte de los cuadros emponzoñados eran de naturaleza religiosa? Tuvo la impresión de que nuevos bandos entraban en el conflicto: aliados o enemigos potenciales que no había sospechado antes. «Si doy un paso en cualquier dirección —pensó—, puedo caer a un precipicio». En su mente surgió una decisión semejante a la de un borrico que planta los cascos y ya no se mueve.

—Le ruego que se apure —dijo Frost.

La urgencia serena de la voz y el hecho de que la hubiese obedecido antes con tanta frecuencia casi lo conquistaron. Estaba a punto de obedecer y terminar de una vez con esa tontería cuando la falta total de defensas de la figura se lo impidió. Era un sentimiento muy ilógico. Hizo una pausa, no porque las manos estuvieran clavadas e impotentes, sino porque estaban hechas de madera y en consecuencia eran más impotentes aún, porque aquello, a pesar de todo su realismo, estaba inanimado y no podía devolver los golpes de ningún modo. El rostro incapaz de revancha de una muñeca (una de las muñecas de Myrtle) que había destrozado en la infancia lo habían afectado del mismo modo, y el recuerdo, aún en ese momento, le producía una sensación de ternura.

—¿Qué está esperando, señor Studdock? —dijo Frost.

Mark era muy consciente del peligro en aumento. Si desobedecía era obvio que podía desaparecer la última oportunidad de salir vivo de Belbury. Incluso de salir del cuarto. La sensación de asfixia lo atacó una vez más. Sintió que estaba tan indefenso como el Cristo de madera. Cuando lo pensó, se descubrió mirando al crucifijo de un nuevo modo, ni como un trozo de madera ni como un monumento de superstición, sino como un fragmento de historia. El cristianismo no tenía sentido, pero no había dudas de que el hombre había vivido y había sido ejecutado por el Belbury de su época. Y eso, como comprendió de pronto, explicaba por qué la imagen, aunque no fuese en sí una imagen de lo honesto o lo normal, sin embargo se oponía a la deshonestidad de Belbury. Era una imagen de lo que pasaba cuando lo honesto se encontraba con lo deshonesto, una imagen de lo que lo deshonesto le hacía a lo honesto; lo que le haría a él si seguía siendo honesto. Era, en un sentido más enfático de lo que lo había entendido hasta entonces, una cruz.

—¿Tiene intención de seguir con el adiestramiento o no? —dijo Frost.

Tenía el ojo puesto en la hora. Sabía que los otros estaban llevando a cabo el recorrido de inspección y que Jules ya debía de estar llegando a Belbury. Sabía que podían interrumpirlos en cualquier instante. Había elegido ese momento para esa etapa de la iniciación de Mark en parte obedeciendo a un impulso inexplicable (tales impulsos se hacían más frecuentes en él día a día), pero en parte porque deseaba, en la situación incierta que se había presentado, asegurarse la colaboración de Mark de inmediato. Él y Wither y era posible (para entonces) que Straik eran los únicos iniciados cabales del NICE. Sobre ellos descansaba el peligro de dar cualquier paso en falso al tratar con el hombre que pretendía ser Merlín y con su misterioso intérprete. Para el que diera los pasos correctos era una oportunidad de apartar a los otros, de convertirse con relación a ellos en lo que ellos eran con relación al resto del instituto y lo que el instituto era con relación a Inglaterra. Sabía que Wither esperaba con ansiedad el menor desliz de su parte. De allí que le pareciera de la mayor importancia hacer pasar a Mark más allá del punto a partir del cual no hay retorno y a partir del cual la lealtad del discípulo tanto hacia los macrobios como hacia el maestro que lo ha iniciado se convierte en una cuestión de necesidad psicológica, incluso física.

—¿No oye lo que estoy diciendo? —volvió a preguntarle a Mark.

Mark no contestó. Estaba pensando y con intensidad, porque sabía que si dejaba de hacerlo durante un segundo el mero terror a la muerte le quitaría la decisión de las manos. El cristianismo era una fábula. Sería ridículo morir por una religión en la que no se cree. Hasta ese hombre, sobre esa misma cruz, había descubierto que era una fábula, y había muerto quejándose de que Dios, en quien había confiado, lo había abandonado; concretamente había descubierto que el mundo era un fraude. Pero eso planteaba una cuestión en la que Mark nunca había pensado. ¿Era ese el momento de volverse contra el hombre? Si el mundo era un fraude, ¿era eso una buena razón para unirse a él? Suponiendo que lo honesto no tuviera el menor poder, estuviese siempre y en todo lugar seguro de ser burlado, torturado y por último asesinado por lo deshonesto, entonces ¿qué? ¿Por qué no hundirse con la nave? Lo empezó a asustar el propio hecho de que sus temores parecieran haberse esfumado de momento. Habían constituido una protección... le habían impedido, a lo largo de su vida, tomar decisiones locas como la que ahora estaba tomando al darse vuelta hacia Frost y decir:

—Esto es una completa estupidez y que me cuelguen si hago semejante cosa.

Cuando lo dijo no tenía idea de lo que podría pasar a continuación. No sabía si Frost haría sonar un timbre, sacaría una pistola o renovaría su demanda. Frost simplemente lo siguió mirando y después miró hacia atrás. Entonces advirtió que Frost estaba prestando atención y él también lo hizo. Un momento después se abrió la puerta. De pronto, el cuarto pareció llenarse de personas: un hombre con toga roja (Mark no reconoció de inmediato al vagabundo), el hombre enorme de sotana negra y Wither.

•••

En la sala mayor de Belbury se había congregado para entonces un grupo singularmente incómodo. Horace Jules, director del NICE, había llegado hacía una media hora. Lo habían conducido al despacho del director delegado, pero este no estaba allí. Después lo habían conducido a sus propias habitaciones y esperaron que le llevara un buen tiempo acomodarse. Tardó un momento. En cinco minutos estaba otra vez abajo y bien dispuesto, y seguía siendo demasiado temprano para que nadie subiera a vestirse para la cena. En ese momento se encontraba de pie y de espaldas al fuego, bebiendo una copa de jerez y los principales integrantes del instituto lo rodeaban. La conversación avanzaba a trompicones.

Conversar con el señor Jules siempre era difícil, porque insistía en considerarse a sí mismo no como un figurón, sino como el auténtico director del instituto e incluso como la fuente de la mayor parte de sus ideas. Y como, en realidad, la ciencia que conocía se la habían enseñado hacía más de cincuenta años en la

Universidad de Londres y todo lo demás que sabía lo había adquirido leyendo a escritores como Haeckel, Joseph McCabe y Winwood Reade, de hecho no era posible hablar con él sobre la mayor parte de lo que el instituto estaba haciendo realmente. Así que se veían ocupados en inventar respuestas a preguntas que en realidad no tenían sentido y en expresar entusiasmo por ideas anticuadas que habían sido burdas desde un principio. Por eso era tan desastrosa la ausencia del director delegado en tales entrevistas, porque solo Wither dominaba el estilo de conversación que se adecuaba con exactitud a Jules.

Jules era *cockney*.* Era un hombre muy pequeño, con piernas tan cortas que había sido comparado malignamente con un pato. Tenía una nariz respingona y una cara en la que cierta *bonhomie* original había sido bastante perturbada por años de buen vivir y presunción. Al principio, sus novelas lo habían llevado a la fama y la opulencia; más tarde, como director del semanario *Queremos saber*, se había transformado en un poder tan importante dentro del país que su nombre era una verdadera necesidad para el NICE.

—Y como le decía al arzobispo —observaba Jules—, tal vez no sepa, mi querido señor, le dije, que la investigación moderna demuestra que el templo de Jerusalén tenía el tamaño aproximado de una iglesia de aldea inglesa.

—¡Por Dios! —dijo Feverstone para sus adentros, de pie en el límite del grupo.

—Sírvase un poco más de jerez, director —dijo la señorita Hardcastle.

—Bueno, no me va a venir mal —dijo Jules—. No es del todo malo este jerez, aunque creo que podría indicarles un sitio donde podrían conseguir algo mejor. ¿Y cómo marchan sus reformas a nuestro código penal, señorita Hardcastle?

—Realmente bien —contestó ella—. Creo que con ciertas modificaciones al método Pellotoff...

—Lo que yo siempre digo —destacó Jules, interrumpiéndola— es: ¿por qué no tratar el crimen como cualquier otra enfermedad? No le veo sentido al castigo. Lo que uno quiere es que el hombre se enderece, darle una nueva oportunidad, un interés en la vida. Todo es muy simple si se lo encara desde ese

* Ver nota de p. 35. *(N. del t.)*.

punto de vista. Sin duda habrá usted leído una pequeña conferencia sobre el tema que di en Northampton.

—Estoy de acuerdo con usted —dijo la señorita Hardcastle.

—Perfecto —dijo Jules—. Le diré quién no lo estaba, sin embargo. El viejo Hingest y, dicho sea de paso, ese fue un asunto extraño. Nunca atraparon al asesino, ¿no? Pero aunque sentí pena por el viejo, nunca me llevé bien con él. Justamente la última vez que nos vimos no recuerdo si uno u otro estaba hablando sobre los criminales juveniles, ¿y saben lo que dijo? Dijo: «El problema con esas cortes para criminales juveniles es que siempre están obligándolos a que comparezcan ante el juez cuando tendrían que ser ellos los que comparecieran». No estaba mal, ¿eh? Sin embargo, como decía Wither... y, entre paréntesis, ¿dónde está Wither?

—Creo que llegará en cualquier momento —dijo la señorita Hardcastle—. No puedo imaginarme por qué no está presente.

—Creo que tuvo un problema con el auto —dijo Filostrato—. Lamentará enormemente, señor director, no haberle dado la bienvenida.

—Oh, no necesita preocuparse por eso —dijo Jules—. Nunca fui muy apegado a las formalidades, aunque creía que iba a estar cuando llegara. Tiene buen aspecto, usted, Filostrato. Sigo sus trabajos con gran interés. Lo considero uno de los artífices de la humanidad.

—Sí, sí —dijo Filostrato—, esa es la tarea realmente importante. Ya hemos empezado...

—Yo trato de ayudar todo lo que puedo en el aspecto no técnico —dijo Jules—. Es una batalla que hemos estado librando durante años. Toda la cuestión de nuestra vida sexual. Lo que yo siempre digo es que una vez que se saca todo afuera, sin tapujos, no hay más problemas. Lo dañino es el secreteo victoriano. Convertirlo en un misterio. Me gustaría que todo muchacho y muchacha de este país...

—¡Por Dios! —dijo Feverstone para sus adentros.

—Discúlpeme —dijo Filostrato, que, como extranjero, aún no había desesperado de tratar de ilustrar a Jules—. Pero no es ese precisamente el asunto.

—Vamos, sé lo que va a decirme —interrumpió Jules, apoyando un índice regordete sobre la manga del profesor—. Y me figuro que no habrá leído mi articulito. Pero, créame, si hubiese hojeado el primer número del mes pasado habría encontrado un modesto editorial que un tipo como usted tal vez pasara por alto porque no se emplean términos técnicos. Pero le pido que lo lea y vea si no sintetiza toda la cuestión en una cáscara de nuez y de un modo que puede entender el hombre de la calle.

En ese momento el reloj hizo sonar un cuarto de hora.

—Digo yo —preguntó Jules—, ¿a qué hora es la cena?

Le gustaban los banquetes y sobre todo los banquetes en los que tenía que hablar.

—A las ocho menos cuarto —dijo la señorita Hardcastle.

—Sabe —dijo Jules—, este tipo Wither tendría que haber estado aquí, realmente. Lo digo en serio. No soy quisquilloso, pero no me importa decir, entre nosotros, que estoy un poco herido. No es el tipo de cosas que espera un compañero, ¿no?

—Espero que no le haya pasado nada malo —dijo la señorita Hardcastle.

—Es sorprendente que saliera en un día como este —dijo Jules.

—*Ecco* —dijo Filostrato—. Alguien viene.

Era Wither quien entraba a la habitación, seguido por un grupo que Jules no había esperado ver, y el rostro de Wither tenía buenos motivos para verse aún más descompuesto que de costumbre. Lo habían arrastrado sin cesar por su propio instituto como si fuera una especie de lacayo. Ni siquiera le habían permitido abrir el suministro de aire para la cabeza cuando hicieron que los condujeran al cuarto de la cabeza. Y «Merlín» (si es que era Merlín) la había ignorado. Lo peor de todo era que poco a poco había tomado conciencia de que aquel íncubo sufrible y su intérprete tenían todas las intenciones de estar presentes en la cena. Nadie podía tener una conciencia más aguda que Wither del absurdo de presentarle a Jules un anciano sacerdote andrajoso que no podía hablar inglés, a cargo de lo que parecía un chimpancé sonámbulo ataviado como un doctor en filosofía. Revelarle a Jules la verdadera explicación —incluso si él supiese la verdadera explicación— quedaba descartado. Porque Jules era un hombre simple para quien la palabra *medieval* solo significaba «salvaje» y en quien la palabra *magia* suscitaba recuerdos de *La rama dorada*.* Verse obligado a tener como séquito a Frost y Studdock desde la visita al Cuarto

* Obra del antropólogo inglés James Frazer. *(N. del t.)*.

Objetivo era una molestia menor. Tampoco ayudó a solucionar las cosas el hecho de que cuando se acercaron a Jules y todos los ojos estaban clavados en ellos, el falso Merlín se derrumbara en una silla, murmurando, y cerrara los ojos.

—Mi querido director —empezó Wither casi sin aliento—, este es uno de los momentos más felices de mi vida. Espero que hayan atendido todos los detalles para su comodidad. Ha sido una gran desgracia que me llamaran en el mismo instante en que estaba esperando su llegada. Una coincidencia notable... otra persona muy distinguida se unió a nosotros en ese mismo momento. Un extranjero...

—Oh —lo interrumpió Jules con voz levemente ronca—. ¿De quién se trata?

—Permítame —dijo Wither, apartándose un poco.

—¿Se refiere a eso? —dijo Jules. El supuesto Merlín estaba sentado con los brazos colgando a cada lado de la silla, los ojos cerrados, la cabeza ladeada y una débil sonrisa en el rostro—. ¿Está borracho? ¿O enfermo? ¿Y quién es, en todo caso?

—Es, como le estaba diciendo, un extranjero —empezó Wither.

—Bueno, eso no explica que se ponga a dormir en el momento en que me lo presentan, ¿verdad?

—¡Silencio! —dijo Wither, apartando un poco a Jules del grupo y bajando la voz—. Existen circunstancias... sería muy difícil entrar en detalles aquí... Me han tomado por sorpresa y, si usted no hubiese estado ya aquí, le habría consultado en el primer momento posible. Nuestro distinguido huésped acaba de realizar un viaje muy largo y, lo admito, tiene ciertas excentricidades y...

—Pero ¿quién es? —insistió Jules.

—Se llama... eh... Ambrosius. Doctor Ambrosius.

—Nunca lo oí mencionar —estalló Jules. En otro momento no habría hecho semejante aceptación, pero toda la noche estaba resultando muy distinta a lo que había esperado y estaba perdiendo los estribos.

—Muy pocos lo hemos oído mencionar aún —dijo Wither—. Pero pronto lo haremos todos. Por eso, sin querer en absoluto...

—¿Y quién es ese? —preguntó Jules, señalando al verdadero Merlín—. Parece estar pasándoselo muy bien.

—Oh, es solo el intérprete del doctor Ambrosius.

—¿Intérprete? ¿No puede hablar en inglés?

—Por desgracia, no. Vive en una especie de mundo propio.

—¿Y no pudo conseguir a nadie que no fuera un sacerdote para que le tradujera? No me gusta el aspecto de ese tipo. No queremos ese tipo de gente aquí en absoluto. ¡Caramba! ¿Y quién es usted?

La última pregunta iba dirigida a Straik, quien en ese momento se abría paso hacia el director.

—Señor Jules —dijo, clavando en él una mirada profética—, soy portador de un mensaje que usted debe oír. Yo...

—Cállese —le dijo Frost a Straik.

—Realmente, señor Straik, realmente... —dijo Wither. Le hicieron a un lado entre los dos.

—Ahora escúcheme bien, señor Wither —dijo Jules— Debo decirle con franqueza que estoy lejos de sentirme satisfecho. Tenemos aquí a otro cura. No recuerdo que el nombre de esa persona se me haya dicho anteriormente, y de haberlo hecho no habría pasado, ¿entiende? Usted y yo deberemos tener una conversación muy seria. Me parece que ha estado haciendo convenios a mis espaldas y convirtiendo esto en una especie de seminario. Y eso es algo que no toleraré. Ni tampoco lo hará el pueblo inglés.

—Lo sé. Lo sé —dijo Wither—. Comprendo con exactitud sus sentimientos. Puede contar con mi total simpatía. Estoy ansioso y espero explicarle la situación. Mientras tanto, quizás, ya que el doctor Ambrosius parece sentirse levemente agobiado y acaba de sonar el timbre para vestirse... Oh, le ruego que me disculpe. Le presento al doctor Ambrosius.

El vagabundo, hacia quien se había vuelto el verdadero mago hacía un momento, ahora se había levantado de la silla y se acercaba. Jules tendió la mano con mal humor. El otro, mirando por encima del hombro de Jules y sonriendo de manera inexplicable, la tomó y la sacudió, como abstraído, unas diez o quince veces. Jules notó que su aliento era denso y la mano, caliente. No le gustaba el doctor Ambrosius. Y menos aún le gustaba el tamaño enorme del intérprete, que los dominaba a ambos.

16

BANQUETE EN BELBURY

Fue con gran placer como Mark se encontró vistiéndose una vez más para cenar y para lo que prometía ser una cena excelente. Consiguió colocarse con Filostrato a la derecha y un recién llegado bastante poco notable a la izquierda. Hasta Filostrato parecía humano y amistoso comparado con los dos iniciados y sentía afecto por el recién llegado. Notó con sorpresa que el vagabundo se sentaba a la mesa alta entre Jules y Wither, pero no miró con frecuencia en esa dirección, porque el vagabundo, advirtiendo su mirada, había alzado con imprudencia la copa y le había hecho un guiño. El extraño sacerdote se erguía pacientemente tras la silla del vagabundo. Por lo demás, no pasó nada importante hasta que brindaron por la salud del Rey y Jules se puso en pie para iniciar el discurso.

Durante los primeros minutos, cualquiera que hubiera observado las largas mesas habría visto lo que siempre vemos en tales ocasiones. Estaban los rostros plácidos de *bons viveurs* maduros a quienes la comida y el vino habían llevado a un estado de satisfacción que ningún discurso podía violar. Estaban los rostros pacientes de comensales responsables pero serios que habían aprendido hacía mucho cómo seguir con sus propios pensamientos al mismo tiempo que atendían el discurso lo suficiente para responder con una risa o un murmullo apagado de serio asentimiento cada vez que fuera necesario. Estaba la expresión ansiosa de costumbre en los rostros de los jóvenes, que no apreciaban demasiado el oporto y deseaban fumar. Estaba la atención brillante, sobreactuada, en los rostros empolvados de las mujeres que conocían bien sus deberes sociales. Pero si uno hubiese seguido observando las mesas pronto habría visto un cambio. Habría visto que las caras, una tras otra, levantaban la vista y la volvían en dirección al orador. Habría visto primero curiosidad, después extrema atención, después incredulidad. Por último, uno habría notado que el salón estaba en completo silencio, sin una tos o un crujido, con todos los ojos clavados en Jules, y que pronto cada boca se abría en algo intermedio entre la fascinación y el horror.

El cambio llegó de manera diferente para los distintos miembros de la audiencia. Para Frost empezó en el momento en que oyó a Jules terminar una frase con las palabras «un anacronismo tan grosero como esperar que la cabrallería nos salve en la guerra moderna». «Caballería», pensó Frost casi en voz alta. Por qué no se fijaría el idiota en lo que estaba diciendo. La equivocación lo irritaba en extremo. Tal vez... pero ¡caramba! ¿Qué era eso? ¿Había oído mal? Porque Jules parecía estar diciendo que la densidad futura de la humanidad dependía de la implosión de las tuercas de la Naturaleza. «Está borracho», pensó Frost. Después, en una pronunciación de una nitidez cristalina, más allá de toda posibilidad de error, se oyó:

—La madrisangre del porjuicio debe ser taltibianizada.

Wither tardó más en advertir lo que pasaba. Nunca había esperado que el discurso tuviese sentido como un todo, y durante largo rato las frases claves familiares se desarrollaron de un modo que no perturbaba la expectativa de su oído. En realidad, pensaba que Jules se atenía demasiado a lo previsible, que un pequeño paso en falso privaría tanto al orador como a la audiencia hasta del poder de fingir que se estaba diciendo algo en particular. Pero, mientras no se traspasara ese límite, el discurso le parecía bastante admirable, estaba dentro de su propio estilo. Entonces pensó: «¡Vamos! Eso ya es ir demasiado lejos. Hasta ellos deben darse cuenta de que no se puede hablar de aceptar el desafío del pasado retando al futuro». Paseó una mirada cautelosa por la sala. Todo iba bien. Pero no seguiría siendo así si Jules no se sentaba pronto. Estaba seguro de que en la última frase había habido palabras que no entendía. ¿Qué diablos quería decir con ajolibar? Volvió a recorrer el cuarto con los ojos. Estaban prestando demasiada atención, siempre una mala señal. Después llegó la frase:

—Los sustitutos esemplantados en un continuo de variedades porosas.

Al principio Mark no le prestó la menor atención al discurso. Tenía muchas cosas en que pensar. La aparición de aquel petimetre orador en medio de la crisis de su propia historia era una simple interrupción. Estaba demasiado expuesto al peligro y, sin embargo, al mismo tiempo demasiado feliz para preocuparse por Jules. En una o dos ocasiones captó alguna frase que le hizo gracia. Lo que lo despertó por primera vez a la verdadera situación fue el comportamiento de los que estaban sentados cerca de él. Tomó conciencia de que estaban cada vez más inmóviles. Advirtió que todos, con la excepción de él mismo, habían empezado a atender. Levantó los ojos y les vio los rostros. Y entonces escuchó realmente por primera vez.

—No lo lograremos —estaba diciendo Jules—, no lo lograremos hasta que podamos asegurar la errabicación de todos los inalementos portundidiales.

Por poco que le importara Jules, le saltó una súbita alarma. Volvió a mirar alrededor. Era obvio que no era él quien estaba loco; todos habían oído el galimatías. Tal vez con la excepción del vagabundo, que parecía solemne como un juez. Nunca había oído un discurso de un auténtico dandi anteriormente y lo habría desilusionado poder entender algo. Tampoco había bebido antes oporto añejo y, aunque no le gustaba mucho el sabor, había estado cumpliendo como un hombre.

Wither no había olvidado ni por un momento que había periodistas presentes. Por sí solo, eso no importaba mucho. Si aparecía algo inadecuado en el diario del día siguiente, para él sería juego de niños decir que los periodistas estaban borrachos o locos y destruirlos. Por otro lado, podía dejar pasar la historia. En muchos aspectos, Jules era una molestia, y esta podía ser una oportunidad tan buena como cualquier otra para terminar con su carrera. Pero no era ese el asunto inmediato. Wither se estaba preguntando si debía esperar que Jules se sentara o si debía ponerse en pie e interrumpirlo con unas palabras sensatas. No quería hacer una escena. Sería mejor que Jules se sentara espontáneamente. Al mismo tiempo, ya había en la sala atestada un ambiente que advirtió a Wither que no debía demorarse demasiado. Bajó los ojos hacia el segundero del reloj pulsera y decidió esperar dos minutos más. Casi en el mismo momento supo que había calculado mal. Una intolerable risa en falsete repicó al fondo de la mesa y parecía no estar dispuesta a detenerse. Alguna tonta mujer se había puesto histérica. Wither tocó de inmediato el brazo de Jules, le hizo la señal de interrumpirse con un movimiento de cabeza y se puso en pie.

—¿Eh? ¿Plestá triendo? —murmuró Jules.

Pero Wither, apoyando una mano sobre el hombro del hombrecito, lo obligó, con serenidad pero con todo su peso, a sentarse. Después Wither carraspeó. Sabía cómo hacer para que todos los ojos del cuarto se volvieran de inmediato hacia él.

La mujer detuvo sus grititos. Personas que habían estado sentadas inmóviles como muertos en posiciones forzadas se movieron y se relajaron. Wither recorrió la sala con los ojos durante uno o dos segundos, en silencio, sintiendo su dominio de la audiencia. Vio que ya los tenía en un puño. Ya no habría histeria. Entonces empezó a hablar.

Deberían haberse ido sintiendo cómodos a medida que hablaba, y tendría que haber habido murmullos de grave lamentación por la tragedia que acababan de presenciar. Eso era lo que Wither esperaba. Lo que vio realmente lo dejó perplejo. El mismo silencio demasiado atento que había imperado durante el discurso de Jules había vuelto. Ojos brillantes que no parpadeaban y bocas abiertas le salían al encuentro en todas direcciones. La mujer empezó a reírse otra vez, o no, esta vez eran dos mujeres. Cosser, después de una mirada atemorizada, se puso en pie de un salto, haciendo caer la silla y corrió para salir del cuarto.

El director delegado no podía comprenderlo, porque para él su propia voz parecía emitir el discurso que había resuelto dar. Pero la audiencia lo oyó decir:

—Famas y vacalleros... Febo becir que todos... eh... refutamos muy empinadamente la aspasia defendible, aunque, espero, lavatoria, que al carecer ha apretado a nuestro asfixiado inspector esta noche. Sería... ha... puro, muy puro, juzgar basados en los terrores que cualquier puede cometer...

La mujer que había reído se alzó apresuradamente de su silla. El hombre sentado junto a ella la oyó murmurarle al oído:

—Vud wulu.

Le llegaron las sílabas sin sentido y la expresión anormal de la mujer en el mismo instante. Por algún motivo ambas cosas lo enfurecieron. Se puso en pie para ayudarla a retirar la silla con uno de esos gestos de cortesía salvaje que, a menudo, en la sociedad moderna hacen las veces de golpes. De hecho, le arrancó la silla de las manos. Ella gritó, tropezó con un pliegue de la alfombra y cayó. El hombre que estaba junto a ella del otro lado la vio caer y observó la expresión de furia del primer hombre.

—¿Fé está usted maldiendo? —rugió, inclinándose hacia él con un movimiento amenazante.

Ahora había cuatro o cinco personas de pie en esa parte de la sala. Estaban gritando. Al mismo tiempo había movimientos en otras partes. Varios jóvenes se dirigían a la puerta.

—Taralleros, taralleros —dijo Wither con severidad, en voz mucho más alta. Con frecuencia, antes de entonces, le había bastado alzar la voz y expresar una palabra autoritaria para volver al orden las reuniones alborotadas.

Pero esta vez ni siquiera lo oyeron. Al menos veinte de los presentes estaban tratando de hacer lo mismo en ese preciso instante. Para ellos era evidente que las cosas habían llegado a esa etapa en que una o dos palabras de sentido común, dichas por una nueva voz, devolverían la cordura a toda la sala. Alguien pensaba en una palabra áspera, alguien en una broma, otro en algo sereno y conmovedor. El resultado eran nuevos galimatías en una gran variedad de tonos que sonaban en varios sitios a la vez. Frost era el único de los dirigentes que no trató de decir nada. En vez de eso había escrito unas palabras con lápiz en un trozo de papel, llamado a un criado por señas y comunicado del mismo modo que el papel debía ser entregado a la señorita Hardcastle.

Para cuando el mensaje llegó a manos del Hada, el clamor era general. Para Mark sonaba como el ruido de un restaurante atestado en un país extranjero. La señorita Hardcastle alisó el papel e inclinó la cabeza para leer. El mensaje decía: «Traperos obtusos de imediato al bluderoide previsto. Purgente. Tépido». Lo estrujó en la mano.

La señorita Hardcastle había sabido antes de recibir el mensaje que estaba casi totalmente ebria. Había esperado y había pretendido estarlo; sabía que más tarde bajaría a las celdas y se ejercitaría. Había una nueva prisionera —una muchachita tersa y suave del tipo que le encantaban al Hada— con quien pasaría una hora agradable. El tumulto de galimatías no la alarmaba; lo encontraba excitante. Al parecer, Frost quería que entrara en acción. Decidió que lo haría. Se puso en pie y cruzó toda la sala hasta la puerta, la cerró con llave, puso la llave en el bolsillo y después se dio vuelta para examinar al grupo. Notó por primera vez que ni el supuesto Merlín ni el sacerdote vasco estaban a la vista. Wither y Jules, los dos de pie, forcejeaban entre sí. Se dirigió hacia ellos.

Ahora había tanta gente de pie que le llevó un rato llegar hasta ellos. Toda apariencia de cena había desaparecido: se parecía más a lo que puede verse en una terminal londinense durante un día festivo. Todos trataban de restaurar el orden, pero todos eran incomprensibles, y todos, en sus esfuerzos por hacerse entender, hablaban con voz cada vez más alta. Ella misma gritó varias veces. Incluso tuvo que luchar bastante antes de llegar a su objetivo.

Hubo un sonido ensordecedor y, después de eso, por fin, unos segundos de silencio mortal. Mark advirtió primero que acababan de matar a Jules, solo en segundo lugar que era la señorita Hardcastle quien le había disparado. Después de eso resultaba difícil estar seguro de lo que ocurrió. La estampida y griterío podían haber ocultado una docena de planes razonables para desarmar a la asesina, pero era imposible concretarlos. De ellos solo surgían puntapiés, forcejeos, saltos por encima y por debajo de las mesas, empujones y tironeos, gritos, rotura de cristales. Ella volvió a disparar una y otra vez. Fue más que nada el olor lo que se le quedaría grabado a Mark de la escena: el olor de los disparos mezclado con el pegajoso olor compuesto de la sangre, el oporto y el vino de Madeira.

De pronto, la confusión de gritos se unió en un ruido único y agudo de terror. Todos estaban más asustados. Algo se había lanzado cruzando el suelo con rapidez entre las dos largas mesas y desaparecido bajo una de ellas. Tal vez la mitad de los presentes no habían visto qué era, solo captaron un destello negro y leonado. Los que lo habían visto con claridad no podían comunicarlo a los demás, solo podían señalar y gritar sílabas sin sentido. Pero Mark lo había reconocido. Era un tigre.

Por primera vez en la noche, todos advirtieron cuántos lugares para ocultarse había en la sala. El tigre podía estar debajo de cualquier mesa. Podía estar tras las cortinas de cualquiera de los profundos ventanales. También había un biombo en un rincón.

No debe suponerse que ni siquiera entonces todos hubiesen perdido la cabeza. Con súplicas estentóreas dirigidas a todos o con susurros urgentes a los vecinos inmediatos, trataban de contener el pánico, de disponer una retirada en orden, de indicar cómo podía ser engañado o asustado el animal para que saliera y pudieran dispararle. Pero estaban condenados a no entenderse y eso frustraba todos los esfuerzos. No pudieron contrarrestar los dos movimientos que se habían desarrollado. La mayoría no había visto a la señorita Hardcastle cerrar la puerta: empujaban hacia ella para salir a cualquier precio; preferían luchar, matar si podían, antes que no llegar a la puerta. Un amplio grupo, por otro lado, sabía que la puerta estaba cerrada con llave. Tenía que haber otra puerta, la que usaban los criados, la puerta por la que había entrado el tigre. Toda la parte central del salón estaba ocupada por el encuentro de esas dos olas: un enorme encontronazo de *rugby*, al principio ruidoso con los esfuerzos frenéticos por explicarse, pero pronto, a medida que la lucha se hacía más densa, casi silenciosa con excepción del ruido de la respiración trabajosa, los pies que pateaban o tropezaban y murmullos sin sentido.

Cuatro o cinco de los que luchaban tropezaron pesadamente contra una mesa, arrastrando al caer el mantel y con él todas las fuentes de fruta, botellas, copas y platos. El tigre irrumpió en esa confusión con un aullido de terror. Sucedió con tal rapidez que Mark apenas pudo verlo. Vio la cabeza horrible, la mueca felina de la boca, los ojos llameantes. Oyó un disparo, el último. Algo gordo, blanco y ensangrentado había caído entre los pies de los que forcejeaban. Mark no pudo reconocerlo al principio, porque el rostro, desde donde él estaba, se veía a la inversa, y las muecas lo distorsionaron hasta que estuvo bien muerto. Entonces reconoció a la señorita Hardcastle.

Wither y Frost ya no estaban a la vista. Hubo un gruñido muy cerca. Mark se dio vuelta, pensando que había localizado al tigre. Entonces captó con el rabillo del ojo un destello de algo más pequeño y más gris. Creyó que era un perro alsaciano. En ese caso, el perro estaba loco. Corrió a lo largo de la mesa, con la cola entre las patas, babeando. Una mujer que estaba de espaldas a la mesa se giró, lo vio, trató de gritar, y un momento después caía cuando el animal le saltó a la garganta. Era un lobo.

—¡Ay... ay! —chilló Filostrato y saltó sobre la mesa. Algo más se había disparado entre sus pies. Mark lo vio pasar velozmente por el suelo, introducirse en el amasijo de personas y despertar nuevas convulsiones frenéticas en aquella masa de terror entrelazado. Era algún tipo de serpiente.

Por encima del caos de sonidos que ahora se elevó —parecía entrar un nuevo animal por minuto al cuarto— llegó por fin un sonido con el que todos los que seguían siendo capaces de entender podían consolarse. *Thud... chud... thud*, golpeaban la puerta desde fuera. Era una puerta enorme de doble hoja, una puerta por la que casi podía pasar una locomotora pequeña, porque la sala imitaba a las de Versalles. Ya se habían astillado uno o dos paneles. El ruido enloqueció a los que habían convertido la puerta en su objetivo. También pareció enloquecer a los animales. No se detenían a devorar lo que habían matado o apenas lo hacían para darle un lengüetazo a la sangre. Para entonces había cuerpos muertos o agonizantes por todas partes, porque el enfrentamiento entre grupos estaba matando tanto como los animales. Y siempre, desde todos los ángulos, se alzaban las voces que trataban de gritarles a los que estaban más allá de la puerta: «¡Rápido! ¡Rápido! ¡Apúrense!», pero solo gritaban cosas sin sentido. El ruido en la puerta creció más y más. Como imitándolo, un enorme gorila saltó sobre la mesa donde había estado sentado Jules y empezó a golpearse el pecho. Después, con un rugido, volvió a saltar hacia la multitud.

La puerta cedió al fin. Las dos hojas cedieron. El corredor, enmarcado por el vano de la puerta, estaba oscuro. Surgido de la oscuridad apareció algo gris, sinuoso. Se meció en el aire, después empezó a destrozar metódicamente la madera astillada a cada lado y despejó la entrada. Entonces Mark vio con nitidez cómo barría hacia abajo, se enroscaba alrededor de un hombre (Steele, pensó, aunque todos se veían distintos ahora) y lo alzaba en vilo bien alto. Después de eso, monstruosa, improbable, la forma enorme del elefante se abrió paso a empujones dentro del cuarto, los ojos enigmáticos, las orejas rígidas como alas demoníacas a cada lado de la cabeza. Permaneció un segundo con Steele retorciéndose en el abrazo de la trompa y después lo estrelló contra el piso. Lo pisoteó. Después de eso alzó otra vez la cabeza y la trompa y emitió un berrido horrible, luego se zambulló en línea recta dentro de la sala, trompeteando y pisoteando, pisoteando sin cesar como una muchacha que pisa uvas, pisoteando pesadamente y después húmedamente en una pasta de sangre y huesos de carne, vino, fruta y manteles empapados. El espectáculo le hizo llegar algo más que una sensación de peligro al cerebro de Mark. El orgullo y la gloria insolente de la bestia, el carácter descuidado con que mataba, parecían triturarle el espíritu así como sus patas planas trituraban cuerpos de hombres y mujeres. Seguramente aquí llegaba el rey del mundo... después todo se volvió negro y perdió la conciencia.

• • •

Cuando el señor Bultitude había vuelto en sí se había encontrado en un sitio oscuro saturado de olores poco familiares. Eso no lo sorprendió ni lo perturbó demasiado. Estaba acostumbrado al misterio. Asomar la cabeza a uno de los dormitorios de invitados de St. Anne's, como a veces había hecho, era una aventura no menos notable que la que ahora le había tocado. Y los olores de allí eran, tomados en conjunto, prometedores. Percibió que había comida cerca y (más excitante aún) una hembra de su propia especie. Al parecer, había muchísimas clases de animales también, pero eso era más bien irrelevante que alarmante. Decidió moverse y encontrar la osa y la comida. Fue entonces cuando descubrió que le salían paredes al encuentro en tres direcciones y barrotes en la cuarta: no podía salir. Eso, combinado con un anhelo desarticulado por la compañía humana a la que estaba acostumbrado, lo hundió poco a poco en la tristeza. Una pena como solo los animales conocen —vastos mares de emoción desconsolada sin la menor balsa o razón sobre la cual flotar— lo sumergió a varios metros de profundidad. A su propio modo, alzó la voz y se lamentó.

Y, sin embargo, no muy lejos de él, otro cautivo y humano, estaba hundido casi del mismo modo. El señor Maggs, sentado en una celdita blanca, rumiaba sin cesar su enorme pena como solo un hombre simple puede hacerlo. Un hombre educado en su posición habría encontrado la desgracia matizada por la reflexión, habría estado pensando en cómo esa nueva idea de la cura en vez del castigo, tan humana en apariencia, había privado en realidad al criminal de todos sus derechos y al eliminar la palabra *castigo* había hecho que la cosa fuese infinita. Pero el señor Maggs pensaba todo el tiempo simplemente en que ese era el día con el que había contado durante toda la condena, que en ese momento había esperado estar tomando el té en casa con Ivy (le habría preparado algo sabroso para la primera noche) y que eso no había ocurrido. Estaba sentado completamente inmóvil. Aproximadamente cada dos minutos, una única lágrima grande le bajaba por la mejilla.

No le habría importado tanto si le hubiesen dejado un paquete de cigarrillos.

Fue Merlín quien los liberó a ambos. Había abandonado el comedor en cuanto la maldición de Babel quedó bien asegurada sobre los enemigos. Nadie lo había visto irse. En una ocasión, Wither había oído su voz vociferando, totalmente alegre, por encima del desorden de sinsentidos: «*Qui Verbum Dei contempserunt, eis auferetur etiam Verbum hominis*» (A los que desprecian la Palabra de Dios les será quitada también la palabra de los hombres).

•••

Después de eso no había vuelto a verlo, ni tampoco al vagabundo. Merlín había ido y arruinado su casa. Había liberado a las bestias y a los hombres. A los animales que ya estaban mutilados los mató con un movimiento instantáneo de los poderes que residían en él, rápidos e indoloros como los suaves dardos de Artemisa. Al señor Maggs le había entregado un mensaje escrito. Decía lo siguiente:

> Mi muy querido Tom:
>
> Espero que te encuentres bien. Aquí el director es muy correcto y dice que te vengas en cuanto puedas al Solar de St. Anne's. Y no te metas en Edgestow, Tom, hagas lo que hagas. Toma cualquier camino que puedas, creo que alguien podría traerte. Todo marcha bien, nada más por ahora.
>
> Te quiere, tu Ivy.

A los demás prisioneros los dejó ir a donde quisieran. El vagabundo, cuando descubrió que Merlín le daba la espalda por un segundo, y habiendo notado que la casa estaba vacía, escapó, primero hacia la cocina y de allí, cargado con cuanta comida le cupo en los bolsillos, al ancho mundo. No he sabido más de él.

Merlín envió a los animales, con la excepción de un burro que desapareció casi al mismo tiempo que el vagabundo, al salón comedor, enloquecidos por su voz y su contacto. Pero retuvo al señor Bultitude. Este lo había reconocido como el hombre junto al que se había sentado en el Cuarto Azul; menos dulce y pegajoso que en esa ocasión, pero aún reconocible. Incluso sin la brillantina había algo en Merlín que le caía muy bien al oso y al encontrarse le «brindó toda la bienvenida que una bestia puede darle a un hombre». Merlín apoyó una mano en su cabeza y le susurró al oído, y su mente oscura fue inundada por la excitación como si un placer largo tiempo prohibido y olvidado se hubiera adherido a ella de pronto. Trotó detrás de ellos por los corredores largos y vacíos de Belbury. Le goteaba saliva de la boca y estaba empezando a gruñir. Iba pensando en sabores cálidos, salados, en la agradable resistencia que ofrecen los huesos, en cosas para masticar, lamer y desgarrar.

•••

Mark sintió que se sacudía, después el choque frío del agua sobre la cara. Se sentó con dificultad. El cuarto estaba vacío, con excepción de los cuerpos de los muertos retorcidos. La inmutable luz eléctrica brillaba sobre una confusión horrenda: comida y suciedad, lujo arruinado y hombres mutilados, cada uno más horrendo debido al otro. Era el supuesto sacerdote vasco quien lo había despertado.

—*Surge, miselle* (Levántate, desgraciado muchacho) —dijo, ayudando a Mark a ponerse en pie.

Mark se irguió. Tenía algunos cortes y raspones y le dolía la cabeza, pero en lo esencial estaba ileso. El hombre le tendió vino en una de las grandes copas plateadas, pero Mark lo rechazó con un estremecimiento. Miró al extraño a la cara, confundido, y descubrió que le estaban poniendo una carta en la mano. «Su esposa lo espera —decía— en el Solar de St. Anne's on the Hill. Venga de prisa por la carretera lo mejor que pueda. No se acerque a Edgestow. A. Denniston». Volvió a mirar a Merlín y pensó que su rostro era terrible. Pero este enfrentó la mirada sin sonreír, con una expresión de autoridad, apoyó una mano sobre su hombro y lo empujó por encima de aquel estrago tintineante y resbaladizo hasta la puerta. Los dedos presionaban la piel de Mark con una sensación punzante. Fue llevado hasta el guardarropa, obligado a ponerse un abrigo y un sombrero (ninguno de los dos era suyo) y de allí sacado a las estrellas, al frío glacial y a las dos de la madrugada, con el implacable brillo verde de Sirio y unos pocos copos de nieve que empezaba a caer. Vaciló. El extraño se quedó tras él un segundo; después, con la mano abierta lo golpeó en la espalda. Mientras Mark viviera le dolerían los huesos cuando lo recordara. Un momento después se encontró corriendo como no había hecho desde la adolescencia, no de temor, sino porque las piernas no se detenían. Cuando fue dueño de ellas otra vez estaba a casi un kilómetro de Belbury y, al mirar hacia atrás, vio una luz en el cielo.

•••

Wither no estaba entre los que habían muerto en el salón comedor. Como es natural, conocía todas las vías de escape del cuarto y, aun antes de que apareciera el tigre, ya se había escabullido. Comprendía lo que estaba pasando, si no a la perfección, al menos mejor que cualquier otro. Se daba cuenta de que el intérprete vasco lo había hecho todo. Y, a través de eso, sabía también que poderes más que humanos habían bajado a destruir Belbury; solo alguien en la montura de cuya alma cabalgara el propio Mercurio podía haber deshecho así el lenguaje. Y esto a su vez le indicaba algo peor. Significaba que sus propios amos oscuros habían errado sus cálculos por completo. Habían hablado de una barrera que hacía imposible que los poderes del Cielo Profundo llegaran a la superficie de la Tierra, le habían asegurado que nada externo podía pasar la órbita de la Luna. Toda la política de ellos estaba basada en la creencia de que Tellus estaba bloqueada, más allá del alcance de tal ayuda y abandonada (mientras eso durara) a merced de ellos y de él. En consecuencia, sabía que todo estaba perdido.

Es increíble lo poco que lo conmovía ese conocimiento. No podía hacerlo, porque había dejado de creer hacía tiempo en el conocimiento mismo. Lo que en su remota juventud había sido una repugnancia meramente estética ante realidades que eran groseras o vulgares se había ahondado y oscurecido, año tras año, en un arraigado rechazo de todo lo que en alguna proporción fuera distinto a él mismo. Había pasado de Hegel a Hume, de allí a través del pragmatismo, y del mismo a través del positivismo lógico, y salido al fin hacia el vacío total. Ahora el modo indicativo no se correspondía con ninguna idea que su mente pudiera albergar.

Había deseado con todo el corazón que no existieran la realidad ni la verdad, y ahora ni la inminencia de su propia ruina podía despertarlo. La última escena del *Doctor Fausto*, donde el hombre delira e implora al borde del infierno, tal vez sea un efecto teatral. Con frecuencia, los últimos momentos previos a la condenación no son tan dramáticos. Con frecuencia, el hombre sabe con perfecta claridad que aún existe un acto que puede salvarlo. Pero no puede hacer que tal conocimiento le resulte real. Cierta pequeña sensualidad habitual, cierto rencor demasiado trivial como para desperdiciarlo en un moscón, la complacencia en algún letargo fatal le parece por el momento más importante que la elección entre el júbilo absoluto y la absoluta destrucción. Con los ojos bien abiertos, viendo que el terror sin fin está por empezar y, sin embargo, por el momento, incapaz de sentirse aterrorizado, observa pasivo, sin mover un dedo por su propia salvación, mientras los últimos vínculos con el goce y la razón se cortan, y ve adormilado cómo se cierra la trampa sobre su alma. Así los invade el sueño cuando se apartan del recto camino.

Straik y Filostrato también estaban vivos. Se encontraron en uno de los pasadizos fríos, iluminados, tan apartados del salón comedor que el ruido de la carnicería era apenas un tenue murmullo. Filostrato estaba herido, con el brazo derecho muy deteriorado. No hablaron —ambos sabían que el intentó sería inútil—, pero caminaban juntos. Filostrato pretendía llegar al garaje por un camino trasero; creía que podría conducir de algún modo, al menos hasta llegar a Sterk.

Al doblar un recodo, vieron lo que habían visto antes con frecuencia, pero que no habían esperado ver nunca más: al director delegado encorvado, haciendo crujir el suelo, paseándose, tarareando su melodía. Filostrato no quería ir con él, pero Wither, como si notara que estaba herido, le ofreció un brazo. Filostrato trató de rechazarlo: y sílabas sin sentido brotaron de su boca. Wither le tomó el brazo izquierdo con firmeza, Straik le aferró el otro, el brazo maltrecho. Chillando y estremeciéndose de dolor, Filostrato los acompañó a la fuerza. Pero le esperaba algo peor. No era un iniciado, no sabía nada sobre los eldila oscuros. Creía que era realmente su habilidad la que había mantenido vivo el cerebro de Alcasan. En consecuencia, incluso en su dolor, gritó de horror cuando descubrió que los otros lo arrastraban hasta la antecámara de la cabeza y a la presencia de la cabeza sin detenerse a cumplir ninguno de los preparativos antisépticos que él siempre había impuesto a sus colegas. En vano trató de decirles que un solo instante de tal imprudencia podía destruir toda su obra. Pero esta vez sus guías empezaron a desvestirse en la habitación misma. Y esta vez se quitaron todas las prendas.

Le arrancaron también las suyas. Cuando la manga derecha, rígida de sangre, no se movió, Wither trajo un cuchillo de la antecámara y la desgarró. Por último, los tres se irguieron desnudos ante la cabeza: el flaco y huesudo Straik, Filostrato como una montaña bamboleante de obesidad, la obscena senilidad de Wither. Entonces alcanzaron un clímax de horror del que Filostrato nunca iba a bajar, porque lo que creía imposible empezó a ocurrir. Nadie había prestado atención a los cuadrantes, ni regulado las presiones, ni dado paso al aire y la saliva artificial. Y sin embargo surgieron palabras de la seca boca espasmódica de la cabeza del hombre muerto.

—¡Adoren! —dijo.

Filostrato sintió a sus compañeros empujándolo hacia adelante, después otra vez hacia arriba, después hacia adelante y abajo una vez más. Fue obligado a caer y alzarse en rítmica obediencia, mientras los otros hacían lo mismo. Casi lo último que vio sobre la tierra fue el cuello arrugado de Wither agitándose como los pellejos colgantes de un pavo. Casi lo último que oyó fue a Wither empezando a canturrear. Después se le unió Straik. Después, horriblemente, descubrió que él mismo cantaba:

¡Ouroborindra!
¡Ouroborindra!
¡Ouroborindra ba-ba-jii!

Pero no durante mucho tiempo.

—Otra —dijo la voz, denme otra cabeza.

Filostrato supo en seguida por qué lo estaban empujando hacia cierto sitio en la pared. Lo había diseñado todo él mismo. En la pared que separaba el cuarto de la cabeza de la antecámara había un pequeño postigo. Cuando se retiraba dejaba al descubierto una ventana en la pared, y una hoja para esa ventana que podía caer con rapidez y contundencia. Pero la hoja era una cuchilla. ¡La pequeña guillotina no había sido calculada para utilizarse de ese modo! ¡Iban a asesinarlo inútil, acientíficamente! Si él lo hubiera hecho con alguno de ellos, todo habría sido distinto; habría preparado todo con semanas de anticipación: la temperatura de ambos cuartos regulada a la perfección, la hoja esterilizada, todos los accesorios preparados antes de que la cabeza se desprendiera. Hasta había calculado los cambios que el terror de la víctima podía producir en la presión sanguínea: el flujo sanguíneo artificial sería dispuesto en consecuencia para seguir con su trabajo con la menor solución de continuidad posible. Su último pensamiento fue que había subestimado el terror.

Los dos iniciados, rojos de la cabeza a los pies, se miraron, respirando con dificultad. Casi antes de que las nalgas y las piernas obesas del italiano hubieran dejado de temblar empezaron otra vez con el ritual:

¡Ouroborindra!
¡Ouroborindra!
¡Ouroborindra ba-ba-jii!

La misma idea los golpeó al instante: «Pedirá otra». Y Straik recordó que Wither tenía aquel cuchillo. Se arrancó del ritmo con un esfuerzo espantoso; parecía haber garras desgarrándole el pecho desde dentro. Wither captó lo que pensaba hacer. Cuando Straik corrió, Wither ya estaba tras él. Straik llegó a la antecámara, resbaló en la sangre de Filostrato. Wither lo hirió repetidas veces con el cuchillo. No tenía la fuerza suficiente para separar la cabeza, pero lo había matado. Se irguió, con dolores mordiéndole su corazón de anciano. Entonces vio la cabeza del italiano tirada en el suelo. Le pareció adecuado levantarla y llevarla al cuarto interior, mostrársela a la cabeza original. Así lo hizo. Entonces advirtió que algo se movía en la antecámara. ¿Podía ser que hubiesen dejado la puerta de fuera abierta? No podía recordarlo. Habían entrado, empujando a Filostrato entre ellos; era posible... todo había sido tan anormal. Bajó su carga con cuidado, casi con cortesía, y dio unos pasos hacia la puerta que comunicaba ambas habitaciones. Un momento después retrocedió. Un oso enorme, de pie sobre las patas traseras, le salió al encuentro en el umbral con la boca abierta, los ojos llameantes, las patas delanteras extendidas hacia afuera como para abrazar. ¿Acaso Straik se había convertido en eso? Sabía (aunque aún entonces no podía prestarle atención) que estaba en la frontera misma de un mundo donde esas cosas podían ocurrir.

•••

Aquella noche en Belbury nadie había sido más frío que Feverstone. No era ni un iniciado como Wither ni un incauto como Filostrato. Sabía lo de los macrobios, pero no era el tipo de cosas que le interesaban. Sabía que el proyecto de Belbury podía no funcionar, pero sabía que en ese caso escaparía a tiempo. Había dejado abiertas una docena de vías de retirada. Además tenía la conciencia totalmente limpia y no le hacía trampas a la mente. Nunca había calumniado a otro excepto para conseguir su puesto, nunca había engañado salvo cuando necesitaba dinero, nunca le había disgustado realmente la gente a menos que lo aburriera. Comprendió en una etapa muy temprana que había algo que andaba mal. Había que adivinar hasta qué punto. ¿Era eso el fin de Belbury? En ese caso, debía regresar a Edgestow y labrarse la posición que ya se había preparado como protector de la universidad contra el NICE. Por otro lado, si había alguna posibilidad de figurar como el hombre que había salvado a Belbury en un momento de crisis, sin duda esa sería la mejor línea de acción. Esperaría mientras estuviera a salvo. Y esperó un largo tiempo. Descubrió una compuerta a través de la cual se pasaban los platos calientes del pasillo de la cocina hacia el salón comedor. Se metió por ella y contempló la escena. Tenía los nervios en excelentes condiciones y pensó que podía cerrar y asegurar la persiana a tiempo si algún animal peligroso se dirigía hacia la compuerta. Estuvo quieto allí durante toda la masacre, con los ojos brillantes, algo parecido a una sonrisa en el rostro fumando cigarrillos interminables y tamborileando con los dedos sobre el antepecho de la compuerta. Cuando todo terminó se dijo para sí: «¡Bueno, que me cuelguen!».

Por cierto, había sido un espectáculo extraordinario.

Los animales se habían ido a algún sitio. Sabía que había una posibilidad de encontrarse con uno o dos en los corredores, pero tenía que correr ese riesgo. El peligro (moderado) actuaba sobre él como un tonificante. Consiguió llegar a la parte trasera de la casa y al garaje; parecía que debía dirigirse a Edgestow de inmediato. No pudo encontrar su vehículo en el garaje; en realidad, había muchos menos autos de lo que había esperado. Era evidente que muchas más personas habían tenido la idea de huir mientras los hechos estaban en su apogeo y le habían robado el auto. No sintió rencor y se puso a buscar otro del mismo estilo. Le llevó un buen rato y cuando encontró uno tuvo bastante dificultad en hacerlo arrancar. Era una noche fría. «Va a nevar», pensó. Frunció el entrecejo por primera vez en la noche: odiaba la nieve. Eran después de las dos cuando emprendió la marcha.

Un momento antes de arrancar tuvo la extraña impresión de que alguien se había metido en el asiento trasero.

—¿Quién es? —preguntó con aspereza.

Decidió salir y ver. Pero, para su sorpresa, el cuerpo no obedeció a la decisión; en cambio, condujo el auto fuera del garaje, rodeando el edificio, hasta el camino. Ahora la nieve caía con fuerza. Descubrió que no podía girar la cabeza ni dejar de conducir. Estaba yendo a una velocidad infernal, además, sobre la maldita nieve. No podía elegir. Había oído hablar con frecuencia de vehículos conducidos desde el asiento trasero, pero ahora parecía estar ocurriendo realmente. Después descubrió, desalentado, que habían abandonado el camino principal. El auto, aún a una velocidad temeraria, saltaba y se sacudía a lo largo de lo que llamaban Camino de los Gitanos o (la gente educada) Wayland Street: la antigua vía romana que iba de Belbury a Edgestow, llena de hierba y poros. «¡Caramba! ¿Qué diablos estoy haciendo? —pensó Feverstone—. ¿Estaré bien? ¡Si no tengo cuidado me voy a romper el cuello en este jueguecito!». Pero el auto siguió como conducido por alguien que considerara aquel trayecto como un camino excelente y la ruta evidente hacia Edgestow.

• • •

Frost había abandonado el salón comedor pocos minutos después de Wither. No sabía adónde iba o qué iba a hacer. Durante muchos años había creído en teoría que todo lo que se aparece ante la mente como motivo o intención no es más que un subproducto de lo que el cuerpo está haciendo. Pero durante el último año —desde que había sido iniciado— había empezado a saborear el hecho que durante largo tiempo había sostenido en teoría. Cada vez más, sus acciones habían sido sin motivo. Hacía esto o aquello, decía tal o cual cosa y no sabía por qué. Su mente era un mero espectador. No podía entender por qué tenía que existir en algún sentido tal espectador. Su existencia lo irritaba, aunque se asegurara a sí mismo que la irritación también era un fenómeno meramente químico. Lo más cercano a una pasión humana que aún existía en él era una especie de fría furia contra todos los que creían en la mente. ¡Esa ilusión era intolerable! No había, y no debía haber, seres como los hombres. Pero nunca, hasta esa noche, había tenido una conciencia tan vívida de que el cuerpo y sus movimientos eran la única realidad, que el yo que parecía observar el cuerpo abandonando el salón comedor y emprendiendo la marcha hacia la cámara de la cabeza era una nulidad. ¡Qué enfurecedor que el cuerpo tuviera el poder suficiente para proyectar de ese modo un yo fantasma!

Así, el Frost cuya existencia Frost había negado observó a su cuerpo entrar en la antecámara y lo vio detenerse en seco al ver un cadáver desnudo y ensangrentado. La reacción química llamada conmoción ocurrió. Frost se agachó, le dio vuelta al cadáver y reconoció a Straik. Un momento después, sus quevedos relampagueantes y la barba puntiaguda se asomaron al cuarto de la cabeza. Apenas notó que Wither y Filostrato estaban allí muertos. Su atención permaneció fija en algo más serio. La consola donde tendría que haber estado la cabeza estaba vacía; el anillo de metal, retorcido; los tubos de goma, enredados y arrancados. Después advirtió una cabeza sobre el piso, se agachó y la examinó. Era la de Filostrato. No descubrió ningún rastro de la cabeza de Alcasan, salvo un revoltijo de huesos rotos donde había estado la de Filostrato.

Todavía sin preguntarse qué haría o por qué, Frost se dirigió al garaje. Estaba silencioso y vacío, y para entonces la nieve cubría densamente el suelo. Salió con todas las latas de combustible que pudo transportar. Amontonó todos los inflamables que se le ocurrieron en el Cuarto Objetivo. Después se encerró a sí mismo dando dos vueltas de llave a la puerta externa de la antecámara. Lo que le dictaba sus actos le hizo después meter la llave por el tubo acústico que comunicaba con el corredor. Cuando la empujó tan lejos como le daban los dedos, sacó un lápiz del bolsillo y la impulsó con él. Pronto oyó el tintineo de la llave cayendo sobre el suelo del corredor. Aquella tediosa ilusión, su conciencia, gritaba protestando; el cuerpo, aunque lo hubiese deseado, no tenía poderes para prestar atención a esos gritos.

Como la figura mecánica que había elegido ser, su cuerpo rígido, ahora terriblemente frío, caminó de regreso al Cuarto Objetivo, derramó el combustible y arrojó un fósforo encendido en él. Hasta entonces los que lo controlaban no le habían permitido sospechar que la propia muerte podía no ser después de todo la cura a la ilusión de ser un alma, incluso podía resultar la entrada a un mundo donde tal ilusión bramaba infinita y sin control. Le fue ofrecida la salida del alma, si no del cuerpo. Fue capaz de saber (y simultáneamente rechazó el conocimiento) que había estado equivocado desde el principio, que las almas y la responsabilidad personal existían. Comprendió a medias, odió totalmente. La tortura física de quemarse era apenas más feroz que el odio. Con un esfuerzo supremo se lanzó de nuevo a su ilusión. En esa actitud lo sorprendió la eternidad tal como el amanecer sorprende en los cuentos antiguos a los seres sobrenaturales y los transforma en piedra inmutable.

17

VENUS EN ST. ANNE'S

La luz del día llegó sin la salida de sol visible mientras Mark estaba subiendo al terreno más claro de su viaje. El camino blanco, aún virgen de tráfico humano, mostraba aquí y allá las huellas de un ave y aquí y allá las de un conejo, porque la nevada justo empezaba a terminar, en ráfagas de copos más grandes y más lentos. Un camión enorme, negro y cálido en semejante paisaje, lo alcanzó. El hombre asomó la cabeza.

—¿Va en dirección a Birmingham, amigo? —preguntó.

—Más o menos —dijo Mark—. Voy hacia St. Anne's.

—¿Dónde queda eso? —dijo el conductor.

—Sobre la colina que está detrás de Pennington —declaró Mark.

—Ah —dijo el hombre—. Podría llevarlo hasta la curva. Le ahorro un trecho.

Mark subió y se colocó junto a él.

Ya era media mañana cuando el hombre lo dejó en un recodo junto a un pequeño hotel de campaña. La nieve lo cubría todo y había más en el cielo. El día era extremadamente silencioso. Mark entró en el pequeño hotel y se encontró con una bondadosa hostelera madura. Tomó un baño caliente, un excelente desayuno y después se durmió en una silla ante un fuego crepitante. No se despertó hasta alrededor de las cuatro. Calculó que estaba a pocos kilómetros de St. Anne's y decidió tomar el té antes de salir. Tomó el té. A sugerencia de la posadera, comió un huevo pasado por agua con el té. Dos estantes de la salita estaban ocupados por tomos encuadernados de *The Strand*. En uno de ellos encontró una narración para niños por entregas que había empezado a leer de niño, pero que había abandonado porque su décimo cumpleaños lo sorprendió en la mitad y le daba vergüenza continuar leyéndola después. Ahora la siguió de volumen en volumen hasta terminarla. Era buena. Los relatos para adultos hacia los que se había vuelto, en cambio, después de cumplir diez años, ahora le parecían, a excepción de Sherlock Holmes, una basura. «Supongo que pronto debería partir», se dijo.

La leve resistencia a hacerlo no provenía del cansancio —en realidad estaba totalmente descansado y mejor de lo que se había sentido durante varias semanas—, sino de una especie de timidez. Iba a ver a Jane y a Denniston, y, probablemente, también a los Dimble. Concretamente, iba a ver a Jane en lo que ahora sentía que era el mundo que le correspondía a ella. Pero no a él. Porque ahora pensaba que con toda la ansiedad de pertenecer a un círculo que había sentido a lo largo de su vida había elegido el círculo equivocado. Jane estaba donde pertenecía. Él iba a ser admitido solo por bondad, porque Jane había sido tan tonta como para casarse con él. No se sentía agraviado, sino tímido. Se veía como debía de verlo ese nuevo círculo: como un pequeño arribista más, idéntico a los Steele y los Cosser, opaco, nada notable, asustado, calculador, frío. Se preguntó vagamente por qué era así. ¿Cómo a otras personas —personas como Denniston o Dimble— les resultaba tan fácil ir por el mundo con todos los músculos relajados y una mirada despreocupada recorriendo el horizonte, chispeantes de ocurrencias y humor, sensibles a la belleza, sin estar continuamente en guardia y sin necesitar estarlo? ¿Cuál era el secreto de esa risa agradable, tranquila, que él no podía imitar con ningún esfuerzo? En ellos todo era distinto. No podían ni siquiera dejarse caer en una silla sin sugerir en la postura misma cierto señorío, una indolencia felina. En sus vidas había espacio para moverse, como nunca lo había habido en la suya. Eran corazones: él solo una espada.* Sin embargo, tenía que ponerse en marcha... Como es lógico, Jane era un corazón. Él debía darle la libertad. Sería una completa injusticia pensar que su amor por ella había sido básicamente sensual. El amor, dice Platón, es hijo de la necesidad. El cuerpo de Mark lo sabía mejor de lo que lo había sabido su mente hasta hacía muy poco, y hasta sus deseos sensuales eran el verdadero índice de algo de lo que él carecía y Jane tenía para dar. Cuando ella había cruzado por primera vez el mundo seco y polvoriento que su mente habitaba había sido como un chaparrón primaveral; él no se había equivocado al abrirse. Solo había errado al suponer que el matrimonio, por sí mismo, le daba el poder o el derecho de apropiarse de tal frescura. Ahora comprendía que

* Referencia a los naipes de póquer. *(N. del t.).*

era como creer que uno puede comprar el crepúsculo comprando el campo sobre el que lo ha visto.

Hizo sonar el timbre y pidió la cuenta.

•••

Esa misma tarde, mamá Dimble y las tres jóvenes estaban arriba, en la enorme sala que ocupaba casi todo el piso superior de un ala del Solar, y que el director llamaba el Guardarropa. Si uno se hubiese asomado habría creído por un momento que no se encontraban en una habitación, sino en algún tipo de floresta, una floresta tropical resplandeciente de brillantes colores. Un segundo vistazo y uno habría creído que estaba en una de esas deliciosas salas superiores de una tienda enorme donde alfombras de pie y suntuosos paños que cuelgan del techo crean una especie de bosque entretejido. En realidad, estaban en medio de una colección de ropajes ceremoniales: docenas de prendas que colgaban, separadas, de un pequeño soporte de madera.

—Este te quedaría bien, Ivy —decía mamá Dimble, alzando con una mano el pliegue de un manto verde vivo, sobre el que jugueteaban espirales y curvas doradas en un alegre diseño—. Ven, Ivy, ¿no te gusta? No estarás aún preocupada por Tom, ¿verdad? ¿No te ha dicho el director que estará aquí esta noche o mañana al mediodía a más tardar?

Ivy la miró con ojos atribulados.

—No es eso —dijo—. ¿Dónde estará el director?

—Pero no puedes querer que se quede, Ivy —dijo Camilla—. No en un continuo dolor. Y su tarea ya estará hecha si todo marcha bien en Edgestow.

—Él quería volver a Perelandra —dijo mamá Dimble—. Está... enfermo de nostalgia. Siempre, siempre... se lo he visto en los ojos.

—¿Ese tipo, Merlín, volverá aquí? —preguntó Ivy.

—No creo —dijo Jane—. Tampoco creo que lo esperara él o el director. Y está el sueño que tuve anoche. Merlín parecía incendiado... no me refiero a que ardiera, saben, sino que brillaba. Todo tipo de luces de los más curiosos colores se disparaban de él y lo recorrían de arriba abajo. Eso es lo último que vi: Merlín erguido como una especie de pilar y todas esas cosas espantosas ocurriendo a su alrededor. Y se le podía ver en la cara que era un hombre gastado hasta la última gota, si entienden lo que quiero decir, que se haría pedazos en cuanto los poderes lo abandonaran.

—No nos estamos dedicando a elegir los vestidos para esta noche.

—¿De qué está hecho? —dijo Camilla, palpando y después oliendo el manto verde. Valía la pena preguntárselo. No era transparente en absoluto, sin embargo, había todo tipo de luces y sombras en sus pliegues ondulantes, y caía por las manos de Camilla como una cascada. Ivy se interesó.

—¡Cielos! —dijo—. ¿Cuánto entrará en un metro?

—Así —dijo mamá Dimble mientras lo acomodaba habilidosamente alrededor de Ivy. Después dejó escapar un gritito de auténtico asombro.

Las tres se apartaron de Ivy, mirándola encantadas. No era exactamente que lo común hubiese desaparecido del rostro o el cuerpo; la prenda la había tomado, como un gran compositor toma una melodía popular y la hace saltar como una pelota a través de su sinfonía y la convierte en una maravilla, aunque sigue siendo ella misma. Una «hada jovial» o «duende vivaracho», una vivacidad pequeña pero perfecta, se erguía ante ellas, pero seguía siendo reconocible como Ivy Maggs.

—¡Típico de un hombre! —exclamó la señora Dimble—. No hay espejos en el cuarto.

—No creo que pensara en que nos viéramos nosotras mismas —dijo Jane—. Él dijo algo acerca de ser espejos las unas de las otras.

—Solo que me gustaría ver cómo me queda por detrás —dijo Ivy.

—Ahora, Camilla —dijo mamá Dimble—, contigo no hay problemas. Es evidente que este es el tuyo.

—Oh, ¿usted cree que ese? —dijo Camilla.

—Sí, por supuesto —dijo Jane.

—Estará muy bonita —dijo Ivy.

Era delicado y largo, de un color acerado, pero suave al tacto como la espuma. Se le ceñía alrededor de las nalgas y se desplegaba en una cola oblicua en los talones. «Como una sirena —pensó Jane, y después—, como una valkiria».

—Me temo que deberás llevar corona con él —dijo mamá Dimble.

—¿No sería un poco...?

Pero mamá Dimble ya se la estaba colocando sobre la cabeza. Esa reverencia (no necesita tener nada que ver con el valor monetario) que casi todas las mujeres sienten por las joyas las sumió en el silencio durante un instante. Tal vez no existieran diamantes como esos en Inglaterra. El esplendor era fantástico, extravagante.

—¿Qué están mirando todas? —preguntó Camilla, que no había visto más que un destello cuando la corona fue levantada por las manos de la señora Dimble y no sabía que se alzaba «como la luz estelar, en los despojos de provincias».

—¿Son auténticos? —dijo Ivy.

—¿De dónde han venido, mamá Dimble? —preguntó Jane.

—Del tesoro de Logres, queridas, del tesoro de Logres —dijo la señora Dimble—. Tal vez de más allá de la Luna o de antes de la inundación. Ahora Jane.

Jane no pudo verle nada especialmente apropiado al vestido que las otras acordaron ponerle. Por cierto, el azul era su color, pero había pensado en otro un poco más austero y digno. Según su propio juicio, lo encontraba un poco cursi. Pero, cuando vio que las demás hacían palmas, se dejó hacer. En realidad, ahora no se le ocurría comportarse de otro modo, y toda la cuestión quedó olvidada un momento después en la excitación de elegir un vestido para mamá Dimble.

—Algo sobrio —dijo ella—. Soy mayor y no quiero hacer el ridículo.

—Esto no serviría —dijo Camilla, recorriendo la larga hilera de ropa esplendorosa como un meteoro contra ese fondo de púrpura, oro, escarlata, blanda nieve y ópalo esquivo, de piel, seda, terciopelo, tafetán y brocado—. Este es encantador —dijo—, pero no para usted. ¡Y miren ese! Pero no pegaría. No veo nada...

—¡Aquí! ¡Oh, vengan y vean! Vengan —gritó Ivy, como si temiera que su descubrimiento desapareciera a menos que las otras le prestaran atención rápidamente.

—¡Oh! Sí, sí, eso es —dijo Jane.

—Ya lo creo —dijo Camilla.

—Póngaselo, mamá Dimble —dijo Ivy—. Sabe que tiene que hacerlo.

Era de ese color llameante, casi imponente, como el que Jane había visto en su visión del Pabellón, pero de corte distinto, con piel alrededor del gran broche de cobre que cerraba la garganta, con mangas largas y colgantes. Combinaba con un gorro de muchos picos. Y no habían acabado de abrocharlo cuando todas se quedaron atónitas, ninguna más que Jane, que en verdad tenía los mejores motivos para prever el resultado. Porque ahora esa esposa provinciana de un oscuro erudito, esa mujer respetable y estéril de cabello gris y doble mentón, se erguía ante ella, inconfundible, como una especie de sacerdotisa o sibila, la sierva de alguna diosa prehistórica de la fertilidad, una antigua matriarca tribal, madre de madres, grave, formidable y augusta. Un largo báculo, curiosamente tallado como si una serpiente se enroscara alrededor de él, formaba evidentemente parte del traje; se lo colocaron en la mano.

—¿Doy miedo? —dijo mamá Dimble, mirando una a una las tres caras silenciosas.

—Está hermosa —dijo Ivy.

—Le queda perfecto —dijo Camilla.

Jane tomó la mano de la anciana dama y la besó.

—Querida —dijo—, se ve formidable, en el sentido primitivo de temor reverente.

—¿Qué van a llevar los hombres? —preguntó Camilla de pronto.

—Ellos no pueden ir con ropa muy elegante, ¿verdad? —preguntó Ivy—. No si van a cocinar y entrar y salir llevando cosas todo el tiempo. Y yo digo, si esta va a ser la última noche, pienso que tendríamos que haber preparado la cena nosotras, en todo caso. Dejar que ellos se encargaran del vino. Y no me atrevo a pensar en lo que harán con ese ganso, porque no creo que el señor MacPhee haya asado un ave alguna vez en su vida, diga lo que diga.

—En todo caso no pueden arruinar las ostras —dijo Camilla.

—Es cierto —dijo Ivy—. Ni tampoco el budín de ciruelas.

—Aun así, me gustaría bajar y echar un vistazo.

—Mejor que no lo hagas —dijo Jane riendo—. Sabes cómo se pone MacPhee cuando es responsable de la cocina.

—A él no le tengo miedo —dijo Ivy, casi, aunque no del todo, sacando la lengua. Y, con el vestido que llevaba, el gesto no fue grosero.

—No necesitan preocuparse en lo más mínimo de la cena, muchachas —dijo mamá Dimble—. Se las arreglará muy bien.

Siempre que no se enrede con mi esposo en una discusión filosófica justo cuando tengan que servir. Bajemos y divirtámonos. Qué calor hace aquí dentro.

—Es agradable —dijo Ivy.

En ese momento todo el cuarto se movió de un extremo al otro.

—¿Qué diablos es eso? —dijo Jane.

—Si aún estuviéramos en guerra habría dicho que ha sido una bomba —dijo Ivy.

—Vengan y vean —dijo Camilla, que había recobrado la sangre fría antes que las demás y ahora estaba ante la ventana que se abría al oeste sobre el valle del Wynd—. ¡Oh, miren!

—No. No es fuego. Y no son reflectores. Y no relámpagos. ¡Uf!... ahí va otro golpe. Y otro... Miren eso. Está brillante como el sol detrás de la iglesia. Qué estoy diciendo, son solo las tres. Está más brillante que el sol. ¡Y qué calor!

—Ya ha empezado —dijo mamá Dimble.

•••

Aproximadamente en el mismo momento de la mañana en que Mark había subido al camión, Feverstone, no muy herido pero bien sacudido, salía del vehículo robado. El automóvil había terminado su carrera dando vueltas en una cuneta profunda, y Feverstone, siempre dispuesto a ver el lado bueno de las cosas, reflexionó mientras salía trabajosamente que la cosas podrían haber sido peores: podría tratarse de su propio auto. En la cuneta la nieve era profunda y se mojó mucho. Cuando se puso en pie y miró a su alrededor vio que no estaba solo. Una figura alta y maciza de sotana negra estaba ante él, a unos cinco metros de distancia. Le daba la espalda y caminaba con determinación, alejándose.

—¡Eh! —gritó Feverstone.

El otro se dio vuelta y lo miró en silencio durante uno o dos segundos, después reanudó la marcha. Feverstone sintió de inmediato que no era el tipo de hombre con el que podía llevarse bien; en realidad, nunca le había gustado menos el aspecto de alguien. Tampoco podía seguir, con los zapatos mojados y rotos, la marcha de siete kilómetros por hora de aquellos pies con botas. No lo intentó. La figura negra llegó a un portón, se detuvo allí y emitió una especie de relincho. Era evidente que le estaba hablando a un caballo que había del otro lado. Un momento después (Feverstone no vio muy bien cómo ocurrió) el hombre pasó sobre el portón, subió a lomos del caballo y se alejó a medio galope a través de un amplio campo que llegaba blanco lechoso hasta el horizonte.

Feverstone no tenía idea de dónde estaba, pero sin duda lo primero que tenía que hacer era llegar a un camino. Tardó más tiempo de lo que había imaginado. Ahora no helaba y charcos profundos se ocultaban bajo la nieve en muchos sitios. Al final de la primera colina se metió en tal barrizal que tuvo que abandonar el camino romano y marchar a campo traviesa. Tal decisión fue fatal. Lo mantuvo durante dos horas buscando huecos para pasar en los setos y tratando de alcanzar lo que parecían caminos desde cierta distancia pero no eran nada semejante cuando llegaba. Siempre había odiado el campo y el tiempo, y no le gustaba pasear.

A eso de las doce encontró un camino sin carteles indicadores que lo condujo una hora más tarde hasta un camino principal. Allí, gracias al cielo, había mucho tráfico humano, tanto de vehículos como de peatones, todos yendo en una sola dirección. Los tres primeros automóviles no prestaron atención a sus señales. El cuarto se detuvo.

—Rápido. Suba —dijo el conductor.

—¿Va a Edgestow? —preguntó Feverstone, con la mano sobre la puerta.

—¡Por Dios, no! —dijo el otro—. ¡Allí está Edgestow! —señaló detrás de él—. Si es que quiere ir allí.

El hombre parecía sorprendido y considerablemente excitado.

Por último no tuvo otro remedio que caminar. Todos los vehículos se alejaban de Edgestow, ninguno se dirigía a él. Feverstone estaba un poco sorprendido. Sabía bien lo del éxodo (en realidad, había formado parte de su plan despejar la ciudad lo máximo posible), pero había supuesto que para entonces habría terminado. Sin embargo, durante toda la tarde, mientras chapoteaba y patinaba a través de la nieve, los fugitivos siguieron cruzándose con él. Como es natural, apenas contamos con evidencias de primera mano sobre lo que pasó en Edgestow esa tarde y esa noche. Pero tenemos numerosos relatos de cómo tanta gente pudo abandonarla en el último momento. Inundaron los periódicos durante semanas y ocuparon las charlas privadas durante meses, y por último se convirtieron en una broma. «No, no quiero oír cómo escapó de Edgestow» llegó a ser una frase hecha. Pero detrás de todas las exageraciones permanece la verdad indudable de que un número asombroso de ciudadanos abandonó la ciudad justo a tiempo. Uno había recibido un mensaje de un padre agonizante; otro había decidido de pronto, y no podía precisar por qué, tomarse unas pequeñas vacaciones; otro partió porque las cañerías de su casa habían reventado a causa del agua congelada y pensó que bien podía irse mientras las arreglaban. No pocos habían partido por un hecho trivial que les pareció un augurio: un sueño, un espejo roto, hojas de té en el fondo de una taza. Augurios de tipo más antiguo también habían revivido durante la crisis. Uno había oído a su asno, otro a su gato, decir «claro como el día»: «Vete». Y había cientos que seguían marchándose por la antigua razón: porque les habían quitado la casa, destruido sus medios de vida y veían sus libertades amenazadas por la Policía Institucional.

Eran más o menos las cuatro cuando Feverstone se vio tirado boca abajo. Esa fue la primera sacudida. Continuaron, con una frecuencia en aumento, durante las horas siguientes: estremecimientos horribles, y seguidamente levantamientos del terreno, y un murmullo creciente de ruidos subterráneos dispersos. Empezó a subir la temperatura. La nieve desaparecía por todas partes, y a veces Feverstone se vio hundido hasta la rodilla en agua. La niebla que subía de la nieve derritiéndose saturaba el aire. Cuando llegó al borde del último empinado descenso hacia Edgestow no pudo ver nada de la ciudad, solo niebla atravesada por fulgores extraordinarios de luz. Otra sacudida lo tiró al suelo. Ahora decidió no bajar; daría media vuelta y seguiría el tráfico, volvería hasta la línea ferroviaria y trataría de llegar a Londres. La imagen de un baño de vapor en el club y de él mismo ante el guardafuegos del salón de fumar contando toda la historia apareció en su mente. Sería algo grande sobrevivir tanto a Belbury como a Bracton. Había sobrevivido a muchas cosas en sus tiempos y confiaba en su buena suerte.

Ya había bajado unos pasos colina abajo cuando tomó la decisión y se dio vuelta de inmediato. Pero en vez de subir descubrió que seguía bajando. Como si estuviera sobre la roca pizarrosa de una ladera montañosa, en vez de sobre un camino cubierto de grava, el terreno se deslizaba hacia atrás en cuanto apoyaba el pie. Cuando interrumpió el descenso ya había bajado treinta metros. Empezó otra vez. Ahora perdió el equilibrio, rodó frenéticamente, con piedras, tierra, hierba y agua derramándose sobre él y a su alrededor en una confusión desenfrenada. Era como cuando una ola enorme lo sorprende a uno mientras se baña, pero aquí se trataba de una ola de tierra. Se puso una vez más en pie y enfrentó la colina. Estaba en ruinas; no había ni rastro del camino, perdido en el infierno. El pozo de niebla se había encendido y ardía con una deslumbrante llama violeta, en algún lugar rugía el agua, los edificios se derrumbaban, las multitudes gritaban. Frente a él la colina estaba deshecha, ni rastro del camino, setos o campo; solo una catarata de tierra suelta, removida. Además, era mucho más empinada que antes. Feverstone tenía el pelo, la boca y la nariz llenos de tierra. La pendiente se fue empinando más mientras la miraba. El borde subió y subió. Entonces toda la ola de tierra se alzó, se arqueó, tembló y se derramó sobre él con todo su peso y ruido.

• • •

¿Por qué Logres, señor? —dijo Camilla.

La cena había terminado en St. Anne's y estaban sentados bebiendo el vino en círculo alrededor del fuego del comedor. Tal como había profetizado la señora Dimble, los hombres habían cocinado muy bien; solo después de terminar de servir y limpiar la mesa se habían puesto la ropa de gala. Ahora todos estaban sentados a sus anchas y espléndidos de diversas maneras: Ransom, coronado, a la derecha del hogar; Grace Ironwood vestida de negro y plata frente a él. Hacía tanto calor que habían dejado que el fuego ardiera bajo, y a la luz de las velas los ropajes cortesanos parecían brillar por sí solos.

—Cuéntales, Dimble —dijo Ransom—. De ahora en adelante hablaré poco.

—¿Está usted cansado, señor? —dijo Grace—. ¿Le duele mucho?

—No, Grace —contestó él, no es eso—. Pero ahora que falta tan poco para que me vaya, todo esto empieza a parecer un sueño. Un sueño feliz, entiéndeme. Todo, hasta el dolor. Quiero saborear cada gota. Siento como si fuera a diluirse si hablara mucho.

—Supongo que tiene que irse, señor, ¿no? —dijo Ivy.

—Querida mía —dijo él—. ¿Qué otra cosa se puede hacer? Mi edad no ha aumentado ni un día ni una hora desde que regresé de Perelandra. No hay muerte natural que esperar. La herida solo cicatrizará en el mundo donde fue hecha.

—Todo esto tiene la desventaja de ser netamente contrario a las leyes contrastadas de la naturaleza —observó MacPhee. El director sonrió sin hablar, como un hombre que se niega a dejarse llevar.

—No es contrario a las leyes de la naturaleza —dijo una voz desde el rincón donde se sentaba Grace Ironwood, casi invisible en las sombras—. Usted está en lo cierto. Las leyes del universo nunca son violadas. Su error reside en creer que las pequeñas regularidades que hemos observado en un planeta durante unos pocos cientos de años sean las auténticas leyes inviolables, mientras que solo son los resultados remotos que las auténticas leyes causan con mayor frecuencia, como una especie de accidente.

—Shakespeare nunca traiciona las auténticas leyes poéticas —intervino Dimble—. Pero, siguiéndolas, transgrede de vez en cuando las pequeñas regularidades que los críticos toman por las verdaderas leyes. Entonces los mezquinos críticos lo llaman «una licencia». Pero no hay nada de licencioso al respecto en Shakespeare.

—Y por eso en la naturaleza nada es totalmente regular —dijo Denniston—. Siempre hay excepciones. Existe una buena uniformidad de promedio, pero no total.

—No me he cruzado con muchas excepciones a la regla de la muerte —observó MacPhee.

—¿Y cómo esperaría usted estar presente en más de una ocasión semejante? —dijo Grace con mucho énfasis—. ¿Acaso era amigo de Arturo o Barbarroja? ¿Conoció a Enoc o Elías?

—¿Quiere usted decir —dijo Jane—, que el director... el Pendragón... va a ir a donde ellos fueron?

—Lo cierto es que estará con Arturo —dijo Dimble—. Del resto no puedo responder. Hay personas que nunca han muerto. Aún no sabemos por qué. Sabemos un poco mejor que antes el cómo. Hay muchos sitios en el universo (me refiero al mismo universo físico en el que se mueve nuestro planeta) donde un organismo puede durar prácticamente siempre. Por ejemplo, donde se encuentra Arturo.

—¿Dónde? —dijo Camilla.

—En el Tercer Cielo, en Perelandra. En Aphallin, la isla remota que los descendientes de Tor y Tinidril no descubrirán durante cien siglos. ¿Tal vez solo...? —titubeó y miró hacia Ransom, que sacudió la cabeza.

—¿Y aquí es donde interviene Logres? —dijo Camilla—. ¿Por qué estará con Arturo?

Dimble se quedó en silencio unos minutos, moviendo el tenedor y el cuchillo de postre sobre el plato.

—Todo empezó —dijo— cuando descubrimos que el relato artúrico es en su mayor parte verdadera historia. Hubo en el siglo sexto un momento en que algo que siempre está tratando de abrirse paso en este país estuvo a punto de triunfar. Logres fue el nombre que le pusimos; es tan bueno como cualquier otro. Y después... poco a poco empezamos a ver la historia inglesa de un nuevo modo. Descubrimos la obsesión.

—¿Qué obsesión? —preguntó Camilla.

—Cómo algo que podríamos llamar Gran Bretaña siempre está obsesionada, rondada por algo que podríamos llamar Logres. ¿No has notado que somos dos países? Después de cada Arturo, un Mordred;* detrás de cada Milton, un Cromwell, una nación de poetas, una nación de mercaderes; el hogar de Sidney... y de Cecil Rhodes.** ¿Es para asombrarse que nos llamen hipócritas? Pero lo que ellos confunden con la hipocresía en realidad es la lucha entre Logres y Gran Bretaña.

Hizo una pausa y tomó un trago de vino antes de seguir.

—Fue mucho después —dijo—, después de que el director regresó del Tercer Cielo, cuando se nos dijo un poco más. Resultó que la obsesión no provenía solo del otro lado del muro invisible. Ransom fue convocado junto al lecho de un anciano que agonizaba en Cumberland. Su nombre no significaría nada para ustedes si lo dijera. Ese hombre era el Pendragón, el sucesor de Arturo, Uther

* Sobrino malvado del rey Arturo. *(N. del t.).*

** Hombre de Estado y poeta inglés (1554–1586), financiero y colonizador inglés (1853–1902). *(N. del t.).*

y Cassibelaun. Entonces nos enteramos de la verdad. Ha habido una Logres secreta en el propio corazón de Gran Bretaña durante todos estos años, y una sucesión ininterrumpida de pendragones. El anciano era el septuagesimoctavo a partir de Arturo. Nuestro director recibió de él el cargo y la bendición. Mañana sabremos, o esta noche, quién va a ser el octagésimo. Algunos pendragones son muy conocidos en la historia, aunque no bajo ese nombre. Otros son desconocidos. Pero en cada época ellos y la pequeña Logres unida a su alrededor han sido los dedos que dieron el pequeño empujón o el tirón casi imperceptible, para aguijonear Inglaterra y sacarla de su sueño de borracho o hacerla retroceder ante el ultraje final al que la tienta Gran Bretaña.

—Esa nueva historia de ustedes está un poquito escasa de documentos —dijo MacPhee.

—Los tiene en cantidad —dijo Dimble con una sonrisa—. Pero usted no conoce el idioma en el que están escritos. Cuando llegue a escribirse la historia de estos pocos meses en su lenguaje, se imprima y se enseñe en las escuelas, no habrá en ella mención a usted o yo, ni a Merlín, al Pendragón ni a los planetas. Y, sin embargo, en estos meses, Gran Bretaña se rebeló de manera muy peligrosa contra Logres y fue derrotada en el último momento.

—Sí —dijo MacPhee—, y podría ser que la historia tuviera razón en no mencionarnos a usted o a mí o a la mayoría de los presentes. Me gustaría que alguien me hiciera el gran favor de decirme qué hemos hecho... aparte de alimentar los cerdos y cultivar unas hortalizas muy decentes.

—Has hecho lo que se necesitaba de ti —dijo el director—. Has obedecido y esperado. Como nos ha dicho un autor moderno, con frecuencia el altar debe construirse en un sitio con el fin de que el fuego del cielo baje en otro. Pero no te precipites en sacar conclusiones. Puedes tener mucho trabajo por hacer antes de que pase un mes. Gran Bretaña ha perdido la batalla, pero volverá a alzarse.

—Y así le va a Inglaterra mientras tanto —dijo mamá Dimble—. ¿No hay más que este tironeo de aquí para allá entre Logres y Gran Bretaña?

—Sí —dijo su esposo—. ¿No lo sientes? Es la cualidad misma de Inglaterra. Si conseguimos tener un cabeza de asno es porque nos metimos en un bosque encantado. Oímos que podríamos haber hecho algo mejor, pero no podemos olvidarlo por completo... ¿No puedes verlo en todo lo inglés: una especie de gracia torpe, de carácter incompleto humilde, humorístico?

—¡Cuánta razón tenía Sam Weller cuando bautizó al señor Pickwick como ángel con polainas! Aquí todo es mejor o peor que...

—¡Dimble! —dijo Ransom.

Dimble, cuyo tono se había vuelto un poco apasionado, se detuvo y lo miró. Titubeó y, según creyó Jane, casi se ruborizó antes de empezar de nuevo.

—Tiene usted razón, señor —dijo con una sonrisa—. Estaba olvidando lo que usted me aconsejó recordar siempre. Esta obsesión no es una particularidad nuestra. Todo pueblo tiene su propio elemento obsesivo. No es un privilegio especial de Inglaterra, no se trata de ninguna insensatez acerca de una nación escogida. Hablamos sobre Logres porque es nuestra obsesión, la única que conocemos.

—Todo esto —dijo MacPhee— parece una manera muy indirecta de decir que hay hombres buenos y malos en todas partes.

—No es una manera de decir eso en absoluto —contestó Dimble—. Vea, MacPhee, si uno piensa simplemente en la bondad en abstracto, pronto llega a la idea fatal de algo estandarizado: cierto tipo de vida común hacia el que deberían progresar todas las naciones. Como es lógico, existen reglas universales a las que toda bondad debe ajustarse. Pero eso no es más que la gramática de la virtud. Ahí no reside la savia. Él no hace iguales dos hojas de hierba; mucho menos a dos santos, dos naciones, dos ángeles. Toda la tarea de curar a Tellus depende de atender esa pequeña chispa, de encarnar ese fantasma, que aún sigue vivo en cada pueblo y distinto en cada uno. Cuando Logres realmente domine Gran Bretaña, cuando la diosa Razón, la divina claridad, ocupe realmente el trono en Francia, cuando el orden del Cielo realmente sea seguido en China, bueno, entonces será la primavera. Pero entretanto, lo que nos importa es Logres. Hemos sojuzgado a Gran Bretaña pero ¿durante cuánto tiempo la dominaremos? Edgestow no se recobrará de lo que le está pasando esta noche. Pero habrá otras Edgestow.

—Sobre Edgestow quería preguntar —dijo mamá Dimble—. ¿No son los eldila y Merlín un poquito... bueno, desmedidos? ¿Se merecía toda Edgestow ser eliminada?

—¿A quién llora? —dijo MacPhee—. ¿Al desaprensivo y oportunista Consejo de la Ciudad, que habría vendido a sus propias esposas e hijas con tal de traer el NICE a Edgestow?

—Bueno, no sé mucho de ellos —dijo la señora Dimble—. Pero la universidad, incluso el propio Bracton, todos sabíamos que era un *college* horrible, desde luego, pero ¿tenían verdaderas intenciones de provocar tanto daño con todas sus fastidiosas intrigas caseras? ¿No era más bien más tonto que otra cosa?

—Oh sí —dijo MacPhee—. Solo estaban divirtiéndose. Eran gatitos a los que se les permite ser tigres. Pero había un tigre verdadero cerca y con sus juegos lo dejaron entrar. No tienen derecho a quejarse si cuando el cazador lo persigue les regala a ellos también un poco de plomo en las tripas. Les enseñará a no andar con malas compañías.

—Bueno, entonces, los miembros de los otros *colleges*...

—¿Qué piensan de Northumberland y el Duke's?

—Ya sé —dijo Denniston—. Uno siente pena por un hombre como Churchwood. Yo lo conocía bien; era muy querido. Todas sus conferencias se dedicaban a demostrar la imposibilidad de la ética, aunque en su vida privada prefería caminar quince kilómetros antes que dejar una cuenta de un centavo impagada. Pero aun así... ¿había una sola doctrina practicada en Belbury que no hubiese sido predicada por algún profesor en Edgestow? ¡Oh, desde luego, nunca pensaron que alguien actuaría basándose en sus teorías! Nadie se asombró más que ellos cuando la cuestión de la que habían estado hablando durante años de pronto se transformó en realidad. Pero era su propio hijo que volvía a ellos, crecido e irreconocible, pero de ellos.

—Me temo que es cierto, querida mía —dijo Dimble—. *Trahison des clercs*. Ninguno de nosotros es inocente por completo.

—Eso es una insensatez, Cecil —dijo la señora Dimble.

—Se olvidan —dijo Grace— de que casi todos, excepto los muy buenos (que ya estaban maduros para una honesta partida) y los muy malos, ya habían dejado Edgestow. Pero estoy de acuerdo con Arthur. Los que han olvidado Logres se hunden en Gran Bretaña. Los que llaman al sinsentido descubren que este acude.

En ese momento la interrumpió un ruido de zarpas y gemidos en la puerta.

—Abre, Arthur —dijo Ransom.

Un momento después todo el grupo se ponía en pie con gritos de bienvenida, porque el recién llegado era el señor Bultitude.

—Oh, nunca lo hubiese creído —dijo Ivy—. ¡Pobrecito! Y con nieve, además. Lo llevaré a la cocina y le daré algo de comer. ¿Dónde has estado, granuja? ¿Eh? Mira cómo estás.

• • •

Por tercera vez en diez minutos, el tren se bandeó con violencia y se detuvo. Esta vez el golpe apagó todas las luces.

—Esto ya pasa de castaño oscuro —dijo una voz en la oscuridad.

Los otros cuatro pasajeros del compartimento de primera clase la rcconocieron como la del hombre corpulento y bien educado de trajc marrón; el hombre bien informado que en etapas anteriores del viaje les había dicho a todos dónde deberían cambiar y por qué uno llegaba ahora a Sterk sin pasar por Stratford y quién era el que controlaba realmente la línea.

—Para mí es grave —dijo la misma voz—. Ya tendría que estar en Edgestow.

Se puso en pie, abrió la ventana y se asomó a la oscuridad. En seguida uno de los pasajeros se quejó del frío. Cerró la ventanilla y se sentó.

—Ya llevamos aquí diez minutos —dijo un momento después.

—Disculpe. Doce —repuso otro pasajero.

El tren seguía sin moverse. Pudo oírse el ruido de dos hombres riñendo en un compartimento vecino. De pronto, una sacudida derribó a todos en la oscuridad. Era como si el tren, yendo a toda velocidad, hubiese frenado con torpeza.

—¿Qué demonios es eso? —dijo uno.

Abran las puertas.

—¿Hemos chocado?

—Todo marcha bien —dijo el hombre bien informado en voz alta y tranquila—. Están colocando otra locomotora, y de muy mala manera. Son estos maquinistas nuevos que han entrado últimamente.

—¡Caramba! —dijo alguien—. Nos estamos moviendo.

Lentamente y gruñendo, el tren empezó a avanzar.

—Se toma su tiempo para adquirir velocidad —dijo alguien.

—Oh, ya verán cómo empieza a recobrar el tiempo perdido rápidamente —dijo el hombre bien informado.

—Me gustaría que encendieran otra vez las luces —dijo una voz de mujer.

—No estamos adquiriendo velocidad —replicó otro.

—La estamos perdiendo. ¡Maldición! ¿Estamos deteniéndonos otra vez?

—No. Nos seguimos moviendo... ¡oh! —Una vez más sufrieron el impacto de un fuerte zarandeo. Era peor que el anterior. Durante casi un minuto todo pareció bambolearse y rechinar.

—¡Esto es atroz! —exclamó el hombre bien informado, abriendo una vez más la ventanilla. Esta vez tuvo más suerte. Una figura oscura agitando una linterna pasaba junto a él.

»¡Eh! ¡Mozo! ¡Guarda! —vociferó.

—Todo marcha bien, damas y caballeros, todo marcha bien, no abandonen los asientos —gritó la figura oscura, siguiendo de largo e ignorándolo.

—No nos va a hacer ningún bien que deje entrar tanto aire frío, señor —dijo el pasajero que estaba más cerca de la ventanilla.

—Hay algún tipo de luz más adelante —dijo el hombre bien informado.

—¿Una señal contra nosotros? —preguntó otro.

—No. Nada de eso. El cielo entero está iluminado. Como si fuera un incendio o hubiese reflectores.

—No me importa a qué se parece —dijo el hombre friolero. —Ojalá... ¡oh!

Otro sacudón. Y después, lejos en la oscuridad, ruidos vagos de desastre. El tren empezó a moverse otra vez, aún lentamente, como si fuera tanteando el camino.

—Van a tener que oírme —dijo el hombre bien informado—. Esto es un escándalo.

Una media hora más tarde, el andén iluminado de Sterk se fue deslizando lentamente junto a ellos.

—Habla el encargado de la estación —dijo una voz—. Por favor, no abandonen los asientos, voy a dar un aviso importante. Leves movimientos sísmicos e inundaciones han vuelto impracticable el trayecto a Edgestow. Aún no hay detalles. Se aconseja a los pasajeros que viajan a Edgestow...

El hombre bien informado, que era Curry, salió. Un hombre como él siempre conoce a todos los funcionarios del ferrocarril y en pocos minutos estaba de pie ante el fuego en la oficina del maquinista, obteniendo un informe más detallado y privado del desastre.

—Bueno, aún no lo sabemos con exactitud, señor Curry —dijo el hombre—. Hace más o menos una hora que no llegan noticias. Es bastante grave, ¿sabe? Lo están encarando lo mejor que pueden. Nunca ha habido un terremoto así en Inglaterra, por lo que he oído. Y además están las inundaciones. No, señor, me temo que no encontrará nada del *college* Bracton. Toda esa zona de la ciudad desapareció casi en seguida. Según tengo entendido, empezó allí. No sé cuántas serán las bajas. Me alegro de haber sacado a mi viejo la semana pasada.

Años después, Curry siempre consideró aquel como uno de los momentos claves de su vida. Hasta entonces no había sido un hombre religioso. Pero la palabra que le vino a la mente de inmediato en ese momento fue «providencial». En realidad no se lo podía mirar de otro modo. Había estado a punto de tomar el tren anterior, y si lo hubiera hecho... bueno, habría sido hombre muerto. Eso le hacía pensar a uno. ¡Todo el *college* destruido! Habría que reconstruirlo. Habría un equipo completo (o casi completo) de nuevos miembros, un nuevo rector. Una vez más, era providencial que hubiera quedado en pie una persona responsable para enfrentarse a tamaña crisis. Como es lógico, no habría elecciones ordinarias. El inspector del *college* (que era el lord Canciller) probablemente tendría que designar un nuevo rector y, después, en colaboración con él, un círculo de nuevos miembros. Cuanto más lo pensaba, más cabalmente advertía Curry que toda la conformación del futuro *college* descansaba sobre los hombros del único sobreviviente. Era casi como ser un segundo fundador. Providencial... providencial. Ya veía con los ojos de la imaginación el retrato de ese segundo fundador en el vestíbulo recién construido, su estatua en el patio recién construido, el capítulo extenso, muy extenso, consagrado a él en la historia del *college*. Durante todo ese tiempo, y sin la menor hipocresía, el hábito y el instinto les habían dado a sus hombros tal inclinación, a los ojos tal severidad solemne, al ceño tal noble gravedad, como la que puede esperarse que exhiba un hombre de buenos sentimientos ante semejantes novedades. El maquinista vio que estaba ante un gran ejemplo.

—Podía verse que lo sentía en lo más hondo. —Como explicó más tarde—. Pero que podía soportarlo. Es un tipo magnífico.

—¿A qué hora sale el próximo tren a Londres? —preguntó Curry—. Debo estar en la ciudad mañana a primera hora.

•••

Como podrán recordar, Ivy Maggs había dejado el comedor con el propósito de atender al señor Bultitude. En consecuencia, todos se sorprendieron cuando regresó en menos de un minuto con una expresión de consternación en el rostro.

—Oh, que alguien venga de prisa. ¡Rápido! —jadeó—. Hay un oso en la cocina.

—¿Un oso, Ivy? —dijo el director—. Pero claro...

—Oh, no me refiero al señor Bultitude, señor. Hay un oso extraño, hay otro oso.

—¡Caramba!

—Y se comió todo lo que quedaba del ganso y la mitad del jamón y toda la ricota dulce, y ahora está a la mesa, comiendo todo a medida que avanza y pasando de un plato a otro y destrozando toda la loza. ¡Oh, vengan rápidamente! No va a quedar nada.

—¿Y qué actitud ha tomado el señor Bultitude al respecto, Ivy? —preguntó Ransom.

—Bueno, es eso lo que quiero que alguien venga a ver. Se comporta de una manera espantosa, señor. Nunca vi nada igual. Lo primero que hizo fue quedarse parado alzando las patas de una forma rara, como si creyera que puede bailar, lo que, como todos sabemos, no puede hacer. Pero ahora ha subido al aparador sobre las patas traseras y allí está meneándose, haciendo el ruido más horrible, como chillando, y ya ha metido una pata en el budín de ciruelas y tiene toda la cabeza enredada en una ristra de cebollas y no puedo hacer nada con él, realmente no puedo.

—Es una conducta muy extraña para el señor Bultitude. ¿No crees, querida mía, que el extraño podría ser una osa?

—¡Oh, no diga eso, señor! —exclamó Ivy con gran consternación.

—Creo que esa es la verdad, Ivy. Tengo la fuerte sospecha de que se trata de la futura señora Bultitude.

—Será la actual señora Bultitude si nos quedamos aquí sentados hablando mucho más —dijo MacPhee, poniéndose en pie.

—Oh, ¿qué vamos a hacer? —dijo Ivy.

—Estoy seguro de que el señor Bultitude está a la altura de la situación —contestó el director—. Por el momento, la dama está tomando fuerzas. *Sine Cerere et Baccho*, Dimble. Podemos confiar en que manejen sus propios asuntos.

—Sin duda, sin duda —dijo MacPhee—. Pero no en nuestra cocina.

—Ivy, querida mía —dijo Ransom—, debes ser firme. Entra en la cocina y dile a la extraña que quiero verla. No tendrás miedo, ¿verdad?

—¿Miedo? Yo no. Le demostraré quién es el director aquí. Aunque en ella es solo natural.

—¿Qué le pasa a este grajo? —dijo el doctor Dimble.

—Creo que está tratando de salir —dijo Denniston—. ¿Abro la ventana?

—De todos modos hace suficiente calor para dejar la ventana abierta —dijo el director.

Y cuando la ventana quedó abierta, Barón Corvo saltó afuera y hubo un forcejeo y un parloteo muy cerca de ella.

—Otro asunto amoroso —dijo la señora Dimble—. Suena como si Jack hubiese encontrado a su Jill...* ¡Qué noche más deliciosa! —agregó. Porque cuando la cortina se infló y se alzó por encima de la ventana abierta, toda la frescura de una noche de mitad de verano pareció soplar dentro del cuarto. En ese momento, un poco más lejos, llegó el sonido de un relincho.

—¡Caramba! —dijo Denniston—. La vieja yegua también está excitada.

—¡Shh! ¡Escuchen! —dijo Jane.

—Ese es otro caballo —dijo Denniston.

—Un garañón —declaró Camilla.

—¡Esto se está poniendo indecente! —dijo MacPhee con mucho énfasis.

---

* Juego de palabras entre *jackdaw* (grajo) y la denominación convencional en inglés de una pareja adolescente, *Jack and Jill. (N. del t.).*

—Por el contrario —dijo Ransom—, decente, en el antiguo sentido, *decens*, adecuado, eso es lo que es. La misma Venus está sobre St. Anne's.

—Se acerca a la Tierra más que de costumbre, para volver locos a los hombres —citó Dimble.

—Está más cerca de lo que cualquier astrónomo sabe —dijo Ransom—. Ya está hecho el trabajo en Edgestow, los otros dioses se han retirado. Ella sigue esperando y cuando regrese a su órbita cabalgaré sobre ella.

De pronto, en la semioscuridad, la voz de la señora Dimble gritó bruscamente:

—¡Cuidado! ¡Cuidado! ¡Cecil! Lo siento. No soporto los murciélagos. ¡Se me van a enredar en el pelo!

Chiip chiip, hicieron las voces de los dos murciélagos mientras revoloteaban de aquí para allá por encima de las velas. Las sombras hacían que parecieran cuatro en vez de dos.

—Es mejor que te vayas, Margaret —dijo el director—. Es mejor que Cecil y tú se vayan. Falta muy poco para mi partida. No hay necesidad de largas despedidas.

—Realmente creo que debo irme —dijo mamá Dimble—. No soporto los murciélagos.

—Tranquiliza a Margaret, Cecil —dijo Ransom—. No. No te quedes. No me estoy muriendo. Mirar cómo se va la gente es una tontería. No es ni una buena alegría ni una buena tristeza.

—¿Desea que nos vayamos? —dijo Dimble.

—Váyanse, queridos amigos. Urendi Maleldil.

Posó las manos sobre sus cabezas. Cecil le dio el brazo a su esposa y se fueron.

—Aquí está ella, señor —dijo Ivy Maggs, volviendo a entrar al cuarto un momento después, ruborizada y radiante. Una osa se balanceaba a su lado, con el hocico blanco de ricota y las mejillas pegajosas de mermelada—. Y... ¡oh, señor! —agregó.

—¿Qué pasa, Ivy? —dijo el director.

—Por favor, señor, se trata del pobre Tom. Mi esposo. Si no le importa...

—Espero que le hayas dado algo de comer y beber, ¿no?

—Bueno, sí, lo he hecho. No habría quedado nada si estos osos hubiesen estado mucho más ahí.

—¿Qué le ha quedado a Tom, Ivy?

—Le di pastel frío y los encurtidos (siempre ha sido un fanático de los encurtidos) y lo que quedaba del queso y una botella de cerveza fuerte, y puse la caldera al fuego para que podamos... para que se haga una buena taza de té. Lo está pasando muy bien, señor, y dice que, si a usted no le importa, no vendrá a saludarlo porque nunca fue muy buena compañía, si entiende lo que le quiero decir.

Durante ese tiempo, la nueva osa había estado de pie totalmente inmóvil con los ojos clavados en el director. Ahora él apoyó la mano sobre la cabeza plana.

—Urendi Maleldil —dijo—. Eres una buena osa. Ve a buscar a tu compañero... Pero aquí está. —Porque en ese momento la puerta, que había quedado un poco entreabierta, fue empujada para dar paso a la cabeza inquisitiva y levemente ansiosa del señor Bultitude—. Llévatela, Bultitude. Pero no dentro de la casa. Jane, abre la otra ventana, el ventanal. Es como una noche de julio.

El ventanal se abrió de par en par y los dos osos salieron dando tumbos hacia el calor y la humedad. Todos notaron la gran claridad que había.

—¿Están locos todos esos pájaros que cantan a las doce menos cuarto? —preguntó MacPhee.

—No —dijo Ransom—. Están cuerdos. Ahora, Ivy, deseas ir a hablar con Tom, ¿no? Mamá Dimble les ha preparado el cuartito que queda a mitad de la escalera, no en el pabellón al final.

—Oh, señor —dijo Ivy y se detuvo. El director se inclinó hacia adelante y posó la mano en su cabeza.

—Por supuesto que quieres ir —dijo—. Caramba, él apenas ha tenido tiempo de verte con tu vestido nuevo. ¿No tienes besos para darle? —dijo y la besó—. Entonces dale los míos, que no son míos sino por derivación. No llores. Eres una buena mujer. Anda y cura a ese hombre. Urendi Maleldil... Volveremos a encontrarnos.

—¿Qué son todos esos gritos y chillidos? —preguntó MacPhee—. Espero que no se hayan escapado los cerdos. Porque le aseguro que lo que ya hay por hacer en esta casa y en el jardín es todo lo que puedo soportar.

—Creo que son erizos —dijo Grace Ironwood.

—Ese último sonido ha sido dentro de la casa —dijo Jane.

—¡Escuchen! —dijo el director, y durante un momento todos se quedaron inmóviles. Entonces se le relajó el rostro en una sonrisa—. Son mis amigos detrás de la leñera —dijo—. También hay festejos por allí...

•••

So geht es in Snützepützhaüsel
*Da singen und tauzen die Maüsel!**

—Supongo —dijo MacPhee, sacando la cajita de rapé bajo el ropaje color ceniza y de aspecto ligeramente monacal con el que a todos, contrariamente a su propio juicio, les había parecido adecuado vestirlo—, supongo que podemos sentirnos afortunados de que no haya jirafas, hipopótamos, elefantes o animales por el estilo que hayan creído oportuno... Dios todopoderoso, ¿qué es eso? —Porque mientras hablaba, un largo tubo gris y flexible se introdujo entre las cortinas ondulantes y, pasando por encima del hombro de MacPhee, se sirvió un montón de plátanos.

—En nombre del Infierno, ¿de dónde están viniendo todas estas bestias? —dijo.

—Son los prisioneros liberados de Belbury —dijo el director—. Ella se acerca a la Tierra más que de costumbre... para volver cuerda a la Tierra. Perelandra nos rodea y el hombre ya no está aislado. Estamos ahora donde siempre deberíamos estar, entre los ángeles que son nuestros hermanos mayores y los animales que son nuestros bufones, sirvientes y compañeros de juego.

Fuera lo que fuese lo que MacPhee estuviera tratando de responder, fue ahogado por un ruido ensordecedor que venía de más allá de la ventana.

—¡Elefantes! ¡Dos! —dijo Jane con voz débil—. ¡Oh, el apio! ¡Y los arriates de rosas!

—Con su permiso, señor director —dijo MacPhee con severidad—, voy a correr las cortinas. Parece usted olvidar que hay damas presentes.

---

* Canción infantil. *Snützepützes* un nombre inventado por su onomatopeya, algo así como Wee Willie Winkie. El texto sería: «Así van las cosas en la casa de Snützepütz / Allí cantan y bailan los ratones». *(N. del t.).*

—No —dijo Grace Ironwood con su voz tan poderosa—, no habrá nada incorrecto que ver. Ábralas más. ¡Cuánta luz hay! Es más claro que a la luz de la luna, casi tan claro como el día. Una gran cúpula de luz se cierne sobre el jardín entero.

—¡Miren! Los elefantes están bailando. Qué alto levantan las patas. Y giran y giran. Y, oh, ¡miren cómo alzan las trompas! Y qué ceremoniosos son. Es como un minué de gigantes. No son como los demás animales. Son como númenes buenos.

—Se van alejando —dijo Camilla.

—Buscan la intimidad como los amantes humanos —dijo el director—. No son bestias comunes.

—Creo que me retiraré a mi oficina y haré algunas cuentas —dijo MacPhee—. Estaría más tranquilo si estuviera dentro y con la puerta cerrada con llave antes de que un par de cocodrilos o de canguros empiecen a cortejarse en medio de mis archivos. Sería mejor que alguien no pierda la cabeza en este sitio esta noche, porque el resto de ustedes está bien chiflado. Buenas noches, señoras.

—Adiós, MacPhee —dijo Ransom.

—No, no —dijo MacPhee, irguiéndose hacia atrás pero tendiendo la mano—. No me dé ninguna de sus bendiciones. Si alguna vez elijo una religión, no será como la suya. Mi tío era moderador de la Asamblea General. Pero aquí está mi mano. Lo que usted y yo hemos visto juntos... pero no tiene importancia. Y le diré esto, doctor Ransom, que con todas sus faltas (y no hay hombre vivo que las conozca mejor que yo) es usted el mejor hombre, tomado en general, que haya conocido o del que haya oído hablar. Usted es... usted y yo... pero ahí están las damas llorando. No sé muy bien qué iba a decir. Me voy ya mismo. ¿Por qué querría alargarlo? Dios lo bendiga, doctor Ransom. Señoras, les deseo muy buenas noches.

—Abran todas las ventanas —dijo Ransom—. La nave en la que debo viajar ahora ya casi está en el aire de este mundo.

—La luz es cada vez más intensa —dijo Denniston.

—¿Podemos acompañarlo hasta el último momento? —preguntó Jane.

—Hija —dijo el director—, no deberías quedarte hasta entonces.

—¿Por qué, señor?

—Te esperan.

—¿A mí, señor?

—Sí. Tu esposo está esperándote en el Pabellón. Fue tu propia cámara matrimonial la que preparaste. ¿No deberías ir a él?

—¿Tengo que ir ahora?

—Si yo pudiese decidir, te enviaría ahora.

—Entonces iré, señor. Pero... pero... ¿soy un oso o un erizo, acaso?

—Más. Pero no menos. Vete en obediencia y encontrarás amor. No tendrás más sueños. Ten niños en cambio. Urendi Maleldil.

•••

Mucho antes de llegar a St. Anne's, Mark había advertido que o él o si no el mundo que lo rodeaba estaba muy raro. El viaje le llevó mucho más tiempo del que había esperado, pero tal vez eso se explicara mejor por uno o dos errores que había cometido. Mucho más difícil de explicar era el horror luminoso que se veía hacia el oeste, sobre Edgestow, y las sacudidas y saltos del terreno. Después llegaron el calor repentino y los torrentes de nieve derretida que bajaban por la colina. Todo se transformó en niebla y, después, cuando las luces al oeste se esfumaron, la niebla se iluminó suavemente en otro sitio encima de él, como si la luz descansara sobre St. Anne's. Y durante todo el tiempo tuvo la curiosa impresión de que seres de muy variadas formas y tamaños se deslizaban junto a él en la neblina; animales, pensó. Tal vez todo fuera un sueño o tal vez el fin del mundo, o quizás estaba muerto. Pero, a pesar de todas las perplejidades, tenía conciencia de un extremo bienestar. La mente se sentía incómoda, pero, en cuanto al cuerpo, la salud, la juventud, el placer y el deseo parecían soplar hacia él desde la luz nebulosa que coronaba la colina. No dudó en ningún momento que debía seguir.

No tenía la mente en paz. Sabía que iba a ver a Jane y estaba empezando a ocurrirle algo que tendría que haberle ocurrido mucho antes. Esa misma perspectiva de experimento sobre el amor que había anticipado en Jane la humildad de una esposa del mismo modo había anticipado en él, durante lo que pasó por cortejo, la humildad de un amante. Sin embargo, si se hubiese suscitado en él en algún momento más sabio la sensación de «belleza demasiado suntuosa para usar, demasiado cara para la tierra», la habría apartado de sí. Teorías falsas, a la vez que prosaicas y caprichosas, le habrían hecho ver eso como un estado de ánimo rancio, quimérico y fuera de moda. Ahora, a destiempo, con retraso, cuando todos los favores ya habían sido otorgados, lo iba invadiendo un inesperado recelo. Trató de sacárselo de encima. Estaban casados, ¿verdad? ¿Y no eran gente moderna, sensible? ¿Qué podía ser más natural, más común?

Pero después se elevaron en su imaginación ciertos momentos de imperdonable fracaso en la breve vida matrimonial de ambos. Había pensado con bastante frecuencia en lo que él llamaba los «disgustos» de Jane. Esta vez por fin pensó en su torpe inconveniencia. Y el pensamiento no cedería. Centímetro a centímetro, todo lo que había en él de grosero, de payaso y de imbécil se le fue revelando a su propia y reticente observación: el patán masculino y vulgar de manos callosas y zapatones ridículos y mandíbula blanda como un bistec, no abalanzándose —porque eso podría perdonarse— sino tropezando, dando tumbos, tambaleándose en lo que grandes amantes, caballeros antiguos y poetas habrían temido pisar. Una imagen de la piel de Jane, tan suave, tan blanca (o así la imaginó él ahora) que un beso de niño la dejaría marcada, flotó ante él. ¿Cómo se había atrevido? La nieve compacta de Jane, su música, su carácter sacrosanto, el estilo de todos sus movimientos... ¿cómo se había atrevido? ¡Y atrevido, además, sin tener la sensación de atreverse, indiferente, con descuidada estupidez! Los pensamientos que cruzaban el rostro de ella de un momento a otro, todos más allá del alcance de él, levantaban (si él hubiese tenido la agudeza suficiente para verlo) una cerca a su alrededor que nunca tendría que haber tenido la temeridad de traspasar. Sí, sí, desde luego que era ella quien le había permitido traspasarla, tal vez por una desafortunada, incomprendida, compasión. Y él había tomado desvergonzada ventaja de ese noble error de juicio; se había comportado como si fuera oriundo de ese jardín cercano y hasta su dueño natural.

Todo eso, que debería haber sido una inquieta alegría, era un tormento para él, porque llegaba demasiado tarde. Estaba descubriendo la cerca después de haber arrancado la rosa, y no solo arrancado, sino hecho pedazos y estrujado con sus dedos calientes, gruesos como pulgares, codiciosos. ¿Cómo se había atrevido? ¿Y quién que comprendiera podría perdonarlo? Ahora sabía cómo debía ser visto por los ojos de los amigos e iguales de ella. Al ver semejante imagen, el calor lo invadió hasta la frente, a solas en la niebla.

La palabra *dama* no había formado parte de su vocabulario como pura fórmula, ni siquiera como burla. Se había reído demasiado pronto.

Bueno, la dejaría en libertad. A ella le alegraría desembarazarse de él. Con razón. Ahora le habría resultado casi chocante pensar otra cosa. Damas en una habitación noble y espaciosa, discurriendo juntas en fresca elegancia, ya fuera con exquisita gravedad o con risas argentinas... ¿cómo podrían no alegrarse cuando el intruso se fuera?, esa criatura estentórea o de palabras entrecortadas, todo bocas y manos, cuyo lugar estaba en el establo. ¿Qué haría él en semejante habitación, donde hasta su admiración solo podía ser un insulto, donde sus mejores intentos de ser serio o alegre no podían revelar más que un malentendido insalvable? Lo que él siempre había llamado en Jane frialdad ahora le parecía paciencia. El recuerdo quemaba, porque ahora la amaba. Pero estaba todo perdido; era demasiado tarde para enmendar las cosas.

De pronto la luz difusa se hizo más brillante y rojiza. Levantó la cabeza y percibió a una espléndida dama de pie junto a una puerta en un muro. No era Jane, no era como Jane. Era más grande, casi gigantesca. No era humana, aunque era como una mujer divinamente alta, en parte desnuda, en parte envuelta en un ropaje de color llameante. De ella venía la luz. El rostro era enigmático, cruel, pensó, inhumanamente hermoso. Le estaba abriendo la puerta. No se atrevió a desobedecer —«Seguramente he muerto», pensó— y entró. Se encontró en un sitio de aromas dulces y fuegos brillantes, con comidas, vino y una suntuosa cama.

•••

Y Jane salió de la casa grande con el beso del director en los labios y sus palabras en los oídos hacia la luz líquida y el calor sobrenatural del jardín y cruzó el prado húmedo —había pájaros por todas partes— y pasó el columpio, el invernadero y las pocilgas, bajando sin cesar, bajando hacia el Pabellón, descendiendo la escalera de la humildad. Primero pensó en el director, después en Maleldil. Después pensó en su propia obediencia, y apoyar un pie delante del otro se convirtió en una especie de sacrificio ceremonial. Y pensó en niños, y en el dolor y la muerte. Y ahora había recorrido la mitad del camino hacia el Pabellón y pensó en Mark y en todos sus sufrimientos. Cuando llegó al Pabellón le sorprendió verlo oscuro y con la puerta cerrada. Cuando se detuvo ante esta con una mano sobre el picaporte se le ocurrió una nueva idea. ¿Qué pasaba si Mark no la quería, no esta noche, ni de este modo, sino en ningún momento y de ningún modo? ¿Qué pasaba si después de todo Mark no estaba ahí? Un abismo enorme —nadie podría determinar si de alivio o de desilusión— se abrió en su mente ante ese pensamiento. Siguió sin mover el picaporte. Entonces notó que la ventana, la ventana del dormitorio, estaba abierta. Dentro del cuarto había prendas apiladas sobre una silla con tanto descuido que habían caído sobre el antepecho. La manga de una camisa, la camisa de Mark, colgaba incluso hacia afuera. Y con toda esa humedad, además. ¡Qué típico de Mark! Evidentemente ya era hora de entrar.

Printed in the USA
CPSIA information can be obtained
at www.ICGtesting.com
LVHW030418130724
785402LV00010B/78
9 781400 232222